btb

Dolores Redondo

Wenn das Wasser steigt

Roman

Aus dem Spanischen
von Anja Rüdiger

btb

Für Luisa Vareiro, weil du mit all deinen Nachbarn – ob wir wollten oder nicht – deine Begeisterung für die Gruppe Mocedades und vor allem für »Amor de hombre« geteilt hast. In vielen Momenten warst du der lustigste Mensch in meinem Leben. Danke

Für meinen Freund, den Schriftsteller Domingo Villar, der gegangen ist, während ich diesen Roman beendet habe. Ich glaube auch, dass auf der anderen Seite die Sonne scheint; für Menschen wie dich muss das so sein.

Für Neme, Bego und Olaz, ihr wisst schon, warum.

Für Eduardo, mein amor de hombre, der mich niemals zum Weinen bringen wird, es sei denn, du kommst auf den Gedanken, vor mir zu gehen.

Die Geschichte ist meine Muse. Die Geschichte unter meinen eigenen Bedingungen neu zu schreiben, ist meine Aufgabe als Schriftsteller. Ich verfälsche, überarbeite, überdenke und plündere die Geschichte und setze sie wie ein großformatiges Gemälde neu zusammen.

JAMES ELLROY

Das ist keine Geschichtsstunde.

BENEDICT CUMBERBATCH zu Sam Elliott in Reaktion auf seine Kritik an *The Power of the Dog*

Zu verschwinden bedeutet oft, die Identität oder einen Ort zu verlieren; manchmal auch das Leben.

ANDREW O'HAGAN in *The Missing*

Der Junge

Harmony Cottage

Der Junge blieb auf der Schwelle stehen und begann zu zittern, als er die intensive Kälte draußen spürte. Er ließ den Blick über die ruhige, im Licht des Vollmonds glänzende Oberfläche des Sees schweifen und danach über den Himmel. Die aufsteigenden Tränen verschleierten seinen Blick. Er wollte das nicht tun. Er wollte wieder reingehen, an den Ofen, um eine Geschichte zu lesen und zu schlafen. Denn wenn er dort auf dem Boden neben dem Feuer einschlief, machte sich niemand die Mühe, ihn ins Bett zu schicken, und er hatte seine Ruhe.

Hinter ihm aus der Wohnung war eine drängende Stimme zu hören. »Schließ endlich die Tür und mach dich an die Arbeit, Johnny, sonst komme ich, und es setzt was!«

Er machte die Tür hinter sich zu, um sie nicht mehr zu hören, schloss die Augen, und dicke Tränen liefen ihm über die Wangen, die bereits an Wärme verloren. Beinah wütend wischte er sie mit der freien Hand weg. Zu weinen brachte gar nichts. Er sagte es sich immer wieder, doch jedes Mal kamen ihm erneut die Tränen.

Er ging mit dem schweren Holzbottich zu einer Seite des Hauses. Dort befand sich ein kleines steinernes Waschbecken unter einem alten Wasserhahn. Er war an ein halb abgerissenes Rohr angeschlossen, das, vom Hügel kommend, an der Wand des Hauses hinabführte. An der Seite lehnte ein altes Waschbrett neben einer Holzbürste mit harten Borsten und einer Dose mit der Seife, die sie aus den Überresten des Kochfetts fertigten.

Er stellte den Bottich auf den Boden und brauchte beide Hände, um den rostigen Wasserhahn zu öffnen. Noch war es möglich, doch wenn der Winter kam und die Temperatur sank, würde das Wasser immer spärlicher aus dem Hahn fließen und schließlich ganz gefrieren. Dann würde er zum Ufer des Sees gehen müssen, was noch schlimmer war.

Der Bottich war tief. Selbst wenn er sich beim Bücken auf die Zehenspitzen stellte, reichte sein ausgestreckter Arm nicht ganz nach unten. Als er noch kleiner gewesen war, hatten sie ihn im Sommer in dem Bottich gebadet. Manchmal dachte er, dass, wenn jemand kopfüber dort hineinfiel, der behindert war – so wie Tante Emily, die als Kind Polio gehabt hatte –, darin durchaus ertrinken konnte. Und die Vorstellung, wie sie mit den Füßen strampelte, während sie ertrank, verursachte ihm ein leichtes Gefühl von Befriedigung.

Nachdem es ihm gelungen war, den Hahn ganz aufzudrehen, floss das Wasser in voller Stärke ins Waschbecken. Er krempelte die Ärmel seines Pullovers bis weit über die Ellbogen auf und versicherte sich, dass sie hielten. Dann nahm er das Waschbrett, das so abgenutzt war, dass sich die kleinen Erhebungen, über die die Wäsche gerieben werden musste, kaum noch vom Rest des Holzes abhoben. Das Brett musste schräg ins Becken gelegt werden, sodass die obere Seite am Rand lehnte.

Er beugte sich über den Bottich und nahm den Deckel ab. Der Geruch war unerträglich, obwohl er noch gar nichts angerührt hatte. Er wusste, dass der Gestank, sobald er etwas darin bewegte, durch seine Nasenlöcher in seinen Mund steigen würde, um sich für mehrere Stunden am Gaumen festzusetzen. Egal was er tun würde, es würde ihm nicht gelingen, ihn von den Zähnen und der Zunge zu lösen.

Der Junge wurde erneut vom Weinen geschüttelt, und er musste sich am Bottich festhalten, während er sich vor Übelkeit krümmte. Er hustete, und seine Augen brannten, während sich seine Mundwinkel nach unten verzogen wie bei einem traurigen Clown.

In dem sicheren Wissen, dass niemand kommen würde, blickte er zur anderen Seite des Hauses. Es war egal, wie lange er für diese Aufgabe brauchte, eine Stunde oder fünf Stunden. Das Einzige, was er sicher wusste, war, dass er erst wieder ins Haus durfte, wenn er fertig war. In dem Versuch, das Gesicht so weit wie möglich von dem Bottich fernzuhalten, stellte er sich erneut auf die Zehenspitzen, steckte die Hand hinein, bis er den obersten Stoff ertastete, und zog daran.

Im selben Moment breitete sich um ihn herum eine Wolke des Gestanks aus. Aber das Schlimmste war die Berührung. Sie fühlten sich lauwarm an. So war es immer, egal ob sie sie auf der Fensterbank oder in einer Ecke des Badezimmers aufbewahrt hatten, wo das kaputte Fenster ständig offen stand. Sie faulten. Er war ein Junge vom Land und wusste, was passierte, wenn etwas faulte. Ohne hinzusehen, warf er den Stoff auf das Waschbrett, wo der Wasserstrahl die schwarzen Klumpen wegspülte. Mit den Fingerspitzen nahm er etwas Seife und die Bürste und begann, von Weinen und Übelkeit geplagt, das Blut auszuwaschen.

Bible John

Glasgow, 1983

John blieb vor dem großen Spiegel am Eingang zu den Toiletten stehen. Während er so tat, als würde er seine Kleidung richten, beobachtete er die Frau im Spiegel.

An diesem Abend waren viele Männer in der Diskothek, aber das war ihm egal. Sie allein an der Theke zurückzulassen, nachdem er sie zu einem Drink eingeladen hatte, war ein kalkuliertes Risiko. Während er leicht an den Ärmelaufschlägen seines Hemdes zog, sah er, wie die junge Frau die Gesellschaft von ein paar Typen ablehnte, die sie angesprochen hatten, und einen sehnsüchtigen Blick in die Richtung warf, wo sich die Toiletten befanden. Sie wartete auf ihn.

Er war sich bewusst, dass auch sie ihn sehen konnte, zumindest teilweise, deshalb wandte er sich hin und wieder etwas nach rechts, als ob er mit jemandem reden oder jemandem zuhören würde, der sich außerhalb ihres Sichtfelds befand.

Sie hatte gesagt, ihr Name sei Mary, was sogar sein konnte, aber in solchen Läden wusste man nie. Bei mehreren Gelegenheiten hatte er nachher aus der Zeitung erfahren, dass der richtige Name ein ganz anderer gewesen war.

Was ihn anging, sagte er immer, wenn er nach seinem Namen gefragt wurde: »John, ich heiße John.« Und bekräftigte es mit sicherem Auftreten. Dabei sprach er mit einer leicht höheren Stimmlage als normal. Er verhielt sich möglichst unauffällig, aber wenn sich zufällig jemand an den Mann erinnerte, mit dem die junge Frau die Diskothek verlassen hatte – ein Kellner oder die Pärchen, die in der Nähe gesessen hatten –, würde derjenige sagen: »Ich glaube, dass der Mann gesagt hat, er heißt John, ja, ich bin mir sicher, er hat gesagt, dass er John heißt.«

Es gefiel ihm, sich das Gesicht der Polizisten vorzustellen, wenn sie den Namen hörten. Es war ein Scherz und ein weiteres kalkuliertes Risiko, aber viel mehr gab er nicht preis. Er bemühte sich, dass alles andere, woran sich jemand erinnern könnte, ihnen nicht weiterhalf.

John überprüfte sein Aussehen im Spiegel. Dunkelblaues Jackett und ein weißes Hemd. Dazu trug er gebügelte Jeans und saubere Schuhe. Sein kastanienbraunes Haar schimmerte rötlich, wenn das Licht darauf fiel, und die Frisur war unauffällig. Gepflegt. Er liebte dieses Wort. *Gepflegt.* So hatten ihn Jahre früher die wenigen Zeugen beschrieben, die sich an ihn erinnerten: ein großer, schlanker junger Mann mit kastanienbraunem Haar und gepflegtem Aussehen. Mehr nicht. Vielleicht hatten sie auch einen leicht schief stehenden Zahn erwähnt. Eine Kleinigkeit, die er schon vor einiger Zeit korrigiert hatte.

Er verzog den Mund zu einem Lächeln und betrachtete zufrieden seine geraden weißen Zähne. Mit geschickten Fingern entfernte er einen unsichtbaren Fussel von der Schulter seines Jacketts und konzentrierte sich wieder auf den Anblick der jungen Frau im Spiegel.

John verfolgte eine einfache und diskrete Strategie, die darin bestand, sich in der Nähe des Eingangs an die Theke zu stellen. So hatte er sie entdeckt. Sie war mit zwei Freundinnen gekommen, die zu der Gruppe gehörten, die gerade aus dem Bus gestiegen war. Er hatte ihren Gang beobachtet. Aus Erfahrung wusste er, dass sich Frauen in »diesen Tagen« anders bewegten. Sie trug eine dunkle Hose und dazu eine lange, weite Bluse, die die Hüften bedeckte, im Gegensatz zu ihren Freundinnen, die in Top und Minirock gekleidet waren. John war ein hervorragender Beobachter der Welt der Frauen und wusste genau, dass sich Freundinnen gern ähnlich kleideten. Aber die Kleidung war nicht der einzige Hinweis.

Er folgte ihr in einigem Abstand und mischte sich unter die Leute in der vollen Diskothek. Er sah, wie sie mit den anderen Mädchen auf die Tanzfläche ging, diese jedoch schon bald wieder verließ und sich an eine Säule lehnte, wo sie ihre Cola trank und ihren Freundinnen beim Tanzen zulächelte.

Die Dunkelheit und der Lärm in der Diskothek erlaubten John, sich hinter sie zu stellen, um sie zu riechen, während er so tat, als würde auch er die Menschen auf der Tanzfläche betrachten. Er atmete ihr Aroma ein. Nahm den leichten Schweiß unter ihren Achseln wahr, gemischt mit einem süßen Parfüm, das unter den jungen Frauen gerade in Mode zu sein schien, und diesem anderen metallischen, leicht salzigen und sauren Geruch. Er verzog ein wenig die Oberlippe, da er seinen Ekel nicht ganz unterdrücken konnte. Und beinah gleichzeitig spürte er seine Erektion.

Ohne sie aus den Augen zu lassen, entfernte er sich ein paar Schritte und steckte die rechte Hand in die Tasche seines Jacketts. Seine Fingerspitzen berührten das rote Satinband darin. Er dachte an Lucy und biss sich zur Strafe auf die Wange, bis der Schmerz das andere Gefühl verdrängte und er wieder Haltung annehmen konnte.

Das, was danach kam, war leicht. War es immer. Die Formel funktionierte mit geringen Abweichungen schon seit Jahren perfekt. Er würde neben ihr stehen bleiben und ein Gespräch beginnen, ihr sagen, dass er auch keine Lust habe zu tanzen und überlege, etwas zu trinken. Ob sie ihm nicht Gesellschaft leisten wolle? Sie würde ihn ansehen und das Gleiche feststellen wie alle anderen: ein junger Mann, aber kein Kind mehr. Sauber, gut, aber dezent angezogen, höflich, freundlich. Gepflegt. Und dass ihm offensichtlich das einzige Mädchen in der ganzen Diskothek aufgefallen war, das eine Hose und eine weite Bluse trug.

Er würde über alles Mögliche reden, aber heikle Themen vermeiden. Er würde ihr ein paar Komplimente machen, ohne zu übertreiben, und wie zufällig erwähnen, dass er einen Job hatte, dass er solche Orte wie diesen eigentlich nicht allzu sehr mochte, dass er sich gern unterhielt und dass das bei dem Lärm fast unmöglich war, dass er ein Auto auf dem Parkplatz stehen hatte und dass sie gern auch woanders hingehen könnten. Bevor sie etwas einwendete, würde er schnell hinzufügen, dass er sie natürlich auch gern nach Hause fahren würde, wenn ihr das lieber wäre. Sie würde darauf eingehen, weil er ganz zauberhaft war, weil sie mit dem Bus gekommen war und weil alle einen Freund mit einem eigenen Auto haben wollen. Sie würde darauf eingehen, obwohl in den Zeitungen ständig von den vielen jungen Frauen zu lesen war, die spurlos verschwanden, und obwohl man ihr mit Sicherheit tausendmal gesagt hatte, dass sie nicht zu Unbekannten ins Auto steigen sollte.

John wusste, wie sie auf das Angebot reagieren würde, trotz allem und obwohl man das in »diesen Zeiten« nicht machen sollte. Es war sogar möglich, dass dieses versaute Flittchen einverstanden wäre, Sex mit ihm zu haben, wenn er dies andeutete. Dann würde er sie voller Hass schlagen und ihr mit jedem Schlag die Schminke und das Lächeln vom Gesicht fegen. Er würde ihr die Kleider in

Fetzen reißen und sie mit ihrem Gürtel oder ihrem BH würgen, bis sie aufhörte zu schreien, während er sie vergewaltigte. Und dann würde er sie nach Hause bringen, damit sie neben ihren Schwestern schlafen konnte, wo der See sie reinigte. Es war lästig, aber so musste er es machen. Zu anderen Zeiten hätte er sie irgendwo auf der Straße oder im Park zurückgelassen, hätte in ihren Taschen nach Tampons oder Binden gesucht und sie auf die Leiche gelegt, um die anderen versauten Flittchen daran zu erinnern, dass man sich während der Menstruation von den Männern fernhalten sollte.

Allein daran zu denken, verursachte ihm ein intensives Kribbeln im Genitalbereich. Er biss noch fester in seine Wange, während er sie aus der Ferne im Spiegel betrachtete, und als er so weit war, kehrte er an ihre Seite zurück.

I got it bad
Mir geht es schlecht

Glasgow, 1983

Inspector Noah Scott Sherrington erreichte den Bahnübergang, als die Ampel rot wurde und die Lichter an den Schienen zu blinken begannen. Er kannte diese Stelle außerhalb von Glasgow, war in den letzten zwei Wochen jeden Abend hier entlanggefahren und wusste, dass es noch ewig dauern würde, bis die Schranken heruntergingen, sodass den Autos vor ihm eigentlich noch genug Zeit blieb hinüberzufahren. Eins, zwei, drei und …

»Nein, nein, nein, nein …«, flüsterte er, während der Fahrer vor ihm den Wagen anhielt.

Noah bremste abrupt ab, und die Motorhaube seines alten Autos blieb wenige Zentimeter vor dem Heck des Wagens vor ihm stehen. Das Bremslicht kam zu den rot blinkenden Lichtern an den Schienen hinzu, die Tausende blutige Reflexe auf der violetten Karosserie hervorriefen. Noah spürte einen leichten Schwindel, als er sie betrachtete.

Die Luft im Inneren des Wagens erschien ihm auf einmal extrem stickig. Er suchte nach dem Schalter des Fensterhebers, stieß an der Tür auf den manuellen Mechanismus und begann fluchend zu kurbeln. Für einen Moment hatte er vergessen, dass er nicht in seinem Auto fuhr. Dies war ein Escort, der sicherlich einer der ersten war, die in der Fabrik von Halewood in Knowsley gefertigt worden waren, in den guten alten Zeiten, als dort noch gearbeitet wurde. Ein ziviler Polizeiwagen, der zweifelsfrei seinen Zweck erfüllte. Denn er war in jeder Hinsicht so alt und grau, dass er kaum jemandem auffiel.

Die kalte Nachtluft strömte durchs Fenster herein und kühlte den Schweiß auf Noahs Haut. Erleichtert atmete er die frische Luft ein, die das Gewitter von der Nordsee aus ins Landesinnere schob und damit die Hitze der letzten Tage in diesem seltsamen schottischen Sommer vertrieb.

Dann sah er, wie der Wagen vor ihm über den noch immer offenen Bahnübergang fuhr. Einen Moment dachte er darüber nach, doch noch Gas zu geben und ihm zu folgen. Er seufzte erschöpft und sagte sich, dass es ihm egal war. Inzwischen war ihm alles egal. Er wusste nur zu gut, wo er Angus Bennett finden konnte. Seit zehn Tagen folgte er ihm, und jeden Abend hatte er das Gleiche gemacht.

Bennett arbeitete in einer Firma, die Feuerlöscher für Schiffe verkaufte. Nach der Arbeit fuhr er zwischen den Lagerhallen am Flusshafen und dem angrenzenden Industriegebiet herum, wo die meisten Fabriken bereits geschlossen waren und die Prostituierten ihre Plätze einnahmen. Sie standen zwischen den wenigen parkenden Autos, in ihre Mäntel gehüllt, die sie öffneten, wenn potenzielle Kunden vorbeifuhren, um zu zeigen, dass sie darunter nur Dessous trugen.

Manchmal reduzierte Bennett die Geschwindigkeit und fuhr langsamer an einer bestimmten Prostituierten vorbei, hielt aber nie an. Nachdem er dies etwa eine Stunde lang getan hatte, verließ er die Gegend um die Lagerhallen und fuhr immer dieselbe Strecke, über den Bahnübergang, um zwei Meilen weiter bei einer

Diskothek am Stadtrand anzuhalten. Dort blieb er eine oder höchstens zwei Stunden. Er trank nie mehr als ein paar Gläser und fuhr dann die viereinhalb Meilen zu seinem Zuhause, wo er allein lebte.

In den letzten Monaten hatte Noah neben Bennett noch zwei andere Typen verfolgt. Drei Verdächtige. Hunderte Stunden. Da war Charles MacLaughlin, der ebenfalls in Diskotheken ging, um Mädchen aufzureißen, und diese nicht gerade zuvorkommend behandelte. Er hatte, wie sich herausstellte, zwei Ehefrauen und suchte anscheinend nach einer dritten.

Und dann war da noch Daniel Garrat. Der Eigenartigste von den dreien. Der, der am besten ins Profil von Bible John passte. Er war trotz seines kindlichen Gesichts über 40, wenn auch nur knapp, also war er Ende der Sechzigerjahre Anfang 20 gewesen, wie es dem Mörder der Opfer aus dem Barrowland Ballroom zugeschrieben wurde.

Zunächst hatte Noah gedacht, dass Garrat mit seiner Mutter zusammenlebte, hatte dann aber erfahren, dass seine Mutter und deren Lebensgefährte bei ihm wohnten, vielleicht um einen Teil der Miete zu zahlen, denn Garrat wechselte häufig den Arbeitsplatz. Noah hatte herausgefunden, dass dies nicht an mangelnder Qualifikation lag, sondern daran, dass er die Nächte so gern in Diskotheken verbrachte und deshalb oft zu spät zur Arbeit kam. Zumindest hatte ihm das in den letzten beiden Fällen die Entlassung eingebracht.

Dennoch erlaubte sich Garrat, häufig das Auto zu wechseln, und er hatte genug Geld in den Taschen, um jede Nacht auszugehen und ausgiebig Glasgows Diskotheken zu besuchen. Es gab keine festen Freundinnen, das war offenbar nichts für ihn. Er war mehrmals festgenommen worden, weil es in seiner Wohnung zu lautem Streit mit seiner Mutter und deren Lebensgefährten gekommen war. Noah folgte ihm jetzt seit anderthalb Monaten. Vergeblich.

Das, was an Bennetts Verhalten verdächtig erschienen war, das lange Herumfahren durchs Industriegebiet, wo die Prostituierten standen, um nur zu gucken und dann in einer Diskothek weiter nur zu gucken, hatte sich in dieser Nacht aufgeklärt, als er an einer Werkstatt angehalten hatte, in der Autoradios repariert wurden. Als Bennett aus dem Wagen stieg, hatte Noah angenommen, dass er wie sonst pinkeln musste. Doch dann war ihm aufgefallen, dass die Tür der Werkstatt ein Stück geöffnet wurde. Nach einem kurzen Wortwechsel mit dem Kerl in der Tür hatte Bennett dann einen Sack aus dem Kofferraum seines Wagens genommen, in dem sich von den rechteckigen Formen her, die sich abzeichneten, vier oder fünf Autoradios mit Kassettenteil befanden, die wahrscheinlich gestohlen waren.

Wieder alles umsonst.

Noah blickte verärgert nach draußen. Die roten Lichter blinkten immer noch, und die Schranken waren immer noch oben.

Er legte sich die Hand auf den Bauch, weil er für einen Moment das Gefühl hatte, sich den Magen verdorben zu haben. Er fühlte sich satt, geradezu überfüllt, wobei er eigentlich hätte hungrig sein müssen, denn er hatte seit Mittag nichts mehr gegessen. Er sah auf die Uhr und sagte sich, dass es vielleicht noch früh genug war, um im Pub noch eine Mahlzeit zu sich zu nehmen. Dabei kam ihm Detective Sergeant Gibson in den Sinn.

Noah runzelte die Stirn. Er war Gibson über den Weg gelaufen, als er das Kommissariat verlassen wollte, genau in dem Moment, als Gibson einen Verdächtigen aus dem Verhörraum gebracht und zwei uniformierten Kollegen übergeben hatte.

Gibson, mit gelöster Krawatte und schiefem Kragen, während das Hemd an einer Seite unter seiner Wampe fast aus der Hose rutschte, hatte gesagt:

»Hier, unser Freund Billy hat gesungen. Er ist der Dieb, der die Spirituosengeschäfte ausgeraubt hat.«

Der besagte Freund Billy sah nicht besser aus als Gibson. Sein Gesicht war gerötet, vor allem die Nase. Er trug zwar keine Krawatte, aber sein Kragen saß genauso schief, und sein Hemd stand weit auf, wobei einige Knöpfe fehlten. Auf Brusthöhe waren auf dem offenen Hemd ein paar Blutflecken zu sehen.

Noahs Blick blieb ein paar Sekunden länger an den Flecken hängen, wobei er an Tropfen und die Schwerkraft denken musste. Gibson fiel sein Blick auf, und er erklärte eilig: »Er hatte Nasenbluten wegen der Hitze …« Dann neigte er sich leicht zur Seite und fragte den Verdächtigen: »Stimmt doch, mein Freund, oder?«

Der Mann nickte nur müde.

Noah ging weiter und dachte darüber nach, dass es keine gute Idee gewesen war, neue Schuhe anzuziehen, denn ihm taten die Füße weh.

»Sherrington!«, rief Gibson ihm nach und sprach ihn wie immer mit dem englischen Teil seines Nachnamens an. Dabei trat er mit dem Absatz gegen die Tür hinter sich, um sie komplett zu öffnen, damit Detective McArthur, der sich noch im Raum befand, ihn hören konnte. Aus dem Verhörraum, der von einigen »Die Keksdose« genannt wurde, zog der Gestank nach Schweiß, Blähungen und Mundgeruch nach draußen, der wie Nebel im Zigarettenrauch schwebte. »Wir wollen das gleich im Pub feiern. McArthur, die Jungs vom Einbruchsdezernat und ein paar Kollegen von der Streife. Warum kommst du nicht auch?«

»Ich kann nicht, tut mir leid«, antwortete Noah in einem Ton, der deutlich machte, dass es ihm überhaupt nicht leidtat. »Ich hab schon was anderes vor«, hatte er hinzugefügt und war in Richtung Ausgang gegangen.

Gibson holte ihn auf der Straße ein und kam ihm so nah, dass er ihn fast berührt hätte.

»Und was hast du vor, das so wichtig ist? Bible John verfolgen?«

»Ich habe nie gesagt, dass es um Bible John geht«, entgegnete Noah.

»Natürlich nicht«, sagte Gibson spöttisch. »Weil Bible John tot ist.«

»Dafür gibt es keine Beweise.«

»Also bist du doch hinter Bible John her.« Gibson wandte sich triumphierend um, als erwarte er, Publikum zu haben. »Dann sag ich dir mal, was du alles falsch machst. Erstens: Bible John ist tot, und ein Gespenst kann man nicht festnehmen. Zweitens: Du glaubst, dass du in der Lage bist, etwas zu tun, was der gesamten Polizei Schottlands in einer jahrelangen Suchaktion nicht gelungen ist.«

Er betonte das Wort »Schottlands«, denn es war allgemein bekannt, dass Noah in London ausgebildet worden war. Was einige für unverzeihlich hielten.

»Aber der dritte und schwerste Fehler«, fuhr Gibson fort, »ist, dass du anscheinend vergessen hast, dass du hier in The Marine arbeitest und was das für eine Beleidigung ist.«

Noah hob den Blick zu dem wuchtigen Gebäude, das bedrohlich über ihnen aufragte. Der alte Kasten in der Anderson Street in Partick erinnerte an eine staatliche Schule aus den Vierzigerjahren. Er beherbergte die Dienststelle der Polizei in der Uferregion des Flusses Clyde, die als Marine Division bekannt war. Ende der Sechziger-, Anfang der Siebzigerjahre war sie zum Hauptquartier jener

Einheit geworden, die gegründet worden war, um Bible John zu fassen.

Es war kein Zufall, dass Noah die Versetzung an diesen Ort beantragt hatte, auch wenn es jedem anderen unverständlich sein mochte, dass ein Inspector freiwillig in einer abgelegenen, veralteten Dienststelle arbeiten wollte. Allerdings war nur den wenigsten bekannt, dass es in den Kellerräumen nach wie vor ein Dutzend Zellen gab, an deren bekritzelten Wandfliesen Tausende Namen standen, die die umfassendste Dokumentation des Falls Bible John darstellten.

In dem Moment spürte Noah die ersten Tropfen. Er hob den Blick in die schwüle, feuchte Luft. Der August hatte mit vielversprechendem sommerlichem Wetter begonnen, das ein paar Tage angehalten hatte, doch an diesem Morgen war der Himmel bereits im Morgengrauen voller Wolken gewesen. Zunächst hatte dem niemand große Bedeutung zugemessen, aber inzwischen waren im Radio schwere Regenfälle in Aberdeen gemeldet worden.

»Noah, du solltest dabei sein, wenn wir zusammen feiern«, sagte Gibson und gab sich versöhnlich. »Solche Dinge sind wichtig für die Kollegialität.«

Kollegialität oder Verschwörung?, dachte Noah, dem durchaus aufgefallen war, dass Gibson ihn diesmal mit dem Vornamen angeredet hatte.

In diesem Moment wirkte Gibson, als wäre er gar nicht so übel, vielleicht war er im Grunde sogar ganz in Ordnung.

»Das ist nichts Persönliches, aber ich muss etwas Dringendes erledigen«, sagte Noah, während er die Tür seines Wagens aufschloss.

»Du bist jetzt seit drei Monaten hier und verschwendest mit deinen Theorien über diesen Jack the Ripper für Arme nur deine Zeit«, hielt Gibson ihm vor. »Du hast nichts in der Hand, Sherrington, keine Anzeigen, keine Verdächtigen, keine Opfer, also gibt es auch keinen Fall.«

»Ich heiße Scott Sherrington wie der gleichnamige Medizin-Nobelpreisträger«, entgegnete Noah ruhig, »und da sind all diese jungen Frauen, die verschwunden sind.«

»Verdammt, Noah! Die arbeiten wahrscheinlich inzwischen alle als Nutten in Aberdeen und machen gute Geschäfte mit den Arbeitern auf den Bohrinseln. Oder sie sind in London. Wir leben in den Achtzigerjahren, verdammt! Alle wollen sie Bonnie Tyler oder Cyndi Lauper sein, ›Girls Just Want to Have Fun‹. Diese Mädchen haben sich die Haare rosa oder violett gefärbt und sind von zu Hause ausgerissen. Es gibt keinen Serienmörder.«

»In den Fällen, in denen ich ermittle, geht es ausschließlich um dunkelhaarige Mädchen, die nicht besonders groß und schlank sind und keine familiären Bindungen haben«, sagte Noah mit erzwungener Ruhe. Er verschwieg Gibson gegenüber bewusst, dass sie auch alle ihre Periode gehabt hatten, als sie verschwunden waren, genau wie Bible Johns Opfer. »Außerdem handelt es sich nicht um die Art Mädchen, die von zu Hause ausreißen. Denk nur an Clarissa O'Hagan.«

Clarissa war 16 Jahre alt gewesen, als sie verschwand, die älteste der drei Töchter von Peter und Marisa O'Hagan. Marisa war ein Jahr zuvor an Krebs gestorben. Peter war kein übler Kerl, er arbeitete im Hafen von Glasgow. Es hieß, dass er am Wochenende gern mal ein Glas zu viel trank, dabei aber nie über die Stränge schlug. Clarissa, die noch zur Schule ging, hatte die Mutterpflichten für ihre beiden kleinen Schwestern übernommen. An einem Samstag drei Monate zuvor war sie mit zwei Freundinnen in einer Diskothek gewesen. Clarissa hatte nicht tanzen wollen, da sie immer noch um ihre Mutter trauerte, und von der Tanzfläche aus hatten ihre Freundinnen gesehen, dass sie von einem Mann angesprochen worden war und sich mit ihm eine Weile unterhalten hatte; als sie später nach ihr gesehen hatten, war sie verschwunden.

»Ja«, gab Gibson zu, »das O'Hagan-Mädchen.«

»Sie hat ihre Schwestern geliebt und hatte den Tod der Mutter noch nicht überwunden. Sie war verantwortungsbewusst, hatte gute Noten …«

»Was soll ich dir sagen? Es stimmt, sie schien ein braves Mädchen zu sein, aber vielleicht war die Anstrengung zu viel für sie. Oder vielleicht hat sich der Vater im Suff an sie rangemacht, du weißt schon, als Ersatz für die Mutter in anderer Hinsicht …«

Noah schüttelte erbost den Kopf. »Es widert mich an, dass du so etwas Furchtbares ohne Beweise andeutest. O'Hagan ist ein guter Kerl, der am Leid zerbricht, und wenn das, was du sagst, wirklich vorgefallen wäre, hätte Clarissa ihre Schwestern in dieser Lage niemals allein gelassen. Da bin ich mir sicher.«

»Ihre Freundinnen haben gesagt, dass der Typ, mit dem sie geredet hat, gut angezogen war und anscheinend nicht aus der Gegend stammte«, entgegnete Gibson. »Glaub mir, die Mädchen in Glasgow versuchen ihr ganzes Leben lang alles, um sich einen der Männer zu angeln, die auf den Bohrinseln arbeiten, damit sie sie hier wegholen und ihnen ein schönes Haus in Saltcoats kaufen.« Bei seinen letzten Worten hatte Gibson sich umgesehen, als ob auch er genug von der Stadt hätte. »Jeder will weg von hier, Sherrington, jeder außer dir, wie es aussieht. Und das ist noch so eine Sache, die allen verdächtig erscheint.« Gibson stützte die Hände in die Hüften. »Sieh mal, mein Freund, ich glaube, du bist kein übler Kerl, aber zu viel Bildung ist nicht gut für einen Polizisten. Nach ein paar Jahren bei uns in The Marine wirst du einsehen, dass all diese wissenschaftlichen Techniken und Theorien nichts bringen.

Und weil ich glaube, dass du kein übler Kerl bist, versuche ich dir zu helfen. Aber es gibt andere, die inzwischen denken, dass das mit deinen geheimen Ermittlungen nur eine Ausrede ist.«

Noah verdrehte die Augen. »Sie sind nicht geheim, und es geht nicht …«

»Wenn ich nicht behaupte, dass du unsozial bist, dann liegt das daran, dass ich es auch glaube …«

Noah blickte Gibson verständnislos an. Der wiederum sah sich nach allen Seiten um, bevor er flüsterte: »Sie glauben, dass du einer von der Dienststelle für interne Ermittlungen bist, dass du vielleicht wegen McArthur hier bist oder wegen Alfred dem Vogeltöter.«

Der Fall des »Vogeltöters«. Nun verstand Noah, warum es Gibson so wichtig war, dass McArthur ihr Gespräch mitgehört hatte, als er Billy, den Räuber mit dem Nasenbluten, aus dem Verhörraum gezerrt hatte. Einen Monat vor Noahs Versetzung war ein Verdächtiger namens Alfred Galt, ein Dieb, der der »Vogeltöter« genannt wurde, weil er im städtischen Schlachthof von Glasgow für das Zerstückeln von Hühnern verantwortlich war, in seiner Zelle gestorben, nachdem McArthur ihn über mehr als sechs Stunden im Verhörraum in die Mangel genommen hatte. In jenem Loch, das seine Kollegen liebevoll »die Keksdose« nannten.

»Das ist doch Blödsinn!«, schnaubte Noah.

»Blödsinn ist, dass Graham dich von einem Tag auf den anderen hierherversetzt. Wer, der noch ganz dicht ist, bittet, vom CID in Edinburgh zu uns nach Partick versetzt zu werden? Und dann teilt er dich dem Morddezernat zu, aber keiner Einheit. Du treibst dich im Gebäude rum, ohne an einem konkreten Fall zu arbeiten, jagst irgendwelchen Gespenstern nach und bist so gesellig wie ein Maulwurf.«

»Absoluter Blödsinn!«, wiederholte Noah.

»Wenn das so ist, warum beweist du es dann nicht? Komm mit in den Pub, iss was und amüsier dich mit den Jungs, Himmel noch mal! Und dann gib dir die Kante wie ein richtiger Mann!«

Der Regen war stärker geworden, und Gibson zog sich unter das Dach des Gebäudes zurück.

Noah stieg in den Wagen. »Wir reden später weiter, Gibson«, hatte er gesagt und die Tür geschlossen.

War er wirklich hinter Bible John her?

Allein die Erwähnung dieses Namens sorgte bei jedem pensionierten oder noch aktiven schottischen Polizisten für Verärgerung und in The Marine umso mehr.

Ende der Sechzigerjahre hatte der Mörder, den die Presse Bible John nannte und der nie gefasst worden war, drei Frauen umgebracht, die er im Barrowland Ballroom kennengelernt hatte. Patricia Docker war die erste, danach folgten Jemima McDonald und Helen Puttock. Für Leute über 25 war der Donnerstagabend im Barrowland Ballroom perfekt, um eine angenehme Zeit mit Männern zu verbringen, die immer John hießen, oder mit Frauen, die sich stets Jane nannten. Und der bekannte schottische Tanzclub in Glasgow war einer jener diskreten Orte, an dem man sich den Ehering vom Finger ziehen und in die Tasche stecken konnte, um eine gleichaltrige Frau oder einen entsprechenden Mann kennenzulernen und zu tanzen und sich anschließend vielleicht sogar nach Hause bringen zu lassen, ohne dass jemand irgendwelche Erklärungen erwartete.

Man vermutete, dass es so oder ähnlich abgelaufen war. Alle drei Opfer waren mit Anzeichen heftiger Gewaltanwendung nicht weit von ihrem Zuhause tot aufgefunden worden. Als die Polizei daraufhin in Erwägung zog, dass ein Serienkiller in den Straßen

Glasgows sein Unwesen trieb, hörte Bible John auf. Oder vielleicht auch nicht.

Abgesehen von den vermissten Frauen, die Noah seinem viktimologischen Profil zugeordnet hatte, gab es keinen wirklich eindeutigen Hinweis darauf, dass Bible John noch einmal zugeschlagen hatte, obwohl es einige seltsame Verbrechen an der Ostküste und zwei weitere in Dundee an der Mündung des Tay gegeben hatte, die 1979 und 1980 verübt wurden und einige Ähnlichkeiten mit Bible Johns Vorgehensweise aufwiesen. Fehlgeschlagene Versuche? Die Ermittlungen waren nicht gerade vorbildlich gewesen, dennoch hatte Noah in Erfahrung bringen können, dass, auch wenn die Leichen bekleidet zurückgelassen worden waren und mindestens ein Opfer nicht erdrosselt wurde, alle zum Zeitpunkt ihres Todes ihre Periode hatten.

Die roten Lichter blinkten immer noch, und endlich senkten sich die Schranken. In dem Moment fuhr aus der entgegengesetzten Richtung noch ein Auto mit hoher Geschwindigkeit über den Bahnübergang, und eine Schranke berührte beinah das Dach des Fahrzeugs. Das leuchtende Orange des Ford Capri kam Noah bekannt vor, und obwohl der Wagen ziemlich schnell an den stehenden Autos vorbeifuhr, gelang es ihm, das Kennzeichen zu entziffern.

John Clyde. Dieser Mann hatte ein Jahr zuvor, als Noah noch in Edinburgh ermittelt hatte, auf seiner Liste der möglichen Täter gestanden. Noah war bei der Durchsicht älterer Fälle aufgefallen, dass zwei Mädchen, die perfekt in das von ihm erstellte viktimologische Profil passten, in den Siebzigerjahren vom Campus der Universität verschwunden waren, an der auch Clyde studiert hatte. Es war Noah nicht gelungen nachzuweisen, dass Clyde die Mädchen dort kennengelernt hatte, und es war nicht einmal klar, ob sie dieselben Vorlesungen besucht hatten, aber Clydes Name stand auf der Liste der Studenten, die in den Monaten vor oder nach dem Verschwinden der jungen Frauen ihr Studium abgebrochen hatten.

Myriam Joyce und Helena Patrickson. Beide dunkelhaarig, schlank und nicht sehr groß. Beide hatten ihre Periode gehabt, als sie verschwunden waren. Doch genau wie bei den Fällen, die sich in Glasgow ereignet hatten, ging die Polizei schließlich davon aus, dass die Mädchen den Ort freiwillig verlassen hatten. Beide hatten Probleme im Studium gehabt und bereits verkündet, dass sie es abbrechen wollten. Außerdem hatten sie in schwierigen Beziehungen gesteckt, was sie dazu veranlasst hatte, hin und wieder allein auszugehen. Sie hatten schönes dunkles langes Haar gehabt, was vielleicht ein Zufall war, vielleicht aber auch nicht. Als sie zuletzt gesehen worden waren, hatten sie sich in der Gesellschaft eines gut aussehenden jungen Mannes befunden, der nicht so attraktiv war, dass man seinen Anblick niemals mehr vergaß, aber auch nicht so hässlich, dass es einem im Gedächtnis blieb. Ein ganz normaler junger Mann mit vertrauenswürdigem Aussehen, mit dem jedes Mädchen ohne Vorbehalte reden würde.

Noah hatte alle Männer, deren Namen auf seiner Liste standen, routinemäßig überprüft. Im Fall von John Clyde hatte er die Polizei von Killin, seinem Wohnort, um Informationen gebeten: Sohn einer alleinerziehenden Mutter, der bei ihr und seinen beiden Tanten aufgewachsen war. Nachdem er sein Philologiestudium an der Edinburgh University kurz vor dem Abschluss abgebrochen hatte, war er wieder in seinen kleinen Heimatort am See zurückgekehrt und hatte seitdem nirgendwo länger als zwei Monate am Stück gearbeitet. Er hatte kurzzeitig als Reiseführer auf einem der Touristenboote gejobbt, wo seine Tante angestellt war, und ein paar Wochen als Rezeptionist in dem Hotel, in dem seine andere Tante als

Zimmermädchen arbeitete und seine Mutter als Hausdame. Offensichtlich war John Clyde nicht zum Arbeiten geboren.

Noah hatte das Gefühl, dass er zu jenen jungen Leuten gehörte, die glauben, dass es nichts gibt, was gut genug für sie ist, und es irgendwie schaffen, auch diejenigen davon zu überzeugen, die sich abrackern, um sie durchzufüttern. Eine andere Erklärung dafür, dass sich seine Mutter und seine Tanten nach wie vor um ihn kümmerten, als wäre er noch ein Kind, fiel Noah jedenfalls nicht ein.

Er erinnerte sich an Clydes Gesicht auf dem Foto in seinem Führerschein, das dem Bericht der Polizei in Killin beigelegen hatte. Laut diesem Dokument war er gerade 37 Jahre alt geworden, hatte sich aber ein kindliches Aussehen bewahrt, das ihn jünger erscheinen ließ. Er war stets gut angezogen, gepflegt und ein angenehmer Gesprächspartner. Er war freundlich zu den Nachbarn und höflich zu den Frauen. Jedoch hatte man noch nie eine Frau an seiner Seite gesehen. Was nichts bedeuten musste.

Noah hatte nicht lange gebraucht, um John Clyde als Verdächtigen auszuschließen. Dazu reichte es aus, sich die Gegend um das Haus, in dem er wohnte, anzusehen, ihn einen Abend lang in einer Diskothek zu beobachten und den Bericht der Polizei in Killin zu lesen. Johnny Clyde war die Trägheit in Person. Zu jener Zeit hätte Noah ihn niemals für jemanden gehalten, der die vorgeschriebene Geschwindigkeit überschritt, ein Stoppschild missachtete oder ein Glas zu viel trank. Daher fiel ihm nun sofort auf, dass er noch über den Bahnübergang gefahren war, als sich bereits die Schranken senkten.

Noah sah, wie sich die Rücklichter des Capri in der Dunkelheit entfernten. Er spürte, dass sein Puls schneller schlug, atmete tief durch, um sich wieder zu beruhigen, und traf eine Entscheidung.

Er setzte so weit zurück, dass er wenden konnte, um John hinterherzufahren, folgte ihm in sicherer Entfernung und achtete darauf, dass immer ein paar Autos zwischen ihnen waren, wobei ihm auffiel, dass John an diesem Abend nicht im üblichen Tempo fuhr. Zu dem Überqueren des Bahnübergangs bei sich senkender Schranke und aufblinkendem Warnlicht kamen noch andere Auffälligkeiten. Er überfuhr zwar keine rote Ampel, raste aber mit hoher Geschwindigkeit, bremste kurz ab, als er durch ein Wohngebiet fuhr, und gab gleich wieder Gas.

Der Ford Capri hatte keine normale geschlossene Kofferraumabdeckung, die Rückscheibe war Teil der Heckklappe und reichte bis fast auf Höhe der Blinkleuchten hinab, was ihm jenes besondere sportliche Aussehen verlieh, das ihn charakterisierte. Und es schien so, als transportiere John Clyde im Kofferraum seines Wagens etwas Großes, Plumpes. Als er außerhalb eines Wohngebiets über eine Unebenheit im Boden fuhr, geriet das, was Clyde im Kofferraum hatte, in Bewegung und war für einige Sekunden durch die Rückscheibe zu sehen. Noah schätzte, dass Johns gehetztes Fahrverhalten in direktem Zusammenhang mit der Ladung in seinem Kofferraum stand. Ein Gepäck, das, obwohl es mit einer Decke oder einer Plane bedeckt war, den trägen Johnny Clyde so sehr belastete, dass er in Aufruhr war.

In dem Moment, als Noah gesehen hatte, wie der Capri über den Bahnübergang raste, hatte er die Eingebung gehabt, dass gerade etwas Außergewöhnliches geschah, auch wenn er nicht in der Lage gewesen wäre, es zu erklären. Doch an allen Stellen seines Körpers, wo man den Puls spüren konnte, pochte das allmächtige Gefühl, die Beute gewittert, das letzte Teil gefunden zu haben, um das Puzzle zu vollenden.

Er versuchte sich zu beruhigen, atmete tief ein und aus, sodass sein Atem an der Autoscheibe kondensierte. Der eiskalte Regen, der aus Nordosten kam, wurde immer stärker, sodass Noah, obwohl die Scheibenwischer auf maximale Schnelligkeit eingestellt waren, zwischendurch gerade mal eine Sekunde lang die Straße sehen konnte. Hin und wieder rieb er mit dem Handrücken innen über die beschlagene Windschutzscheibe, wobei die Kälte von draußen seine Hand kühlte, die vom Fieber zu glühen schien.

Er wusste, wohin es ging. John fuhr nach Hause. Killin war ein beschaulicher Touristenort mit gerade mal 700 Einwohnern in einer bewaldeten Schlucht im Verwaltungsbezirk von Stirling, durchschnitten von den Wasserfällen des Flusses Dochart, bevor dieser in den Trossachs in den Loch Katrine mündete. »Die Trossachs« war die gängige Bezeichnung für die idyllische Tallandschaft mit ihren Wäldern, den vielen Wasserläufen, den einsam gelegenen Seen und den kleinen Inseln.

In diesem Garten Eden führte John Clyde sein bequemes Leben, während seine Mutter und seine Tanten den Lebensunterhalt für ihn verdienten. Das Haus, in dem er lebte und das jemand mit Sinn für Ironie Harmony Cottage getauft hatte, lag einsam und verwahrlost außerhalb des Orts, aber noch im Einzugsbereich.

40 Minuten später erreichte der Capri die Gegend um den Loch Katrine, und obwohl die Straßen hier deutlich kurviger waren, fuhr John Clyde mit gleichbleibend hoher Geschwindigkeit. Dies war sein Terrain, in dem er sich auskannte. Bei seinem Verfolger sah das anders aus.

Noah hatte sich bei der routinemäßigen Überprüfung Clydes ein Jahr zuvor in der Gegend umgesehen, was aber längst nicht bedeutete, dass er sich in der Landschaft mit den vielen kleinen Wegen gut zurechtfand.

Als Clyde etwas langsamer durch die kleinen Orte um den See fuhr, war Noah sicher, dass er dies nur tat, um der örtlichen Polizei nicht aufzufallen.

Harmony Cottage befand sich etwa eine Meile entfernt. Sie ließen den Bereich hinter sich, wo die Stege ins Wasser ragten und die Boote, die an den Seiten festgemacht waren, im schwachen Licht der Uferlaternen im Dunst des prasselnden Regens kaum zu sehen waren.

Für einen Moment überkamen Noah Zweifel: War es möglich, dass Clyde einfach nur auf dem Weg nach Hause war? Dass er es aus irgendeinem Grund nur sehr eilig hatte? Hatte er vielleicht seiner Mutter versprochen, zu einem bestimmten Zeitpunkt zurück zu sein? Denn obwohl Johnny von den Frauen in seiner Familie sehr verwöhnt wurde, gab es in derartigen verwandtschaftlichen Konstellationen oft für andere unerklärlich strenge Regeln.

Zu Noahs Überraschung nahm Johnny die Straße, die bergauf in den Wald führte.

In dieser Gegend gab es keine Häuser. Manche Teile der Straße, die zum See hinunterführten, waren im Frühjahr durch den vielen Regen, der von der Nordsee herüberzog, unbefahrbar. Und in dieser Nacht schien der gesamte Ozean über ihren Köpfen niederzugehen. Laut der Wettervorhersage würde der Höhepunkt des Gewitters, in dem sie sich gerade befanden, in etwa einer halben Stunde Glasgow erreichen.

Noah begann sich Sorgen zu machen. Er war sich bewusst, dass es von der Straße unzählige Abzweigungen gab, die an steilen bewaldeten Abgründen oder in felsigen Höhlen endeten oder, in entgegengesetzter Richtung, an kleinen Buchten am See. Es war äußerst schwierig, jemanden in der Dunkelheit über die kurvenreiche Straße zu verfolgen. Das Licht der Scheinwerfer seines

Wagens leuchtete wie Sternschnuppen zwischen den Bäumen auf, und Noah fürchtete, dass es ihn verraten würde.

Das fahle Mondlicht verschwand immer wieder zwischen den großen dunklen Wolken. Es war absolut ausgeschlossen, ohne Licht zu fahren, wenn er nicht im See landen wollte, wo das alte Auto zu seinem Sarg werden würde. Noah machte das Fernlicht aus und konzentrierte sich darauf, den Rücklichtern des Capri zu folgen, die immer wieder hinter einer Kurve verschwanden und danach wieder auftauchten.

Wenn die Kronen der Bäume über der Straße so dicht wurden, dass er das Gefühl hatte, durch einen Tunnel zu fahren, hatte dies den Vorteil, dass der Lärm des niederprasselnden Regens für eine Weile abbrach. So hörte er das Geräusch des frisierten Motors und konnte den Abstand erhöhen.

Zum Glück fiel ihm auf, dass John die Geschwindigkeit verringerte, um dann langsam in einen stark mit Unkraut überwucherten abschüssigen Weg abzubiegen, den jeder, der sich nicht so gut auskannte wie Clyde, übersehen hätte.

Die dichten Bäume des letzten Teils der Strecke lichteten sich, und sie erreichten wieder das Ufer des Sees. Als zwischen den schnell über den Himmel ziehenden Wolken der Mond hervorschaute, erhellte sein Licht die bleierne gekräuselte Oberfläche des Loch Katrine. Das dunkle Wasser erinnerte in dieser Nacht an ein aufgewühltes Meer, das alles zu verschlingen drohte.

Der Capri blieb in einer Entfernung von etwa zehn Metern unter der Krone des letzten großen Baums stehen. Die Straße war zu Ende.

Noah schaltete das Licht seines Wagens aus und fuhr an den Rand des Wegs, wobei er merkte, wie der Boden unter den Rädern durch den intensiven Regen nachgab. Unmöglich, dass die

Räder des Capri am matschigen Ufer des Sees nicht versinken, dachte er.

Noah tastete unter seiner Jacke nach seiner Dienstpistole, zog sie aus dem Holster, nahm im Dunkeln das Magazin heraus und fuhr mit dem Daumen über die Spitzen der Munition, um die Patronen zu zählen. Dann rammte er das Magazin wieder ins Griffstück der Pistole und hielt sich die Waffe ans Gesicht, sodass er den kalten Stahl an der Haut spürte, um sich Mut zu machen. Er seufzte. Sein Herz raste. Er versuchte sich zu beruhigen und ging im Kopf alles durch, was er über Bible John wusste, um es auf John Clyde zu übertragen, wobei er für sich die Gründe aufzählte, warum er ihn ein Jahr zuvor von der Liste der Verdächtigen gestrichen hatte.

Clyde war inzwischen 37, war also 1969 23 oder 24 gewesen. Zu der Zeit hatte er in Edinburgh studiert (an der Universität, an der zwei Jahre später zwei junge Frauen verschwunden waren) und hatte kein eigenes Auto gehabt. Es war also nicht so leicht für ihn gewesen, von einem Ort zum anderen zu kommen, und das war einer der Gründe, um ihn als Täter auszuschließen.

Doch Noah hatte das Profil der beiden Mädchen mit dem der möglichen Opfer abgeglichen und dann in Erfahrung gebracht, dass Clyde manchmal mit dem dunklen Morris einer seiner Tanten fuhr. Und einer der Zeugen im Fall Bible John hatte ausgesagt, Patricia Docker am Abend ihres Todes am Eingang des Queens Park an einer Bushaltestelle gesehen zu haben, und dort habe angeblich ein Morris 100 Traveller bei ihr angehalten. Der Zeuge war sich jedoch nicht sicher, ob sie eingestiegen war oder nicht.

Ein Indiz, das für Clyde als Täter sprach, doch jede Menge Dinge sprachen dagegen. Der Hauptgrund, John Clyde von der Liste zu streichen, war sein Charakter gewesen. Er war Noah einfach zu unreif erschienen, um beurteilen zu können, wann er aufhören musste, um zwischen seinen Verbrechen genügend Zeit verstreichen zu lassen, aber vor allem, um sich weiterzuentwickeln, um seine Taten auf ein höheres Niveau zu bringen. Denn das hatte Bible John getan. Er hatte sich nach seiner ersten Tat weiterentwickelt. Sein erstes Opfer hatte er auf der Straße gegenüber einer Parkgarage zurückgelassen. Für sein zweites Opfer hatte er einen dunklen, verlassenen Park gewählt, wo es erst am nächsten Morgen gefunden wurde. Und das dritte hatte er in ein Gebäude gebracht, das abgerissen werden sollte und wo die Leiche erst nach 24 Stunden gefunden worden war. Das erste Opfer hatte er eigenhändig erwürgt, bei den anderen beiden hatte er sich mit einem Stück einer herkömmlichen Wäscheleine bewaffnet. Er lernte schnell bei dem, was er tat.

Drei Frauen, die aus derselben Diskothek verschwanden und mit einem Mann gesehen worden waren, an den sich niemand genau erinnern konnte, nicht einmal die Schwester des letzten Opfers, Helen Puttock, die einen Teil des Abends gemeinsam mit den beiden verbracht und sich für ein Stück des Heimwegs ein Taxi mit ihnen geteilt hatte.

Dennoch war auf ihre Beschreibung hin das erste Phantombild entstanden. Die anderen Zeugen waren sich einig, dass er gesagt habe, er heiße John. Der Beiname »Bible« war wie üblich eine Erfindung der Presse, die darauf beruhte, dass sich einer der Zeugen vage daran zu erinnern glaubte, er habe etwas aus der Heiligen Schrift zitiert (auch wenn sich der Zeuge dahingehend nicht sicher war).

Aber das zusammen mit der Beschreibung eines wohlerzogenen, korrekten Mannes, der damit prahlte, Psalmen zitieren zu können, passte zu dem Namen »Bible John«, und das war der andere wichtige Grund, John Clyde als Verdächtigen auszuschließen.

Denn es war für einen Mörder wie Bible John unwahrscheinlich, dass er sich mit seinem richtigen Namen vorstellte.

Die Zeitungen von damals hatten die Taten als »Verbrechen im Affekt« eingeordnet. Alle drei Opfer hatten ihre Periode. Die spontane Schlussfolgerung der polizeilichen Ermittler daraus war, dass dies den Mörder gestört hatte, dass er die Frauen womöglich getötet hatte, weil sie sich aus diesem Grund geweigert hatten, Sexualverkehr mit ihm zu haben.

Noah hatte fast das gesamte Material, das es über Bible John gab, durchgesehen. Hunderte Polizisten hatten an dem Fall gearbeitet. Allerdings war es Ende der Sechzigerjahre bei der Polizei in Schottland und überhaupt überall so, dass die Sammlung und die Aufbewahrung von Beweismitteln nicht besonders sorgfältig erfolgten. Zu einer Zeit, in der eine DNA-Analyse noch weniger wahrscheinlich war als eine Reise zum Mond, war es nicht üblich gewesen, biologische Spuren aufzuheben. Die wenigen sichergestellten Objekte hatten jahrelang vor sich hin modernd im Keller von The Marine gelegen, bis man sie zum CID nach Edinburgh gebracht hatte, wo sie dann weiter vor sich hin schimmelten.

Zum Glück gab es Tatortfotos. Die Qualität war nicht besonders gut, doch Noah hatte sie millimetergenau studiert und war zu der Erkenntnis gelangt, dass es sich eindeutig nicht um irrational im Affekt begangene Gewaltverbrechen handelte, wie es auf den ersten Blick ausgesehen hatte.

In dem Chaos an den Tatorten, wo der Inhalt der Handtaschen der Opfer scheinbar sinnlos auf dem Boden verstreut war, hatte Noah ein Muster, ein Schema erkannt. Hinter diesem Durcheinander steckte eine Absicht, die Suche nach einer Damenbinde oder einem Tampon. Die waren in alldem Chaos sorgsam unter dem Rücken oder den Achseln der Opfer platziert worden, auf eine so geschickte Art, dass ein ungeschultes Auge es für Zufall hielt. Daher war es erst beim dritten Opfer aufgefallen.

Noah hasste die Legenden, die sich um die Verbrechen rankten, aber es gab etwas, was ihn an Bible John faszinierte, und das hatte damit zu tun, dass hinter dem, was er tat, eine Absicht steckte. Dass alle drei Opfer ihre Periode gehabt hatten, als sie umgebracht worden waren, konnte kein Zufall sein.

Es gab eine Sache, in der Detective Gibson recht hatte: Noah glaubte, dass Bible John noch lebte und weiterhin mordete, aber Noah war sich auch sicher, dass sich Bible John in den vergangenen 14 Jahren weiterentwickelt hatte und sich der Fortschritte in der forensischen Wissenschaft bewusst war. Jeder Verbrecher wusste, dass eine Leiche ein Zeuge ist, und Bible John konnte sich bestimmt denken, dass die Spuren und Indizien, die er 1968 und 1969 bei den drei ermordeten Frauen zurückgelassen hatte, dank der Mittel, über die man im Jahr 1983 verfügte, sehr wahrscheinlich zu seiner Verhaftung geführt hätten.

Noah öffnete die Autotür, stieg aus dem Wagen und ging ein paar Schritte zurück, um das hintere Ende des Escort herum.

Er verließ den Weg und huschte gebückt zwischen den Bäumen zum See hinunter, die hier dichter belaubt waren, aber nicht mehr so eng nebeneinanderstanden. Er verbarg sich dabei immer wieder hinter den Stämmen und achtete auf die wenigen Mondstrahlen, die hin und wieder einen Weg zwischen den dichten Wolken fanden.

Die Bäume machten einen erstaunlichen Lärm. Die Äste schlugen gegeneinander, und Noah hatte den Eindruck, dass überall vom Wind abgerissene Zweige herunterfielen. Er versuchte sich zu konzentrieren, um nicht in die falsche Richtung zu laufen, bis vor ihm die Rücklichter des Capri auftauchten, die in der Dunkelheit leuchteten wie die Augen eines Monsters.

Dort, wo der Wagen stand, war der Boden eben, und das dichte Laub des Baums, unter dem Clyde geparkt hatte, schien dafür zu sorgen, dass der Untergrund fester war. Die Scheinwerfer des Wagens leuchteten bis zum Ufer des Sees und erhellten den dicht fallenden Regen, der wie ein Vorhang vom Wind aufgeweht wurde.

Noah schrak zusammen. Er war zu weit herangegangen. Hastig machte er einen Schritt nach hinten, um sich hinter einem Baumstamm zu verstecken, und verfluchte das laute Knacken der Äste unter seinen Füßen.

Eines der Rücklichter des Capri verschwand hinter John, als dieser sich davorstellte, um den Kofferraum zu öffnen. Er nahm etwas heraus und ging, ohne den Kofferraumdeckel zu schließen, zum Seeufer. Im ersten Moment dachte Noah, dass es sich um eine Waffe handelte, ein Jagdgewehr, von denen es in dieser Gegend viele gab. Doch als Clyde durch das Licht der Autoscheinwerfer ging, konnte er sehen, dass es eine Schaufel war.

John näherte sich bis auf etwa drei Meter dem Ufer. Dort blieb er stehen und hob das Gesicht zum Himmel, als wären die Blitze, das Donnern und die unglaubliche Menge an eiskaltem Wasser, das ihn bereits bis auf die Knochen durchnässt hatte, ein Teil von ihm. In einer typischen Freddie-Mercury-Geste breitete er die Arme aus, und Noah beobachtete ungläubig die Szene im Regen vor ihm. John verharrte einige Sekunden lang in dieser Pose, als höre er im Geiste eine großartige Hymne, dann senkte er die Arme und begann im Schlamm am Ufer zu graben.

Weich, wie der Boden war, kam er schnell voran. Noah duckte sich und näherte sich dem Wagen.

Das Bündel war nicht besonders groß und in eine Decke mit schottischem Tartanmuster gewickelt. Selbst in dem kleinen Kofferraum des Capri nahm es längst nicht den gesamten Raum ein.

Noah ging auf die Knie und spürte, dass die Erde unter seinem Gewicht wie weiche Butter nachgab. Vorsichtig wagte er einen Blick am Auto vorbei, um sich zu vergewissern, dass John noch immer grub. Dann schob er die starren Finger unter die Decke und berührte die feste, kalte Haut des Körpers darunter. Instinktiv zog er die Hand wieder zurück.

Er schlug die Decke beiseite.

Es war kein Kind, sondern eine sehr kleine Frau.

Noah tastete am Hals nach ihrem Puls, obwohl er wusste, dass dies unnötig war, und berührte dann den Unterkiefer, der bereits die ersten Anzeichen der Totenstarre aufwies. Am Arm der Frau waren drei Tattoos zu sehen, drei Namen, wahrscheinlich die ihrer Kinder: Sam, Gillian und Andrew, mit Blumen und Schmetterlingen verziert. In der Lücke zwischen ihren Beinen lag in einem Bündel ihre Kleidung, obenauf der Slip in einer undefinierbaren hellen Farbe, auf dem die dunklen Flecken des Menstruationsbluts zu sehen waren. Wie bei allen Opfern von Bible John.

Eines der großen Mysterien für die Ermittler, die sein Profil studiert hatten, war, wie Bible John es angestellt hatte, den Frauen eine derart intime Information zu entlocken. Vielleicht weil sie ihm, wie die Ermittler zur damaligen Zeit vermutet hatten, deshalb den Sexualverkehr verweigert hatten. Doch Noah hatte nie an diese Theorie geglaubt.

Er spürte, dass ihm schwindelig wurde, und er schloss die Augen, um nicht das Gleichgewicht zu verlieren. Dabei fühlte er, wie ein enormer Druck von seinem Magen in seine Brust stieg, und ihn überkam erneut das intensive Gefühl der Übelkeit, das ihn seit dem Nachmittag begleitet hatte. Er dachte, er müsse sich übergeben, was kaum möglich war, da er seit Stunden nichts gegessen hatte. Die Übelkeit schnürte ihm die Kehle zu, und er hielt den Atem an, um nicht zu husten, obwohl er sicher war, dass John ihn bei dem tosenden Wetter nicht mal gehört hätte, wenn er laut seinen Namen gerufen hätte. Noah wartete geduldig, bis der Anfall vorbeiging, und deckte die Leiche respektvoll wieder zu.

Das Gewitter wurde noch stärker, der Himmel war inzwischen komplett von dunklen Wolken bedeckt, und nur die Blitze erhellten hin und wieder die dunkle Nacht.

Noah näherte sich seitlich dem Ufer, damit ihn das Licht der Scheinwerfer nicht verriet. Er ging halb gebückt, war nass bis auf die Knochen, und das Wasser lief ihm übers Gesicht und in die Augen, sodass er blinzeln musste, um überhaupt etwas sehen zu können. Er keuchte. Seine Nerven drohten ihn im Stich zu lassen. Er war sich seiner Lage bewusst, der Gefahr, in der er schwebte, aber da war noch etwas. Es war, als blinkten noch immer die Lichter des Bahnübergangs irgendwo an der Grenze zum peripheren Sehen in seinen Augen. Ein Alarmsignal, das er nicht hatte ausschalten können, seit John Clydes Ford Capri an ihm vorbeigerast war. Oder war es noch vorher gewesen?

Er wischte sich mit dem nassen Ärmel übers Gesicht. All das Wasser, das in den See strömte, drohte, ihm den Boden unter den Füßen wegzureißen, und er sank immer weiter ein.

Noah war noch etwa zehn Meter von dem Loch entfernt, das John zu graben versuchte, als er ihn schreien hörte. Es war ein fast tierisches Brüllen, reine Verzweiflung. Instinktiv warf sich Noah zu Boden. Dann hob er ganz langsam den Kopf und sah, dass Clyde gut 15 Schritte nach links gegangen war, wo das Licht der Autoscheinwerfer ihn nicht erreichte. Nun grub er dort, ging aber gleich darauf ein paar Schritte näher zum Ufer, um an dieser Stelle weiterzugraben. Noah verstand nicht, was der Mann dort trieb, denn er war davon ausgegangen, dass er die arme tote Frau irgendwo verscharren wollte.

John schrie erneut, und das zornige Heulen war selbst im Lärm des Gewitters deutlich zu hören. Dann begann er wie ein Verrückter scheinbar ziellos hin und her zu laufen, um immer wieder irgendwo in der Uferregion die Schaufel in den schlammigen Boden zu rammen. Vom Abhang hinter ihnen lief immer mehr Wasser in die überschwemmte Bucht, das sich mit den Wellen vereinte, die der Wind ans Ufer trieb.

John grub immer noch im fast flüssigen Schlamm, in dem er bis zu den Waden versank und der von der Schaufel rann. Plötzlich fiel er auf die Knie, als hätte ihn einer der Blitze getroffen, die über den Himmel zuckten, warf die Schaufel von sich und versuchte mit den Händen einen Hügel aus Schlamm zu formen. Ein heftiger Blitz erhellte die Nacht, und Noah war sicher, dass John ihn gesehen hätte, hätte er in diesem Moment den Kopf gehoben. Doch der hatte nur Augen für das, was sich aus der Erde erhob.

Es war ein Schädel. Er musste schon eine ganze Weile dort gelegen haben, denn das Licht des Blitzes ließ die vom Regen reingewaschenen Knochen weiß aufleuchten. John stand auf und versuchte mit bloßen Händen das Grauen mit Schlamm zu bedecken, das nun aus einem anderen sich öffnenden Grab erstand.

Noah hörte ihn erneut schreien.

»Nein, nein, nein …!«

John fiel wieder auf die Knie und schleppte sich im Schlamm ein Stück zur Seite, bis er vor einem anderen sich öffnenden Grab kniete. Er schaufelte mit den Händen den flüssigen Schlamm über die Schädel seiner Opfer, ohne dass es ihm gelang, sie wieder zu vergraben. Sein persönlicher Friedhof öffnete sich an mehreren Stellen, um mitleidlos den Inhalt der Gräber preiszugeben.

Noah zählte mindestens drei. Drei schwarze Blumen, die dem Schlamm entwuchsen. Das war der Beweis: John Clyde war Bible John und dies sein persönlicher Friedhof.

Noah erhob sich und griff mit beiden Händen nach seiner Waffe, überprüfte, dass sie auch entsichert war. Dann watete er im Lärm des Unwetters auf John zu und blieb hinter ihm stehen. John schaufelte weiterhin stöhnend mit den Händen Schlamm über die gräulichen Überreste eines toten Körpers, der schon auf dem Wasser schwamm.

Noah schrie: »Polizei! Keine Bewegung!«

John warf weiter Schlamm auf die Leiche, als hätte er ihn nicht gehört.

»John Clyde, Sie sind verhaftet!«, rief Noah und berührte John mit dem Lauf der Waffe am Kopf. »Legen Sie sich auf den Boden! Auf den Boden!«

Doch John legte sich nicht auf den Boden, sondern grub im vergeblichen Versuch, das Gesicht der Leiche zu bedecken, weiter im Schlamm. Er wirkte wie im Delirium, als befände er sich gar nicht mehr in der realen Welt.

Dann aber wirbelte er blitzschnell herum und schlug mit der Schaufel, die er im Schlamm gesucht hatte, während er so tat, als würde er mit den Händen graben, gegen die Beine seines Gegners.

Noah fiel zu Boden und verlor die Pistole. John warf sich auf ihn und drückte den Stiel der Schaufel quer gegen die Brust des Polizisten. Noah war sich seiner Lage sofort bewusst. Zweifellos war er viel stärker als John, da er mindestens 45 Pfund mehr wog, aber der Schlamm machte es ihm schwer, die darin versinkenden Beine zu bewegen.

John ließ die Schaufel nicht los, und das Wasser, das vom Abhang herunterlief, überschwemmte immer wieder für Momente Noahs Gesicht. Er versuchte sich aufzurichten, um Luft zu holen, und kämpfte gegen den Instinkt an, nach den Enden der Schaufel zu greifen. Stattdessen schlug er John Clyde mit der Faust kraftvoll ins Gesicht, der wie eine Puppe zur Seite fiel.

Noah erhob sich auf die Knie und suchte verzweifelt seine Pistole im Schlamm. Doch er konnte sie nicht finden. Daher vergaß er die Waffe und stürzte sich auf John. Der stemmte sich gerade hoch, als Noah ihm weitere Faustschläge verpasste, einen ins Gesicht und einen weiteren in die Seite, sodass John wieder in den Schlamm sackte. Bevor er noch etwas tun konnte, setzte sich Noah rittlings auf ihn, sodass nun John derjenige war, der verzweifelt versuchte, das Gesicht aus dem Schlamm zu heben. Es gelang Noah, ihm die Arme auf den Rücken zu drehen, dann griff er nach den Handschellen, die an seinem Gürtel hingen, legte sie John an und hörte das Klicken, mit dem sie einrasteten. Erst da zog er John hoch, sodass er wieder atmen konnte.

Der Regen ließ ein wenig nach, und die Wolken lichteten sich etwas, sodass die beiden Männer einander im Mondlicht ansehen konnten.

Zuerst war ein leichtes Japsen zu hören, wie wenn jemand ängstlich nach Luft schnappte, danach ein Stöhnen. Dann scheinbar von überallher ein tiefes, düsteres Heulen. Beide hielten inne, als sie die Bewegungen um sich herum wahrnahmen.

Noah sah sich um. Dann erregte eine Bewegung ganz in seiner Nähe seine Aufmerksamkeit. Die Leichen der Frauen am See, der Herrinnen dieses besonderen Friedhofs, wurden aus ihren Gräbern gespült und schwammen den einladenden Wassern der Trossachs entgegen.

Es war ein bizarres Schauspiel.

John hockte keuchend auf den Knien. Auch Noah musste Luft holen. Er amtete tief ein, vorerst das letzte Mal, denn der Infarkt, der sich den ganzen Tag über angekündigt hatte, der ihm seit dem Nachmittag seine makabren Botschaften gesandt hatte, überkam ihn mit der Heftigkeit des Blitzes, der im selben Moment über den Himmel zuckte.

Inspector Noah Scott Sherringtons Herz schlug nicht mehr, als er zu Boden ging.

Bible John

Johns Gesicht war voller Schlamm, und seine Hände waren in den Handschellen auf seinem Rücken fixiert. Er schnappte nach Atem, als der Körper neben ihm zu Boden fiel.

Im ersten Moment dachte er, dass der Mann im Schlamm ausgerutscht wäre und sich sofort wieder aufrichten würde, doch die Sekunden vergingen, und er bewegte sich nicht. John betrachtete ihn genauer.

Er war auf die Seite gefallen, den Hals leicht verrenkt zur linken Schulter hin.

John trat mit dem Knie gegen ihn, woraufhin der Körper schlaff auf den Rücken rollte, mit verdrehten Augen und offenem Mund, als habe der Tod ihn während eines Seufzers ereilt.

John starrte den Mann an und konnte sein Glück nicht fassen. Wären seine Hände nicht auf den Rücken gefesselt gewesen, hätte er nach seinem Puls getastet. Doch da das nicht ging, beugte er sich dicht über das Gesicht des Polizisten. So verharrte er ein paar Sekunden, bis er sicher sagen konnte, dass der andere nicht mehr atmete. Er war tot.

John war sich nicht ganz sicher, was genau passiert war. Er hatte viel über den Tod gelesen und wusste, dass er in manchen Fällen ganz plötzlich eintreten konnte. Er wusste jedoch nicht, ob dies in diesem Fall so war oder ob der Mann vom Blitz getroffen worden war, aber eines war nicht zu leugnen: Er war tot.

John hatte einige Mühe, den Schlüssel für die Handschellen aus der Tasche des Toten zu ziehen, doch als er ihn hatte, hielt er ihn fest in der Hand. Es würde schwierig sein, so durch den Schlamm nach Hause zurückzukehren, aber er würde nicht den Fehler machen zu versuchen, die Handschellen sofort zu öffnen, denn wenn ihm der Schlüssel aus der Hand fiel, würde er ihn nie mehr wiederfinden.

Mit der Fußspitze trat er gegen den Kopf des Polizisten, sodass er sich zur Seite drehte. Im schwachen Licht der Scheinwerfer des Capri betrachtete John das Gesicht. Da es voller Schlamm war, war schwer zu sagen, ob er den Mann schon mal gesehen hatte. Doch das, was in den Gräbern um ihn herum geschah, die sich weiterhin öffneten wie Blumen des Bösen, riss ihn aus seinen Gedanken.

Obwohl es für jeden anderen das Logischste gewesen wäre, sich zu beeilen, wusste John, dass es gerade in Momenten maximaler Dringlichkeit wichtig war, auf alle Zeichen zu achten. Und er war schon im Alter von drei Jahren zu einem Meister darin geworden, sie zu erkennen, als Gott ihm das erste Zeichen gesandt hatte.

Er verharrte einen Moment, um sich umzusehen und sich bewusst zu werden, was die Zeichen ihm sagten.

Von dem sich entfernenden Gewitter war nur noch ein gelegentliches Aufleuchten hinter den Hügeln zu sehen, die den See umgaben. Die aus ihren Gräbern gespülten schmutzigen Frauen schwammen auf das unruhige Wasser zu. Das Mondlicht bahnte sich einen Weg zwischen den schnell dahinziehenden Wolken und erhellte das Ufer des Loch Katrine. Und zu seinen Füßen lag der tote Polizist.

John atmete tief durch, hob stolz den Kopf und lächelte. Er wusste ganz genau, was er tun musste. Dann hörte er wieder dieses morbide Heulen, das von allen Seiten zu kommen schien. Es drang in seine Ohren. Auch das war ein Zeichen. Das Lächeln verschwand von seinen Lippen, und zitternd vor Angst rannte er vom See weg in den Wald.

Der Junge

Der Junge wusste nicht, warum, aber es war wichtig, dass die Binden nach dem Waschen im Mondlicht auf dem Rasen ausgebreitet wurden, damit der Morgentau sie erfrischte. Er wrang eine nach der anderen aus, bevor er sie mit einem knallenden Geräusch ausschüttelte, das wie ein Peitschenschlag klang, und legte sie auf die Wiese.

Er durfte erst wieder ins Haus gehen, wenn er sich davon überzeugt hatte, dass alle Arbeit getan war. Dann würde es sehr spät sein, und sie würden schon schlafen, aber der Ofen würde noch warm sein, nachdem sie das Feuer, bevor sie zu Bett gegangen waren, ein letztes Mal geschürt hatten, damit es bis zum Morgen vor sich hin schwelte.

Der Junge würde völlig erschöpft sein und durchgefroren. Doch er würde nicht sofort hineingehen. Er brauchte immer noch einige Zeit, um sich zu beruhigen und mit dem Weinen aufzuhören. Denn wenn er sie mit seinem Schluchzen weckte, würden sie verärgert sein.

Er würde die Tür öffnen und ins Haus blicken. Das einzige Licht würde von dem Feuer kommen, das ruhig im Ofen brannte. Dann würde er angestrengt lauschen, um sich zu vergewissern, dass alle anderen schliefen, und gut die Tür hinter sich schließen. An den knarrenden Bodenbrettern vorbei würde er zum Ofen schleichen, um sich aufzuwärmen. Er würde die alte Decke auf dem Boden ausbreiten, die sonst über dem Holz lag, und sich darauf niederlassen, um seine starren Hände an den Ofen zu halten. Im Winter war das Wasser aus dem Hahn so kalt, dass er morgens oft mit geröteten und geschwollenen Fingern voller schmerzender Frostbeulen erwachte, aber das war ihm egal.

Während er von der Wärme des Ofens und der nach Moos und Holz duftenden Decke träumte, auf der er schlafen würde, schüttelte er eine Binde nach der anderen aus und betrachtete sie von allen Seiten, um sich zu vergewissern, dass kein Fleck zurückgeblieben war. Er breitete den letzten Stoff auf dem Gras aus, und als er die Hände hob, sah er die dunklen Linien unter den Fingernägeln, die manchmal bis unter die Haut gingen. Er atmete aus, bis keine Luft mehr in seiner Lunge war, und spürte einen Schwindel, der in seinen Eingeweiden begann und heiß in seinen Kopf strömte. Er stöhnte, und es klang wie das Wimmern eines verwundeten Welpen.

Im Mondlicht streckte er die Hände aus und schrie fast, als er das geronnene Blut sah, das seine Haut verfärbte und in sie drang. Und wie durch Zauberkraft stieg ihm der Gestank nach verdorbenem Fisch, nach verendetem Tier, nach Tod und Verwesung in die Nase, als ob seine Hände, anstatt mit geronnenem Blut besudelt zu sein, tief in dem Bottich steckten. Keuchend vor Angst rannte er zu dem Wasserhahn, drehte ihn auf, tauchte die Hände in die unförmige Masse aus Sodaseife und schrubbte dann mit der Wurzelbürste seine kleinen Hände, um den Schmutz, diesen Horror, loszuwerden.

Der Junge schrubbte so lange mit aller Kraft, bis sich die dunklen Flecken unter seinen Fingernägeln mit dem Blut mischten, das aus den Wunden strömte, die er sich mit der Bürste zugefügt hatte. Doch der Junge bürstete schreiend weiter und wusste, dass er nie wieder damit würde aufhören können, als er seine Hände erneut in das silbrige Licht des Mondes hielt und sah, dass sie vollkommen schwarz waren.

You don't know how bad I got it
Du hast keine Ahnung, wie schlecht es mir geht

»Mister, Mister, hören Sie mich?«

Die Stimme kam aus weiter Ferne.

»Wie heißen Sie?«

Eine andere Stimme antwortete.

»Noah. Er heißt Noah.«

»Noah, öffnen Sie die Augen«, befahl die erste Stimme.

Er gehorchte, konnte jedoch nichts sehen. Das Licht war hell und tat weh, und er fühlte sich sehr müde. Er wollte schlafen.

Er schloss die Augen wieder und ließ sich ins Unbewusste gleiten.

Aber die Stimme ließ nicht locker. Sie war sehr laut, und ihr Ton war gebieterisch.

»Noah, ich weiß, dass Sie wach sind. Öffnen Sie die Augen, und sehen Sie mich an. Versuchen Sie nicht zu reden, denn das wird wehtun. Öffnen Sie langsam die Augen, vertrauen Sie mir.«

Etwas an der Stimme erinnerte ihn an Mr. Parks, seinen Grundschullehrer.

Er gehorchte, und diesmal konnte er etwas mehr sehen. Ein männliches Gesicht, wenn auch sehr verschwommen. Ihm wurde schwindelig, und er spürte Übelkeit in sich aufsteigen. Er versuchte, den Mund zu öffnen, was ihm nicht gelang. Panik überkam ihn.

»Noah, Sie sind auf der Intensivstation des Royal Edinburgh Hospital. Ich bin Dr. Handley. Hören Sie mir genau zu: Sie sind intubiert. Wenn Sie mich verstanden haben, zwinkern sie zweimal.«

Er kniff die Augen zusammen.

»Sie sind an ein Beatmungsgerät angeschlossen, aber wir glauben, dass das nicht mehr nötig ist.« An jemand anderen gerichtet, den Noah nicht sehen konnte, fragte der Arzt: »Hat er gut auf den Spontanatmungsversuch reagiert?«

»Keine Arrhythmie, kein Fieber.«

Erneut das Gesicht vor seinen Augen. »Gut, fixieren Sie seine Hände. Wir werden den Tubus herausziehen.«

Er hörte das Gurgeln des Saugers, während er spürte, wie der Tubus herausgezogen wurde, und Dr. Handley befahl: »Atmen Sie!«

Er tat es. Die Luft schmeckte nach Alkohol und Metall und war lauwarm.

»Wie lange bin ich schon …?« Seine Stimme brach ab, der Arzt hatte recht: Es tat so weh, dass er sich instinktiv an den Hals fassen wollte. Doch er konnte nicht. Er hörte das metallische Klingeln des Bettgitters, als er die Hände bewegte.

»Zwei Tage«, antwortete der Arzt.

»Chief Inspector Graham, ich muss mit ihm reden«, flüsterte er, in der Hoffnung, die Messer, die in seine Kehle zu stechen schienen, so zu überlisten.

»Sie dürfen noch keinen Besuch empfangen, aber keine Sorge, der Chief Inspector war die ganze Zeit hier draußen. Er weiß bereits alles.«

Noah hatte das Gefühl, dass der Tubus noch immer in seinem Hals steckte, obwohl er wusste, dass dem nicht so war.

»Es ist John Clyde. Sagen Sie es ihm.«

»Er weiß bereits alles, ruhen Sie sich aus«, wiederholte der Arzt abschließend.

Noah schloss die Augen. Und schlief augenblicklich ein.

Dr. Handley trat ins Zimmer, schloss sorgsam die Tür hinter sich und blieb ein paar Sekunden stehen, um den Mann in dem Bett am Fenster zu betrachten. Noah hatte sich aufgerichtet, saß mit angezogenen Beinen auf dem Bett und hatte die Arme um die Knie geschlungen. Im Bericht stand, dass er 42 Jahre alt war. Schlank und muskulös, das dichte, im Nacken und auf der Stirn gelockte dunkle Haar hob die Blässe seiner Haut hervor. Er blickte gedankenverloren aus dem Fenster. Selbst in dieser Ruhestellung wirkte er irgendwie unruhig und gehetzt, was Handley, der schon sein halbes Leben lang Kardiologe war, als etwas Negatives einstufte. Daher presste er unzufrieden die Lippen zusammen, bevor er sich dem Bett seines Patienten näherte.

»Noah Scott Sherrington.«

Noah wandte sich erwartungsvoll zu ihm um. Schon wieder dieser Übereifer.

»Ich nehme an, Sie sind der Kardiologe«, entgegnete er und streckte ihm die Hand hin, die der Arzt ergriff und schüttelte. »Wann, denken Sie, kann ich Besuch empfangen oder zumindest telefonieren? Es ist wichtig, dass ich mit meinem Vorgesetzten rede. Man lässt mich hier noch nicht mal die Zeitung lesen.« Er sah sein Gegenüber vorwurfsvoll an.

»Machen Sie sich keine Sorgen, Mr. Graham ist, seit Sie hier eingeliefert wurden, auf dem Laufenden. Er hat uns darüber informiert, dass Sie keine Familie haben, weshalb er die Erlaubnis erhalten hat, Sie auf der Intensivstation zu besuchen.«

Handley wies auf den Rand des Bettes, und Noah rückte ein Stück zur Seite, damit er sich setzen konnte.

»Wie geht es Ihnen, Noah? Darf ich Sie Noah nennen?«

Scott Sherrington nickte.

Der Arzt lächelte nachsichtig. »Fühlen Sie sich gut?«

»Na ja …« Noah zuckte mit den Schultern. »Ich bin etwas müde, und mir tun der Hals und die Rippen weh«, sagte er und legte eine Hand an die entsprechenden Stellen, »aber die Krankenschwester hat gesagt, dass das normal ist, wegen der …« Er brach mitten im Satz ab.

»Der Reanimation«, sagte der Arzt.

»Ich glaube, die Schwester hat ›Wiederbelebung‹ gesagt.«

Handley entging nicht, wie finster er das Wort betonte.

»Woran können Sie sich noch erinnern, Noah? Bitte berichten Sie mir alles, was Sie noch wissen, jedes Detail. Das ist wichtig.«

Noah hob den Blick, und es war ihm anzusehen, dass er angestrengt nachdachte.

»Ich habe einen Verdächtigen verfolgt. Dabei habe ich an einem Bahnübergang angehalten. Und dann fiel mir ein Wagen auf, der aus der entgegenkommenden Richtung über den Übergang fuhr. Auf eine Art … Na ja, ich habe den Wagen wiedererkannt und beschlossen, ihm zu folgen.«

Man merkte, dass Noah gewohnt war, Berichte zu verfassen. Dr. Handley fiel auf, dass er sich darauf beschränkte, Tatsachen wiederzugeben, ohne dabei irgendwelche Gefühle zu äußern oder zu erkennen zu geben.

»Mir ist sofort aufgegangen, dass er zu dem See wollte, wo er wohnt«, fuhr Noah fort. »Ich bin etwa 25 Meilen hinter ihm hergefahren, bis zum Ufer des Loch Katrine. Dort habe ich den Verdächtigen … sagen wir, bei der Ausführung einer Straftat überrascht. Es kam zu einer körperlichen Auseinandersetzung. Einer heftigen körperlichen Auseinandersetzung, und es ist mir gelungen, ihm Handschellen anzulegen und … Das war's.« Noah brach ab und fügte in einem Ton, der nicht mehr so professionell klang wie die vorangehende Schilderung, hinzu: »Danach nichts.« Er richtete den Blick ziellos aus dem Fenster. Traurig.

Handley holte ihn mit seiner Frage ins Hier und Jetzt zurück. »Erinnern Sie sich nicht an irgendwelche auffälligen Symptome den Tag über? Extreme Müdigkeit, Atemnot, Unruhe.«

»Nein.«

Der Arzt sah ihn misstrauisch an. »Geschwollene Beine oder Füße? Irgendein anderes Übel?«

»Ich trug neue Schuhe und dachte, dass mir die Füße deswegen wehtun«, sagte Noah und zuckte mit den Schultern.

»Lassen Sie mich raten: Sie haben sich neue Schuhe gekauft, weil die alten zu eng waren.«

»Ja.«

»Wahrscheinlich waren die neuen Schuhe eine Nummer größer, aber sie haben trotzdem gedrückt, richtig?« Dr. Handley notierte etwas in seinen Unterlagen. »Scheinbar unbegründete Schweißausbrüche, Hitze oder plötzliche Kälte, Herzklopfen, Panikattacken …?«

Noah nickte bei jedem seiner Worte. »Und ein Völlegefühl«, fügte er hinzu. »Ich hatte die ganze Zeit den Eindruck, Hunger zu haben, wusste aber, dass ich keinen Bissen runterbringen würde, als hätte ich mich komplett vollgefressen.«

»Und das fanden Sie nicht eigenartig? Haben Sie nicht gedacht, dass irgendetwas Seltsames in Ihnen vorgeht?«

»Ja, ich hatte eine Eingebung.«

»Bitte?«, fragte Handley verwundert.

»Instinkt, Intuition, eine Vorahnung. Das ist schwer zu erklären, und ich habe das schon öfter gehabt, und immer ist dann daraufhin etwas passiert. Als die roten Lichter des Bahnübergangs zu blinken begannen, hatte ich diese Vorahnung, die so deutlich war, dass ich sie mit den Händen hätte greifen können. Und als ich den Capri gesehen habe, der aus der entgegengesetzten Richtung über den Bahnübergang gerast ist, wusste ich es. Es war eine so deutliche Gewissheit, dass ich keinen Zweifel hatte.«

»Eine Eingebung«, wiederholte der Arzt, »oder die Symptome eines Herzinfarkts.«

Noah sah ihn fragend an. »Also hatte ich einen Herzinfarkt, ja? Ich kenne einen Mann hier in Edinburgh, einen Streifenpolizisten, Joe Chambers, der hatte einen Infarkt, während er mit seinem Partner im Einsatz war. Glücklicherweise war das ganz in der Nähe eines Krankenhauses, es könnte dieses gewesen sein. Als ich ihn wiedergesehen habe, hatte er 66 Pfund abgenommen, trank keinen Alkohol mehr und hatte das Rauchen aufgegeben. Jetzt ist er im Innendienst.«

Handley sah ihn mitfühlend an. Es war genau so, wie er auf den ersten Blick geahnt hatte: Zuerst tat er so, als wäre nichts passiert, und nun versuchte er zu verhandeln.

»Noah, ich werde Sie heute noch mal untersuchen, aber schon die Analyse nach Ihrer Einlieferung hat ergeben, dass Ihr Cholesterinwert, der Blutzuckerspiegel und die Anzahl der roten Blutkörperchen völlig normal sind. Sie haben absolut kein Übergewicht. Ihre Nieren und Ihre Leber funktionieren gut, und obwohl ich weiß, dass Sie rauchen, zeigen die Ergebnisse, dass Sie es nicht übertreiben. Es gibt einen großen Unterschied zwischen dem, was Ihrem Bekannten passiert ist, vielleicht eine Arteriosklerose, und dem, worunter Sie leiden.«

»Aber ich hatte doch einen Infarkt, oder nicht?«, fragte Noah verwirrt.

»Sie hatten einen Infarkt, ja, aber aus anderen Gründen. Ihr Herz ist krank, Noah, sehr krank, und auch wenn der Lebensstil einen Einfluss darauf hat, ist das nicht das Gleiche wie das, was diesem anderen Mann passiert ist. Ihr Leiden heißt dilatative Kardiomyopathie.«

Noah sah ihn aufmerksam an. »Das klingt sehr ernst.«

»Weil es das ist, Noah. Ich wünschte mir, dass ich nicht so deutlich sein müsste, aber Ihr Leben wird sich von diesem Moment an entscheidend verändern, und Sie müssen alles darüber wissen. Einverstanden?«

Noah nickte langsam.

»Gut«, flüsterte er. »Kardiomyo…«

»Dilatative Kardiomyopathie«, wiederholte Handley und nahm aus der Mappe, die er bei sich hatte, mehrere Seiten Papier. »Es ist sicher in dem Moment passiert, als Sie die körperliche Auseinandersetzung hatten, wegen der Überbelastung. Angst, nervliche Belastung, körperliche Ermüdung. Aber es hätte genauso gut in jedem anderen Moment passieren können. Das war nicht zu verhindern. Verstehen Sie?«

Noah presste erneut unzufrieden die Lippen zusammen. »Aber ich erinnere mich an nichts, keinen Schmerz, nicht daran, dass ich umgefallen bin. Ich dachte, dass ein Herzinfarkt sich vorher ankündigt, mit heftigen Schmerzen.«

»Das ist eine Schutzreaktion des Körpers, das Gehirn blockiert Momente großen Schmerzes. Aber in Ihrem Fall ging alles auch sehr schnell, ein massiver Infarkt, eine fulminante Myokarditis, die zum Herzstillstand führt. Plötzlicher Herztod.«

Noah legte sich erschreckt eine Hand vor den Mund. Zwischen

den Fingern sagte er mit brüchiger Stimme: »Also stimmt es? Ich war tot.«

Der Arzt nickte. »Ja, es stimmt.«

»Und dann … Wie ist es möglich …?«

»Es sind mehrere Dinge passiert, die Sie gerettet haben. Einer der Jäger, die Sie gefunden haben, war als Krankenpfleger beim Militär und konnte Reanimationsmaßnahmen ausführen. Es ist ihm nicht vollständig gelungen, aber er konnte die Minimalfunktion des Herzens aufrechterhalten. Die niedrige Temperatur des Wassers hat auch eine Rolle gespielt. Als Sie hier im Krankenhaus ankamen, war Ihre Körpertemperatur noch sehr niedrig, und das hat Ihr Gehirn vor Schäden durch den Sauerstoffmangel bewahrt. Das war einer der Gründe, warum wir uns für die Reanimation entschieden haben. Aber der Herzstillstand war nicht unerheblich.«

Handley zeigte ihm eine Grafik.

»Das Elektrokardiogramm ist eindeutig. Es weist einen sogenannten Linksschenkelblock auf, aber hier können Sie es besser erkennen.« Er entrollte ein Stück Endlospapier über das Bett. »Das ist eine M-Mode-Echokardiografie. Dabei wird ein einzelner Schallstrahl mit hoher Wiederholungsfrequenz ausgesandt. Dies ermöglicht eine hohe zeitliche Auflösung.« Der Ausdruck zeigte die Herzkammern. Der Arzt hatte Abschnitte eingezeichnet, um die Durchmesser der Herzkammern zu messen.

Noah wurde schwindelig. Er schluckte und versuchte sich zu konzentrieren.

»Der telediastolische Durchmesser der linken Herzkammer beträgt zehn Millimeter«, sagte Handley und zeigte auf die entsprechende Stelle. »Normal wäre etwas mehr als fünf Millimeter. Und Sie haben eine Ejektionsfraktion – das ist der Anteil des Blutvolumens einer Herzkammer, der während der Anspannungsphase ausgeworfen wird – von 25 Prozent. Normal wäre über 60 Prozent. Das bedeutet, Noah, dass die Kraft, mit der sich der Herzmuskel zusammenzieht, dreimal geringer ist als normal. Die Krankheit hat dafür gesorgt, dass sich Ihr Muskel verhält wie eine Plastiktüte, die immer weiter ausgedehnt wurde und jetzt nicht mehr in ihren Ursprungszustand zurückversetzt werden kann. Das ist eine gravierende Fehlfunktion.«

»Das verstehe ich«, antwortete Noah hastig, als wolle er das Thema möglichst schnell hinter sich lassen, aber ohne den Blick von den dunklen Löchern auf dem Echokardiogramm seines Herzens abzuwenden. »Und was kann man dagegen tun?«

Der Arzt seufzte. »Noah, dieses Leiden kann nicht medizinisch behandelt werden. Natürlich gibt es Medikamente, die Ihnen das Leben erleichtern können: Diuretika, also Entwässerungstabletten, die die Schwellungen an den Füßen mindern, und eine salzarme Ernährung. Und Digitalis-Glykoside zur Erhöhung der Kontraktionskraft. Und ich werde Ihnen Nitroglyzerin verschreiben, als Notfallmedikament, wenn Sie starke Schmerzen haben. Das sind kleine Tabletten, die man unter die Zunge legen muss. Aber das Wichtigste ist, dass Sie Ihre Lebensweise den neuen Umständen anpassen …«

Noah unterbrach die Erklärung. »Was heißt, dieses Leiden kann nicht medizinisch behandelt werden? Und all die Medikamente, die Sie aufgezählt haben?«

»Noah, dilatative Kardiomyopathie ist eine tödliche Krankheit.«

»Tödlich«, wiederholte Noah. »Und wann?«

»Das kann man nicht vorhersagen. Ein paar Monate …«

Noah sah den Arzt erschrocken an. »Wie viele Monate?«

»Sie sind noch jung und kräftig. Vier, sechs … Ein paar mehr, wenn Sie auf sich aufpassen.«

»Ein paar mehr …« Noah verzog das Gesicht zu einem schiefen Lächeln, und Dr. Handley wusste, dass es das erste Anzeichen der nahenden Verzweiflung war.

»Und was bedeutet ›auf sich aufpassen‹? Was für ein Leben werde ich führen?«

Handley zögerte ein paar Minuten, bevor er antwortete. »Sie dürfen nicht mehr arbeiten, müssen jede Art der Anstrengung unterlassen, wie etwas Schweres zu tragen, längeres Treppensteigen oder schnelles Laufen. Sie müssen alles langsamer angehen. Körperliche Überanstrengung und jegliche Belastung vermeiden. Sie müssen Ihre Ernährung und Ihre Gewohnheiten ändern. Alkohol ist Gift für Ihr Herz, Tabak natürlich auch und übermäßiges Essen, kein Salz …«

Noah hörte mit einer Mischung aus Ungläubigkeit und Wut zu, schüttelte den Kopf, legte sich die Hände vor die Augen und ließ sie dann wieder sinken, als wollte er sich in einem hilflosen Akt die Bestürzung aus dem Gesicht reißen. Dicht vor seinem Mund ballte er die Hände zu Fäusten und öffnete langsam die Augen.

»Und wie ist es dazu gekommen? Sie haben doch gesagt, dass meine Werte gut sind.«

»Das kann man in diesem Stadium unmöglich sagen. Manchmal hängt es mit früheren Krankheiten oder deren Behandlung zusammen, aber ich bin Ihre Krankenakten durchgegangen und konnte nichts Auffälliges finden. Die Ursache könnte ein einfacher Virus sein, wie der, der eine Erkältung verursacht. Einige meiner Kollegen halten erbliche Faktoren für möglich, aber Mr. Graham hat mir gesagt, dass Ihre Eltern vor Jahren durch einen Unfall verstorben sind, daher ist es schwierig, eine Beziehung herzustellen.«

Noah hörte bereits nicht mehr zu. Er murmelte vor sich hin: »Ein paar Monate …«

»Noah.« Handley sagte seinen Namen, damit er ihm in diesem Moment der Verwirrung erneut seine Aufmerksamkeit schenkte.

»Und was ist mit Transplantation? Ich habe darüber gelesen.«

Der Arzt seufzte verdrossen. »Das ist Science-Fiction, Noah. In Frankreich und den Vereinigten Staaten konnten mit tierischen Herzen einige Fortschritte erzielt werden.«

»Dann gibt es keinen Ausweg? Ich möchte die Wahrheit wissen. Sterbe ich?«

Das war der Moment, den Handley am meisten hasste.

»Es tut mir leid, Noah.«

You got it easy
Du hast es gut

Noah wusste, dass er träumte, denn in den letzten Tagen hatte er diesen Albtraum immer wieder gehabt. Er war sich bewusst, dass es eine Mischung aus einem Traum und einer sehr lebendigen Erinnerung war.

Erneut spürte er das eisige Wasser, das über sein Gesicht lief, während seine Füße im Schlamm am Loch Katrine versanken. Und immer wieder hörte er über das Tosen des Windes hinweg das Klicken der Handschellen, die sich um John Clydes Handgelenke schlossen. Die Anstrengung, die es ihn kostete, sich aufzurichten und John Clyde hochzuziehen, damit er nicht im Schlamm seines eigenen Friedhofs erstickte, konnte er beinah fühlen. Genauso wie die feuchte Luft, nach der er rang, während ein Blitz das sich kräuselnde Wasser des Sees erhellte.

Und dann endete der Traum. Es folgten ein Schlag und danach eine plötzliche Wärme, von der er nun wusste, dass es der Infarkt gewesen war, der ihn sein Leben kosten würde. Und das war's. Er spürte, wie die Wärme schnell verflog und die Finsternis ihn einhüllte. Und nichts weiter. Er fühlte sich von der eisigen Dunkelheit umfangen, die auf eine obszöne Art an seiner Haut klebte, so sehr, dass sie in seine Nase eindrang, in seinen Mund, in seine Augen … Und dann erwachte er.

Noah Scott Sherrington öffnete abrupt die Augen, denn jedes Mal, wenn er wieder zu sich kam, war sein erster Impuls, sich zu versichern, dass er noch lebte, und die einzige Art und Weise, das festzustellen, war, das Licht zu sehen.

Und dann fiel sein Blick auf das blaue Etui, das Graham ihm am Vortag mitgebracht hatte. Unbehaglich drehte er sich zum Fenster, um es nicht mehr vor Augen zu haben, während er an ihr Gespräch zurückdachte.

Es hätte ihn stutzig machen müssen, als Graham ihn umarmt hatte. Denn schottische Männer seiner Generation umarmten andere Männer, ihre Söhne, ihre Väter und ihre Brüder nur, wenn sie sehr betrunken oder auf einer Beerdigung waren. Graham war in den letzten zwölf Jahren sein Chef gewesen und in den letzten zehn Jahren auch sein bester Freund, und Noah konnte sich nicht erinnern, dass er in all der Zeit mal etwas Intimeres getan hätte, als ihm die Hand zu schütteln oder auf die Schulter zu klopfen. Doch gestern hatte er ihn umarmt, nachdem er ins Zimmer gekommen war. Das hätte Noah als Hinweis verstehen müssen, aber er war so erpicht darauf gewesen, die Neuigkeiten zu erfahren, dass er sich auf das konzentriert hatte, was Graham ihm zu erzählen hatte.

»Und John Clyde?«, fragte Noah gleich, als sein Chef ihn wieder losließ.

»Du bist eine verdammte Legende«, sagte Graham lächelnd. »Im ganzen Land wird über nichts anderes geredet, und im Kommissariat sind alle bass erstaunt über die Hartnäckigkeit, mit der du Bible John verfolgt hast. Du wirst in die Geschichte eingehen, Noah Scott Sherrington.«

»John Clyde oder Bible John, das ist mir egal«, sagte Noah, »ich will nur wissen, ob er geredet hat.«

»Der verdammte Bastard heißt tatsächlich John, was echt dreist ist«, sagte Graham ungläubig.

»Was hat er ausgesagt?«

Graham sah ihn ernst an. »Noah, ich wollte, dass du es von mir erfährst. Als du bewusstlos warst, ist Clyde geflohen. Und im Moment haben wir keine Spur von ihm.«

Noah atmete enttäuscht aus und richtete den Blick zur Decke.

Graham beeilte sich, ihn gleich wieder aufzumuntern. »Aber wir werden ihn kriegen. Nach 14 Jahren ist es dir gelungen, den verdammten Bible John zu identifizieren. Noah, jetzt wissen wir, wer er ist und wie er heißt. Wir kontrollieren alle Bahnhöfe und Flughäfen. Scotland Yard geht davon aus, dass er sich noch in den Trossachs befindet. Wir durchkämmen die ganze Gegend, was wegen der Verwüstungen, die das Unwetter verursacht hat, ziemlich schwierig ist. Es gibt Straßen, die nicht mehr befahrbar sind, umgefallene Bäume, Erdrutsche … Am Ufer des Loch Katrine versinkt man bis zu den Knien im Schlamm. Sein Auto und deins stehen noch dort am See im Morast. Allerdings haben wir festgestellt, dass es das Auto einer seiner Tanten ist.«

»Deshalb haben sie mich keine Zeitungen lesen lassen«, überlegte Noah laut. »Habt ihr sein Foto veröffentlicht?«

Graham zögerte. »Das ist das andere Problem. Wir haben nur das aus seinem Führerschein.«

»Das ist unmöglich. Es muss noch mehr Fotos geben.«

»Kein einziges. Und in den offiziellen Dokumenten gibt es nur alte Passfotos in Schwarz-Weiß, wie sie bis vor Kurzem noch erlaubt waren.«

»Sucht bei ihm zu Hause. Er ist ein Einzelkind und der einzige Neffe seiner Tanten. Heutzutage hat jeder eine Polaroidkamera, seine Mutter muss Hunderte Fotos haben.«

Graham schüttelte den Kopf. »Es gibt ein Gruppenfoto aus der Schule und ein paar Bilder aus der Lokalpresse aus seiner Jugend im Schwimmverein, aber wenn man die vergrößert, kann man darauf nichts mehr erkennen. Ich habe daran gedacht, dich zum Zeichner zu schicken, wenn du einverstanden bist, damit der anhand deiner Beschreibung …«

Noah fasste sich an den Kopf. »Ich habe ihn in der Dunkelheit kaum gesehen, als wir miteinander gerungen haben. Das einzige Licht kam von den Scheinwerfern des Capri. Außerdem konnte ich im Regen und im Unwetter nichts sehen. Wenn ich die Augen schließe, sehe ich das Phantombild von Bible John vor mir, das in meinem Wohnzimmer hängt.«

»Aber er war auf deiner Liste der Verdächtigen …«

»Ich habe mich über ihn informiert wie über alle anderen Studenten, die in dem Jahr, in dem die Mädchen dort verschwunden sind, ihr Studium abgebrochen haben. Ich habe mit der Rektorin gesprochen und mich bei der Polizei von Killin erkundigt, die mir sein Führerscheinfoto geschickt hat. Ich habe mich in der Nähe seines Zuhauses umgeschaut und ihn von Weitem gesehen.« Noah machte eine Pause und legte sich die Hand vor den Mund, als wolle er lieber nichts weiter sagen. »Ich habe ihn von der Liste der Verdächtigen gestrichen. Er erschien mir zu zögerlich, zu träge. Er hatte sein Studium abgebrochen und arbeitete nicht, lebte noch im Haus seiner Mutter …« Noah sah seinen Chef an. »Verstehst du? Er hat sich die ganze Zeit auf eine mögliche Flucht vorbereitet. Wir sind im Jahr 1983, jeder hat Fotos …«, sagte Noah wie zu sich selbst. »Was wissen wir über die Opfer?«

»Wir haben sechs im Wasser gefunden, zwei weitere im Schlamm am Ufer und die Leiche im Wagen. Also insgesamt neun.«

»Die Leiche im Wagen …«, wiederholte Noah, während er die

tätowierten Namen vor sich sah, sicher die ihrer Kinder. »Sam, Gillian, Andrew«, murmelte er.

»Was?«, fragte Graham.

»Nichts«, antwortete Noah. »Nur dass … Habt ihr irgendeinen Hinweis darauf gefunden, dass dort eine noch lebende weibliche Person war?«

»Nein, natürlich nicht. Hast du jemanden gesehen?«

»Nein, aber ich habe sie weinen gehört, stöhnen, schluchzen.«

»Bist du sicher? Mitten im Unwetter … Vielleicht war es der Wind. Es gab keinen Hinweis darauf, dass dort eine noch lebende Person gewesen sein könnte. Das würde auch nicht zu seiner üblichen Vorgehensweise passen, oder?«

Noah dachte nach. »Es war in dem Moment, als das Unwetter nachließ. Ich hatte Clyde schon die Handschellen angelegt, einen Moment, bevor …«

Graham sah ihn mit einer Mischung aus Mitgefühl und Verständnis im Blick an.

Scott Sherrington senkte leicht kopfschüttelnd den Kopf.

»Einschließlich des Opfers im Wagen haben wir bisher neun Leichen«, fuhr Graham fort in dem Bemühen, sich wieder zu konzentrieren. »Wir könnten in den Buchten am See in der Nähe seines Hauses nach weiteren Leichen suchen und …«

»Nein.« Noah schüttelte den Kopf. »In dieser Nacht hat er, als er dort am See ankam, etwas sehr Seltsames getan. Es war eine Geste, als hätte ihm jemand Beifall geklatscht. Ich glaube, dass er sie alle zusammen begraben hat, wie eine Sammlung von Schwestern im Tod. Das ist sein persönlicher Friedhof. Ihr müsst dort weitersuchen.«

Graham sah ihn stirnrunzelnd an. Das tat er immer, wenn Noah auf diese Art vom Verhalten eines Mörders sprach.

»Die Leichen befinden sich in unterschiedlichen Stadien der Verwesung«, erklärte er dann. »Von den ältesten sind nur noch ein paar Knochen vorhanden. Die Kollegen in London denken, dass sie mehr als zehn Jahre alt sein könnten. Es liegt noch viel Arbeit vor uns, und wir wissen noch nicht, ob es möglich sein wird, die Identität der Opfer herauszufinden. Die Leichen waren alle nackt und trugen keinen Schmuck, nichts, was dabei helfen könnte, sie zu identifizieren. Er hat ihnen alles abgenommen und es aufbewahrt. Bei der Durchsuchung des Hauses wurde eine Kiste gefunden, in die er wahllos alles hineingetan hat. Die einzige Hoffnung, die wir haben, ist, dass es Röntgenbilder von den Zähnen gibt.«

Noah hörte aufmerksam zu, als wolle er sich jedes Detail, das Graham ihm nannte, fest einprägen.

»Forensiker aus dem ganzen Land sind mit der Sache befasst. Ermittler aus allen Bereichen arbeiten an dem Fall, von der walisischen und der irischen Polizei bis zum verdammten Scotland Yard, weil vermisste Frauen aus ganz Großbritannien als Opfer infrage kommen, darunter die beiden Studentinnen aus Edinburgh, die du dem Profil der Opfer zugeordnet hast.« Graham machte eine Pause und wirkte, als fühle er sich unbehaglich. »Detective Sergeant Gibson ist der Verbindungsmann. Er hat mit Clydes Familie gesprochen, und er und McArthur haben die erste Befragung unter meiner Aufsicht durchgeführt.«

Noah seufzte. Gibson war genauso schlecht wie jeder andere. »Gut. Ich will mit ihm reden.«

»Sie haben sich das ganze Material angesehen, das auf deinem Schreibtisch lag, aber es war sofort klar, dass es noch viel mehr gibt. Ich habe genehmigt, dass sie in deiner Wohnung nachsehen dürfen. Ich hoffe, das ist in Ordnung.«

Noah nickte, während er an die Wände in seiner Küche und in seinem Wohnzimmer dachte, daran, was sie wohl von ihm halten würden, wenn sie dort die verschiedenen Phantombilder von Bible John sahen, die in den letzten 14 Jahren von ihm erstellt worden waren. Das erste stammte vom November 1969 und war nach der Beschreibung von Jeannie Puttock, der Schwester von Helen Puttock, dem letzten Opfer aus dem Barrowland Ballroom, in der Presse veröffentlicht worden. Kistenweise Zeugenaussagen. Aktenstapel, Tausende Fotokopien … und dann noch der Inhalt seines Gefrierfachs. Noah hoffte, dass sie dort nicht nachgesehen hatten.

Graham schien der Meinung zu sein, dass dieser Moment, in dem Noah in Gedanken versunken zu sein schien, der richtige war, um ihm weitere Erklärungen zu liefern. »Noah, ich will mit dir darüber reden, warum wir in deine Wohnung gegangen sind und dein Material gesichtet haben. Das war nicht nur, weil es für die Ermittlung unentbehrlich ist.«

Noah sah ihn fragend an.

Graham presste erneut die Lippen zusammen und atmete durch die Nase aus, jene typische Geste, die verriet, wie schwer es ihm fiel, das Folgende zu sagen. »Soweit ich weiß, hat der Arzt dir inzwischen erklärt, in welchem Zustand du hier angekommen bist. Zwei Jäger haben dich am See gefunden. Zum Glück konnte einer von ihnen Wiederbelebungsmaßnahmen durchführen. Aber der Mann hat jedem erzählt, dass du mausetot warst.«

Noah sah Graham abwartend an, da er nicht wusste, worauf er hinauswollte.

»Das ist das, was an die Presse durchgesickert ist. Dass du ums Leben gekommen bist, während du versucht hast, Bible John festzunehmen.«

»Oh«, murmelte Noah nachdenklich. »Das könnte für uns von Vorteil sein. John Clyde wird denken, dass ich tot bin, und so wie du eben gesagt hast, scheine ich im Moment der Einzige zu sein, der in der Lage ist, ihn zu identifizieren.«

Ein breites Lächeln der Erleichterung überzog Grahams Gesicht. Das war nicht so schlecht gelaufen, wie er befürchtet hatte. »Das habe ich auch gedacht. Dass ihm das ein Gefühl von Sicherheit gibt, was dazu führen könnte, dass er einen Fehler macht. Die Kollegen von Scotland Yard wollen jemanden herschicken, der dich befragt, falls du noch etwas hinzufügen kannst, das nicht in den Berichten steht. Sie wollen wissen, was dich zu diesem Verdächtigen geführt hat, den du ja bereits von der Liste gestrichen hattest. Natürlich erst, wenn du wieder bei Kräften bist.«

»Ich werde mit Gibson reden.«

»Gibson ist nur der Verbindungsmann. Noah, du weißt doch, wie diese Dinge laufen, das liegt am verdammten Scotland Yard. Wir müssen uns an die Regeln halten, und deine Methode wird einen Präzedenzfall schaffen. Das FBI hat sich schon mit uns in Verbindung gesetzt, um die Details dieser Viktimologietheorie zu dokumentieren.«

»Du hast gesagt, dass Gibson die Familie befragt hat, ich rede nur mit ihm.«

»Noah, ich kenne dich. Zu deinem eigenen Besten sage ich dir …«

»Wenn ihr einen Bericht für das FBI oder für Scotland Yard wollt, wird er mein Verbindungsmann sein, oder es geht mir so schlecht, dass ich niemanden empfangen kann.«

Graham schnaubte grinsend. »Er wird zu dir kommen, wann es dir passt.«

»So schnell wie möglich.«

»Danke, Noah, ganz sicher weiß niemand mehr über Bible John als du. Mir war klar, dass du sehr gewissenhaft bist, aber das Team aus London hat zugegeben, dass sie noch nie eine derart durchdachte Vorgehensweise bei einer Ermittlung gesehen haben.«

»Wann habt ihr das Haus durchsucht?«

»Gleich an dem Tag, an dem du ins Krankenhaus gekommen bist. Im Haus war nichts, aber im Hinterhof gibt es einen Schuppen, den sie zu seiner Studentenzeit zurechtgemacht haben, damit er einen Ort hat, an den er sich mit seinen Büchern und seiner Musik und so zurückziehen kann. Da haben wir die Kiste gefunden, in der er die Dinge von den Mädchen aufbewahrt hat. Dutzende Ohrringe, Armbänder und Ketten, die er weder irgendwem zugeordnet noch gekennzeichnet hat. Fast nur billiges Zeug. Die ersten Stücke haben wir bereits den Hinterbliebenen gezeigt, und ich könnte mir vorstellen, dass sie das ein oder andere wiedererkennen, aber das wird für die Identifizierung nicht viel bringen.«

»Aber wenn sie etwas wiedererkennen, wissen sie, dass sie nicht länger zu suchen brauchen.«

»Ach, apropos … Noah, der Vater von Clarissa O'Hagan hat ihre Leiche identifiziert. Es war eine von denen, die in den See gespült wurden, und sie war noch wiederzuerkennen.«

Noah nickte traurig. Er hatte das Foto dieses Mädchens in den letzten Monaten immer bei sich gehabt, und obwohl er wusste, dass ihr etwas Schlimmes zugestoßen war, hatte es Momente gegeben, in denen er gehofft hatte, dass Gibson recht hatte und die arme Clarissa mit irgendeinem Kerl durchgebrannt war, der in der Lage war, ihr ein besseres Leben zu bieten.

»Was habt ihr aus Clydes Familie rausgekriegt?«

»Die Frauen stehen unter Schock und sind ziemlich überfordert. Sie sind zur Zusammenarbeit bereit, aber wir glauben, dass sie nicht viel wissen. Wir haben sie 40 Stunden lang getrennt voneinander festgehalten und ziemlich unter Druck gesetzt. Ich habe dir ja gesagt, dass Gibson und McArthur sie befragt haben. Sie wissen nichts.«

»Wahrscheinlich wissen sie nichts, aber eine von ihnen hat ihm ihr Auto geliehen. Du hast gesagt, dass der Capri noch am See steht und dass es das Auto einer seiner Tanten ist.«

»Ja, aber die andere Tante hat einen Ford Fiesta, und der ist verschwunden. Wir suchen nach ihm. Sie sagt, dass sie ihn immer mit dem Schlüssel im Schloss am Weg stehen lässt, dass jeder ihn hätte nehmen können. Diesen Teil der Zufahrt kann man vom Haus aus nicht einsehen, daher kann sie auch nicht genau sagen, seit wann der Wagen nicht mehr da ist.«

Noah rief sich das Bild des Harmony Cottage vor Augen, dem Haus, in dem John Clyde mit seiner Mutter und seinen Tanten gewohnt hatte. Er versuchte, seine Gedanken zu ordnen, und listete, an den Fingern abzählend, auf: »Wir brauchen eine Aufstellung von allen Personen, mit denen er zu tun hatte, aller Orte, an die er in seinem Leben gereist ist oder mit denen er oder die Mitglieder seiner Familie in irgendeiner Beziehung stehen. Dass keine Fotos von ihm existieren, ist bereits ein Hinweis darauf, dass er mit der Möglichkeit, fliehen zu müssen, gerechnet hat. Außerdem …«

Graham schüttelte den Kopf, während er zuhörte.

Noah brach ab. »Was ist?«

»Lass es.«

»Was?«

»Hör auf, so zu reden: ›Wir brauchen‹ … So als ob du diese Ermittlung leiten würdest oder wirst. Ich weiß, wie viele Jahre du damit verbracht hast. Ich weiß, wie wichtig das für dich ist. Und deshalb habe ich dir alles erzählt, was wir wissen. Aber jetzt ist das Allerwichtigste deine Gesundheit und …«

»Mir geht es gut«, unterbrach Noah ihn entschieden.

»Nein, tut es nicht!«

»Lass das, darum kümmere ich mich. Das ist – bei allem Respekt, Graham – nicht deine Sache.«

»Doch, ist es! Ich habe mit deinem Arzt gesprochen, und ich weiß, dass er dir genau erklärt hat, wie schlimm deine Krankheit ist. Noah, es fällt mir sehr schwer, dir das zu sagen, aber du bist raus. Du wirst nicht mehr auf deinen Posten zurückkehren.«

»Das hat der Arzt dir also gesagt? Und was ist mit der ärztlichen Schweigepflicht?«

»Ich bin nicht nur dein Vorgesetzter, sondern auch dein bester Freund, und es geht nicht darum, eine Geschlechtskrankheit oder Diabetes zu verschweigen. Er hat mir gesagt, dass er mit dir geredet hat und dass du ihn gebeten hast, aufrichtig zu sein.«

Noah blickte zu dem kleinen Tisch hinüber, auf dem die Bücher über Trauerbewältigung lagen, die der Arzt ihm gegeben hatte und die er umgedreht hatte, damit man die Titel nicht lesen konnte.

»Dazu hatte er kein Recht«, sagte er verärgert.

Graham fühlte sich sichtlich unwohl. »Der zuständige Gutachter wird es als Berufskrankheit einstufen. Dann bekommst du eine gute Abfindung und beziehst weiterhin volles Gehalt. Außerdem habe ich dich für zwei Auszeichnungen vorgeschlagen, was bereits angenommen wurde. Du bist also gut versorgt und kannst ein angemessenes Leben führen, bis …«

»Bis ich sterbe.«

»Das wollte ich so nicht sagen«, entgegnete Graham. Er stand auf und ging zu einem Aktenkoffer, den er auf einem Stuhl an der Tür abgestellt hatte. Er nahm eine kleine Schachtel heraus, seufzte und kam zurück zum Bett. »Es tut mir in der Seele weh, denn ich habe dich immer sehr geschätzt und deine Arbeitsweise unterstützt, aber ich bin nicht hier, um dich über die Ermittlungen zu informieren …«

In diesem Moment wünschte sich Noah, am See gestorben zu sein. Seine Augen füllten sich mit Tränen, und er machte sie fest zu, um es nicht sehen zu müssen. Es war nicht nötig, denn er hatte in dem Moment gewusst, was sich in dem blauen Etui befand, als Graham es in die Hand genommen hatte.

Eine vergoldete Uhr, das Pensionsgeschenk, das jeder Polizist an seinem letzten Arbeitstag bekam.

You don't know when you've got it good
Du weißt nicht, wie gut du es hast

Genau wie Dr. Handley blieb auch Detective Sergeant Gibson am Eingang des Zimmers stehen, um Noah lange zu betrachten, vielleicht aus den gleichen Gründen. Der Unterschied bestand darin, dass Gibson deutlich durchschaubarer war als der Arzt.

Als Noah seine Gegenwart bemerkte und sich zu ihm umdrehte, sagte er: »Ich weiß, dass ich dir eine Entschuldigung schulde, mein Freund. Also … Es tut mir leid, dass ich dich einen Maulwurf genannt habe. Und ich kann dir versichern, dass in The Marine alle von deinen Ermittlungen beeindruckt sind. Und als wir bei dir zu Hause waren und gesehen haben, was du da alles hast … Also, da kann ich nur den Hut ziehen, genau wie alle anderen auch.«

Noah sah ihn an, als ob er deutlich mehr erwartet hätte.

Gibson schien zu verstehen. »Ich will sagen, dass ich hoffe, dass du unsere Entschuldigung annimmst. Du weißt schon. Die Mistkerle von den internen Ermittlungen haben uns in der letzten Zeit das Leben ganz schön schwer gemacht.«

»Seit einiger Zeit sterben euch verdammt viele Verdächtige weg, und die Anzeigen wegen körperlicher Gewaltanwendung häufen sich.«

»Was das angeht, die von den internen Ermittlungen haben McArthur am Arsch gekriegt, aber es war nicht so schlimm, wie zu erwarten war. Er wird nicht suspendiert, aber er muss zum Seelenklempner, bis der sein Okay gibt.«

»Das ist wirklich nicht viel.«

»Was soll ich dir sagen?« Gibson trat mit hängenden Schultern ans Bett. »Leute wie McArthur sind gute Polizisten der alten Schule, die sich für ihren Job den Arsch aufreißen und manchmal ihre Ehe und ihre Gesundheit riskieren.«

»Dem hat niemand widersprochen.«

»Ja, aber es gibt Dinge, die sich nie ändern.«

»Sie müssen sich aber ändern, Gibson. Diese Art zu arbeiten ist überholt, glaub es mir.«

»Mag sein, aber im Moment funktioniert sie noch.«

Noah wollte etwas darauf sagen, doch auf einmal fühlte er sich viel zu müde. Er blickte auf das blaue Etui, das auf seinem Nachttisch stand. Vielleicht hatte Gibson ja recht, und manche Dinge änderten sich nie.

Auch Gibson sah zu dem Etui hinüber. »Wir wollten deinen Abschied feiern, im Kommissariat oder im Pub, aber Chief Graham meint, dass du weder Alkohol trinken noch rauchen darfst und dich wahrscheinlich nur unwohl fühlen würdest. Außerdem wäre das im Moment bei der ganzen Aufregung gar nicht möglich. The Marine scheint 14 Jahre in der Zeit zurückgereist zu sein. Überall Tafeln, Kisten, Fotokopien, Fotos und Polizisten …«

»Graham hat mir gesagt, dass du John Clydes Familie befragt hast«, fiel Noah ihm ins Wort.

»Die Mutter und die Tanten, die Ehefrau nicht, weil sie noch minderjährig ist.«

Noah sah Gibson verwundert an. »Hast du gerade ›Ehefrau‹ gesagt? Da muss ein Irrtum vorliegen, denn als ich Clyde im letzten

Herbst überprüft habe, gab es keine Ehefrau oder eine Freundin, nicht mal eine gute Bekannte.«

Gibson kratzte sich am Kopf. »Ja, wir haben schon gesehen, dass sie in deinen Unterlagen nicht auftaucht. Wie es aussieht, sind sie noch nicht lange verheiratet, ungefähr ein halbes Jahr. Sie hat mir die Haustür geöffnet, und ich dachte zuerst, sie wäre eine seiner Tanten. Graham hatte mir gesagt, dass die jüngeren Schwestern der Mutter bei ihnen leben, die etwa im gleichen Alter sind wie John.«

»Hast du mit seiner Frau geredet?«

»Nein, denn als ich gerade loslegen wollte, sind die Mutter und die Tanten aufgetaucht und haben mich darauf hingewiesen, dass sie Johns Frau ist und außerdem minderjährig, dass sie unter der Vormundschaft des Ehemannes steht und in seiner Abwesenheit unter der der Mutter. Deshalb gab es keine Möglichkeit, mit ihr zu reden.«

»Eine Minderjährige, das verstehe ich nicht …«, sagte Noah, wobei er Gibson eindringlich ansah, da er sich von ihm eine Erklärung erhoffte. »Eine Ehefrau passt überhaupt nicht ins Profil. Und schon gar nicht eine, die fast noch ein Kind ist. Habt ihr das überprüft?«

»Ja, sie heißt Maggie Davidson und kommt aus einem Nachbarort auf der anderen Seite des Sees. Und sie ist tatsächlich erst 17. Eine Waise, sie hat schon früh ihre Eltern verloren. Sie hat bei ihrem Bruder gelebt, der als Kabeljaufischer in Kanada arbeitet. Deswegen ist er oft für lange Zeit nicht zu Hause, so eine Saison dauert sieben, acht Monate. Daher war das Mädchen die meiste Zeit allein. Eine entfernte Verwandte hat ab und zu nach ihr gesehen. Sie sagt, dass ihr Bruder letztes Jahr an Weihnachten der Hochzeit zugestimmt hat und dass er im Grunde ziemlich erleichtert war, diese Bürde los zu sein.«

»Das passt überhaupt nicht«, sagte Noah, verließ das Bett und ging zu dem kleinen Spind hinüber, der als Kleiderschrank diente.

Er sah hinein. An einem Kleiderbügel hing der Anzug, den Graham ihm von zu Hause mitgebracht hatte. Eine Plastiktüte mit dem Logo des Krankenhauses enthielt die schlammverschmutzte Kleidung, die er angehabt hatte, als er eingeliefert worden war, sein Etui mit der Polizeimarke und die Schuhe, die von einem verschmierten Schmutzfilm überzogen waren, als ob jemand sie unter fließendes Wasser gehalten hätte.

Noah griff nach der Brieftasche, den Schuhen und dem Bügel mit dem Anzug und schloss die Tür.

»Ich habe gehört, dass einige Frauenmörder durchaus verheiratet waren …«, wandte Gibson ein.

»Ja, um in der Gesellschaft nicht aufzufallen. Eine normale Frau, ein respektables Leben, einer von vielen sein. Aber eine Minderjährige passt da gar nicht, eine Waise …« Während Noah die Kleidung auf dem Bett ausbreitete, hielt er inne, als sei ihm plötzlich etwas eingefallen. »Wie sieht sie aus?«

»Nett, fröhlich, bleich, schulterlanges dunkles Haar«, sagte Gibson und zeigte mit der Hand neben dem Hals die entsprechende Länge an. »Ziemlich pummelig …«

»Ernsthaft?«

Gibson machte mit den Armen einen beachtlichen Hüftumfang deutlich.

»Das passt noch weniger. Er ist ein Raubtier, das bei seiner Mutter und seinen Tanten lebt. Er braucht keine Frau, um nicht aufzufallen, denn er war schon völlig unauffällig. Und was mir noch weniger in den Kopf will, ist, dass er eine Frau ausgesucht hat, die so gar nicht die Eigenschaften hat, die ihn anziehen.«

»Vielleicht konnte er nur eine Ehefrau ertragen, die anders ist, um nicht in Versuchung zu geraten«, schlug Gibson vor.

Noah sah ihn nachdenklich an. »Das ist keine schlechte Theorie, aber sie überzeugt mich nicht. Nicht zu einem Zeitpunkt, zu dem er so aktiv war. Niemand hatte ihn im Verdacht, er hatte einen sicheren Ort gefunden, um seine Opfer dort zu sammeln, und die Polizei wusste nicht, was er mit den Frauen angestellt hat.«

»Aber du schon.«

Noah antwortete nicht.

»Allerdings hat er die Schritte der Ermittler überwacht«, fuhr Gibson fort. »Er hatte vier Zeitungen abonniert, und ich bin sicher, dass es ziemlich teuer war, die zu diesem abgelegenen Ort liefern zu lassen. Und er hat sie nicht weggeworfen, sondern sie in dem Schuppen gesammelt, den er als Arbeitszimmer genutzt hat.«

Noah löste die Schleife, die das Krankenhausnachthemd zusammenhielt, und zog es aus. »Er brauchte die Zeitungen, um immer auf dem Laufenden zu sein, um über die Vermisstenmeldungen und die neuesten Ermittlungen Bescheid zu wissen. Nur so konnte er sicher sein, dass er in den Augen der Polizei immer noch unsichtbar war. Seine familiären Beziehungen ließen eher auf einen ledigen Mann schließen, der noch bei seiner Mutter und seinen Tanten lebt, als auf jemanden, der plötzlich eine Minderjährige heiratet, um mit ihr zusammenzuleben. Sie ist nur ein weiteres Problem, noch jemand, dem er Frage und Antwort stehen muss. Ich verstehe nicht, warum er das getan haben sollte, denn auch wenn sie jetzt noch sehr jung ist und relativ leicht zu beeinflussen, kann eine Ehefrau in einigen Jahren lästig werden, wenn sie wissen will, wohin er geht, mit wem er zusammen war und solche Dinge …«

Gibson nickte und verdrehte die Augen, als wisse er ganz genau, wovon Noah sprach. »Am Anfang unserer Ehe hat meine Frau an meinen Hemden gerochen. Sie war besser als jeder Spürhund in der Lage, ein weibliches Parfüm zu wittern.«

»Genau das meine ich. Eine Ehefrau bedeutet in Clydes Fall nur zusätzliche Probleme.« Noah zog sich das Hemd an. »Ich würde gern mit ihr reden oder sie mir zumindest mal ansehen.«

»Oh!«

»Was?«

Gibson kratzte sich im Nacken, und Noah wusste, dass er das immer machte, wenn er sich unwohl fühlte. »Na ja, nachdem wir die Familie befragt haben, haben wir sie gehen lassen, weil sie nichts wussten. Und heute hat uns die örtliche Polizei mitgeteilt, dass sie nicht mehr im Haus sind.«

»Wie ist das möglich?«

»Also, wir haben ihnen nicht untersagt zu verreisen oder sie aufgefordert, an ihrem Wohnort zu bleiben. Wir haben überhaupt nicht in Erwägung gezogen, dass sie die Gegend verlassen könnten. Die drei Frauen haben feste Jobs, und das Haus gehört der Familie, sie haben immer dort gewohnt, und nichts wies darauf hin …«

»Und ihr wisst nicht, wo sie jetzt sind?«

»Angeblich sind sie in die USA gereist. Wir haben mit Arbeitskollegen und dem Chef der Mutter geredet, und wie es scheint, sind irgendwelche Verwandten vor einiger Zeit nach New York ausgewandert, aber keine Ahnung, wo die jetzt leben.«

Noah sah seinen Kollegen erschüttert an.

»Wir lassen das Haus überwachen, falls sie zurückkehren, haben alle Flughäfen alarmiert, doch wie es aussieht, haben sie keine Tickets gekauft. Und dann ist da ja auch noch der Bruder der jungen Ehefrau in Kanada, wobei die Verwandte sagt, dass sie nicht glaubt, dass sie zu ihm gereist sind. Wie es aussieht, haben die beiden Geschwister keine enge Beziehung.«

»Habt ihr bei den Häfen nachgefragt?«, wollte Noah wissen.

»Würdest du mit dem Schiff in die Vereinigten Staaten reisen?«

»Na ja, der Arzt hat mir gesagt, dass ich nicht fliegen darf, wenn ich nicht will, dass mir im Flieger das Herz explodiert. Für mich wäre es also die einzige Möglichkeit.«

Gibson schüttelte den Kopf, als wolle er den Gedanken an das explodierende Herz seines Kollegen aus seinem Gehirn vertreiben. »Heutzutage reist niemand mehr mit dem Schiff in die Staaten.«

»Warum nicht?«

»Na ja, weil man dann mindestens acht oder zehn Tage auf dem Meer unterwegs ist, wenn nicht sogar mehr.«

»Wir sind hier in Glasgow, wir blicken seit Hunderten von Jahren aufs Meer und stellen uns Amerika auf der anderen Seite vor. Es ist wichtig herauszufinden, wo sie sind, weil sie sicher bald wieder mit ihm zusammen sein wollen.«

Noah begann sich das Hemd zuzuknöpfen, und erst da wurde Gibson bewusst, dass er dabei war, sich anzuziehen.

»Was, zum Teufel, tust du da?«

»Mich anziehen. Hat dir niemand etwas gesagt? Ich bin heute entlassen worden, und du bist mein Kindermädchen.«

»Oh, okay! Natürlich bringe ich dich nach Hause …«

»Aber bring mich zuerst nach Killin, zum See, damit ich mir das Haus der Familie Clyde ansehen kann.«

Gibson verzog entsetzt das Gesicht. »Nein, verdammt! Tu mir das nicht an! Chief Graham bringt mich um!«

»Er bringt dich nicht um, wenn er es nicht erfährt. Du musst es ihm ja nicht sagen.«

»Verdammt! Er hat gesagt, dass du sehr krank bist. Wenn dir was passiert, solange ich bei dir bin, hängt er mich an den Eiern auf!«

»Ganz ruhig, ich hab nicht vor, heute zu sterben«, entgegnete Noah und bückte sich, um sich die Schuhe zuzubinden, wobei er feststellte, dass sie ihm nun etwas zu weit waren. Als er sich wieder aufrichtete, war ihm leicht schwindelig, was er damit überspielte, indem er einen imaginären Fussel von seinem Hosenbein entfernte.

»Aber das hattest du beim letzten Mal ja auch nicht vor, und schau …«, stammelte Gibson. »Es tut mir leid.« Er kratzte sich wieder im Nacken und schien sich äußerst unwohl zu fühlen.

Als Noah fertig angekleidet war, steckte er die Rezepte für seine Medikamente und die Unterlagen mit dem Briefkopf des Krankenhauses ein, die eine Krankenschwester ihm gegeben hatte, und sah sich noch einmal im Zimmer um. Die Broschüren über Trauerbewältigung und das Etui mit der Uhr lagen noch auf dem Tisch.

Er ging zur Tür. Als er an Gibson vorbeiging, legte er ihm eine Hand auf die Schulter. »Mach dir keine Sorgen. Der Arzt hat gesagt, dass ich ohne größere Aufregung und unerfreuliche Nachrichten noch gut sechs Monate durchhalten kann. Außerdem, wie solltest du für jemanden verantwortlich sein, der schon tot ist? Oder weißt du es noch nicht? Noah Scott Sherrington ist am Ufer des Loch Katrine verstorben, als er Bible John festnehmen wollte. Das stand in allen Zeitungen.«

Gibson sah ihn perplex an. Er hielt ihn am Arm zurück. »Der Chief hat es uns erzählt. Dass du tot warst und so … Ich habe mich immer gefragt … Ich nehme an, dass wir Polizisten das öfter tun als andere Leute … Was fühlt man da?«

Noah seufzte genervt. »Ich erinnere mich an gar nichts. Ich war dabei, Clyde die Handschellen anzulegen, hab das Klicken gehört, und das war's. Als ich wieder aufgewacht bin, war ich im Krankenhaus.«

Er wandte sich zur Tür.

»Na ja, Chief Graham sagt, dass du die *caoineag* gehört hast.«

»Was?«

Gibson kratzte sich erneut, diesmal am Kopf. »Du weißt schon, die *caoineag*, die Weinende. Der Wassergeist, der im Dunkeln heult, wenn jemand stirbt.«

Scott Sherrington wandte sich wieder zu ihm um. »Ich kenne die Legende, aber ich habe keinen Geist weinen gehört, sondern eine Frau. Oder vielleicht war es auch der Wind. Aber kein Geist. Und wenn es der Wind gewesen ist, kann mir wohl keiner verdenken, dass ich es in dem Moment falsch zugeordnet habe, mit den Leichen mehrerer ermordeter Frauen um mich herum, die aus ihren Gräbern gespült wurden.«

Gibson senkte den Kopf. Und kratzte sich mit beiden Händen.

Noah trat auf den Gang hinaus, ohne sich davon zu überzeugen, dass Gibson ihm folgte. Zu dieser morgendlichen Stunde war im Krankenhaus einiges los. Die Wagen der Putzfrauen standen an den Wänden und dazwischen die mit den sauberen Laken. Und die Ärzte absolvierten mit ihrem Gefolge an Studenten die übliche Runde der Visite durch die Zimmer der Patienten.

Noah sah Dr. Handley im Kreis seines Teams an jungen Kardiologen. Sie wirkten wie eine Prätorianergarde oder eine Gruppe römischer Senatoren, die ihren Cäsar umringten.

Handley blieb stehen, als er ihn sah, und gab den anderen Ärzten mit einer Geste zu verstehen, dass sie ohne ihn weitergehen sollten. Wie ein Spiegelbild tat Noah mit Gibson das Gleiche und blieb vor dem Arzt stehen.

Beide warteten, bis Gibson an ihnen vorbeigegangen war, bevor sie redeten.

»Sie sehen gut aus«, sagte Dr. Handley freundlich.

Noah lächelte ironisch. »Na ja, das ist wohl das Einzige, was gut ist.«

Dr. Handley schüttelte den Kopf und sagte ernst: »Hören Sie, Noah, diese Einstellung wird Ihnen nicht guttun. Hören Sie auf mich.«

Noah wollte etwas entgegnen, aber der Arzt kam ihm zuvor. »Ja, ich weiß, was Sie mir sagen wollen, dass es keine Rolle spielt. Dass Sie eh bald sterben werden und wir alle irgendwann sterben.«

Noah sah ihn ungehalten an.

»Ja, wir alle werden sterben, Noah, und es wird immer zu früh sein. Doch wenn es uns ein Jahr zuvor gesagt wird, stellt sich unvermeidlich das Gefühl ein, dass uns die Zeit davonläuft. Ich habe schon viele Leute sterben sehen, junge Leute, die noch ihr ganzes Leben vor sich gehabt hätten, und alte Leute, von denen man denken könnte, dass sie schon alles erlebt hatten. Und im letzten Moment klammern sich alle verzweifelt ans Leben. Das einzige Geheimnis dieses Lebens ist, es bis zur letzten Sekunde auszukosten, Noah. Nutzen Sie Ihre Zeit.«

Noah senkte den Kopf. Als er zu reden begann, klangen seine Worte sehr leise. »Es geht darum, dass ich mich an diesen Moment erinnert habe.«

»Ja, ich habe Ihnen ja erklärt, dass das Gehirn traumatische Erinnerungen blockiert. Sie kommen nach und nach wieder.«

»Ich meine nicht den Infarkt, sondern den Moment danach.« Er hob den Blick und sah den Arzt an. »Als ich tot war.«

»Ich verstehe … Sie meinen den plötzlichen Herztod.«

»Ich meine die Zeit, in der ich tot *war*. Sie haben gesagt, dass Sie schon andere Leute kennengelernt haben, denen das Gleiche passiert ist. Was haben sie Ihnen erzählt? Haben sie sich an irgendwas erinnert?«

»Ah.« Dr. Handley sah ihn mit neu erwachtem Interesse an. »Viele haben Frieden empfunden, keinen Schmerz mehr, das Gefühl, freundlich empfangen zu werden, haben einen dunklen Tunnel gesehen, ein Licht am Ende oder längst verstorbene Familienangehörige. Einige haben sogar die Menschen beschrieben, die sie in der Notaufnahme behandelt haben, als ob sie sie von außerhalb ihres Körpers beobachtet hätten, und sie haben Wort für Wort wiederholt, was gesprochen wurde.«

»Aber es ist nur eine Halluzination, oder? Wegen des Sauerstoffmangels oder der Medikamente.«

»Na ja, es stimmt, dass es Meinungen gibt, die diesen Effekt den Medikamenten oder der Anästhesie zuschreiben, aber das kann man in Ihrem Fall ja ausschließen.«

Noah seufzte.

»Vielen Dank für alles, Dr. Handley«, sagte er und gab dem Arzt die Hand, um das Gespräch zu beenden.

Doch der fragte: »Was haben Sie gesehen, Noah?«

Noah schickte sich an zu gehen, doch Dr. Handley hielt ihn zurück. »Haben Sie etwas gesehen?«

Noah nickte stumm, während er eine plötzliche Kälte in seinen Wangen spürte. Dann wandte er sich um und ging den Flur entlang zu den Aufzügen, wo Gibson auf ihn wartete.

It's getting harder
Es wird immer schwerer

Die Straßen von Edinburgh kamen ihm fremd vor, obwohl er bis vor ein paar Monaten dort gelebt hatte.

Noah hatte es sich in Gibsons Wagen auf dem Beifahrersitz bequem gemacht, nachdem er mehrere Lebensmittelverpackungen mit klebrigen Resten entfernt hatte, und blickte nachdenklich durch die schmutzige Scheibe, während sie durch die schottische Hauptstadt fuhren. Ihm war leicht schwindelig, was sich verschlimmerte, als er versuchte, einen Artikel in einer der heiß ersehnten Zeitungen von dem Stapel auf dem Rücksitz zu lesen, die Gibson ihm mitgebracht hatte. Er sagte nichts, um Gibson nicht zu beunruhigen, und schwieg auch weiterhin, fast die ganze Fahrt über, wobei er manchmal an Bible John dachte und manchmal an das Gespräch mit Dr. Handley.

In weniger als zwei Stunden legten sie die 88 Meilen zurück, die Edinburgh vom Loch Lomond und den Trossachs trennten. Im Zentrum von Tarbet war nichts mehr von irgendwelchen Schäden durch das Unwetter zu sehen, doch je weiter sie sich von den dichter bewohnten Gegenden entfernten, desto deutlicher wurden die Anzeichen der Verwüstung, und in der Nähe des Sees waren sie mehr als offensichtlich.

Gibson schien die unangenehme Stille zwischen ihnen unbedingt füllen zu wollen, denn er redete die ganze Strecke über ununterbrochen.

»Ich habe in der Zeitung gelesen, dass das Unwetter von einer Kaltluftfront ausgelöst wurde, die über dem Meer entstanden ist und dann auf die wärmere Luft über dem Land traf ... Und klar, in den Tagen davor war es ja extrem heiß ... Tatsächlich sind in diesem Bereich in wenigen Minuten mehr als 200 Liter Wasser pro Quadratmeter vom Himmel gefallen. In Tarbet hat es keine größeren Schäden gegeben, abgesehen von ein paar abgesoffenen Booten auf dem See, abgerissenen Ästen und Schlamm überall. Aber in Killin sind einige Hänge abgerutscht, viele Straßen sind noch immer unbefahrbar, weil Geröll und umgestürzte Bäume sie versperren. Die Gegend, wo du gefunden worden bist, ist noch immer voller Schlamm, sodass bisher weder der Capri noch der Escort von dort weggebracht werden konnten. Du hast Glück gehabt, dass diese Jäger ein Boot gehabt haben, denn wenn sie dich über die Straße hätten wegschaffen müssen, wärst du jetzt immer noch dort.«

Noahs Ansicht nach wäre das nicht das Schlechteste gewesen.

»Die Kollegen von der Spurensicherung haben bei der Arbeit bis zu den Hüften im Schlamm gestanden, aber in den letzten Tagen hat es nicht mehr geregnet, und es fängt langsam an zu trocknen. Als die Leute von Scotland Yard gekommen sind, haben sie jede Menge Bretter mitgebracht und Stege gebaut, um bei der Arbeit nicht einzusinken.«

Das Bay Tarbet Hotel war zum Operationszentrum auserkoren worden. Als sie in den Ort fuhren, erkannten sie es sofort an den charakteristischen Zinnen und den Polizeiautos, die auf dem Parkplatz standen.

»Willst du?«, fragte Gibson und wies mit dem Kinn auf das Gebäude.

Noah sagte nichts, machte aber mit einer Geste deutlich, dass er weiterfahren wollte.

Die Straße nach Killin war freigeräumt, wobei an beiden Seiten Berge an Steinen und Ästen aufgetürmt waren. Der Asphalt war unter einer strohgelben Schlammschicht verschwunden, die die Sonne getrocknet hatte und die erst der nächste Regen wegspülen würde.

Gibson zeigte bei den Straßenkontrollen seine Polizeimarke vor. Bei der letzten informierte der Straßenposten sie über die aktuelle Lage.

»Die Presse ist völlig versessen darauf, zu dem Friedhof dieses Verrückten zu kommen«, erklärte der Uniformierte. »Anstatt nach Clyde zu fahnden, sind wir den ganzen Tag damit beschäftigt, Journalisten und Fotografen zu verscheuchen. Und es sind noch zwei weitere Leichen gefunden worden ... Die Sache wird immer schwieriger.«

Als sie die Abzweigung erreichten, an der Noah sich gefragt hatte, ob John nach Hause zurückkehren oder weiter in den Wald fahren würde, hielt Gibson den Wagen an.

»Entscheide du«, sagte er.

»Zum Haus.«

»Bist du sicher? Das ganze Team würde sich freuen, dich zu sehen.«

»Zum Haus«, wiederholte Noah und wies auf die entsprechende Straße.

Ein unbesetzter Polizeiwagen versperrte den schmalen Weg zum Gebäude. Sie stellten das Auto dort ab und gingen den Rest der Strecke zu Fuß.

Noah war dem Harmony Cottage noch nie so nah gewesen. Als er John vor Monaten überprüft hatte, war er, als Wanderer getarnt, in einem Abstand von etwa 50 Metern daran vorbeigegangen. Damals war ihm das Haus leicht verfallen erschienen, doch jetzt, aus der Nähe und nach dem Unwetter, war es fast nur noch eine Ruine.

Der Briefkasten an der Einfahrt schien das einzige Objekt zu sein, das in den letzten 25 Jahren irgendwann einmal erneuert worden war, doch er befand sich an einem Zaun, der an einigen Stellen umgefallen und an anderen gar nicht mehr vorhanden war.

Das einstöckige Gebäude war an einem natürlichen Abhang gebaut worden, der in einer Breite von etwa zwei Metern abgerutscht war und einen Teil des Hinterhofs mit Geröll gefüllt hatte. An einer Seite des Hauses befand sich ein altes steinernes Waschbecken. Die Vorderseite zeigte zum See hin, und am Eingang stand ein Lavendelstrauch, wobei zwischen den Blüten Unkraut wuchs und sich einige Blätter darin verfangen hatten.

Als sie sich dem Eingang näherten, trafen sie auf den Polizisten, der das Haus bewachte. Er saß auf dem Boden, den Rücken an die verblichene Fassade gelehnt. Der Mann hielt seine Dienstmütze in den Händen und ließ sein Gesicht von der Augustsonne bescheinen.

Gibson wartete ab, bis sie ganz herangekommen waren, dann hustete er laut. Der Mann schreckte auf und schien nicht zu wissen, ob er zuerst die Mütze aufsetzen oder salutieren sollte.

»Es tut mir leid, Mister, Sergeant«, sagte er hastig.

Gibson nahm einen Kuli aus der Innentasche seines Jacketts und unterschrieb auf dem Polizeisiegel, bevor der Polizist die Tür öffnete.

Innen erwartete sie kein Palast, aber im Vergleich zur Außenansicht überraschte Noah der gute Zustand des Hauses. Von der Haustür gelangte man in eine Diele, von der die Türen zu den anderen Räumen abgingen. Die Tür zur Küche stand offen, und von dort kam ihnen eine schwache Geruchsmischung nach Keksen, gekochtem Kohl und Tee entgegen.

Das Wohnzimmer war mit zu vielen neuen und alten Möbeln vollgestellt. Eine Menge zum Teil sehr alter Tassen und Teller füllten Vitrinen, Geschirrständer und Regale. Dazu kamen Kissen mit Blumenmuster und billige Teppiche mit Jagdszenen und Nymphen. Ein gerahmtes Bild dominierte den Raum, auf dem ein brennender Dornbusch dargestellt war, zusammen mit dem Motto der presbyterianischen Kirche: »*Nec Tamen Consumebatur*, Exodus, 3,2«.

»›Und er wurde nicht verzehrt‹«, zitierte Noah, während er daran dachte, wie es für einen Menschen wie Bible John Clyde gewesen sein musste, nur von Frauen umgeben unter einem solchen Lebensmotto aufgewachsen zu sein.

Vom Wohnzimmer aus gingen sie in die übrigen Räume. Es gab ein recht großes Badezimmer und drei Schlafzimmer, von denen zwei ziemlich klein waren und eines, das voller Schränke stand, kein Fenster hatte, was darauf schließen ließ, dass dies in früheren Zeiten mal ein einziges größeres Zimmer gewesen war.

Es überraschte Noah nicht, festzustellen, dass das größte Johns Zimmer gewesen war. Eine derart hedonistische und eitle Persönlichkeit konnte sich nicht mit etwas anderem zufriedengeben. Darin standen ein großes Bett und ein großer Kleiderschrank voller Markenkleidung. Schlichte, neutrale Farben, alles gut geschnitten und zeitlos. Es schien nichts zu fehlen.

Noah fiel der große Spiegel in der Innentür auf. Ein zweiter Ganzkörperspiegel hing an der Wand gegenüber dem Bett. Er stellte sich vor, wie John dort stand und sein Aussehen betrachtete, und dann sah er sich selbst. Sein Gesicht war extrem blass. Und er hatte dunkle Schatten unter den Augen. In den fünf Tagen, die er im Krankenhaus verbracht hatte, schien er einiges an Gewicht verloren zu haben.

An einer Seite des Betts befand sich ein kleines Regal, das völlig leer geräumt war. Die Kollegen von Scotland Yard waren sicher sehr daran interessiert zu wissen, was John gelesen hatte, und Noah hätte es auch gern gewusst.

»Der Typ hatte jede Menge Bücher«, bemerkte Gibson.

»Angesichts der Größe des Regals können es so viele ja nicht gewesen sein.«

»Da drin waren nur ein paar Dutzend, aber der Schuppen war voll davon.«

»Habt ihr mit den Nachbarn geredet?«

»Ja. Das Übliche. Dass er ein netter Mensch zu sein schien. Dass er gut erzogen war, wenn auch ein wenig zurückhaltend. Seine Mutter und die Tanten waren sehr fleißig. Die Mutter ist die Älteste und war ledig, als John geboren ist. Das war damals eine Schande für die Familie. Sie haben sie rausgeworfen und jahrelang kein Wort mehr mit ihr geredet. Wie das auf dem Land eben so ist. Als die Großmutter gestorben ist, sind die beiden jüngeren Schwestern zu ihr gezogen. Das ist die offizielle Version, aber zwei Frauen haben etwas anderes erzählt. Dass der Alte sich an seiner ältesten Tochter vergriffen hat, und als das Mädchen schwanger geworden ist, hat die Mutter sie aus dem Haus geworfen. Wenige Wochen später soll der Alte Zigaretten kaufen gegangen und nie mehr wiedergekommen sein.«

Noah warf einen kurzen Blick in das Schlafzimmer, das die drei Frauen sich geteilt hatten, und stellte überrascht fest, dass zu den drei Betten ein viertes, ein Klappbett, hinzugefügt worden war. Dafür gab es nur eine Erklärung: Clydes junge Ehefrau hatte dort geschlafen.

Erst da fiel ihm auf, dass er in Johns Schlafzimmer keine Frauenkleidung gesehen hatte und auch nichts anderes, das auf die Anwesenheit einer Frau dort hingewiesen hätte.

Das kleinste Zimmer war fast komplett mit zwei alten Schränken vollgestellt. Es war deutlich zu erkennen, dass der Inhalt eilig herausgerissen worden war. Ein großer Karton enthielt ein paar alte Taschen und mehrere Kleidungsstücke, die aus der Mode gekommen waren. Das Auffälligste war zweifellos ein billiges Brautkleid, das wie ein Gespenst auf einem Kleiderbügel hing.

»Das ist es!«, rief Noah, an Gibson gewandt. »Hochzeitsbilder. Wenn sie vor Kurzem geheiratet haben, muss es Hochzeitsbilder geben! Keine Frau auf der Welt würde es zulassen, dass an dem Tag nicht mindestens ein Foto gemacht wird. Frag bei den Fotografen nach, die es hier in der Gegend gibt, bei der Pfarrgemeinde oder am Gericht!«

Bevor Noah die kleine Kammer verließ, sah er sich noch einmal den Inhalt des Kartons an und öffnete den Reißverschluss einer der Taschen. Sie war mit einer großen Sicherheitsnadel versehen.

Er nahm eine Handvoll zerknitterte Papiere heraus und entfaltete einige davon. Es waren alte Programme der Pfarrgemeinde, zu der die Familie gehörte. Noah steckte sie wieder in die Tasche.

Der Schuppen im Hinterhof war aus Holz und zum Teil von dem Geröll des abgerutschten Hangs verschüttet. Noah sah, dass jemand eine blaue Plane auf den Schlamm gelegt hatte, damit man zum Eingang gelangen konnte.

Drei der vier Innenwände waren mit jetzt leeren Regalen gefüllt. Ansonsten enthielt der Schuppen einen Tisch, eine Stehlampe, ein altes Sofa und einen Stuhl mit Lederpolster. Die einzigen Farbtupfer, die im Gegensatz zu den gräulichen Holzwänden ins Auge fielen, waren ein alter Wollteppich und ein leuchtend orangefarbener Kerosinofen.

»Wo habt ihr die Schmuckkiste gefunden?«

Gibson ging zum niedrigsten Teil des Baus und wies auf eine Lücke zwischen den Holzbalken. »Nun ja, es war keine Schmuckkiste, sondern eine alte Teedose. Darin lagen Ohrringe, Ketten, Armbänder, Ringe, Haarspangen … alles durcheinander. Und wir sind nicht mal sicher, dass er alles aufbewahrt hat. Der Vater von Clarissa O'Hagan hat die Sachen durchsucht, nachdem seine Tochter identifiziert werden konnte. An dem Tag, an dem das Mädchen verschwunden ist, trug sie gute Ohrringe von ihrer Mutter, doch die waren nicht dabei. Wir fragen in den Pfandhäusern nach. Vielleicht ist er so an ein bisschen Geld gekommen …«

»Ausweise, Taschen, Kleidung, Unterwäsche …?«

»Nichts.«

»Nur eine alte Teedose …«, murmelte Noah, während er leicht den Kopf schüttelte.

»Und was passt da nicht?«, fragte Gibson verwundert.

»Die fehlende Methode. Du hast ja sein Zimmer gesehen, wie aufgeräumt das war. Die Amerikaner teilen Leute wie ihn in zwei Typen auf: in den organisierten Typus und den unorganisierten. Letztere sind sehr chaotisch, manchmal so extrem, dass sie einen menschlichen Finger in einem Gurkenglas aufbewahren und es jahrelang im Kühlschrank stehen lassen oder sogar vergessen, dass es existiert. Das extreme Gegenteil davon sind die ganz ordentlichen wie Clyde. Sein Leben, seine Kleidung, sein Zimmer, dieser Schuppen … Alles in seinem direkten Umfeld ist absolut geordnet. Diese Dose aber ist ein Mülleimer und keine Trophäensammlung. Im Fall der Opfer von 1968 und 1969 hat er Taschen und in einigen anderen Fällen die ganze Kleidung mitgenommen. Graham hat gesagt, dass auch die anderen Opfer am See nackt waren, dass er ihnen alles abgenommen hat, was zu ihrer Identifikation hätte dienen können. Aber es ist etwas anderes, eine Trophäe zu behalten. Und seine Trophäen müssen irgendwo sein.«

Gibson atmete langsam durch die Nase aus und gestand: »Ich habe kein Wort verstanden.«

Sie verließen den Schuppen, und nachdem sie sich von dem wachhabenden Polizisten verabschiedet hatten, kehrten sie zum Auto zurück.

Beim Einsteigen merkten sie, dass es sich in der Sonne aufgeheizt hatte. Noah öffnete das Fenster, denn er spürte eine leichte Schweißschicht auf der Stirn, die sich nach der minimalen Anstrengung, den Weg zurück zum Auto zu gehen, gebildet hatte. Während er ins Leere starrte, fragte er sich, ob das jetzt jeden Tag so sein würde.

Die leichte Brise, die herüberwehte, brachte einen feinen Staub mit sich, der die Wiese neben dem Haus bedeckte.

»Noch nicht fahren!«, sagte er plötzlich.

»Was ist los? Geht es dir nicht gut?«

»Hast du das nicht gesehen?«

»Du meinst den Staub? Die Wege hier sind doch alle nicht befestigt.«

Noah stieg aus dem Wagen. »Aber die Erde ist noch feucht. Wie erklärst du dir, dass es hier staubt?«

Sie fanden die Überreste der Feuerstelle, die von runden Steinen umgeben war, etwa 200 Meter vom Grundstück entfernt hinter einem Felsen. Sie war nicht sehr groß, kleiner als ein Campingfeuer. Der weißlichen Asche war anzusehen, dass das Feuer erst nach den Regenfällen angezündet worden war. Das Holz war komplett verbrannt.

Noah bückte sich und hob einen kleinen Rest verbrannten Papiers auf, der sich bei der Berührung sofort auflöste. Es war noch der typische Geruch von Kerosin wahrzunehmen.

Während Gibson zum Auto ging, um über Funk die Spurensicherung zu informieren, untersuchte Noah die Windrichtung und die Art und Weise, wie die Asche flog. Auf dem Rückweg zum Wagen ging er über die Wiese und begutachtete die pulverigen Aschereste, die im Gras hingen. In einiger Entfernung fiel ihm etwas ins Auge, und als er näher heranging, sah er, dass es sich um ein Stück Papier handelte, das fast so dick war wie Pappe.

Es war leicht sepiafarben, vielleicht wegen des Feuers oder weil es schon älter war. Auf der einen Seite war ein Teil eines Fotos zu erkennen, zwei horizontale Linien, die andere war die Rückseite einer Postkarte. Wenn etwas Geschriebenes darauf gestanden hatte, war es dem Feuer zum Opfer gefallen.

Doch an der Stelle, wo die Bildlegende des Fotos aufgedruckt war, waren noch einige Worte lesbar:

… Andrew, Printed in Eng…

Als Noah hinter sich Gibsons Keuchen hörte, der den Hügel heraufkam, verbarg er das Stück Papier instinktiv in seiner Faust.

»Glaubst du, dass er das gemacht hat, bevor er abgehauen ist?«, fragte Gibson und wies auf die Überreste des Feuers.

»Nein, ich glaube, das waren die Mutter und die Tanten, vielleicht sogar die junge Ehefrau. John konnte ja nicht wissen, ob ich allein gewesen bin oder ob ihn die gesamte Polizei Schottlands verfolgt hat. Ich glaube, dass er, auch wenn er es in diesem Moment nicht erwartet hatte, schon eine Weile mit der Möglichkeit gerechnet hat. Als es so weit war, wusste er genau, was zu tun war.«

Gibson nickte. »Das würde bedeuten, dass sie es gewusst haben.«

»Ich glaube nicht, dass sie den ganzen Plan gekannt haben, aber ich bin mir sicher, dass sie genaue Anweisungen hatten. Und dazu zählte, irgendetwas zu verbrennen. Es war kein großes Feuer, aber sie haben nicht gewagt, den Ofen im Haus dafür zu benutzen.«

»Die Kollegen von der Spurensicherung kommen her. Hast du irgendwas gefunden?«

»Nein, nur Asche«, antwortete Noah.

Während er hinunter zum Auto ging, ließ er das kleine Stück Papier in der Innentasche seines Jacketts verschwinden.

Just keeping life and soul together
Auch nur den Kopf über Wasser zu halten

Die Fenster von Noahs Wohnung im zweiten Stock gingen auf eine schmale Nebenstraße der Earl Street hinaus, und nicht einmal im Sommer schien die Sonne herein. Beim Eintreten war er froh über die angenehme Kühle. Nach dem Treppensteigen stand ihm der Schweiß auf der Stirn, obwohl er auf dem Treppenabsatz im ersten Stock für ein paar Minuten stehen geblieben war, um sich auszuruhen. Doch kaum war er durch die Tür getreten, wurde ihm kalt.

Die Wohnung sah furchtbar aus. Eine dicke Staubschicht lag auf den Möbeln. Noah stellte fest, dass jemand ein Fenster offen gelassen hatte, wahrscheinlich einer der Polizisten, die hier gewesen waren. Das war ein Fehler, den er, seit er in dieser Wohnung lebte, zu vermeiden gelernt hatte, denn der anhaltende Verkehr auf der Earl Street produzierte einen öligen Staub, der auf allen Oberflächen haften blieb.

Noah schloss das Fenster, was den Lärm in der Wohnung einigermaßen erträglich machte, und sah sich erneut um. Nachdem die Akten, die Zeitungsausschnitte und die Fotokopien, die den Tisch im Esszimmer und die Wand gegenüber dem Sofa bedeckt hatten, entfernt worden waren, waren nur noch ein Zigarettenpäckchen, ein mit Kippen gefüllter Aschenbecher und die halb leere Flasche eines zehn Jahre alten Laphroaig geblieben. Das ist alles, woraus mein Leben besteht, dachte er seufzend.

Er griff nach dem Zigarettenpäckchen und schüttelte es. Es waren noch welche drin. Sehr zuvorkommend von den Jungs, dachte er. Bei einer üblichen Durchsuchung wären die Zigaretten und die Flasche anschließend verschwunden gewesen. Er würde beides Gibson geben, der gerade die Zeitungen, die Papiertüte mit dem Logo der Apotheke, eine weitere, fettige Tüte mit irgendetwas Essbarem, das Gibson unbedingt unten im Geschäft für ihn hatte kaufen wollen, und das blaue Etui mit der Uhr auf dem Sofa ablegte.

»Das hast du im Krankenhaus vergessen, stand auf dem Tisch. Ich hab's mitgenommen, nachdem du schon das Zimmer verlassen hattest.«

Noah betrachtete das Etui ein paar Sekunden. Zweifellos hatte Gibson es gut gemeint, aber gab es nicht ein Sprichwort über gute Absichten und den Weg zur Hölle? Dann fiel ihm auf, dass er immer noch die Zigaretten in der Hand hatte. Er griff nach der Flasche mit dem Whisky und drückte sie Gibson zusammen mit dem Zigarettenpäckchen dankend in die Hand, während er ihn zur Tür begleitete.

Als Gibson gegangen war, ging Noah in die Küche, öffnete den Kühlschrank und die Klappe des Gefrierfachs. Er stellte fest, dass die Schachtel mit den Thunfisch-Teigtaschen, die ganz hinten lag, mit einer weißen Reifschicht bedeckt war. Niemand hatte sie angerührt.

Noah setzte sich aufs Sofa gegenüber der jetzt leeren Wand. Er konnte sich noch an die Zeitungsausschnitte aus *The Scotsman* und *The Glasgow Herald* mit den reißerischen Schlagzeilen der Sechzigerjahre erinnern: »Stoppt das Monster!« und »Bible John tötet wieder!« oder »Der Mörder mit dem Kindergesicht«, daneben die

Phantomzeichnungen und die Fotos der Opfer aus einer Zeit, als sie noch lebten.

In diesem Moment war er froh über die glänzenden Farben der Tapete, auf der bunte horizontale Spiralen zu sehen waren, während sich dort, wo nichts an den Wänden gehangen hatte, in wenigen Monaten wegen des Zigarettenrauchs eine gelbliche Schicht gebildet hatte.

Noah nahm das Stück Papier aus der Jacketttasche und ging damit zur Wand. Dort bückte er sich, um eine der Heftzwecken aufzuheben, die auf dem Boden lagen. Als er sich wieder aufrichtete, spürte er einen leichten Schwindel. Er atmete tief durch, und bevor er das Papier an die Wand heftete, betrachtete er es von beiden Seiten, um zu entscheiden, welche informativer war. Schließlich notierte er sich die Buchstaben auf einem Stück Papier und hängte die Postkarte so auf, dass der Teil des Fotos nach vorn zeigte. Dann trat er ein paar Schritte zurück und setzte sich.

Die Übelkeit wurde schlimmer. Es war Zeit für seine Medikamente, allerdings hatte er seit dem Frühstück im Krankenhaus nichts mehr gegessen. Er griff nach der fettigen Tüte und sah nach, was darin war. Fish and Chips und Black Pudding – typisch Gibson.

In Erinnerung an die warnenden Worte Dr. Handleys über schwer verdauliches Essen entschied er sich für den Fisch und die Pommes frites und bewahrte den Black Pudding für den Moment auf, in dem er genug vom Leben hatte.

Noah hatte keinen Appetit. Kauen und Schlucken war für ihn zu einer Disziplin geworden. Er spürte immer noch die Folgen des Tubus, aber abgesehen davon fühlte sich seit dem Tag des Infarkts jeder Bissen an wie eine Kugel, die auf dem Weg durch seinen Verdauungstrakt immer dicker wurde.

Noah nahm die Medikamente aus der Tüte und las sich sorgfältig die Packungsbeilagen durch. Ironischerweise schienen diese Zaubermittel, die ihn am Leben erhalten sollten, im Grunde tödliche Gifte zu sein.

Er schluckte die Dragees des Diuretikums und spülte sie mit dem flüssigen Herzglykosid herunter. Dann schloss er die Augen und wartete, bis sein Herz wieder gleichmäßig schlug.

Die Übelkeit und das Völlegefühl ließen nach, genauso wie die Kopfschmerzen, das Ohrensausen und das Panikgefühl.

Noah blickte angewidert auf das blaue Etui und griff nach den Zeitungen.

Der Fall Bible John war bei allen auf der Titelseite. Da es kein vernünftiges Bild von John gab, hatten sich die meisten für Fotos der Mutter und der Tanten entschieden oder für Bilder, die das Harmony Cottage aus der Ferne zeigten. Die Schlagzeilen unterschieden sich nicht sehr von denen aus den Sechzigerjahren: »Bible John enttarnt«, »Die Identität von Schottlands berühmtesten Mörder gelüftet«, »Bible John endlich identifiziert« … Nur eine war anders und Noahs Meinung nach geschmacklos: »Die Damen vom See« in Anlehnung an das Gedicht von Walter Scott über den Loch Katrine. Dazu gab es eines der Fotos, die der Uniformierte gemeint haben musste, als er von den Problemen mit den Journalisten sprach. Darauf waren eine schlammige Fläche zu sehen, die er nicht wiedererkannte (obwohl er dort gestorben war), das Absperrband der Polizei um einige ausgehobene Gruben herum und mehrere aufgereihte zugedeckte Leichen am Ufer des Sees.

Noah fegte den Zeitungsstapel zu Boden. Er war schläfrig und erschöpft. Und ihm war kalt.

Als er die Wolldecke, die auf dem Sofa lag, über sich breiten wollte, stellte er fest, dass das schottische Tartanmuster dem der

Decke sehr ähnlich war, in die John die Leiche der Mutter von Sam, Gillian und Andrew gewickelt hatte. Er wusste nicht einmal ihren Namen.

Noah ging ins Schlafzimmer, und für einen Moment kam ihm der Gedanke, sich zu entkleiden, ins Bett zu legen und zu schlafen, um der Angst, der Schwäche, der andauernden Müdigkeit und der Desorientierung zu entgehen, gegen die er ständig ankämpfen musste. Doch während er mit dem Gedanken spielte, war er sich gleichzeitig sicher, dass er, wenn er es tat, nicht mehr aufstehen und dort sterben würde.

Also zog er die geblümte Tagesdecke vom Bett – eine Hinterlassenschaft des Vormieters – und kehrte damit zum Sofa zurück. Er warf die Wolldecke hinters Sofa, um sie nicht mehr sehen zu müssen, wickelte sich in die Tagesdecke, blickte zur Wand und schloss die Augen.

Unmengen an Wasser liefen ihm in die Augen. Seine Wimpern waren nass und schwer und hafteten aneinander, wenn er blinzelte. Er wollte sich versichern, dass Clyde im Scheinwerferlicht des Capri noch da war. Doch es war sinnlos, denn er sah alles stark verschwommen wie durch ein Prisma, als hätte er eine schwere Migräne.

Der Geruch des Gewitters lag in der Luft, in der Ferne donnerte es, und Blitze fuhren in die Bäume auf den Hügeln um den See. Erneut lag er mit dem Gesicht im Schlamm, rang nach Atem, und sein Herz schlug so heftig, dass es wehtat.

Er riss John Clyde vom Boden hoch.

Inzwischen spürte er den Regen nicht mehr. Seine Kehle brannte, er brauchte Luft. Noah atmete tief ein und nahm den Geruch des Sees und der nassen Erde wahr, den Gestank von John Clydes Schweiß und den der verwesenden Leiche.

Und in diesem Moment wusste er, dass das Letzte, was er gesehen hatte, das fleischlose Gesicht eines von Bible Johns Opfern war.

Er verspürte eine tiefe Trauer, wollte aber noch nicht aufwachen. Er wollte noch warten, um es zu sehen. Aber er sah nichts. Die Dunkelheit mit ihrer klebrigen Kälte hüllte ihn ein, während ihn das Grauen packte, als er feststellte, dass dort nichts war.

Aus weiter Ferne hörte er das Klingeln seines Handys.

Noah öffnete die Augen und stellte fest, dass er in Schweiß gebadet war. In dem Moment, als das Telefon aufhörte zu klingeln, schlug er die Tagesdecke zur Seite.

Keuchend richtete er sich auf und blickte sich um wie ein Astronaut, der auf einem unbekannten Planeten gelandet war. Durchs Fenster fiel ein wenig Morgenlicht. Alles kam ihm fremd vor. Draußen und drinnen.

Er blickte auf den Rest der verbrannten Postkarte an der Wand und dachte, dass er aussah wie ein kleines Boot auf den bunten Spiralen eines psychedelischen Meers.

Auf dem Weg zur Dusche zog er den Rest seiner Kleidung aus.

Er hatte Regen immer gemocht. Er war ein Teil von ihm, so wie er zu dieser Stadt gehörte. Wie viele andere Schotten prahlte er damit, keinen Schirm zu haben. Und die Kälte des Regens im Gesicht hatte ihm immer ein Gefühl von Freiheit gegeben.

Er erinnerte sich an John, wie er im Regen in der Art eines Rockstars die Arme ausgebreitet hatte, in Eintracht mit dem Gewitter, als ob er es ausgelöst hätte oder es sein Komplize wäre.

Doch Noah hatte das Gefühl der Freiheit verloren. Seit er im Krankenhaus zu sich gekommen war, war das Wasser in seinem Gesicht zu einem Präludium des Todes geworden, und nicht einmal unter der Dusche konnte er dem ominösen Gefühl entkommen, das es bei ihm auslöste.

Er legte den Kopf in den Nacken, um sich die Haare zu waschen, und kehrte mit geschlossenen Augen sofort zum See zurück. Erschreckt öffnete er sie wieder und vermied von da an, dass das Wasser sein Gesicht berührte.

Er dachte daran, wie Bible John sich gefühlt haben mochte, als er einfach umgefallen war. Sicher hatte das seinen Narzissmus noch verstärkt. Er musste sich unbesiegbar fühlen. Wie lange mochte er gebraucht haben, um nach Hause zurückzukehren und das Nötigste zusammenzupacken? Dass es von ihm keine Fotos gab, bewies, dass er alles geplant hatte. Noah wurde sich dessen immer sicherer, während er darüber nachdachte, wie schwierig es war, sämtliche existierende Fotos eines Menschen zu vernichten. Kinderfotos, Schulfotos, Fotos in der Pfarrgemeinde, mit Freunden oder Kommilitonen, Jugendfotos.

Dabei fiel ihm ein, dass er ein Foto von John Clyde gesehen hatte, kein aktuelles, aber Clyde hatte sich seitdem kaum verändert.

Er hatte das Bild so klar vor Augen, als stünde er direkt davor. Es war im Vorjahr gewesen, als er im Rahmen seiner Suche nach Bible John noch einmal das Verschwinden der beiden Studentinnen untersucht hatte, das sich zehn Jahre zuvor ereignet hatte. Die Mädchen gehörten zum Campus der Universität und passten perfekt ins Profil.

Er hatte mit der Rektorin und dem Tutor gesprochen. Da er keinen Durchsuchungsbeschluss gehabt hatte, hatten sie ihn mit John Clydes Unterlagen nicht allein lassen können, hatten aber kein Problem damit gehabt, sie ihm zu zeigen. Während des Gesprächs hatte der Tutor die Akte Clydes vor Noah geöffnet.

Auf der ersten Seite war ein recht großes, mit einer Heftklammer befestigtes Farbfoto zu sehen gewesen.

Noah trat aus der Dusche, und nachdem er sich umgezogen hatte, rief er sogleich bei der Edinburgh University an. Im letzten Moment ging er noch mal ins Wohnzimmer und nahm die halb verbrannte Postkarte und den Zettel mit seinen Notizen von der Wand.

I'm sick of fighting even though I know I should
Ich habe das dauernde Kämpfen satt, auch wenn ich weiß, dass ich es tun sollte

Noah Scott Sherrington war ein geborener Beobachter, doch wenn es um das Verhalten von Frauen in romantischen Situationen ging, kam er jedes Mal ins Zweifeln.

Die Rektorin erwartete ihn bereits. Schon bei seinem letzten Besuch, ein Jahr zuvor, hatte er den Verdacht gehabt, dass Mrs. Ferguson ein wenig mit ihm flirtete.

»Inspector, ich freue mich, Sie zu sehen«, sagte sie, während sie an ihrem Schreibtisch Platz nahm und ihm einen Stuhl anbot. »In der Zeitung stand, dass Sie verstorben wären, und ich bin erleichtert, dass das offensichtlich nicht stimmt. Ihr Anruf war eine Überraschung, zumal ich gestern noch darüber nachgedacht habe, mich mit Ihrer Abteilung in Verbindung zu setzen.«

»Ach ja?«

»Bei Ihrem letzten Besuch haben Sie gesagt, dass ich mich melden soll, wenn mir zu den ehemaligen Studenten, nach denen Sie gefragt haben, noch etwas einfällt.« Sie machte eine Pause und sah ihm direkt in die Augen.

»Und ist Ihnen noch etwas eingefallen?«

»Mir selbst nicht. Doch nach dem Aufhebens, das die Presse um Bible John gemacht hat, ist einer der Professoren zu mir gekommen und hat erzählt, dass er sich an John Clyde in seiner Vorlesung erinnert, an der auch die beiden Studentinnen teilnahmen, die vor fast elf Jahren verschwunden sind. Das war neu für mich, denn es war, wie ich bei Ihrem letzten Besuch gesagt habe, aus seinen Unterlagen nicht ersichtlich, dass Mr. Clyde und die beiden jungen Frauen gemeinsame Fächer hatten.«

Die Gegensprechanlage piepte, und sie schaltete sie frei.

»Mrs. Ferguson, Professor Martínez ist jetzt hier.«

»Er soll hereinkommen.«

Martínez war um die 60 und sah aus wie ein typischer Professor: Tweedjackett, ein cremefarbenes Hemd, braune Krawatte und Oxford-Schuhe in der gleichen Farbe. Er setzte sich auf den Stuhl neben Noah und wartete darauf, dass die Rektorin ihn zum Sprechen aufforderte.

»Das Erste, was ich Ihnen zu sagen habe, ist, dass ich mit dem, was ich Ihnen gleich erzählen werde, niemandem schaden möchte. Sind Sie sicher, dass Mr. Clyde Bible John ist?«

»Ohne jeglichen Zweifel«, entgegnete Scott Sherrington.

Zufrieden mit der Antwort, warf der Professor der Rektorin einen Blick zu und nickte mehrfach, bevor er weitersprach. »Es ist mir nur wegen der Artikel in der Presse wieder eingefallen. Natürlich habe ich die beiden Studentinnen, die damals verschwunden sind, nicht vergessen.«

Noah wünschte sich, der Professor würde zum Kern der Sache kommen. »Die Rektorin hat mir gesagt, dass Sie sich an Clyde erinnern, wobei er, soweit ich verstanden habe, keiner Ihrer Studenten war.«

»Nein, er hat Englische Philologie studiert, und ich bin Professor der Hispanistik.«

Noah sah ihn abwartend an.

»Aber als ich seinen Namen in der Presse gelesen habe, ist mir wieder eingefallen, dass er in dem Semester, in dem meine beiden Studentinnen verschwunden sind, bei mir war, um mich um Erlaubnis zu bitten, meine Seminare als Zuhörer besuchen zu dürfen.«

»Warum taucht er dann nicht in den offiziellen Anwesenheitslisten auf?«

»Weil er sich nicht in den Kurs eingeschrieben hat. Viele Studenten bitten mich, ein paar meiner Seminare besuchen zu dürfen, um zu entscheiden, ob das Fach etwas für sie ist. Und ich habe üblicherweise nichts dagegen.«

»An wie vielen Seminaren hat John Clyde teilgenommen?«

»Das kann ich nicht genau sagen. Aber es waren nicht viele.«

»Das heißt, man kann davon ausgehen, dass ihm Hispanistik nicht lag …«

»Im Gegenteil. Ich habe nur noch einmal mit ihm gesprochen. Er kam am Ende einer Veranstaltung zu mir und wies mich darauf hin, dass ich ein Verb in der falschen Zeitform angegeben hatte.«

»Er hat Sie korrigiert?«

Der Professor presste die Lippen zusammen. Das, was er dann sagte, schien ihm nicht leichtzufallen. »Und er hatte recht. Ich kann Ihnen versichern, dass John Clyde Spanisch beherrschte wie ein Muttersprachler.«

Noah überlegte, wie er diese Information einschätzen sollte.

»Ich spreche ziemlich gut Spanisch«, sagte Noah dann auf Spanisch. »Meine Mutter hat mehrere Jahre in Spanien studiert und hat bei uns zu Hause Sprachunterricht gegeben. Sie hat mit mir während meiner Kindheit nur Spanisch gesprochen. Hat John Clyde Ihnen gesagt, wie er die Sprache gelernt hat?«

Professor Martínez sah ihn herablassend an. »Viele Leute glauben, eine Sprache gut zu beherrschen, obwohl es gar nicht stimmt. Ich habe nicht nachgefragt und muss zugeben, dass mir sein Tonfall eitel und anmaßend erschien. Deshalb habe ich keinen Wert auf ein längeres Gespräch gelegt. Ich habe die Zeitform in einem Grammatikbuch nachgeschlagen und musste zugeben, dass er recht hatte. Er hat gelächelt, sich umgedreht und ist gegangen. Danach ist er nicht mehr in meinen Seminaren erschienen.«

»Ich verstehe, warum Sie sich daran erinnern.«

Ohne darauf zu reagieren, stand der Professor auf. Nur an die Rektorin gewandt, sagte er: »Wenn Sie mich jetzt entschuldigen würden, die nächste Vorlesung beginnt.«

Eitel und anmaßend, dachte Scott Sherrington. Das traf auch auf Martínez zu.

Als der Professor gegangen war, hielt die Rektorin ihm eine Mappe hin, die ihm bekannt vorkam. »Das ist John Clydes Akte, von der Sie am Telefon gesprochen haben.«

Als er die Hand danach ausstreckte, sorgte sie dafür, dass ihre Hände sich bei der Übergabe berührten, was ihm durchaus auffiel. Sie lächelte, und Noah tat so, als wäre nichts passiert, und konzentrierte sich auf die Mappe. Er schlug sie auf.

»Soweit ich mich erinnere, war hier eine Farbfotografie.«

Die Rektorin wirkte aufrichtig verwundert. »Sie sollte eigentlich noch da sein«, sagte sie und wies auf die entsprechende Stelle. »Vielleicht ist sie rausgefallen. Inzwischen kleben wir sie ein, aber bis vor ein paar Jahren haben wir sie mit einer Heftklammer befestigt. Ich werde meine Sekretärin bitten, im Archiv nachzufragen.«

Sie stand auf und verließ das Büro.

Noah sah sich die Mappe näher an. Ein winziges Stück des Fotos war an der Heftklammer hängen geblieben, als es herausgerissen worden war. Er hob nachdenklich den Blick und richtete ihn auf das Gemälde, das hinter dem Schreibtisch der Rektorin über dem Kamin hing. Es handelte sich um eine ziemlich gute Darstellung der *Bounty*, die mit gehissten Segeln übers ruhige Wasser fuhr, während in der Ferne, am silbrigen Himmel zwischen dunklen Wolken, ein Gewitter heranzog.

Die Rektorin kehrte zurück. »Sie werden danach suchen, aber das Archiv ist riesig und das Foto mehr als zehn Jahre alt. Vielleicht hat es sich gelöst und ist verloren gegangen.«

Scott Sherrington sah sie nachdenklich an. »Bei meinem letzten Besuch waren die Regeln dort sehr streng. Ich nehme an, dass es eine Liste von allen Besuchern gibt, die das Archiv aufgesucht haben.«

»Das stimmt. Was die Herausgabe von Informationen angeht, haben wir sehr genaue Vorschriften. Wie ich Ihnen damals gesagt habe, kann man einige Daten nachsehen, zum Beispiel um zu überprüfen, ob jemand als Student bei uns eingeschrieben war, oder hinsichtlich der akademischen Titel. Wir werden immer wieder von anderen Universitäten oder von Unternehmen, die einen Lebenslauf überprüfen wollen, danach gefragt, aber die Vorschriften besagen, dass derjenige, dessen Unterlagen konsultiert werden, jedes Mal darüber informiert werden muss.«

Noah konnte nicht glauben, was er zu hören bekam. »Das heißt, dass Sie nach meinem letzten Besuch alle Betroffenen darüber informiert haben, dass ihre akademischen Unterlagen konsultiert wurden?«

Die Rektorin lehnte sich in ihrem Schreibtischsessel zurück. Offensichtlich gefiel ihr der Tonfall der Frage nicht. »Darf ich Sie daran erinnern, dass Sie damals keinen Durchsuchungsbeschluss hatten. Wir unterstützen Sie selbstverständlich, und natürlich bleibt der Inhalt unseres Gesprächs unter uns, aber den Vorschriften entsprechend wurden die Studenten darüber informiert, dass ihre Unterlagen konsultiert wurden.«

Noah konnte sein Missfallen nicht verbergen. Er senkte den Kopf und ermahnte sich zur Besonnenheit, bevor er weitersprach. Es war besser, diese Frau nicht zu verärgern, denn er war auf ihre Kooperationsbereitschaft angewiesen.

»Mrs. Ferguson, könnten Sie mir sagen, ob nach meinem letzten Besuch jemand diese Akte konsultiert hat?«

Sie erwiderte seinen Blick. Diesmal ohne zu lächeln. Dann griff sie zum Telefon, wählte eine Nummer, stellte die entsprechende Frage und bat jemanden mit dem Namen Addison, in ihr Büro zu kommen. Das dauerte ein paar Minuten, und angesichts des wachsenden Unmuts der Rektorin betrachtete Noah erneut das Gemälde an der Wand.

Die Frau blieb an der Tür stehen.

»Mrs. Addison, bitte sagen Sie dem Inspector, was Sie mir eben gesagt haben.«

»Einen Tag nachdem wir Mr. Clyde mitgeteilt haben, dass seine Akte konsultiert wurde, bat er selbst um Einsicht. Er wollte einige Seiten fotokopieren, was nichts Ungewöhnliches ist.«

»Haben Sie die Fotokopien gemacht?«

»Nein, es ist ebenfalls üblich, dass die Studenten dies selbst tun. Am Empfang im Sekretariat steht ein Kopierer, der von jedem genutzt werden kann.«

»Haben Sie die Unterlagen überprüft, als er die Akte zurückgegeben hat? Hat daraufhin vielleicht das Foto gefehlt?«

Die Frau errötete.

»Das habe ich nicht überprüft«, sagte sie, an die Rektorin gewandt. »Es war seine Akte, warum sollte er ein Dokument daraus entfernen?«

»Ist schon gut«, sagte die Rektorin und entließ die Frau mit einem Nicken. »Es tut mir leid«, sagte sie zu Noah, als sie wieder unter sich waren. »Ich weiß nicht, wie das …« Sie brach ab, als ihr auffiel, dass er ihr nicht zuhörte, seinen Blick fest auf das Bild an der Wand gerichtet.

Noah hob eine Hand, legte die Spitzen von Daumen und Zeigefinger aneinander und hielt sie vor seine Augen. Dann schloss er das rechte Auge, um genau den Ausschnitt des Gemäldes zu betrachten, der zwischen seinen Fingern zu sehen war. Ein deutlich sichtbarer Holzstreifen verlief entlang des schwarzen Rumpfs des Schiffs und zeichnete einen weiteren horizontalen Streifen nach.

»Das ist ein Schiff …«, murmelte er.

Die Rektorin wandte sich verwundert um. »Ja, das ist die *Bounty*, auf der die berühmte Meuterei stattgefunden hat«, sagte sie, wegen der Offensichtlichkeit verwirrt.

»Nein«, erwiderte Noah. »Das ist die Wasserlinie eines Schiffs.«

Die Rektorin antwortete nicht, kräuselte aber unwillig die Lippen. Noah musste lächeln, als ihm klar wurde, dass er es sich nun endgültig mit ihr verdorben hatte. Er blickte zu dem Telefon hinüber, das auf dem Schreibtisch stand.

»Dürfte ich kurz Ihr Telefon benutzen?«

The cold is biting through each and every nerve and fiber
Die Kälte frisst sich durch jeden Nerv, jede Faser

Während Noah zurück nach Glasgow fuhr, wurde der Himmel immer dunkler, und als er die Stadt erreichte, fielen die ersten dicken Tropfen auf die Windschutzscheibe.

Er fühlte sich gut. Von einer Energie erfüllt, die er seit der Nacht, in der er beinah Bible John gefasst hätte, nicht mehr empfunden hatte. Flüchtig blickte er auf die Tüte aus der Apotheke, die er auf den Beifahrersitz gestellt hatte, um sie in der Nähe zu haben, und dachte nach. Ihm war klar, dass er sie zum Überleben brauchte, aber er wusste auch, dass es letztendlich sein Wille war, der ihn am Leben hielt.

Der Anruf bei den Kollegen von der Schifffahrtspolizei war nicht ohne Erfolg gewesen. Brown, sein üblicher Kontakt, hatte ihn direkt auf eine sehr interessante Spur gebracht.

»Na ja, wenn es Postkarten gibt, müsste das Boot zu einer größeren Reederei gehören«, hatte Brown gesagt. »Besteht vielleicht die Möglichkeit, dass Andrew nur ein Teil des Namens ist? Dann könnte es MacAndrews sein.«

»MacAndrews …«, hatte Noah wiederholt.

»MacAndrews ist das größte britische Schifffahrtsunternehmen«, hatte Brown erklärt. »Und vielleicht das älteste. Sie haben keine Personenschiffe, was nicht ausschließt, dass sie für ihre Kunden Postkarten drucken lassen.«

»Also ein Containerschiff?«

»Genau.«

»Wo sitzt das Unternehmen?«

»Der Hauptsitz ist in Liverpool, aber es fahren auch Schiffe von Greenock ab. Sie transportieren vor allem Stahl von British Steel, der in Liverpool verladen wird, und Whisky vom Hafen in Greenock aus.«

»Weißt du, ob sie auch nach Spanien fahren?«

»Die fahren überallhin.«

Noah eilte den letzten Treppenabschnitt zu seiner Wohnung hinauf, weil er durch die Tür das Telefon klingeln hörte. Keuchend nahm er den Hörer ab.

Gibsons Stimme klang deutlich besorgt.

»Verdammt, mein Freund, geht es dir gut?«

»Ja, keine Sorge«, entgegnete Noah und versuchte wieder zu Atem zu kommen.

»Aber was hast du denn gemacht, dass du so außer Atem bist?«

»Ich bin vom Sofa aufgestanden«, log er.

Noah hörte Gibson seufzen. »Hör mal, Graham wird mich umbringen, wenn er erfährt, dass ich dir das sage, aber du hattest recht. Wir haben die Namen der Mutter, der Tanten und der Ehefrau auf der Passagierliste eines Schiffs gefunden, das gestern nach New York aufgebrochen ist. Wir haben bereits Bescheid gegeben, und die Hafenpolizei erwartet sie, wenn sie von Bord gehen. Wir haben die Kollegen gebeten, nur zu kontrollieren, wohin sie reisen. Rein rechtlich haben sie kein Gesetz gebrochen. Niemand hat ihnen gesagt, dass sie vor Ort bleiben sollen. Aber immerhin wissen wir jetzt, wo sie sind. Außerdem haben wir den Fotografen gefunden, der die Hochzeitsfotos entwickelt hat. Wie es aussieht, hat Clyde selbst sie mit einer einfachen Kamera geschossen. Dem Fotografen ist aufgefallen, dass es nur ein Foto des Hochzeitspaars gab, während auf allen anderen nur die Braut und die anderen Frauen zu sehen waren. Die Negative hat er den entwickelten Bildern beigelegt, wie es üblich ist. Aber der Fotograf hat einen recht guten Abzug von einem Bild der Braut aufbewahrt. Er hat es vergrößert und ein paar Tage im Schaufenster seines Geschäfts ausgestellt. Ich habe dir einen Boten mit einer Kopie des Bildes geschickt. Die müsste eigentlich schon angekommen sein.«

Noah brummte etwas zur Antwort. Er hatte es eilig und kein größeres Interesse daran, seinem Kollegen länger zuzuhören. Doch Gibson interpretierte seine Reaktion anders.

»Wenn du daran denkst, nach New York zu reisen, vergiss es, das ist keine gute Idee.«

»Wie heißt das Schiff?«

»*Isabella.* Warum?«

Noah lächelte, bevor er antwortete. »Ich gebe dir mein Ehrenwort, dass ich nicht nach New York reisen werde«, sagte er, während er dachte: Da ist Bible John nicht.

»Da ist noch etwas …«, meinte Gibson. »Das, was du über die Trophäen gesagt hast und die Art und Weise, wie Bible John sie aufbewahrt hat.«

Noah wartete schweigend.

»Ich habe dir ja schon gesagt, dass John Clyde viele Bücher, Dokumente, Karten und Prospekte hatte. In einer Fächermappe haben wir eine Sammlung an Briefumschlägen gefunden. Alle mit Ort und Datum beschriftet und alphabetisch geordnet. In den Umschlägen waren Damenbinden, in einigen Tampons, alle mit Blut daran.«

»Mein Gott!«, flüsterte Noah.

»Und das ist noch nicht alles. Ich habe dir ja gesagt, dass wir neun Frauenleichen gefunden haben: zwei, die am Ufer vergraben waren, sechs im See und die im Auto. Zusammen mit den zwei neuen, die heute Morgen aufgetaucht sind, macht das elf.«

»Ja.«

»Es gibt 19 Umschläge.«

Als Noah den Hörer auflegte, sah er sich um. Dabei durchzuckte ihn ein Gedanke: Ich will hier nicht sterben.

Er ging in die Küche, öffnete den Kühlschrank und das Gefrierfach und nahm die reifbedeckte Schachtel heraus. Er schüttelte sie über der Spüle und zog dann ein schwarzes Büchlein mittlerer Größe und einen Revolver daraus hervor, der in ein ölgetränktes Tuch eingewickelt war. Ganz vorsichtig legte er die Waffe auf die Anrichte, schlug dann das Büchlein auf und blätterte durch die eng beschriebenen Seiten, in denen er alles aufgeschrieben hatte, was er über Bible John wusste.

Mit dem Buch in der Hand ging er ins Schlafzimmer, warf eine Reisetasche aufs Bett und stopfte Kleidung hinein. Das kleine Buch versteckte er zwischen den Socken.

Bevor er das Zimmer verließ, griff er noch nach dem gerahmten Foto seiner Eltern auf dem Nachttisch, betrachtete es kurz und legte es dann vorsichtig zwischen die Kleidung in der Tasche.

Zurück in der Küche begutachtete er den Revolver. Es war ein Smith & Wesson Model 10, zuverlässig und in gutem Zustand. Gegen seinen Willen richtete er den Blick auf seine Polizeimarke, die Graham in einigen Tagen von ihm zurückfordern würde. Er steckte sie ein. Aus dem Schrank im Flur nahm er zehn Pakete mit

Munition. Zuletzt warf er die Rezepte, die er im Krankenhaus erhalten hatte, in die Tasche und ebenso die Tüte aus der Apotheke, die ihn jetzt überallhin begleiten würde.

Noah schloss den Reißverschluss der Tasche und blickte sich in der Wohnung um, die in den letzten Monaten sein Zuhause gewesen war. Die leere Stelle an der Wand mit der farbigen Tapete, wo das Nikotin ihr nicht den Glanz genommen hatte, übte wie die Öffnung eines tiefen Brunnens einen Sog auf ihn aus.

Hier will ich nicht sterben, hörte er seine eigene Stimme in seinem Kopf.

Er trat durch die Tür, und als er sie schloss, streifte der Luftzug seinen Nacken wie ein Seufzer. Er konnte die ominöse Präsenz des Todes, den er hinter sich ließ, beinah spüren und musste den Impuls unterdrücken, die Treppe hinunterzurennen.

Er blickte nicht mehr zurück und blieb an der Haustür nur so lange stehen, wie er brauchte, um den Briefkasten aufzuschließen und den Umschlag mit dem Foto herauszunehmen, den Gibson ihm geschickt hatte. Es regnete, als er auf die Straße trat, aber diesmal machte es ihm nichts aus, dass sein Gesicht nass wurde.

Noah brauchte etwas mehr als viereinhalb Stunden, um die 219 Meilen, die Glasgow von Liverpool trennten, zurückzulegen. Zweimal musste er an einer Tankstelle anhalten, um die Toilette zu benutzen, denn das Diuretikum forderte seinen Tribut und verstärkte außerdem die Müdigkeit.

Im Vergleich zu Glasgow erschien ihm Liverpool am frühen Abend beinah leer. Er fuhr durchs Zentrum zum Hafen und näherte sich der Gegend um das Royal Albert Dock. Das Hafenbüro lag still und leer vor ihm. Das Gebäude war großzügig, doch an der langen Marmortheke stand den Kunden nur eine Person zur Verfügung, eine junge Frau, die an beiden Seiten des Kopfes rasiert war, während sie das blonde, an den Spitzen violett gefärbte Haar in der Mitte zu einem Pferdeschwanz zusammengefasst hatte. Die Uniform, die sie trug und die so gar nicht zu der Frisur passte, bestand aus einem für August viel zu warmen Blazer, einer weißen Bluse und einem Halstuch im Stil einer Stewardess im Flugzeug.

Noah ging direkt auf sie zu und fühlte sich irgendwie unwohl, als die junge Frau ihm entgegensah. Direkt vor ihr stand ein Plastikschild auf der Theke, auf dem ihr Name stand: Lisbeth.

»Hallo, Lisbeth. Ich möchte mich nach den Schiffen erkundigen, die nach Spanien fahren.«

»Sicher, zu welchem Hafen wollen Sie?«

»Ich möchte mich über die Unternehmen erkundigen, die Richtung Spanien fahren.«

»Warentransport oder Personenschifffahrt?«

»Personen.«

»Es gibt einen wöchentlichen Fährservice zu verschiedenen Häfen, auf denen man das Auto mitnehmen kann.«

»Zu welchen Häfen?«

»Pasajes, Bilbao, Vigo …«

»Und wann ist das letzte Personenschiff Richtung Spanien abgefahren?«

»Letzten Mittwoch um Mitternacht. Das war die Fähre von Liverpool nach Vigo.«

Letzten Mittwoch um Mitternacht hatte John Clyde knietief im Schlamm des Loch Katrine gestanden. Das war unmöglich.

»Sind Sie sicher, dass seitdem kein anderes Schiff nach Spanien gefahren ist?«

»Absolut. Die Fähre fährt wöchentlich, das nächste Mal morgen Nacht um zwölf.«

Noah bedankte sich, blieb aber stehen, die Hände auf die Theke gestützt, während er überlegte, was er als Nächstes tun sollte.

Die junge Frau schien sein Zögern falsch zu verstehen. »Es tut mir leid, dass ich Ihnen nicht weiterhelfen konnte.«

»Oh«, entgegnete er seit Tagen zum ersten Mal mit einem Lächeln. »Keine Sorge, Sie haben mir sehr wohl geholfen.«

Er wandte sich um, um das Gebäude zu verlassen, und stieß beinah mit einem Mann zusammen, der hereinrannte. Dieser trug einen riesigen Rucksack auf dem Rücken, entschuldigte sich ungeschickt und wandte sich an die junge Frau.

»Ich muss so schnell wie möglich nach La Rochelle«, sagte er und warf seine Papiere auf die Theke.

Lisbeth sah in einem Fahrplan nach, schaute auf die Uhr und sagte: »Die *Marianne* fährt heute Abend um zehn nach Marokko und macht in La Rochelle Station.«

»Sie retten mir das Leben«, sagte der Mann deutlich erleichtert.

Die junge Frau nannte ihm den Liegeplatz und den Namen des Kapitäns, bei dem er sich melden sollte.

Noah, der ein Stück zurückgetreten war, wartete, bis der Mann seine Papiere zusammengesammelt hatte. Als er an ihm vorbeiging, entschuldigte er sich erneut. »Das von eben tut mir leid.«

Noah hob abwehrend die Hand und schüttelte den Kopf. »Kein Problem.«

Er trat wieder an die Theke.

»Miss, entschuldigen Sie, aber könnten Sie mir erklären, was da gerade passiert ist? Warum haben Sie diesem Mann ein Ticket verkauft, während Sie mir gesagt haben, dass heute kein Schiff Richtung Spanien abfährt?«

»Sie haben mich nach Personenschiffen gefragt.«

»Kann man denn als Passagier auch auf einem anderen Schiff mitfahren?«

Sie lächelte. »Nein, dieser Herr ist Seemann. Vielleicht hat er die Abfahrt seines Schiffs verpasst oder er muss zu einem anderen Hafen, um irgendwo an Bord zu gehen. Alle Frachtschiffe haben für solche Fälle ein paar Plätze an Bord frei.«

»Und nehmen sie auch Personen mit, die keine Seeleute sind?«

»Na ja, das kommt auf den Kapitän an, aber die Regel sieht eigentlich vor, dass nur Schifffahrtsangestellte und ihre direkten Verwandten diese Plätze beanspruchen dürfen. Das ist eine Art Abkommen unter Seeleuten.«

»Und wenn jemand kommt und sagt, dass er ein Seemann ist, der zu irgendeinem Hafen muss?«

»Dann muss er die entsprechenden Papiere dabeihaben. Man darf nur mit einem Seefahrtbuch an Bord.«

»Und mit so einem Buch kann man zu jedem Hafen fahren?«

»Ja, es ist international zur Identifikation und in vielen Ländern auch als Ausweis anerkannt.«

»Gibt es eine Liste aller Personen, die auf diese Art reisen?«

Noah war sicher, dass die junge Frau in diesem Moment davon überzeugt war, dass er sie im Auftrag einer Reederei überprüfte. Er sah, wie sie die Schultern straffte, bevor sie antwortete. »Natürlich.«

Noah holte seine Polizeimarke hervor und zeigte sie ihr kurz. Dabei war ihm natürlich bewusst, dass er außerhalb seiner Zuständigkeit agierte. »Ich würde diese Liste gern einsehen.«

»Oh, ich werde Mr. McGinlay Bescheid sagen.«

Die junge Frau eilte zum anderen Ende der Theke, klopfte an eine Tür, und sofort erschien ein Mann um die 40, der, abgesehen von dem Halstuch, die gleiche Uniform trug. Während er seiner Kollegin zuhörte, winkte er Noah heran.

Noah ging zu ihm, und als er zum Ende der Theke kam, öffnete der Mann ein aufklappbares Brett über einem Durchgang.

»Bitte kommen Sie herein«, sagt er.

Noah griff erneut in seine Jackentasche, um sich auszuweisen, doch der Mann hielt ihn zurück.

»Das ist nicht nötig«, sagte er und wies auf einen Stuhl vor dem Schreibtisch. »Wie kann ich Ihnen helfen?«

»Lisbeth hat mir erklärt, dass es möglich ist, als Passagier auf einem Frachtschiff mitzufahren, wenn man ein Seefahrtbuch hat.«

»Richtig. Das ist ein Entgegenkommen unter Seeleuten.«

»Ich habe den Verdacht, dass ein gesuchter Verbrecher auf diese Art an Bord eines Schiffs gegangen ist.«

Der Mann neigte den Kopf zur Seite, während er nachdachte. »Das ist möglich, wenn er ein Seemann ist und sein Seefahrtbuch dabeihat.«

»Könnten Sie mir erklären, wie man an ein solches Buch kommt?«

»Na ja, das geht nicht so schnell. Zuerst muss man vorweisen, dass man eine Sicherheitsgrundausbildung für Seeleute absolviert hat. Die wird an unterschiedlichen Standorten angeboten. Das entsprechende Zertifikat stellt die zuständige Hafenbehörde aus.«

»Dieses ›Seefahrtbuch‹, ist das wirklich ein Buch?«

»Es heißt zwar Seefahrtbuch, aber es ist eher ein Ausweis.« McGinlay öffnete eine Schublade. »Ich zeige Ihnen meins.«

Tatsächlich war es eine Art großer Ausweis.

»Darf ich?«, fragte Noah und nahm das Dokument entgegen, um es sich genauer anzusehen. Er schlug es auf und sah auf der ersten Seite ein Porträtfoto in Schwarz-Weiß und eine befremdliche äußerliche Beschreibung: *Haarfarbe: kastanienbraun; Augenfarbe: blau; Hautfarbe: weiß, Tätowierung auf dem rechten Bizeps; Statur:*

mittelgroß, 1 Meter 80, 80 Kilo. Außerdem waren noch die Nationalität und die Beschäftigung aufgeführt, neben einem Bereich, in dem eingetragen wurde, wo der Inhaber des Dokuments an Bord gegangen war.

Noah dachte, dass die Beschreibung, abgesehen von der Tätowierung, auch auf ihn zutraf, zumindest bevor er so viel Gewicht verloren hatte. »Die Personenbeschreibung ist etwas seltsam«, meinte er.

»Na ja, das dient hauptsächlich zur Identifizierung einer Person im Falle, dass …« Der Mann stand auf, ging zur Tür und bat Lisbeth von dort aus, ihm die Liste zu bringen.

»Oh, ich verstehe«, sagt Noah, während er nachdenklich das Seefahrtbuch betrachtete. Soweit er wusste, war Clyde niemals an der Küste gewesen. Und um ein solches Dokument zu erhalten, wären Schritte nötig gewesen, durch die er zu viele Spuren hinterlassen hätte.

Lisbeth kam mit einem Rechnungsbuch, legte es auf den Schreibtisch ihres Kollegen und zeigte auf eine bestimmte Seite. »In letzter Zeit hatten wir neben dem Herrn, der eben hier war, nur zwei Anfragen. Zwei Seeleute haben darum gebeten, auf einem Frachtschiff mit nach Spanien zu fahren, genauer gesagt nach Bilbao: John Murray und Robert Davidson. Sie sind mit der *Lucky Man* gefahren, einem Massengutfrachter.«

»Von welcher Reederei?«

»MacAndrews Containerships.«

Noah sah Lisbeth an und lächelte. Wieder MacAndrews. »Haben Sie mit den beiden Herren gesprochen? Erinnern Sie sich an sie?«

»Na ja, das steht alles im Buch. Murray ist ein Angestellter der Reederei, der nach Bilbao versetzt wurde. Der andere kam in letzter Minute, was nicht ungewöhnlich ist, wie Sie eben gesehen haben. An Davidson kann ich mich erinnern, weil es ein Problem mit seinen Unterlagen gab. Das Foto war nicht mehr zu erkennen. Wie es aussah, war es nass geworden.«

Noah dachte angestrengt nach. Der Name Davidson kam ihm bekannt vor, er war sicher, ihn kürzlich schon mal gehört zu haben, konnte sich aber nicht mehr daran erinnern, wo. Die verdammten Medikamente blockierten seinen Verstand, was ihn ausgesprochen frustrierte.

»Beschreiben Sie ihn. Wie sah er aus?«

»Ich weiß nicht …«, sagte Lisbeth zögernd. »Ich habe ihn mir nicht so genau angesehen.«

»Bitte strengen Sie sich an, es ist wichtig.«

»Also … In den Zwanzigern, vielleicht 30 oder etwas mehr, ich weiß nicht … Groß, schlank, ohne Bart, kastanienfarbenes oder sogar rötliches Haar. An die Augenfarbe erinnere ich mich nicht. Nichts Ungewöhnliches.«

Noah nickte verstehend. »Nichts Ungewöhnliches«, flüsterte er. »Aber Sie sagen, dass er letztendlich an Bord gegangen ist, und Sie …« Er wandte sich an Lisbeths Kollegen. »Sie haben gesagt, dass man mehrere Zertifikate braucht, um ein Seefahrtbuch zu bekommen.«

»Seefahrtbücher gehen verloren, werden nass, werden irgendwo liegen gelassen. Sie können erneuert werden, wenn man seine Identität nachweisen kann. Und wenn es im Ausland passiert, geht man zum nächsten Konsulat, wie man es macht, wenn man seinen Ausweis verloren hat. Sich ein neues Seefahrtbuch ausstellen zu lassen ist ein relativ einfacher Vorgang. Man kann es auch benutzen, um andere Identifikationsdokumente zu bekommen.«

»Deshalb war das mit Davidson kein Problem«, erklärte Lisbeth. »Ich habe ihm gezeigt, wo die Hafenbehörde ist und wo er einen Fotoautomaten findet. In weniger als einer Stunde war er wieder da.«

»Das heißt, die Hafenbehörde ist ganz in der Nähe …«

»Gleich nebenan«, antwortete McGinlay und wies auf die Wand hinter ihm.

»Und was würde ich brauchen, um mein Seefahrtbuch erneuern zu lassen?«

»Das alte Buch, wenn Sie es noch haben, oder ein Dokument, das Ihre Identität bestätigt, und zwei Passfotos.«

»Gut, ich denke, ich sollte der Hafenbehörde einen Besuch abstatten. Aber zuerst müsste ich wissen, welches das nächste Schiff ist, das nach Bilbao abfährt.«

Lisbeth lächelte. »Das muss ich nicht nachsehen, es ist ein Frachter, der die Strecke seit zwei Jahren regelmäßig fährt. Er legt in wenigen Stunden ab. Es ist die *Lucky Man*, auf der auch die beiden eben erwähnten Seeleute nach Spanien gereist sind.«

Noah bedankte sich und merkte, wie die beiden sich ansahen, als er mühsam aufstand. Er befand sich bereits auf der anderen Seite der Theke, als er sich noch einmal umdrehte. »Entschuldigung, wissen Sie vielleicht, ob es von der Reederei MacAndrews Postkarten gibt?«

»Sie finden sie in dem Ständer am Ausgang.«

Noah nahm den Rest der verbrannten Postkarte aus der Tasche und verglich ihn mit den ausgestellten Karten. Er legte den verkohlten Teil auf eine der Postkarten und sah, dass sie perfekt übereinstimmten.

My broken spirit is frozen to the core
Meine gebrochene Seele ist vollständig vereist

Der Kapitän der *Lucky Man* hieß Lester Finnegan und war das lebende Beispiel der üblichen Vorstellung von einem typischen Seebären. McGinlay hatte ihn über Funk informiert, und nun wartete er steif, als hätte er einen Stock verschluckt, vor der Brücke.

Noah war noch kurz bei der Hafenbehörde gewesen, wo er erfahren hatte, dass ein Mann, der auf die Beschreibung von John Clyde passte, um Erneuerung seines Seefahrtbuchs auf den Namen Robert Davidson gebeten hatte. Der Beamte konnte sich nicht genau an ihn erinnern, ein Seemann mehr, der mit diesem Anliegen zu ihnen gekommen war. Auf Noahs Drängen hin hatte er eingewilligt, die Kopie des Eintrags herauszusuchen. Noah überraschte es nicht, dass das Foto fehlte.

Käpt'n Finnegan gab ihm mit einem Nicken zu verstehen, dass er an Bord kommen durfte, und betrachtete ihn, während er mühsam von einem Deck zum nächsten hinaufging. Nach einem kurzen, festen Händedruck lud er ihn ein, mit auf die Brücke zu kommen.

Während ihrer Unterhaltung wich der Kapitän seinem Blick aus und wischte unsichtbaren Staub von den Bildschirmen und den Navigationsgeräten. Noah war das egal, Finnegan war nicht der erste Mensch dieser Art, den er kennenlernte.

»Käpt'n Finnegan, ich glaube, Sie wissen bereits, dass ich Informationen über die beiden Männer brauche, die Sie bei Ihrer letzten Fahrt mit nach Bilbao genommen haben. Wenn ich das richtig verstanden habe, handelte es sich bei dem einen um einen Angestellten der Reederei, der von nun an in Bilbao arbeiten wird, und bei dem anderen um einen im letzten Moment zugestiegenen Seemann.«

»Einen«, entgegnete der Kapitän.

Noah sah ihn fragend an. »Ich verstehe nicht, was Sie meinen.«

»Ich habe nur einen mit nach Bilbao genommen.«

»Na dann … ist also nur einer zu Ihnen an Bord gekommen.«

»Nein, es sind zwei an Bord gekommen. Aber Sie haben gesagt, dass ich zwei mit nach Bilbao genommen habe, und in Bilbao ist nur einer angekommen.«

Noah seufzte.

»Warum?«, fragte er und sah den Kapitän auffordernd an.

»Wir haben in La Rochelle Station gemacht. Nur um ein paar Container abzuladen. Niemand war autorisiert, dort an Land zu gehen, aber einer der beiden hat es getan.«

»Welcher der beiden?«

Der Kapitän antwortete nicht. Er ging zum Hellegatt, nahm ein Seefahrtbuch heraus und schlug es auf der ersten Seite auf. Es war das von Robert Davidson. Das Foto fehlte.

»Haben Sie eine Ahnung, was mit dem Foto passiert ist?«

»Nein, ich weiß nur, dass es noch da war, als er es mir übergeben hat.«

»Laut der Beschreibung hier war Davidson 1 Meter 75 groß, hatte kastanienbraunes Haar und braune Augen und eine mittlere Statur. Würden Sie sagen, das hat gepasst?«

»Er kam mir etwas größer vor. Die Augen konnte ich nicht

erkennen, denn er trug eine Sonnenbrille, und danach habe ich ihn nicht mehr von vorn gesehen.«

Noah seufzte erneut. Warum wunderte ihn das nicht?

»Warum haben Sie das?«, fragte er und zeigte auf das Dokument.

»Das ist so üblich. Der Kapitän bewahrt alle Seefahrtbücher der Mannschaft und der übrigen Seeleute an Bord auf, auch wenn sie nicht angeheuert haben, und gibt sie erst wieder raus, wenn einer darum bittet.« Wie um das zu beweisen, brachte er das Seefahrtbuch wieder zum Hellegatt und legte es hinein.

»Haben Sie sich nicht gewundert, dass Davidson sich entschieden hat, in La Rochelle von Bord zu gehen, ohne sein Seefahrtbuch mitzunehmen?«

»Das war nicht das erste Mal, dass ein Seemann an Land zurückgeblieben ist, weil er es so wollte oder weil er die Abfahrt verpasst hat. Das Schiff muss pünktlich ablegen und wartet auf niemanden. Aber in diesem Fall war es Absicht. Davidson hatte sich entschieden, doch nicht nach Bilbao zu reisen.«

»Warum denken Sie das? Hat jemand ihn von Bord gehen sehen?«

»Der andere Mann, dieser Murray. Er hat mir mitgeteilt, dass Davidson nicht wiederkommt.«

»Hatte er mit ihm gesprochen? Hatte Davidson ihm von seinen Plänen erzählt? Hat Murray Ihnen einen Grund genannt?«

»Murray hat mit dem Obermaat gesprochen und ihm gesagt, dass Davidson von Bord gegangen ist und nicht wiederkommen wird.«

»Und Sie hielten das für glaubwürdig?«

»Warum nicht? Die beiden haben sich eine Kajüte geteilt, und ich habe sie zusammen an Deck gesehen. Sie haben die ganze Fahrt über miteinander geredet und geraucht. Offensichtlich haben sie sich gut verstanden.«

»Was können Sie mir über John Murray sagen, den anderen Mann? Wie es aussieht, arbeitet er für MacAndrews. Haben Sie ihn gekannt?«

»Nein, er war gerade eingestellt worden und fuhr nach Bilbao, um dort seine erste Stelle anzutreten. Eine Woche vorher hat die Reederei mich benachrichtigt, dass ich ihn dorthin mitnehmen soll.«

»Und wissen Sie, was das für eine Stelle ist?«

»Ich habe nicht danach gefragt, und er hat nicht viel geredet.«

Das sagt der Richtige, dachte Noah.

»Würden Sie sagen, dass Murray und Davidson sich ähnlich sahen?«

»Ein wenig. Sie waren in etwa gleich groß, aber Murray war etwas kräftiger. Dunkles Haar, Bart, die Augenfarbe weiß ich nicht ...«

»Aha«, entgegnete Noah.

Und zum ersten Mal während des ganzen Gesprächs und ohne dass er ihm die Worte aus der Nase ziehen musste, begann Finnegan zu reden.

»Aber er war kein Seemann. Ich nehme an, dass er ein Seefahrtbuch hatte, weil sie auf den Bohrinseln auch die Sicherheitsgrundausbildung brauchen. Denn das war sein letzter Job. Das Seefahrtbuch wurde von der Hafenbehörde in Aberdeen ausgestellt.«

Nach diesen Worten kreuzte der Kapitän die Arme vor der Brust und blickte in die Ferne, was eine übliche Pose bei ihm zu sein schien.

Noah sah durch das große Fenster der Brücke und nahm dabei eine ähnliche Haltung ein wie Finnegan. Es wurde allmählich dunkel, und die roten und grünen Lichter, die die Aktivitäten im Hafen anzeigten, waren jenseits des Kais zu sehen.

Er hatte Kopfschmerzen. Daher hob er eine Hand und legte sie an die Stirn, wobei ihm auffiel, dass sie eiskalt war. Er behielt die Fingerspitzen dort, weil es ihm guttat, während er seine Gedanken ordnete. Bible John war unter dem Namen Robert Davidson an Bord des ersten Schiffs gegangen, das nach Spanien gefahren war. Was angesichts seiner Sprachkenntnisse durchaus Sinn ergab. Wenn er entschieden hatte, das Land zu verlassen, war das die naheliegendste Option. Aber er war schon in La Rochelle von Bord gegangen. Warum? Hatte er sich irgendwie bedroht gefühlt? Oder hatte er das Schiff verlassen, um mögliche Verfolger zu verwirren, eine neue Identität anzunehmen und dann nach Spanien weiterzureisen? Warum aber hatte er dann gerade ausgestellte Papiere zurückgelassen? Hatte er noch andere Dokumente auf diesen Namen?

Lisbeth und McGinlay hatten gesagt, dass es leicht sei, sie bei Vorlage des Originals in irgendeinem Konsulat neu ausstellen zu lassen. Noah verstand einiges von gefälschten Identitäten und wusste, dass sie nur selten neu geschaffen wurden, sondern in den meisten Fällen auf der Basis von gestohlenen legalen Dokumenten oder auf Identitäten von Verstorbenen beruhten, bevor deren Ableben bestätigt werden konnte.

»Käpt'n, dürfte ich dieses Seefahrtbuch noch mal sehen?«

Finnegan ging wieder zum Hellegatt, öffnete es und reichte Noah das Dokument. Der schlug die erste Seite auf und las die Namen der Reedereien, für die Robert Davidson gearbeitet hatte. Er war zum ersten Mal mit gerade 18 Jahren an Bord gegangen und hatte von da an sein ganzes Arbeitsleben auf Schiffen von anglokanadischen Reedereien verbracht.

Noah zeigte mit dem Finger auf die Stelle und hielt Finnegan das Seefahrtbuch vor Augen. »Sagen Sie, Käpt'n, kennen Sie eine von diesen Reedereien?«

»Ja, das sind alles Reedereien für Hochseefischerei, in den meisten Fällen Kabeljaufang.«

In dem Moment fiel es Noah wieder ein.

»Ich weiß jetzt, wer Robert Davidson ist«, sagte er laut.

Kapitän Finnegan blickte noch einmal auf das Seefahrtbuch und dann wieder zu Noah. »Und das ist nicht der Mann, der auf meinem Schiff war?«

Noah schüttelte den Kopf. Diesmal war er derjenige, der wortkarg war. Finnegan nahm es gelassen.

Mit dem Schiff durch die Nacht zu fahren, war wie eine Reise nach nirgendwo. Vom oberen Deck aus sah Noah zu, wie die *Lucky Man* zwischen den roten und den grünen Lichtern in Richtung Hafenausfahrt entlangsteuerte.

Er atmete die laue Brise ein, die von der Meeresoberfläche zur Küste zog, und genoss das aufregende Gefühl, auf der richtigen Fährte zu sein. In dem Moment, als ihm klar geworden war, wo er den Namen Davidson schon einmal gehört hatte, hatte alles gepasst. Es war der Mädchenname von John Clydes jugendlicher Braut, die einen Bruder hatte, der als Kabeljaufischer seinen Lebensunterhalt verdiente.

Es war nicht auszuschließen, dass John seinem Schwager das Dokument entwendet hatte, weil er gewusst hatte, welche Möglichkeiten es ihm bot. Und sobald Davidson sein Seefahrtbuch vermisste, musste er nur mit seinem Ausweis ein neues beantragen.

Im Gegensatz zu der Euphorie, die Noah empfunden hatte, als er seine Wohnung in Glasgow verlassen hatte, überkam ihn nun, während sich die britische Küste von ihm entfernte, eine heftige Melancholie. Er beschloss, an Deck zu bleiben, bis die letzten Uferlichter am Horizont verschwanden. Wahrscheinlich würde er weit entfernt von seiner Heimat sterben.

Er seufzte und spürte seinen ruhigen Herzschlag. In wenigen Tagen war er zum Experten geworden, wenn es darum ging, auf den Motor seines Lebens zu hören.

Noah betrachtete den Himmel dieser mondlosen Nacht. Er war voller Sterne, die sich bis zu den Seiten des Schiffs ausdehnten und gleichzeitig kalt und weit entfernt inmitten der erschütternden Dunkelheit lagen. Der Bug des Schiffs durchbohrte die unendliche Nacht auf hoher See, und als kein Licht mehr das Vorhandensein des Rests der Welt verriet, fühlte er sich sterblicher als je zuvor.

Unbewusst trat er zurück, bis er mit dem Rücken an die Tür stieß, wo die Dunkelheit ihn nicht erreichen konnte. Er nahm den Duft von frisch gebrühtem Kaffee wahr, der aus den Lüftungsöffnungen an der Brücke strömte, sich mit der salzhaltigen Luft mischte und in ihm den Wunsch nach einer großen Tasse schwarzen Kaffees und einer Zigarette weckte, um sie mit dem Blick auf den Himmel in Ruhe zu rauchen.

Das brachte ihn dazu, sich vorzustellen, wie Bible John so tat, als verstünde er sich gut mit seinem Reisegefährten, wie sie gemeinsam redeten, rauchten und vielleicht intime Details miteinander teilten, die im Fall von Bible John nicht echt waren, im Fall des anderen schon.

Die Lichter, die das Deck erhellt hatten, verloschen bis auf wenige kleine Lampen am Bug und an den Seiten, die Positionslichter an den Masten und einen kleinen Scheinwerfer, dessen Licht direkt auf seinen Kopf fiel. Noah wandte sich zur Brücke um und sah, dass Kapitän Finnegan ihn beobachtete. Wortkarg bis in den Tod.

Wenn sein Hinweis darauf, dass er Davidsons Identität entschlüsselt hatte, Neugierde in ihm geweckt hatte, verbarg er diese gut. Aber er war nicht dumm. Er war sofort davon ausgegangen, dass Noah die Spur dieses Mannes weiterverfolgen wollte, und zwar auf der *Lucky Man*. Er hatte nur gefragt, ob er in La Rochelle von Bord gehen oder sie bis nach Bilbao begleiten würde.

Noah hatte nachgedacht und sich wieder von einer Eingebung leiten lassen. »Nein, ich fahre mit bis Bilbao.«

»In jedem Fall werden wir morgen am späten Nachmittag La Rochelle erreichen. Wir bleiben genau so lange im Hafen, wie es dauert, vier Container abzuladen. Sie haben noch 18 Stunden, um darüber nachzudenken.«

Im Inneren des Schiffs roch es nach Diesel, Kaffee und Tabak. Noah ging die Treppe hinunter in den Speiseraum neben der Kombüse. Der Obermaat, dem Murray gesagt hatte, dass Davidson in La Rochelle von Bord gegangen war, erklärte, dass ihm an beiden Männern nichts Besonderes aufgefallen sei. Auf dem ersten Teil der Reise war Davidson nur an Deck gegangen, um Murray Gesellschaft zu leisten. Nein, er hatte nicht gesehen, wie Davidson das Schiff verlassen hatte, Murray hatte es ihm gesagt, als sie bereits wieder in See gestochen waren.

»Wir hatten auf dem ersten Teil der Reise gutes Wetter, aber nachdem wir den Hafen von La Rochelle verlassen hatten, sind wir im Bereich des Golfs von Biskaya in hohen Seegang geraten. Murray hat den Rest der Zeit in seiner Kajüte verbracht. Ich habe ein paarmal nachgesehen, ob es ihm gut ging oder ob er etwas brauchte. Durch die Tür habe ich gehört, wie er sich übergeben hat. Der arme Teufel hat ganz schön gelitten. Als wir in Bilbao angekommen sind, war er so heiser, dass er einen dicken Schal getragen hat. Er konnte kaum reden.«

»Wahrscheinlich ist Käpt'n Finnegan deshalb der Meinung, dass er kein Seemann war.«

»Das war er ganz bestimmt nicht.«

Der Obermaat führte Noah durch den schmalen Gang bis zu der Kajüte, die sich die beiden Männer auf der letzten Fahrt geteilt hatten und die Noah nun für sich allein haben würde. Die Schaumstoffmatratzen lagen wie zusammengerollte Speckschwarten auf den Betten, die fast den gesamten Raum einnahmen. Dahinter standen zwei Metallspinde, die bis zur Decke reichten, die Noah mit der Hand berühren konnte. Es gab ein Bullauge, das etwas oberhalb der Wasserlinie lag, sodass das Glas hin und wieder von Tropfen benässt wurde.

Als der Obermaat das Licht der biegsamen Lampe am Bett einschaltete, glänzten die Wasserspritzer, sodass es aussah, als wäre das Glas gesprungen. Draußen war nichts als Dunkelheit.

Noah betrachtete die Kojen und dachte an die Männer, die sich entschieden, so zu leben. Dabei fragte er sich, was die Menschenrechtsorganisationen, die für größere Zellen in den Gefängnissen kämpften, wohl beim Anblick dieser Kajüte sagen würden.

Nachdem er das Bett mit der Bettwäsche bezogen hatte, die der Obermaat ihm gegeben hatte, legte er sich erschöpft zum Schlafen hin. Er atmete den angenehmen Duft des Kissenbezugs ein, die Matratze dagegen roch leicht nach Salzwasser und Feuchtigkeit und möglicherweise auch nach Schweiß, woran er lieber nicht denken wollte. Der Motor des Schiffs ließ die Schotttür vibrieren. Noah legte eine Hand an die Wand und sah, dass an einer Ecke eine Kinderzeichnung mit Klebeband befestigt war. Man sah ihr an, dass sie schon lange dort hing. Ein rot-grünes Schiff, das über ein strahlend blaues Meer fuhr, in dem bunte Schiffe schwammen und sogar ein blauer Wal, der wie zum Gruß seinen Blas ausstieß. Am

Bug befand sich ein Strichmännchen mit einem Pfeil, auf dem das Wort *Daddy* stand.

Irgendwann nickte er ein, und danach verbrachte er, abgesehen von den kurzen Besuchen im Speiseraum, um etwas zu essen, und regelmäßigen Betrachtungen des nächtlichen Himmels, die meiste Zeit schlafend. Es war, als ob die Anstrengungen der letzten Tage ihren Tribut forderten. Wenn er aufwachte, hatte er das Gefühl, von einem ungewissen Ort zurückzukehren. Er öffnete die Augen wie ein Kind mitten in der Nacht und sah den manchmal hellen, manchmal dunklen Kreis des Bullauges, das wie ein künstlicher Mond über seine Lethargie wachte.

Das Brummen des Motors und das leichte, beruhigende Schaukeln des Schiffs versetzten ihn in einen Schlaf, der fast die ganze Überfahrt andauerte. Wenn er an Deck war, war er davon überzeugt, dass er unmöglich noch mehr schlafen konnte, aber er brauchte sich nur hinzulegen und die Handfläche an die Metallwand zu halten, um den Motor zu spüren, und schon schlief er wie ein Baby weiter.

Der Junge

Der Junge liebte die Dunstschwaden, die über dem Schwimmbad schwebten, das fluoreszierende Licht, das alles weiß färbte, die Art und Weise, wie das Wasser über seine Haut rann. Aber vor allem liebte er den Geruch und das Gefühl der Hygiene, der Sauberkeit, die er in dem gechlorten Pool verspürte.

Der Junge streckte den Kopf aus dem Wasser. Dort oben in einer der Sitzreihen sah er Lucy Cross, die ihn mit zusammengezogenen Augenbrauen beobachtete, ohne den Blick von ihm abzuwenden.

Der Junge war wütend. Er tauchte erneut unter und machte ein paar kräftige Züge, um sich abzureagieren, wobei er in seinem Kopf wiederholte: »Dass ihr euch enthaltet vom Götzenopferfleisch und vom Blut und vom Erstickten und von Unzucht. Dass ihr euch enthaltet …«

Von all den Worten kannte der Junge nur zwei: »Blut« und »Ersticktes«. Aber er rezitierte den Vers für sich immer wieder, bis er sich beruhigt hatte. Es lag am Chlor, da war er sich sicher.

Der Junge liebte es zu schwimmen, so war es schon immer, seit er es, als er klein war, mit Mama im See gelernt hatte. Als alles noch gut war, als er noch allein mit ihr gelebt hatte und sie ihm am Ufer die Armbewegungen beigebracht hatte. Vor all dem Schlechten.

Dem Jungen wurde bewusst, wie viel er verloren hatte: die glücklichen Zeiten zusammen mit seiner Mutter, seine Kindheit, die Ruhe, nachts durchzuschlafen und im See zu schwimmen. Wenn er an die Vergangenheit dachte, überkam ihn großer Kummer, deshalb vermied er es zu denken, weil er dann so unglücklich war und er genug davon hatte.

Im Schwimmbad jedoch war er frei. Er war sicher, dass das mit dem Chlor zu tun hatte. Das Desinfektionsmittel gelangte in seine Augen, seine Ohren und durch die Poren in alle Winkel seines Körpers und reinigte ihn. Das war der einzige Moment, in dem er sich sauber fühlte. Er schwamm dann jedes Mal stundenlang, bis ihm der ganze Körper wehtat, seine Augen gerötet waren und die Haut durch die Säure angespannt und trocken war. Es würde brennen, und seine Haut würde weißlich und schuppig werden wie die eines toten Fischs in der Sonne, aber das war ihm egal.

Der Junge streckte erneut den Kopf aus dem Wasser und schaute zu Lucy. Er spürte ihren Blick auf jedem Zentimeter seines Körpers, der an der Wasseroberfläche auftauchte. Ihre Anwesenheit machte ihn wütend. Er war wütend, weil er sie verloren hatte. Lucy Cross war seit dem Kindergarten seine Freundin gewesen. Er hatte ihr helles Lachen gemocht, ihre leicht auseinanderstehenden Zähne, ihre roten Locken und ihre grau-grünen Augen. Jahrelang hatten die anderen Kinder sich über die beiden lustig gemacht, hatten sie als Liebespaar bezeichnet. Der Junge hatte so getan, als ärgerte er sich darüber, doch im Grunde war er stolz, weil Lucy das hübscheste Mädchen von ganz Tarbet war und seine Freundin …

Doch jetzt nicht mehr. Es war nicht mehr möglich und würde es nie wieder sein, weil Lucy sich verändert hatte. Der Junge wusste, dass sie verdammt war, wusste, woher es kam, und deshalb verfluchte er sie. Es war wegen ihnen, wegen ihrer Schuld, dass er sich

Lucy nicht mehr nähern konnte, ohne dass ihm schlecht wurde. Da waren Übelkeit und dieses andere Gefühl … Begehren.

Schon wenn er nur daran dachte, spürte er eine starke Erregung, und sein Glied wurde steif in der Badehose.

John verspürte Ekel vor sich selbst. Er tauchte wieder unter und machte weitere heftige Züge, die er von der Schulter bis zur Hüfte spürte. Als er am Ende des Schwimmbads ankam, war er erschöpft, streckte den Kopf aus dem Wasser und erlaubte sich, sie anzusehen, nur um sich auf die Probe zu stellen.

Sie litt. Seit drei Tagen schaute sie ihm beim Schwimmen zu, traurig und vorwurfsvoll.

Sie hob die Hand und winkte ihm zu, als ob es möglich wäre, dass er sie in der Dreiviertelstunde, die sie bereits da war, nicht wahrgenommen hatte.

Er reagierte nicht darauf, in der Hoffnung, dass sie dann aufgab. Wie viel wollte sie noch ertragen, bis sie ihn in Ruhe ließ? Der Junge hoffte, dass es nicht mehr lange dauern würde. Er vertraute darauf, dass sie irgendwann genug hatte und ging. Dabei wusste er, dass sie es nicht tun, dass sie dort bleiben würde.

Als der Junge aus dem Wasser kam, ging sie zur Tür der Umkleide, um ihn anzusprechen.

»Hallo, ich habe dir beim Schwimmen zugesehen. Wie geht es dir? Was ist mit dir los? Warum redest du nicht mit mir? Was habe ich dir getan? Wenn ich etwas getan habe, was dich stört, solltest du es mir sagen. Du kannst mich doch nicht für immer ignorieren.«

Lucy streckte eine Hand aus und legte sie dem Jungen auf den Arm. Sie stand neben ihm. Und dann roch er sie. In ihrem Duft lag etwas von dem Mädchen, das er kannte, Rosenseife, frisches Brot und Kekse. Und Blut. Er konnte es sich beinah vorstellen, warm, salzig, rostrot, beinah schwarz, wie es zwischen ihren Schenkeln hervorrann. Er kniff die Augen zusammen und riss sich von ihr los.

»Komm nie wieder in meine Nähe. Du ekelst mich an.« Er spuckte die Worte regelrecht aus.

Der Junge rannte, so schnell er konnte, durch den Gang davon, aber dennoch hörte er ihr Weinen, das wie ein Nagel in sein Gehirn drang. Ein bohrendes Schuldgefühl. Der Junge hasste sich dafür, dass er sie so behandelte, aber er glaubte, dass er sie nur so überzeugen konnte, sich von ihm fernzuhalten. Und außerdem hatte er die Wahrheit gesagt. Er ekelte sich vor ihr, aber da war noch etwas, etwas, das nur sie bei ihm hervorrief, ein neues Gefühl, das er zuvor noch nie verspürt hatte. Erneut fühlte er sein steifes Glied.

Er hörte Stimmen aus einiger Entfernung. Ein paar Eltern kamen ihm mit ihren Kindern, die zum Schwimmkurs gingen, im Gang entgegen. Der Junge sah die Tür zu den Toiletten, schlüpfte hinein, schloss sich in einer der Kabinen ein, zog die Hose runter, und während er sein Geschlecht betrachtete, rezitierte er im Kopf: »Das ihr euch enthaltet vom Götzenopferfleisch …«

I don't wanna be here no more
Ich will nicht mehr länger hier sein

Noah hörte ein Klopfen an der Schotttür und das schmatzende Geräusch, wie es der Druck beim Öffnen einer Kühlkammer erzeugt. Noch bevor er die Stimme des Obermaats vernahm, holte ihn der Kaffeeduft in die Realität zurück.

»Mr. Scott Sherrington, der Kapitän möchte Sie sehen.«

Käpt'n Finnegan warf ihm einen Seitenblick zu, als er in der Tür der Brücke auftauchte. Mit einem Nicken gestattete er ihm einzutreten. Noah sagte nichts, sondern wartete ab. Er begann das Verhalten des Kapitäns zu schätzen.

»Ich habe von der Hafenbehörde in La Rochelle eine Nachricht erhalten. Sie haben mich als Vertreter der Reederei einbestellt, und ich dachte, Sie möchten mich vielleicht begleiten.«

Noah blickte schweigend auf den Horizont und wartete.

»Einem Hafeninspektor, der die Container kontrolliert hat, ist heute Morgen ein extrem unangenehmer Geruch bei einem unserer Container aufgefallen. Er sollte eigentlich heute auf einen Zug nach Marseille verladen werden. Zur genaueren Inspektion haben sie ihn geöffnet und darin eine Leiche gefunden.«

Diesmal war es Finnegan gelungen, ihn zu überraschen. Noah wandte sich erstaunt zu ihm um.

»Werden Sie Ärger bekommen, Käpt'n?«

Finnegan schüttelte leicht den Kopf. »In 30 Jahren hatte ich nur einmal Probleme mit einer Containerladung. Das war während eines Unwetters, und ich weiß sehr gut, wo die jetzt sind: auf dem Grund des Ozeans.«

Sie wurden am Kai von einem Fahrzeug der Hafenbehörde von La Rochelle erwartet. Noah dachte, dass sie zur Hafenbehörde oder zur Polizei gebracht werden würden, doch stattdessen hielten sie vor dem Gebäude der Feuerwehr. Ein weiteres Fahrzeug der Hafenbehörde stand vor dem Eingang.

Noah sprach kein Französisch und konnte dem Gespräch nicht folgen, das der Kommandant, ein Offizier und der Feuerwehrchef in Begleitung eines Gefreiten mit Finnegan führten. Der Kapitän sprach Französisch, antwortete aber wie üblich mit wenigen Worten. Dennoch wurde deutlich, dass die beiden Offiziere Finnegan kannten und schätzten.

Sie wurden durch einen Gang in die Halle geführt, wo das Material der Hafenfeuerwehr aufbewahrt wurde, und von dort aus in einen weiteren Gang.

Finnegan sagte Noah in dem Moment, wohin es ging, als er den unverkennbaren Ort auch schon erblickte. »Sie wollen, dass ich ihnen bei der Identifizierung der Leiche helfe. Um zu wissen, ob es sich um den Passagier handelt, der hier die *Lucky Man* verlassen hat. Wie es aussieht, hatte er keine Papiere bei sich.«

Sie gingen zu einer der Kühlkammern, und Noah fiel auf, dass die beiden Feuerwehrmänner, die sie begleiteten, zurückschreckten, als sie die Tür öffneten.

Der Gestank war bestialisch. Schon bevor der Leichensack geöffnet wurde, wusste Noah, dass sich der Tote in einem Zustand fortgeschrittener Verwesung befand. Durchdringend, scharf, süßlich, wie Erbrochenes, fermentierter Käse, saure Milch, Galle oder Durchfall. Es war der Geruch der ersten Phase, in der er am intensivsten war.

Einer der Männer öffnete den Reißverschluss. Der Zustand des Körpers entsprach dem Geruch. Er war an einigen Stellen ausgetrocknet, an anderen verflüssigt, verfärbt und von der typischen Leichenfauna besiedelt.

Alle Anwesenden bedeckten sich die Nase und den Mund mit der Hand.

Kapitän Finnegan nahm das Seefahrtbuch aus der Tasche seines Jacketts, das Davidson auf der *Lucky Man* zurückgelassen hatte, und übergab es dem höchstrangigen Offizier. Dann warf er aus größtmöglicher Entfernung einen Blick auf die Leiche, sah den Offizier an und schüttelte den Kopf. Danach fragte er auf Französisch: »Eine Woche? Sind Sie sicher?«

Das verstand Noah, und er wusste sofort, was Finnegan meinte. Die Antwort war Ja, so konnte eine Leiche nach knapp einer Woche aussehen, wenn sie im August bei einer Tagestemperatur von gut 60 Grad in einem Metallcontainer im Hafen von La Rochelle gelegen hatte. Finnegan hatte ihm erklärt, dass diese Container Luftschlitze hatten, damit sie nachts abkühlen konnten, was das Vorhandensein der Insekten erklärte. Der Körper wies die Symptome dafür auf, dass zwei Phasen der Verwesung gleichzeitig abliefen: teilweise Austrocknung und eine enorme Aktivität von Insekten. Einerseits hatte die Hitze tagsüber dafür gesorgt, dass die Haut dunkler geworden war und bräunlich wirkte, wobei man allerdings noch erkennen konnte, dass es sich bei dem Toten um einen Weißen gehandelt hatte. Die dunklen Haare eines üppigen Barts bedeckten einen guten Teil des Gesichts, aber die Austrocknung hatte die Lippen schrumpfen lassen, sodass man die geschwollene dunkle Zunge sehen konnte. Das Gleiche war mit dem Penis und dem Hodensack geschehen, die durch die Austrocknung kaum noch zu sehen waren, sodass ein weniger geübtes Auge hätte meinen können, eine genitale Verstümmelung vor sich zu haben.

Andererseits war die Leiche von Unmengen von Insekten befallen. Die hohen Temperaturen hatten wie ein Brutkasten auf die Eier gewirkt, aus denen in den meisten Fällen bereits die Larven geschlüpft waren. Es waren sogar schon einige Puppen vorhanden, die die Kälte in der Kühlkammer hatte erstarren lassen. Die Aktivität der Würmer unter der äußersten Schicht versetzte die ganze Haut in eine kriechende Bewegung. Noah bemühte sich, dieses Bild aus seinem Kopf zu verbannen.

Mit einer Geste bat er um einen Handschuh und die Taschenlampe, die einer der Feuerwehrmänner am Gürtel trug. Damit beleuchtete er das Gesicht des Toten und war dankbar, dass die ausgetrockneten Augen den Aasfressern entgangen waren, wahrscheinlich weil der Tod den Mann im Schlaf überrascht hatte und er die Augen daher geschlossen gehabt hatte.

Die Hornhaut hatte ihre Transparenz verloren und war trüb, dennoch war darunter ein beinah ovaler Skleralfleck zu sehen, der sich quer über beide Seiten des Augapfels hinaus erstreckte. Die glänzend roten Petechien unterhalb der Lider jedoch nicht verdeckte.

Noah schaltete die Taschenlampe aus und trat einen Schritt zurück.

Der Feuerwehrchef sagte etwas, was Finnegan für ihn übersetzte. »Die Haut ist so dunkel geworden, dass es schwierig ist, Verletzungen zu erkennen. Die Autopsie wird morgen vorgenommen. Der Rechtsmediziner muss es noch bestätigen, aber wie es aussieht, wurde er in den Container eingeschlossen und ist wegen der Hitze gestorben. Er möchte wissen, ob ich den Mann, der auf der letzten Fahrt hier von Bord gegangen ist, identifizieren kann, aber ich fürchte, dass das in diesem Zustand nicht möglich ist. Unter anderen Umständen würde man ihn für einen blinden Passagier halten, der nach Marseille gelangen wollte, aber dagegen spricht, dass die Leiche vollkommen unbekleidet war. Es könnte sein, dass er sich seine Kleidung wegen der hohen Temperatur selbst ausgezogen hat, aber bisher wurde sie nicht gefunden.«

Noah schüttelte den Kopf. »Er wurde von hinten erdrosselt, mit einer ziemlich breiten Schlinge, weshalb keine Abdrücke am Hals zu sehen sind, vielleicht mit einem Schal, einem großen Tuch oder mit einem Pullover. Sicher hat er zuerst das Bewusstsein verloren und ist dann erst nach einer ganzen Weile an Sauerstoffmangel gestorben. Der Mensch, der ihn umgebracht hat, hat ihm die Kleidung ausgezogen, damit sich anhand der Etiketten nicht seine Nationalität feststellen lässt.«

Der Kapitän übersetzte das Gesagte für die Franzosen, die Noah verwundert ansahen.

»Sie fragen, ob Sie Rechtsmediziner sind«, teilte Finnegan ihm mit.

Noah schaltete noch einmal die Taschenlampe ein, hielt sie über das Gesicht der Leiche und forderte die Franzosen mit einer Geste auf, näher zu kommen. »Sehen Sie diese kleinen roten Flecken um die Hornhaut herum? Wenn wir das Lid nach hinten ziehen könnten, würden noch viel mehr davon sichtbar. Das sind kleine Kapillaren, die bei Sauerstoffmangel platzen. Und sagen Sie ihnen, dass ich kein Rechtsmediziner bin.« Leise fügte er für sich hinzu: »Ich bin beinah nichts.«

Bible John

Bilbao war wie Glasgow. Bible John lächelte, während er die Calle Bidebarrieta betrachtete, die sich vor seinen Augen erstreckte. Feucht, schmutzig und unmoralisch wie Glasgow. Es lag bereits eine festliche Stimmung in der Luft, obwohl die offizielle Eröffnung der Semana Grande, die einwöchigen Feierlichkeiten zu Ehren der Schutzpatronin Virgen de Begoña, erst in ein paar Tagen stattfinden würde. Fast gleichzeitig mit John waren die Schausteller, die Händler und die Vagabunden, die den ganzen Sommer von Fest zu Fest reisten, in die Stadt gekommen sowie eine beträchtliche Anzahl der sogenannten *pies negros*, eine Mischung aus Punks und Hippies. Letztere schliefen, vögelten und erleichterten sich an allen möglichen Orten, sorgten für Entsetzen bei der konservativen Gesellschaft der Stadt und beschäftigten die Polizei mit ihren unzähligen Auseinandersetzungen mit der übrigen Bevölkerung. Sie waren das Gesprächsthema auf den Straßen, in den Bars und auf den Märkten, und immer wieder hörte man das Gerücht, dass sie so viele Läuse und Zecken mitbrachten, dass die Behörden überlegten, sie allein schon deshalb festnehmen zu lassen, damit sie mal unter die Dusche kamen.

Dabei war die Polizei wie in Glasgow bereits ausreichend mit der Prostitution, der Hehlerei und dem Diebstahl von Autoradios durch die Drogensüchtigen beschäftigt, und als wäre das noch nicht genug, wurde das politische Klima von den Bandenkriegen angeheizt. Jeden Tag kam es zu Zusammenstößen mit der Polizei am Flussufer und im Herzen der Altstadt, das hier unter dem Namen Siete Calles – Sieben Straßen – bekannt war.

John hörte aus der Ferne in immer größeren Abständen die Einschläge der von der Polizei abgefeuerten Gummigeschosse. Die Auseinandersetzungen mit der Polizei in einigen Straßen stand im Gegensatz zu der fast normalen Atmosphäre im Rest der Altstadt: fröhliche Gruppen, die von Bar zu Bar zogen – eine beliebte Tradition, die die Basken *txikiteo* nannten –, verliebte Paare, die Hand in Hand gingen, Familien mit kleinen Kindern, die zum Abendessen in die Restaurants einkehrten.

Und die Frauen … Bible John blieb vor dem Schaufenster eines Geschäfts stehen, das zu dieser Zeit geschlossen war, um sein Spiegelbild in der Scheibe zu betrachten. Das kurze dunkle Haar stand ihm gut und betonte seine helle Haut und die blauen Augen. Er fragte sich, warum er nicht schon eher darauf gekommen war. So wirkte er mehr wie ein Seemann und weniger kindlich als mit seiner üblichen Frisur.

Er lächelte. Er gefiel sich selbst, ihm gefiel Bilbao, aber vor allem gefielen ihm die Frauen in dieser Stadt, und er gefiel ihnen.

Bilbao war in seinem Fluchtplan schon immer eine Option gewesen. Aber oft überschlugen sich die Ereignisse, und wenn der Tag der Wahrheit kam, ging alles viel zu schnell. Auch wenn er wie kein anderer auf das Schicksal vertraute und darauf, was es für ihn bereithielt, hatte er seine Zweifel gehabt. In Bilbao würde er ein Engländer in einer spanischen Stadt sein, weil hier jeder, der aus Großbritannien kam, als Engländer galt. Dass er die spanische Sprache beherrschte, kam ihm sehr zugute, und sein gepflegtes, vertrauenswürdiges Aussehen hatte ihm schon immer geholfen. Allerdings war er sich nicht sicher gewesen, ob er damit den Geschmack der jungen Baskinnen traf. Doch dann hatte während der Reise auf der *Lucky Man* dieser einsame Seemann, den das Schicksal ihm gesandt hatte, all seine Zweifel zerstreut.

Er beobachtete eine Gruppe junger Mädchen, die lachend vorbeigingen. Die Frauen hier lächelten viel und warfen ihm anerkennende Blicke zu. Deutlich ungehemmter als die Mädchen in Glasgow. Flirten schien in dieser Stadt geradezu in Mode zu sein, und den Blick einer Frau einzufangen, die bereit war, mit ihm zu lachen und mit ihm etwas zu trinken, war viel leichter als in Schottland.

Sie waren in Rüschenröcke und pistaziengrüne, kanariengelbe und pinkfarbene Tops gekleidet. Bilbao sprudelte über. Die Frauen trugen rosa Lippenstift und neonfarbene Ohrringe, und die Männer luden sie zu Sekt oder zu Cocktails ein, die San Francisco oder Cocoloco hießen, während zwei Straßen weiter die Polizei die Störungen durch die Bandenkriege bekämpfte. Und in der Bar nebenan machten die Drogenhändler ihre Geschäfte, ohne dass es irgendwen zu interessieren schien.

Auf der anderen Seite des Flusses fuhren die Züge ab, und im Viertel Las Cortes standen die Nutten rauchend in den Türen der Lasterhöhlen und warteten auf die Hafenarbeiter.

Ein paar gestohlene Stunden in der Nacht, in denen die Stadt sich verwandelte. Im Morgengrauen riefen die Fabriksirenen wie die Trompeten des Jüngsten Gerichts zur Arbeit, und wie umherirrende Gespenster kehrten alle in den Alltag zurück, der nur ein Ziel hatte: dass die nächste Nacht begann.

John nahm seinen Spaziergang wieder auf und folgte einer Gruppe junger Frauen, um den Duft der Parfüms wahrzunehmen, die bei den Baskinnen gerade in Mode waren: Bergamotte,

Mandarine und Thymian bei den jüngsten und Lavendel und frisches Heu bei den älteren.

Es hatte seit Stunden nicht geregnet, und der Parfümduft derjenigen, die sich für die Nacht zurechtgemacht hatten, vermischte sich mit dem Uringestank der Betrunkenen vom Vortag, dem der schmutzigen Punks, die zum Fest in die Stadt kamen, dem Alkoholatem der *txikiteros*, die von Bar zu Bar zogen, und dem der jungen Leute, die nach Pfefferminzkaugummi rochen.

Bible John gefiel Bilbao, weil Bilbao wie Glasgow war. Nein, es war besser als Glasgow, es war das Glasgow der Sechzigerjahre, als er noch nicht die Hoffnung verloren hatte, dachte er. Bilbao war einer jener seltsamen Orte, die voller Möglichkeiten, aber auch voller Abgründe waren, und alles hing von den eigenen Fähigkeiten und der Beobachtungsgabe ab. Und John war ein geborener Beobachter.

Er kam zu einer breiten Avenida am Nervión und überquerte sie, um sich an das Geländer am Fluss zu lehnen. Dabei fielen ihm zwei Punker auf, die sich im Schutz der Mauer auf einer der engen Treppen, die zum schmutzigen Wasser hinunterführten, einen Schuss setzten, und wandte angeekelt den Blick ab. Das Heroin richtete hier die gleiche Zerstörung an wie in seiner Heimat. In der Calle Somera oder in der Gegend um die Calle San Francisco boten Drogenabhängige manchmal Sex an, um sich den nächsten Schuss leisten zu können, doch die Professionellen waren im Viertel Las Cortes am anderen Flussufer zu finden, in Lokalen mit der typischen roten Lampe über der Tür oder in Luxuswohnungen in der Gran Vía de Don Diego López de Haro.

John mochte keine Nutten, er hasste sie, und gleichzeitig machten sie ihm Angst. Mit ihrer Aufdringlichkeit, den gebrochenen Stimmen und diesem Geruch nach nassem Hund und ranzigem Sperma ekelten sie ihn an.

Doch in Bilbao hatte sich, obwohl die Stadt einen Hang zum Laster hatte, eine Art Gleichgewicht eingestellt. Die Stadt schien in verschiedene Niveaus eingeteilt zu sein, eine Skala, auf der man, wenn man schlau war, schnell aufsteigen konnte, denn das, was Bilbao von Glasgow unterschied, war das Geld.

In Bilbao gab es jede Menge Arbeit. Die Stahlwerke, die Gießereien, die Werften, der Hafen und der Exporthandel ernährten Tausende Männer, die jede Nacht mit den Taschen voller gerade verdientem Geld ausgingen und es mit der Freude betrunkener Seemänner verschleuderten. Bilbao war dafür gedacht, Perversionen und Gelüste für jeden Geschmack und jeden Geldbeutel zu befriedigen: Luxuspensionen und Fünf-Sterne-Hotels, Bingos und Lotterien, Taxis und Mietwagen, Restaurants, um ein Tagesgericht oder die erlesensten Speisen zu sich zu nehmen, Bars, Pubs, Geschäfte für Bootszubehör und Arbeitskleidung neben eleganten Boutiquen, wo man die teure Mode und Taschen aus Paris oder London kaufen konnte.

Es gab jede Menge Drogen, Hasch und Heroin, die hier in ähnlichen Mengen wie in Galicien eingeführt wurden. Kirchen, Klöster, Likörfabriken, Angestellte und Arbeiter, Reeder und Schmiede, verwöhnte reiche Kinder und Dienstmädchen, und alle kamen an denselben Orten zusammen, den Diskotheken.

Bible John hatte festgestellt, dass es überall in der Stadt Tanzlokale und Pubs gab, in denen laute Musik gespielt wurde. Und er hatte sich beinah alle angesehen. Sie hatten Namen wie Arizona, Chentes, Ovni, La Jaula oder Garden …

Es war noch früh, sodass er in dieser Nacht noch mindestens zwei aufsuchen konnte. Bilbao war ein perfektes Jagdgebiet, aber er hatte noch keinen sicheren Ort gefunden, an dem er die Opfer anschließend loswerden konnte. Er kannte die Stadt noch nicht gut genug und musste die Möglichkeiten erst noch erkunden.

John kehrte zum Fluss zurück und atmete den unangenehmen Geruch des Wassers ein, das mit steigender Flut nach Salz und Kloake stank. Am anderen Ufer nahm er die huschenden Bewegungen der Ratten wahr, die sich zwischen dem Müll, der zwischen den Gleisen des Bahnhofs Abando verrottete, äußerst wohlfühlten. Der Raps und die stinkenden Flüssigkeiten, die aus den Waggons sickerten, die tagelang in der Sonne standen, hatten den Boden verfärbt, der so schwarz war wie der Schlamm am Ufer des Loch Katrine. Die Schwermetalle, das Schmieröl und das Eisenoxid, die der Fluss über Jahre angeschwemmt hatte, hatten sich an den Ufern abgesetzt und waren zu einer trockenen, festen, undurchdringlichen Schicht geworden.

Das Wasser des Flusses ging an diesem Tag nur langsam zurück und war so schmutzig, das nichts von dem zu sehen war, was darin schwamm und mit der Zeit entweder im schlammigen Boden versank oder bis zur Mündung nach Santurce mitgeschleppt wurde. Allerdings rührte der ständige Verkehr auf dem Fluss den Boden auf und hatte schon so manche Leiche zutage gebracht.

Nur am Anfang war er so unvorsichtig gewesen, seine Opfer auf der Straße zurückzulassen. Mit der Zeit war ihm bewusst geworden, dass jemand wie er nicht riskieren sollte, auf diese Art Spuren zu hinterlassen. Er war keiner von diesen verkommenen Verbrechern, von denen in der amerikanischen Presse die Rede war, die impulsiv vorgingen und so rückständig waren, dass sie keine Ahnung hatten, was die Wissenschaft inzwischen mit Spuren wie Haaren, Speichel oder Blut anstellen konnte. Er musste nichts mehr beweisen, musste niemanden mehr herausfordern. *Ein Geduldiger ist besser als ein Starker und wer sich selbst beherrscht, besser als einer, der Städte einnimmt.*

John hatte gelernt, stark zu sein, als ihm klar geworden war, dass er ein Ziel hatte, dass der impulsive Drang, der ihn zunächst angetrieben hatte, einer höheren Berufung entsprang. Das war der Grund, warum er niemals gefasst worden war, aus dem er in jedem Moment gewusst hatte, wie er vorgehen musste. Der Herr, der ihn in seiner unendlichen Weisheit leitete, hatte ihm gezeigt, was er tun musste.

Auf der Suche nach einem Zeichen hob er den Blick zum Himmel, an dem trotz der Lichtverschmutzung in der Stadt der ein oder andere Stern blinkte. Keine Wolke war zu sehen. Am Morgen waren nur wenige Tropfen Regen gefallen, und auch jetzt wies nichts auf einen baldigen Schauer hin. Er musste warten.

Das Aufleuchten von Blaulicht hinter ihm brachte ihn dazu, sich zur Altstadt umzudrehen. Die Mannschaftswagen zogen sich über die Brücke am Teatro Arriaga zurück. Die Straßenlaternen tauchten den Paseo del Arenal in ein orangefarbenes Licht, und in der Stadt brodelte Feststimmung.

Er sah eine weitere Gruppe junger Frauen, wandte sich ihnen zu und atmete das Aroma ein, mit dem sie die Nacht parfümierten. Ein letzter Blick in den Himmel beruhigte ihn. Er würde ihm ein Zeichen geben, wann der richtige Moment gekommen war. Und bis dahin war an dem Ort, wo sie auf ihn warteten, noch genügend Platz für einige mehr.

Bilbao. Donnerstag, 18. August 1983

Noah hörte das Klopfen wie aus weiter Ferne. Er schreckte nicht auf, sondern erwachte nach und nach, als ob er aus einer bodenlosen Tiefe auftauchte. Ganz langsam setzte er sich im Bett auf und hörte den Motor im Hintergrund. Als er die Füße auf den Metallboden stellte, übertrug sich die Vibration wie ein fremder Herzschlag auf seine Knochen.

So verharrte er ein paar Minuten, während er in der Dunkelheit, die nur von dem spärlichen Licht, das durch das Bullauge hereinfiel, ein wenig erhellt wurde, seinen körperlichen Zustand einschätzte. Den leichten Schwindel ignorierte er. Es ging ihm besser als in den letzten Tagen.

Jenseits der Tür seiner Kajüte war zu hören, dass sich die Seeleute aufs Anlegen vorbereiteten. Der Tag brach an, als sie über Santurce in den Hafen von Bilbao einfuhren.

Noah erhielt den ersten Eindruck von der Stadt vom Schiff aus. Die Temperatur war angenehm, doch es fiel ein anhaltender feiner Regen, während sie durch die Flussmündung fuhren. Noah atmete tief ein, und die feuchte, eisenhaltige Luft brachte vertraute Gerüche mit sich. Er hob den Blick in den bedeckten bleifarbenen Himmel, während der fast unsichtbare Regen seine Kleidung nässte. Als er die Feuchtigkeit im Gesicht spürte, erschauderte er.

Verärgert riss er die Kapuze des Regenmantels herunter, den der Kapitän ihm gegeben hatte, und schloss die Augen, um seine Nerven zu beruhigen und sich mit dem Gefühl, das er immer als angenehm empfunden hatte, zu versöhnen. So blieb er in dem Wissen, dass Kapitän Finnegan ihn von der Brücke aus beobachtete, am Bug stehen.

Noah achtete auf der Fahrt in die Stadt auf jedes Detail, das diese ihm bot. Er hoffte, einen Hinweis darauf zu finden, was Bible John dazu gebracht haben könnte herzukommen. Für einen Moment schob er alle Gedanken beiseite und versuchte, wie er zu denken, mit seinen Augen zu sehen. Und während sie den Fluss hinauffuhren, verstärkte sich in ihm der Gedanke, dass John nicht einfach so an diesen Ort gekommen war. Der Grund war simpel: Bilbao war Glasgow, und der Nervión war der River Clyde mit seinem von den Schiffsschrauben aufgewirbelten Schlamm, den Abflüssen der Kanäle, die sich in ihn ergossen, und seinem von den steinernen Überläufen in den Mauern braunroten Wasser.

Die rauchenden Stahlfabriken und Werkstätten am Ufer wirkten riesig neben den Gleisen und den mit Waren und Passagieren beladenen Waggons. Die Arbeit, die man hier finden konnte, die Menschen, die hier lebten, die Waren, die hier hergestellt und verkauft wurden, das Schmieröl und die Ratten, die beeindruckenden Fassaden der Gebäude und der Schlamm an den Ufern … In Bilbao vermischte sich alles auf obszöne Art, als ob die Stadt, ohne zu wissen, wo sie sich ausbreiten sollte, wie eine schwärende Wunde einfach das Gute und das Schlechte in alle Richtungen verteilte.

Die Kräne am Flussufer bewegten sich wie zum Leben erwachte mythologische Pferdeskelette und erhoben ihre stählernen Kiefer über die geöffneten Frachträume der Schiffe. Und die mächtigen rußgeschwärzten Fassaden einiger Gebäude verbannten die neobarocken Türme der Paläste in den Schatten.

Bilbao ist wie Glasgow, dachte Noah. Und Glasgow war Bible Johns erstes Jagdgebiet, aus dem er sich nur zurückgezogen hatte, weil der Druck, den die Polizei ausübte, unerträglich für ihn geworden war.

Die *Lucky Man* machte an einem Dock namens Campa de los Ingleses fest. Am Ufer standen jede Menge bunte Container mit dem Logo der Reederei MacAndrews. Noah dachte, dass er, wenn er nicht im Vorbeifahren die Stadt gesehen hätte, denken würde, an einem ganz anderen Ort zu sein. Der Nervión floss in diesem Abschnitt zwischen baumbestandenen Ufern dahin, und auch wenn die Fassaden der Häuser hinter den Blättern der Akazien zu sehen waren, vermittelte der Anblick dem Betrachter den Eindruck einer sauberen, ruhigen, gelassenen Stadt, die nichts mit dem zu tun hatte, was Noah gerade gesehen hatte.

Die Zollkontrolle beschränkte sich auf den schnellen Blick eines Hafenkontrolleurs auf seine Papiere, wobei sich Noah nicht als Polizist zu erkennen gab. Er ging die Campa de los Ingleses entlang auf ein paar alte Gebäude zu und sah in der Ferne einige wacklige Tore. In der Hand hielt er einen Zettel, auf den ihm Kapitän Finnegan die Adressen von ein paar Pensionen aufgeschrieben hatte, in denen die Seeleute abzusteigen pflegten, und drei 100-Peseten-Scheine, die er ihm gegeben hatte, ohne die entsprechende Summe in britischen Pfund anzunehmen.

Noah stieg in ein Taxi, in dem er die kurze Strecke bis in die Stadt fuhr.

Er sah sich um. Am Arenal gab es keinen Sand. Vielleicht früher mal und daher der Name. Die Promenade, auf deren Höhe sich Noah befand, führte anschließend bis zur Universidad de Deusto. Auf der einen Seite lagen eine Kirche mit einem Barockportal und die Häuser der Altstadt, auf der anderen, neben einem Palast, bei dem es sich, wie er später erfahren würde, um das Teatro Arriaga handelte, führte eine Brücke über den Nervión. Vom Bahnhof am anderen Ufer, der Estación de La Naja, und dem Busbahnhof daneben, der aus ein paar überdachten Bänken bestand, erhob sich ein dumpfes Gemurmel menschlicher Stimmen, das sogar über das Rauschen des Flusses zu hören war, und nach rechts hin erstreckte sich ein schmutziges, schlammiges Areal mit vom Regen und dem Schmieröl auf dem violetten Boden glänzenden Eisenbahnschienen. Er sah einen langsam fahrenden Zug und zwei Männer in gelben Regenmänteln, die fast in der gleichen Geschwindigkeit nebenhergingen.

Es war halb acht am Morgen, und auf der Straße war viel los, Menschen, die in die eine und die andere Richtung liefen, einige mit Regenschirmen, aber die meisten wie in Schottland mit Regenhüten oder Kapuzen. Es erschien Noah noch zu früh, um nach einer Pension zu suchen, denn um die Zeit saßen die bisherigen Zimmerbewohner sicher noch beim Frühstück.

Er betrat das Café Boulevard. Alle Tische und die Barhocker an der Theke waren besetzt. Noah fiel auf, dass es die Gäste nicht zu stören schien, sie hoben trotzdem die Hände, um beim Kellner ihren Kaffee zu bestellen. Viele tranken ihn im Stehen. Die Mischung aus feuchter Kleidung, Kaffeeduft und Tatkraft gefiel Noah sofort, und er fühlte sich gleich wie zu Hause.

Als er einen freien Barhocker entdeckte, ließ er sich erleichtert darauf nieder und stellte die Reisetasche zwischen seinen Füßen ab. Er war müde.

»*Arrantzale*, was darf's sein?«

Noah sah den Kellner, der ihn angesprochen hatte, verwirrt an.

»Entschuldigung …«, murmelte er.

»*Arrantzale*, du bist Fischer, oder?«

Noah begriff, dass er mit dem Regenmantel und dem Gepäck wohl so aussah.

»Einen Kaffee bitte. Und eins davon«, sagte er in möglichst akzentfreiem Spanisch und wies auf eine Schüssel mit gezuckertem Milchgebäck.

»Gute Wahl, mein Freund.«

Nach einer Weile bestellte er noch einen Kaffee und noch etwas von dem Gebäck, bis es endlich neun Uhr war. Nachdem er mit Finnegans Geld bezahlt hatte, nahm er seine Tasche und verließ das Café, das noch genauso voll war wie bei seiner Ankunft. Es hatte aufgehört zu regnen.

Noah suchte nach einer Bank, in der er Pfund in Peseten umtauschen konnte. Schließlich fand er eine Filiale des Banco de Vizcaya, wo er sein Geldproblem lösen konnte.

Danach achtete er genau auf die Straßennamen und merkte sich alle örtlichen Besonderheiten. In der Calle Bidebarrieta öffneten die ersten Geschäfte: Schneidereien, Schuhgeschäfte und Boutiquen für Kinderkleidung. Menschen kamen und gingen. Einige Leute blieben vor den Geschäften stehen, um sich zu unterhalten. Er sah einzelne Frauen mit Einkaufswagen oder noch leeren bunten Stofftaschen und die ganz frühen, die mit Gemüse und Fisch vom Markt zurückkamen.

Noah fragte einen Mann nach dem Weg, der gerade die Tür eines Kiosks öffnete. Er wies auf die Calle Víctor und erklärte ihm, wie er zur Plaza Unamuno kam, von dort aus ging es dann nur noch geradeaus.

Unsicher, ob er die Anweisungen richtig verstanden hatte, ging Noah weiter.

Als er ins Herz der Altstadt kam, die Siete Calles, fielen ihm sofort die Schmierereien an den Wänden auf. Einige hatten mit der ETA zu tun, andere waren wohl auf Baskisch, da er sie nicht lesen konnte. Die Fassaden der Häuser waren so dunkel und schmutzig wie am Arenal, und die engen Gassen und der noch immer bedeckte Himmel sorgten zusätzlich dafür, dass nur wenig Licht hereinfiel. An vielen Stellen fehlten Pflastersteine, die Pfützen waren dunkel vom Ruß, den der Regen von den Wänden gewaschen hatte, und in den Ecken wurde das Wasser aus den Dachrinnen direkt auf die Straße geleitet.

Irgendwie gelangte er zur Kathedrale, und als er den Kopf hob, atmete er, von der Schönheit des Gebäudes beeindruckt, tief ein. Er ging um das Gotteshaus herum, damit er die Türme, die bleiverglasten Fenster und die gewaltigen, strahlenden Steinfassaden bewundern konnte.

Und plötzlich stand er vor dem Schaufenster einer Konditorei, die laut eines Schilds an der Fassade im Jahr 1920 eröffnet worden war. Er betrachtete die handverpackten Bonbons und fragte sich, wie Marshmallows wohl auf Spanisch hießen. Als er an der nächsten Ecke nach dem Namen der Straße suchte, in der er sich befand, stellte er fest, dass er sein Ziel erreicht hatte, die Calle de la Tendería.

Schon von Weitem sah er das Namensschild an der Fassade der Pensión Toki-Ona. Er musste in der engen Gasse ein paar Schritte zurücktreten, um das Haus betrachten zu können: ein schmales, dreistöckiges Gebäude mit granatroten Fensterläden.

Eine Frau erschien an der Tür.

»Suchen Sie ein Zimmer?«, fragte sie und wies auf sein Gepäck.

»Ja, genau«, antwortete er und trat näher.

»Oh! Sie sind Engländer«, stellte sie fest, als sie den Akzent heraushörte. »Sie haben Glück, gerade heute sind ein paar Zimmer frei geworden, und derzeit wohnen drei Landsleute von Ihnen im Haus. Sie werden sie sicher mögen«, fügte sie auf Noahs skeptische Reaktion hin hinzu.

»Wie lange bleiben Ihre Gäste üblicherweise?«

»Einer wohnt schon seit Monaten hier, die anderen mehr oder weniger eine Woche. Aber sie werden noch eine Weile bleiben, denn sie arbeiten im Hafen. Sie auch?«

»So was in der Art«, antwortete Noah, während er ein paar Schritte zurücktrat und dachte, dass er unbedingt diesen Regenmantel loswerden musste. »Entschuldigen Sie, ich habe mich geirrt, ich suche eine andere Adresse.«

Das Lächeln der Frau verschwand, während Noah weiter die Straße entlangging.

Die zweite Pension, die Finnegan ihm empfohlen hatte, befand sich ein paar Häuser weiter auf der anderen Straßenseite. Als er den Eingang erreichte, sah er, dass die Frau aus der Pensión Toki-Ona ihm noch immer missmutig hinterherschaute.

Neben der Tür hingen drei Messingschilder an der Wand: J. Vidaurreta, ein Anwalt für Wirtschaftsrecht im zweiten Stock, N. Elizondo, ein Psychiater im fünften und die Pensión La Estrella im ersten.

Er klingelte, und die Tür wurde geöffnet, ohne dass jemand fragte, wer eintreten wollte.

Die alte Holztreppe war deutlich sichtbar nach innen geneigt, als ob das ganze Haus in ein Loch in der Mitte des Gebäudes zu fallen drohte. Es roch wie in einer Kirche. Noah drückte mehrmals auf den Lichtschalter, woraufhin jedoch nichts geschah, sodass er den Aufstieg in dem schwachen Schein wagte, der durch ein Oberlicht hereinfiel. Er ging mühsam die Treppe hinauf und dachte, dass die Neigung weiter oben noch schlimmer sein musste, denn schon im ersten Stock hatte er den Eindruck, beinah über das Geländer in den dunklen Abgrund zu stürzen.

Eine etwa fünfzigjährige Frau, die das Haar zu einem straffen Knoten hochgesteckt hatte und in einer undefinierbaren dunklen Farbe gekleidet war, öffnete die Tür. Über dem Rock trug sie eine nicht dazu passende Schürze mit einem fröhlichen Blumenmuster in Weiß und Blau. Ungeduldig wartete sie darauf, dass er den Treppenabsatz erreichte.

Noah fehlte die Kraft zu einer Begrüßung, und die Frau sagte nichts. Sie trat zur Seite, damit er eintreten konnte. Danach schloss sie die Tür und ging, nachdem sie sich davon überzeugt hatte, dass er ihr folgte, durch den Gang.

»Ein Einzelzimmer am Ende des Gangs, Gemeinschaftsbad auf dem Flur. Halbpension: Frühstück und Abendessen. Das Zimmer wird täglich gereinigt. Waschen und Bügeln einmal die Woche, die Bettwäsche und die Handtücher werden ebenfalls einmal pro Woche gewechselt. Sie dürfen zweimal pro Woche duschen. Der Preis ist 250 Peseten am Tag, denn ich glaube nicht, dass Sie das Zimmer stundenweise mieten wollen. Wenn Sie länger als eine Woche bleiben, kostet das Zimmer 225 Peseten am Tag, ab einem Monat nur 200.«

Die Frau nahm einen Schlüssel aus der Tasche ihrer Schürze und schloss die Tür auf.

Das Zimmer ging zum überdachten Innenhof hinaus, der wie das Treppenhaus nur durch ein Oberlicht erhellt wurde. Noah blickte hinauf und sah Dutzende Wäscheleinen, die in allen Etagen von Fenster zu Fenster gingen und an denen Bettlaken und blaue Arbeitskleidung zum Trocknen hing. Es roch nach Wasch- und Bleichmittel. Aus irgendeiner Wohnung war ein Radio zu hören, in dem die Uhrzeit angesagt wurde.

Wie die Frau gesagt hatte, gab es im Zimmer kein eigenes Bad, aber ein Waschbecken und ein Bidet, was Noah erklärte, warum das Zimmer auch stundenweise vermietet wurde.

Als hätte die Frau seine Gedanken gelesen, sagte sie: »Das ist ein ordentliches Haus. Alle meine Gäste sind zum Arbeiten in Bilbao. Sie gehen früh zu Bett, stehen früh auf und sind nicht wegen des Fests hier.«

»Wegen des Fests?«

»Der Semana Grande. Das ist das Patronatsfest, das am Samstag beginnt und eine Woche dauert. Aber trotzdem ist kein weiblicher Besuch im Zimmer erlaubt. Und ich mag keine lauten Gäste. Bitte vergessen Sie das nicht.«

»Wohnen Engländer hier?«

»Nein. Ist das ein Problem?«

»Im Gegenteil.«

»Nehmen Sie das Zimmer?«

»Ja.«

»Dann kommen Sie bitte mit in die Küche, ich trage Sie ein. Die erste Woche wird im Voraus bezahlt.«

Noah wollte sein Gepäck auf dem Boden abstellen, doch die Frau hielt ihn zurück. »Zuerst wird bezahlt.«

»Warum La Estrella«, fragte er, während er der Frau durch den Gang folgte, denn er hatte noch keinen Hinweis auf einen Stern gesehen.

»Keine Ahnung. Mein Mann hat den Namen ausgesucht, mein verstorbener Mann.«

Die Küche war sauber und weiträumig. Alle Ablageflächen waren leer, und alle Schränke, auch der Kühlschrank, hatten Schlösser. Das Fenster ging zu der Straße hinaus, über die er gekommen war, und lag der Pensión Toki-Ona schräg gegenüber.

»Ist kein Zimmer zur Straße frei?«

»Im Moment nicht, aber in ein paar Tagen reist jemand ab. Wenn Sie möchten, können Sie dann umziehen, aber das Zimmer ist teurer.«

»Einverstanden. Sagen Sie mir Bescheid, wenn es frei wird. Ich bezahle erst mal für eine Woche, aber es ist gut möglich, dass ich länger bleibe.« Er hielt der Frau vier 500-Peseten-Scheine hin, wobei ihm nicht entging, dass sie das dicke Bündel mit den Geldscheinen, das er in der anderen Hand hielt, nicht aus den Augen ließ.

Die Frau nahm das Geld entgegen und steckte es in die Schürzentasche, aus der sie auch das Wechselgeld nahm. Noah streckte die Hand aus, um es entgegenzunehmen, doch sie legte es neben den Schlüsselbund auf den Tisch.

Als Noah zu seinem Zimmer ging, konnte er durch eine angelehnte Tür in ein Zimmer sehen, das zur Straße hinausging. Er zeigte darauf und fragte: »Und dieses Zimmer?«

»Das ist mein Zimmer, Señor.«

Er drehte sich um, um die Frau anzusehen, denn sie hatte die Worte in einem eigenartigen Tonfall gesagt. Wollte sie mit ihm flirten? Er beschloss, es nicht weiter zu beachten.

»Haben Sie ein Telefonbuch?«

»Hier«, antwortete sie und zeigte auf ein Schränkchen im Gang.

Noah nahm das Telefonbuch und sah sich fragend um. »Und das Telefon?«

»Sie wollen sicher ein Ferngespräch führen, oder?«, fragte sie argwöhnisch. »Es gibt natürlich ein Telefon, aber das ist nur für Notfälle. Ansonsten ist es den Gästen nicht erlaubt, es zu benutzen. Draußen an der nächsten Ecke finden Sie eine Telefonzelle.«

Noah trat in sein Zimmer, schloss hinter sich die Tür und stellte seine Tasche vor dem alten zweitürigen Schrank auf den Boden, der wie ein doppelter Sarg aussah. Er setzte sich aufs Bett, das metallisch quietschte, als sich die Matratze bewegte, und schlug das Telefonbuch auf seinen Knien auf.

In jedem Telefonbuch gab es auch einen Stadtplan. Mit einem kleinen Messer trennte er ihn sorgsam heraus. Dann schlug er mehrere Telefonnummern nach und schrieb sie in das kleine Büchlein, das in seinem Kühlschrank gelegen hatte. Als er fertig war, legte er das Telefonbuch wieder an seinen Platz im Gang, trat zurück in sein Zimmer und räumte seine wenigen Sachen in den Schrank.

Er nahm zwei Dragees von dem Diuretikum und schluckte anschließend die entsprechende Menge des Digitalins. Dann stellte er das Foto seiner Eltern auf den Nachttisch und sah sich im Zimmer um. Anschließend nahm er seine Polizeimarke aus der Reisetasche, steckte sie in die Innentasche seiner Jacke und befestigte das Holster mit seiner Waffe auf der rechten Seite seines Gürtels. Er griff nach dem Schlüsselbund, den die Wirtin ihm gegeben hatte, und ging wieder auf die Straße hinaus.

Die Tür der Telefonzelle klemmte und stand offen. Er brauchte eine Weile, um herauszufinden, wie viele Münzen er zum Telefonieren benötigte, und stellte fest, dass er zu wenig hatte. Daher ging er in die Bar Casino gegenüber der Pensión Toki-Ona.

In Glasgow sagte man, dass es nie zu früh für das erste Glas ist. Er kannte einige Polizisten, die extra zeitig aufstanden, um bis Dienstbeginn den nötigen Alkoholpegel zu erreichen, aber er war nicht davon ausgegangen, dass das in Bilbao genauso war. Obwohl er am frühen Morgen die gut gefüllten Cafés gesehen hatte, war er überrascht, wie viel nun, um halb elf, in der Bar bereits los war.

Eine Frau von etwa Mitte 30 bediente gerade ein paar Männer hinten im Raum, doch als sie ihn sah, kam sie direkt zu ihm. Sie trug eine beigefarbene Hose und eine Bluse mit blauen Streifen, deren Ärmel bis zu den Ellbogen aufgekrempelt waren. Die Edelstahluhr an ihrem Handgelenk war der einzige Schmuck an ihr, und ihr dunkles, gewelltes Haar reichte ihr bis knapp über die Schultern.

Sie lächelte. »Guten Tag, Was darf's sein?«

»Entschuldigung, könnten Sie mir einen Schein in Münzen wechseln?« Er hatte das Gefühl, es erklären zu müssen. »Zum Telefonieren.«

»Natürlich«, sagte sie und nahm den Schein entgegen, ging zur Kasse und kam lächelnd mit dem Kleingeld zurück. Anders als die Frau in der Pension gab sie es ihm in die Hand, dann sah sie ihm nach, als er das Lokal verließ.

Von der Telefonzelle aus rief er bei allen Pensionen an, die er auf dem Plan aus dem Telefonbuch gefunden hatte. In drei weiteren wohnten Engländer oder Iren. Noah stellte fest, dass die meisten seiner Gesprächspartner dies nicht unterschieden. Natürlich fragte er nicht direkt nach Murray oder nach jemandem, der für MacAndrews arbeitete, um bei den Pensionswirten keine Neugier zu wecken. Er sprach mit deutlichem Akzent, denn dass ein Engländer in einer Pension wohnen wollte, in der sich bereits Landsleute aufhielten, erregte keinen Verdacht.

Er schloss die aus, die schon länger als eine Woche da waren, und wunderte sich, wie leicht es war, diese Auskunft zu erhalten. Anschließend rief er bei der Reederei MacAndrews in Bilbao an und fragte nach den Dienstzeiten. »Von acht bis eins und von halb drei bis halb sechs.« Danach erkundigte er sich nach John Murray. Ungeachtet der Bitte der Telefonistin, am Apparat zu bleiben, während sie den Anruf durchstellte, legte Noah die Hand auf die Telefongabel und beendete damit das Gespräch.

Er suchte das Gebäude auf dem Plan und stellte fest, dass er noch genug Zeit hatte, um sich ein wenig auszuruhen und zu duschen, bevor die Arbeiter von MacAndrews in die Mittagpause gingen.

Der Himmel war im Laufe des Vormittags aufgeklart, und es war deutlich wärmer geworden. Noah stellte fest, dass die Jacke, die er über dem langärmeligen Hemd trug, viel zu dick für das Klima in Bilbao war. In den schattigen Gassen in der Nähe der Kathedrale war es jedoch auszuhalten. Er sah auf den Plan und schätzte, dass er bis zur Calle Bertendona etwa eine Viertelstunde brauchen würde. Er musste am Teatro Arriaga die Brücke überqueren und dann Richtung Bahnhof zum Bezirk Abando gehen.

Als er dort ankam, konnte er die Jacke nicht mehr ertragen. Um die Pistole zu verbergen, hängte er sich die Jacke sorgsam gefaltet über den rechten Arm. Hinter der Straßenbahnhaltestelle bog er ab und betrachtete im Vorbeigehen die Geschäfte und sein eigenes Spiegelbild in den Schaufenstern. Er musste unbedingt neue Kleidung kaufen.

Noah ging langsam, um sich nicht zu überanstrengen, und kam kurz nach zwölf Uhr an seinem Ziel an. Es war noch früh, sodass genügend Zeit blieb, um sich in diesem Teil der Stadt umzusehen, ohne John Murray möglicherweise zu verpassen.

In der folgenden Stunde gingen mindestens ein Dutzend Männer in dem Gebäude der Reederei MacAndrews ein und aus, Arbeiter, Postzusteller und andere Boten. Um Punkt ein Uhr öffnete sich die Tür, und ein Mann mittleren Alters mit einem auffälligen weißen Schnurrbart trat heraus, gefolgt von einer eifrigen jungen Frau in einer braunen Hose und einer beigefarbenen Bluse. Sie warteten kurz, und der Mann drängte die drei Sekretärinnen, die noch im Gebäude waren, sich zu beeilen, drei junge Frauen mit lockigem Haar, die ähnliche pastellfarbene Kleider und Ohrringe trugen.

Der Mann mit dem weißen Schnurrbart schloss die Tür ab, sagte etwas, das Noah nicht hören konnte, hob zum Abschied grüßend die Hand und wandte sich nach Norden. Die Frauen gingen eilig in die entgegengesetzte Richtung zu einem Café. Dort verabschiedeten sich drei von ihnen und betraten das Lokal, während die mit der braunen Hose weiterging.

Noah beobachtete, dass sich die drei Frauen an einen Tisch am Fenster setzten und der vierten nachsahen, die sich noch einmal nach ihnen umdrehte. Noah beschloss, ihr zu folgen.

Die Frau ging recht schnell voran, bis sie an der nächsten Ecke abbog und dort langsamer wurde, sogar an manchen Geschäften stehen blieb und mit aufrichtigem Interesse die Schaufenster betrachtete. Schließlich seufzte sie und ging weiter zu einer größeren Straße, der Gran Vía.

Noah schloss zu ihr auf, während sie am Fußgängerüberweg geduldig an der Ampel wartete. Auf der anderen Seite ging sie zu einem großen Zeitungskiosk neben dem Hochhaus des Banco de Vizcaya. Sie grüßte den Verkäufer, der, als er sie sah, zwei Zeitschriften aus dem Regal nahm, *Jazmín* und *Bianca.* Die junge Frau gab ihm einen Geldschein und drückte die Zeitschriften an ihre Brust, während sie auf das Wechselgeld wartete. Dann wandte sie sich um, um zurückzugehen, blätterte aber bereits ungeduldig in den Zeitschriften, während sie wieder an der Ampel wartete.

Noah kannte die Zeitschriften nicht, sah aber, als er näher zum Kiosk trat, dass es sich um Foto-Love-Storys handelte. Dabei fiel ihm auf, dass es an dem Kiosk eine beachtliche Auswahl an englischen Zeitungen gab. *The Times, The Sun, The Guardian* … Er nahm sich vor, später noch einmal zurückkehren, denn jetzt musste er sich beeilen, um die junge Frau nicht zu verlieren, die bereits die Straße überquerte.

In der Nähe des Bahnhofs wandte sie sich in einer der Straßen nach rechts und ging zum Fluss. Dort setzte sie sich auf eine leere Bank und sah sich nach allen Seiten um, als ob sie etwas Illegales tun wollte. Dann breitete sie eine der Zeitschriften auf ihren Knien aus, nahm ein belegtes Brot aus der Tasche, packte es aus und begann zu essen, während sie las.

Noah zog sich die Jacke wieder an und ging dann entschieden auf die junge Frau zu. »Entschuldigung, darf ich mich zu Ihnen setzen?«

»Oh!« Sie verschluckte sich beinah. Die Zeitschrift fiel auf den Boden, während sie sich eine Hand vor den Mund legte. In der anderen Hand hielt sie das Brot.

»Ich möchte Sie nicht belästigen, aber hätten Sie vielleicht ein paar Minuten Zeit, ich würde gern mit Ihnen reden.«

Sie lächelte schüchtern, während sie die Zeitschrift aufhob. »Sie sind Engländer, oder?«

»Ja. Ich würde Ihnen gern ein paar Fragen über Ihre Arbeit stellen. Sie arbeiten für MacAndrews, richtig?«

Sie wirkte enttäuscht, und Noah warf einen Blick auf die Zeitschrift auf ihren Knien. Auf der Titelseite hielt ein in einen eleganten Smoking gekleideter Mann eine Frau in einem zarten Abendkleid in den Armen. Noah wurde sich bewusst, dass die junge Frau gedacht hatte, dass sein Interesse an ihr romantischer Natur wäre. Er holte seine Polizeimarke hervor und zeigte sie ihr diskret.

»Mein Name ist Gibson, und ich bin Privatdetektiv«, log er.

»Oh, ein Detektiv wie im Film!«

Noah dachte, dass er damit die Abenteuerlust des Mädchens zumindest ein wenig befriedigte. »Ich arbeite an einem Fall, der mich hier nach Bilbao geführt hat, und ich glaube, dass Sie mir helfen können.«

Sie riss überrascht die Augen auf, und ihre Unterlippe zitterte ein wenig.

»Ich heiße Olga«, sagte sie und hielt ihm die Hand hin.

Er schüttelte sie kurz. »Gut, Olga, ich würde mich gern über einen der Angestellten von MacAndrews informieren, der gerade dort angefangen hat.«

»Señor Murray?«

»Genau.«

»Er scheint nett zu sein und hat gute Manieren«, erklärte sie. »Was ist mit ihm? Ist er ein Dieb? Ein Mörder?«

»Viel schlimmer …«

Sie lehnte sich weiter zu Noah vor.

»Er ist ein Heiratsschwindler.«

Sie atmete hörbar ein.

»Er hat eine reiche englische Erbin verführt, sie haben geheiratet, und er hat sie dazu gebracht, ihr ganzes Vermögen auf seinen Namen umzuschreiben. Kurz darauf hat sie herausgefunden, dass er bereits zweimal verheiratet war, jedes Mal mit sehr reichen Frauen. Tatsächlich war er noch verheiratet, als er ihr das Jawort gegeben hat. Als es zum Skandal kam, ist er geflohen. Und wir glauben, dass Murray dieser Mann ist.«

Olga legte sich erschreckt die Hand vor den Mund. »Unglaublich, und meine Kolleginnen haben gesagt, dass er so nett ist. Mir ist das nicht so aufgefallen, höflich ist er, das ja, vielleicht etwas schüchtern.«

»Olga, ich brauche Ihre Hilfe. Sagen Sie, ist jetzt noch jemand im Büro?«

»Nein, wir sind alle zusammen in die Mittagspause gegangen. Señor Goñi schließt um halb drei wieder auf.« Sie sah auf ihre Uhr und dann leicht bedauernd auf ihr halb gegessenes Brot.

»Bitte essen Sie weiter«, ermunterte Noah sie und zeigte auf das Brot. »Ich stehle Ihnen die Zeit für Ihr Mittagessen.«

Olga schüttelte den Kopf und packte den Rest des Brots wieder ein. Dann nahm sie einen Apfel heraus und biss hinein, während Noah weitersprach.

»Ist Murray vielleicht früher gegangen?«, fuhr er fort. »Ich habe heute Morgen angerufen und nach ihm gefragt, und die Dame, mit der ich gesprochen habe, hat angeboten, mich mit ihm zu verbinden.«

»Ach, das waren Sie!«, sagte Olga lächelnd. »Sie haben mit mir gesprochen, denn ich nehme alle Anrufe von außen entgegen und leite sie weiter. Es ist nur so, dass Señor Murray im neuen Firmengebäude im Hafen arbeitet, dort, wo die Seetauglichkeit der Schiffe überprüft wird.«

Noah war enttäuscht. »Dann arbeiten Sie gar nicht im selben Gebäude wie Murray, obwohl Sie die Anrufe für ihn durchstellen.«

»Die ausgehenden Anrufe gehen auch über mich, weil das Unternehmen sehr viel Wert auf Vertraulichkeit legt.«

Noah lächelte. Olga war eine sehr ergebene Angestellte. Er sagte es ihr, und sie entgegnete: »Meine Arbeit ist wichtig. Ich hab diesen Job erst seit zwei Monaten, aber Señor Goñi sagt, dass er sehr zufrieden mit mir ist.«

»Das bezweifle ich nicht.«

»Ich bin für Señor Murray die Verbindung zum Unternehmen und nach draußen. Er ist viel unterwegs, hauptsächlich zwischen

Santurce und der Campa de los Ingleses, wo einige der Container abgeladen werden, auf den Schiffen, beim Zoll … Kurz vor Dienstschluss kommt er dann noch im Büro vorbei, um mit Señor Goñi den Papierkram zu erledigen. Er gibt die Lieferscheine ab und ist dann wieder weg.«

»Und um wie viel Uhr ist das üblicherweise?«

»Etwa um sieben Uhr abends.«

»Wissen Sie, ob er ein eigenes Auto hat?«

»Nein, das weiß ich nicht, aber er hat einen Dienstwagen.«

Noah prägte sich die Information ein.

»Und natürlich nutzt er wie alle Hafeninspektoren auch die Motorboote.«

Noah sah sie fragend an.

»Das sind kleine Boote, um zwischen dem Hafen von Santurce und der Campa de los Ingleses hin und her zu fahren. Manchmal fahren sie damit auch zu den Frachtschiffen oder den Schleppern, aber hauptsächlich sind sie dafür da, schnell über den Fluss zu gelangen.«

»Die Campa de los Ingleses«, wiederholte Noah. »Wissen Sie, woher der Name kommt?«

»Es heißt, dass es dort früher einen Friedhof gab, wo die Engländer ihre Landsleute beerdigt haben. Aber wenn es so war, gibt es keine Spur mehr davon. Was es dort immer gab und noch gibt, ist ein Fußballplatz. Es wird gesagt, dass die Begeisterung für den Fußball in Bilbao durch die englischen Seeleute geweckt wurde.«

Noah lächelte. Dieses Mädchen war eine Goldgrube. »Olga, könnten Sie mir einen Gefallen tun?«

Sie nickte überzeugt.

»Vorher müsste ich noch wissen, inwieweit dieses Patronatsfest die Arbeit in Ihrer Firma beeinträchtigt.«

»Sie meinen die Aste Nagusia, so heißt die Fiesta Grande auf Baskisch. Das ist leicht zu beantworten. Señor Goñi nimmt sich einen Tag frei, und die Sekretärinnen arbeiten nur halbtags. Aber alle, die im Hafen beschäftigt sind, und ich arbeiten ganz normal weiter, außer morgen beim Eröffnungsfeuerwerk und am Wochenende. Aber dafür bekommen wir von der Firma einen Ausgleich.«

Noah nickte zufrieden. »Das ist gut, denn ich brauche Sie. Es ist sehr wichtig, dass ich herausfinde, ob Murray wirklich der Heiratsschwindler ist, nach dem ich suche. Passen Sie gut auf, was über ihn erzählt wird. Ich bin sicher, dass Ihre Kolleginnen ganz gern ein bisschen tratschen.«

»Möchten Sie, dass ich Ihnen berichte, worüber geredet wird?«

Noah beeilte sich, das genauer zu erklären. »Ich weiß, dass Sie Ihrem Arbeitgeber Vertraulichkeit schulden, aber es geht ja nicht um Dinge, die mit der Arbeit zu tun haben. Ich möchte nur, dass Sie mir sagen, ob eine Frau für ihn anruft oder Nachrichten für ihn hinterlässt, vor allem, wenn es sich um Anrufe aus den USA handelt. Meinen Sie, das wäre möglich?«

»Oh, sicher«, antwortete Olga. »Tatsächlich hat es da schon einige Anrufe gegeben.«

»Ach ja?«

»Señor Murray hat mir am ersten Tag gesagt, dass er private Anrufe von seiner Familie bekommen wird. Er hat mich gebeten, ihn dann zu benachrichtigen. Und wo sie es gerade sagen: Es rufen immer wieder Frauen an, verschiedene Frauen. Ich weiß nicht, ob sie aus den USA anrufen, aber sie sprechen Englisch.«

»Erinnern Sie sich an einen Namen?«

»Sie nennen keine Namen, sondern sagen: ›Er weiß, wer ich bin. Sagen Sie Mr. Murray nur, dass ich angerufen habe.‹ Und das mache ich dann auch.«

»Ruft er vom Arbeitsplatz aus zurück?«

»Nein.«

Noah dachte nach. »Noch etwas: Der Mann, nach dem ich suche, verändert sehr oft sein Aussehen. Und weil er ein Betrüger ist, lässt er möglichst nicht zu, fotografiert zu werden. Es gibt kaum Bilder von ihm. Wir wissen, dass er öfter mit neuer Frisur auftritt, manchmal trägt er eine Brille, einen Vollbart oder einen Schnurrbart … Ich weiß nicht, wie er jetzt aussieht.«

»Na ja, da gibt es nichts Besonderes. Er ist nicht hässlich, das will ich damit nicht sagen, eher durchschnittlich, wobei er sich gut anzieht und immer …«

»Gepflegt ist«, beendete Noah den Satz.

Sie nickte bewundernd. »Was kann ich tun, um Ihnen zu helfen?«

»Wenn Murray heute Abend das Büro verlässt, könnten Sie ihn dann unter irgendeinem Vorwand zur Tür begleiten und ihn dort verabschieden? Ich werde Sie beobachten, und dann weiß ich, wer er ist.«

Olga nickte aufgeregt und biss sich auf die Unterlippe. Offenbar musste sie zur Arbeit zurückkehren.

Noah blickte auf die Uhr. Er nahm einen 5000-Peseten-Schein aus seiner Tasche und gab ihn ihr diskret. Sie sah ihn erschreckt an.

»Die Familie seiner Frau ist sehr reich, und sie bezahlt mich gut«, erklärte er. »Wenn Sie mich jetzt unterstützen, ist das absolut gerechtfertigt.«

Olga nahm das Geld und schloss die Hand darum.

»Das ist nur ein Vorschuss, ich bezahle Sie für jede Information, die ich von Ihnen bekomme. Ich werde Sie jeden Tag im Büro anrufen, ob es etwas Neues gibt. Reden Sie nur, wenn es sicher ist. Wenn es nicht sicher ist, sagen Sie einfach nur ›Nein‹, und dann warte ich, bis Sie Dienstschluss haben.«

»Das alles ist unheimlich aufregend«, sagte sie lächelnd.

»Eines noch: Gehen Sie auf keinen Fall mit ihm aus.«

Olga schüttelte den Kopf. »Ich glaube nicht, dass er sich für mich interessiert, ich bin so ziemlich das Gegenteil von einer reichen Erbin.«

»Aber Sie sind sehr hübsch, und auch Männer wie er können manchen Reizen nicht widerstehen.«

Die junge Frau senkte den Blick, und er verabschiedete sich, konnte sich aber den Satz nicht verkneifen, von dem er nie gedacht hätte, dass er ihn mal zu einer Frau sagen würde: »Olga, kaufen Sie sich etwas Schönes.«

Sie nickte lächelnd.

Noah kehrte zu dem Kiosk an der Gran Vía zurück und kaufte sich die neuesten Ausgaben von *The Times*, *The Sun* und *The Guardian*. *The Scotsman* gab es leider nicht, aber als er die Zeitungen für die ganze Woche im Voraus bezahlte, versprach der Kioskbesitzer ihm, sein Möglichstes zu tun, um für den nächsten Tag an schottische Zeitungen zu kommen.

»Ich weiß nicht, was in letzter Zeit los ist, ich habe in meinem ganzen Leben noch keine schottische Zeitung verkauft, und in dieser Woche werde ich dauernd danach gefragt.«

Noah war versucht zu fragen, was er damit meinte, doch er wollte nicht zu viel Aufmerksamkeit erregen.

Auf dem Rückweg zur Pension fiel ihm auf, dass er seit dem Gebäck zum Kaffee beim Frühstück nichts mehr gegessen hatte. Er trat ins Bahnhofsgebäude und bestellte in der Cafeteria ein Bocadillo mit Tortilla und ein Glas frisch gezapftes Bier, was er zu sich nahm, während er die Zeitungen durchblätterte.

In sämtlichen Ausgaben erschienen immer noch Artikel über

Bible John. Phantombilder, Fotos des kleinen Orts Killin und die ein oder andere Nachricht über das Unwetter, das Schottland heimgesucht hatte. *The Guardian* berichtete ausführlich über die Opfer. Auch in Schwarz-Weiß erkannte Noah das kindliche Gesicht von Clarissa O'Hagan wieder. Für das Foto hatte sie sich das Haar toupiert, was ihr nicht stand und aussah, als würde sie eine Perücke tragen. Dabei fiel ihm ein, dass er noch immer ihr Foto in der Brieftasche hatte.

Er nahm es heraus. Das Gesicht einer schüchternen Jugendlichen mit einem scheuen Lächeln, die ihr schulterlanges Haar mit einem Mittelscheitel trug. Noah steckte das Foto wieder ein und ließ den Rest des Bocadillo liegen, da ihm der Appetit vergangen war.

Obwohl er nicht viel gegessen hatte, fühlte er sich ziemlich träge, während er zur Pension zurückging. Als er die Brücke überquerte, zog er sich erneut die Jacke aus und war erleichtert, als er endlich bei den Siete Calles ankam.

In der Pension war es kühl und leise. In seinem Zimmer zog sich Noah die Schuhe und die Socken aus und betrachtete seine Füße. Seine Fußgelenke waren kaum noch zu sehen, und auch seine Zehen waren stark angeschwollen.

Er öffnete das Fenster zum Innenhof, und aus der Wohnung über ihm drang laute Radiomusik nach unten. Noah beugte sich nach draußen und sah, dass die meisten Fenster geöffnet waren, die Vorhänge jedoch geschlossen. Daran nahm er sich ein Beispiel und zog auch seine Vorhänge vor, während Radio Nacional pünktlich die aktuelle Uhrzeit verkündete: »Drei Uhr, auf den Kanarischen Inseln zwei Uhr.«

Noah hörte sich die Nachrichten an, während er auf dem Bett lag und seine Füße betrachtete. Am Schluss der Nachrichten wurde ein Aufruf durchgegeben, der sofort Noahs Aufmerksamkeit erregte: »Die junge Elena Belastegui aus Bilbao wird gebeten, mit ihrer Familie Kontakt aufzunehmen.« Noah richtete sich auf und ging barfuß zum Fenster. »Sollte jemand etwas über ihren Verbleib wissen, wird er gebeten, diese Nummer anzurufen oder sich bei der nächsten Polizeidienststelle zu melden …«

In diesem Moment stellte der Besitzer des Radios einen anderen Sender ein, um Musik zu hören.

Noah kehrte zum Bett zurück und sagte sich, dass er sich ein eigenes Radio kaufen musste. Er legte sich hin, atmete den Duft nach frischer Wäsche ein, der aus dem Innenhof hereinzog, und nahm sich die Zeitungen vor.

Nach einer Weile wurde die Radiomusik kurz von einem Moderator unterbrochen, der sich als Ramón vorstellte und überschwänglich die Hörer begrüßte, die anriefen, um sich für ihre Freunde, Geschwister, Kollegen oder Schulkameraden Songs zu wünschen. Während Noah zuhörte, blickte er zum Fenster und konzentrierte sich auf den hypnotischen Takt, mit dem sich die Vorhänge im Wind blähten oder erschlafften, als ob sie das Brustfell einer riesigen Kreatur wären, deren Herz im Gebäude schlug. Dabei wurde er immer müder, lehnte sich zurück und schlief ein, wenn auch nicht sehr tief, denn später meinte er, mindestens einmal im Radio das Klangzeichen für die volle Stunde gehört zu haben.

Die Kreatur im Innenhof sog die Luft ein, sodass sich die Vorhänge nach draußen aufblähten, atmete aber genau in dem Moment, als Noah die Augen aufschlug, wieder aus. Der Stoff strich sanft über den Fensterrahmen und kehrte mit einem leisen Zischen wieder an seinen ursprünglichen Platz zurück.

Die Uhr zeigte an, dass es sechs Uhr abends war. Noah sah auf seine Füße. Dann setzte er sich auf und beugte sich nach vorn, um seine Fußknöchel zu massieren, die wieder ihre normale Form angenommen hatten. Kurz darauf zog er sich die Schuhe an, ging zum Schrank und legte sich zwei Dragees des Diuretikums auf die Zunge. Er hatte kein Glas, weshalb er sich übers Waschbecken beugte und direkt aus dem Wasserhahn trank. Ein Schluck reichte, um das Medikament hinunterzuspülen. Das Wasser schmeckte süßlich und leicht nach Blei, was ihn in Gedanken ans Ufer des Loch Katrine versetzte.

Noah richtete sich zu schnell wieder auf und spürte sofort den davon ausgelösten Schwindel. Ans Waschbecken geklammert, brauchte er ein paar Sekunden, um das Gleichgewicht wiederzufinden und die Augen öffnen zu können.

Anschließend betrachtete er sein Spiegelbild. Sein Dreitagebart war ein Schatten auf seinem Gesicht, aber die dunklen Schatten unter seinen Augen waren nach der Schlafkur auf der *Lucky Man* deutlich zurückgegangen. Insgesamt sah er für einen Mann, der die letzten Tage seines Lebens verbrachte, ganz gut aus. Das Blau seiner Iris hatte wieder an Tiefe gewonnen, und der Spiegel gab die Intensität der Verzweiflung zurück, die er in den Abgründen seiner Seele im Zaum hielt.

Er wandte den Blick ab, weil er dies lieber nicht sehen wollte, fuhr sich mit den Fingern durchs gewellte dunkle Haar, griff nach seiner Jacke, die dem schottischen Sommer angemessen, hier in Bilbao aber viel zu warm war, und verließ das Haus.

Um zehn vor sieben postierte sich Noah in einem Hauseingang gegenüber dem Gebäude der Reederei MacAndrews. Um fünf vor sieben legte ein Mann die Hand innen auf den Türknauf der Eingangstür. Noah sah, wie er stehen blieb, als ob jemand ihn zurückgerufen hätte. Olga trat zu ihm und schien ihn etwas zu fragen. Der Mann antwortete und trat dann auf die Straße.

Noah besah sich den Mann, der sich John Murray nannte und, nachdem er vor dem Gebäude eine Zigarette geraucht hatte, in Richtung Fluss ging. Noah trat aus dem Hauseingang und folgte ihm, blieb aber kurz stehen, um an der Kippe, die Murray weggeworfen hatte, nach der Zigarettenmarke zu schauen: Embassy, dieselbe Marke, die laut der Zeugenaussagen Bible John 1969 geraucht hatte.

Während Noah in einiger Entfernung hinter Murray herging, versuchte er sich an John Clydes Gang zu erinnern, was ihm jedoch nicht gelang. Clyde hatte das kastanienbraune Haar ziemlich lang getragen. Der Mann, dem er nun durch die Straßen von Bilbao folgte, hatte einen Bürstenschnitt, und seine Haarfarbe wirkte selbst im Schein der untergehenden Augustsonne einfach nur dunkel. Das Charakteristischste an John Clyde war wohl die sorgfältige Art, sich zu kleiden. In Gedanken ging Noah den Inhalt seines Kleiderschranks im Harmony Cottage durch. Der Mann, der sich John Murray nannte, trug eine Arbeitshose, Sicherheitsschuhe und ein Shirt und eine Weste mit dem Logo von MacAndrews. Soweit Noah sich erinnerte, hätte er John Clyde sein können, aber eher noch Bible John nach den Phantombildern von 1969, die die schottischen Zeitungen veröffentlicht hatten.

Murray blieb nicht noch einmal stehen. Er ging über die Brücke in Richtung Altstadt. Dabei hatte er ein anständiges Tempo drauf, als ob er es eilig hätte, und Noah merkte, wie sein Herz schneller schlug, während er versuchte, ihn nicht aus den Augen zu verlieren. Er blickte über die Köpfe der Menschen hinweg, die sich alle auf der Straße verabredet zu haben schienen. Als Murray an dem Kiosk stehen blieb, an dem Noah am Morgen nach dem Weg gefragt hatte, um sich Zigaretten zu kaufen, holte Noah auf. Schließlich bog Murray in Richtung Kathedrale ab und ging die Calle de la Tendería entlang bis zur Pensión Toki-Ona und trat ein.

Im Vorbeigehen sah Noah, dass er im Gebäude die Treppe hinaufstieg. Während er sich über den glücklichen Zufall freute, erreichte er den Eingang seiner Pension. Dort klingelte er und wartete auf das Summen des Türöffners, wobei er den Eingang der Pensión Toki-Ona nicht aus den Augen ließ.

Keine 20 Minuten später kam Murray wieder heraus.

Nachdem er aus der Tür getreten war, blieb er stehen, um sich eine Zigarette anzuzünden. In dem Moment lagen zwischen ihnen höchstens vier Meter, und Noah konnte ihn sich genau ansehen. Er hatte sich umgezogen und trug nun eine gebügelte Jeans und ein blaues Hemd, dessen Ärmel er ein Stück aufgekrempelt hatte. Auch sein Haar sah anders aus, war feucht, oder er hatte Gel benutzt. Murray nahm einen tiefen Zug von der Zigarette, überquerte die Straße und betrat die Bar Casino direkt gegenüber. Noah folgte ihm.

Am Morgen war ihm nicht aufgefallen, wie weit das Lokal nach hinten durchging. Die Theke erstreckte sich bis ganz ans Ende des Raums, wo sich das Lager, die Küche und die Toiletten befanden. Während ihm die Bar am Morgen gut besucht erschienen war, war sie nun richtig voll.

Noah sah, dass Murray gleich am Eingang bei zwei Männern an der Theke stehen blieb, die Bier tranken. Einer der beiden schlug ihm auf die Schulter. Noah ging weit nach hinten, um sie diskret beobachten zu können. Als er an ihnen vorbeiging, war trotz des Lärms in der Bar gut der irische Akzent des Mannes herauszuhören, der Murray begrüßte.

Noah ergatterte einen der wenigen freien Barhocker und ließ sich am hinteren Ende der Theke neben dem Eingang zur Küche und einem Stapel Zeitungen nieder. An der Wand hinter der Theke befand sich ein schräg hängender Spiegel, und darunter waren die Flaschen zu sehen, die in stufenförmigen Regalen standen, die Musikanlage und eine kleine Heiligenfigur, vor der eine Kerze brannte.

Ihm fiel auf, dass hinter der Theke dieselbe Frau arbeitete wie am Morgen. Sie trug Jeans, und mit den fast bis zu den Ellbogen aufgekrempelten Ärmeln ihrer Bluse wirkte sie tatkräftig und energisch. Das wellige Haar fiel ihr auf die Schultern, und Noah sah, wie sie es mit einer Kopfbewegung zurückwarf.

Lächelnd kam sie zu ihm herüber. »Hallo, wieder da?«

Noah war überrascht, dass sie ihn wiedererkannt hatte.

»Heute Morgen haben Sie Kleingeld zum Telefonieren gebraucht.«

Noah nickte unbehaglich, und sie lächelte erneut. »Ich habe ein gutes Gedächtnis. Was kann ich Ihnen bringen?«

Noah war irritiert, denn eigentlich wollte er gar nichts haben. Ein Blick auf die Theke reichte aus, um festzustellen, dass hier die meisten Leute Wein aus kleinen Gläsern tranken.

»Wenn Sie noch darüber nachdenken wollen, kein Problem.«

»Rotwein«, sagte er zögernd.

»*Especial* oder *chiquito*?«

Noah wies auf die Gruppe, die mit den kleinen Gläsern am nächsten stand, und die Frau nahm ein Glas in der gleichen Größe, füllte es mit Wein und stellte es vor ihm ab.

»Engländer, richtig?«

Noah nickte und blickte in der Hoffnung, dass die Männer nicht hören konnten, was sie sagte, unauffällig zur anderen Raumseite hinüber.

»Es sind viele Landsleute von Ihnen in Bilbao«, sagte sie. »Wie die Gruppe dort.« Sie zeigte zum Eingang hinüber. »Michael und seine Freunde … Ich weiß nicht, ob Sie sie kennen. Es wirkt, als hättet ihr euch alle hier verabredet, um die Semana Grande zu feiern.«

Noah wusste nicht, was er machen sollte. Das Letzte, was er wollte, war, den Männern aufzufallen, und noch weniger wollte er mit ihnen reden.

In diesem Moment wurde ihm bewusst, wie schnell in den letzten Tagen alles gegangen war. Er war auf eine Eingebung hin nach Bilbao gereist und hatte keine Zeit gehabt, sich irgendwie vorzubereiten. Er wusste weder, was man hier in einer Bar bestellte, noch wie er seine Anwesenheit begründen sollte. Außerdem hatte er nicht damit gerechnet, auf so viele Landsleute zu treffen. Und was ihn an diesem Ort besonders irritierte, war, dass in dieser großen Stadt dieses Siete Calles wie ein Dorf für sich war, in dem jeder jeden kannte.

Er senkte ein wenig den Kopf, als wolle er sich zwischen den anderen verstecken. Sie schien zu verstehen.

In diesem Moment bat ein anderer Gast um ihre Aufmerksamkeit. »Maite, für uns noch eine Runde.«

Noah merkte sich ihren Namen, während er die Hand ausstreckte, um sich vom Stapel neben sich eine Zeitung zu nehmen. Er schlug sie irgendwo auf, um den Kopf zu senken und so viel Interesse an den Nachrichten vorzutäuschen, dass die Frau mit dem ständigen Lächeln, die die anderen Gäste Maite nannten, ihn nicht mehr mit weiteren Fragen bedrängte.

Die Gruppe am Eingang hörte dem Iren zu, der dieser Michael sein musste und etwas erzählte, was die anderen zum Lachen brachte. Er gestikulierte und sprach sehr laut. Trotz des Lärms im Raum konnte Noah einige seiner Worte verstehen. Ja, er war zweifellos Ire.

Ein junger Mann blieb neben Noah stehen und sah ihn ungeniert ziemlich lange an. Zunächst ignorierte er ihn, doch als er seine Haltung nicht veränderte, betrachtete er ihn verstohlen im Spiegel hinter der Bar. Er hatte sehr kurzes dunkles Haar und ein längliches Gesicht. Noah fiel auf, dass er noch sehr jung war, beinah ein Jugendlicher, und dass in seiner Haltung das unschuldige Interesse eines Kindes lag, das er zunächst für Unverschämtheit gehalten hatte. Der Bursche hatte schöne dunkle Augen, und die Zähne waren leicht nach innen verschoben, sodass er den Mund nicht ganz schließen konnte. Einer seiner Arme schien steif zu sein, und die Finger seiner anderen Hand, in der er eine Tasche mit zwei Broten hielt, waren verkrampft.

Da der junge Mann sich nicht von ihm abwandte, sah Noah ihn fragend an. Dabei bemerkte er, dass er von einem schwarz-weißen Hund begleitet wurde. Vielleicht eine Mischung aus schottischem Schäferhund und irgendeiner kleineren Rasse. Der Hund saß neben seinem Herrchen auf dem Boden und hatte nur Augen für Noah.

Der junge Mann atmete hörbar ein, bevor er sprach.

»*A-aúpa leones!*«, sagte er mit einem leichten Stottern.

Das Sprechen schien ihm schwerzufallen, aber Noah glaubte, ihn verstanden zu haben, was ihn noch mehr irritierte.

»Bitte?«, fragte er, während sein Gehirn zu verstehen versuchte, warum der junge Mann ihm gegenüber das Fußballteam aus Glasgow erwähnt hatte.

Der zeigte auf die Zeitung, die Noah in der Hand hielt. Erst da bemerkte Noah, dass es sich um eine Sportzeitung handelte. Darin war das Foto einer Mannschaft in Weiß und Rot zu sehen. Genau wie auf den Fotos in der Bar.

Das lokale Fußballteam, Athletic Bilbao, dachte er, während der junge Mann, der noch immer auf die Zeitung wies, sagte: »*El Athletic, los le-ones.*«

Noah lächelte und nickte dem Jungen zu, überrascht von dem Zufall, dass das Team aus Bilbao genau wie das aus Glasgow »Die Löwen« genannt wurde.

Doch ihm blieb keine Zeit, etwas zu antworten, da in diesem Moment Maite aus der Küche kam und sich an den Jungen wandte.

»Vielen Dank für deine Botendienste, Rafa. Du ahnst ja nicht, wie sehr du mir damit hilfst«, sagte sie und nahm ihm die Tasche aus der Hand. »Möchtest du einen *mosto*?«

Der junge Mann nickte und blickte auf die Münze, die ihm Maite in die Hand gedrückt hatte.

In dem Moment sah Noah, dass die Gruppe mit dem Iren und Murray die Bar verließ. Er murmelte eine Entschuldigung, legte ein paar Münzen auf die Theke und ging ihnen hinterher.

In Bilbao war es längst nicht so schwierig, den Männern von einer Bar zur nächsten zu folgen, wie es in Glasgow gewesen wäre. Die Straße war wie bei einem Stadtfest voller Menschen, hauptsächlich Männern, die in Gruppen oder allein unterwegs waren. Noah begriff sofort, dass diese kleinen Gläser, die kaum zwei Schlucke Wein enthielten und wohl deswegen *txikitos* genannt wurden, dafür sorgten, dass sich die Gruppen, die gemeinsam tranken, nicht lange in derselben Bar aufhielten. Sie bestellten eine Runde, unterhielten sich eine Weile, und nach wenigen Minuten waren die Gläser leer. Dann verließen sie das Lokal wieder und gingen gemütlich die paar Meter, die es von der nächsten Bar trennte.

Noah beobachtete, dass die Männer abwechselnd eine Runde ausgaben und im Allgemeinen geselligere Trinker waren als die Schotten. Sie lachten und redeten, und einige Gruppen sangen auf der Straße oder in den Bars Lieder, in die ihre Freunde einstimmten. Aber es gab auch Männer, die allein unterwegs waren, was eher dem schottischen Stil entsprach. Sie betraten eine Bar, stellten sich an die Theke und warfen ein paar Münzen darauf, manchmal ohne ein Wort zu sagen. Noah begriff, dass dies ein übliches Ritual war, das zur baskischen Kultur gehörte.

Die Gruppe um den Iren Michael ging als Nächstes in eine Bar an der Plaza Unamuno, die gerade mal 50 Meter von Maites Bar entfernt lag. Da es auch in diesem Lokal sehr voll war, schenkten sie ihm keine Aufmerksamkeit. In der Bar gab es einen kleinen Tumult, als der Wirt hinter der Theke hervorkam, mit den Fäusten gegen die Toilettentür schlug und denjenigen, der darin war, aufforderte herauszukommen. Noah sah seinen Thekennachbarn fragend an.

»Junkies«, flüsterte der Mann verächtlich. »Sie benutzen die Toiletten, um sich einen Schuss zu setzen. Vor ein paar Tagen ist einer in der Toilette der Bar Les Cortes gestorben. Eine Plage.«

Als die Iren das Lokal verließen, bogen sie in eine schmale Straße ein, die nach Norden in die Altstadt führte. In den folgenden zwei Stunden kehrten sie in acht verschiedene Bars ein, und in jeder bestellten sie eine Runde Wein.

Als sie die dritte davon erreichten, hatte Noah bereits eine Technik entwickelt, die es ihm erlaubte, unbemerkt zu bleiben. Ohne den Kopf zu heben, legte er den passenden Betrag auf die Theke und murmelte »*tinto*«, wie er es auch bei anderen gesehen hatte. In jeder Bar servierte der Kellner den *txikito* in einem dieser kleinen Gläser, und Noah beobachtete, dass dieses zwischen einem Gast und dem nächsten nur kurz mit Wasser ausgespült wurde. Die Menge war jedes Mal die gleiche, etwa zwei Finger hoch, die Qualität jedoch sehr unterschiedlich. Der erste Wein bei Maite hatte ganz anständig geschmeckt, aber Noah wusste nicht, ob das an seiner fehlenden Gewohnheit beim Weintrinken lag oder daran, dass die Qualität des Getränks, je weiter sie in der Straße vorankamen, immer schlechter wurde. Jedenfalls schmeckte jedes Glas viel saurer als das vorherige.

Schnell wurde Noah klar, dass fast alle Trinker die gleiche Tour absolvierten, denn in vielen Bars sah er Männer wieder, die ihm vorher schon in einem anderen Lokal aufgefallen waren. Dennoch war er vorsichtshalber in einige Bars nicht eingekehrt, sondern hatte am Eingang der nächsten gewartet, die in vielen Fällen nur durch eine Wand abgetrennt war.

Murray und die Gruppe um Michael bestellten in einigen Bars auch etwas zu essen. Kleine Portionen, die im Baskenland *pintxos* hießen und die dampfend in Tonschalen serviert und im Stehen gegessen wurden. Das war keine schlechte Idee, da auch Noah seit dem Bocadillo am Mittag nichts mehr gegessen hatte, allerdings war ihm aufgefallen, dass die Männer, die allein tranken, niemals Essen bestellten. Genau wie in Glasgow.

Obwohl er nicht viel getrunken hatte und die Weingläser nur wenige Schlucke enthielten, wirkte der Alkohol sich auf eine Art und Weise aus, mit der er nicht gerechnet hatte. Er spürte einen Schmerz am Mageneingang, der brannte, als hätte er Bleichmittel getrunken. Insgesamt ging es ihm gar nicht gut. Seine Schuhe drückten schon wieder, und er musste dringend zur Toilette.

Noah seufzte erleichtert, als er sah, dass ein Kellner der Gruppe um Murray eine Portion frittierten Tintenfisch servierte. In der Hoffnung, dass sie das Lokal nicht allzu schnell wieder verlassen würden, ging er zur Toilette.

In den nächsten Bars tat er nur so, als würde er trinken, und befeuchtete gerade mal seine Lippen. Dennoch wurden die Magenschmerzen und das Sodbrennen stärker, genau wie der Schwindel, der gar nicht mehr wegging.

Gegen halb elf fiel Noah auf, dass weniger Leute auf der Straße waren. Vielleicht weil sie zum Abendessen nach Hause gegangen waren. Um elf blieb die Gruppe, der er folgte, nachdem sie die zehnte Bar in derselben Straße verlassen hatte, an der Tür stehen, um sich voneinander zu verabschieden.

Noah, der sich in einer Querstraße unter die Menschen gemischt hatte, die sich vor der Tür einer anderen Bar unterhielten, sah zu, wie die Männer noch eine Weile miteinander redeten, bevor der Ire mit Namen Michael und ein anderer die Straße hinauf in seine Richtung gingen. Murray wandte sich in die Gegenrichtung, und Noah beeilte sich, ihm zu folgen, wobei er spürte, wie die Ränder seiner Schuhe in die entzündete Haut an seinen Knöcheln einschnitten.

Murray erreichte die Plaza Unamuno in der Nähe der Pensionen, ging aber weiter die Straße hinunter um die Plaza Nueva herum in Richtung Arenal. Anders als in den *Txikiteo*-Bars, die sich inzwischen geleert hatten, war dort in den Cafés und den Restaurants genauso viel los wie am Morgen.

Als Murray plötzlich die Straße verließ und in der Menschenmenge untertauchte, glaubte Noah für ein paar Sekunden, ihn verloren zu haben, bis er ihn wiederentdeckte, während er eilig auf die Iglesia de San Nicolás zuging. Noah legte an Tempo zu, bis er direkt hinter ihm war, und beobachtete, wie Murray einen Autoschlüssel aus der Tasche nahm und sich vorbeugte, um einen Wagen aufzuschließen, der direkt neben der Kirche stand.

Noah ging ein Stück zurück zur nächsten größeren Straße. Sein Gesicht brannte, als wäre er in der Sonne eingeschlafen. Seine Füße schmerzten furchtbar, und sein Gürtel schnitt in seine Hüften und drückte die Waffe an seinen Körper. Außerdem musste er schon wieder dringend zur Toilette.

Als er sah, dass Murray den Wagen aus der Parklücke lenkte und langsam die Straße entlangfuhr, lief er eilig zu einem Taxistand in der Nähe und öffnete die Beifahrertür des Autos, das in der Reihe ganz vorn stand. »Bitte folgen Sie diesem Wagen.«

Der Taxifahrer starrte ihn an. Mit seinem verschwitzten hochroten Gesicht, seiner Alkoholfahne, seinem englischen Akzent und der leicht lallenden Aussprache machte er sicher nicht den besten Eindruck.

»Ich fahre dich nirgendwohin, mein Freund«, entgegnete der Fahrer. »Geh nach Hause und schlaf deinen Rausch aus!«

Der Mann neigte sich zur Seite, um den Griff der Beifahrertür zu erreichen, und zog sie zu Noahs Verblüffung einfach wieder zu. Doch Noah gab nicht auf und beugte sich erneut vor, um durch das geöffnete Fenster mit dem Fahrer zu reden. »Ich bin nicht betrunken!«

Noch während er das sagte, wurde ihm bewusst, dass das nicht stimmte, denn er war betrunken oder sah zumindest so aus, aber er war auch sehr krank. Er richtete sich wieder auf und sah zu, wie sich Murrays Wagen in den Verkehr einordnete und am Teatro Arriaga vorbei über die Brücke in Richtung Abando fuhr.

Bible John

Er fuhr über eine einsame, gut beleuchtete Straße. Bible John war mit sich im Reinen. Das war er immer, nachdem er es getan hatte. Dabei war er sich bewusst, dass er sich von diesem angenehmen Gefühl nicht ablenken lassen durfte. Nicht bevor er alles erledigt hatte. Er blickte zurück auf das Bündel hinter ihm im Wagen. Er hatte die Leiche in eine Decke eingewickelt.

Die Bedingungen in Bilbao waren perfekt, er brauchte sich keine Sorgen zu machen.

Bible John steckte die Hand in die Tasche, um den weichen Stoff von Lucys Schleife zu berühren, und fühlte sich gut. Er öffnete das Fenster und atmete das Duftgemisch der Stadt ein. Die Luft roch metallisch, nach Abwasser, dem Rauch aus den Schornsteinen, und der Fluss brachte vom Meer her ein leichtes Salzaroma mit sich. Er hielt die linke Hand aus dem Fenster und spürte, wie die Luft ihm über die Haut strich. In einem Anfall von guter Laune machte er das Autoradio an und drehte die Lautstärke so weit auf, dass die Musik von David Bowie sein Selbstvertrauen zusätzlich stärkte.

Erneut berührte er Lucys Schleife, und seine Gedanken wanderten wieder zu ihr.

Der Junge

Der Junge ging mit seiner Schulmappe durch den Wald. Er musste sich beeilen, denn am Nachmittag würde eine gewaltige Menge Wasser vom Ozean her über den Hügeln niedergehen und den Weg unpassierbar machen. Im Frühling, wenn die Regenfälle stärker wurden, lief das Wasser in Massen die Abhänge hinunter in den Loch Katrine. Dann war der Weg, der am Seeufer vorbei zum Harmony Cottage führte, regelmäßig überschwemmt, und er konnte nur durch die bewaldeten Schluchten in den Trossachs nach Hause gelangen, wo das Wasser zwischen den bemoosten Felsen entlanglief.

Der Junge wohnte gern am See. Als er noch klein war, hatte er seine Mutter mal gefragt, warum sie nicht in einem der Häuser im Ort wohnten, und sie hatte geantwortet: »Die Schande lebt immer außerhalb!«

Das hatte der Junge damals nicht verstanden, aber es war ihm egal gewesen, weil er gern außerhalb wohnte. Der See war fast das ganze Jahr über schön, außer in den mondlosen Nächten, in denen er ihm ein wenig Angst machte. Seine liebste Jahreszeit war der Sommer, weil sie dann im See schwimmen konnten. Manchmal sogar noch im Herbst. Doch in späteren Jahreszeiten war das Wasser dunkel und kalt wie Blei, genauso wie im Frühling, aber dann war es noch gefährlicher. Die vielen Gewitter, die von der Nordsee herüberzogen und die die Wälder in den Trossachs wie ein Magnet anzuziehen schienen, konnten die Landschaft um den See in einer einzigen Nacht komplett verändern, indem sie ganze Abhänge wegrissen, wobei Schlammlawinen hundertjährige Bäume entwurzelten. Dann waren die Schluchten mit Wasser gefüllt, und Felsen rollten die Hügel hinunter und formten die stehenden Gewässer, für die die Gegend so berühmt war, die *Lochs* mit ihren zahlreichen Wasserarmen, die kleine Inseln bildeten und wieder verschwinden ließen.

Der Junge lief ein Stück den Hügel hinauf, um einen wilden Bach an der schmalsten Stelle zwischen zwei großen Felsen zu überqueren. Er liebte den Geruch des Waldes nach dem Regen. Den Duft des nassen Holzes, des grünen Mooses, der silbrigen Flechten, die die Felsen bedeckten, und der Baumrinde. Es war ein mineralischer, kräftiger und frischer Geruch.

Im Moment regnete es nicht, aber die leichte Brise, die hin und wieder die Baumwipfel bewegte, sorgte dafür, dass die silbrigen Tropfen, die die Blätter bisher zurückgehalten hatten, auf den Jungen fielen. In der Ferne war ein Donnern zu hören.

Der Junge hob den Kopf. Lucy Cross wartete auf ihn.

»Hallo«, sagte sie schüchtern.

Im Laufe der Jahre sollte er sich oft an diesen Moment erinnern, an dem er, wie er später herausfand, glücklich gewesen war. Wie hätte es anders sein können, wo er sie doch liebte?

Er war sicher, dass er sogar gelächelt hatte, und vielleicht war es das, was das Mädchen ermutigt hatte, ihm so nah zu kommen, dass sie ihn fast berührte.

»Ich weiß nicht, was mit dir los ist, warum du verärgert bist, aber ich glaube dir nicht, Johnny Clyde.«

Der Junge sah sie verzückt an. Sie hatte einen Teil ihres roten Haars mit einer glänzenden Schleife in der gleichen Farbe zusammengefasst.

Sie war so hübsch! Er atmete tief die Luft ein, die sie umgab. Sehnte sich nach ihrem Duft nach frischem Gebäck und Rosen. Er lächelte.

»Ich kann nicht glauben, dass du mich hasst«, fuhr Lucy Cross fort, »aber wenn es so ist, ist es mir egal, weil ich dich liebe, Johnny Clyde.«

Der Junge konnte sich nicht bewegen, wollte sich nicht bewegen. Und dann küsste sie ihn. Ihre Lippen waren warm im Gegensatz zu der Frische des Waldes.

Er hielt still, als ob er fürchtete, dass das Wunder dieses Kusses vorbei wäre, wenn er sich rührte, während in seinem Kopf vier Worte erklangen: Ich liebe dich auch!

Das Opfer

Zuerst hörte sie die Musik aus dem Radio. David Bowie sang »Let's Dance«. Sie hatte sogar noch Zeit, daran zu denken, wie sehr ihr dieser Song gefiel, bevor sie den süßlich-sauren Geruch des Erbrochenen wahrnahm, das wie eine warme Suppe über ihre Wangen, ihren Hals und ihre nackten Schultern gelaufen war. Sie öffnete den Mund, um Luft zu holen, und begriff, dass sie den Rest des Erbrochenen, der noch in ihrem Mund war, herunterschlucken musste, wenn sie atmen wollte.

Sie spürte ein starkes Brennen im Magen, dort, wo seine Faust sie getroffen hatte, und erneut wurde ihr übel, was jedoch nichts war im Vergleich zu den Schmerzen am Hals.

Sie öffnete die Augen und nahm durch den dunklen Stoff der Decke, die sie einhüllte, so etwas wie leuchtende Ufos über ihrem Kopf wahr. Als sie versuchte, die Arme zu bewegen, stellte sie fest, dass der rechte unter ihrem Körper eingeklemmt und möglicherweise verrenkt war.

Sie spürte die Feuchtigkeit zwischen ihren Schenkeln, die längst erkaltet war, und wusste, dass sie sterben würde, und das verursachte in ihr einen tiefen Schmerz, ein unerträgliches Gefühl von Wertlosigkeit, Schande und Erniedrigung.

Sie hob den linken Arm und betastete ihr Gesicht, das sich geschwollen und klebrig anfühlte, und schließlich fanden ihre Finger die enge Schlinge um ihre Kehle. Es war das Tuch, das sie sich für den Abend um den Hals gelegt hatte. Das war der einzige Stoff, den sie noch trug. Sie war nackt.

Sie spürte das Bündel ihrer Kleidung neben sich und den Riemen ihrer Tasche. Vorsichtig zog sie sich die Decke vom Gesicht und stellte fest, dass die leuchtenden Ufos über ihrem Kopf in Wirklichkeit die Lichter von Straßenlaternen waren.

Von dort, wo sie lag, konnte sie das Dach sehen, ein Stück der Seitenscheibe und den flachen Griff der Schiebetür.

Sie empfand eine derart intensive Traurigkeit über ihren bevorstehenden Tod, dass sie die Tränen nicht zurückhalten konnte. Sie dachte an ihr Zuhause. An ihre kleine Schwester, mit der sie das Zimmer teilte und die jedes Mal, wenn sie das Haus verließ, eines ihrer Plüschtiere auf ihr Bett legte, das sie dann bei ihrer Rückkehr erwartete. Sie wusste, dass sie ihre Schwester nie mehr wiedersehen würde, und das machte sie so traurig, dass ihre Sehnsucht nach zu Hause unerträglich wurde, wo ihre Mutter eine Tortilla für sie warm hielt, damit sie etwas essen konnte, wenn sie zurückkam, wo es nach dem Pfeifenrauch ihres Vaters roch, der bei eingeschaltetem Radio immer wieder einnickte, bis sie nach Hause kam.

Doch diese Gedanken erfüllten sie auch mit einem Mut, den sie nie für möglich gehalten hätte. Sie hob die Hand, umfasste den Griff, um die Schiebetür an der Seite des Wagens zu öffnen, und zog.

Doch es geschah nichts. Die Tür blieb geschlossen.

Vielleicht hatte der Mann, der sie umbringen wollte, sie von außen abgesperrt.

Sie kniff die von seinen Schlägen geschwollenen Augen zusammen und versuchte es noch einmal. Als sie ein leichtes Ruckeln wahrnahm, zog sie fester, und die Tür öffnete sich.

Die Frische der Nacht wehte ihr Haar auf und nahm den Geruch nach Erbrochenem und Blut mit sich. Mit einem leichten Lächeln ließ sie ihren Arm fallen, sodass ihre Hand nach draußen hing.

Sie wurde von einem immensen Glücksgefühl erfasst, einer unendlichen Dankbarkeit, dass sie die Luft ihrer Stadt spüren durfte, die leicht metallisch und nach Regen roch und ihr zeigte, dass sie noch am Leben war. Schließlich bewegte sie wieder die Hand, zog an dem Riemen ihrer kleinen roten Tasche und warf sie über ihr Gesicht hinweg nach draußen.

Die offene Schiebetür rastete mit einem Klicken ein. Der Wagen hielt. Sie stöhnte vor Schmerz, als sie dabei auf ihre verrenkte Schulter rollte, und begann zu weinen.

Der Säufer

Juanito Mendi war ein Säufer. Mit seinem Bruder zusammen war er der Erbe eines der bedeutendsten Schiffsbauunternehmen im Hafen von Pasajes gewesen. Seine Familie hatte mit ihren Schiffen für die Kabeljaufischerei ein Imperium erschaffen. Saturnino Mendi – »der Alte« – war an dem Tag, an dem Juanito geboren wurde, zum Witwer geworden und hatte von da an die Erziehung seiner Söhne mit der gleichen Strenge und der gleichen Verbissenheit in die Hand genommen, mit denen er auch die Fundamente seines Unternehmens geschaffen hatte.

Als er sie für alt genug hielt, hatte er sie in der Hoffnung, dass sie etwas lernen würden, an der Spitze verschiedener Geschäftsbereiche eingesetzt. Doch die Brüder Mendi interessierten sich mehr für den Alkohol als dafür, das Unternehmen zu leiten. Saturnino sagte immer, dass sie keinen Funken Ehre und Würde im Leib hätten. Und manchmal sagte er noch schlimmere Dinge.

Inzwischen war von den betrunkenen Mendi-Brüdern nur noch einer übrig, denn Juanito Mendi – »der Säufer« – hatte seinen Bruder im letzten Frühjahr beerdigt, zwei Tage nachdem sein Vater ihn zum wiederholten Mal enterbt hatte. Seitdem hatte er sich angewöhnt, von Stadtfest zu Stadtfest zu ziehen, wie es unter Vagabunden, Taschendieben und Säufern üblich war.

Juanito Mendi war ein Säufer, aber er schlief nicht auf der Straße. Er war kein Vagabund. Das sagte er sich immer wieder, um sich eine gewisse Würde zu bewahren. Die kleine Unterhaltszahlung, die sein Vater ihm nach wie vor gewährte, reichte aus, um eine billige Pension zu bezahlen, während er den Rest in Alkohol investierte.

Wobei er trotzdem viel Zeit auf der Straße verbrachte. Früher, als er noch in Pasajes gewohnt hatte, war er zum Trinken in Bars gegangen, doch seit er dieses neue Leben führte, trank er nicht mehr aus Gläsern, sondern direkt aus der Flasche. Tagsüber suchte er sich eine ruhige Bank im Schatten, wo keine Kinder spielten. Nachts zog er Orte vor, wo gefeiert wurde, möglichst in der Nähe großer Avenidas, denn Juanito der Säufer hatte gelernt, dass es gefährlich war, sich zu weit vom Licht der Straßenlaternen zu entfernen, weil es immer mal wieder vorkam, dass irgendeine niederträchtige Bande sich einen Spaß daraus machte, Leute wie ihn zu verprügeln oder in den Fluss zu werfen.

Die vergangene Stunde hatte er auf dem Rasen eines kleinen Parks im Schutz eines blühenden Buschs verbracht und sich der letzten Flasche des Tages gewidmet. Es war eine ruhige Gegend, weitab vom Trubel im Zentrum und der Altstadt. Die nächstgelegene Bar, in der er sich mit Wein versorgt hatte, hatte gerade geschlossen. Daher war Juanito der Meinung, dass es Zeit war, sich zurückzuziehen.

Tatsächlich hatte er sich gerade mühsam erhoben, als aus einem Auto, das an ihm vorbeifuhr, praktisch direkt neben ihm eine rote Damenhandtasche geworfen wurde, die einfach so am Straßenrand liegen blieb. Da kein weiteres Auto mehr kam, trat Juanito zwischen den Büschen hervor und blieb auf dem Gehsteig neben der Tasche stehen. Er blickte sich nach allen Seiten um. Die Straße war wie ausgestorben. Doch dann sah er, dass etwa 20 Meter weiter ein weißer Wagen angehalten hatte. Die Tür wurde geöffnet, und der Fahrer stieg aus.

Juanito bückte sich, was gar nicht so leicht war, ohne das Gleichgewicht zu verlieren, fasste die Tasche am Riemen und hielt sie dem Mann aus dem Auto entgegen. Doch anstatt zu ihm zu kommen, ging der Fahrer um den Wagen herum. In dem Moment sah Juanito die Hand. Eine bleiche, verkrampfte Frauenhand und langes dunkles Haar, das auf eine Art aus dem Auto hing, die ihm sehr seltsam vorkam.

Der Fahrer stieß die Hand zurück in den Wagen und stopfte das Haar ins Auto, als handelte es sich um irgendeine Sache. Dann schloss er die Seitentür und sah Juanito Mendi an, dem auch im betrunkenen Zustand bewusst war, dass er sich in Gefahr befand.

Vielleicht nur für ein paar Sekunden, in denen der Fahrer abwägte, ob er die knapp 20 Meter, die sie trennten, zu ihm laufen sollte. Doch dann entschied er sich mit einer abwertenden Geste, wieder ins Auto zu steigen und weiterzufahren.

Juanito Mendi der Säufer hatte eine solche Geste schon öfter gesehen. Tiefste Verachtung im Sinne von: Was soll's, ist ja nur Abschaum.

Er öffnete die Tasche und sah nach, was darin war: ein Ausweis, ein Lippenstift, diese Frauensache und 200 Peseten in Scheinen sowie 25 in Münzen. Er nahm das Geld, steckte es ein und hängte die Tasche dann sorgsam an den blühenden Busch, so, dass sie vom Gehsteig aus möglichst gut zu sehen war. Denn Juanito Mendi war ein Säufer, aber nicht Abschaum.

Bilbao. Freitag, 19. August 1983

Noah wusste nicht, wie er zurück in die Pension gekommen war. Er hatte einen Filmriss zwischen dem Moment, in dem er die Rückleuchten von Murrays Auto im fließenden Verkehr der Stadt aus den Augen verlor, und dem, in dem ihn der erste Schwall Wasser auf seinem Gesicht in jene andere Regennacht am Ufer des Loch Katrine zurückversetzte.

Irgendwie war er in die dunkle, stille Pension und in sein Zimmer gelangt und hatte sich das Hemd von der erhitzten geröteten Haut gerissen. Er hatte dem Impuls widerstanden, sich einfach aufs Bett fallen zu lassen, wo man ihn am nächsten Morgen tot aufgefunden hätte. Stattdessen war ihm wie ein drängender Befehl der verzweifelte Gedanke gekommen, um jeden Preis das Fieber senken und seinen Durst stillen zu müssen.

Stolpernd und nur noch mit den Schuhen und der Hose bekleidet, hatte er es bis zum Bad am Ende des Gangs geschafft. Es war ihm gerade noch gelungen, sich vor die Toilettenschüssel zu knien. Die schleimige dunkle Flüssigkeit, die er erbrach, sah aus wie Blut, roch aber nach Essig.

Er brauchte eine Weile, um wieder auf die Füße zu kommen. Dann drehte er die Brause auf und setzte sich auf den Rand der Badewanne, um sich die Schuhe auszuziehen. Die Schuhriemen waren fest verschnürt, und er zog heftig daran, um sie zu öffnen, was ihm aber nur bei einem gelang, und als er den Fuß hob, um den anderen Schuh auszuziehen, verlor er das Gleichgewicht, fiel rückwärts in die Badewanne und stieß sich die Schulter an der Seifenablage. Dabei war ihm sogar unter diesen Umständen bewusst, dass er sich fast das Genick gebrochen hätte, was wiederum beinah komisch gewesen wäre, hätte er sich nach all den Sorgen um sein krankes Herz an einer unbenutzten Seifenschale in einer schäbigen Pension die Rübe eingeschlagen.

Der Schwall Wasser in seinem Gesicht und die plötzliche Zeitreise in jene Nacht waren so plötzlich und erschreckend, dass er sich zwang, die Augen zu öffnen, um sich davon zu überzeugen, dass er noch lebte.

Er wusste nicht, wie lange er so in der Badewanne liegen blieb, immer noch mit der Hose bekleidet und mit einem Schuh am Fuß. Es konnten nur wenige Minuten oder auch zwei Stunden sein, und obwohl er sich fest vorgenommen hatte, unter keinen Umständen die Augen zu schließen, musste er es irgendwann getan haben. Er war eingeschlafen. Bis das eiskalte Wasser ihn weckte.

Völlig verwirrt erkannte er gerade noch an den hellgrünen Kacheln, dass er sich immer noch in der Pension befand, und im nächsten Moment ging das Licht aus.

So verblieb er mit offenen Augen in der Dunkelheit und ließ zu, dass das kalte Wasser auf ihn niederregnete, bis er genügend Kraft aufbrachte, sich aufzurichten. Er streckte einen Fuß – den, an dem er immer noch den Schuh trug – aus der Badewanne und beugte sich vor, um an den Lichtschalter zu gelangen. Doch den betätigte er vergeblich, offensichtlich war der Strom ausgefallen. Also kehrte er in seine vorherige Position unter dem Schwall aus der Brause zurück.

Es gefiel ihm ganz und gar nicht, im Dunkeln zu sitzen, wobei er zugeben musste, dass das kalte Wasser seine brennende Haut gekühlt und den Druck hinter seinen Augen abgemildert hatte und irgendwie in der Vertikalen und der Dunkelheit sein Gleichgewicht wiederherstellte. Nach einigen Minuten, als sich seine Augen an das Halbdunkel gewöhnt hatten, nahm er unterhalb der Tür einen schmalen Streifen Licht wahr. Auf diesen Funken Hoffnung konzentriert, harrte er weiter unter der Brause aus und ließ zu, dass das Wasser ihn wie bei der Jordantaufe reinigte.

Der Drache im Innenhof atmete. Noah öffnete die Augen, und das Erste, was er sah, war das geblähte Brustfell der Bestie, die im Innenhof gähnte und dabei die Vorhänge aufblies. So verblieb er einige Sekunden.

Es war sehr hell. Er hob die linke Hand, um auf die Uhr zu sehen. Ein stechender Schmerz an der Schulter durchfuhr ihn, dort, wo er sich gestoßen hatte, und fast gleichzeitig erklang das Tonsignal der vollen Stunde aus dem ständig eingeschalteten Radio des Nachbarn. Es war drei Uhr am Nachmittag.

Er war durstig. Während er schluckte, legte er sich eine Hand auf die Brust, um sein Herz zu fühlen. Es schlug noch, trotz allem. Er zog die Augenbrauen hoch und seufzte unwillig, als er beim Aufrichten feststellte, dass er immer noch die Hose und den Schuh trug, wegen dem er beinah gestorben wäre.

Mithilfe der Zehen am anderen Fuß gelang es ihm nun, den Schuh auszuziehen, da sein Fuß inzwischen abgeschwollen war. Ein Blick auf den Nachttisch erinnerte ihn daran, dass er trotz seines Zustands brav seine Medikamente genommen hatte. Nur die Nitroglycerintabletten hatte er nicht angerührt.

Noah steckte sich zwei Dragees des Diuretikums in den Mund

und spülte sie mit einem Schluck Digitalin herunter, den er direkt aus der Flasche nahm. Dann wartete er ein paar Minuten, den Blick auf den geblähten Vorhang gerichtet, bevor er aufstand.

Er zog sich die feuchte Hose aus und betrachtete sich im Spiegel. Die Schatten unter seinen Augen waren wieder da, und seine bleiche Haut und sein Dreitagebart machten den Anblick nicht besser. Er begutachtete den spärlichen Inhalt seines Kulturbeutels und dachte daran, dass er unbedingt Waschsachen, Rasierklingen und ein paar Flaschen Wasser kaufen musste, um nicht mehr direkt aus dem rostigen Wasserhahn trinken zu müssen.

Und ein paar Hemden, dachte er, während er mit dem Fuß die Knöpfe auf dem Boden zur Seite schob, die abgesprungen waren, als er sich das Hemd vom Leib gerissen hatte.

Er wickelte sich in ein Handtuch und begutachtete das Zimmer, um einzuschätzen, was die Pensionswirtin sehen durfte, wenn sie hereinkam, um sein Bett zu machen.

Vorsichtshalber steckte er die Pistole, das Etui mit seiner Polizeimarke, sein Geld und die Medikamente in den Kulturbeutel. Dann trat er hinaus auf den Gang. Er musste der Wirtin darin recht geben, dass die Gäste der Pension sehr diskret waren und ausgesprochene Frühaufsteher, da er noch keinem von ihnen begegnet war.

Er stand noch keine Minute unter der Dusche, als erneut das Licht ausfiel. Doch diesmal machte es ihm nichts aus, vielleicht weil er wusste, dass es draußen hell war oder weil er sich in einem deutlich besseren Zustand befand als beim letzten Mal. Was ihn jedoch störte, war das plötzlich eiskalte Wasser. Möglicherweise hatte ihm genau das in der letzten Nacht das Leben gerettet, doch nun tat ihm der ganze Körper weh, als wäre er verprügelt worden, und er wusste, dass nur warmes Wasser dies ein wenig lindern konnte.

In dem Moment klopfte die Pensionswirtin lautstark an die Tür.

»Señor Scott, kommen Sie sofort aus dem Badezimmer!«, befahl sie. »Ich habe deutlich gesagt, dass nur zweimal in der Woche geduscht werden darf, und natürlich darf das nicht jedes Mal zwei Stunden dauern!«

Nach der Schimpftirade klopfte sie wieder an die Tür und schrie dabei etwas, was Noah wegen des Klopfens nicht gut verstehen konnte, anscheinend aber mit der Verschwendung von heißem Wasser zu tun hatte.

Noah blickte ungläubig auf die Tür. Das Licht flammte auf, und dann wurde es wieder dunkel, was mehrmals hintereinander geschah, woraus er schloss, dass die Pensionswirtin draußen den Strom immer wieder ein- und ausschaltete und dies womöglich auch in der vergangenen Nacht getan hatte. Zuletzt blieb das Licht so lange eingeschaltet, dass Noah sah, wie die Tür unter den Schlägen der Frau bebte, wobei er sich kaum vorstellen konnte, dass sie diesen Lärm nur mit den Händen machte.

Noah schloss in dem Versuch, seine Gedanken zu ordnen, die Augen. Der Schmerz in seiner Schulter wurde unter dem kalten Wasserstrahl stärker, und jedes Mal, wenn das Licht ausging, hatte er die Bilder seines Albtraums vor Augen.

»Hören Sie, Señora, ich bin sehr krank!«, rief er in Richtung Tür. »Sie müssen das warme Wasser wieder einschalten, sonst ist es mir unmöglich, diesen Raum zu verlassen!«

Die Antwort war eine weitere Klopfsalve.

Er spürte, dass sein Puls immer schneller wurde, und der Druck in seiner Brust war so stark, dass er, obwohl sich außer den Medikamenten, die er kurz zuvor eingenommen hatte, nichts in seinem Magen befand, sicher war, sich jeden Moment übergeben zu müssen, um seine Eingeweide zu erbrechen und sein Herz, das unregelmäßig schlug und gegen seine Speiseröhre und seine Luftröhre drückte, als wollte es durch seinen Mund nach draußen gelangen. Er begann zu zittern, während seine Augen sich vor Angst und Wut mit brennenden Tränen füllten.

Zitternd stieg er aus der Badewanne. Er tastete nach seinem Kulturbeutel, nahm seine Polizeimarke heraus und griff nach einem Geldschein, einem großen, dessen Wert er im Dunkeln nicht erkennen konnte. Mit der letzten Kraft bückte er sich und schob den Geldschein unter der Tür hindurch. Die agilen Finger der Pensionswirtin zogen ihn auf der anderen Seite heraus.

Eine Sekunde Stille, zwei …

Das Licht ging in demselben Moment wieder an, in dem er die nun wieder ruhige Stimme der Pensionswirtin hörte. »O ja, jetzt verstehe ich, Señor Scott.«

Noah lehnte nackt an der Badezimmertür und keuchte. Erneut griff er nach seinem Kulturbeutel, der noch auf dem geschlossenen Toilettendeckel stand, und leerte ihn neben sich auf dem Boden aus. Dann nahm er das Röhrchen mit den kleinen cremefarbenen Perlen und legte sich eine davon unter die Zunge. Er saß auf dem Boden und versuchte die angsteinflößende Szenerie, in der er sich befand, auszublenden: das zerknitterte Handtuch neben dem überall verteilten Inhalt seines Kulturbeutels, das Zittern seiner Glieder, das Klappern seiner Zähne und die Überzeugung, dass er sterben würde.

Er konzentrierte sich auf das, was er über dieses Gift wusste, das er gerade eingenommen und das er nie zu benötigen gehofft hatte. Er wartete und wartete, eine Minute, noch eine, und ganz langsam kam die Ruhe wie eine sanfte Welle. Der Duschstrahl dampfte wieder, lange bevor Noah in der Lage war, erneut in die Wanne zu steigen.

Zurück in seinem Zimmer, begutachtete er seinen Anblick im Spiegel. Er sah nicht viel besser aus als vor dem Duschen. Länger als eine Stunde hatte er unter dem Duschstrahl in der Badewanne gesessen, in der Hoffnung, dass das warme Wasser die Schmerzen in seinen Muskeln lindern würde. Noch nie im Leben hatte er sich so müde gefühlt, so zerbrechlich und verwundbar.

Noah legte sich eine Hand auf die Brust und spürte das regelmäßige Schlagen der Maschine, die ihn am Leben hielt. Sein Blick fiel auf die drei Medikamente, die nun nebeneinander auf der Ablage des Waschbeckens standen, und unbewusst tastete er mit der Zungenspitze nach der kleinen Schwellung an der Stelle, wo das Nitroglycerin gelegen hatte. Der Effekt dieser kleinen giftigen Perle war für ihn eine gleichzeitig verwirrende und erschreckende Erfahrung gewesen, da er die Panik und das sichere Gefühl zu sterben viel bewusster erlebt hatte als damals am Loch Katrine.

Er begutachtete noch eine ganze Weile die bedauernswerte Erscheinung seines Spiegelbilds, das nur noch wenig von dem Menschen hatte, der er vor gerade mal zwei Wochen noch gewesen war. Um das in ihm aufsteigende Schluchzen zu unterdrücken, kniff er den Mund und die Augen zusammen, doch die Tränen quollen unter seinen Lidern hervor und liefen ihm übers Gesicht.

Als er die Augen wieder öffnete, sah er sich deprimiert um. Er musste diesen Raum verlassen. Das Abenteuer vom Vortag mit dem billigen Wein hatte ihn beinah das Leben gekostet, aber vor allem hatte er Zeit verloren. Er musste diese Olga anrufen und sich die nötigen Hygieneartikel kaufen, um startklar zu sein, wenn Murray zur Arbeit ging, und ihm erneut zu folgen.

An diesem Tag musste er wohl auf die britische Presse verzichten, denn es war schon ziemlich spät. Der Hauptgrund dafür war allerdings, dass er nicht auch noch zum Kiosk gehen wollte, denn er musste sich seine Kraft gut einteilen, er konnte nicht noch einmal zulassen, dass Murray ihm entwischte.

Noah zog sein letztes sauberes Hemd an und seine einzige trockene Hose. Durch das offene Fenster zum Innenhof hörte er erneut die Stimme von Ramón García, dem Radiomoderator, der um diese Zeit die Liederwünsche seiner Hörer erfüllte.

Er vernahm die ersten Takte eines Songs, den sich viele Hörer gewünscht hatten, und hörte genau hin, als Ramón García den Titel sagte: »Poker para un perdedor« – Poker für einen Verlierer.

Brindaré por ti
Recordando cómo y donde me fui,
Huracán sin timón
Mi pasado en el espejo se hundió.
Del ayer ya no queda nada
Sólo un juego aún por terminar,
Ese poker que nunca se acaba,
Ese poker para dos, poker para dos,
Poker para un perdedor.

Ich werde auf dich anstoßen
In Erinnerung daran, wann und wohin ich
gegangen bin.
Ein ungebremster Orkan,
Meine Vergangenheit geht im Spiegel zugrunde.
Von gestern ist nichts mehr übrig,
Nur ein Spiel, das noch nicht zu Ende ist,
Dieses Pokerspiel, das immer weitergeht,
Poker für zwei, Poker für zwei,
Poker für einen Verlierer.

Bewegungslos stand Noah vor dem Spiegel und begutachtete seine Kleidung. Das Hemd war ein wenig zerknittert, aber die Jeansjacke sah noch gut aus und polierte den Gesamteindruck auf. Er steckte seine Polizeimarke und das Geld in die Innentasche und befestigte das Pistolenholster an seinem Gürtel. Nachdenklich blickte er auf die Medikamente und überlegte, wie er sie am besten mitnehmen konnte. Schließlich entschied er sich für das Fläschchen mit den Digitalis-Glykosiden und steckte dazu zwei Dragees von dem Diuretikum und eine von den giftigen Perlen, die ihn heute zurück ins Leben geholt hatte, in die rechte Jackentasche. Dann beschloss er, dass er sich sicher sehr viel besser fühlen würde, wenn er etwas essen und einen starken, süßen Kaffee trinken würde, vielleicht unten in der Bar.

Ohne es zu wollen, dachte er an Maites Lächeln, was auch in sein Gesicht ein Lächeln zauberte. Doch als er dies im Spiegel sah, gefror es auf der Stelle.

»Was, zum Teufel, machst du da?«, fragte er den Mann im Spiegel. Er schnalzte abwertend mit der Zunge und schüttelte angesichts des beunruhigenden Spiegelbilds den Kopf.

Noah ging dicht an der Wand und ohne das Geländer zu berühren die Treppe hinunter und hatte dennoch das Gefühl, dass sie sich noch stärker nach innen neigte als am Tag zuvor, dass der imaginäre Abgrund, den er in der dunklen Öffnung in der Mitte wahrzunehmen meinte, in eine unendliche Tiefe führte, vielleicht direkt in die Eingeweide des Drachen.

Als er auf die Straße trat, zwang er sich, an Maites Bar vorbeizugehen, warf aber trotzdem einen Blick hinein und sah kurz ihr dunkles Haar.

Was machst du denn?, fragte die Stimme in seinem Kopf erneut.

In der Calle Bidebarrieta entdeckte er ein Herrenmodegeschäft. Er kaufte zwei Hosen, fünf Hemden, Socken, Unterwäsche und eine Jacke, die leicht genug war, um nicht zu schwitzen, und die Waffe verbarg, von der er sich nie trennte.

Als er an einem Kiosk vorbeikam, sah er zwischen den Rauchwaren einen kleinen Flachmann aus Metall, den er ebenfalls erwarb, nachdem er ausprobiert hatte, ob er in die Innentasche der Jacke passte.

In der Parallelstraße trat er in ein Schuhgeschäft und kaufte zwei Paar Schuhe, ein Paar klassische Mokassins und Segelschuhe aus weichem Stoff, die ihm der Verkäufer empfahl. Dort fragte er auch gleich nach, wo er Hygieneartikel finden konnte.

»Hier in der Straße gibt es mehrere Drogerien, ansonsten können Sie in der Calle Ribera, in der Nähe der Iglesia de San Antón, in den Supermarkt gehen. Aber das wird nicht so leicht sein, denn heute ist viel los.«

Noah konnte sich nicht vorstellen, was der Mann meinte, bis er die Gegend um die Siete Calles erreichte. Diese sieben schmalen Straßen, deren baskische Namen kompliziert und zum Teil sehr ähnlich klangen, verliefen parallel nebeneinander und bildeten zusammen mit den Querstraßen den architektonischen Ursprung der Stadt.

In der Bocana de Barrencalle, der Straße, die in der Nähe der Kathedrale begann und zum Fluss führte, sah Noah mehrere Mannschaftswagen der Policía Nacional, die den Übergang zur Calle Ribera versperrten. Die Atmosphäre wirkte angespannt, wie wenn im Sommer ein Gewitter in der Luft lag. Der größte Teil der Polizisten musste sich noch in den Wagen befinden, doch die vier, die an der Straße Wache hielten, trugen komplette Schutzausrüstung.

Um diese Zeit waren viele Menschen in den Straßen unterwegs, Frauen, die, mit Taschen beladen, vom Einkaufen zurückkamen, *txikiteros*, die sich zur täglichen Runde durch die Bars versammelten, und junge Paare mit Kindern.

Alle gingen, eine gewagte Normalität vortäuschend, weiter. Der ein oder andere warf einen abschätzigen Blick auf die Mannschaftswagen, lief aber an den Polizisten vorbei, als wären sie unsichtbar, wie um zu zeigen, dass er sich von der imposanten Schutzausrüstung nicht einschüchtern ließ.

Noah hatte seinen Militärdienst in Nordirland geleistet und kannte die Gesten, die angespannte Stille und die respektlosen Blicke der Bevölkerung, von denen einige im Vorbeigehen die Polizisten auf dreiste, beinah unverschämte Art beinah berührten, um ihr Recht auf Freiheit zu demonstrieren, die Straße für sich zu beanspruchen und klarzumachen, dass die Helme, die Schutzschilde und die Waffen hier fehl am Platz waren.

Noah wusste nicht viel vom baskischen Unabhängigkeitskampf, nur das, was er in der britischen Presse gelesen hatte, in der er stets mit dem Konflikt um Nordirland verglichen wurde, so wie die ETA mit der IRA. Ein Krieg, der seit mehr als 20 Jahren andauerte und in Reaktion auf die Militärdiktatur ausgebrochen war, die Spanien bis vor einigen Jahren regiert hatte. Der Krieg der ETA mit ihrer mysteriösen Führungsspitze in Frankreich, ihren Attentaten, Autobomben, Morden, bewaffneten Auseinandersetzungen, dem Raub von Waffen und Sprengstoff, deren Guerilla sich in den letzten Jahren im ganzen Baskenland immer häufiger Straßenschlachten mit der Polizei lieferte und dabei immer effektiver wurde.

Noah wusste, dass genau darin die wahre Gefahr lag: in der bizarren Botschaft der Stadtbewohner, die die Polizisten in ihrer Schutzkleidung genauso behandelten, wie es die Menschen in Belfast taten, was die britische Regierung dummerweise unterschätzt hatte und die spanische Regierung nun auch nicht besser zu machen schien. Denn mit ihrer abwertenden Reaktion bildeten sie die Spitze der gefährlichsten Lanze, die ein Volk gegen seine Regierung einsetzen kann. Die Art und Weise, wie sie stolz schweigend die Straße für sich beanspruchten, war nur ein Hinweis auf das, was in ein paar Stunden folgen würde.

Noah erkannte das alles wieder, als ob seine Erinnerungen an die Zeit in Nordirland in Zeitlupe vor seinen Augen abliefen. Gruppen von jungen Leuten in Turnschuhen und Kleidung in neutralen Farben, die sich nach und nach am Rand der Siete Calles versammelten. Er sah auch, dass viele von ihnen Palästinensertücher oder Schals um den Hals trugen, mit denen sie später ihre Gesichter bedecken würden.

Er ging in den Supermarkt und kaufte zwei Flaschen Wasser, eine Packung Kekse, einen Rasierpinsel und Rasierseife, Klingen für seinen Rasierer und Seife. Auf dem Weg zur Kasse nahm er in einem Impuls noch ein Aftershave dazu, von dem er keine Ahnung hatte, wie es duftete, und eine Ausgabe des *Correo Español – El Pueblo Vasco*, der Lokalzeitung. Mit einem Blick auf die Titelseite stellte er fest, dass sich die Schlagzeilen mit dem »Krieg der Fahnen« befassten, der die Lokalpolitik beschäftigte. Der Bürgermeister von Bilbao hatte entschieden, dass während der Aste Nagusia, dem einwöchigen Fest, am Rathaus gar keine Fahne wehen würde, um während der Feierlichkeiten Probleme und Spannungen zu vermeiden, und die sozialistischen Politiker drohten, nicht am offiziellen Akt teilzunehmen, wenn neben der baskischen Fahne und der der Stadt nicht auch die spanische Flagge gehisst wurde.

Doch all das interessierte Noah nicht. Während er an der Kasse wartete, schlug er die Zeitung auf der Seite der Rubrik »Vermischtes« auf und ging aufmerksam die Nachrichten durch, bis er an der Reihe war.

Als er den Supermarkt wieder verließ, hatte sich die Lage in den Straßen komplett verändert. Die Leute gingen dicht an den Gebäuden vorbei, ließen die Straßenmitte frei und beeilten sich, während an den Geschäften die Rollläden heruntergelassen oder die Schaufenster mit Brettern geschützt wurden. Als würde ein Unwetter aufziehen, dachte Noah.

Die jungen Leute drängten sich im Bereich der Siete Calles und gingen von einer Seite zur anderen, ohne stehen zu bleiben oder sich zu weit zu entfernen. Manche redeten kurz miteinander, sahen sich dabei aber nicht an, sondern richteten ihre Aufmerksamkeit auf das andere Ende der Querstraße und das, was dort geschah.

Noah beschloss, zum Flussufer zu gehen, wo immer mehr Polizeiwagen heranfuhren. Er wollte sich die Schutzausrüstung der Polizei genauer ansehen, die sich vor allem an den Eingängen der Siete Calles versammelte. Dabei sah er, dass drei gepanzerte Fahrzeuge heranfuhren. Offensichtlich wurde mit heftigen Auseinandersetzungen gerechnet.

Als er an den Wagen vorbeiging, hörte er die vertrauten Geräusche des Polizeifunks, während aus einem der Transporter acht Polizisten ausstiegen. Sie trugen Helme mit Schutzschirmen, Mauser-Gewehre und 50 Zentimeter lange Gummiknüppel. Die meisten hatten auch bereits ein Gewehr für Gummigeschosse und Rauchgranaten dabei.

Noah blieb vielleicht ein wenig zu lange vor einem offenen Transporter stehen. Als er die Tränengasgranaten sah, war er überrascht darüber, dass in Spanien offensichtlich noch CN-Gas genutzt wurde. Chloracetophenon war in vielen Ländern verboten, weil es als sehr giftig eingestuft worden war. Dann fielen ihm die

Gasgewehre und die Schutzmasken auf. Wenn sie diesen Dreck einsetzten, würden die Masken nicht ausreichen, nicht mal für diejenigen, die die Schüsse abgaben.

Er sah auch mehrere Materialtaschen mit dem Emblem der Policía Armada aus der Zeit der Diktatur. In diesem Moment wandte sich ein Polizist an ihn.

»Was gibt's da zu glotzen? Gehen Sie weiter!«, befahl er.

Noah gehorchte und senkte den Kopf, während er zwischen den Polizisten hindurchging. An den wartenden Polizisten vorbei, die beunruhigte Blicke auf die immer zahlreicher werdenden Menschen am anderen Ende warfen, bog er in die nächste Gasse ein.

In der Calle Barrencalle rutschte die Zeitung, die er sich unter den Arm geklemmt hatte, heraus und fiel auf den Boden. Als Noah sich bückte, um sie aufzuheben, fiel sein Blick auf die Überschrift eines Artikels. Es war nur eine kurze Nachricht: »Die Policía Nacional leitet Ermittlungen im Fall der verschwundenen Sandra Arcocha ein.«

Er stellte die Tüten auf dem Boden ab und hob die Zeitung auf, um den kurzen Artikel zu lesen.

Nachdem die Handtasche und der Ausweis der gestern von ihrer Familie als vermisst gemeldeten Sandra Arcocha von der Stadtreinigung gefunden wurden, leitete die Polizei entsprechende Ermittlungen ein. Die junge Frau wurde zuletzt in der Diskothek Yoko Lennon's in Bilbao gesehen.

Mehr nicht. Noah erkannte die Notiz als eine typische Nachricht, die in der letzten Sekunde in die Ausgabe der Zeitung aufgenommen worden war, wahrscheinlich nachdem ein »freundlicher« Polizist vom Kommissariat die Redaktion informiert hatte. Dennoch spürte er, wie sein Puls und sein Atem schneller wurden. Eine Eingebung. Er hob den Kopf, und im selben Moment stieß ein junger Mann, der ihm mit gesenktem Kopf entgegenkam, mit ihm zusammen.

Der Typ murmelte eine Entschuldigung und verschwand im Eingang des nächsten Gebäudes. Noah blieb noch einen Moment stehen und fragte sich, was gerade passiert war, griff wieder nach seinen Tüten und nutzte den Moment, um nachzusehen, ob der Mann ihn von dem Hauseingang aus beobachtete.

Schließlich kehrte er in die Pension zurück. Dort las er noch einmal die kurze Nachricht in der Zeitung, riss sie heraus und steckte sie zu Clarissas Foto in seine Brieftasche. Dann breitete er seine Einkäufe auf dem Bett aus. Er zog sich die zerknitterte Kleidung aus und suchte mit einem Handtuch um die Hüften das Bad am Ende des Gangs auf. Dabei ging er ruhig an der offenen Küche vorbei, wobei er sich bewusst war, dass sich die Pensionswirtin dort aufhielt. Er grüßte sie mit einem leichten Kopfnicken, bevor er ins Bad trat.

Er nahm eine kurze Dusche, diesmal mit Seife, und als er wieder in seinem Zimmer war, füllte er das Waschbecken mit lauwarmem Wasser und rasierte sich.

Im Innenhof war zwischen der Wäsche auf den Leinen erneut Musik zu hören, und Noah war sicher, die Melodie eines Songs wiederzuerkennen, den er schon mal gehört hatte. Er summte mit, während er eines der neuen Hemden auswählte, das er mit einer Hose in etwas dünnerem Stoff und den Mokassins kombinierte. Als er sich die Uhr anzog, stellte er fest, das Murray genau jetzt wieder zur Arbeit gehen musste.

Noah nahm die neue Jacke, steckte seine Sachen in die Taschen und schüttete die Hälfte des Digitalins in den Flachmann, der sich, als er ihn in die Innentasche der Jacke steckte, kurioserweise genau auf der Höhe seines Herzens befand.

Bevor er das Zimmer verließ, öffnete er den Flakon mit dem Aftershave, schüttete ein paar Tropfen auf seine Handfläche und verteilte sie in seinem Gesicht und im Haar, um die Hände anschließend an der Jacke trockenzureiben. Er nahm seine Pistole, und als er sie ins Holster an seiner rechten Hüfte schob, wusste er ganz genau, warum der junge Mann ihn auf der Straße angerempelt hatte.

Bevor er das Licht ausmachte, warf er noch einen letzten Blick auf die Vorhänge, die im Atem des Drachen im Innenhof hin und her wehten.

Noah wunderte sich über die Art und Weise, in der die Stadt gelernt hatte, mit dem Konflikt zu leben. In der Calle de la Tendería und in der Gegend um die Plaza Unamuno trafen sich die *txikiteros* und andere Gruppen in erstaunlicher Normalität, obwohl in der Ferne, von der Calle Belosticalle und der Calle Carnicería Vieja, die Einschläge der Gummigeschosse zu hören waren. Als er dort vorbeiging, sah er Pflastersteine fliegen und hörte aus den Straßen die geschrienen Drohungen gegen die Polizei.

Die Gruppe der Iren unter der Führung des lauten Michael hatte in Maites Bar bereits ihren üblichen Platz in der Nähe des Eingangs eingenommen. Murray war noch nicht dabei, aber Noah schätzte, dass er bald kommen würde, und entschied, im Inneren der Bar zu warten. Er trat leise und mit gesenktem Kopf ein und ging nach hinten durch, wo bereits einiges los war. Er sah, wie sich Maite über die Theke beugte, um ein Mädchen im Teenageralter mit einem Kuss zu begrüßen. Das Mädchen war schlank, das kastanienbraune Haar reichte ihr bis zur Taille, und sie trug eine weiße Hose und einen rosafarbenen Leinenpullover.

Neben ihr stand ein gleichaltriges Mädchen, das mit den Sommersprossen und dem lockigen roten Haar Schottin hätte sein können. Den Mann, der die beiden begleitete, schätzte Noah auf um die 40. Die drei verabschiedeten sich mit einem Winken und gingen an Noah vorbei zum Ausgang. Dort blieb der Mann noch einmal stehen, als habe er etwas vergessen, kehrte zurück und beugte sich über die Theke, um Maite noch etwas zu sagen. Sie schüttelte den Kopf und verdrehte die Augen. Dann ging sie zur Kasse, öffnete sie, nahm ein paar Scheine heraus, kehrte zu dem Mann zurück und drückte sie ihm in die Hand. Der murmelte einen kurzen Dank und ging zu den Mädchen, die vor der Tür auf ihn warteten.

Noah nahm seinen gewohnten Platz an der Tür zur Küche ein. Im Hintergrund erklang das Lied, das er im Radio wiederzuerkennen geglaubt hatte.

Ay, amor de hombre,
Que estás haciéndome llorar una vez más.
[…]
Nube de gas, que me empuja a subir más y más …

Oh, mein lieber Mann,
Erneut bringst du mich zum Weinen.
[…]
Wolke aus Gas,
Die mich immer höher steigen lässt …

Maite lächelte, als sie ihn sah. Fasziniert von ihrer Tatkraft und ihrer Herzlichkeit, konnte Noah, während sie die Gäste bediente, den Blick nicht von ihr abwenden. Es war deutlich zu sehen, dass sie ihre Arbeit liebte, und alles an ihr strahlte eine Energie aus, die ausreichte, ganz Bilbao zum Leuchten zu bringen.

Als sie zu ihm herüberkam, stellte sie im Vorbeigehen die Musik lauter und sang das Lied mit.

Es gefiel ihm, sie singen zu hören, denn es lag etwas Warmes, Sinnliches in ihrer Stimme. In diesem Moment fühlte er sich sehr zu ihr hingezogen.

Als sie vor ihm stehen blieb, sagte er zur Begrüßung: »Dieses Lied ist gerade überall zu hören.«

»Gefällt es dir? Es ist von Mocedades, die sind hier aus Bilbao. Amaya Uranga, die Sängerin, hat die schönste Stimme, die ich je gehört habe.«

»Das wusste ich nicht«, erklärte er. »Es wird dauernd im Radio gespielt.«

Maite lachte. »Das liegt an mir, denn ich rufe jeden Tag an, um es mir zu wünschen. Hörst du auch Ramón García?«

»Na ja, nicht wirklich. Ich habe einen Nachbarn, dessen Radio im ganzen Haus zu hören ist. Könntest du mir vielleicht einen Tipp geben, wo ich ein Radio kaufen kann?«

»Ich würde zu Radio Ortega gehen, ein Geschäft, das schon seit einer Ewigkeit existiert, die haben richtig Ahnung.« Sie nahm eine Papierserviette und schrieb die Adresse darauf.

Noah las die Adresse laut vor, um sie sich zu merken.

Sie sah ihn amüsiert an. »Und was möchtest du trinken? Einen Wein, so elegant, wie du heute angezogen bist?«

Überrascht sah Noah an sich herunter.

»O nein, lieber nicht. Ich denke, ich nehme einen Kaffee und etwas zu essen, wobei ich nicht weiß, was …«

»Überlass das mir«, antwortete sie und ging in die Küche, um kurz darauf mit einer der dampfenden Tonschalen zurückzukommen, wie sie in den Bars üblich zu sein schienen.

»Ein Kaffee und ein paar leckere *albóndigas* für den Engländer,

der nach Bilbao gekommen ist«, sagte sie und stellte eine Portion köstlich duftender Fleischbällchen vor ihm ab.

Er sah sie fragend an, weil sie sich so seltsam ausgedrückt hatte, lächelte dabei aber. Denn Maites Lächeln hatte etwas so Herzliches, dass es ansteckend wirkte.

»›Un inglés vino a Bilbao‹ ist ein Volkslied, das die *txikiteros* seit vielen Jahren singen, und darin geht es um einen Landsmann von dir, der nach Bilbao gekommen ist, um das Meer und die Flussmündung zu sehen. Aber er verliebt sich in die Frauen von Bilbao und bleibt.«

Noah senkte lächelnd den Blick und fragte: »Und so willst du mich von nun an nennen?«

»Na ja, du weißt meinen Namen, und ich muss dich ja irgendwie ansprechen, wenn du hier jetzt Stammkunde bist. Es sei denn, du verrätst mir, wie du heißt.«

»Ich heiße Noah.«

»Oh, wie schön. Weißt du, wie dein Name auf Spanisch heißt?«

»Ja, Noé.«

»Genau, der mit der Sintflut.«

Er nickte.

»Und was machst du hier, in Bilbao, Noah?«

Er überlegte einen Moment. »Ich nehme an, dass ich auf die Sintflut warte.«

»Na ja, hier regnet es oft, das kann ich dir versichern, aber ob das für die Sintflut reicht ...«

Er sah sie an und konnte nicht anders, als wieder zu lächeln. »Die nächste Sintflut kommt bestimmt.«

»Was für ein schrecklicher Gedanke«, entgegnete sie ernst.

»Warum?«

»Weil eine Sintflut immer Zerstörung bedeutet.«

Noahs Miene verdüsterte sich, während ihm das Bild der Leichen vor Augen stand, die am Loch Katrine aus ihren Gräbern gespült wurden, und er musste an das Weinen denken, das er gehört hatte, bevor er das Bewusstsein verlor.

»Oder Reinigung«, meinte er.

Maite wies auf seine Hände. »Du trägst keinen Trauring, Noah. Gibt es eine Frau, die in der Arche auf dich wartet?«

Er sah, von ihrem Interesse überrascht, auf seine Hände. Leere Hände, dachte er traurig.

»Nein, ich bin nicht verheiratet. Und du?«, fragte er und machte eine Geste zum Ausgang hinüber, um auf den Mann hinzuweisen, der das Lokal verlassen hatte, als er gekommen war.

Sie blickte hinüber, als ob dort noch jemand wäre. »Du meinst wegen ihm?« Sie wirkte ein wenig belustigt. »Wir waren verheiratet. Er ist der Vater meiner Tochter Begoña, des hübschen Mädchens mit dem langen Haar. Du hast sie sicher gesehen, als du reingekommen bist. Wir waren sehr jung und sehr verliebt, und als ich schwanger geworden bin, haben wir geheiratet, weil es das war, was alle gemacht haben. Aber wir waren noch Kinder und hatten keine Ahnung, was die Ehe bedeutet. Kintxo war noch nicht so weit, ein guter Ehemann sein zu können, aber er ist ein guter Vater. Hast du Kinder?«

Ihr Interesse schmeichelte ihm, verunsicherte ihn aber auch. Er war sich nicht ganz klar darüber, was diese Frau von ihm wollte.

»Nein, ich war nie verheiratet, und ich habe keine Kinder.« Ohne es zu wollen, klang er traurig.

Das schien ihr Interesse noch zu steigern. »Und warum?«

»Bitte?«, fragte er, um Zeit zu gewinnen.

»Warum? Warum ist ein Mann wie du nicht verheiratet?«

Bis vor ein paar Monaten hätte er geantwortet, es nicht zu wissen, aber in den letzten Tagen hatte er mehr über sich selbst gelernt als sein ganzes Leben lang. Er hatte nie geheiratet, hatte sich nie ein Haus an der Küste gekauft, hatte keine Kinder und niemals Ferien gemacht. Das letzte Weihnachtsfest hatte er bei seinem Chef gefeiert, und an Hogmanay, am 31. Dezember, hatte er gearbeitet. Er konnte sich nicht erinnern, wann er zum letzten Mal Geburtstag gefeiert hatte, und die wertvollsten Dinge in seinem Leben waren das Foto seiner verstorbenen Eltern, seine Dienstwaffe und ein Büchlein mit seinen Notizen über einen Serienmörder. Die Antwort lautete, dass er sein Leben vergeudet hatte. Das wusste er jetzt, aber das konnte er so nicht erzählen. Auch wenn er es gern getan hätte.

Als er nicht antwortete, presste Maite die Lippen zusammen und ließ enttäuscht die Schultern hängen. »Entschuldige, Noah, ich wollte dir nicht zu nahe treten. Natürlich muss man nicht verheiratet sein, dafür gibt es viele Gründe. Vielleicht bist du ja … Stehst du mehr auf …« Sie machte eine unbestimmte Geste zu den Männern in der Bar hinüber.

Noah hatte nicht gleich verstanden, was sie damit sagen wollte, aber die Geste machte es ihm klar.

»Nein.« Er musste erneut lächeln, wenn es auch diesmal nicht so offen ausfiel wie zuvor. »Nein, das ist es nicht.«

Ein ungeduldiger Gast auf der anderen Seite der Bar machte Maite ein Zeichen, dass er zahlen wollte. Sie ging zu ihm und kassierte, wobei Noah sie nicht aus den Augen ließ.

Als sie zurückkam, sagte er: »Darf ich dir eine Frage stellen?«

»Natürlich, was möchtest du wissen?«, entgegnete Maite nun wieder fröhlich.

»Es ist ganz einfach, Maite«, sagte er. »Und wenn du mir eine gute Antwort gibst, verspreche ich, darüber nachzudenken, warum ich nicht verheiratet bin, um eine Antwort zu finden, die dich zufriedenstellt.«

»Abgemacht!«, rief sie aus, womit sie ihn einmal mehr überraschte, und streckte ihm über die Theke die Hand hin.

Noah schlug ein. Es war die Hand einer Frau, die viel arbeitete. Ohne ihre Hand loszulassen, sah er ihr in die Augen und sagte: »Meine Frage ist, warum du mich das gefragt hast, Maite? Und wenn dein Grund mich überzeugt, bekommst du deine Antwort.«

Nun senkte sie den Blick und errötete, während sie ihre Hand zurückzog. Noah konnte es nicht glauben, aber er war entzückt. Diese Frau war einfach wunderbar.

Sie schien zu überlegen, aber nur eine Sekunde lang. Dann blickte sie ihm wieder in die Augen und sagte: »Weil du so gut aussiehst, Noah, der Engländer, überrascht es mich, dass du Single bist.«

Die Gruppe der Iren vorn an der Theke verlangte Maites Aufmerksamkeit. Inzwischen war Murray zu ihnen gestoßen.

»Das ist eine gute Antwort«, meinte Noah, während sie zu den Männern hinüberging. »Ich werde mein Versprechen halten.«

Noah widmete sich dem Essen und beobachtete unauffällig Murrays Gesten, um sie mit denen von John Clyde zu vergleichen, an die er sich erinnerte. Danach trank er langsam seinen Kaffee und schaute sich die übrigen Gäste an.

Rechts von ihm, etwa in der Mitte der Theke, stand ein Mann, der ihm bekannt vorkam und zu ihm herübersah. Er senkte den Blick, als Noah ihn anschaute. Er erkannte ihn sofort. Es war der junge Mann, der ihn auf der Straße nicht wirklich zufällig angerempelt hatte.

Noah nahm eine der Sportzeitungen von dem Stapel neben sich und tat so, als würde er darin lesen.

In diesem Moment trat ein weiterer Mann in die Bar und schloss sich der Gruppe Iren an. Noah war irritiert. Er wirkte genauso alterslos wie John Murray und hatte auch die gleiche Statur. Sein Haar war etwas heller, zwischen kastanienbraun und rot, ansonsten jedoch war die Ähnlichkeit mit Murray verblüffend.

Die Männer blieben noch ein paar Minuten in der Bar, und als Noah sah, dass sie Maite um die Rechnung baten, kam er ihnen zuvor und verließ die Bar als Erster. Da er davon ausging, dass sie die gleiche Tour wie am Vortag machen würden, überquerte er eilig die Plaza Unamuno und mischte sich unter eine Gruppe, die vor einer anderen Bar ein Lied über eine schöne Frau namens Lola sang.

Sein junger Verfolger war der Erste, den er sah. Er schien es eilig zu haben und blickte sich unter den Leuten um. Als er ihn entdeckt hatte, blieb er vor einem Schaufenster stehen und zündete sich eine Zigarette an. Ein paar Meter dahinter tauchten die Iren auf. Noah sah, dass sie an der nächsten Bar vorbeigingen, in die sie am Vortag eingekehrt waren. Er musste sich entscheiden.

Kurz entschlossen trat er in die nächste Bar, bestellte einen Wein, den er nicht trank, und blieb mit gesenktem Blick an der Theke stehen. Ein paar Sekunden später kamen Murray und seine Gruppe herein. Noah fiel auf, dass der Älteste von ihnen und der Neue ihre Blicke kurz über die Anwesenden schweifen ließen. Sie schienen ein paar Leute wiederzuerkennen, kümmerten sich aber nicht weiter darum.

Gleich darauf trat der Typ, der zu seinem Schatten geworden war, in die Bar. Unglaublich! Der Mann war entweder ein Anfänger oder äußerst ungeschickt. Er war genauso groß wie Noah, vielleicht 23 oder 24 Jahre alt und hatte eine athletische Figur. Die Bomberjacke, die er trug, war eigentlich zu warm für diesen Sommertag, und Noah wusste, dass dies sicher seinen Grund hatte, wahrscheinlich den gleichen wie der, aus dem auch er selbst eine zu warme Jacke trug: Der Mann war bewaffnet. In diesem Moment entschied Noah, dass er sich zuerst um ihn kümmern musste, um sich danach auf John Murray und seine Freunde zu konzentrieren.

Noah legte ein paar Münzen auf die Theke und verließ das Lokal. Es begann dunkel zu werden, und die Straßenlaternen waren gerade angegangen. Er kehrte zur Plaza Unamuno zurück und beschleunigte von da an seinen Schritt, um einen gewissen Vorsprung herauszuholen. Dabei verkniff er sich, nach hinten zu schauen, denn er war sicher, dass sein Schatten ihm folgte. Er überlegte, in die Calle de la Tendería abzubiegen, sah jedoch, dass in der Calle Cueva Altxerri, die direkt zur Plaza Nueva führte, weniger los war. Also ging er dort entlang und trat gleich hinter der Bar Bilbao in den Durchgang zum Platz, um sich dort zu verbergen und zu warten.

Noah war sich bewusst, dass er im Nachteil war. Sein Verfolger war zwar nicht sehr geschickt darin, unbemerkt zu bleiben, aber er war jung und stark. Und Noah wusste nur zu gut, dass er nicht in bester Form war.

Als der junge Mann zu dem Durchgang kam, in dem Noah sich verbarg, blieb er stehen und hielt auf dem Platz Ausschau nach ihm. Noah machte einen Schritt nach vorn, trat aus der Dunkelheit hinter ihm, zog ihn zurück in die düstere Ecke und hielt ihm die Mündung seines Smith & Wesson an den Hals. Ohne etwas zu sagen, spannte er den Hahn der Waffe, sodass der andere es hören konnte.

Mehr war nicht nötig. Der junge Mann hob leicht die Hände und sagte mit ruhiger Stimme: »Nicht schießen, ich bin Polizist.«

Noah tastete an der Stelle, wo er sie vermutete, nach der Waffe. Da war sie. Selbst im Halbdunkeln konnte er sie erkennen, eine Star 9 mm. Er steckte sie in seinen Gürtel.

»Polizist also, ja? Kannst du dich ausweisen?«

»In der rechten Jackentasche.«

Noah dachte nach. Das konnte eine Falle sein. Er richtete die Waffe auf die Niere des jungen Mannes und stellte fest, dass er zitterte.

»Nimm deine Marke mit zwei Fingern langsam heraus und mach keinen Unsinn, sonst fliegt dir deine Niere um die Ohren.«

Der Typ gehorchte. Er nahm ein Etui heraus, öffnete es und zeigte eine rot-blaue Plakette. Darauf stand *Ertzaina 1269*.

»Was ist das für eine Einheit?«

»Die Ertzaintza.«

»Von der Policía Nacional oder der Guardia Civil?«

»Von der Ertzaintza«, sagte der junge Mann, »der autonomen Polizei des Baskenlands.«

Noah sah sich die Plakette genauer an. »*Mikel Lizarso, Ertzaina.* Ist das Baskisch? Was bedeutet das?«

»So was wie ›Hüter des Volkes‹.«

Noah erinnerte sich daran, in der Presse gelesen zu haben, dass es eine neue autonome Polizei im Baskenland gab, und nur verrückte Unabhängigkeitskämpfer wie die Basken oder die Iren gaben ihrer Polizei einen so schwülstigen Namen wie »Hüter des Volkes«.

»In Ordnung, jetzt zeige ich dir was, aber beweg dich nicht.«

Der junge Mann nickte, während Noah die Waffe in die andere Hand nahm, um seine eigene Marke hervorzuholen.

»Inspector Scott Sherrington, schottische Polizei.«

Diesmal konnte der junge Mann sich nicht beherrschen. Überrascht stieß er hervor: »Polizei?«

Noah drückte ihm erneut die Pistole in die Niere. »Wir sind noch nicht fertig. Warum folgst du mir?«

»Wir wussten nicht, dass du ein Polizist bist, und dein Verhalten, seit du angekommen bist, war verdächtig.«

»Seit ich angekommen bin? So lange folgst du mir schon?«

Der Ertzaina sah ihn wortlos an.

»Verdächtig? Warum?«

»Du bist mit der *Lucky Man* gekommen. Laut unseren Informationen schmuggelt Kapitän Finnegan möglicherweise Mitglieder der IRA ins Land, die mit der ETA zu tun haben.«

»Dass ich an Bord der *Lucky Man* war, scheint mir kein ausreichender Grund zu sein.«

»Außerdem bist du der Gruppe der Iren gefolgt, und heute Nachmittag hast du dir die Bewaffnung und Ausrüstung der Policía Nacional angesehen.«

»Und der Rempler in der Straße?«

»Ich musste überprüfen, ob du bewaffnet bist. Und wie ich festgestellt habe, ist das der Fall.«

Noah seufzte und steckte seine Waffe weg.

»Gibst du mir jetzt meine Waffe und meine Marke wieder?«, fragte der Jüngere und streckte eine Hand aus, die noch leicht zitterte.

»Ich habe den Eindruck, ›Hüter des Volkes‹, dass du mir vorher noch einiges erklären musst«, sagte Noah; dann wies er mit dem Kinn auf die Bar Bilbao. »Und ich denke, du könntest einen Schluck vertragen.«

Der junge Mann blickte zu der Bar hinüber und nickte.

»Das war das erste Mal, oder?«, fragte Noah.

»Das erste Mal von was?«

»Das erste Mal, dass jemand eine Waffe auf dich gerichtet hat. Das muss dir nicht peinlich sein, es ist ganz normal, dass man zittert. Ein Schluck Whisky wird dir guttun.«

Mit diesen Worten schob Noah den jungen Mann sanft zum Eingang der Bar.

Er ließ den Kollegen den Tisch aussuchen und betrachtete ihn von der Theke aus, während der Barkeeper die beiden Whiskys einschenkte, die er bestellt hatte.

Mikel Lizarso hatte aufgehört zu zittern und einen Tisch am Fenster ausgesucht, von dem sie den Eingang des Lokals und die Tür zu den Toiletten im Blick behalten konnten.

Vielleicht ist er doch nicht so grün hinter den Ohren, dachte Noah daraufhin. Er nahm die beiden Gläser und setzte sich dem Ertzaina gegenüber. Dann wartete er schweigend darauf, dass der zu reden anfing.

Doch er schwieg.

»Komm schon, wenn du deine Waffe wiederhaben willst, muss du mir schon was bieten.«

»Was willst du wissen?«

Noah lächelte leicht. An seinen Fragen würde der andere erkennen, wie viel er wusste. Aber das war ihm egal.

»Fangen wir mit den Iren an: Was weißt du über sie, und welche Verbindung haben sie zur *Lucky Man*?«

Mikel Lizarso nickte. »Also sprechen wir zuerst über Michael Connolly, den Leprechaun.«

Noah zog eine Augenbraue hoch, als er den Spitznamen hörte.

Lizarso lächelte. »So wird er genannt. Er ist klein und laut wie ein irischer Kobold und war der Erste von ihnen, der mit der *Lucky Man* hergekommen ist. Das war vor drei Monaten. Deine Kollegen haben uns gleich informiert. Er ist schon seit Jahren Mitglied der IRA, ist aber nur ein kleiner Fisch. Wir nehmen an, dass sie ihn als Vorhut geschickt haben, um erste Kontakte mit der ETA zu knüpfen. Wir halten ihn nicht für besonders gefährlich, er trägt keine

Waffe bei sich, und wie du gemerkt haben dürftest, ist er niemand, der sich bedeckt hält. Im Gegenteil, er ist ziemlich geschwätzig und redet zu viel. Wahrscheinlich haben sie ihn hergeschickt, um ihn loszuwerden, und es gefällt ihm offensichtlich gut hier. Er geht jeden Abend aus und ist jedes Mal sturzbetrunken. Allerdings geht er jeden Sonntag brav zur Messe. Er arbeitet als Kranführer im Hafen. Vor zwei Wochen ist dann Cillian Byrne dazugekommen, genannt The Dark. Das ist der Große, der immer so ernst wirkt. Er wohnt in derselben Pension wie die anderen, und wir glauben, dass er Schweißer ist und Arbeit sucht. Soweit wir wissen, ist er mit dem Auto gekommen und in Irún über die Grenze gefahren. Und dann ist da noch John Murray. Der ist eine Woche vor dir mit der *Lucky Man* hierhergelangt. Und der Letzte der Gruppe ist der, der Murray so ähnlich sieht, doch von ihm wissen wir nur, dass er Collin heißt. Er ist gestern Abend in derselben Pension aufgetaucht. Deine Kollegen haben uns noch keine weiteren Informationen geschickt, aber wir glauben, dass sie alle aus demselben Grund hier sind. Ich nehme an, du weißt Bescheid über den Konflikt, der hier gerade ausgebrochen ist, den ›Fahnenkrieg‹, der für mehr Spannungen sorgt als gedacht. In San Sebastián gab es bereits heftige Auseinandersetzungen, aber wir glauben, dass es hier noch schlimmer wird. Morgen beginnt das Patronatsfest, und der Bürgermeister hat offiziell erklärt, dass er am Rathaus keine Fahne hissen und kein anderes Symbol zeigen wird, nicht mal das Wappen der Stadt.«

»Das habe ich in der Zeitung gelesen.«

»Er hofft, dass er so die Proteste vermeiden kann, zu denen es jedes Mal kommt, wenn ein baskisches Rathaus die spanische Flagge hisst. Aber laut unseren Informationen plant der lokale Zivilgouverneur, die Staatspolizei ins Rathaus zu schicken, die sich zur Not auch mit Gewalt Zugang verschaffen soll. Damit sie genau in dem Moment auf dem Balkon die spanische Flagge hisst, wenn das Eröffnungsfeuerwerk stattfindet. Dann versammeln sich dort Tausende, und es wird sicher zu Unruhen in den Straßen kommen. Die staatlichen Sicherheitskräfte bereiten sich bereits darauf vor. Es sind schon mehrere Einheiten der Policía Nacional aus dem ganzen Land unterwegs nach Bilbao. Wir wissen, dass das gravierende Folgen haben wird, denn der Bürgermeister ist die höchste Autorität der Stadt, und dass der Zivilgouverneur der Polizei befiehlt, mit Gewalt in ein Rathaus einzudringen, das die Autorität der Einwohner von Bilbao repräsentiert, ist ziemlich heftig.«

Mikel machte eine Pause und schüttelte den Kopf, als könne er es selbst nicht glauben.

Dann fuhr er fort: »Das könnte das Fass zum Überlaufen bringen, nicht nur unter den Politikern, sondern auch auf der Straße. In Frankreich sind nah an der Grenze zum Baskenland mehrere bedeutende ETA-Mitglieder gesichtet worden. Und in der Gegend um Bilbao halten sich mehrere Straßenkampfexperten aus ganz Europa auf. Wir glauben, dass das in San Sebastián ein Witz war im Vergleich zu dem, was uns erwartet. Die Auseinandersetzungen könnten mehrere Tage andauern. Der Bereich der Siete Calles ist wie eine Festung und außerdem der perfekte Ort für Mitglieder der IRA, um mit der ETA Kontakt aufzunehmen.«

Noah hatte bisher nur einmal an seinem Whisky genippt. »Warum glaubt ihr, dass der Kapitän der *Lucky Man* in die Sache verwickelt ist?«

»Na ja, Lester Finnegan ist Ire …«

»Das ist so, wie wenn ich von dir behaupte, ein ETA-Mitglied zu sein, weil du Baske bist«, wandte Noah ein.

»Das ist nicht das Gleiche. Mehrere IRA-Mitglieder sind auf seinem Schiff hergekommen. Das reicht, um ihn als verdächtig einzustufen.«

»Das bedeutet gar nichts. Ich bin auch auf diesem Schiff hergekommen und habe festgestellt, dass es relativ einfach ist mitzufahren, wenn man ein Seefahrtbuch hat.«

»Du magst Käpt'n Finnegan, oder?«

Noah sah den jungen Man interessiert an. Er war clever.

»Wir haben nichts Konkretes gegen Finnegan in der Hand, aber seit Wochen behaupten unsere Informanten, dass jeden Moment eine Waffenlieferung aus Nordirland hier in Bilbao ankommen könnte. Als Begrüßungsgeschenk der IRA an die ETA vor dem Treffen, das in Südfrankreich stattfinden soll. Die Grenze ist sehr gut bewacht, deswegen werden sie die Lieferung nicht auf dem Landweg transportieren, sondern per Schiff.«

»Und ihr glaubt, dass das Schiff die *Lucky Man* sein wird.«

»Wir wissen es nicht, aber wir schließen es nicht aus.«

»Was wisst ihr über John Murray?«

»Er wurde in Nordirland geboren, seine Eltern sind früh gestorben, und er ist bei seinem Großvater in Schottland aufgewachsen, der inzwischen auch nicht mehr lebt. Die britische Polizei weiß nichts über eine aktive Mitgliedschaft in der IRA. Er hat mehrere Jahre lang als Bote zwischen den Bohrinseln von Aberdeen gearbeitet. Aber vor einem Monat hatte er Kontakt zu einem leitenden IRA-Mitglied. Sie wurden in einem Restaurant zusammen beim Abendessen gesehen, als Murray gerade Landurlaub hatte. Zwei Wochen später hat er einen Job bei MacAndrews in Bilbao angenommen, und wie ich schon gesagt habe, ist er auf der *Lucky Man* gekommen. Die erste Nacht hat er in einer Pension am Arenal verbracht, und am nächsten Tag hat die Gruppe um Michael ihn kontaktiert, und er ist zu ihnen in die Pensión Toki-Ona gezogen.« Mikel machte eine Pause und dachte nach. »Jetzt, wo ich weiß, dass du Polizist bist, nehme ich an, dass er für euch auch ein Verdächtiger ist.«

Noah überhörte den Kommentar. »Ist das alles, was du über ihn weißt?«

»Ja. In seinem Leben gibt es nichts Besonderes. Wenn deine Kollegen nicht diesen Kontakt zur IRA entdeckt hätten, wäre er gar nicht aufgefallen. Warum interessierst du dich so für ihn? Glaubt ihr, dass er wichtiger sein könnte, als wir denken?«

»Ich weiß nicht mehr über die IRA und die ETA als das, was in den Zeitungen steht. Ich gehöre nicht zu einer Antiterroreinheit, sondern zur Mordkommission.«

»Und du bist hinter Murray her?«

»Pass auf, Ertzaintza Mikel Lizarso: Als die *Lucky Man* in Liverpool abgefahren ist, war außer Murray noch ein anderer Mann an Bord, hinter dem ich her bin. Der Name spielt keine Rolle, weil er mit gestohlenen oder gefälschten Papieren oder beidem gereist ist. Beide Männer wollten nach Bilbao, aber nur einer ist hier angekommen.«

»John Murray«, meinte Mikel.

Noah nickte. »Während meiner Überfahrt hierher hat die Hafenbehörde von La Rochelle Finnegan gebeten, einen Toten zu identifizieren, der sich in einem der Container befand, die MacAndrews dort hingeschickt hat. Angesichts des Zustands der Leiche war es nicht möglich, den Mann zu identifizieren, aber hinsichtlich Alter, Größe und sonstigen Äußerlichkeiten hätte es John Murray sein können.«

Mikel hörte aufmerksam zu und nickte dann verstehend. »Du glaubst, dass dieser andere Typ in Wahrheit gar nicht John Murray ist, sondern sich hier nur als John Murray ausgibt.«

»Ich glaube, dass der Typ, hinter dem ich her bin, ein großes Interesse daran hat, zu verschwinden, und zu töten ist ihm nicht fremd.«

»Also wenn er kein Terrorist ist, was ist er dann?«

»Ein Serienmörder.«

»So wie der Zodiac-Killer in Kalifornien?«

Noah nickte.

»Bringt deiner auch Paare um?«

»Frauen.«

Mikel runzelte die Stirn. »Und warum hat uns die schottische Polizei nicht darüber informiert, dass so jemand in unser Land gekommen ist?«

»Weil die schottische Polizei nicht weiß, dass er hier ist. Die Wahrheit ist, dass nicht mal ich das sicher sagen kann. Ich bin hier, weil ich einer Eingebung gefolgt bin.«

Mikel sah ihn überrascht an. »Geht es vielleicht um den Mörder, der beinah festgenommen wurde? Der irgend so einen frommen Namen hat? Irgendwas mit ›Bibel‹ oder so? Ich habe in der englischen Presse darüber gelesen.«

»Du liest die britische Presse?«

»Was glaubst du denn? Ich ermittle in einem Fall, in dem es um englische Terroristen geht.«

»Irische Terroristen«, verbesserte Noah.

»Irische Terroristen«, gab Mikel zu.

Noah nahm den Zeitungsausschnitt mit dem Phantombild von Bible John aus der Brieftasche, bei dem es sich um kein anderes als das handelte, das in den Siebzigerjahren fast täglich in den schottischen Zeitungen veröffentlicht worden war. Nur dass es jetzt einige Jahre älter war. Er legte es auf den Tisch. »Bible John.«

»Genau, Bible John«, sagte Mikel und tippte mit dem Finger auf den Zeitungsausschnitt, während er sich das Bild besah. »Er sieht aus wie Murray, er sieht aus wie Collin und sogar wie einer meiner Arbeitskollegen. Tatsächlich erinnert er mich an eine jüngere Version mehrerer Leute, die ich kenne.«

Noah seufzte.

»Und warum hast du die schottische Polizei nicht darüber informiert?«, fragte Mikel.

»Ich habe keinen Beweis für das, was ich annehme, es ist nur eine Eingebung. Natürlich würde ich die schottische Polizei informieren, wenn ich etwas hätte, aber im Moment ist es nur eine persönliche Sache. Für die hiesige Polizei bin ich offiziell nur ein Tourist. Sagen wir, ich bin im Moment nicht im aktiven Polizeidienst.«

»Wie das? Bist du suspendiert?«

»Ich bin noch krankgeschrieben.«

Lizarso verstand. »Dann bist du der Polizist, der ihn beinah festgenommen hat.«

Noah nickte.

Mikel dachte darüber nach. »Okay, man kann nicht aus seiner Haut … Ich nehme mal an, dass man, wenn man hinter so jemandem her ist, ihn nicht einfach laufen lassen kann.«

»So sieht es aus«, gab Noah zu.

Der baskische Kollege schien sich inzwischen sicherer zu fühlen, denn er sagte: »Da wir ja jetzt alles voneinander wissen, könntest du mir vielleicht meine Marke und die Pistole wiedergeben?«

»Sicher, aber dafür, dass ich niemandem erzähle, wie ich dich entwaffnet und dir die Marke weggenommen habe, musst du etwas für mich tun.«

Mikel errötete bis in die Haarwurzeln.

Noah sah ihn nicht an, um ihn nicht noch verlegener zu machen, und nahm den Artikel heraus, den er am Nachmittag aus der Zeitung herausgerissen hatte. »Dieses Mädchen, Sandra Arcocha, ist aus einer Diskothek in Bilbao verschwunden. Die Policía Nacional hat Ermittlungen eingeleitet, weil die Straßenreinigung ihre Tasche und ihre Papiere gefunden hat. Und ich habe einen Notruf im Radio gehört, laut dem noch ein weiteres Mädchen verschwunden ist.« Noah nahm aus der Innentasche seiner Jacke das kleine schwarze Buch und las den Namen vor: »Elena Belastegui. Ich muss zwei Dinge wissen. Sind noch mehr junge Frauen unter ähnlichen Umständen verschwunden, auch wenn es keine laufenden Ermittlungen gibt? Und was wahrscheinlich etwas schwieriger herauszufinden sein wird: Hatten diese Mädchen ihre Regel, als sie verschwunden sind?«

Bible John

John hatte 24 Stunden in der Hölle zugebracht.

Als er völlig erschöpft und in Schweiß gebadet in seiner Pension ankam, dämmerte bereits der Morgen. Er hatte sich ins Bett gelegt, obwohl keine zwei Stunden später der Wecker klingeln sollte. Und jedes Mal, wenn er an die weinende Frau dachte, fühlte er sich krank.

John nahm ein Kissen und drückte es sich aufs Gesicht, während er keuchte und versuchte, seine Angst und das Zittern zu beruhigen, das seinen gesamten Körper schüttelte. Er war so müde wie noch nie in seinem Leben und hätte alles dafür gegeben, endlich die Augen schließen zu können, auch wenn es nur für eine Minute wäre, doch jedes Mal, wenn er es tat, sah er wieder das mit Blut und Erbrochenem verschmutzte Gesicht vor sich und hörte dieses Weinen.

Schließlich war es ihm gelungen, einigermaßen zur Ruhe zu kommen, doch genau in dem Moment überfiel ihn die Erinnerung an das, was er an seinem 13. Geburtstag aus seinem Bewusstsein verbannt hatte.

Dieser immer wiederkehrende Gedanke war seit Lucys Verschwinden zu einem Albtraum geworden. Jedes Mal, wenn er durch den Wald ging, und jeden Abend vor dem Einschlafen hatte er sie in dem reißenden Wasser des Bachs vor sich gesehen, ihr wie ein Fächer ausgebreitetes rotes Haar, wie sie bis zum See mitgerissen wurde, wobei das Wasser in ihre offenen Augen lief, die auf den bleifarbenen Himmel gerichtet waren.

In der Zeit, die zwischen Lucys Verschwinden und seinem 13. Geburtstag verging, dachte er jeden Moment daran, war er so besessen von dem Gedanken, dass er unter Panikattacken litt, die er auf masochistische Art provozierte, bis sie ihn beinah töteten.

Am Tag vor seinem 13. Geburtstag schwamm er im See. Mit weit ausholenden, präzisen Bewegungen verdrängte er das Wasser, das über seine Haut glitt. Er tauchte bei jedem Zug unter und öffnete die Augen in der dunklen Tiefe des Loch Katrine, um dann wieder aufzutauchen und einzuatmen, sodass Luft in seine Lunge strömte. Vollkommen ruhig und kontrolliert. Es gab eine Sekunde, in der er dachte, dass alles in Ordnung wäre, und das war das Signal dafür, dass der andere John in seinem Kopf nach Lucy rief.

»Lucy«, murmelte er in dem Bewusstsein, dass er selbst das Gespenst weckte, ohne auf die Stimme zu hören, die, verrückt vor Angst, in seinem Kopf schrie.

Und dann hörte er das Weinen, das aus der Ferne über die Oberfläche des Sees herankam. Er war sich bewusst, dass es nicht real war, aber auf eine gewisse Art und Weise war es das doch.

John hielt inne. Er paddelte leicht, um sich über Wasser zu halten, während er von Panik ergriffen wurde.

Ein Schluchzen hinter ihm ließ ihn herumfahren, bevor er kraftvoll in die Tiefe gerissen wurde.

Das Echo des Weinens hallte übers Wasser, und John sah über sich das Licht, während er sich immer weiter in einem endlosen Tunnel verlor. Dann senkte John den Blick und entdeckte eine fleischlose Hand, die mit ihren langen Fingern seinen Fußknöchel umfasste.

John schrie, und sein Mund füllte sich mit dem schwarzen Wasser des Sees, und dann wehrte er sich verzweifelt, um zurück ans Ufer zu gelangen, um Lucy zu entkommen, die ihn in der Tiefe des Sees festhielt.

Seit dem Tag seines 13. Geburtstags hatte John sich nicht mehr daran erinnert. Voller Angst lag er im Bett, vergrub die Hände in den feuchten Laken und begann erneut zu zittern, denn er hatte das Zeichen erkannt.

Eine lange warme Dusche sorgte dafür, dass es ihm wieder besser ging. Doch die Erleichterung hielt nur kurz an. Er erbrach den ersten Kaffee gleich, nachdem er ihn getrunken hatte, und von da an konnte er nichts mehr bei sich behalten.

Dennoch ging er zur Arbeit, um nicht aufzufallen. Doch am späten Vormittag spürte er heftige Darmkrämpfe. Schließlich meldete er sich krank und kehrte in die Pension zurück. Dort, in seinem Zimmer, fühlte er sich noch schlechter. Nicht einmal Lucys Schleife zu streicheln hatte seine Seele besänftigt, sodass er immer wieder jedes Detail, jeden Fehler der vergangenen Nacht neu erlebte.

Er fuhr ruhig mit dem Wagen, während Bowie im Radio sang. Damit die Nachtluft zumindest einen Teil des Gestanks, den die Körperflüssigkeiten der Toten verursachten, hinwegwehte, hatte er das Fenster ein Stück heruntergelassen. Wahrscheinlich hatte er deswegen ein paar Sekunden gebraucht, bis ihm auffiel, dass die Seitentür offen war.

Als er das Klacken hörte, war sein erster Gedanke, dass er aus Versehen die Tür nicht richtig geschlossen hatte. Er hielt in der menschenleeren Straße an, stieg aus, und als er um das Auto herumging, sah er, dass der Arm der jungen Frau heraushing. Er stieß ihn zurück ins Wageninnere, um die Tür schließen zu können, und in diesem Moment merkte er, dass sie noch lebte.

Fast gleichzeitig erregte eine Bewegung in einiger Entfernung seine Aufmerksamkeit, und er sah einen Mann am Straßenrand, der die Tasche des Mädchens in der Hand hielt, die wahrscheinlich aus der offenen Tür gefallen war.

John brauchte weniger als eine Sekunde, um ihn einzuschätzen: Abschaum. Ein Säufer, der es nicht wert war, dass er sich mit ihm beschäftigte.

Der Rest des Weges zur Campa de los Ingleses, wo die Container standen, war die Hölle. Aus irgendeinem Grund war sie noch am Leben, dabei war er sicher, die Schlinge um ihren Hals lange genug zugezogen zu haben. Ihr Atem klang gurgelnd, ein dumpfes Rasseln wie von einem sterbenden Tier.

Er gelangte ans Ende der Straße und bog links ab, um in den Hafenbereich zu fahren. Um den Ort zu erreichen, wo die Container standen, musste er eine große Runde drehen und in der Nähe der Kräne das Dock überqueren. In einiger Entfernung konnte er das Gebäude der Zollwache sehen, das um diese Uhrzeit dunkel war. Seit dem ETA-Attentat am Hafen von Pasajes vermied die Nachtwache, nachts das Licht anzumachen.

Vorn an der Windschutzscheibe war seine Zugangsberechtigung angebracht. Dank seines Jobs war es ihm erlaubt, den Hafen zu jeder Tages- und Nachtzeit zu betreten. Doch John hatte ein ungutes Gefühl, denn wenn die Sache einmal nicht rundlief, war der Wurm drin.

Als hätte sein Opfer seine Gedanken gelesen, fing es in diesem Moment an zu weinen. Sofort fühlte er sich wieder ans Ufer des

Loch Katrine zurückversetzt, in jene Nacht, in der dieser Polizist ihn halb erstickt aus dem Schlamm gezogen hatte, während ein greller Blitz über den Himmel gezuckt war. Das Weinen. Es war fast der gleiche Laut gewesen wie der, den er jetzt hörte.

Erschreckt bremste John ab. Zitternd wandte er sich nach hinten um, zog die Decke zur Seite, die das Gesicht seines Opfers bedeckte, konnte jedoch nichts sehen. Der Containerbereich an der Campa de los Ingleses war komplett unbeleuchtet, und das Weinen in der Dunkelheit sorgte dafür, dass sich die Härchen an seinen Armen aufrichteten.

Mit nervösen Fingern versuchte er das Innenlicht des Wagens einzuschalten, das, als es ihm gelang, gelblich und ziemlich schwach war.

Das Gesicht und der Hals der jungen Frau waren stark gerötet. Das Tuch, mit dem er sie gewürgt hatte, war verrutscht. Ihr Kinn, ihre Brust und ein Teil ihres Haars waren mit Erbrochenem beschmutzt. Durch den offenen Mund waren ihre blutverschmierten Zähne zu sehen. Ihre Augen waren nach Johns Schlägen stark geschwollen und nass von Tränen, von denen einige über ihre Wangen gelaufen waren und auf ihrem Gesicht feuchte Spuren hinterlassen hatten. Und aus ihrem Mund kam jener tiefe Klagelaut, zusammen mit dem furchtbaren röchelnden Atem.

Verzweifelt wandte sich John wieder nach vorn um und blickte durch die Windschutzscheibe nach draußen. Er hatte sein Ziel fast erreicht, und dort war es deutlich sicherer, aber er konnte sie nur aus dem Wagen holen, wenn sie still war.

Entsetzt bedeckte er sein Gesicht mit den Händen und versuchte, ruhig zu denken, das Zeichen zu verstehen. Was bedeutete all das?

John keuchte, sein schneller Atem sorgte dafür, dass die Autofenster beschlugen, und er musste mit den Händen innen über die Windschutzscheibe wischen, um hindurchsehen zu können. Draußen war alles ruhig.

Schließlich drehte er sich wütend um, kletterte zwischen den Sitzlehnen nach hinten und setzte sich rittlings auf sein Opfer. Die junge Frau stöhnte und schluchzte und röchelte weiter durch ihre kaputte Luftröhre, die er wie ein billiges Plastikrohr zerdrückt hatte.

Angewidert beugte er sich über sie, um nach den Enden des Tuchs zu greifen, die unter dem Nacken des Mädchens eingeklemmt waren. Der saure Geruch des mit Blut vermischten Erbrochenen machte ihn verrückt. Er griff nach den beiden Enden des Seidenstoffs, wickelte sie um seine Hände … und machte nichts.

Unbeweglich starrte er auf sie nieder, während sie weiter in diesem tiefen, klagenden Ton weinte.

So verharrte er, entsetzt, vor Angst wie gelähmt. Schließlich ließ er das Tuch los, ballte die Hände zu Fäusten, führte sie zum Mund und biss sich auf die Knöchel.

Zitternd vor Wut kletterte er zurück auf den Fahrersitz, machte den Motor an und fuhr die verbleibenden 500 Meter zu dem schon lange leer stehenden Container, den er bisher zur Aufbewahrung von Planen und Schnüren benutzt hatte, die er brauchte, um die Leichen zu verpacken. Außerdem konnte er an dieser Stelle sein Auto verstecken, während er die Leichen mit dem Motorboot zu seinem Versteck am Fluss brachte.

John machte den Motor aus und stieg aus dem Auto, um das furchtbare Weinen nicht mehr hören zu müssen. Draußen spürte er, wie ihn Panik ergriff, und seine plötzliche dumme Feigheit, die ihn davon abhielt, die Seitentür zu öffnen, quälte ihn. Er hatte ganz genau das Geräusch der Luftröhre gehört, als sie brach. Sie starb. Verdammt, warum starb sie nicht endlich?

Erschöpft sank er auf die Knie, faltete die Hände und flehte zu Gott. Das war nicht die übliche Art, wie Bible John sich mit Gott verständigte, nicht mehr, seit Gott, als er 13 Jahre alt gewesen war, ein Wunder gewirkt und ihm gezeigt hatte, was er tun musste. Doch jetzt hob er die gefalteten Hände und fragte, an den Himmel gewandt: »Was soll ich tun?«

Aber Gott antwortete nicht. John wartete, ängstlich und einsam, wie sich nur ein verlorener Sohn fühlen konnte. Schließlich nickte er langsam, denn er begann das Zeichen zu verstehen. Er knöpfte sich das Hemd auf und riss ein Stück Stoff vom unteren Saum ab, das er wiederum in zwei kleine Stücke teilte. Die feuchtete er mit Speichel an und steckte sie sich in die Ohren. Dann öffnete er, so schnell er konnte, den Container und ging zum Auto.

Er startete den Motor und setzte zurück, bis er einen Schlag spürte. Für einen Moment fürchtete er, sich festgefahren zu haben. Vorsichtig legte er den ersten Gang ein, gab langsam Gas und stellte erleichtert fest, dass sich das Auto bewegte. Er stieg aus, öffnete die seitliche Tür und zog die junge Frau an den Armen nach draußen. Dann warf er eine Plane über sie und fuhr eilig aus dem Container, stieg noch einmal aus, um diesen zu schließen, und versuchte das Weinen in seinem Kopf zu ignorieren, das jedoch noch lange anhielt.

Wouldn't it be good to be in your shoes?
Wäre es nicht gut, an deiner Stelle zu sein?

Mikel Lizarso sah interessiert zu, wie Noah das Phantombild von Bible John zusammenfaltete.

»Könnte ich das haben?«

Noah gab es ihm. »Sicher, es wird immer wieder in den schottischen Zeitungen veröffentlicht. In den schottischen, nicht den englischen«, erklärte er. »Die ich übrigens in der Gran Vía an einem Kiosk in der Nähe der Banco de Vizcaya kaufe. Und der Kioskbesitzer hat gesagt, dass sich in letzter Zeit noch mehr Leute für schottische Zeitungen interessiert haben.«

Mikel sah ihn nachdenklich an. »Du wirst die Verfolgung niemals aufgeben, richtig?«

Noah seufzte und antwortete leise:

»Nein. Ich kann nicht. Und heute Abend musste ich ihn wegen dir weiterziehen lassen. Aber wenn er der ist, für den ich ihn halte, wird er keine Zeit verlieren und wieder töten, wenn er es nicht schon getan hat, und das kann ich nicht zulassen.«

»Dann musst du dir eine gute Erklärung ausdenken.«

»Eine Erklärung? Wofür?«

»Eine Erklärung, um keinen Verdacht zu erregen. In Bilbao halten sich immer einige Engländer auf, aber nicht so viele, dass du nicht auffallen würdest. Dein Akzent verrät dich.«

Noah seufzte. »Ich bin Schotte, aber … Ja, das habe ich schon gemerkt.«

Mikel fuhr unbeeindruckt fort: »Die Leute werden dich fragen, was du hier machst, welchen Beruf du hast. Sich für andere zu interessieren und mit ihnen zu reden gehört zur Tradition des *txikiteo*. Wenn du zum dritten Mal dieselbe Bar betrittst, stellen sie dir das gefüllte Glas auf die Theke, ohne dass du bestellt hast, denn dann wissen sie, ob du Rot-, Weiß- oder Roséwein trinkst. Ob du allein trinkst oder auf deine Freunde wartest, ob du passend zahlst oder Wechselgeld bekommst. Und am vierten Tag wissen sie, wie du heißt und wo du arbeitest.«

»Ja, das ist mir auch schon aufgefallen.«

»Außerdem hat Maite Gefallen an dir gefunden. Es ist also normal, dass sie sich für dich interessiert.«

Noah hob eine Augenbraue und sah Mikel überrascht an.

»Bitte? Du bist so ein cleverer Polizist und hast das noch nicht gemerkt? O Mann! Sobald du reinkommst, stürzt sie sich auf dich.«

»Sie redet mit allen.«

»Aber nicht wie mit dir.«

»Ich sehe daran nichts Ungewöhnliches«, entgegnete Noah unbehaglich. »Außerdem hat sie, glaube ich, einen Ehemann, der auch öfter in der Bar ist.«

»Kintxo? Ach was! Die sind schon seit Jahren getrennt. Das liegt vielleicht daran, dass er nicht der Fleißigste ist. Er hat im Hafen gearbeitet, im Stahlwerk und sogar mal auf einem Handelsschiff und einer Bohrinsel, war ein paar Jahre weg, ist aber zurückgekommen. Er kümmert sich um seine Tochter, und manchmal schaut er in der Bar vorbei, um Maite ein wenig Geld abzuknöpfen, aber da ist nichts zwischen den beiden.«

»Du bist ja sehr gut informiert.«

»Ich habe dir ja gesagt, dass ich die Iren seit drei Monaten überwache. Ich bin Stammkunde in dieser Bar, und glaub mir, auch mich haben sie ausgefragt. Offiziell bin ich Jurastudent an der Universität von Deusto, und … Ich kann dir versichern, dass ich noch nie erlebt habe, dass Maite sich so sehr für jemanden interessiert.«

»Nein, das kann nicht stimmen«, widersprach Noah ausweichend.

Mikel zuckte lächelnd mit den Schultern. »Wie du meinst. Aber es wäre besser, dass du eine gute Antwort hast, wenn die Leute dich fragen. Auf jeden Fall musst du irgendwas tun, denn die Iren haben noch nicht gemerkt, dass sie überwacht werden, und das Letzte, was wir wollen, ist, dass sie auf uns aufmerksam werden, weil du ihnen auffällst. Wir ermitteln seit Monaten in dieser Sache und befinden uns in einem sehr heiklen Moment. Du brauchst ein Alibi, das nicht gleich auffliegt. Die Leute, die im Hafen, in den Stahlwerken oder den Reedereien arbeiten, kennen sich untereinander zumindest vom Sehen.«

»Gilt das nicht auch für die Studenten? Fragt sich keiner, wieso du nicht zur Vorlesung gehst?«

»Doch, deshalb gehe ich immer mal wieder hin, weil wir auch die Unis im Auge behalten. Ich gelte dort als sehr schlechter Student, du weißt schon, viele Partys und wenig lernen. Jedenfalls sind im Moment Semesterferien, und das nächste Semester fängt erst im Oktober an.«

Noah nickte nachdenklich. »Es muss ein Beruf sein, in dem ich nicht an feste Arbeitszeiten gebunden bin.«

»Du liest doch immer die Sportzeitungen«, meinte Mikel.

»Die lese ich ganz bestimmt nicht. Ich blättere sie nur durch, um nicht mit den anderen Gästen reden zu müssen.«

»Aber du weißt, dass Athletic Bilbao die Meisterschaft gewonnen hat.«

»Ja, das ist ja nicht zu übersehen«, entgegnete Noah und wies auf ein Poster mit dem Meistertitel, das über der Theke hing.

»Was du aber nicht weißt, ist, dass die zweite Mannschaft, Athletic B, auch Meister geworden ist«, erklärte Mikel. »Das war wirklich der Hammer. Mit dem Spiel am 8. Mai, zwei Spieltage vor Saisonende, haben sie sich die Meisterschaft in der zweiten Liga gesichert.«

»Oh, das ist echt beeindruckend«, erwiderte Noah ohne großes Interesse. »Aber ich verstehe nicht, wie das …«

»Seit Ende der Saison gibt es Gerüchte, dass Talentscouts hergekommen sind, um sich unsere jungen Spieler anzusehen.«

»Und?«

»Du bist Engländer.«

»Schotte.«

»Engländer in diesem Fall«, erklärte Mikel lächelnd.

Er nahm eine Papierserviette aus dem Spender auf dem Tisch, zog einen Kugelschreiber aus der Jackentasche und begann zu schreiben. Nach einer knappen Minute war er fertig. Er drehte die Serviette so, dass Noah alles lesen konnte.

Es war eine Namensliste.

Iru, Murúa, Bakero, Salinas, Andrinúa, Aspiazu, Kortajarena, Eguileor, Arrien, Rastrojo, Oskar.

Noah sah Mikel fragend an.

»Das ist die Mannschaft, die am 8. Mai gespielt hat«, erklärte der. »Lern die Namen auswendig, und wenn du in einer Bar bist, lass dir einen Stift geben und schreib zwei, drei Namen auf eine Serviette. Die zerknüllst du dann und lässt sie auf der Theke liegen. Es gibt in ganz Bilbao keinen Kellner, der diese Namen nicht kennt, und keinen, der daraus keine Schlüsse zieht und eine so interessante Nachricht nicht weiterverbreitet.«

»Nicht übel«, gab Noah zu und stand auf.

»Du hast deinen Whisky gar nicht getrunken«, sagte Mikel, den Blick auf das Glas mit der bernsteinfarbenen Flüssigkeit gerichtet.

»Ich trinke nicht mehr. Außerdem ist es schon ziemlich spät, und du hast mir die Chance vermasselt, an meinem Verdächtigen dran zu bleiben.«

Mikel überging den Vorwurf, stand ebenfalls auf und folgte Noah. »Und wenn du nicht trinkst, warum hast du ihn dann bestellt?«

Noah wandte sich kurz um, um zu sagen: »Man kann eben nicht aus seiner Haut.«

Bilbao. Samstag, 20. August 1983

In dieser Nacht träumte Noah erneut von seinem Tod. Als er sich bewusst wurde, dass es nur ein Traum war, machte das das furchtbare Gefühl nicht besser. Er hörte erneut das schreckliche Weinen über dem Lärm des Gewitters. So deutlich, dass er sich zu Clydes Auto umgewandt hatte, weil er sicher war, die arme Frau im Kofferraum gehört zu haben.

Bible Johns Gesicht war voller Schlamm gewesen. Und dann kam diese Welle, und alles war vorbei, in tiefster Dunkelheit. Schwarze Schatten, die sich verflüssigten, wie klebrige Gelatine waren. Dann kamen sie über ihn, drangen in ihn, wollten sich seines Seins bemächtigen, und in diesem Moment war die Panik so groß, dass er erwachte.

Er öffnete die Augen in dem Bewusstsein, dass das Herz in seiner Brust raste. Obwohl sein gesunder Menschenverstand ihm sagte, dass er den Traum möglichst schnell vergessen sollte, strengte er sich an, die Erinnerung festzuhalten, die wie ein Vampir im Sonnenlicht verging. Die Leichen, die sich aus ihren Gräbern erhoben, das Getöse des Unwetters, die Blitze, die die Hügel um den See erhellten, Bible John, der den Kopf hob, um zu atmen, das Weinen, das von überallher kam. Und Johns Reaktion.

In seinem Bett in der Pensión La Estrella öffnete Noah die Augen und blickte an die weiße Decke, während er flüsterte: »Er hat es auch gehört.«

Eine seltsame Gewissheit wie eine wertvolle Information, von der er nicht wusste, wie sie ihm nutzen konnte.

Zwischen der Plaza Moyúa und der Calle Marqués del Puerto zeigte das Schaufenster des Geschäfts Radio Ortega eine bunte Auswahl neuester Technik: Olivetti-Schreibmaschinen in allen Farben auf einem treppenartigen Regal mit dem Namen der Marke. Tragbare Plattenspieler in orangefarbenen, grünen und blauen Koffern. Stereoanlagen in Schränken von der Größe einer Waschmaschine. Radios in allen Größen. Und zwischen all den Geräten die Cover der gerade angesagten Schallplatten.

Interessiert las Noah die Namen der Künstler: Francisco, Camilo Sesto, Julio Iglesias, Mari Trini, Tino Casal. Es war nur eine englische Schallplatte dabei, eine Single: »Wouldn't It Be Good« von Nik Kershaw.

Aber all das wurde von den Schallplatten der lokalen Musikgruppe Mocedades in den Schatten gestellt. Mindestens ein Dutzend Plattencover bildeten einen Altar, der mit goldfarbenem Konfetti und Luftschlangen in der gleichen Farbe geschmückt war. Die sechs Bandmitglieder posierten darauf, elegant in Schwarz gekleidet, als wollten sie in die Oper gehen.

Als Noah das Geschäft betrat, erkannte er sofort die unverwechselbaren Celloklänge der ersten Akkorde von »Amor de hombre«. Die Musik kam aus einer beeindruckenden Anlage, die strategisch geschickt gegenüber der Tür stand. Er blieb stehen, um zuzuhören, während ein Verkäufer im Anzug zufrieden lächelnd auf ihn zukam. Noah musste zugeben, dass die Musik hervorragend war.

»Das klingt toll, nicht wahr?«, rief der Verkäufer aus, als er vor ihm stehen blieb.

Noah nickte.

»Die Musik …«, begann er.

»Na ja, die Musik ist nicht von ihnen, die ist aus der Zarzuela *La leyenda del beso*, aber das wissen nur wenige.«

Der Verkäufer sah Noah an, als erwarte er Enttäuschung.

»Die Musik ist ganz wunderbar«, flüsterte Noah.

»Finde ich auch, denn was soll es, wenn nachher etwas Schönes dabei herauskommt.«

Noah nickte, ohne genau zu wissen, worauf sich der Mann bezog.

»Wenn Sie zu den Menschen gehören, die schöne Dinge schätzen, möchten Sie sich vielleicht eine solche Anlage anschaffen?«

Damit riss er Noah aus seinen Gedanken. »Oh, nein. Ich möchte nur ein Radio.«

Der Verkäufer warf einen letzten, leicht enttäuschten Blick auf die Stereoanlage, wandte sich mit einer Geste um und führte ihn in eine andere Ecke des Geschäfts.

Langsam machte sich Noah in der Frische des Morgens auf den Rückweg. Der Tag hatte ziemlich bewölkt begonnen und klarte allmählich auf. Er beschloss, am Kiosk vorbeizugehen, und kaufte insgesamt zehn Zeitungen, da er nun auch noch drei Sportzeitungen benötigte. Angesichts des Zeitungsstapels fragte er sich, ob sich die Informationen bei Olga auch in der Form angesammelt hatten.

Obwohl er geahnt hatte, dass das Büro bei MacAndrews samstags nicht besetzt war, hatte er am Morgen, gleich nachdem er die Pension verlassen hatte, bei ihr angerufen. Wie erwartet, hatte sich nur ein Anrufbeantworter gemeldet, der eine Nummer für Notfälle angab und dazu aufforderte, eine Nachricht zu hinterlassen.

Der Kioskbesitzer hatte die Zeitungen auf zwei Tüten verteilt. In eine davon packte Noah nun noch das neue Radio. Dann machte er sich mit seiner Last auf den Weg in Richtung Siete Calles.

Als er die Altstadt fast erreicht hatte, ließen seine Kräfte nach. Atemlos musste er zweimal stehen bleiben und tat so, als interessierte er sich für die Auslagen in den Schaufenstern der Geschäfte. Sein Atem wurde wieder schneller, er keuchte beinah, und er wusste, was als Nächstes kommen würde.

Beim ersten Schwindel ging er in ein Café, in dem sich sonst nur Frauen befanden. Unter ihren neugierigen Blicken setzte er sich an einen Tisch weit hinten und tat so, als lese er Zeitung. Er bestellte bei der Kellnerin einen Kaffee, und während er darauf wartete, öffnete er seinen Flachmann und nahm unauffällig einen Schluck vom Digitalin.

Als die Kellnerin mit dem Kaffee kam, fühlte er sich schon viel besser.

»Señor, ich kann Ihnen ein wenig Cognac oder Whisky in den Kaffee geben, wenn Sie möchten.«

Noah wurde bewusst, welchen Eindruck er erweckt hatte. »Oh, nein danke. Das ist nur Medizin.«

»Ja, natürlich«, antwortete die Frau, während sie zur Theke zurückkehrte.

Obwohl er kaum von seinem Kaffee trank, blieb er eine ganze Weile sitzen, um wieder zu Kräften zu kommen. Er blätterte eine Zeitung nach der anderen durch und suchte nach Informationen über Bible John oder den Fortschritt der Ermittlungen. Alle Seiten, die ihn interessierten, nahm er heraus und steckte sie zu dem Radio in die Tüte. So hatte er, als er ging, viel weniger zu tragen, und hinterließ auf dem Tisch einen Stapel englischsprachiger Zeitungen, einen beinah unberührten Kaffee und ein großzügiges Trinkgeld.

Zurück in seinem Zimmer packte Noah das Radio aus, schloss das Kabel an, und nachdem er den Nachttisch zur Seite geschoben hatte, um eine Steckdose zu finden, schaltete er es ein. Anschließend suchte er nach dem Sender, bei dem die Leute anriefen, um sich Lieder zu wünschen.

Angesichts der seltsamen Freude, die er empfand, als er die Stimme des Moderators in seinem Zimmer hörte, kam er sich ziemlich dumm vor. Doch die schöne raue Stimme von Bonnie Tyler und die ersten Akkorde von »Total Eclipse of the Heart« reichten aus, um ihn zutiefst melancholisch zu stimmen.

»Total eclipse …«, summte er gerade, als er meinte, ein Klopfen an der Tür zu vernehmen. Er stellte das Radio leiser und hörte es deutlicher.

»Señor Scott, Sie haben Besuch von einem Freund«, hörte er die Stimme der Pensionswirtin durch die Tür. Als er öffnete, sah er die Frau fragend an, da sonst niemand da war.

»Ihr Freund wartet am Eingang auf Sie«, sagte sie bemüht freundlich. »Sie wissen ja, dass Besuche verboten sind, wobei ich bei Ihnen da auch mal eine Ausnahme machen würde.«

Noah schloss eilig die Tür hinter sich und ging an ihr vorbei. »Kein Problem, ich wollte eh gerade gehen.«

»Wie Sie möchten«, antwortete die Frau, und Noah wusste nicht, was ihn mehr irritierte: Ob sie eine böse Hexe war oder versuchte, freundlich zu sein.

Mikel wartete unten am Eingang auf ihn und nahm sich nicht mal die Zeit, ihn zu begrüßen. »Sie haben Tampons in der Tasche der jungen Frau gefunden.«

Es gab zwei Geschäfte und eine Bar in der Gegend um den Fundort der Tasche: eine Kurzwarenhandlung, deren Besitzerin nichts mitbekommen hatte, ein Lebensmittelgeschäft, das einem jungen Paar gehörte, dem auch nichts aufgefallen war, und die Bar Avenida, ein schäbiges Lokal mit Neonlicht, das alle Gäste leichenblass erscheinen ließ. Der Boden war mit leeren Zuckertüten und ausgetretenen Zigarettenkippen bedeckt. Die Theke war mit grünen Kacheln verziert, und das lackierte Holz des Tresens glänzte.

Sie bestellten beide Kaffee, während sie darauf warteten, dass sich die Bar leerte. Mikel nahm seine Marke heraus, um sich als Ertzaina auszuweisen. »Die Stadtreinigung hat an einem Busch gegenüber Ihrer Bar eine rote Tasche gefunden. Ist die Ihnen vielleicht aufgefallen, oder haben Sie eine Ahnung, wie sie dorthin gekommen ist?«

Der Wirt der Bar Avenida kreuzte die Arme vor der Brust und lehnte sich an die Theke. »Das war vor zwei oder drei Tagen. Wir hatten schon geschlossen. Beim Putzen machen wir den Rollladen nie ganz zu, damit der Boden trocknen kann. Ich habe mich gebückt, um das Putzwasser auszukippen, und hab einen Gast gesehen, der an den Busch gegenüber eine Tasche gehängt hat.« Er wies mit dem Kinn in Richtung Straße.

»Einen Gast aus Ihrer Bar?«

Der Mann zögerte. »Na ja, ein regelmäßiger Gast ist er nicht, er ist einer von diesen Säufern, die zum Fest herkommen. Er hat bei mir eine Flasche Wein gekauft, um sie dann irgendwo anders zu trinken. Er hat nicht gestört und keine Probleme gemacht.«

»Wissen Sie, wie er heißt?«

»Also er hat einiges erzählt, aber er war betrunken«, sagte der Wirt und zuckte mit den Schultern. »Sein Name ist Juanito, und angeblich ist sein Vater ein reicher Unternehmer in Pasajes. Keine

Ahnung, ob das stimmt. Die Kleidung, die er trug, war in Ordnung, aber er hätte mal ein Bad vertragen können, Sie wissen schon.«

»Ist er öfter hier in der Gegend?«

»Er wohnt in einer Pension … Mari!«, rief der Mann in Richtung Küche. »Was hat dieser Juanito der Säufer noch gesagt, in welcher Pension er wohnt?«

Eine Frau mit stark gerötetem Gesicht kam durch den Glasperlenvorhang, der die gleiche Farbe hatte wie die Kacheln an der Theke. »In einer Pension in der Nähe des Muelle Campa de los Ingleses, in der Pensión Mazarredo oder vielleicht in der Casa Sánchez«, sagte die Frau, bevor sie wieder in der Küche verschwand.

Neue Gäste kamen herein, sodass der Wirt es eilig hatte, das Gespräch zu beenden.

»Vielen Dank für Ihre Hilfe. Nur eins noch: Haben Sie den Inhalt der Tasche gesehen?«

»Meine Frau hat hineingeschaut. Es war ein Ausweis drin und sonst nur Frauensachen, Schminke und so was. Geld war nicht drin. Wir haben gedacht, dass irgendein junges Mädchen sie verloren hat, und haben sie dort gelassen, weil die Leute, die etwas verloren haben, ja oft den gleichen Weg zurückgehen, um es zu finden. Deswegen haben wir gedacht, dass es das Beste ist, sie dort hängen zu lassen.«

Es war fast Mittag, als sie die Pension fanden, und als sie zum Eingang hinaufgingen, hatten sie nur wenig Hoffnung, den Mann dort anzutreffen.

Eine junge Frau öffnete ihnen die Tür und bat sie herein.

Juanito Mendi empfing sie in der Küche. Ein Kochtopf stand auf dem Herd, und der zwieblige Geruch von Lauch und Möhren lag in der Luft.

»Porrusalda«, murmelte Mikel, was offenbar der Name des Gerichts war.

Der Mann bat sie, sich zu setzen, und zeigte auf die Tasse Kaffee, die vor ihm stand. »Es tut mir leid, aber ich kann Ihnen keinen anbieten, der ist nur für die Gäste.«

Noah betrachtete den Mann. Er war noch jung, höchstens 30, und der Wirt aus der Bar Avenida hatte recht gehabt, er trug anständige Kleidung. Allerdings war sie ihm viel zu weit, als hätte er in kurzer Zeit viel Gewicht verloren. Noah erkannte alle Anzeichen von fortgeschrittenem Alkoholismus. Er wusste, dass der Mann dem Tod nah war, genau wie er selbst. Der Unterschied war nur, dass er nicht sterben wollte, Juanito Mendi schon.

Mikel erklärte, dass die Stadtreinigung die Tasche mitgenommen hatte, die er an den Busch gehängt hatte. Er gab dem Mann gar nicht die Möglichkeit, dem zu widersprechen.

»Wir würden gern wissen, wie Sie zu der Tasche gekommen sind. Wo haben Sie sie gefunden?«

Mendi nahm sich ein paar Sekunden Zeit und leerte seine Kaffeetasse. Danach sagte er nicht viel, aber es waren wertvolle Informationen.

»Ich wollte gerade zur Pension zurückkehren. Es war spät. Ich weiß nicht, wie viel Uhr, aber die Bar machte gerade zu. Die Tasche ist mir vor die Füße gefallen. Ich hab sie aufgehoben und bin auf die Straße gegangen. Ein paar Meter weiter hat ein weißes Auto angehalten. Der Fahrer stieg aus, und ich dachte, er kommt die Tasche holen, aber er ist nur auf die andere Seite des Wagens gegangen und hat die Seitentür geschlossen, die offen stand. Aus der offenen Tür hingen eine Hand und das lange Haar einer Frau. Er hat alles wieder reingestopft, die Tür zugemacht und mich auf eine Weise angesehen …« Juanito machte eine

Pause und sah die beiden Männer mit seinen traurigen Augen an.

»Würden Sie ihn wiedererkennen, wenn Sie ihn noch mal sehen würden?«

Juanito Mendi lächelte beinah. »Es war spät, und ich war den ganzen Tag unterwegs«, sagte er zur Erklärung, wobei Noah und Mikel klar war, dass er voll wie eine Haubitze gewesen war. »Und der Typ war ganz normal, ganz gewöhnlich. Er wirkte jung, könnte aber auch älter gewesen sein.«

Noah schüttelte den Kopf, während er dachte, dass es für Bible John schon immer von Vorteil gewesen war, ganz normal und gewöhnlich zu sein.

Doch dann sagte Juanito der Säufer etwas Überraschendes. »Wenn ich ihn noch mal sehen würde, würde ich ihn ganz bestimmt wiedererkennen.«

»Warum?«, fragte Noah.

»Weil er, als er mich angesehen hat, gedacht hat, dass er mich töten will.« Juanito sah seine Besucher an, als wolle er sie herausfordern, ihm zu widersprechen. »Er hat es sich dann anders überlegt, aber er hat es gedacht«, sagte er schließlich erstaunlich ruhig.

Und Noah war sich sicher, dass Juanito Mendi bedauerte, dass es nicht geschehen war.

Anschließend bestand Noah darauf, sich in der Gegend um die Iglesia San Nicolás umzusehen, wo er John zwei Tage zuvor in das weiße Auto hatte steigen sehen. Sie fanden vier Autos, die zu Noahs verschwommenen Erinnerungen und zu Juanitos Beschreibung passten, und dann noch ein fünftes gegenüber dem Café El Tilo.

Als sie Maites Bar betraten, fiel ihnen sofort die ungewohnte Stille unter den Gästen auf. In den Radionachrichten wurde gerade über die Ereignisse im Rathaus berichtet, in das die Polizei auf Befehl des Zivilgouverneurs gewaltsam eingedrungen war, um die spanische Flagge am Balkon zu hissen. Die Plenartagung war unterbrochen worden, und es war von Unruhen in den Straßen in der Nähe des Rathauses die Rede, aber genau wie am Vortag schien die Feststimmung größer zu sein als die politischen Spannungen, und die Lokale am Arenal, in der Calle Bidebarrieta, der Calle Correo oder der Calle Artecalle empfingen die ersten Besucher in der Erwartung, dass die Aste Nagusia mit dem üblichen Feuerwerk beginnen würde.

Maite lächelte und tat so, als wunderte es sie, Noah zusammen mit Mikel Lizarso hereinkommen zu sehen. »Hoppla, der Engländer, der nach Bilbao kam, und der zukünftige Anwalt! Was für ein Glanz in meiner Hütte!«

Leicht verlegen ging Noah, gefolgt von Mikel, zu seinem Stammplatz an der Tür zur Küche. Auf dem Weg zu ihnen stellte Maite im Radio einen Musiksender ein und zündete die kleine Kerze vor der Heiligenfigur an.

»Welche Heilige ist das?«, fragte Noah Mikel leise.

Anstatt zu antworten, wandte Mikel sich an Maite. »Hast du gehört? Dein englischer Gast würde gern wissen, welche Heilige das ist.«

»Welche Heilige? Die Amatxu?« Maite tat entsetzt. »Das ist die Virgen de Begoña, die Schutzheilige von Bilbao und der Provinz Vizcaya. Wie viele andere Frauen hier in der Stadt trägt meine Tochter ihren Namen, auch wenn wir sie zu Hause Bego nennen. Und Amatxu ist ein Kosename für unsere Heilige, der so viel wie ›liebe Mama‹ bedeutet. Und jetzt, da ihr euch zusammengetan habt«, wandte sie sich an Mikel, »solltest du mit ihm zum Opferstock der *txikiteros* gehen und ihr eine Kerze anzünden.«

»Die Basilika Nuestra Señora de Begoña befindet sich auf einem Hügel oberhalb der Siete Calles«, erklärte der Ertzaina. »Es gibt eine Stelle an der Ecke der Calle Pelota und der Calle Santa María, von der man sie sehen kann. Diese Stelle ist mit einem Stern auf dem Boden markiert. Traditionell legen die *txikiteros* dort am Jahrestag der Amatxu, am 11. Oktober, ihre Opfergaben nieder oder zünden für sie eine Kerze an.«

»Und zündest du die Kerze an, um etwas von ihr zu erbitten?«, fragte Noah, den Blick weiterhin auf Maite gerichtet.

»Sicher«, antwortete sie und sah ihm in die Augen.

»Und worum bittest du?«, wollte Noah wissen.

Sie lachte, und es war ein warmes Lachen, das Noah guttat. Mikel sah den beiden amüsiert zu.

»Das ist privat, Noah der Engländer«, sagte sie mit ironischem Unterton.

»Also ich weiß nicht«, wandte Mikel ein, »ich kenne da ein Gebet von vielen Frauen hier in der Stadt:

Virgen de Begoña,
Dame otro marido,
Porque el que tengo,
No duerme conmigo.

Virgen de Begoña,
Gib mir einen anderen Mann,
Weil der, den ich habe,
Nicht mit mir schläft.«

»Tatsächlich?« Noah richtete seine Frage direkt an Maite.

»Ich bitte nicht um einen Mann, sondern um Liebe«, sagte sie und widmete sich den anderen Gästen, nachdem sie den beiden ihr Bier serviert hatte.

Es war, als würde sie die gesamte positive Energie mit sich nehmen.

Noah spielte mit seinem Glas, und Mikel fiel der melancholische Blick auf, den er immer mal wieder der Frau hinter der Theke zuwarf. Noah war ein seltsamer Typ. Er schien ein guter Polizist zu sein, einer von denen, die voll in ihrer Arbeit aufgingen. Aber da war noch etwas, etwas, worüber er nicht sprach. Es hatte mit der Art und Weise zu tun, wie er Maite ansah. Es war eindeutig, dass sie ihm gefiel, aber er sah sie an, als ob es ihm verboten wäre. Mikel meinte, einen ähnlichen Ausdruck in den Augen von Juanito Mendi gesehen zu haben.

Er rückte näher an Noah heran und sagte leise: »Glaubst du, dass Mendi so, wie er sagt, in der Lage wäre, den Mann bei einer Gegenüberstellung wiederzuerkennen?«

Noah überlegte. »Die Frage ist nicht, ob er ihn wiedererkennt oder nicht, sondern wer ihn ernst nehmen würde. Du hast ihn ja gesehen. Vielleicht wäre er heute dazu in der Lage, aber was ist in drei Tagen? Er ist Alkoholiker, und zwar im Endstadium. In drei Tagen könnte er schon tot sein.« Noah senkte den Kopf, als ihm bewusst wurde, dass das auch für ihn selbst galt.

Mikel sah ihn leicht verwirrt an. Schon wieder dieser Blick. Als er gerade danach fragen wollte, kam Noah ihm zuvor: »Das war immer schon Bible Johns große Stärke: das unsichtbare Monster, der unerkannte Mörder zu sein. Er war schon zusammen mit Hunderten Menschen an öffentlichen Orten, und alle konnten ihn nur vage beschreiben.«

»Einschließlich dir, oder?«

Noah atmete tief durch und sagte nichts darauf.

»Damit wollte ich nichts andeuten, nur ... Ich habe dir nicht alles erzählt.«

Noah sah ihn fragend an.

»Ich habe meine Hausaufgaben gemacht, und es ist mindestens noch ein Mädchen verschwunden.«

»Was?« Noah hatte sehr laut gesprochen, sodass die Gäste um ihn herum ihn ansahen. Dabei fiel ihm auf, dass die Iren inzwischen in die Bar gekommen waren. Wobei weder John Murray noch Collin dabei waren.

Er senkte den Kopf, um Mikel weiter zuzuhören.

»Eines mit Sicherheit. Delia Vázquez, 23 Jahre alt. Ein Dienstmädchen aus einem der reichen Häuser hier in der Stadt, die viel Personal haben. Ihre Arbeitgeber haben sie bei der Policía Nacional als vermisst gemeldet. Sie arbeitet seit zwei Jahren für sie und ist, wie es scheint, sehr zuverlässig. Nach ihrem freien Tag ist sie nicht mehr aufgetaucht, und ihre Sachen sind noch im Haus. Sie wurde zum letzten Mal mit ihren Freundinnen in der Diskothek Arizona gesehen, einem riesigen, hier in Bilbao sehr bekannten Laden. Ihre Freundinnen sagen, dass sie sich mit einem Typen unterhalten hat. Deswegen habe ich das mit der Gegenüberstellung erwähnt. Vielleicht würde jemand ihn wiedererkennen.«

»Konnten die Freundinnen den Mann, den sie gesehen haben, beschreiben?«

Mikel schnaubte, bevor er antwortete. »Ja, sie haben ihn alle gesehen, ein ganz normaler Typ. Kurzes Haar, durchschnittlich groß, normale Statur.«

»Du hast gesagt, dass eine mit Sicherheit verschwunden ist. Und sonst?«

»Das Verschwinden einer weiteren jungen Frau ist noch nicht bestätigt. Heute Morgen war ich in dem Haus, in dem diese Delia

Vázquez gearbeitet hat, und ein anderes Dienstmädchen hat mir gesagt, dass in letzter Zeit seltsame Dinge geschehen, dass Delia nicht das erste Mädchen ist, das nach dem Besuch dieser Diskothek nicht wieder aufgetaucht ist. Aber der Polizei liegen keine weiteren Anzeigen vor. Vielleicht sollten wir heute Abend mal dorthin gehen und uns umsehen.«

Noah sah ihn betroffen an und sagte sehr leise:

»Das ist er. Er wiederholt es Schritt für Schritt, ist dir das klar?«

Mikel schüttelte den Kopf, als könne er es nicht fassen. »Aber das ist unglaublich, zweimal hintereinander in derselben Diskothek!«

»So geht er immer vor. In Glasgow hat er drei Opfer im Barrowland Ballroom kennengelernt.«

Mikel wies mit einer Geste zum Eingang, wo John Murray, Collin, Michael und der, den sie The Dark nannten, inzwischen aufgetaucht waren. Aber sie blieben nicht lange, sondern zahlten und verließen das Lokal. Mikel ging zum Eingang, um nachzusehen, welche Richtung sie einschlugen, während Noah zu Maite ging, um zu bezahlen.

Sie beugte sich vor, damit nur er sie hören konnte, und er tat es ihr nach. Plötzlich war sie ihm sehr nah. Noah konnte den Seifenduft auf ihrer Haut riechen, ihr Haar berührte ihn, und angesichts der Welle an Empfindungen, die ihn überkam, musste er die Augen schließen.

»Geht aufs Haus«, flüsterte Maite.

Noah sah sie überrascht an.

»Warum?«, fragte er, wobei ihm sofort bewusst wurde, dass das nicht die richtige Reaktion war.

»Weil mir danach ist«, sagte sie entschieden. »Oder gehörst du zu den Männern, die sich von einer Frau nicht einladen lassen?«

Noah lächelte. Es gefiel ihm, sie so dicht neben sich zu spüren.

»Wenn du dich revanchieren möchtest, könntest du beim nächsten Mal mich einladen.«

Noah brauchte nicht nachzudenken, die Antwort kam ihm von ganz allein über die Lippen. »Das würde ich sehr gern, Maite.«

In der Art, wie er es sagte, lag etwas, was keinen Raum für Zweifel ließ. Ja, das würde er gern tun, er wünschte es sich.

Sie zog sich ein wenig zurück und sah ihm in die Augen. In dem Moment wusste Noah, dass er einen Fehler gemacht hatte. Was tat er da?

Er verabschiedete sich ungeschickt und folgte Mikel, der draußen auf ihn wartete.

Diesmal zogen die Iren zur Calle María Muñoz weiter. Dort gab es auf beiden Seiten zahlreiche Bars, und die Leute verteilten sich mit ihren Gläsern in den Händen drinnen und draußen. Sie stießen mit ihren Weingläsern miteinander an oder aßen aus den Tonschalen.

In der nächsten Bar, die die Iren aufsuchten, bat Mikel den Kellner um einen Stift und forderte Noah auf, eine der Listen zu erstellen, um sein Alibi zu untermauern. Noah schrieb aus dem Gedächtnis mehrere Namen der B-Mannschaft auf, zeigte sie Mikel, der lächelnd nickte und den Zettel unter sein leeres Glas legte.

Als sie die Bar verließen, sah Noah den Jungen, der für Maite die Einkäufe erledigte, in Begleitung seines Hundes an der Tür eines anderen Lokals und ging davon aus, dass er auch dort Botengänge erledigte, doch Mikel meinte: »Ich glaube, dass Rafa uns folgt.«

»In dem Fall ist er weitaus geschickter als du«, scherzte Noah.

Der Junge ging ruhig zwischen den Leuten entlang. Hin und wieder blieb er stehen, um sich mit kindlicher Sorglosigkeit etwas anzusehen, fasziniert bei irgendeiner Gruppe stehen zu bleiben und die Gespräche mitzuhören, immer zusammen mit dem mittelgroßen Hund mit dem seidigen Fell, der nicht von seiner Seite wich. Dabei fiel Noah genau das auf, wovon Juanito Mendi gesprochen hatte, jener abschätzige Blick, mit dem die Entscheidung getroffen wurde, dass der Junge nicht mal ein paar Worte wert war. Abschaum. Ein armer Irrer.

Noah wusste nicht, warum, aber aus irgendeinem Grund machte ihn das furchtbar traurig.

In Gesellschaft unterwegs zu sein, veränderte Noahs Einschätzung des *txikiteo* vollkommen. Die Iren schienen in ihrem Element zu sein, und nach einer Weile begann er die Männer, die ihren Spaß hatten, zu verstehen.

Da Samstag war, waren viele in Begleitung ihrer Frauen unterwegs, und am nächsten Tag würden es noch mehr sein, versicherte ihm Mikel. In wenigen Stunden würde das Fest beginnen, und die Menge der Leute in den Straßen schien sich nach der Mittagszeit zu verdoppeln. In vielen Gruppen, die vor den Bars standen, wurde gesungen. Es waren baskische Lieder, von denen Noah kein Wort verstand, die aber derart melancholisch klangen, dass er sicher war, dass es darin um Trennung, Einsamkeit und Sehnsucht ging.

Von Mikel erfuhr er, dass die Straße mit den vielen Bars, die er entlanggegangen war, als er zuletzt den Iren gefolgt war, Calle Iturribide hieß, aber auch als »Elefantenpfad« bekannt war. Noah erzählte dem überraschten Mikel, dass er nach seiner ersten Tour dort ein ziemlich betrunkener Elefant gewesen war und dies erst gemerkt hatte, als ein Taxifahrer ihn darauf aufmerksam gemacht hatte. Er beendete die Anekdote mit den Worten: »Ich dachte, ich sterbe«, was Mikel zum Lachen brachte und er selbst, angesichts der Absurdität, von der nur er wusste, auch ziemlich witzig fand.

Sie probierten zum Wein die Spezialitäten jeder Bar. Das Essen war lecker, schmackhaft und warm und erfüllte die Straßen mit seinem Duft.

Noah war sich nicht sicher, ob er den Wein, den Mikel ihm anbot, wirklich trinken sollte, doch nachdem er ihn probiert und gemerkt hatte, dass er deutlich besser war als der Fusel bei seiner ersten Tour durch die Bars, wurde er mutiger. Mit jedem Bissen und jedem Schluck fühlte er sich besser und dieser Stadt näher, als ob er schon immer in diesen Straßen und diesem Viertel zu Hause gewesen wäre.

Und genau das war der Zauber der Siete Calles in Bilbao, der den Wunsch weckte, zu dem, was sie bedeuteten, dazuzugehören.

Sie folgten den Iren bis zum anderen Ende der Straße, wo sie *pintxos morunos* – maurische Fleischspieße – und *champis* – gegrillte Champignons – in der Bar Fez y Melilla aßen und ein paar Meter weiter, in einem Lokal namens La Mejillonera, Muscheln mit scharfer Sauce.

Noah fühlte sich gut, der Wein bekam ihm, und zusammen mit den leckeren *pintxos* war sein Magen angenehm gefüllt wie lange nicht mehr. Er spürte, wie ihm die Hitze in die Wangen stieg, und hätte er seine Waffe nicht bei sich gehabt, hätte er die neue Jacke ausgezogen, die zwar aus leichtem Stoff war, aber dennoch zu warm. Schließlich beendeten sie ihre Tour mit einem Kaffee im Café Altuna in einer Parallelstraße, den Noah, nachdem er ein paar Schlucke zu sich genommen hatte, für den besten hielt, den er je getrunken hatte.

Es war halb fünf am Nachmittag, als Noah in seine Pension zurückkehrte. Die Iren hatten sich ebenfalls in ihre Pension zurückgezogen, und Mikel hatte sich verabschiedet, nachdem er versprochen hatte, ein Auto aufzutreiben, damit sie am Abend Murray folgen konnten.

Noah setzte sich nachdenklich aufs Bett, während er auf das Geräusch der sich blähenden Vorhänge lauschte. Das *txikiteo* mit Mikel war für ihn eine außergewöhnliche Erfahrung gewesen. Obwohl sie offiziell nur den Iren gefolgt waren, hatte die gesellige Tradition ihn endlich mal auf andere Gedanken gebracht. Das Gefühl, einfach nur einer dieser Männer zu sein, die in den Straßen von Bilbao Wein tranken, *pintxos* aßen und Lieder sangen, hatte ihn für ein paar Stunden von dem Gedanken abgelenkt, eine wandelnde Leiche zu sein. Und er hatte nach dieser Fata Morgana gegriffen, weil er etwas von der Illusion gebraucht hatte, am Leben zu sein und darauf zu vertrauen, dass es so weiterging, ohne dass der Tod sich näherte.

Sein Magen war gut gefüllt, und er empfand die angenehme Müdigkeit, die zu einer sorglosen Siesta an diesem Augustnachmittag einlud. Er hatte sich mit Mikel über Dinge unterhalten, die endlich mal nichts mit seinem Beruf oder dem Monster, das durch die Straßen von Bilbao lief, zu tun hatten. Sie hatten sich vor der Kathedrale voneinander verabschiedet, und als er an Maites Bar vorbeigekommen war, hatte er sie in der Tür stehen gesehen. Das Lokal war leer gewesen, der Rollladen halb heruntergelassen, und sie hatte die weggeworfenen Servietten und die ausgetretenen Zigarettenkippen auf dem Boden zusammengefegt.

Maite hatte ihre Arbeit unterbrochen, als sie ihn an der Tür der Pension gesehen hatte. Sie hatte ihn ruhig angesehen, und in ihren Augen hatte ein Lächeln gestanden. Mit dem Schlüssel in der Hand hatte er ebenfalls innegehalten. Und jetzt wünschte er sich, er hätte den Schlüssel wieder eingesteckt und wäre die wenigen Meter zum Eingang der Bar hinübergegangen. Er wünschte, er hätte die Geste, mit der sie sich ihr Haar zurückstrich, aus der Nähe bewundert. Er wünschte, er hätte ihr Lächeln gesehen, das nur für ihn bestimmt war.

Doch stattdessen hatte er den Schlüssel ins Schloss gesteckt. Und er hatte sich mit einem stummen Winken von Maite verabschiedet, die ebenfalls langsam die Hand gehoben hatte, und mit dem unbefriedigten Wunsch, ihre Finger zu berühren, war er ins kühle Halbdunkel des Eingangsbereichs getreten, während sich die Tür hinter ihm langsam schloss und das wenige Licht aussperrte, das durch sie hereingefallen war.

Maite

Vom Eingang ihrer Bar aus sah Maite zu, wie Noah hinter der Tür der Pension verschwand, und fragte sich perplex, was da gerade passiert war.

Es war das erste Mal gewesen, dass sie sich gesehen hatten, ohne dass die Theke sie trennte, und auch wenn sie sich nicht für eine Expertin in Sachen männliches Verhalten hielt, war sie sicher, dass an diesem Morgen etwas zwischen ihnen passiert war, etwas Kleines, der Anfang von etwas.

Deshalb war diese Reaktion von Noah das Letzte, was sie erwartet hatte. Konnte sie sich so geirrt haben?

Sie blickte zum Pensionseingang und sah, wie die Tür langsam zufiel. Kurz entschlossen lehnte sie den Besen an die Wand und ging ihm nach.

Sie kam gerade noch rechtzeitig, bevor die Tür ins Schloss fiel, stieß sie auf und sah, wie er sich überrascht zu ihr umdrehte.

»Maite …«

»Noah, ich möchte mit dir reden«, sagte sie und machte einen Schritt auf ihn zu.

Noah nickte ernst.

»Es ist … Ich weiß nicht, vielleicht kommt es dir seltsam vor, oder ich irre mich, aber als wir zuletzt miteinander gesprochen haben, da hatte ich den Eindruck, dass du ganz anders warst … Und deswegen hat es mich überrascht, dass du jetzt gerade mal gegrüßt hast …«

Noah schwieg und sah sie gleichzeitig erstaunt und zweifelnd an.

»Also …«, fuhr sie nervös fort, während sie sich mit den Fingern durchs Haar fuhr. »Vielleicht meine ich das auch nur, aber ich wollte sicher sein, dass ich nicht irgendetwas getan oder gesagt habe, das dir unangenehm war.«

Ein trauriges Lächeln zeichnete sich auf Noahs Lippen ab, während er den Kopf schüttelte. »Nein, Maite, du hast nichts getan, und du könntest mir gar nicht unangenehm sein.«

Sie trat noch näher an ihn heran. »Bist du sicher?«

Er wollte etwas sagen, seufzte jedoch nur, weil er nicht dazu in der Lage war. Es wäre auch gar nicht möglich gewesen, da Maite sich auf die Zehenspitzen stellte und ihn küsste.

Es war ein kleiner, zärtlicher, vorsichtiger Kuss, der etwa drei Sekunden dauerte, bevor Noah sie umarmte und ihn erwiderte, eine, zwei, drei, vier, fünf Sekunden, bis er sich plötzlich zurückzog.

Maite sah ihn erneut an und verstand nichts. Noah hatte die Augen geschlossen und einen Ausdruck im Gesicht, der fast wie ein Weinen aussah und den er mit den Händen zu verbergen suchte.

»Was ist los?«, fragte sie alarmiert, als sie ihn schluchzen hörte. »Sag mir, was los ist, Noah«, verlangte sie und griff nach seinen Händen, um sie von seinem Gesicht zu nehmen.

Er wich zurück und sah den Schmerz, der sich daraufhin in ihrem Gesicht abzeichnete. »Es tut mir leid, Maite. Das darf nicht sein, das ist ein Fehler.«

»Aber warum? Was sagst du denn da?«, fragte sie etwas lauter.

»Ich passe nicht zu dir, Maite, ich bin nicht der Richtige für dich, für niemanden.«

Sie sagte nichts darauf. Ihrem Gesicht war ihre Enttäuschung anzusehen, Ungläubigkeit. Sie ließ die Arme hängen, wandte sich um, ging zur Tür und trat hinaus.

Doctora Elizondo

Noah ging in sein Zimmer, das ihm noch leerer und trauriger erschien als sonst, setzte sich aufs Bett und weinte leise.

Danach wusch er sich das Gesicht mit kaltem Wasser, nahm seine Jacke, die Medikamente, den Pensionsschlüssel und ging ins Treppenhaus. Auf der Treppe hob er den Blick nach oben zu dem Licht, das von dort hereinfiel und den Lack auf dem Geländer der oberen Stockwerke glänzen ließ.

Als er die Treppe hinaufging, stellte er überrascht fest, dass die Stufen sich tatsächlich in jedem Stockwerk weiter nach innen neigten. Allerdings wurde das dadurch ausgelöste ungute Gefühl durch die nach oben hin immer weiter zunehmende Helligkeit abgeschwächt.

Im fünften Stock gab es zwei Türen. Neben einer davon hing das gleiche Messingschild mit dem Namen des Psychiaters wie unten an der Haustür, nur hatte es hier seinen Glanz noch nicht verloren. Er drückte auf die Klingel und hörte das Geräusch im Inneren der Wohnung.

Ein etwa sechzigjähriger Mann öffnete die Tür. Er trug einen Anzug und hatte grau meliertes Haar. Sein Lächeln war freundlich, aber nicht übertrieben. Er gab Noah keine Gelegenheit, etwas zu sagen.

»Bitte kommen Sie rein und nehmen Sie kurz im Wartezimmer Platz. Wir sind gleich fertig. Fünf Minuten noch.«

Noah trat in den Raum, auf den der Mann wies. Darin standen zwei Sessel und sechs einzelne Stühle. In der Mitte stand ein alter Tisch, auf dem jede Menge Zeitschriften lagen.

Anstatt sich zu setzen, wartete Noah am Fenster, das zum Innenhof hinausging. Er schätzte, dass dieser Raum ungefähr über seinem Zimmer lag, aber es war wunderbar hell, obwohl der Himmel bewölkt war, was ihm das Gefühl gab, an einem anderen Ort, in einem anderen Gebäude, sogar in einer anderen Stadt zu sein.

Der Mann hielt sein Versprechen und tauchte nach fünf Minuten wieder auf. »Frau Doktor hat jetzt Zeit für Sie.«

Noah sah ihn überrascht an. »Frau Doktor? Ich dachte, dass Sie …«

»O nein. Ich bin ein Patient. Kommen Sie, sie erwartet Sie«, sagte der Mann und zeigte auf eine offene Tür.

Im selben Moment erschien eine weibliche Gestalt im Türrahmen, doch das Licht im Zimmer hinter ihr machte es Noah unmöglich, ihre Gesichtszüge zu erkennen, bis er vor ihr stand. Sie war so groß wie er, ihr Gesichtsausdruck war ernst, aber freundlich. Sie trug Slipper, eine graue Hose und ein Herrenhemd, was ihrer Attraktivität keinen Abbruch tat. Ihr rötliches Haar war zu einem Knoten hochgesteckt, aus dem sich einige Strähnen gelöst hatten. Die Brille mit dem dunklen Gestell diente dazu – da war Noah sich sicher –, sie älter erscheinen zu lassen, da die Gläser sehr dünn waren.

Sie begrüßte Noah mit einem kräftigen Händedruck und wies auf die beiden Stühle, die vor ihrem Schreibtisch standen. »Ich bin Doktor Elizondo. Möchten Sie hereinkommen, Señor …?«

Noah murmelte seinen Namen, zögerte aber, das Sprechzimmer zu betreten.

»Keine Sorge, Sie müssen nicht bleiben«, sagte sie, »aber da Sie schon mal hier sind, können wir uns ja auch ein bisschen unterhalten.«

»Es tut mir leid«, sagte er, als er sich setzte, »ich wollte nicht unhöflich sein. Es ist nur, dass ich Sie mir ganz anders vorgestellt habe.«

»Sie meinen, weil ich eine Frau oder weil ich jung bin?«, fragte sie ruhig.

Noah seufzte und stand wieder auf. »Entschuldigen Sie, ich habe mich geirrt. Es ist nur, ich habe nicht erwartet … Ich weiß nicht, was ich erwartet habe.«

»Keine Sorge. Bitte setzen Sie sich. Sagen Sie mir, was Sie hier vorzufinden dachten.«

»Ich weiß es nicht. Haben Sie denn jetzt Zeit? Haben Sie keine Patienten? Ich dachte, ich muss erst mal einen Termin machen.«

Sie wies auf eine Uhr, die über dem Schreibtisch hing, wandte sich wieder zu ihm um und sagte: »Gleich beginnt das Fest. Deswegen habe ich heute Nachmittag keine Patienten mehr. Sie können mir also gern erzählen, was Sie hergeführt hat.«

Noah setzte sich wieder hin, allerdings nur vorn auf die Stuhlkante. Er seufzte, bevor er sprach.

»Der Beginn des Fests«, murmelte er. »Halte ich Sie auf, wollen Sie nicht dabei sein?«

»Nach der ganzen Aufregung heute Morgen im Rathaus hat der Bürgermeister entschieden, dass das Feuerwerk auf der Explanada de Begoña neben der Basilika stattfinden soll. Aber ich bin nicht sicher, dass es dort ruhig bleibt, und ich bin keine Freundin von

Streitereien. Deshalb habe ich beschlossen hierzubleiben und habe Zeit für Sie.«

Noah hatte den Eindruck, einen leichten Vorwurf in ihrer Stimme zu hören.

»Ich möchte wirklich nicht unhöflich sein, es ist nur so, dass Sie so anders sind als alle Psychologen und Psychiater, die ich bisher kennengelernt habe.«

Die Frau interessierte sich sofort für diese Information. »Wie viele Psychiater haben Sie bereits behandelt, Señor …?«

»Mein Name ist Scott Sherrington, das ist ein Doppelname.« Noah lächelte verlegen, während sie sich den Namen aufschrieb. »Nein, ich habe mich nicht richtig ausgedrückt. In meinem Beruf sind wir manchmal verpflichtet, eine Therapie zu machen, wenn wir in eine Lage geraten sind, die traumatisierend sein könnte.«

»Feuerwehr, Polizei?«

»Polizei.«

»Und haben Sie sich schon mal ›verpflichtet‹ gefühlt, eine Therapie zu machen?«

»Nein«, antwortete er entschieden.

»Warum?«

»Bitte nehmen Sie das nicht persönlich, aber in einer solchen Situation muss ich nur verstehen, was passiert ist.«

»Und warum, glauben Sie, dass Sie jetzt einen Psychiater brauchen?«

»Ich brauche Antworten auf Dinge, die mit mir vorgehen und die ich nicht erklären kann.«

»Und diesmal ist es anders. Sie müssen nicht nur verstehen, sondern Sie glauben, dass Sie Hilfe brauchen.«

Noah nickte langsam.

»Möchten Sie, dass wir über eines dieser Dinge reden, Señor Scott Sherrington?«

Noah sah die Ärztin lange an, bevor er mit einer Frage antwortete. »Doctora Elizondo, was wissen Sie über den Tod?«

Sie wirkte auf seine Frage hin gleichzeitig überrascht und erleichtert. Ohne den Blick von ihm abzuwenden, lehnte sie sich in ihrem Sessel zurück und legte eine Hand ans Kinn. So verblieb sie ein paar Sekunden schweigend, und als sie antwortete, hatte ihr Gesichtsausdruck sich verändert.

»Señor Scott Sherrington, was das angeht, bin ich eine Expertin.«

Noah blickte interessiert zurück. War sein Urteil vielleicht vorschnell gewesen? Sollte er der Eingebung, die ihn zu ihr geführt hatte, vertrauen?

Neugierig fragte er: »Wie können Sie das sein? Wie alt sind Sie? Ich würde sagen, um die 30, und in diesem Alter beschäftigt man sich eigentlich weniger mit dem Jenseits.«

»Mit dem Jenseits? Was ist das? Können Sie mir das erklären?«

Plötzlich fühlte sich Noah gar nicht mehr fehl am Platz. Er setzte sich auf seinem Stuhl bequemer hin und lehnte sich zurück.

»Das Gewicht der Toten«, sagte er langsam. Es laut auszusprechen, war wie eine Katharsis, als ob sich ein Wasserhahn geöffnet hätte. Er blickte in das Licht, das durchs Fenster hereinfiel, und begann zu reden: »Es ist, als ob, wenn man geboren wird, alles komplett auf der Seite des Lebens steht. Wenn man ein Kind ist, sind alle Menschen, die man kennt, die Eltern, die Geschwister, die Freunde, alle auf dieser Seite. Auf der Seite der Lebenden. Auch als junger Erwachsener, wenn man sich der Existenz des Todes bewusst wird, trifft es meistens nur Leute, die einem nicht allzu nahestehen. Dann sterben die eigenen Eltern, ein Freund, deine Lehrer, und die Waage beginnt sich zur anderen Seite hin zu neigen. Das ist das Gewicht des Todes.«

»Ist es das, was Sie quält? Sind mehr Tote als Lebende auf Ihrer Waage?«

»Ich nehme an, dass das schon seit einer ganzen Weile so ist, ich nur nie darüber nachgedacht habe. Bis jetzt.«

»Und was hat sich verändert?«

Noah wandte den Blick vom Fenster ab und richtete ihn mit unendlicher Traurigkeit auf die junge Frau, die ihm gegenübersaß. »Ich sterbe.«

Sie wirkte überrascht, neigte ein wenig den Kopf zur Seite und blickte ihn aufmerksam an. »Im bildlichen Sinn? Weil Sie sehr leiden?«

»Im wörtlichen Sinn. Ich habe eine Herzkrankheit. Dilatative Kardiomyopathie. Ich habe noch vier Monate zu leben, wenn ich Glück habe, denn ich könnte jeden Moment sterben, in diesem Moment.«

Die Ärztin nickte langsam. »Das tut mir sehr leid. Das ist zweifellos eine heikle Situation für jeden, der sich ihr stellen muss. Einen Tod zu betrauern, den eigenen oder von anderen, ist eine der größten Erschütterungen, die ein Mensch durchlebt. Die Verwirrung, der emotionale Schock und die Angst sind nur einige der vielen Gefühle, denen man sich in den verschiedenen Phasen dieser Situation stellen muss. Ich halte es für sehr vernünftig, dass Sie in dieser Lage Hilfe suchen. Wir können nicht verhindern, dass das Unvermeidliche geschieht, aber es gibt Möglichkeiten, dem Prozess einen Teil des Schmerzes zu nehmen.«

»Sie haben meine Frage noch nicht beantwortet, Frau Doktor.«

»Ich verstehe nicht.«

»Mein Kardiologe hat mir einige Bücher über den Prozess

gegeben. Ich kenne die Trauerphasen. Die Verneinung, die Verhandlung, die Phase des Zorns, die Depression und die Akzeptanz. Mir ist bewusst, dass ich nicht viel Zeit habe, und vielleicht habe ich deswegen alle Trauerphasen in knapp einer Woche durchgemacht. Die Verneinung hat nur fünf Minuten gedauert, im Krankenhaus zwischen dem Moment, in dem mein Arzt es mir gesagt hat, und der Offensichtlichkeit des Echokardiogramms. Das Gleiche gilt für die Phase des Verhandelns. Mein körperlicher Zustand ist so verheerend und offensichtlich, dass sich die Einsicht, dass ich sterben werde, geradezu aufdrängt. Den Zorn habe ich ganz gut unter Kontrolle. Ich bin Polizist und habe das mein ganzes Leben über gut hingekriegt. Ich habe gelernt, meine Energie lieber in die Suche zu stecken, um ein Ziel zu haben. Und was die Depression angeht …« Er seufzte tief, bevor er antwortete. »Ich bin am ersten Tag in dieses Loch gefallen und habe angesichts meines baldigen Todes akzeptiert, dass sie mich bis zum Ende begleiten wird.«

Die Ärztin nickte langsam und ermunterte ihn weiterzusprechen.

»Aber es ist nicht das, worüber ich mit Ihnen reden möchte. Bevor ich fortfahre, müssen Sie meine Frage beantworten. Was wissen Sie über den Tod, Frau Doktor Elizondo? Was wissen Sie über Nahtoderfahrungen? Und von Menschen, die tot waren und zurückgekehrt sind?«

»Ist Ihnen so etwas passiert?«

»Ein heftiger Herzinfarkt, der zum plötzlichen Herztod geführt hat. Ich war tot und wäre es noch immer, wenn mich nicht zwei Jäger, die nach dem Unwetter zufällig vorbeikamen, im kalten Schlamm gefunden hätten. Sie haben mich in ein Krankenhaus gebracht, in dem ein hervorragender Kardiologe arbeitet. Ich war tot, ohne Puls, ohne Herzschlag. Viele Minuten lang.«

Noah nahm aus der Innentasche seiner Jacke die Dragees und den Flachmann mit dem Digitalin.

»Oh!«, rief die Ärztin deutlich überrascht aus, während sie die Medikamente begutachtete. Sie öffnete sogar den Flachmann und roch an seinem Inhalt.

»Wenn es einen nächsten Termin geben sollte, werde ich Ihnen die Krankenhausberichte mitbringen«, sage Noah und steckte die Medikamente wieder ein. »Na ja, ich bin also wie Lazarus von den Toten auferstanden. Und ich muss wissen, ob Sie sich auf das Thema einlassen und ob Sie der Meinung sind, dass es sich lohnt, darüber zu reden, oder ob Sie mir einen Vortrag über Halluzinationen halten werden, die das Gehirn hervorruft.«

Die Frau sah ihn ein paar Sekunden schweigend an. Dann nickte sie langsam und traf eine Entscheidung. Sie schob ihren Sessel ein wenig zurück, bückte sich und zog eine der Schreibtischschubladen auf. Daraus nahm sie ein gerahmtes Foto hervor und zeigte es Noah.

Es war ein Familienfoto in Schwarz-Weiß. Die Familie posierte vor einem Landhaus, ein Mann, eine Frau und vier Kinder. Drei Mädchen und ein Baby, das die Frau im Arm hielt. Sie wirkten glücklich.

»Das ist meine Familie, und das …« Sie zeigte auf eines der Mädchen, das kleinste, »bin ich. Ich war vier Jahre alt, als das Foto aufgenommen wurde, mein Onkel und meine Tante waren aus San Sebastián gekommen, um den Tag mit uns zu verbringen. Sie hatten eine neue Kamera und haben uns vor unserem Haus fotografiert. Ich erinnere mich noch, dass ich ein paar Tage vorher unerklärlicherweise abends nicht mehr zu Bett gehen wollte. Ich blieb im Wohnzimmer, bis ich auf dem Sofa einschlief und mein Vater mich in mein Zimmer tragen musste, das ich mit meinen Schwestern geteilt habe. Aber wenn ich dort mitten in der Nacht erwacht bin, bin ich ins Wohnzimmer gegangen und habe bis zum Morgen auf dem Sofa geschlafen. Genau eine Woche nachdem dieses Foto aufgenommen wurde, bin ich nachts, als alle schliefen, unruhig aufgewacht und habe eine weibliche Stimme gehört, die mich drängend rief: ›Wach auf! Wach auf!‹ Ich öffnete die Augen. Neben mir saß eine Katze, die sicher durchs Küchenfenster hereingekommen war, zumindest dachte ich das in jenem Moment. Sie war klein und dünn, hatte ein glänzendes schwarzes Fell und grüne Augen. Ich habe Tiere geliebt und mich gefreut, sie zu sehen, war aber auch überrascht, weil meine Mutter uns kein Haustier erlaubte. Ich habe mich aufgesetzt, um sie besser betrachten zu können, und in diesem Moment habe ich es gehört. Einen Laut, als ob der Nordwind ins Haus wehte, und dazu eine intensive Wärme. Und dann hörte ich wieder die Stimme: ›Geh weg von hier, weg!‹ Als ob derjenige, der sprach, direkt neben mir stünde. Es war ein eindeutiger Befehl. Die Stimme eines Erwachsenen, die ich noch nie gehört hatte, die aber mit der Vertrautheit eines Familienangehörigen mit mir sprach. Ich nahm die Katze auf den Arm, ging durchs Zimmer zum Eingangsbereich hinüber und öffnete die Haustür. Im selben Augenblick, als ich über die Schwelle trat, brach die Holzdecke des Erdgeschosses ein, und das ganze Haus explodierte mit einem infernalischen Knall. Ein glühend heißer Wind wehte, Balken standen in Flammen, und ich wurde auf die Wiese vor unserem Haus geschleudert. Mein Vater, meine Mutter, meine beiden älteren Schwestern und mein kleiner Bruder verbrannten im Feuer.

Als ich Jahre später zurückgekehrt bin, konnten sich die Nachbarn, die mich gefunden hatten, noch an viele Einzelheiten erinnern, aber nicht an die kleine schwarze Katze. Von diesem Tag an habe ich bei meinem Onkel und meiner Tante in San Sebastián gelebt. Sie waren sehr gut zu mir, aber als ich Jahre später immer noch auf der Geschichte mit der Katze bestand, die mich geweckt hat, um mir das Leben zu retten, merkte ich, dass sie sie für die Fantasie eines kleinen Mädchens hielten oder eine Art Schutzschild, um das Schuldgefühl abzuwehren, die einzige Überlebende zu sein. Aber ich habe diese Katze nie vergessen, und sie wurde zu dem Grund, warum ich Psychiaterin geworden bin.«

Die Ärztin seufzte tief, bevor sie hinzufügte: »Also, Señor Scott Sherrington, ich hoffe, dass mein Anteil an Toten in der Waagschale und mein Einblick in den Prozess des Sterbens Sie zufriedenstellt.«

Noah nickte und erlaubte sich sogar einen Scherz. »Ich habe nicht mehr viel Zeit, deshalb hoffe ich, dass Sie mir nicht erst einen Termin in einer Woche geben.«

Sie lächelte. »Was halten Sie davon, morgen zur gleichen Zeit wiederzukommen?«

Even if it was for just one day?
Auch wenn es nur für einen Tag wäre?

Um halb neun erwartete Mikel ihn im Eingangsbereich der Pension. Erneut folgten sie den Iren durch mehrere Bars, bis diese zum Abendessen in das Restaurant Víctor Montes an der Plaza Nueva einkehrten, wo sie bis nach ein Uhr in der Nacht blieben. Als sie das Lokal verließen, war deutlich zu merken, dass sie einen guten Teil der Whiskyvorräte des Hauses geleert hatten.

Michael, der Leprechaun, strebte auf dem Weg zurück zur Pensión Toki-Ona auf mehrere Bars zu, doch The Dark hielt ihn zurück. So erreichten sie schon bald ihr Ziel.

Mikel und Noah warteten im dunklen Eingangsbereich der Pensión La Estrella, und 20 Minuten später sahen sie, dass Murray die Pension wieder verließ. Er hatte sich umgezogen und das Haar nach hinten gekämmt. Nachdem er sich kurz umgesehen hatte, machte er sich auf den Weg zur Kathedrale und ging anschließend Richtung Arenal.

Sie mussten sich anstrengen, um mit ihm Schritt zu halten. Es waren noch viele Menschen unterwegs, doch Murray ging entschieden voran und wich dabei allen anderen aus, als habe er es eilig, pünktlich zu einer Verabredung zu kommen.

Am Arenal beschlossen sie, sich zu trennen. Während Noah an der Kirche wartete, wo Murray erneut geparkt hatte, ging Mikel eilig zur Calle de la Ribera, um den Renault 6 zu holen, den er sich ausgeliehen hatte. Er fuhr zwischen den Leuten hindurch, die zu den *txosnas* – den Getränkeständen – am Teatro Arriaga unterwegs waren, und Noah stieg genau in dem Moment zu, als Murray auf dem Weg zur Brücke ihren Weg kreuzte.

Zuerst fuhren sie in den Stadtteil Deusto, wo Murray ganz in der Nähe der Diskothek Garden parkte. Er ging zum Eingang, wo er feststellte, dass dort an diesem Abend ein Livekonzert stattfand, was ihn offensichtlich davon abhielt hineinzugehen.

Murray stieg wieder ins Auto und fuhr zu einem anderen Nachtlokal in der Nähe. Mikel parkte zwei Autos hinter ihm an der Avenida Madariaga, wo sie warteten, bis er das Lokal betreten hatte, um ihm dann zu folgen.

»Das ist kein Laden, den viele junge Frauen aufsuchen«, meinte Mikel. »Das Publikum ist gemischt, im Durchschnitt aber älter, und es ist weniger schick als im Arizona.«

Noah hatte nicht erwartet, dass Bible John wieder ins Arizona gehen würde. Inzwischen gab es an vielen Eingängen von Lokalen Überwachungskameras, und Noah war sich sicher, dass in großen Diskotheken wie dem Arizona, wo häufig Live-Veranstaltungen stattfanden, die Aufnahmen der Überwachungskameras auch gespeichert wurden. Würden von dort noch mehr Mädchen verschwinden, war es gut möglich, dass die Polizei sich diese Aufnahmen geben ließ, und so dumm war Bible John nicht.

Der Eingang des Holiday Gold sah nicht annähernd so pompös aus wie der des Barrowland Ballroom in Glasgow in den Siebzigern. Er war eher schmal, und Noah erwartete ein entsprechend kleines Lokal. Daher überraschte es ihn, einen weitläufigen Raum mit einer großen Bühne vorzufinden, der deutlich moderner ausgestattet war, als er gedacht hatte.

Murray drehte eine Runde durch das Lokal, bevor er sich einen Platz an der Theke suchte. Noah hatte beim Kellner zwei Gläser Cola bestellt, und als die Bestellung kam, lehnten sich Noah und Mikel an eine der großen Säulen, um so zu tun, als betrachteten sie die Leute auf der Tanzfläche.

Murray hatte die Ellbogen auf die Theke gestützt, wo er hin und wieder an einem Glas Whisky nippte. Zweimal sprach er Frauen an, die zur Theke kamen, um etwas zu bestellen, hatte aber kein Glück bei seinen Kontaktversuchen.

Nach einer Weile stand er auf und ging mit seinem Glas zur Tanzfläche. Und in diesem Moment sah Noah Collin. Er beobachtete Murray aus der Ferne, halb hinter einer der Säulen versteckt, die die Tanzfläche umgaben.

»Meinst du, dass sie sich hier verabredet haben?«, fragte Mikel.

»Nein, er hat ihn schon vor einer Weile gesehen. Wenn sie verabredet wären, wäre er zu ihm gegangen. Ich glaube nicht, dass er von Murray gesehen werden will. Genau wie wir ist er ihm gefolgt.«

Sie blieben noch etwas mehr als anderthalb Stunden. Dann stellte Murray sein fast noch volles Glas auf einem Tisch ab und verließ, gefolgt von Collin, das Holiday Gold. Er ging nicht zu seinem Auto, sondern weiter die Straße entlang, sodass Noah und Mikel vermuteten, dass er noch ein anderes Lokal in der Gegend aufsuchen würde. Kurz darauf bezahlte Murray den Eintritt in der Diskothek Chentes, und wenige Minuten später tat Collin es ihm nach.

Während Noah und Mikel einige Zeit verstreichen ließen, bevor sie ihnen folgen wollten, fiel ihnen ein Mann auf, der eilig herankam und mit einem der Türsteher sprach.

Noah stieß Mikel mit dem Ellbogen an. »Ist das nicht …?«

»Ja, das ist Kintxo, Maites Exmann.«

Sie sahen zu, wie er etwa eine Minute mit dem Türsteher verhandelte, der ihn schließlich hineingehen ließ.

Das Chentes war genau wie das Holiday eine Diskothek mit gemischtem Publikum, das nach etwas mehr Geld aussah. Auf einigen Tischen standen Champagnerflaschen oder Cocktailgläser. Die Frauen waren gut gekleidet und dufteten nach teurem Parfüm. Murray in seiner gebügelten Jeans, dem weißen Hemd und dem marineblauen Jackett passte gut an diesen Ort, der komplett in Schwarz gekleidete Collin dagegen wirkte wie ein Punk, der sich verlaufen hatte.

Das Lokal war etwas kleiner als das vorherige, und Collin ließ sich in einer dunklen Ecke nieder, ohne Murray aus den Augen zu verlieren.

Noah und Mikel bestellten sich, um nicht aufzufallen, jeder eine Cola, und Murray, der die ganze Zeit an der Theke stand, orderte einen Whisky, den er jedoch nicht trank.

Mehrmals schien es so, als interessiere er sich für die eine oder andere Frau, doch zwei Stunden später verließ er das Lokal, ging zu seinem Auto, fuhr zurück und parkte wieder in der Nähe der Kirche.

Mikel fuhr um das Gotteshaus herum, um in derselben Gegend zu parken, nachdem er Noah in der Einmündung der Calle del Correo am Arenal hatte aussteigen lassen. Der tauchte in einer Gruppe junger Leute unter, die von den *txosnas* kamen, den Getränkeständen, die neben dem Teatro Arriaga das gesamte Flussufer säumten.

Noah überquerte die Straße, nachdem er einen Becher mit Bier genommen hatte, den eine junge Frau ihm anbot. An einem Geldautomaten blieb er stehen und unterhielt sich mit den Leuten dort, während er auf Mikel wartete.

»Collin ist fast gleichzeitig mit mir angekommen. Er muss irgendwo ein Auto haben.«

Sie folgten den beiden eilig durch die Calle de la Tendería, wo sie unauffällig am Schaufenster der Confitería Santiaguito stehen blieben, um aus der Ferne zuzusehen, wie zuerst Murray die Pension betrat und Collin ihm, nachdem er eine Viertelstunde an der Tür gewartet hatte, folgte.

»Ich weiß nicht, welcher der beiden mir verdächtiger vorkommt«, sagte Mikel nachdenklich, als Collin endlich durch die Tür verschwand. »Wenn es nicht äußerst unwahrscheinlich wäre, würde ich sagen, dass Collin sich wie ein Polizist verhält.«

Noah blickte noch einmal in das dunkle Schaufenster. Die weißen Verpackungen der Süßigkeiten glänzten im schwachen Scheinwerferlicht an der Kathedrale.

»Er ist kein Polizist«, sagte er, während er die Auslage betrachtete. »Aber er ist von der ganzen Gruppe der, der mich am meisten beunruhigt. Der Einzige, der sich wie ein Soldat verhält.«

Als Noah endlich wieder in seinem Pensionszimmer war, fühlte er sich erschöpft und müde. Und wenn er ehrlich zu sich selbst war, musste er zugeben, dass es ihn traurig machte, Maite nach der kurzen Begegnung am Pensionseingang nicht mehr gesehen zu haben. Er schaltete das Radio ein, zog sich aus und legte sich im Dunkeln ins Bett. Das grüne Lämpchen des Radios war das einzige Licht im Raum. Er nahm den kleinen Apparat und hielt ihn sich ans Ohr, um aufmerksam auf den Liedtext zu lauschen.

Ven a radio madrugada
Si estás sola en la ciudad
Sin moverte de tu habitación.

[…]
No estás sola,
Alguien te ama en la ciuad,
No tengas miedo
Que la alborada llegará.
No estás sola,
Te queremos confortar,
Sal al aire,
Cuéntanos de lo que vas.

Komm zum Morgenradio,
Wenn du allein in der Stadt bist,
Ohne dein Zimmer zu verlassen.
[…]
Du bist nicht allein,
Jemand in der Stadt liebt dich,
Hab keine Angst,
Die Morgendämmerung wird kommen.
Du bist nicht allein,
Wir wollen dich trösten,
Geh an die Luft,
Sag uns, wohin du gehst.

Zum ersten Mal nach vielen Tagen glitt Noah ohne Probleme und ohne darüber nachzudenken in den Schlaf.

Maite

Sie lag seit Stunden im Bett. In der Ferne war die abendliche Festmusik zu hören, die über die Dächer der Stadt hallte. Ihre Tochter übernachtete bei einer Freundin, und da sie ganz allein in der Wohnung war, fühlte sich Maite ganz besonders einsam. Neben ihr auf dem Nachttisch stand das Radio, das sie eingeschaltet hatte, in der Hoffnung, es würde sie von der Begegnung mit Noah ablenken.

Dennoch konnte sie nicht anders, als immer wieder über jedes seiner Worte nachzugrübeln, über alles, was sie gesagt, und alles, was er geantwortet hatte. Erneut wurde sie von der Wut erfasst, die sie überkommen hatte, als sie den Eingangsbereich der Pension verlassen und sich selten dämlich gefühlt hatte. Unter allen idiotischen Gründen, die ein Mann anbringen konnte, um eine Frau zurückzuweisen, war der der Vernunft wohl der übelste. Niemand hatte ihr vorzuschreiben, was gut für sie war! Schließlich war sie nicht sechs Jahre alt!

Sie war eine erwachsene Frau und konnte ihre eigenen Entscheidungen treffen. Natürlich gab es Beziehungen, die nicht vernünftig waren, aber sie zurückzuweisen oder zu beenden war ihre Sache, und leider hatte sie darin ziemlich viel Erfahrung.

Sie atmete tief durch, um ihre Wut unter Kontrolle zu bekommen.

Da war noch etwas, was ihr den ganzen Tag durch den Kopf gegangen war und das nichts mit den gesagten Worten zu tun hatte. Denn wenn sie das bei ihrer Begegnung Gesagte ausblendete, sich auf die Gesten, die Blicke und das Lächeln beschränkte und das Ganze wie einen Stummfilm ablaufen ließ, konnte man die Sache ganz anders interpretieren.

Und wie in den alten Filmen war der Kuss das Entscheidende.

Sie erkannte einen Song von Miguel Ríos und stellte das Radio etwas lauter, um ihn zu hören. Und während sie dies tat, legte sie die Finger an die Lippen und streichelte sie in der Erinnerung an den Moment dieses Kusses.

»Du kannst sagen, was du willst, Noah der Engländer, aber wie schon Betty Everett sagte: ›Wenn ein Mann dich liebt, sagt er es dir mit seinen Küssen.‹«

Bilbao. Sonntag, 21. August 1983

Es gibt eine Schlafphase, die REM-Schlaf oder paradoxer Schlaf heißt. Noah hatte gelesen, dass sich manche Leute in dieser Phase nicht nur darüber bewusst waren, dass sie träumten, sondern sogar den Inhalt und den Ablauf ihrer Träume kontrollieren konnten. Er war sich sicher, dass es bei ihm ähnlich war. Er war zwar bei Weitem nicht in der Lage, das, was er träumte, zu bestimmen, aber in den letzten Tagen hatte er gelernt, jedes der Bilder, die in seinem Bewusstsein abliefen, wenn er von dem tragischen Erlebnis träumte, zu verlangsamen.

Wenn er einen Albtraum hatte, war er sich bewusst, dass dem so war. Manchmal wusste er im Schlaf, dass er eine Stimme aus dem Radio hörte, das Klangzeichen der vollen Stunde und jenes andere piepende Geräusch, das wie ein Herzmonitor klang und von dessen realer Existenz er nicht überzeugt war. Er träumte, das wusste er, aber das reichte nicht aus, um die Panik zu unterdrücken, die dieses Weinen bei ihm auslöste, das das Vorspiel des Todes war. Er wusste nicht, ob er damals einen mythischen Geist gehört hatte, die Seelen von Bible Johns Opfern oder das Klagen seines eigenen Geistes, als sich der Abgrund des Nichts zu seinen Füßen auftat. Doch dass Bible John es genauso deutlich gehört hatte wie er, machte diesen Horror zum entscheidenden Schlüssel, an den er mit aller Kraft glaubte, glauben musste. Denn wenn das, was sie beide gehört hatten, aus einer anderen Welt kam, gab es vielleicht doch noch Hoffnung für ihn. Und diese Annahme war der Grund, warum er wieder und wieder zu jener Qual zurückkehrte, um sie, bevor sie endete, anzuhalten.

Das eiskalte Wasser ging auf ihn nieder, die Tropfen prasselten ihm mit einer solchen Wucht in die Augen, dass es wehtat. Das Unwetter tobte, doch über all dem Lärm dröhnte sein Herzschlag. Und dann drang eine Stimme in seinen Traum …

»Guten Morgen, Bilbao. Ich bin Ramón García von Los 49 Principales FM Radio Bilbao. Ich nutze die Gelegenheit, alle Einwohner dieser Stadt zu grüßen, die heute den zweiten Tag der Aste Nagusia des Jahres 1983 feiern. Es wird wieder jede Menge geboten, der *encierro* – der Stierlauf –, baskische Sportwettkämpfe und der Umzug mit den *gigantes y cabezudos* – den Figuren der Volkstradition. Und für alle Fans des Stierkampfs findet am Nachmittag die große *corrida* in der Arena Vista Alegre statt. Der Himmel ist bewölkt, und auch wenn es im Moment nicht regnet, hat ein kräftiger Schauer den beliebten *encierro* am Morgen beinah ins Wasser fallen lassen. In wenigen Minuten werden wir die Telefonleitungen freigeben, damit ihr eure Lieben mit den beliebtesten Songs grüßen könnt. Bis dahin unterhalte ich euch mit ›She Works Hard For The Money‹ von Donna Summer, womit sie es diese Woche auf Platz eins der Charts dieses Senders gebracht hat.«

Noah öffnete in dem spärlichen Licht, das ins Zimmer drang, die Augen. Er wandte leicht den Kopf und sah links von sich das grüne Lämpchen des Radios, das wie ein Smaragd leuchtete.

Nachdem er das Radio etwas lauter gestellt hatte, um das Lied zu hören, widmete er sich der morgendlichen Inventur seiner Leiden. Wie jedes Mal nach dem Aufwachen empfand er eine leichte

Übelkeit, die erst nachließ, wenn er etwas Flüssigkeit zu sich genommen hatte. Langsam richtete er sich auf, um den leichten Schwindel, der ihn überkam, wenn er es zu schnell tat, zu vermeiden. Seine Füße sahen ganz normal aus und waren nicht gerötet oder geschwollen. Er stellte sie auf den Boden und wartete ein paar Sekunden, bis er aufstand. Dann ging er zum Fenster und öffnete es, um die Luft aus dem Innenhof und mit ihm den Geruch nach Reinigungs- und Waschmittel hereinzulassen.

Als er sich umdrehte, sah er, dass jemand einen Zettel mit einer Nachricht unter der Tür durchgeschoben hatte. Sie stammte von der Pensionswirtin, die ihm in überraschend ordentlicher Schrift einen guten Morgen wünschte und ihm, da sie zur Messe ging, mitteilte, dass das Frühstück in der Küche auf ihn warte.

Er öffnete die Tür und lauschte in den Flur. Alles war ruhig, und der angenehme Kaffeeduft weckte sofort seinen Appetit. Tatsächlich war er noch keinem der anderen Gäste begegnet. Während er darüber nachdachte, hörte er Maites Stimme hinter sich: »Guten Morgen.«

Erfreut wandte er sich um, beinah in der Hoffnung, sie dort zu sehen. Doch da war niemand, und die Stimme drang aus dem Radio, das auf dem Bett am Kissen lehnte.

»Hallo, wer bist du?«, fragte der Moderator.

»Ich bin Maite von hier, aus Bilbao.«

Noah schloss die Tür hinter sich und ging mit einem gerührten Lächeln zu seinem Bett.

»*Egun on*, Maite. Feierst du schön?«

»Na ja, ich muss leider arbeiten.«

»Na, zum Glück gibt es uns, um dir beim Arbeiten Gesellschaft zu leisten, und wir wünschen dir, dass du das Fest trotzdem ein wenig genießen kannst.«

»Ja, natürlich«, entgegnete sie.

Noah setzte sich lächelnd neben das Kissen aufs Bett und blickte auf den Apparat. Unerklärlicherweise war er nervös.

»Welchen Song sollen wir spielen?«, fragte der Moderator.

»Ich wünsche mir ›Amor de hombre‹ von Mocedades.«

Der Moderator lachte. »Du bist also romantisch, Maite. Und für wen wünschst du dir das Lied?«

Noah hielt den Atem an, während sich sein Magen so anfühlte, als säße er in einer Achterbahn.

»Na ja, für den Mann, der mir gefällt.«

»Verrätst du uns seinen Namen, Maite?«

Noah nahm das Radio in die Hand und spürte das Vibrieren ihrer Stimme an seinen Fingern.

»Er weiß schon, wer gemeint ist.«

Der Moderator lachte wieder. »Gib uns einen Hinweis, Maite, damit er sich sicher sein kann, wenn er dich hört.«

Sie zögerte. »Okay, er wartet auf die Flut.«

Noah schloss die Augen und atmete erleichtert aus, während ein glückliches Lächeln auf seinem Gesicht erschien.

»Na, da hat er Glück, Maite«, entgegnete Ramón García, »denn laut der Wettervorhersage wird es heute Nachmittag ganz schön nass werden. Und jetzt kommt für dich und den Mann, der dir gefällt, ›Amor de hombre‹ von Mocedades.«

Noah lauschte auf jeden Klang, auf jeden Ton der Stimme von Amaya Uranga. Er versuchte, aus dem Text eine Nachricht zu lesen, die nur für ihn gedacht war.

Als das Lied zu Ende war, behielt er das Radio noch eine Weile in den Händen. Er sehnte sich danach, erneut Maites Stimme zu hören, und sah sich verwirrt um, während er sich fragte, ob das wirklich passiert war oder ob er geträumt hatte.

Anschließend duschte er, rasierte sich und zog sich lächelnd an, wobei er für sich jedes Wort wiederholte, das sie gesagt hatte, als ob er nur so glauben könne, dass er sie wirklich gehört hatte. Die ganze Zeit über hatte er das Radio bei sich, obwohl er wusste, dass sie wahrscheinlich nicht noch mal anrufen würde. Doch er war nicht in der Lage, sich von dem Gerät zu trennen, aus dem ihre Stimme geklungen hatte.

Als er fertig war, ging er in die Küche und stellte überrascht fest, dass der Tisch mit mehreren kleinen Tellern mit Gebäck, einem Krug Milch und einem noch warmen Kaffeekocher recht üppig gedeckt war. Er nahm sich eine Tasse von dem Kaffee, der nach wie vor seinen angenehmen Duft verbreitete, und biss in ein Stück Gebäck, während er die Gardine am Fenster zur Seite schob, um einen Blick auf die Straße zu werfen.

Michael und The Dark verließen gerade ihre Pension und gingen mit entschiedenen Schritten zur Plaza Unamuno. In diesem Moment hatte Noah erneut eine Eingebung. Er stellte die Tasse auf dem Tisch ab, öffnete das Fenster und beugte sich so weit hinaus wie möglich. Der Blickwinkel war ungünstig, weil er die Straße nicht ganz überblicken konnte, aber er hätte gewettet, dass die beiden zur Telefonzelle gegangen waren.

Eilig schloss er das Fenster und trat in den Flur. Dort probierte er alle Türen auf der rechten Seite, bis er zum Schlafzimmer der Pensionswirtin kam. Er drückte die Klinke nach unten, und die Tür ließ sich öffnen. Das Zimmer war aufgeräumt, das Bett gemacht, und die Tagesdecke war so perfekt ausgebreitet, dass das Bett fast wie ein Denkmal wirkte.

Nach einem besorgten Blick zur Wohnungstür trat er in den Raum. Er öffnete das Fenster, das direkt zur Telefonzelle hinausging. Von seinem Platz aus konnte er die Hosenbeine eines der beiden Männer sehen, der innen an der Tür lehnte. Sie blieben etwa zehn Minuten in der Zelle und gingen dann zu ihrer Pension zurück.

Noah wollte gerade das Fenster schließen, als er Rafa sah, den Jungen, der für Maite und andere Bars Botengänge erledigte. Er trug eine Plastiktüte, aus der zwei Brote hervorlugten. Rafa war an der Ecke stehen geblieben und wehrte ängstlich jemanden ab, den Noah nicht sehen konnte. Als Rafa ein paar Schritte weiterging, stellte Noah fest, dass eine Gruppe von vier Jungen zwischen zehn und zwölf Jahren ihm folgten, um ihn zu ärgern. Einer der Jungen trat auf ihn zu und schlug nach dem Brot, das abbrach, sodass der obere Teil auf den nassen Boden fiel.

Noah, der das nicht mitansehen konnte, rief: »He, ihr! Lasst ihn in Ruhe!«

Die Kinder, einschließlich Rafa, wandten sich um und blickten zu Noah nach oben. Der Junge, der das Brot kaputtgemacht hatte, zeigte ihm den Stinkefinger.

Noah wandte sich wütend um – und sah sich direkt der Pensionswirtin gegenüber, die ihn lächelnd ansah.

»Oha, Señor Scott, ich fühle mich durchaus geschmeichelt, Sie in meinem Schlafzimmer vorzufinden. Wie ich sehe, geht es Ihnen viel besser.«

Noah sah die Frau überrascht an und versuchte zu erklären, dass er nach etwas auf der Straße Ausschau hatte halten wollen und dass er nur deswegen ihr Zimmer betreten hatte, wobei er entsetzt das vieldeutige Lächeln der Frau wahrnahm.

Ohne das Fenster zu schließen, murmelte er eine Entschuldigung, ohne anschließend zu wissen, ob er sie auf Spanisch oder auf Englisch vorgebracht hatte, eilte zur Wohnungstür und lief die Treppe hinunter.

Als er bei Rafa ankam, keuchte er, was einerseits der Eile

geschuldet war, andererseits seiner Scham bei der Vorstellung, was im Kopf dieser Frau wohl vorgehen mochte. Doch angesichts des Zustands des Jungen war dies schnell vergessen. Rafa war an die Wand zurückgewichen und betrachtete mit hängendem Kopf und verkrampften Händen die Reste des Brots auf dem Boden, auf denen zwei der anderen Jungen herumtrampelten, bis nur noch eine schmutzige, feuchte Masse übrig blieb. Die anderen beiden standen daneben und lachten, als einer seiner Kameraden sagte: »Na, gefällt dir das, du Schwachmat?«

»He!«, rief Noah.

Die vier Jungen rannten eilig in Richtung der Calle Iturribide davon und mischten sich unter die Menschen.

Noah beugte sich zu Rafa hinunter. »Rafa, geht es dir gut?«

Der Junge nickte.

»Bist du dir sicher? Haben sie dich geschlagen?«

Es war deutlich zu sehen, dass Rafa verängstigt und zugleich wütend war. Er atmete geräuschvoll ein und hob den Kopf, um ihn gleich wieder zu senken. Dann bewegte er den Mund wie beim Sprechen, holte noch einmal Luft und brachte schließlich hervor: »S-sie … haben … das Brot kaputtgemacht.«

»Mach dir deswegen keine Sorgen«, versuchte Noah ihn zu beruhigen.

»Doch. Sie haben das Brot kaputtgemacht.« In den Augen des Jungen standen Tränen. »Es ist für den Catofueros.«

»Für wen?«

Rafa wiederholte aufgeregt und unter Tränen mühsam, was er gesagt hatte. Noah ging davon aus, dass es sich um den Namen einer Bar handelte.

Er steckte eine Hand in die Tasche und holte ein paar Münzen heraus. »Keine Sorge, wir kaufen neues Brot. Ich gehe mit dir.«

Während sie zurück zum Platz gingen, versuchte er dem Jungen das Geld in die Hand zu drücken, doch er zog sie zurück und winkte so heftig ab, dass beinah auch noch die Tüte heruntergefallen wäre, die an seinem Handgelenk hing.

Da Rafa nicht dazu zu bewegen war, die Bäckerei zu betreten, ließ Noah ihn draußen am Schaufenster stehen, von wo aus der Junge immer wieder zu den zertrampelten Brotresten auf dem Boden hinüberblickte.

Noah kaufte ein Brot, ohne Rafa aus den Augen zu lassen, kehrte dann zu ihm zurück und steckte es in die Tüte zu dem anderen. Der Junge wirkte sofort erleichtert.

»Danke«, sagte er und hob den Kopf. An seinem schnellen Atem erkannte Noah, dass er immer noch sehr nervös war. »Ich … muss … das Brot bringen. Sie warten darauf.«

Noah beschloss, ihn zu begleiten. »Ärgern dich diese Jungen öfter?«

»M-manchmal«, sagte Rafa langsam. »Wenn Euri nicht da ist.« Der Junge ging, als würde er sich am Ende jedes Schritts leicht auf die Zehenspitzen erheben.

»Wer?«

»M-mein Hund Euri.«

Noah nickte. »Ich habe ihn schon mit dir zusammen gesehen.«

»E-Euri ist der Hund, der aus dem Regen kam. M-meine Mutter hat sie im Regen gefunden. D-deshalb heißt sie so, Euri ist Regen auf Baskisch. W-wenn sie da ist, trauen sie sich nicht.«

»Verdammte Feiglinge!«, schimpfte Noah.

»E-Euri ist sehr gutmütig, sie beißt nicht«, erklärte der Junge leicht beunruhigt.

»Natürlich nicht«, entgegnete Noah, gerührt von der Treue des Jungen zu seinem Hund.

»A-aber sie wissen das nicht.«

Noah blieb abrupt stehen und sah Rafa an. Der lächelte auf einmal. Noah lächelte zurück und streckte die Hand aus. »Soll ich deine Tüte tragen?«

»D-das geht schon.«

Noah ging schweigend neben ihm her.

»I-ich bin kein Schwachmat«, sagte der Junge plötzlich.

»Nein, natürlich nicht«, entgegnete Noah.

»S-sie nennen mich Schwachmat.« Er hob den Kopf, legte ihn leicht nach hinten und atmete geräuschvoll ein. »A-aber ich bin kein Schwachmat.« Er senkte den Kopf wieder und sagte ganz langsam: »Ze-re-bral-pa-re-se.«

Noah sah ihn überrascht an. »Was?«

»Z-Zerebralparese.« Rafa machte eine Pause und holte Luft. »D-das ist bei meiner Geburt passiert. Meine Mutter sagt, das war ein Unfall, das kann jedem passieren. Ich bin kein Sch-Schwachmat.«

»Nein, das habe ich nicht eine Sekunde von dir gedacht«, sagte Noah sehr ernst.

»D-das ist, weil ich nicht richtig spreche«, sagte Rafa überzeugt.

Noah wartete in dem Bewusstsein ab, dass der Junge sich gerade sehr bemühte.

»M-manche glauben, ich bin dumm … weil ich nicht richtig spreche.«

Noah blieb stehen und sah den Jungen an. »Rafa, ich kann auch nicht richtig sprechen, und ich muss einmal pro Stunde pinkeln, und ich kann nicht rennen, ohne anschließend zusammenzubrechen. Ich nehme an, dass die Leute mich auch für dumm halten.«

Rafa lächelte. »D-das stimmt, du sprichst auch schlecht«, sagte er amüsiert, »a-aber du bist nicht dumm.«

»Bin ich nicht«, entgegnete Noah lächelnd.

»Au-auch kein Talentscout«, sagte der Junge plötzlich lachend.

Noah sah ihn fragend an.

»I-in den Bars sagen sie, dass du ein Talentscout bist, aber du wusstest nicht, wer die Löwen waren«, erklärte Rafa in Erinnerung an ihre erste Begegnung in Maites Bar, als sie über Fußball gesprochen hatten.

»Du bist ganz schön schlau!«, sagte Noah und lachte.

»I-ich weiß viele Dinge.«

Noah spielte mit. »Ach ja?«

»D-dass du kein Talentscout bist und Maite dich mag.«

»Vielleicht bin ich doch ein bisschen dumm, weil das alle gemerkt haben außer mir.«

Rafa war inzwischen viel ruhiger, was Noah ausnutzte, um ihm eine Frage zu stellen. »Hast du jemandem erzählt, dass du glaubst, dass ich kein Talentscout bin?«

Der Junge schüttelte den Kopf.

»D-detective«, sagte er leise.

»Du glaubst, dass ich ein Detective bin?«

Rafa sprach noch leiser. »Englischer Detective, Pensión La Estrella, Ermittlungen. Und du hast eine Pistole bei dir, genau wie dein Freund.«

Noah sah den Jungen aufrichtig beeindruckt an. »Woher weißt du, wo ich wohne?«

»I-ich erledige auch Botengänge für Pensionen … Au-außerdem hast du aus dem Fenster geschaut.«

Noah griff sich an die Stirn und lächelte. »Rafa, ich muss dich um einen Gefallen bitten. Du darfst niemandem sagen, dass ich ein Detective bin, weil ich im Geheimen ermittle. Nur so kann ich den Fall lösen, an dem ich arbeite.«

»I-ich sage es keinem«, versicherte der Junge mit ernstem Gesicht. »U-und ich werde dir helfen.«

Noah sah Rafa überrascht an, in dem Bewusstsein, dass er jetzt ein Problem hatte. »Hast du das gestern auch schon gemacht, als du mir gefolgt bist?«

»A-Assistent«, sagte der Junge, während er gleichzeitig nervös vor und zurück schwankte und auf ein gut besuchtes Lokal hinter sich zeigte. »I-ich muss das Brot abliefern«, sagte er und eilte hinein.

Noah folgte ihm und wurde sofort von einer nach frittiertem Fisch riechenden Dunstwolke eingehüllt. Der Boden war mit einer Schicht aus gebrauchten Servietten und Garnelenschalen bedeckt. Im Cantón de los Fueros trafen sich sonntags die eleganten Leute der Stadt, um Meeresfrüchte zu essen und mit Martini anzustoßen.

Noah sah zu, wie Rafa durch eine Seitentür in die Küche ging. Er bestellte sich eine Portion Gambas und ein Glas Wein und wartete geduldig, bis der Junge wieder herauskam. Das Gespräch mit ihm war äußerst interessant gewesen, und er musste sich für den Rückweg stärken.

Mikel Lizarso

Mikel saß auf dem Feldbett, auf dem er einen Teil der Nacht verbracht hatte, und sah sich um. Der Raum befand sich im Erdgeschoss des Gebäudes in der Calle María Díaz de Haro, in dem das Verkehrsdezernat der Ertzaintza untergebracht war. Im allgemein zugänglichen Bereich standen die Einsatzwagen vor der Werkstatt und dem Lager, und hinter einer unbeschrifteten Tür war das Zimmer verborgen, in dem er sich gerade befand. Es war etwa drei Meter hoch, hatte zwei schmale Fenster, die nach hinten hinausgingen, und war offiziell gar nicht vorhanden.

Auch Mikels Einheit existierte offiziell nicht, und wenn unter den informierten Politikern von ihr die Rede war, nannten sie sie »Nebenstelle der Präsidialabteilung«. Rein verwaltungstechnisch waren sie für den Schutz des *lehendakari* – des Präsidenten der baskischen Regierung – und seiner Abgeordneten zuständig, eine Art inoffizieller Geheimdienst einer Polizei, die es gerade mal seit einem Jahr gab. Die meisten Befehlshaber in der Ertzaintza stammten aus dem Heer oder aus anderen Polizeikörpern, und die Möglichkeiten, an Informationen aus dem Innenministerium der Regierung in Madrid zu gelangen oder mit anderen Antiterroreinheiten zusammenzuarbeiten, waren gleich null. Daher hatte die baskische Regierung unter den Absolventen des ersten Jahrgangs eilig eine Gruppe treuer, idealistischer Patrioten ausgewählt, 22 Männer und zwei Frauen, die bereit waren, ihre Arbeit, die für die Zukunft von Euskal Herria – dem Baskenland – überlebenswichtig war, im Schatten zu verrichten.

Mikel war sich wie alle anderen Mitglieder der Einheit bewusst, dass sie nicht optimal ausgebildet waren, wollte aber alles geben.

An den Wänden standen acht Tische, und an einer Wand hing ein Foto des *lehendakari* Carlos Garaikoetxea und an einer die *ikurriña*, die baskische Flagge. Hinter einer kleinen Trennwand standen die Feldbetten für den nächtlichen Wachdienst, und es gab außerdem einen Fernseher und einen Videorekorder, um sich beim Wachdienst die Zeit zu vertreiben.

Hinter einer Mauer war das verborgen, was der Grund dafür war, dass immer mindestens ein Polizist anwesend sein musste: mehrere Tische mit 35 Telefonen, von denen aus jede Menge Kabel über den Boden zu diversen Aufnahmegeräten verliefen. Außerdem gab es dort einen Schrank voller Tonbänder, Telefonlisten, einen Mülleimer voller Zellophanpapier und einen Tisch mit zwei Stühlen und mehreren Kopfhörern, um die Aufnahmen abzuhören, und einen Stapel Notizhefte. Auf einem der Betten lagen mehrere Tageszeitungen. Die Schlagzeile in *El Correo* lautete »Bilbao will ein Fest sein«, und neben dem Artikel war ein Foto des Bürgermeisters in der Tür der Basílica de Begoña zu sehen, wie er gerade die Zündschnur der ersten Rakete anzündete. Daneben flankierte ein Foto von einer kaputten Puppe zwischen Trümmern die Nachricht von einem Attentat mit Goma-2 in einer Kaserne in Laredo, wo ein Mädchen und seine kleine Schwester verletzt worden waren. Weiter unten stand, dass der PLO-Führer Arafat in Kairo ermordet worden war und dass in Argentinien 40 000 Menschen gegen das Amnestiegesetz demonstriert hatten.

Mikel war wütend. Auf seinen Knien lag die Ausgabe einer acht Tage alten schottischen Zeitung, die nicht leicht zu beschaffen gewesen war. Mehrfach hatte er darin gelesen, wie Inspector Scott Sherrington bei dem Versuch ums Leben gekommen war, John Clyde festzunehmen, der unter dem Verdacht stand, der mythische Serienmörder Bible John zu sein.

In dem Moment klingelte eines der Telefone, und Mikel stand auf, um ranzugehen, doch ein anderer Polizist, der gerade eintrat, um ihn abzulösen, kam ihm zuvor. Nachdem er kurz zugehört hatte, wandte er sich an Mikel. »Ein Mann mit englischem Akzent fragt nach dir.«

Mikel nahm den Hörer entgegen und vernahm Noahs Stimme: »Ihr verschwendet eure Zeit, wenn ihr das Telefon in der Pension abhört. Vor etwa einer Stunde habe ich gesehen, wie Michael und The Dark zu der Telefonzelle an der Straßenecke gegangen sind, aus der ich gerade anrufe.«

»Vor etwa einer Stunde? Und was hast du die ganze Zeit gemacht?«

»Ich war beschäftigt. Erinnerst du dich an Rafa, den Jungen, der uns gestern gefolgt ist? Er hat das Alibi mit dem Talentscout nicht geglaubt. Er nimmt an, dass ich Polizist bin, genau wie du.«

»Hat er mit jemandem darüber gesprochen?«

»Ich glaube nicht.«

»Das müssen wir ihm irgendwie ausreden.«

»Ich fürchte, dafür ist es zu spät. Der Junge ist alles andere als dumm, das kann ich dir versichern. Ihm sind ein paar Dinge aufgefallen, die ihm eigentlich nicht hätten auffallen dürfen. Ich musste es zugeben, alles andere wäre zu riskant gewesen. Deshalb habe ich ihm gesagt, dass ich an einem geheimen Fall arbeite, und jetzt habe ich einen Assistenten. Wie findest du das? Der Junge liebt Detektivgeschichten.«

»Ich finde, dass du ein guter Geschichtenerzähler bist, Detective Scott Sherrington. Hast du ihm auch erzählt, dass du offiziell tot bist? Oder hast du dich als Tourist ausgegeben?«

Doctora Elizondo

Nach dem Telefongespräch mit Mikel überlegte Noah, bei Maite in der Bar vorbeizuschauen, doch allein der Gedanke daran machte ihn so nervös, dass seine Handflächen feucht wurden. Obwohl er noch nicht bereit dafür war, wollte er sie sehen, dabei wusste er noch nicht einmal, was er ihr sagen sollte.

Es war eindeutig, dass etwas geschah, was er nicht unter Kontrolle hatte. Was konnte er tun? Die Umstände hatten sich in keiner Weise verändert, und doch hatten Maites Worte und dieses Lied *alles* verändert. Er kniff die Lippen zusammen und atmete tief durch die Nase ein, während er versuchte, sich zu beruhigen. Dabei wurde ihm das Chaos seiner Gefühle bewusst, die ihn einerseits dazu drängten, zu ihr zu gehen, während er andererseits weglaufen und von der Erdoberfläche verschwinden wollte.

Er beschloss, die Sache aufzuschieben, auch wenn er sich dabei so feige fühlte wie noch nie zuvor in seinem Leben, und nahm erst mal seinen täglichen Spaziergang zum Zeitungskiosk in Angriff.

Die Schlagzeilen auf den Titelseiten der schottischen Zeitungen, die es am Kiosk gab, sorgten dafür, dass er die Artikel sofort an Ort und Stelle las. Auf sämtlichen Titelseiten war das Phantombild von Bible John zu sehen. »Festnahme eines Verdächtigen durch die Polizei«, »Bible John endlich gefasst«, »Polizei hat Monster gefasst!«

Noah las die Artikel mehrmals, die im Grunde aber nur eine Wiederholung dessen enthielten, was in den letzten Tagen schon geschrieben worden war. An einigen Stellen wurde er noch einmal als der Inspector erwähnt, der bei der Festnahme Bible Johns ums Leben gekommen war.

Wie es schien, hatte die Polizei nun jemanden in Gewahrsam genommen, der keinen Ausweis hatte vorzeigen können, eine Identifikation verweigert hatte und dessen Aussehen zu dem Phantombild passte, das nach den Beschreibungen der Leute, die John Clyde kannten, erstellt worden war. Die Worte »in Gewahrsam«, »Befragung durch die Polizei«, »festgehalten« und »alle weiteren Ermittlungen werden fortgesetzt« übersetzte Noah für sich damit, dass die Polizei gar nichts hatte. Dennoch reichte dies aus, dass er sich überlegte, Gibson anzurufen und nachzufragen.

Er behielt die Seiten, die ihn interessierten, und während er den Rest der Zeitungen in einen Mülleimer steckte, entschied er, noch zu warten, denn ihn überkamen leichte Zweifel. Konnte es sein, dass er sich irrte? Dass seine Eingebung ihn getäuscht hatte? War der Tote in La Rochelle vielleicht doch nur ein Containerdieb, der von einem anderen Verbrecher umgebracht worden war? War Murray nur ein weiterer Idealist, der im Freiheitskampf für sein Volk in schlechte Gesellschaft geraten war? Feierten die vermissten jungen Frauen vielleicht gerade irgendwo fröhlich auf einem anderen Fest im Baskenland? Hatte sich dieser Säufer hinsichtlich des Mannes mit dem weißen Fahrzeug getäuscht?

Noah hatte sein Land verlassen, seine Heimat, den einzigen Ort, den er als sein Zuhause bezeichnen konnte, um ein Phantom zu jagen. Hatte er sich mit der Vorstellung, dass Bible John nach Spanien gegangen war, von seiner eigenen Verzweiflung darüber, dass sein Leben zu Ende ging, ablenken wollen? Waren all seine Annahmen eine Flucht vor der eigenen Realität?

Noah ging dicht an der Wand die Treppe zu der Psychiaterin hinauf. Wahrscheinlich lag es an dem Effekt des gräulichen Lichts, das heute nur matt durch das Oberlicht schien, dass er den Eindruck hatte, die Treppe neige sich noch weiter nach innen als am Tag zuvor.

Dr. Elizondo öffnete ihm persönlich die Tür, und als Noah ins Sprechzimmer trat, fiel ihm auf, dass das Familienfoto noch immer auf dem Schreibtisch stand.

Während er zu seinem Platz ging, sagte sie: »Ich habe viel über unser gestriges Gespräch nachgedacht. Mir ist aufgefallen, wie sehr Sie sich der verschiedenen Phasen bewusst sind, die Sie seit der Nachricht Ihres bevorstehenden Todes durchgemacht haben.«

Noah wirkte beunruhigt.

»War ich zu direkt? Können wir so über das Thema reden, oder soll ich das Wort *Tod* lieber vermeiden?«

»Wir können das Wort ruhig verwenden«, meinte Noah.

»Ich will damit sagen, dass jede dieser Phasen mit Gefühlen und anormalen, erstaunlichen, ich würde sogar behaupten unglaublichen persönlichen Erfahrungen verbunden ist. Erlebnissen, die die meisten Menschen niemals haben werden und die in der Psychiatrie außergewöhnlich sind. Aber Sie wollen noch einen Schritt weitergehen, und ich muss zugeben, dass ich sehr neugierig darauf bin zu erfahren, worüber Sie mit mir sprechen wollen.«

Noah wich dem fragenden Blick der Ärztin aus, schaute zum Fenster und begann zu reden. »Ich träume jede Nacht von dem Moment, in dem ich gestorben bin. Dabei weiß ich, dass es weniger ein Traum als eine Erinnerung ist. Ich empfinde alles noch mal in der gleichen Deutlichkeit wie in dem Augenblick, als es passiert ist. Die ersten Male hat mir das große Angst gemacht, aber inzwischen gelingt es mir fast immer, vor dem Ende aufzuwachen.«

»Haben Sie das Gleiche auch schon im wachen Zustand erlebt?«

Noah nickte. »Ja, wenn ich Regen auf dem Gesicht spüre wie in jenem Moment und ein paarmal in der Dusche. Ich brauche nur die Augen zu schließen, und dann geschieht es.«

Dr. Elizondo machte sich ein paar Notizen.

»Fahren Sie fort«, bat sie.

»Was haben Sie sich aufgeschrieben?«, wollte Noah wissen.

Sie drehte das Notizbuch so, dass er es lesen konnte. »Posttraumatischer Stress. Das ist eine Störung, die durch eine erschreckende Situation ausgelöst wird und Albträume und Angstgefühle hervorruft. Obwohl Abram Kardiner dies schon in den Vierzigerjahren definiert hat, wird diese Bezeichnung erst seit Kurzem in der Psychiatrie verwendet. Sie wurde in den USA geprägt, infolge der psychischen Probleme ehemaliger Vietnam-Soldaten.«

»Ich weiß nicht, wer Abram Kardiner ist, aber ich denke, es ist ganz normal, nach einem Krieg Albträume zu haben.«

»Abram Kardiner war ein amerikanischer Psychiater, dem wir viel zu verdanken haben«, erklärte die Ärztin. »Es geht nicht nur um die Albträume. Kardiners Definition besagt, dass die Menschen, die unter posttraumatischem Stress leiden, nach wie vor im emotionalen Umfeld des traumatischen Ereignisses leben, mit wiederkehrenden Gedanken, bei denen sie fühlen oder handeln, als ob sich das traumatische Ereignis wiederholen würde.«

»Glauben Sie, dass das bei mir der Fall ist?«

»Möglicherweise zu einem gewissen Anteil.«

»Aber davon einmal abgesehen ist etwas in jener Nacht geschehen, das jeglicher Logik entbehrt. Ich habe Ihnen ja schon erzählt, was passiert ist, aber was ich nicht gesagt habe, ist, dass kurz bevor ich den Herzinfarkt erlitten habe, etwas Seltsames passiert ist. Ich habe das Weinen einer Frau gehört.«

Die Ärztin sah ihn verständnislos an.

»Ich versichere Ihnen, dass das absolut unmöglich war, denn über uns tobte das Unwetter, wir befanden uns in einer unbewohnten Gegend, und ich konnte kaum meine eigenen Worte hören, als ich den Mann, den ich festnehmen wollte, angeschrien habe. Und trotzdem habe ich es ganz deutlich gehört. Ein anhaltendes Weinen, ein Klagen. Sehr traurig und so klar, dass ich mir sicher war, dass sich eine weinende Frau in der Nähe befinden musste. Ich habe sogar zum letzten Opfer hinübergesehen, dabei hatte ich zuvor überprüft, dass die Frau wirklich tot war und das schon eine ganze Weile. Doch selbst wenn sie noch am Leben gewesen wäre, hätte ich dieses Weinen nicht so deutlich hören können. Es war, als wäre es in meinem Kopf. Und es war das Letzte, was ich gehört habe.«

»Ich entnehme Ihren Worten, dass Sie eine menschliche Ursache für das, was Sie gehört haben, ausschließen.«

»Als ich im Krankenhaus wieder zu mir gekommen bin, war das Erste, was ich gefragt habe, ob sonst noch jemand dort gewesen ist, ob es einen Zeugen gab oder ob vielleicht doch die Möglichkeit bestand, dass die Frau noch am Leben war und das Weinen von ihr kam. Und wissen Sie, was sie mir geantwortet haben?«

Dr. Elizondo wartete schweigend ab, dass Noah fortfuhr.

»In Schottland gibt es die Legende von einem weiblichen Geist mit dem Namen *caoineag*, der im Wasser lebt. Er weint in der Dunkelheit, ohne dass man ihn sehen kann, obwohl er deutlich zu hören ist. Es heißt, dass der, der das Pech hat, ihn zu hören, eine große Katastrophe erleben oder sterben wird.«

»La llorona, die Weinende«, sagte die Ärztin nickend. »Ein mythologischer Geist, den es in vielen Kulturen gibt. Ich kenne niemanden, der ihm persönlich begegnet ist, aber unter den Berichten von Patienten mit Nahtoderfahrungen gibt es viele, die sagen, vor dem Ende ein trauriges Weinen gehört zu haben. Vielleicht ist es für Sie von Interesse zu wissen, dass es in einigen mythologischen Kulturen den Glauben gibt, dass nur Mörder kurz vor ihrem Ende es hören. Es ist das Weinen ihrer Opfer, die nicht zur Ruhe kommen und ihnen mitteilen, dass sie im Jenseits auf sie warten.«

Noah zog die Augenbrauen hoch. »Es gibt noch etwas, was ich noch nicht erzählt habe: Durch diese wiederkehrenden Träume sind mir Dinge bewusst geworden, die ich vergessen hatte. Unter anderem, dass der Mann, den ich festnehmen wollte, es auch gehört hat.«

Die Ärztin runzelte die Stirn. »Noah, warum glauben Sie, dass Sie beide es gehört haben? Warum glauben Sie, dass er es auch gehört hat?«

»Sie meinen, dass er vielleicht derjenige war, für den es bestimmt war?« Noah dachte einen Moment darüber nach. »Nein, ich kann Ihnen versichern, dass der Mann noch lebt.«

»Das gilt auch für Sie, wie ich bezeugen kann.«

Noah sah die Ärztin ein paar Sekunden lang an, stand dann auf und ging zum Fenster. Draußen hatte es leicht zu regnen begonnen.

Er wandte sich wieder Dr. Elizondo zu. »Haben Sie schon mal eine Diagnose für einen Patienten gestellt, ohne ihn zu sehen? Ich meine, hat Sie schon mal jemand wegen eines Patienten konsultiert, der selbst nicht zur Therapie gekommen ist?«

»Ja, das gibt es häufiger. Manchmal kommen Familienangehörige, denen ein verändertes Verhalten bei jemandem aufgefallen ist und die eine Drogenabhängigkeit oder Alkoholismus vermuten. Oder wenn der Patient Hilfe verweigert. Fast immer kann ich ihnen Hinweise geben, was sie tun können, um das Verhalten wieder zu normalisieren oder so viel Vertrauen aufzubauen, dass der Patient doch zur Therapie kommt. Einen solchen Patienten nenne ich ›Patient X‹.«

»Und Sie sind in der Lage, nur anhand dessen, was andere Ihnen erzählen, eine Diagnose zu erstellen?«

»Natürlich keine präzise Diagnose. Dafür braucht man Monate, manchmal Jahre. Aber wenn ich genügend Informationen von der Familie erhalte, kann ich mich der Sache annähern, zumindest was das Verhalten betrifft.«

»Könnten Sie das für mich tun?«

»Was?«, fragte die Ärztin misstrauisch.

Noah ahnte, dass es nicht leicht sein würde, sie zu überzeugen, daher wählte er die Worte mit Bedacht. Dabei stellte er fest, dass man dafür eine Sprache sehr gut beherrschen musste.

»Ich jage diesen Mann schon seit vielen Jahren. Ich weiß alles über die bisher geführten Ermittlungen, und ich habe das Gefühl, dass etwas nicht stimmt. Es hat mit dem Motiv zu tun, und ich bin davon überzeugt, dass ich ihn erwischen kann, wenn ich in sein Bewusstsein eindringe und weiß, wie er denkt.«

»Das ist sehr interessant, Noah, aber Sie sind mein Patient und nicht dieser Mann. Ist Ihnen bewusst, wie seltsam das ist, worum Sie mich bitten?«

Noah gab nicht auf. »Es gibt einen amerikanischen Polizisten, der die Geschichten von vielen in Gefängnissen einsitzenden Mördern gesammelt hat, um eine gemeinsame Basis ihres

Handelns zu erarbeiten. Er nennt das Verhaltensprofil und vertritt die Ansicht, dass man, wenn man die Triebfeder eines Täters kennt, seinen nächsten Schritt vorhersehen und ihn festnehmen kann.«

Die Ärztin legte den Kopf zur Seite, während sie ihm zuhörte. Vorsichtig fuhr Noah fort.

»Soweit ich weiß, hat ein Psychiater ihm geholfen, herauszufinden, welche Fragen er stellen muss, um zu verstehen, woher diese abnormalen Instinkte kommen. Ich habe daran gedacht, den Psychiater um Hilfe zu bitten, der mit der Polizei in Glasgow zusammenarbeitet, aber … Sagen wir, dass mir seine Erfahrungen mit betrunkenen Polizisten, denen schon mal die Hand ausrutscht, für diesen Fall nicht passend erschienen.«

Dr. Elizondo dachte eine Weile nach, und als sie schließlich sprach, war ihrer Stimme die Vorsicht anzuhören, mit der sie sich dem Thema näherte. »Ich weiß, worauf Sie hinauswollen. Ich nenne es ›probable Persönlichkeitsstudie‹, aber ich habe das noch nie in Bezug auf einen Verbrecher angewendet.«

Er sah ihr in die Augen und versuchte, so direkt wie möglich zu sein. »Ich sterbe. Und ich habe viel darüber nachgedacht, wie ich die Zeit auf Erden verbracht habe, das können Sie mir glauben. Und trotzdem habe ich meine Heimat verlassen und bin einem Verbrecher hierhergefolgt. Und das habe ich getan, weil ich das Gefühl habe, dass ihn zu fassen das Einzige ist, das nicht meinem Leben – denn das habe ich vergeudet –, aber meinem Tod einen Sinn geben kann.«

Sie schüttelte den Kopf, als ob sie sich auf das, was er sagte, nicht einlassen wollte. »Ich habe eine Frage, Noah, und bitte seien Sie absolut ehrlich, wenn Sie sie beantworten. Ich werde wissen, wenn Sie mir nicht die Wahrheit sagen. Ist das der Grund, der Sie zu mir geführt hat? Denn dann hätten Sie sich den Besuch bei mir ersparen können und …«

Er fiel ihr ins Wort. »Ich bin zu Ihnen gekommen, weil ich Angst habe, Frau Doktor. Es ist mir wichtig, in Frieden zu gehen, und dafür muss ich ein paar Dinge verstehen. Ich bin zu Ihnen gekommen, weil ich niemanden habe, mit dem ich darüber reden kann, denn ich glaube, dass es etwas ist, über das man nur mit einem engen Freund sprechen kann, einem Menschen, der einen liebt, oder einem vollkommen Unbekannten. Mein bester Freund wäre perfekt, weil auch er viel Erfahrung in diesem Beruf hat, aber er weiß nicht mal, wo ich bin, und für die Liebe bin ich zu spät dran. Hier kenne ich nur einen Botenjungen und einen jungen idealistischen Ertzaina. Sie sind die Einzige, die ich habe.«

Sie lächelte leicht. »Aber dieser junge Ertzaina, den Sie kennengelernt haben … Wäre es nicht logischer, dass Ihnen ein Polizist in dieser Sache hilft?«

»Ihm fehlt die nötige Erfahrung, und außerdem spreche ich hier nicht von den üblichen polizeilichen Ermittlungsmethoden. Die besten Polizisten Schottlands arbeiten seit 14 Jahren ohne Ergebnis an dem Fall. Ich brauche jemanden, der mir hilft, diesem Mann ins Gehirn zu blicken.«

»Und Sie glauben, dass Ihnen das helfen würde, Ihren Frieden zu finden, Noah?«

Er nickte. »Ja, auf jeden Fall. Machen Sie es?«

»Lassen Sie mir eine andere Wahl?«

Er schüttelte den Kopf.

»Gut, ich werde Ihnen helfen, aber nur, weil ich glaube, dass Ihre Hartnäckigkeit, diesen Mann zu fassen, in der extremen Situation, in der Sie sich befinden, etwas ist, woran wir therapeutisch arbeiten müssen. Und ich mache es unter der Bedingung, dass wir uns mindestens die Hälfte der Sitzung über nur mit Ihnen beschäftigen.«

Noah beugte sich vor und hielt ihr die Hand hin. »Abgemacht.«

Die Ärztin schlug ein, und ihr entging nicht, dass ihr Patient auf einmal viel munterer wirkte und seine Augen glänzten. »Wo, glauben Sie, müssen wir anfangen?«

»Genau dort, wo meine Vorgänger nicht angefangen haben: bei den ersten Opfern und den Umständen ihres Todes. Ich habe einiges an Informationsmaterial für Sie. Sie werden sehen, dass sie auf den ersten Blick außer dem Ort, von dem sie verschwanden, der Art und Weise, wie sie gestorben sind, und dass sie alle ihre Regel hatten nicht viel gemeinsam haben. Der Polizei ist erst beim dritten Opfer aufgefallen, dass es sich um ein und denselben Täter handelt.«

»Unglaublich.«

»Dabei dürfen Sie nicht vergessen, dass es zu jener Zeit nur wenige Polizistinnen gab. Und die männlichen Polizisten hatten keine Ahnung von der Welt der Frauen. Das mit der Regel haben sie für einen Zufall gehalten. Und als sie sich weiter damit beschäftigt haben, sind sie zu dem Schluss gekommen, dass das aggressive Verhalten des Täters dadurch begründet sein könnte, dass sie wegen der Menstruation keinen Sexualverkehr haben wollten.«

»Eine ziemlich naive Theorie. Die vielleicht von der Frustration des ermittelnden Polizisten herrührt. Wahrscheinlich hat seine Frau ihn mit diesem Argument zu Hause abgewiesen. Damit will ich nicht sagen, dass es dadurch nicht zu Aggressionen kommen kann, aber deshalb zum Mörder zu werden …«

»Da bin ich der gleichen Meinung.«

Die Ärztin schien noch darüber nachzudenken. »Das Motiv kann so simpel nicht sein. Die Frage ist: Woher kommt seine Wut?

Dass seine Frau sich weigert, in diesen Tagen Sex mit ihm zu haben? Dann müssten wir davon ausgehen, dass das an allen anderen Tagen anders ist, denn ansonsten macht das Motiv keinen Sinn. Wenn wir annehmen, es mit einem Mann zu tun zu haben, der frustriert ist, weil keine Frau Sex mit ihm haben will, egal ob während der Menstruation oder nicht, woraus schließen wir dann, dass da ein direkter Zusammenhang besteht?«

Die Frage hatte Noah sich auch schon gestellt.

Die Ärztin fuhr fort. »Außerdem ist es eine Legende, dass Frauen in diesen Tagen keine Lust auf Sex haben. Es stimmt, dass in einigen Fällen Schmerzen, Entzündungen, Übelkeit und starke Blutungen vorkommen, aber für viele Paare ist das nur eine Frage der Hygiene. Es gibt sogar Frauen, die den Sex in dieser Zeit besonders befriedigend empfinden, vielleicht weil man sich keine Gedanken darüber machen muss, möglicherweise schwanger zu werden.«

»Das wusste ich nicht«, gestand Noah.

»Ich würde sagen, dass unser Patient X die Menstruation hasst. Penetriert er die Opfer während der Vergewaltigung? Ich meine, mit …«

»Ja.«

»Ich frage danach, weil das nicht unbedingt sein muss. Ich habe von Vergewaltigungsfällen gelesen, bei denen die Täter ohne Penetration Orgasmen hatten. Es ist die Gewalt, die sie erregt. Aber Sexualverkehr zu haben, ist eine andere Sache. Haben die Opfer dabei noch gelebt, oder waren sie schon tot?«

»Die Autopsieberichte aus dieser Zeit sind nicht sehr aufschlussreich. Er hat die Tampons oder Binden, die die Opfer dabeihatten, zu den Leichen gelegt, aber die gebrauchten Tampons und Binden hat er mitgenommen.«

»Gut, das untermauert den Gedanken, dass die Taten direkt mit der Menstruation zusammenhängen. Aber ich würde sagen, dass diese Verbindung zum Menstruationsblut einen tiefergehenden Grund hat.«

»Das denke ich auch. Ich glaube nicht, dass er sie angreift, weil sie ihre Regel haben. Er wählt sie aus diesem Grund aus.«

»Das ist sehr interessant«, gab Dr. Elizondo zu.

»Aber warum? Und vor allem, wie? Woher weiß er das? Die meisten Ermittler sind der Meinung, dass das ein heikles Thema ist. Nicht mal heutzutage erzählt eine Frau einem Mann, den sie gerade erst kennengelernt hat, dass sie ihre Tage hat.«

Die Ärztin machte sich ein paar Notizen, sah auf die Uhr und sagte: »Ich habe ein paar Theorien, aber ich erwarte noch Patienten, und bevor wir weitermachen, muss ich alles lesen, was Sie haben. Jetzt würde ich erst mal über Sie und Ihre Gründe sprechen.«

Noah blickte erneut nach draußen. Er schwieg, bis die Ärztin sich wieder an ihn wandte. »Noah, bitte sagen Sie mir, warum Sie wirklich hier sind.«

Er sah sie an, richtete den Blick aber gleich wieder aufs Fenster.

»Sie sind ein Ermittler, der wissenschaftlich denkt. Selbst auf den eigenen Tod reagieren Sie mit Vernunft, während das die meisten Menschen völlig aus dem Gleichgewicht bringen würde. Sie haben sich unter diesen Umständen sogar auf die Reise nach Bilbao gemacht. Sie akzeptieren das Unvermeidliche und stellen sich auf bewundernswerte Weise allem, was Ihre Situation mit sich bringt. Aber ich weiß, dass etwas geschehen sein muss, etwas, das Sie verändert hat oder Sie zweifeln lässt.«

Noah wandte sich wieder der Ärztin zu, die in diesem Moment mit dem Finger auf ihn zeigte. »Und ich glaube, dass es dabei nicht nur darum geht, dass Sie vor dem Herzstillstand ein paranormales Phänomen erlebt haben.«

»Wie denken Sie über Eingebung?«

»Ich bin die Psychiaterin, und ich stelle die Fragen, Señor Scott Sherrington.«

Noah zuckte lächelnd mit den Schultern. »Ich habe mein ganzes Leben lang an Eingebungen geglaubt. Wegen einer Eingebung bin ich hier in Bilbao. Ich möchte nur Ihre Meinung wissen.«

»Ich meine, dass sie ein Teil der universellen Intelligenz sind. Instinkt und durch extreme, gefährliche, riskante Situationen begründetes Verhalten. Ich glaube, das Auffällige ist, dass Eingebungen spontan erfolgen, ohne vorheriges Nachdenken. Deshalb empfinden wir sie beinah als magisch, aber im Grunde handelt es sich um die Interpretation von unbewusst erhaltenen Informationen.«

»Und für wie zuverlässig halten Sie sie?«

»Kommt drauf an. In Ihrem Fall dürften sie zuverlässig sein, weil Sie seit Jahren Mörder jagen. Ich bin mir sicher, dass Ihre Eingebungen dadurch begründet sind. Aber es wäre falsch, deswegen alle Entscheidungen aufgrund von Vorahnungen zu treffen.«

»Vorahnungen?«, fragte Noah.

»Zum Beispiel wurde schon viel Unsinn über weibliche Vorahnungen geschrieben. Man muss sehr kritisch sein, um kognitive Verzerrungen zu vermeiden und Intuition nicht mit Harndrang zu verwechseln.«

Noah lachte herzlich. »Keine Sorge, das kann ich gut auseinanderhalten. In letzter Zeit muss ich wegen des Diuretikums einmal pro Stunde zur Toilette. Aber das mit den kognitiven Verzerrungen habe ich nicht verstanden.«

»Sie sind eine Falle, auf die unser Gehirn hereinfällt, um zu vermeiden, dass wir uns selbst widersprechen, und die im Grunde zu der Überzeugung führen, dass wir immer recht haben. Und recht zu haben, ist sehr angenehm, deshalb gehen wir gern darauf ein. Wenn Ihnen Zweifel kommen und Sie darüber nachdenken, vielleicht einen Fehler gemacht zu haben, ist das gut.«

»Was für eine Erleichterung!«, entgegnete Noah entmutigt. »Denn ich fange an, an meinem Instinkt zu zweifeln. Es ist möglich, dass ich mich geirrt habe, und nicht nur, was diesen Kerl betrifft.«

»Wie kommen Sie darauf?«

»Sagen wir, die Dinge laufen anders, als ich dachte. Was die Nachrichten aus Schottland angeht, die Menschen, die ich hier kennengelernt habe, Mikel, den Jungen … Ich habe Ihnen ja schon von ihnen erzählt. Und es gibt eine Frau …«, sagte er leise.

Dr. Elizondo richtete sich interessiert auf.

»Ich habe noch nie jemanden wie sie kennengelernt. Sie war von Anfang an sehr direkt, sie hat mir keine Pause gegönnt, mir keine Wahl gelassen, sie ist sehr beharrlich.« Er lächelte, als er dies sagte.

Die Ärztin stützte sich auf den Schreibtisch und sah ihm sehr ernst in die Augen. »Sind Sie verliebt?«

Noah sah sie verwirrt an. »Natürlich nicht, das ist unmöglich. Ich kann mich nicht verlieben.«

»Warum nicht?«

»Warum nicht? Weil ich bald sterben werde.«

»Aber noch sind Sie am Leben, Noah.«

Er lehnte sich zurück, als wollte er eine gewisse Distanz zwischen ihnen schaffen. »Ich kann jeden Moment tot umfallen. Jetzt auf der Stelle.«

Die Ärztin verschränkte die Arme vor der Brust. »Genau wie ich, dieser baskische Polizist, der Junge und die Frau, für die Sie etwas fühlen.«

Noah erhob sich verärgert, weil es ihn nicht mehr auf seinem Platz hielt. »Ich weiß schon, was Sie mir sagen wollen: Wir alle werden irgendwann sterben. Das hat mein Kardiologe auch gesagt. Aber ihr habt das Glück, nicht zu wissen, wann es passiert, während ich weiß, dass mein Tod kurz bevorsteht. Ich habe keine Wahl.«

»Ich bin nicht nur Psychiaterin, sondern auch Ärztin, und ich kann eine Leiche erkennen, wenn ich eine vor mir habe, und Sie sind am Leben. Und solange Sie leben, *haben* Sie eine Wahl.«

Noah wollte etwas darauf entgegnen, schwieg stattdessen jedoch verärgert.

Dr. Elizondo wies auf den Stuhl und wartete darauf, dass er sich wieder hinsetzte, bevor sie fortfuhr. »Haben Sie nicht mal darüber nachgedacht, dass das Schicksal Sie vielleicht auf irgendeine Art entschädigen will? Sie sollten das Leben in jeder Sekunde, die Ihnen noch bleibt, auskosten. Vielleicht ist es die letzte Gelegenheit.«

»Und finden Sie nicht, dass das allen anderen gegenüber äußerst egoistisch wäre? Mit welchem Recht kann ich ein Teil des Lebens eines anderen werden, wenn ich nicht bleiben kann?«

»Noah, was wirklich egoistisch ist, ist, dem anderen zu verwehren, eine Entscheidung zu treffen. Jeder muss seinen Weg gehen, und ich habe das Gefühl, dass Ihre neuen Freunde nicht zu den Menschen gehören, die andere für sich entscheiden lassen. Wenn Sie das nicht glauben, probieren Sie es aus, und erzählen Sie mir beim nächsten Mal davon. Morgen zur gleichen Zeit.«

Wouldn't it be good if we could wish ourselves away?
Wäre es nicht gut, wenn wir uns einfach weit wegwünschen könnten?

Als Noah Maites Bar betrat, sah er, dass Mikel schon an seinem üblichen Platz hinten im Raum saß. Er schaute auf die Uhr, da er nicht gedacht hätte, dass es schon so spät war, und schloss aus dem ernsten Gesicht des Ertzaina, dass er schon eine ganze Weile wartete.

Maite lächelte, als sie ihn sah, aber als er neben Mikel Platz nahm, stellte sie ihm den Kaffee, den er bestellt hatte, vor die Nase und tat so, als wäre sie beschäftigt, beobachtete ihn jedoch aus der Entfernung.

Noah sah, dass die Kerze zu Füßen der Virgen de Begoña noch immer brannte, was ihm unerklärlicherweise ein gutes Gefühl gab. Und ohne es zu wollen, erinnerte er sich an den Kuss, bis ihm Mikels düsterer Gesichtsausdruck auffiel, der die ganze Zeit über nichts gesagt hatte.

Er war mit Recht sauer, aber als Noah dies sah, musste er beinah lächeln. Da war er wieder, dieser Idealismus, der ihn an eine jüngere Version von sich selbst erinnerte, die noch das ganze Leben vor sich gehabt hatte.

»Ich wollte dich nicht belügen.« Noah senkte den Kopf und beugte sich zu Mikel hinüber, damit niemand anders hören konnte, was er sagte. »Außerdem habe ich nicht wirklich gelogen, sondern nur Informationen verschwiegen.«

Mikel hörte aufmerksam, jedoch ohne jede Regung zu.

»Okay, ich erzähle dir, was passiert ist. Ich war hinter ihm her und habe zugesehen, wie er ein Grab für die Leiche in seinem Kofferraum gegraben hat. Dann habe ich ihn festnehmen wollen, wir haben gekämpft, und gerade als ich ihm die Handschellen angelegt hatte, hatte ich einen Herzinfarkt.«

Diesmal hob Mikel den Kopf.

»Daraufhin ist der Kerl geflohen«, fuhr Noah fort, »und ich wurde von zwei Jägern gefunden, was mir das Leben gerettet hat. Ich bin dann im Krankenhaus wieder zu mir gekommen. In den Zeitungen stand, ich wäre gestorben, und meine Vorgesetzten waren der Meinung, dass es besser wäre, den Mann, hinter dem sie her sind, in dem Glauben zu lassen. Denn wenn der einzige Polizist, der ihn gesehen hat, tot ist, kann er sich in Sicherheit wiegen, und das kommt uns zugute. Ich bin aufgrund einer Eingebung hier und davon überzeugt, dass der Mann, den ich suche, sich jetzt John Murray nennt. Aber meine Vorgesetzten wissen nichts davon, tatsächlich haben sie keine Ahnung, wo ich bin, und auch nicht, dass ich annehme, dass Bible John hier ist.«

Mikel atmete einmal tief durch. »Wie kann jemand wie du einen Infarkt haben?«, fragte er dann. »Du bist doch noch jung und alles andere als übergewichtig.«

Noah sah zu Maite, die an ihnen vorbei zur Küche ging, und machte Mikel ein Zeichen, leiser zu reden.

»Ich kann verstehen, dass ihr die Öffentlichkeit in dem Glauben lasst, dass du gestorben bist«, meinte der Ertzaina, »aber was mir nicht in den Kopf will, ist, warum du deinen Vorgesetzten nicht informierst, zumal du ja noch krankgeschrieben bist. Okay, möglicherweise bist du ohne Genehmigung abgereist, aber jetzt bist du hier, und es ist doch alles gut. Das, was zählt, ist, dass die Ermittlung Fortschritte macht. Ich kann durchaus nachvollziehen, dass du, nachdem du den Mann jahrelang verfolgt hast, nicht willst, dass ihn ein anderer festnimmt, aber es ist gegen die Vorschriften, dass du deinen Vorgesetzten nicht in Kenntnis setzt. Ich denke, dass das Verschwinden des Seemanns von der *Lucky Man* und das Verschwinden der Mädchen hier in Bilbao als Begründung für deinen Verdacht ausreichen.«

Noah hatte Mikel lächelnd zugehört. Der Ertzaina war nicht nur ein Idealist, sondern auch ein Romantiker. »Es ist komplizierter als das.«

»Was verschweigst du mir noch?«

Mikel war vielleicht ein Romantiker, aber nicht blöd.

Noah beugte sich wieder zu ihm vor. »Das, wovon ich dir erzählt habe, war nicht nur ein Herzinfarkt, sondern ein plötzlicher Herztod. Das ist bedeutend schlimmer, und ich bin nicht krankgeschrieben.«

Mikel zuckte verständnislos mit den Schultern.

»Ich bin raus!«

»Wie, raus?«

»Ich bin komplett arbeitsunfähig, ich bin nicht mehr bei der Polizei.«

»Du verarschst mich, oder?« Mikel sah ihn ungläubig an.

Noah hielt seinem Blick wortlos stand.

»Aber … bist du so krank, dass du nicht mal im Büro arbeiten kannst?«

Noah hob den Kopf und hielt nach Maite Ausschau. Sie bediente gerade ein paar Leute auf der anderen Seite. Er beugte sich wieder zu Mikel. Es war an der Zeit, die Theorie der Psychiaterin zu testen. »Meine Lebenserwartung ist ziemlich kurz.«

Mikel sah ihm in die Augen. In seinem Blick lagen Erstaunen, Fragen und vor allem Mitleid. »Nur noch wenige Jahre?«

Noah schloss gerührt die Augen. Der Junge wünschte ihm wirklich alles Gute. »Wenige Monate.« Bevor der junge Ertzaina reagieren konnte, fuhr er fort: »Du musst verstehen, wenn sie wüssten, dass ich hier bin, würden sie sofort jemanden schicken, um mich abzulösen. Und ich kann mir den Luxus nicht erlauben, dass Bible John noch einmal davonkommt. Ich habe nichts gegen Murray in der Hand, und schneller als erwartet ist er wieder weg. Glaub mir, es wäre ein Kinderspiel für ihn, auf einem Schiff anzuheuern oder die Grenze nach Frankreich zu überqueren und sich von dort aus nach Südamerika abzusetzen. Meine Theorie ist, dass Bible John sich auf dem Schiff mit dem richtigen Murray angefreundet hat, und als er von dessen Lebensumständen erfuhr, kam er zu der Überzeugung, dass seine Identität perfekt für ihn wäre. Nur dass er eine Verbindung zur IRA haben könnte, hat er nicht bedacht. Glaub mir, es ist für uns von großem Nutzen, dass er glaubt, ich wäre tot. Er fühlt sich hier sicher, und deshalb ist er wieder auf der Jagd.«

Noah sah Mikel eindringlich an und fragte ihn: »Was, glaubst du, würden deine Vorgesetzten machen, wenn wir erzählen, dass der Mann, der möglicherweise zu einem Kommando der IRA hier im Baskenland gehört, auch verdächtigt wird, ein Serienmörder zu sein? Was würden sie vorrangig behandeln?«

Mikel senkte den Kopf und atmete geräuschvoll laut aus.

Noah legte ihm eine Hand auf die Schulter. »Ich stecke gerade alles, was ich noch habe, in diese Geschichte, den Rest meines Lebens, den Rest von dem, was ich bin, und jetzt hängt alles von dir ab. Ich will diesen Mann aufhalten, und wahrscheinlich wird es das Letzte sein, was ich tue.« Noah ließ Mikels Schulter los und blickte ihm direkt in die Augen. »Jetzt kennst du die ganze Wahrheit. Du hast mich in der Hand.«

Mikel schüttelte den Kopf. »Müsstest du nicht in einem Krankenhaus sein oder so?«

Noah lächelte. »Im Krankenhaus können sie nichts mehr für mich tun.«

Mikel schwieg eine Weile, und Noah fürchtete schon, dass er doch noch etwas einwenden würde, deshalb war er überrascht, als der Ertzaina sagte: »Üblicherweise bewahren solche Menschen ein Erinnerungsstück an jedes Verbrechen auf. Sammelt unser Mann auch solche Trophäen?«

Noah nickte, wobei er an Gibsons Beschreibung der Fächermappe mit den Umschlägen dachte. Er beugte sich wieder vor, um Mikel ins Ohr flüstern zu können. »Binden und Tampons, alle voller Blut. Bei den ersten Verbrechen hat er bei den Leichen unbenutzte Binden und Tampons zurückgelassen. Inzwischen wissen wir, dass er die gebrauchten mitgenommen hat. Er hat sie in nummerierten Umschlägen aufbewahrt, auf denen nur vermerkt war, wo er die Beute gemacht hat.«

»Und ist es nicht so, dass sie ihre Beute immer in ihrer Nähe haben?«

»Ja, das stimmt«, sagte Noah.

»Das heißt, es ist wahrscheinlich, dass er sie auch jetzt in der Nähe aufbewahrt, und in diesem Moment ist sein einziger Rückzugsort sein Zimmer in der Pension. Umschläge dürften der Pensionswirtin beim Saubermachen nicht auffallen. Ich meine, das ist etwas anderes, als menschliche Augen oder Finger zu sammeln. Wenn wir uns dort umsehen könnten und die Umschläge finden würden, wären wir auf der sicheren Seite.«

»Ich bin fast jeden Tag dort, um die Waren abzuliefern.« Rafa war bei ihnen stehen geblieben, was ihnen gar nicht aufgefallen war. Er hatte den schwarz-weißen Hund dabei, der aufmerksam an seiner Seite wachte, ohne ihn auch nur einen Moment aus den Augen zu lassen.

Mikel sah den Jungen an, der ihm die Hand hinhielt. »Rafa«, sagte er und wies auf Noah, »sein A-Assistent.«

Mikel ergriff die dargebotene Hand. »Ach ja? Der Assistent von wem?«

Der Junge lächelte. »Des T-Talentscouts natürlich. Und das ist Euri, der Hund, der aus dem Regen kam«, erklärte er nervös. Anschließend beugte er sich nach vorn, wie die beiden anderen es während ihres Gesprächs getan hatten, und sagte leise: »Sie haben um Punkt acht alle gemeinsam die Pension verlassen und waren in einer Bar in der Calle Pelota neben der Bar Lamiak. Jetzt kommen sie her, sie stehen vor der Tür und reden.«

Mikel hob den Kopf und warf einen Blick zum Eingang, wo die Gruppe tatsächlich stand. Er nickte und sah Noah an.

»Pass auf«, sagte Noah zu dem Jungen, »ich will nicht, dass du diesen Typen folgst, und schon gar nicht, dass du in irgendwelche Zimmer schleichst, verstanden?«

»A-aber ich bin dein Assistent.«

»Nein, bist du nicht«, sagte Mikel entschieden.

»Doch, ist er«, widersprach Noah, als er sah, dass Rafa enttäuscht das Gesicht verzog. »Du bist mein Assistent, und genau deshalb musst du genau tun, was ich dir sage. Denn Assistenten machen nicht einfach, was sie wollen, sondern hören auf den Detective. Richtig?«

Der Junge nickte. »Ja, aber ich kenne ihn. Er ist ein R-Rowdy.«

»Wie meinst du das?«, erkundigte sich Mikel.

»Er wirft mit Steinen auf Straßenlaternen, das habe ich gesehen.«

»Ein Zimmer in einem Privathaus zu durchsuchen, ist Sache der Polizei«, erklärte Noah, ohne darauf einzugehen. »Das kennst du sicher aus Filmen, da wird immer nach einem Durchsuchungsbeschluss gefragt.«

»Ja«, gab Rafa missmutig zu.

Noah tat es leid, den Jungen so traurig zu sehen. »Warte mal ab, Kollege. Um wie viel Uhr musst du zu Hause sein?«

»Um z-zehn.«

»In Ordnung, dann mach bis zehn ganz normal deine Botengänge, und wenn du sie in irgendeiner Bar siehst, kommst du her und sagst es mir. Dein Botenjob ist eine super Tarnung, und das müssen wir nutzen. Wenn sie dich plötzlich an Orten sehen, wo du nichts zu suchen hast, werden sie misstrauisch.«

»D-das stimmt.«

»Dann wiederhol noch mal, was ich gesagt habe.«

Der Junge atmete ein paarmal tief durch, bevor er sprach. »Nur in den Bars, wo ich etwas zu erledigen habe.«

»Perfekt, und um Punkt zehn bist du zu Hause. Ein guter Assistent muss sich ausruhen, damit er am nächsten Tag ausgeschlafen ist.«

»Ich bin gut ausgeschlafen«, sagte der Junge stolz.

Noah nickte zustimmend. »Ich kenne viele Polizisten, die nicht halb so ausgeschlafen sind wie du.«

Maite kam hinter der Theke hervor und gab Rafa eine Tasche und etwas Geld. »Bitte geh zu Karmeles Obstladen und bring mir zwei Zitronen und einen Bund Petersilie.«

Noah beobachtete, wie Rafa sich straffte, was er immer tat, wenn er sich konzentrierte. Als der Junge sich anschickte, die Bar zu verlassen, beugte Noah sich noch einmal zu ihm vor und sagte: »Denk dran, sei diskret, Assistent.«

Rafa lächelte breit.

Als er die Bar verlassen hatte, fragte Mikel: »Hältst du das für eine gute Idee? Ernsthaft?«

»Er macht nichts verkehrt. Rafa ist ein guter Junge und schlauer, als man denkt.«

»Mal abwarten …«, sagte Mikel, stand auf und ging in Richtung Toilette.

Als Maite sah, dass Mikel sich entfernte, kam sie lächelnd auf Noah zu. »Es gefällt mir, dass du so nett zu Rafa bist. Er ist ein lieber Junge und sehr fleißig. Trotzdem gibt es Leute, die ihn schlecht behandeln, was mich ausgesprochen wütend macht.«

»Ich habe mir ein Radio gekauft«, sagte Noah, das Thema wechselnd.

Maite errötete lächelnd und wich seinem Blick aus.

Noah war entzückt und plötzlich so nervös, dass er nicht wusste, was er sagen sollte. Er sah zum Eingang der Bar hinüber und meinte: »Schlechtes Wetter heute.«

Maite lachte. »Ich hoffe, dass es aufhört zu regnen, weil heute Abend am Arenal ein Feuerwerk stattfinden soll, aber wenn es zu heftig regnet, sagen sie es ab. Das Feuerwerk in der Woche der Aste Nagusia ist berühmt. Ich nehme an, du hast noch keins gesehen.«

»Nein, niemals«, gab er lächelnd zu.

»Ich habe gedacht, ich mache früher zu, um hinzugehen. Vielleicht hast du ja Lust, mich zu begleiten … Es wird dir sicher gefallen.«

»Das würde ich sehr gern, aber ich muss etwas Dringendes erledigen und kann heute Abend nicht.«

Mikel kam zurück und sah Noah auffordernd an.

»Gehen wir?«, fragte er drängend. »In der Calle Barrencalle gibt es ein peruanisches Restaurant, von dem ich viel Gutes gehört habe, und ich würde gern noch etwas essen, bevor wir zu den Diskotheken fahren.«

Das Lächeln verschwand aus Maites Gesicht. Sie sah Noah an, wobei ihrem Gesichtsausdruck nicht nur die Enttäuschung anzusehen war, sondern auch, dass ihr etwas durch den Kopf ging.

»Viel Spaß«, sagte sie und ging zur Theke zurück.

Auf dem Weg dorthin pustete sie die Kerze aus, die zu Füßen der Virgen de Begoña brannte.

Bible John

Bible John atmete den Geruch des Diesels ein, während er mit dem Boot ein Stück flussabwärts fuhr. Er warf einen nachdenklichen Blick auf das Bündel, das er transportierte, und war froh, dass ihm keine anderen Gerüche in die Nase stiegen. Neben den Abwässern der Werften und der Metallfabriken, die das Wasser rostrot färbten, wurde in den meisten Städten wie in Glasgow und Bilbao auch das restliche Abwasser ungefiltert in den Fluss geleitet. Der Regen, der am späten Vormittag eingesetzt hatte, hatte den ganzen Tag über nicht nachgelassen und sorgte zusammen mit den Gezeiten der Kantabrischen See dafür, dass der Gestank nicht allzu intensiv war.

Die Regentropfen prasselten auf die Kapuze seines Regenmantels und auf die Plane, in die er die Leiche des Mädchens eingewickelt hatte.

Das Knattern des kleinen Motors wirkte normalerweise beruhigend auf ihn, jedoch nicht an diesem Tag. Heute war alles schlecht, und John wusste nicht, warum. Er sah argwöhnisch auf den eingerollten Körper, den er an Bord hatte. Alles war gut gegangen. Perfekt, so wie es sein sollte, wie es immer gewesen war, bis heute. Ein Schauder lief ihm den Rücken hinunter, als er daran dachte.

In der Ferne entdeckte er das kleine Bootshaus an der Ufermauer auf der Höhe des Paseo Campo de Volantín, das nur bei Flut vom Fluss aus zu sehen war und wie ein Spielzeughaus wirkte. Es wurde schon lange nicht mehr benutzt und war ziemlich baufällig.

Das kleine Haus war John aufgefallen, als er zum ersten Mal mit dem Motorboot der Firma vom Hafen in Santurce bis zur Campa de los Ingleses gefahren war. Es bestand nur aus vier dunklen, schmutzigen Wänden mit einer niedrigen Tür, durch die ein normaler Mensch nicht mal gebückt gehen konnte, und zwei winzigen Fenstern. An einer Seite grenzte das Häuschen an die Treppe eines Stegs, der früher mal als Fähranleger genutzt worden war, und auf der Rückseite befand sich eine weitere Tür.

John hatte festgestellt, dass er das Boot unter dem Vorsprung, über den der Weg verlief, festmachen konnte. So war es für jeden, der oberhalb vorbeiging, unsichtbar und nachts auch vom gegenüberliegenden Ufer aus kaum zu sehen.

Die Hintertür des Schuppens war mit einem rostigen Vorhängeschloss versperrt, die andere nur mit einer locker verknoteten Kette. Bei Flut ging das Wasser genau bis zum äußeren Rand, wobei im Inneren zu sehen war, dass das Wasser auch schon höhere Stände erreicht hatte.

Bevor John das Bootshaus in Gebrauch genommen hatte, hatte er in der Nacht mit einer Steinschleuder die Lichter zerstört, die sich in diesem Bereich auf beiden Seiten des Ufers befanden. Danach hatte er vom Boot aus das rostige Schloss und die Kette gegen ein neues Schloss und eine neue Kette ausgetauscht.

Mit einem Blick auf die Plane, mit der die Leiche umwickelt war, seufzte John erleichtert. Er hatte zwei Tage gebraucht, um sich zu beruhigen. Dabei hatte er die ganze Zeit gewusst, dass er sich erst, wenn er wieder töten würde, sicher sein konnte, ob das, was geschehen war, zufällig passiert oder ein Zeichen gewesen war.

John hielt sich für einen großartigen Analytiker, und er war sicher, dass diese Fähigkeit der Grund dafür war, dass die Polizei ihn bis jetzt nicht gefasst hatte. Seine ganze Kindheit über hatte er für ein Zeichen des Himmels gebetet, ein Zeichen, das erst kam, als er die Hoffnung bereits aufgegeben hatte. Und von diesem Moment an hatte er gelernt zu beobachten, zu interpretieren, jede Tatsache und ihre möglichen Folgen zu ergründen. *Besser, wer sich selbst beherrscht, als wer Städte erobert.*

John wusste, dass er kein leicht zu beherrschender Mensch war, und er musste sehr aufmerksam sein, weil er immer mal wieder, wenn etwas schiefging, eines jener Zeichen erhielt, eine Nachricht, die ihn vor Gefahr warnte. So war es nach der Sache mit Lucy Cross gewesen. Und es war nach dem dritten Mord an den Frauen aus dem Barrowland Ballroom wieder passiert. Und in jener Nacht am Ufer des Loch Katrine, als der Polizist, der ihn verfolgt hatte, tot umfiel.

Und nun musste er entscheiden, ob das mit dem Mädchen im Container auch ein Zeichen war oder nicht.

Am Morgen nach der furchtbaren Nacht war er, ängstlich, stumm und von Durchfall und Erbrechen geschwächt, zu dem Container zurückgekehrt. Er hatte gezögert, doch als er den Container geöffnet hatte, war nichts zu hören gewesen. Für mehrere Minuten hatte er bewegungslos den Strahl seiner Taschenlampe auf ihr Gesicht gerichtet. Sie hatte gar nicht mehr ausgesehen wie eine erwachsene Frau, sondern hatte wie ein Fötus im Mutterleib zusammengerollt dagelegen.

Er hatte sich hingekniet und einen Arm, die Finger und das Kinn berührt. Sie war komplett steif gewesen, was er, nicht nur wegen möglicher Transportschwierigkeiten, furchtbar fand. Der Rigor Mortis setzte etwa drei oder vier Stunden nach dem Tod ein und erreichte nach zwölf Stunden seinen Höhepunkt, sodass sie möglicherweise den ganzen Morgen über und sogar bis drei oder vier Uhr nachmittags noch am Leben gewesen war.

John hatte die Leiche, ohne hinzusehen, in die Plane verpackt und verschnürt. Er hatte sie ins Auto geladen, war zum Flussufer gefahren, wo das Motorboot festgemacht war, und hatte sie an den Ort gebracht, wo ihre Schwestern sie erwarteten.

Er hob den Kopf und blickte auf den dunklen Fluss. Auf der Höhe des Bootshauses wendete er, sodass er gegen den Strom fuhr, und näherte sich den Pfeilern, die überall das Ufer stützten. Als er das Boot unter den Vorsprung lenkte, zog er den Kopf ein. Aus einem offenen Rohr in der Mauer quoll eine dunkle, stinkende Brühe, die mit einem dumpfen Gurgeln direkt ins Wasser des Flusses strömte.

John machte das Boot fest und hielt mühsam das Gleichgewicht, als er das Vorhängeschloss öffnete. Die Leiche war nicht sehr groß und schwer, aber auf dem schwankenden Boot nicht leicht zu heben. Die Last wie einen Teppich über der Schulter tragend, schob er sie mit dem Kopf voran durch die offene Tür. Dann stützte er sich hoch, kletterte über die Tote ins Innere des Häuschens, zog die Leiche vollständig herein und legte sie zu den anderen.

Das Häuschen war nicht sehr geräumig, aber auch nicht so niedrig wie die Tür, sodass er sich innen aufrichten konnte. Drei Leichen lagen quer und eine längs. John seufzte und begann sich Sorgen zu machen.

Als er entschieden hatte, dass dies ein guter Aufbewahrungsort war, hatte er gedacht, dass er nicht allzu lange in Bilbao bleiben würde. Seine neue Identität und sein Aufenthalt in dieser Stadt sollten in Erwartung des nächsten Zeichens nur vorläufig sein.

Und er war sicher gewesen, dass dies nicht allzu lange dauern würde. Aber Bilbao gefiel ihm, was damit zu tun hatte, John Murray zu sein, ein armer Teufel, der sich jede Nacht mit Alkohol und heimatlichen Gefühlen berauschte. John Murrays Leben war so einfach, ohne Familie, ohne Vergangenheit.

John fühlte sich wohl in dieser Haut, weil er in seinem bisherigen Leben nichts Ähnliches erlebt hatte. Männliche Kameradschaft, das Gefühl, dazuzugehören, Respekt von anderen …

Er bückte sich, um durch die niedrige Tür nach draußen zu gelangen, als er hinter sich ein Seufzen hörte.

Erschreckt wandte er sich um und richtete den Strahl der Taschenlampe auf die Leichen. Nichts rührte sich. Eilig sprang er ins Motorboot und befestigte die Kette und das Vorhängeschloss wieder. Doch als er das Tau löste, hörte er erneut das Weinen. Sehr leise, als käme es aus weiter Ferne – oder unter einer Plastikplane her.

Vor Entsetzen vergaß er für einen Moment jegliche Vorsicht, schaltete die Taschenlampe ein und leuchtete auf die kleine Tür.

Ganz langsam steuerte er das Boot unter dem Vorsprung hervor, machte, ohne die kleine Tür aus den Augen zu lassen, den Motor an und fuhr so schnell wie möglich davon.

Nur wenige Sekunden nachdem das Boot die düstere Zone, die John sich geschaffen hatte, verlassen hatte, trat der Mann, der ihn vom anderen Ufer aus beobachtet hatte, aus der Dunkelheit.

John fühlte sich unwohl, da die Nacht nicht so verlaufen war, wie er erwartet hatte. Hellwach lag er im Bett, hörte gedämpft die Musik draußen, die Geräusche in der Pension und hin und wieder die Haustür, wenn jemand zurückkam, der sogar noch länger unterwegs gewesen war als er.

Er nahm Lucys Schleife in die Hand, näherte sie seinem Gesicht und schloss die Augen. Genießerisch erinnerte er sich an sie. Sie hatte sich einen Teil ihres roten Haars mit einer glänzenden Schleife in der gleichen Farbe zurückgebunden und sah wunderschön aus. Er atmete tief ein. Wie sehr er sie und ihren Duft nach frischem Gebäck und Rosen vermisste. Er lächelte.

Lucy Cross machte einen Schritt auf ihn zu. »Ich kann nicht glauben, dass du mich hasst, aber wenn es so wäre, wäre es mir egal, weil ich dich liebe, Johnny Clyde.«

Ich hasse dich nicht!, schrie er innerlich. *Ich liebe dich!*

John kehrte zu jener Szene zurück, die in seinem Gedächtnis so präsent war, als wäre sie gerade erst passiert. Er dachte an ihre warmen Lippen und daran, wie er stillgehalten hatte, um das Wunder dieses Kusses nicht zu zerstören. Er war sich nicht sicher, ob er in der Lage gewesen war zu sagen »Auch ich liebe dich«, wobei er es in den Jahren darauf in der Erinnerung millionenfach für sich wiederholt hatte.

John atmete tief ein, und die Wärme, die von Lucys Körper ausging, strömte in ihn …

Und der Geruch nach Blut. Und plötzlich war es, als ob er den metallischen Geschmack der dunklen Flüssigkeit wahrnähme, die zwischen ihren Schenkeln herausströmte und bei ihm eine sofortige Erektion verursachte. Er würgte, und sein Körper krampfte vor Ekel, während er Lucy mit aller Kraft umarmte, damit sie es nicht merkte. Er griff mit den Händen in ihr seidenweiches Haar und zog an der Schleife.

Sie lachte, als würde sie es lustig finden, dann wandte sie sich um und bat ihn, sie wieder zu befestigen.

John schlang das Band von hinten um ihren Hals und zog es zusammen.

Bilbao. Montag, 22. August 1983

Die abendliche Überwachung hatte nichts Neues ergeben. Sie waren John Murray in die Diskothek Garden gefolgt, in der er sich nicht mal eine Stunde aufgehalten hatte. Danach war er im selben Viertel bis halb drei Uhr im Tiffany's gewesen. Und zuletzt im Chentes, das anscheinend nie seine Türen schloss. Der Verdächtige hatte mit ein paar Frauen gesprochen, zuletzt recht lange mit einer im Chentes, doch wie es schien, hatte es nicht gepasst. Im Tiffany's waren sie wieder Maites Exmann begegnet, und obwohl Noah ihn nicht gesehen hatte, schwor Mikel, dass auch Collin dort gewesen war.

Noah war äußerst erleichtert gewesen, als Murray nach halb vier Uhr, nachdem die letzte Frau ihn hatte abblitzen lassen, endlich zur Pension zurückkehrte. Es war fast vier, als Noah mit extrem angeschwollenen Füßen, regennasser Kleidung und einem lästigen Piepen im Ohr von der lauten Musik endlich in seinem Zimmer war.

Nach einem kurzen, aber erholsamen Schlaf war er um acht Uhr schon wieder wach und hörte Ramón García zu, der im Radio seinem Publikum einen schönen zweiten Festtag wünschte: »Auch wenn ein heftiger morgendlicher Regenschauer die Zuschauer beim Jungstiertreiben in der Stierkampfarena gestört hat, freuen sich Jung und Alt auf einen bunten Festzug mit riesigen Pappmaché-Figuren, darunter ein äußerst hungriger Gargantua. Und gleich geht's mit der nächsten *corrida* fröhlich weiter. Für die kommenden Tage ist Party ohne Pause mit viel Feuerwerk, Musik und überschäumender Freude angesagt.«

Leicht betrübt schaltete Noah das Radio aus, da an diesem Tag garantiert nicht mit einem Anruf von Maite zu rechnen war. Seufzend betrachtete er sein Spiegelbild, wobei ihm bewusst war, wie nah ihm alles ging, was mit ihr zu tun hatte. Erneut kam ihm Dr. Elizondos Frage in den Sinn. War er dabei, sich zu verlieben? Oder war es schon passiert? Er senkte den Blick auf die zahlreichen Medikamente, die auf der Ablage am Waschbecken standen, und schaute dann wieder in den Spiegel, um sich selbst die Frage zu beantworten.

»Das wäre der reine Wahnsinn.«

Nach einer warmen Dusche, einer Runde Medikamente und einem spärlichen Frühstück betrat er die Telefonzelle in der Nähe der Pension.

Kurz darauf hörte er Olgas Stimme am anderen Ende der Leitung. »MacAndrews, guten Tag, wie kann ich Ihnen weiterhelfen?«

»Guten Morgen, Olga, ich bin's, Gibson.«

Er hörte ein Rauschen und dachte schon, dass das Gespräch unterbrochen worden war, als die junge Frau sich flüsternd wieder meldete. »O Mann, wo haben Sie gesteckt? Ich habe Ihnen jede Menge zu erzählen.«

»Es tut mir leid, ich konnte Sie nicht anrufen, weil ich ein heikles Problem lösen musste …«

»Bitte warten Sie einen Augenblick, Señor«, sagte Olga in diesem Moment mit lauter, klarer Stimme.

Eine neue Serie von zischenden und knackenden Geräuschen.

Wieder das Flüstern. »Am Freitag hat eine Frau für ihn angerufen, zweimal am Morgen und dreimal am Nachmittag. Sie hat Englisch gesprochen, und ihre Stimme klang ziemlich alt, dieser Typ ist echt pervers …«

Noah konnte Olgas genießerisches Lächeln beinah vor sich sehen. »Hat sie eine Nachricht hinterlassen?«

»Die ersten Male waren wie immer: ›Sagen Sie ihm, dass ich angerufen habe‹ und bla, bla, bla, aber am Nachmittag hat sie gesagt, dass sie seine Mutter sei und dass er sie bitte anrufen soll. Als ob das jemand glauben würde.«

Er mochte Olga, sie war eine gute Detektivin. »Und warum glauben Sie ihr nicht?«

»Weil sie eine Telefonnummer hinterlassen hat, und welcher Sohn kennt die Nummer seiner Mutter nicht?«

Noah lächelte. »Und haben Sie es ihm ausgerichtet?«

»Die Wahrheit ist, dass das erst heute möglich war. Am Freitag ist Murray zwar am Morgen zur Arbeit erschienen, aber er hatte sich wohl einen Magen-Darm-Virus eingefangen. Ein Kollege hat uns erzählt, dass er fast zwei Stunden auf der Toilette verbracht hat. Na, Sie wissen schon … Am späten Vormittag ist er dann nach Hause gegangen.«

»Haben Sie das der Frau erzählt, die angerufen hat?«

»Natürlich nicht. Wie ich gesagt habe, glaube ich nicht, dass es wirklich seine Mutter war, und eine solche Sache kann ich ja nicht jedem erzählen.«

»Danke, Olga, ich werde morgen wieder anrufen.«

»Warten Sie, ich bin noch nicht fertig. Dieselbe Frau hat vor zehn Minuten wieder angerufen und wieder ihre Nummer hinterlassen. Sie hat sich ziemlich verzweifelt angehört. Außerdem habe ich gesehen, dass am Wochenende mindestens sechs Anrufe von jemandem eingegangen sind, der, ohne eine Nachricht auf dem Anrufbeantworter zu hinterlassen, aufgelegt hat. Und inzwischen bin ich mir ganz sicher, dass es nicht seine Mutter ist. Ich habe Señor Murray die Nachricht ausgerichtet, und er wirkte nicht sehr erfreut.«

Noah notierte die Nummer, die Olga ihm diktierte, und legte auf. Nachdem er kurz nachgedacht hatte, rief er bei Mikel an, obwohl er sicher war, dass er noch schlief. Dementsprechend meldete sich nur der Anrufbeantworter.

»Schreib dir mal diese Nummer auf. John Murray hat mindestens zwei Anrufe von einer Frau erhalten, möglicherweise war es seine Mutter.« Er nannte die Nummer, diktierte sie zur Sicherheit zweimal. »Ich will nur, dass du herausfindest, von wo aus sie angerufen hat. Komm nicht auf den Gedanken, die Nummer zu wählen. Wir sehen uns heute Nachmittag.«

Als Noah aus der Telefonzelle trat, wartete davor eine Frau unter einem schwarzen Regenschirm. Noah grüßte sie und hielt ihr die Tür auf, weil er dachte, sie wolle telefonieren, doch stattdessen sprach sie ihn an.

»Sind Sie Señor Scott Sherrington?«

Er sah sie überrascht an, denn er hatte die Frau noch nie gesehen.

»Entschuldigen Sie«, sagte sie, »vielleicht habe ich das falsch ausgesprochen. Ich bin Rafas Mutter. Mein Name ist Icíar.«

»Oh, Icíar«, entgegnete er, »das ist ein seltener Name. Ich glaube, ich habe ihn noch nie zuvor gehört.«

»Ich bin nach einer Heiligen aus Deba benannt, einem Ort hier in der Nähe, Nuestra Señora de Icíar. Das ist ein sehr alter Name. Señor Scott, ich würde mit Ihnen gern über Rafa reden.«

Zunächst schätzte Noah die Frau auf etwa 50, doch später, als er mit ihr einen Kaffee trank, stellte er fest, dass sie noch kein graues

Haar hatte. Die dunklen Schatten unter den Augen ließen sie älter wirken, als sie war. Sie war genauso groß und schlank wie ihr Sohn und hatte das gleiche dicke dunkle Haar, nur dass sie es mit einer großen Schildpattspange zu einem Pferdeschwanz zusammengefasst hatte.

Als Noah ihr vorschlug, einen Kaffee trinken zu gehen, hatte sie sich nervös umgesehen, als ob sie sich in ihrem eigenen Viertel unwohl fühlte. Daher gingen sie ein Stück zusammen, und als Noah am Arenal vorschlug, in die Chocolatería Lago zu gehen, hatte sie nichts dagegen.

»Rafa hat mir erzählt, was mit diesen Kindern passiert ist und dass Sie ihm geholfen haben.«

»Kein Problem.«

»Doch das war es, Señor Scott. Darf ich aufrichtig sein?«

Noah nickte.

»Die meisten Menschen verstehen nicht, was mit Rafa passiert ist, und die Leute respektieren nicht, was sie nicht verstehen.«

Er nickte erneut. »Eine Zerebralparese, hat Rafa mir erklärt.«

»Wissen Sie, was das ist, Señor Scott?«

»Nicht genau, aber ich weiß sehr gut, dass es die Intelligenz des Jungen nicht beeinträchtigt. Rafa hat mir gesagt, dass es bei der Geburt passiert ist.«

»Rafa wirkte nach der Geburt auf den ersten Blick ganz normal. Er wog drei Kilo und 650 Gramm, ein ganz schöner Brocken. Sie kennen ihn ja.«

»Ja, er ist sehr groß.«

»Wir wurden aus dem Krankenhaus entlassen, und zu Hause habe ich schon nach kurzer Zeit gemerkt, dass etwas nicht stimmte. Rafa ist nie gekrabbelt, und mit zweieinhalb Jahren konnte er sich gerade so auf den Beinen halten. Er war fast vier, als er allein gehen konnte. Er hat schon sehr früh gesprochen, aber man konnte ihn nicht richtig verstehen. Mein Mann hat uns deswegen schon sehr bald verlassen.«

»Das hat Rafa mir erzählt, wir haben uns unterhalten.«

Icíar sah ihn erstaunt an. »Er hat es Ihnen erzählt? Eigentlich spricht er nie darüber. Natürlich habe ich ihm alles erklärt. Dass sein Vater nicht bereit für dieses Leben war, dass er ihm nicht böse sein soll. Aber die Wahrheit ist, dass es furchtbar war. Als er alt genug war, um in die Schule zu gehen, habe ich darauf gedrängt, dass er am normalen Schulunterricht teilnehmen darf, aber sie haben ihn abgelehnt und mir gesagt, dass sie für ein Kind wie ihn nichts tun können. Und in diesem Moment ist meinem Mann wohl klar geworden, dass Rafa nie so sein wird wie die anderen Kinder. Er hat mir gesagt, dass er das nicht mehr aushalten kann, und ist gegangen. Ich habe meinem Sohn das Laufen, das Sprechen, das Lesen, das Schreiben, das Rechnen, die Farben und die Noten in der Musik beigebracht. Und er ist sehr schlau.«

»Daran habe ich keinen Zweifel.«

»Ich bin sehr früh aus meinem Elternhaus ausgezogen und arbeiten gegangen. Und ich habe auch sehr jung geheiratet. Ich bin nicht sehr gebildet, Señor Scott, aber ich habe meinem Sohn alles beigebracht, was ich weiß. Doch das reicht nicht, und es ist furchtbar für mich, dass ihn das blockiert, dass er sich nicht weiterentwickeln kann.«

Noah sah Icíar respektvoll an, wusste aber nicht, worauf sie hinauswollte. »Entschuldigen Sie meine Unwissenheit, aber gibt es nicht so etwas wie eine spezielle Schule für ihn?«

»Vor einiger Zeit habe ich mit anderen Eltern von Kindern mit Zerebralparese zusammen begonnen, an einem Projekt zu arbeiten, um ihnen bei der physischen Rehabilitation und der Ausbildung zu helfen. Viele von diesen Kindern sind so intelligent wie Rafa. Wir sind sicher, dass diese Kinder es mit der nötigen physischen Rehabilitation, einer entsprechenden Ausbildung und guter Logopädie sehr weit bringen könnten.«

»Das ist doch fantastisch«, entgegnete Noah.

»Es ist uns gelungen, mehrere Lehrer, einen Physiotherapeuten und einen Logopäden zu verpflichten, der dreimal pro Woche kommt, um uns zu unterstützen. Und jeden Samstag kommt ein Psychologe, der ehrenamtlich für uns da ist. Es gibt eine Mensa, eine Krankenstation, Unterrichtsräume, Spielbereiche und sogar eine kleine Sporthalle.«

Noah spielte mit seinem Kaffeelöffel. »Ich bewundere Ihre Beharrlichkeit und Ihren Einsatz, aber ich verstehe nicht …«

»Rafa möchte nichts von dem Zentrum hören.«

Noah sah Icíar überrascht an. Rafa war ihm sehr selbstsicher erschienen, und vor allem schien er sich voll bewusst zu sein, wer und wie er war. »Warum?«

»Manche Kinder, vor allem die, die sich ihrer Einschränkungen bewusst sind, finden es erniedrigend. Sie schämen sich, in ein solches Zentrum zu gehen. Rafa verweigert sich komplett, wenn ich es auch nur erwähne, und sagt, dass er nicht dumm ist und dass er dort nicht hingehen wird, weil dann jeder denkt, dass er dumm ist.«

»Ja.« Noah nickte. »Als ich mit ihm gesprochen habe, hat er betont, dass er nicht dumm ist. Er meinte, dass viele Leute das glauben, weil er nicht gut sprechen kann. Aber ich habe das nicht für so wichtig gehalten.«

»Der Logopäde könnte ihm sehr dabei helfen, seine Aussprache zu verbessern, wenn Rafa bereit wäre, dorthin zu gehen, und das

Gleiche gilt für den Unterricht. Und an dieser Stelle kommen Sie ins Spiel.«

Noah sah sie verwundert an. »Ich?«

»Rafa hat mir erzählt, dass Sie Polizist sind.«

Noah senkte lächelnd den Kopf. Ah, darum ging es.

»Señor Scott, mein Sohn träumt davon, Polizist zu werden, seit er ein kleiner Junge war, und davon, ein Polizeiauto zu fahren. Er hat sich immer gern Krimis im Fernsehen angeschaut, Sie wissen schon, *Colombo*, *Ein Sheriff in New York*, *Einsatz in Manhattan*. Als Kind hat er ständig Polizei gespielt, und jetzt kommt er nach Hause und sagt, dass er Ihr Assistent ist und an einer Ermittlung teilnimmt.«

Noah presste die Lippen zusammen und schloss für ein paar Sekunden die Augen. Er hasste es zu lügen, aber er musste es tun. »Ich bin kein Polizist, Señora. Und ich habe das Ihrem Sohn gegenüber nie behauptet. Aber er hält mich für einen, und ich fand nichts Schlimmes dabei, auf das Spiel einzugehen. Aber Sie können ganz beruhigt sein, ich verspreche Ihnen, ihn nicht in Gefahr zu bringen, und ich kläre die Sache auf, wenn Sie möchten.«

»Sie haben mich nicht richtig verstanden. Ich weiß, dass Sie kein Polizist sind, die ganze Stadt sprich davon, dass ein Talentscout in Bilbao ist. Und ich verstehe, dass Sie nicht jedem sagen können, was Ihr Job ist. Ich kann mir gut vorstellen, dass in diesem Jahr mit dem ganzen Rummel um unsere Fußballmannschaft auf dem Transfermarkt viel los ist. Wir sind Athletic-Fans, seit mein Sohn fünf oder sechs Jahre alt war, aber das spielt in diesem Fall keine Rolle. Und ich habe auch kein Problem damit, dass Sie das Spiel fortsetzen, denn Rafa liebt es, ein Polizist wie im Fernsehen zu sein.«

»Was soll ich machen?«

»Ihn zunächst mal davon überzeugen, zum Logopäden zu gehen. Und danach zum Unterricht und zur Physiotherapie. Er will Polizist sein, und auf Sie hört er.«

Noah streckte seine Hand über den Tisch. »Überlassen Sie das mir. Sorgen Sie nur dafür, dass Euri immer bei ihm ist.«

Icíar schüttelte seine Hand und lächelte erleichtert.

Doctora Elizondo

Die nachmittägliche Sitzung mit der Psychiaterin begann mit ausgiebigem Schweigen.

Obwohl Noah erschöpft war, stand er am Fenster und betrachtete die glänzende Patina, mit der der Regen die Dächer, die Balkone und die Straßen bedeckte. Noah hatte es bisher vermieden, das Thema anzusprechen, weswegen er wirklich in die Praxis gekommen war. Den Grund dafür, dass er jede Nacht versuchte, sich an die Details im Moment seines Herzstillstands zu erinnern, weil er hoffte, hinter der Dunkelheit etwas zu entdecken. Aber an diesem Tag war er nicht in der Lage, darüber zu reden, denn er fühlte sich nicht gut. Die Feuchtigkeit war ihm in die Knochen gezogen, und zum ersten Mal, seit er sich in Bilbao befand, erschien ihm seine neue Jacke als nicht warm genug.

»Frau Doktor, in den Nächten ist ein Piepen zu hören, wie das eines Herzmonitors, mir fällt kein anderer Vergleich ein. Ich würde sagen, dass es von oberhalb des Oberlichts kommt, wenn es nicht eine von diesen auditiven Halluzinationen ist, von denen Sie gesprochen haben. Haben Sie dieses Geräusch schon mal gehört?«

»*Otus scops.*«

»Bitte?« Er wandte sich um und sah sie an. An diesem Tag trug sie ihr Haar offen, und es sah rötlicher aus.

»Die sogenannte Zwergohreule, eine der kleinsten europäischen Eulen. Sie stößt einen ganz besonderen Ruf aus. Ich habe in der ersten Zeit meiner Praxis hier sogar mit einem Flugzeugexperten gesprochen.«

»Otus scops«, flüsterte Noah und wandte sich wieder dem Fenster zu.

Er war müde. Als er, nachdem er die Zeitungen gekauft hatte, gegen Mittag wieder zurück in sein Pensionszimmer gekommen war, hatte er sich eine Weile hinlegen müssen. Im Radio lief gerade eine Nachrichtensendung, in der erwähnt wurde, dass die Suche nach dem vermissten Mädchen noch andauerte. Und die Artikel in den schottischen Zeitungen waren auch nicht gerade ermutigend gewesen. Auf sämtlichen Titelseiten war zu lesen, dass der Verdächtige gestanden hatte, Bible John zu sein. Es wurde zwar erwähnt, dass die offiziellen Ermittlungen noch nicht abgeschlossen waren, aber die Sache sah nicht gut aus.

Als um drei Uhr das Klangzeichen für die volle Stunde zu hören gewesen war, hatte er sich gezwungen, ein paar Kekse zu essen, die ihm noch immer im Magen lagen wie ein ganzes Wildschwein. Im Stehen ließ sich dieses Völlegefühl deutlich besser ertragen als im Sitzen.

Noah beantwortete die Fragen der Ärztin einsilbig, aber die Sitzung brachte sie trotzdem weiter. Denn in den 50 Minuten, die sie gemeinsam verbrachten, war er gezwungen, sich Fragen zu stellen, denen er ansonsten auswich. Und dabei wurde ihm klar, dass er in den meisten Fällen auf alle Fragen eine Antwort hatte oder zumindest eine Teilantwort.

Er war sich bewusst, dass sein Unwohlsein mit seinem Fauxpas vom Vortag zu tun hatte und mit Maites Reaktion darauf. Die Art und Weise, wie sie im Vorbeigehen die Kerze vor der Virgen de

Begoña ausgeblasen hatte, sagte mehr über ihre Enttäuschung als 1000 Worte. Und die Übelkeit, die von seinem Magen ausging, hatte mit all dem zu tun, was er ihr gern sagen würde und nicht konnte.

Aber er wollte nicht über Maite reden. Deshalb sprach er über Rafa und seine Mutter. Und dass er Mikel von seinem Gesundheitszustand erzählt hatte. Dessen Zusage, dass er ihn weiter bei seinen Ermittlungen unterstützen würde, hatte ihn sehr erleichtert. Allerdings hatte er ihm noch nicht gesagt, dass laut den schottischen Zeitungen die Polizei dort einen Verdächtigen festgenommen hatte, und das belastete ihn. Aber vielleicht wusste Mikel es ja auch bereits.

Noah hatte Sorge, dass, wenn er laut aussprach, dass ihn eine Eingebung nach Bilbao geführt hatte, dies seine Überzeugung, dass John Murray Bible John war, die Sicherheit, dass er wieder tötete, die Ahnung, dass die verschwundenen Mädchen irgendwo am schlammigen Ufer des Flusses vergraben waren, alles, was in den letzten Tagen zu seiner Existenzgrundlage geworden war, zerstören könnte. Er wusste, dass er nicht in der Lage war, Mikel einfach nur über die Tatsache zu informieren, sondern dass der Satz »Die Polizei in Glasgow hat einen Verdächtigen festgenommen, der gestanden hat, Bible John zu sein« ihn dazu bringen würde, den Glauben an das, was er tat, zu verlieren.

Als Dr. Elizondo merkte, dass sie auf diesem Weg nicht vorankam, versuchte sie etwas anderes. »Wie wäre es, wenn wir uns eine Weile mit unserem Patient X beschäftigen?«

Noah wandte sich sofort um und sah sie interessiert an. »Ja, sehr gern.«

»Gestern haben Sie etwas gesagt, über das ich lange nachgedacht habe. Dass er die Frauen nicht angreift, weil sie ihre Regel haben, sondern dass er sie deswegen auswählt.«

Noah nickte. »Ich weiß nicht, was sein Motiv ist und wie er es herausfindet, aber davon bin ich überzeugt.«

»Ich würde sogar noch etwas weiter gehen«, sagte die Ärztin langsam. »Er wählt sie deswegen aus, weil er sie deswegen hasst.«

»Ja, er hasst sie. Ich habe Dutzende Fotos der Leichen gesehen, und was er mit ihnen macht, zeugt von einem extremen Hass.«

»Aber alle Frauen bis zu einem bestimmten Alter haben ihre Regel«, fuhr Dr. Elizondo fort. »Das heißt, er müsste alle diese Frauen hassen, und vielleicht ist das auch so, aber warum genau in diesem Moment? Sie haben gestern gesagt, dass einige Ermittler denken, dass sein Tun eine gewaltsame Reaktion darauf sein könnte, dass sie Sexualverkehr ablehnen, aber ich denke eher, dass sie im Gegenteil darauf eingehen.«

»Er wählt die Frauen aus, weil sie ihre Regel haben, bietet ihnen Sexualverkehr an, und was ihn wütend macht, ist, dass sie darauf eingehen?«

»Es muss nicht mal genauso ablaufen, ich meine, mit einem wörtlichen Angebot und einer positiven Antwort. Es könnte auch etwas sein, das in seinem Kopf abläuft. Schon allein die Tatsache, dass sie seine Gesellschaft akzeptieren, könnte für ihn ausreichen.«

»Ohne weitere Provokation.«

»Das ist nicht nötig, es ist alles in seinem Kopf. Alles, was danach passiert, entnimmt er diesem extremen Hass.«

Was könnte eine so heftige Reaktion auslösen?, fragte sich Noah. Und er gab sich gleich selbst die Antwort. Es gab nur zwei Gefühle im Leben, die zu so etwas führen konnten: Liebe und Angst.

Dr. Elizondo sagte etwas, was ihn aus seinen Gedanken riss. Er wandte sich um, um sie anzusehen, und wurde von einem heftigen Schwindel erfasst. Er taumelte einen Schritt zurück, lehnte den Rücken an die Wand und glitt daran hinab, bis er auf dem Boden saß.

Noah öffnete die Augen wieder, als er die kühlen Finger der Ärztin spürte, die nach seinem Puls tasteten, zuerst am Handgelenk und dann an seinem Hals. Sie ging zurück zu ihrem Schreibtisch und holte ihr Stethoskop, um ihn eine ganze Weile lang abzuhorchen.

»Gut, Ihr Puls ist ziemlich schwach, aber nicht beunruhigend. Doch Sie sollten sich eine Weile ausruhen, bevor Sie wieder aufstehen. Legen Sie sich auf den Boden, Noah.«

»Es war nur ein kurzer Schwindel«, erklärte er, um sich nicht hinlegen zu müssen.

»Haben Sie Ihre Medikamente genommen?«

»Ja, aber ich habe nur wenig gegessen. Vielleicht ist es nur eine Schwäche.«

»Warum haben Sie nur wenig gegessen? Haben Sie ein Völlegefühl wie bei einer Verdauungsstörung?«, fragte die Ärztin alarmiert.

»Ein wenig, aber das ist es nicht.«

Noah streckte eine Hand aus, damit sie ihm half, sich aufzurichten. Zögernd ging sie darauf ein. Dann begleitete sie ihn zu einem Stuhl.

»Okay, Noah, und wenn es das nicht ist, was ist es dann?«

Er senkte leicht den Kopf und blickte wieder zum Fenster, bevor er sprach. »Es hat mit ihr zu tun.«

»Mit ihr? Mit dieser Frau?«

Noah nickte.

»Sie haben mir von Ihren Gesprächen mit Rafa, seiner Mutter und Mikel erzählt, aber mit ihr haben Sie noch nicht geredet, richtig?«

»Gestern gab es ein Missverständnis zwischen uns, und es kann sein, dass sie jetzt denkt, dass ich mich nicht für sie interessiere. Ich weiß, dass sich das kindisch anhört, aber ich habe das Gefühl, wieder am Anfang zu stehen, und das … Ich weiß nicht, wie ich es sagen soll, aber das entmutigt mich. Das Gefühl, keine Zeit mehr zu haben, wird immer drängender.«

»Und warum tun Sie es nicht? Warum sagen Sie es ihr nicht endlich?«

»Aus dem gleichen Grund, warum ich Mikel nicht alles erzähle. Weil es laut auszusprechen bedeutet, zu akzeptieren, dass ich mich irren könnte.«

»Das ist Teil des Lebens, Noah. Sie sollten es riskieren, denn was haben Sie zu verlieren?«

Das Geräusch des Weckers zeigte an, dass die Sitzung zu Ende war. Die Ärztin stellte ihn ab, während Noah zur Tür ging. Dort blieb er noch einmal stehen, um ihre Frage zu beantworten.

»Das, was ich zu verlieren habe, Frau Doktor Elizondo, ist das Einzige, was mir bleibt: die Hoffnung, dass meine Eingebung mich nicht getäuscht hat. Denn wenn das der Fall ist, hat nichts von alldem mehr einen Sinn.«

Sie stand auf, um ihn an der Tür zu verabschieden. »Hören Sie, Noah, Sie sollten sich eine Weile ausruhen. Dieser Schwindel ist kein gutes Zeichen.«

»Es war nur eine kleine Schwäche, weil es mich sehr anstrengt, hier heraufzukommen. Diese verdammte Treppe! So weit, wie sie sich nach innen neigt, könnte eines Tages ein Patient von Ihnen hinunterstürzen.«

Dr. Elizondo folgte ihm mit dem Blick, während er dicht an der Wand hinunterging.

Wouldn't it be good to be on your side?
Wäre es nicht gut,
auf deiner Seite des Zauns zu leben?

Die Bar konnte noch nicht lange geöffnet sein, weil nur wenige Gäste da waren, nur eine kleine Gruppe an der Tür. Noah sah, dass es sich um Maites Exmann handelte, ihre Tochter Begoña und deren rothaarige Freundin. Noah hatte sie schon mehrfach zusammen gesehen.

Im Hintergrund war wie immer Musik zu hören, doch die Stimmung war angespannt. Und das nicht nur, weil Rod Stewart stimmgewaltig mit »Baby Jane« abrechnete. Die Anwesenden hatten gestritten. Das war deutlich zu spüren, obwohl sie bei seinem Eintreten sofort verstummt waren.

Noah ging zu seinem Stammplatz hinten im Raum neben der Tür zur Küche und bestellte einen Kaffee, den er kaum anrührte. Maite wusch ein paar Gläser ab, und die anderen leerten schweigend ihre Getränke. Bevor sie gingen, verabschiedeten sich die beiden Mädchen mit einem Kuss von Maite, der Mann verließ die Bar jedoch grußlos. Maites Gesichtsausdruck war ernst.

»Alles in Ordnung?«

Sie kam zu ihm herüber. »Nein. Also ja. Das ist der Vater meiner Tochter. Sie waren am Arenal verabredet, aber die Mädchen sind hergekommen, weil es Edurne, Begoñas Freundin, nicht gut geht und sie einen Kamillentee trinken wollte. Und jetzt sagt dieser Blödmann, dass er nicht will, dass die Mädchen in die Bar kommen. Dabei haben sie das ihr ganzes Leben über gemacht! Was für ein Schwachsinn!«

»Und welchen Grund hat er dafür genannt?«

»Er sagt, dass ihm nicht gefällt, wie die Männer sie ansehen, dass einige von denen, die herkommen, auf junge Mädchen stehen.«

Noah sah sie entsetzt an.

»Na ja, ich finde es auch nicht so toll, wenn sie zu oft hier sind. Sie sind 18 und sehr hübsch. Und natürlich fällt mir auch auf, wie die Männer sie ansehen, aber das ist ganz normal. Doch mein Ex ist echt paranoid und besteht darauf, dass sie nicht mehr in die Bar kommen und dass sie mit niemandem reden. Und jetzt hat er auch noch damit angefangen, dass sie früher nach Hause kommen sollen, früher als im letzten Jahr, und es ist ja klar, dass die Mädchen das nicht wollen, sie wollen ihren Spaß haben. Bego war immer sehr verantwortungsbewusst und hat uns nie Probleme gemacht. Sie versteht nicht, was ihr Vater auf einmal hat, warum er so streng ist, und das nur, weil angeblich mehrere Mädchen verschwunden sind.«

»Das ist eine Tatsache, Maite. Ich habe es in den Nachrichten gehört, und es steht in den Zeitungen.«

»Ach, das ist in der Festwoche normal. Da verbringen die jungen Leute schon mal die Nächte woanders. Manche kommen erst wieder nach Hause, wenn alles vorbei ist. Und das Mädchen hier aus dem Viertel, das vermisst wird, hat schon öfter mal einen draufgemacht.«

Noah richtete sich auf seinem Barhocker auf. »Es ist ein Mädchen hier aus dem Viertel verschwunden?«

»Die Tochter eines Bekannten, der hier in der Straße wohnt. Aber das ist nicht das erste Mal, dass sie, ohne zu Hause Bescheid zu sagen, woanders übernachtet. Und sie ist immer noch wiederaufgetaucht. Sie wurde spätabends noch im Gaueko gesehen, mit einem Typen.«

»Vielleicht hat dein Exmann recht damit, dass sie vorsichtig sein sollen.«

»Klar, das versteh ich ja. Es ist gut, sie zu warnen, dass sie aufpassen sollen. Aber du hättest mal sehen sollen, was er ihnen für eine Szene gemacht hat, weil sie hier in der Bar waren. Er ist regelrecht ausgeflippt. Das Mädchen hatte Bauchschmerzen und musste einen Kamillentee trinken. Warum sollten sie woanders hingehen, wenn ich hier bin?«

Noah war sofort höchst interessiert. »Sie hatte Bauchschmerzen?«

»Eine Frauensache«, erklärte Maite.

Das konnte nur eines bedeuten.

»Maite, du hast gesagt, dass Kintxo nicht will, dass sie mit den Gästen reden. Vielleicht hat er etwas gesehen …«

»Ich weiß nicht. Es sind brave Mädchen, gut erzogen, sie grüßen jeden. Und außerdem ist Kintxo extrem misstrauisch. Er hat gegen jeden etwas, vor allem gegen Engländer. Seine Eltern sind nach England ausgewandert, als er noch ein Kind war. Er ist dort aufgewachsen. Und er sagt immer, dass er dort nicht gut behandelt wurde, dass die Leute sehr unangenehm waren. Er hat was gegen euch. Es reicht schon, wenn er einen Engländer sieht.«

»Ich bin Schotte«, murmelte Noah.

Maite zuckte mit den Schultern, als ob das nicht von Belang wäre. Es war nicht zu übersehen, dass sie wegen der Sache am Tag zuvor noch beleidigt war.

»Aber hat er jemand Bestimmten erwähnt? Hast du gesehen, wie sie mit jemandem geredet haben?«

Sie sah ihn verwundert an und wirkte leicht verärgert. »Ich weiß nicht. Was soll das jetzt?«

»Nichts«, ruderte er zurück.

Er fühlte sich unwohl unter ihrem finsteren Blick.

»Hör mal, Maite, ich möchte mich wegen gestern entschuldigen. Ich weiß, was Mikel gesagt hat und dass es klang, als ob …«

Sie unterbrach ihn. Mehrere Gäste betraten die Bar.

»Du schuldest mir keine Erklärung, Noah«, sagte sie und ließ ihn stehen.

Der Junge

Der Junge saß in der Bibliothek und las. Er hatte den Ausweis für die Stadtbibliothek, seit er denken konnte. Bevor seine Tanten bei ihnen wohnten, hatte er hier nach der Schule auf seine Mutter gewartet. Sie wollte nicht, dass er allein durch die Straßen lief, weil sie befürchtete, die anderen Kinder könnten ihn ärgern. Sie glaubte, dass einige Leute auf sie herabsahen, weil sie eine ledige Mutter war.

Er hatte keinen Vater, was dem Jungen egal war, aber er hatte auch keine Großeltern, und das war ihm nicht egal, weil seine Mutter darunter litt.

Sie hatten jahrelang allein in dem Haus am See gewohnt und waren glücklich gewesen, er zumindest. Als er dann fünf gewesen war, hatte ihm seine Mutter erklärt, dass seine Großmutter, die die ganze Zeit über, ohne dass er es wusste, in der Nähe gelebt hatte, gestorben war und dass von nun an ihre jüngeren Schwestern bei ihnen wohnen würden. Der Junge hatte nichts dagegen gehabt.

Seine Tanten, die, solange seine Großmutter lebte, ihre ältere Schwester nicht mal gegrüßt hatten, zogen am Tag nach der Beerdigung bei ihnen ein. Sie waren viel jünger als seine Mutter und hatten dunkles Haar. Sie waren hübsch, sogar Tante Emily, die hinkte, weil sie als Kind Polio gehabt hatte. Sie spielten mit ihm und kitzelten ihn am Bauch, bis ihm vor Lachen die Tränen kamen. Sie erzählten ihm alte Geschichten über ihre Familie, über das Blut, das durch ihre Adern floss, Geschichten von Sünde und Schande, von Hass und Vergeltung.

Der Junge hatte ihnen sein Zimmer überlassen müssen und bei seiner Mutter geschlafen wie ein kleines Kind, aber auch das hatte ihm nichts ausgemacht. Alles war gut, weil Mama zufrieden war. Sie schien die Jahre der Verleugnung und der Schande vergessen zu haben und rechtfertigte das Verhalten ihrer Schwestern mit dem strengen Ehrgefühl ihrer Mutter.

Sie richtete das Zimmer für ihre Schwestern her und besorgte ihnen Arbeit. Eine der Schwestern bekam eine Stelle bei den Touristenbooten am See und die andere in dem Hotel, wo auch seine Mutter arbeitete.

Zu der Zeit wurde ihr erneut die Stelle als Hausdame angeboten. Vorher hatte sie die nicht annehmen können, weil sie niemanden hatte, der sich um ihr Kind gekümmert hätte. Das Gehalt war höher und die Arbeitszeiten furchtbar. Sie musste mitten in der Nacht das Haus verlassen, um vor Sonnenaufgang in Tarbet zu sein, damit sie mit der Arbeit beginnen konnte, bevor die ersten Hotelgäste aufstanden.

In dem alten Cottage gab es nur einen Kamin im Wohnzimmer. Mamas Bett war groß und wurde schnell kalt, wenn sie nicht mehr da war, deshalb nahmen seine Tanten ihn mit zu sich ins Bett.

Dem Jungen gefielen ihre Spiele, ihre weiche Haut, ihre festen Brüste und die Wärme ihrer Bäuche. Er schlief nackt zwischen den beiden, berührte ihre Körper und bewahrte das Geheimnis.

Aber manchmal waren sie krank. Dann waren sie schlecht gelaunt und hatten Schmerzen, ihre Bäuche schwollen an und taten ihnen weh. Dann schoben sie den Jungen unter die Wolldecke, und halb erstickt musste er zwischen ihren Schenkeln das Blut ihres Opfers trinken, bis sie erleichtert einschliefen.

Das gefiel dem Jungen gar nicht. Er wollte das nicht tun. Er weinte und beschwerte sich, drohte sogar damit, es seiner Mutter zu erzählen. Da sagten sie ihm, dass er gegen Gottes Gebot verstoßen habe, dass er das Blut ihres Opfers getrunken habe und Gott ihm dies nie verzeihen würde, dass seine Mutter ihn nicht mehr lieben würde, weil er zu dem geworden war, was sie am meisten hasste. Und wenn er es ihr erzählen würde, würde sie sich so sehr schämen und sich vor ihm ekeln, dass sie ihn in der Nacht, wenn er schlief, in einen Sack voller Steine stecken und in den See werfen würde, damit er genau wie sein Großvater ertrank, denn das machte seine Familie mit verkommenen Menschen.

Der Junge war verbittert. Wollte nicht mehr mit seinen Tanten spielen, und es gab keine Wärme und keinen friedlichen Schlaf mehr. Der Geruch des Opferbluts ekelte ihn an, und in diesen Tagen hatte er das Gefühl, dass alles an ihnen, die Haut, das Haar, der Atem, nach dem Blut stank.

Dann lagen sie den ganzen Tag über unter den Decken schwitzend im Bett. Sie tranken den heißen Tee, den er ihnen brachte, und standen nur auf, um zur Toilette zu gehen und die Binden zu wechseln, bevor sie sich zurück ins Bett begaben.

In diesen Tagen erfüllte der Gestank, den nur er wahrzunehmen schien, das Haus wie eine faulige Wolke, die im Hauch ihres Atems und in der Kälte schwebte, die durch die undichten Fenster hereinkam. Aber das Schlimmste war, dass das Opfer tot war und verweste, wenn es ihre Körper verlassen hatte.

Im Badezimmer stand ein Holzeimer, in den sie die blutigen Binden legten, die der Junge waschen musste, weil sie dazu zu schwach waren. Der Gestank war widerlich und ekelte ihn derartig an, dass er in diesen Tagen nur draußen zur Toilette ging und sich sogar dort am Waschbecken wusch, um nicht ins Badezimmer gehen und den Eimer sehen zu müssen, der neben der Toilette stand. Er sagte sich, dass er es nie wieder tun würde. Doch wenn die schmutzigen Binden sich anhäuften und der Deckel nicht mehr auf den Eimer passte, sagte seine Mutter zu ihm: »Hilf deinen Tanten, die sehr krank sind, und du weißt ja, wie erschöpft ich nach der Arbeit bin.«

Im Winter war das Wasser sehr kalt, und es war schwieriger, die Flecken rauszuwaschen, aber im Sommer war es noch schlimmer. Denn oft vergaßen sie, den Eimer mit dem Deckel zu verschließen. Das zog dann die Fliegen an, die in dem gerinnenden Blut ihre Eier ablegten. Die Hitze beschleunigte die Fäulnis, und wenn der Junge den Inhalt des Eimers auf das Waschbrett legte, stieß er manchmal auf kleine gelbe Würmer, die sich vom Opferblut nährten. Wenn der Junge sie sah, verstand er, wie furchtbar das war, was sie ihm antaten, weil er genauso wie diese Würmer war.

Der Junge hatte oft daran gedacht, seiner Mutter trotz der Drohungen der Tanten alles zu sagen, denn er wusste, dass sie ihn liebte oder geliebt hatte. Doch in letzter Zeit überraschte er sie immer wieder dabei, wie sie ihn schweigend beobachtete, als wisse sie furchtbare Dinge über ihn. Der Junge war sich nicht sicher, ob er sich das nur einbildete oder ob seine Mutter im Grunde wusste, was am frühen Morgen geschah, wenn sie zur Arbeit ging. Deshalb sagte er nichts.

Das machte ihn manchmal traurig und manchmal sehr wütend. Doch er sagte lieber nichts, als festzustellen, dass sie es bereits wusste.

Der Junge saß an dem großen leeren Tisch in der Bibliothek, um zu lesen, und er verschlang jedes Wort des dicken Bandes, der vor ihm lag. Miss Thompson hatte das Gesicht verzogen, als sie ihm diesen gegeben hatte. »Ich glaube, das ist noch zu schwer für dich«, hatte sie gesagt.

Der Junge las gierig, weil er es wissen musste. Mit schreckgeweiteten Augen, als er sich in der Kreatur wiedererkannte, die Bram Stoker beschrieben hatte.

Er war verzweifelt. Musste er akzeptieren, dass er ein Monster war? Musste er eingestehen, dass seine Seele verdammt war? Gab es eine Möglichkeit der Sühne?

In den letzten Wochen war ihm die Möglichkeit durch den Kopf gegangen, zur Beichte zu gehen, damit Gott ihm verzieh. Letzten Sonntag war er nach dem Gottesdienst dort geblieben, um bei Pastor Pierce zur Beichte zu gehen, doch im letzten Moment hatte ihn etwas davon abgehalten. Etwas, was ihm den Schlaf geraubt und mit Lucy zu tun hatte, mit dem Tag, an dem sie sich verändert hatte und wie er sich deswegen fühlte.

Bis zu diesem Moment hätte er auf die Bibel geschworen, dass er hasste, was sie ihn zu tun zwangen, dass sie ihn zur Sünde verführt hatten. Doch als er den Geruch von Lucys Opfer wahrnahm, hatte sein Körper mit einem animalischen, primitiven Instinkt reagiert. Er wollte von ihr trinken, und gleichzeitig hasste er sie dafür. Er konnte ihr nicht mal in die Augen sehen.

»Du ekelst mich an«, hatte er zu ihr gesagt. Und das war die Wahrheit. Sie ekelte ihn an, und er ekelte sich vor sich selbst.

Er war ins Badezimmer gelaufen, hatte die Hose heruntergezogen und mit den Fäusten auf seinen Penis und die Hoden eingeschlagen, bis der Schmerz seinen Instinkt erstickt hatte.

Und jetzt, während er las, wie Dracula von seinen Opfern trank, ohne sich davon abgestoßen zu fühlen wie er von seinen Tanten, spürte er ein Kribbeln zwischen den Schenkeln, das unter dem Stoff seiner Hose immer stärker wurde.

Er stellte sich vor, wie es wäre, von Lucy zu trinken. Jetzt wusste er, dass das, was seine Tanten ihm gesagt hatten, die Wahrheit war. Er wusste, zu was er geworden war: einer Ausgeburt des Bösen, einer Perversion, die nur auf der Welt war, um andere Perversionen hervorzurufen.

Bilbao. Dienstag, 23. August 1983

Noah war seit mindestens einer Stunde wach, lag aber noch im Bett, hörte Radio und machte sich nebenbei Notizen in seinem kleinen schwarzen Buch. Die Nächte in den Diskotheken forderten ihren Tribut. Wenn er abends unterwegs war, achtete er darauf, viel Wasser oder andere alkoholfreie Getränke zu sich zu nehmen, aber die letzten Stunden waren furchtbar für ihn: Sein Herz schlug unregelmäßig, ihm wurde immer häufiger schwindelig, und er musste immer öfter zur Toilette. Und wenn er allein unterwegs war, wurde das Ganze noch dadurch verschlimmert, dass er fürchtete, Murray aus den Augen zu verlieren.

Wenn er dann zurück in sein Zimmer kam, waren seine Füße so geschwollen, dass er es kaum schaffte, sich die Schuhe auszuziehen.

Obwohl das Radio lief, konnte er hören, wie der Regen auf das Dach über dem Innenhof prasselte. Er hatte das Fenster offen gelassen, um dem Atem des Drachen zuzusehen und dem Otus scops zuzuhören, der mit seinem Ruf den Rhythmus vorgab.

Noah war deprimiert und wusste, dass das hauptsächlich an seinem körperlichen Zustand lag und er sich daran gewöhnen musste. Aber wenn er über die Gründe für seinen Trübsinn nachdachte, fielen ihm viele ein.

John Murray alias Bible John zu verfolgen war anstrengend. Am

Vorabend hatte Mikel Nachtdienst gehabt und hatte ihn nicht begleiten können. Aber immerhin war Murray schon vor zwei Uhr morgens in seine Pension zurückgekehrt. Allerdings hatte Noah deswegen befürchtet, dass er noch mal losgehen könnte. Und ob dem so war, konnte er nur herausfinden, wenn er den Rest der Nacht die Tür überwachte.

Das hatte er genau 20 Minuten durchgehalten, doch seine Füße und sein Kopf hatten ihm so wehgetan, dass er es hatte aufgeben müssen.

Von den drei verschwundenen jungen Frauen hatte er nichts mehr gehört. Denn auch wenn die Polizei bisher nur zwei Vermisstenanzeigen bekannt gegeben hatte, war inzwischen noch eine dritte nicht nach Hause gekommen. Und wenn sich der Fall des Mädchens aus dem Viertel, von dem Maite gesprochen hatte und das zuletzt mit einem Mann im Gaueko in der Calle Ronda gesehen worden war, bewahrheitete, waren es sogar vier.

Noah dachte daran, wie grausam es war, wenn in den Gedanken eines Polizisten die Möglichkeit eines unmenschlichen Verbrechens zur heiß ersehnten Bestätigung wurde. Und wenn sich herausstellte, dass die schottische Polizei den falschen Mann festgenommen hatte, wäre es sogar ein Triumph für sein Ego.

Seufzend legte er das schwarze Büchlein zur Seite und konzentrierte sich auf die joviale Stimme von Ramón García, der äußerst guter Laune zu sein schien, obwohl er verkünden musste, dass es auch an diesem Tag nicht aufhören würde zu regnen. Er zählte auf, was im Rahmen der Feierlichkeiten an diesem Tag los war, und informierte seine Hörer über den Zustand eines Mannes namens Luis Villagas, der beim Jungstiertreiben in Vista Alegre schwer verletzt worden war. Noah hatte schon davon gehört, da in den Bars darüber geredet wurde.

Jemand klopfte leise an die Tür, und fast gleichzeitig ertönte die Stimme der Pensionswirtin. »Señor Scott, Ihr Freund ist hier.«

Noah stand aus dem Bett auf und hinkte mit schmerzenden Füßen zur Tür. »Sagen Sie ihm, dass ich gleich komme, ich muss mich nur erst anziehen!«

Die Stimme der Wirtin klang so nah, dass er sie sich mit den Lippen am Türspalt vorstellte. »Ich weiß schon, was ich gesagt habe, aber für Sie habe ich eine Ausnahme gemacht, Señor Scott. Ihr Freund ist hier.«

Als Noah die Tür öffnete, stand Mikel mit regennassem Haar und einem verlegenen Grinsen vor ihm, das noch breiter wurde, als ihm der wohlwollende Blick auffiel, mit dem die Pensionswirtin Noahs bloßen Oberkörper taxierte.

»Vielen Dank, Señora, das ist sehr nett von Ihnen«, sagte Noah, wobei er so tat, als fiele ihm Mikels Gesichtsausdruck nicht auf.

Nachdem er die Tür geschlossen hatte, brach dieser in Gelächter aus, während Noah ihn mit entsprechender Gestik aufforderte, leise zu sein.

»Schon gut, aber jetzt musst du mir erst mal erklären, warum diese Hexe des Westens für dich eine Ausnahme macht, ›Señor Scott‹«, sagte Mikel, wobei er die honigsüße Stimme der Pensionswirtin imitierte.

»Das ließ sich mit ein paar grünen Scheinen regeln.«

»Oh, wobei ich den Eindruck hatte, dass sie sich gern auch in Naturalien bezahlen ließe.«

Noah schüttelte entsetzt den Kopf.

»Nur, falls es dir nicht aufgefallen ist«, scherzte Mikel, während er den Blick durch den Raum wandern ließ, der zuerst an den Medikamenten auf der Ablage des Waschbeckens hängen blieb, dann auf der Mappe mit dem unverwechselbaren Logo eines Krankenhauses, dem Foto von Noahs Eltern und dem kleinen schwarzen Büchlein, das dieser schnell unters Kissen schob. »Hübsch hast du es hier.«

»Ich nehme mal an, dass du nicht nur gekommen bist, um die Einrichtung meines Zimmers zu begutachten«, sagte Noah und setzte sich aufs Bett.

»Nein, ich habe dir einiges zu erzählen. Als Erstes, dass das Mädchen, das gestern vermisst wurde, wieder aufgetaucht ist. Sie hat das Feiern mit ihrem Freund etwas ausgedehnt.«

Noah seufzte bei dem Gedanken, dass die anderen Mädchen auch wieder auftauchen könnten. Konnte er sich so sehr geirrt haben? »Gut, das freut mich für sie. Maite hat schon gesagt, dass es wahrscheinlich so ist. Was noch?«

Mikels Gesichtsausdruck erinnerte an den einer Katze, die gerade den Kanarienvogel gefressen hatte, aber er hielt sich zurück. »Du zuerst. Wie war's letzte Nacht?«

»Bevor ich es vergesse: Es wäre gut, wenn du versuchen könntest, etwas mehr über Maites Exmann herauszufinden. Vielleicht ist nichts dran, aber gestern hat sie mir erzählt, dass er sich Sorgen macht, wenn seine Tochter in der Bar mit männlichen Gästen spricht. Das geht so weit, dass sie nicht mehr dort hingehen soll. Er hat ihr gesagt, dass er weiß, dass es Männer gibt, die ein Auge auf junge Mädchen geworfen haben. Und zufälligerweise hatte Edurne, die rothaarige Freundin von Maites Tochter, gestern Bauchschmerzen. Maite hat eine Andeutung gemacht, dass sie ihre Tage hat.«

Mikel schüttelte den Kopf, während er darüber nachdachte, und Noah fuhr fort: »Du hast mir ja erzählt, dass Kintxo eine Weile für ein britisches Unternehmen gearbeitet hat, aber von Maite habe ich gestern erfahren, dass das noch nicht alles ist. Seine Eltern sind nach England ausgewandert, als er ein Kind war, und er ist dort aufgewachsen. Maite sagt, dass er Engländer hasst. Es wäre gut zu wissen, wo genau er gelebt hat und wann. Und wann er nach Spanien zurückgekehrt ist.«

»Was willst du damit andeuten? Erscheint er dir verdächtig?«

»Vielleicht bringt uns das nicht weiter, aber wir sollten nichts auslassen. Vor allem, weil ich Kintxo gestern, als ich Murray gefolgt bin, wieder in einer der Diskotheken gesehen habe. Er war mit ein paar Freunden unterwegs, und ich nehme an, dass es Zufall war, aber nach dem, was ich von Maite erfahren habe, frage ich mich, ob er mit seiner Andeutung Murray gemeint hat, und vielleicht hat er irgendwann mehr gesehen als wir.«

»Könnte sein. Aber ich wüsste nicht, wie wir das herausfinden könnten, ohne uns zu verraten. Wir könnten ihn direkt fragen.«

»Erst wenn wir mehr über ihn und seine Beziehung zu Großbritannien wissen.«

»Hast du auch Collin gesehen?«

»Nein, den habe ich in den Diskotheken nicht gesehen, wobei ich nicht ausschließen kann, dass er dort war, denn es war sehr voll. Aber nachdem Murray in die Pension zurückgekehrt ist, habe ich etwa 20 Minuten dort gewartet, um sicher zu sein, dass er nicht noch einmal losgeht, und in der Zeit ist auch Collin zurückgekommen. Gestern hat Murray die Calle Telesforo Aranzadi nicht verlassen, zuerst war er im Drugstore, das ist so ein Zwischending aus Bar und Diskothek.«

»Das kenne ich.«

»Und danach gegenüber im Bluesville, das ein ziemlich eleganter Laden ist, zumindest was die Gäste angeht. Dort hat er sich eine ganze Weile mit einer Frau unterhalten, aber anscheinend ist nichts draus geworden. Um zwei war er schon wieder zurück in seiner Pension.«

»Dass er so früh zurückgekehrt ist, kommt mir auch komisch vor. Vielleicht ist er tatsächlich noch mal losgezogen.«

»Ja, das habe ich auch gedacht.«

»Was ich weiß, ist, dass er früh aufgestanden ist. Es war eine gute Idee von dir, die Telefonzelle zu überwachen. Wir haben zwar keine Gespräche von The Dark oder Michael aufgezeichnet, aber heute Morgen um Viertel vor sechs, kurz bevor meine Ablösung kam, hat Murray von dort aus telefoniert, und er hat die Nummer angerufen, die du mir gestern gegeben hast.«

Noah stand auf. »Mit wem hat er gesprochen? Was hat er gesagt?«

Mikel lächelte, nahm einen Walkman aus der Innentasche seiner Jacke und hielt ihm den Kopfhörer hin. »Das musst du mir sagen. Er hat einen so starken Akzent, und sie reden so schnell, dass ich kein Wort verstehe.«

Noah setzte sich den Kopfhörer auf, und John Murrays Stimme ertönte.

»Ich bin's.«

Er klang sehr bedrückt und sprach sehr leise und widerwillig, als würde ihm das Reden schwerfallen, ganz im Gegensatz zu der Frau am anderen Ende der Leitung.

»Endlich! Wir haben uns Sorgen gemacht. Wie geht es dir? Wir haben dir mehrere Nachrichten hinterlassen.«

»Es geht mir gut«, sagte Murray knapp. »Ihr müsst vorsichtiger sein. Ihr dürft mich nicht mehr anrufen, hörst du? Ich will nicht, dass ihr mich anruft.«

»Das verstehe ich nicht. Du hast uns doch selbst diese Nummer gegeben und gesagt, sie sei sicher.« Sie klang enttäuscht, und ihr war mühsame Zurückhaltung anzuhören.

»Jetzt nicht mehr. Ruf mich nicht mehr an, verstanden?« Murray klang entschieden, beinah drohend.

»Verstanden«, bestätigte die weibliche Stimme unterwürfig. »Wann kommst du? Oder willst du, dass wir zu dir kommen?«

»Nein, nein. Das ist noch zu früh. Ich rufe euch an.« Murrays Antwort hörte sich ausweichend an.

»Es muss doch irgendeine sichere Nummer geben. Wir machen uns große Sorgen. Das Geld reicht nicht mehr lange, und du weißt ja, in wenigen Monaten …«

»Lasst mich in Ruhe!«, brüllte Murray wütend. »Versteht ihr nicht, dass ich in meiner Lage erst mal an mich denken muss?«

»Wir haben getan, was du gesagt hast. Wir könnten zu Hause sein, aber wir haben auf dich gehört und sind jetzt wegen dir hier.« Die Frau am anderen Ende der Leitung schluchzte. »Wir haben alles für dich getan.«

Murray schwieg. Eine ganze Weile war nur das Weinen der Frau zu hören. Und plötzlich wieder Murrays drohende Stimme.

»Sei still! Seid alle still und hört auf zu heulen! Verdammt noch mal!«

Das Weinen hörte schlagartig auf. »John, tu das nicht.«

»Was soll ich nicht tun, Mama?« Er klang genervt.

»Uns im Stich lassen, John. Lass uns nicht im Stich.«

An dieser Stelle brach das Gespräch ab.

The grass is always greener over there
Drüben bei dir ist das Gras einfach grüner

Noah ging es gar nicht gut, viel schlechter als in den vergangenen Tagen. Die körperliche Verschlimmerung war offensichtlich, aber was ihn am meisten beunruhigte, weil er es so nicht kannte, war das Gefühl, auch geistig nicht mehr voll auf der Höhe zu sein.

Immer wieder fiel ihm eine kurzzeitige Verwirrung auf. Ein furchtbares Durcheinander an Gedanken, die kamen und gingen. Das Mädchen, das nach Hause zurückgekehrt war und nur ausgiebig gefeiert hatte, der Typ in Schottland, der gestanden hatte, Bible John zu sein, der nächtliche Ruf der Eule, Kintxo, der lange Zeit in Großbritannien gelebt hatte und beunruhigt war, weil gewisse Männer ein Auge auf junge Mädchen geworfen hatten, und Maite, die keine Kerzen für die Virgen de Begoña mehr anzündete.

Er konnte nicht mehr denken. Jedes Mal, wenn er sich zu konzentrieren versuchte, wurde ihm schwindelig, und die Gewissheit, dass alles mit Maite begann und endete, quälte ihn.

Eigentlich wollte er zum Zeitungskiosk gehen und Olga anrufen, aber sein gesunder Menschenverstand sagte ihm, dass er sich erst einmal ausruhen sollte. Die morgendliche Schwäche in den Beinen war einem lästigen Kribbeln gewichen, und das Taubheitsgefühl dehnte sich auf alle anderen Gliedmaßen aus. Nach einer Weile bekam er Atemschwierigkeiten, sodass er den Oberkörper aufrichten musste.

Er nahm noch etwas von dem Diuretikum und einen Löffel Digitalin und bemühte sich in der folgenden halben Stunde, seine Angst in den Griff zu kriegen.

Dann musste er eingeschlafen sein. Irgendwann verkündete die Stimme von Ramón García, dass es fünf Uhr nachmittags war, und Noah fragte sich, ob dieser Mann niemals Feierabend hatte.

Sein Puls schlug wieder regelmäßig, und er hatte wieder Gefühl in den Beinen. Während er ein paar Kekse aß, begutachtete er sein Spiegelbild. Sein Gürtel und seine Schuhe drückten, aber das Auffälligste waren die Tränensäcke unter seinen Augen. In der Hoffnung, sie ein wenig zum Abschwellen zu bringen, wusch er sich das Gesicht mit kaltem Wasser, verließ dann sein Zimmer und ging ins Treppenhaus.

Dort machte er sich an den Aufstieg zur Praxis, war jedoch schon völlig außer Atem, bevor er das dritte Stockwerk erreicht hatte, und setzte sich zum Ausruhen auf eine Treppenstufe. Dort legte er den Kopf in den Nacken und blickte in das Licht des seltsamsten August seines Lebens.

Das Oberlicht war von einer gelblichen Aura umgeben, und in diesem Moment meinte er, dass sich das Treppenhaus derart stark nach innen verzogen hatte, dass er garantiert in die Tiefe stürzen würde, wenn er weiter hinaufging. Also blieb er vorerst sitzen. Er lauschte auf das Knarren des Holzes und das leichte Trommeln des Regens und atmete den Geruch nach Wachs und Politur ein.

Das drückende Gefühl der verlorenen Zeit und die geistige Verwirrung sorgten dafür, dass die Theorien, die er mit so viel Mühe erarbeitet hatte, zerfielen wie Chimären. Irrwege, die dazu dienten, seinem Leben, das ihm zwischen den Fingern zerrann und von dem er nun wusste, dass es nutzlos war, einen Sinn zu geben. Vielleicht gab es gar keinen Mörder, vielleicht war Murray gar nicht Bible John, vielleicht war alles ein Hirngespinst eines todkranken, depressiven Mannes, der unter starken Medikamenten stand.

Wenn die Sitzungen mit Dr. Elizondo ihm etwas gebracht hatten, dann die Einsicht, dass das, was ihm am meisten Angst machte, das war, was er gesehen hatte, als sein Herz nicht mehr schlug. Lange nach dem gespenstischen Weinen, seinem Fall, der Kälte und der Dunkelheit.

Er gab auf. Als er wieder aufstehen konnte, ging er die Stufen hinunter zum Eingang der Pension, holte seinen Schirm und trat nach einem letzten Blick auf das Treppenhaus, das unmöglich zu begehen war, nach draußen.

Als Erstes rief er von der Telefonzelle aus Olga an.

John Murray hatte aus dem Ausland ein Telegramm erhalten. Aber sie hatte nicht herausfinden können, was darin stand oder wer der Absender war.

Als Noah die Telefonzelle wieder verließ, öffnete er im Regen langsam den Schirm und fühlte sich immer noch verwirrt. Dann ging er ziellos durch die angrenzenden Straßen, wobei er nicht wusste, was genau er suchte, bis er auf eine weitere Telefonzelle stieß.

In diesem Moment wurde ihm bewusst, dass er einen Anruf tätigen musste, von dem er nicht wollte, dass Mikel ihn mithörte. Er trat in die Kabine, nahm den Hörer ab, überzeugte sich davon, dass das Telefon funktionierte, und warf ein paar Münzen ein. Er musste die Nummer, die er auswendig wusste, dreimal wählen, weil vorher jedes Mal besetzt war. Als sich am anderen Ende der Leitung die vertraute Stimme meldete, wunderte er sich, dass er so nervös war, dass er kaum sprechen konnte.

»Hallo, mit wem spreche ich?«, fragte Ramón García jovial.

»Hallo«, stammelte Noah.

»Aha, eine männliche Stimme. Wer bist du?«

»Ich möchte mir für jemanden einen Song wünschen«, sagte Noah schüchtern.

»Gut, dann hast du die richtige Nummer gewählt, denn auf diesem Sender sorgen wir jeden Nachmittag dafür, dass du den Song hören kannst, den du dir wünschst. Wie lautet dein Wunsch?«

»›Wouldn't It Be Good‹ von Nik Kershaw.«

»Was für eine hervorragende Aussprache! Man merkt, dass du Engländer bist, mein Freund. Und für wen soll ich den Song spielen?«

Noah stellte fest, dass er zitterte. »Für die Frau meines Herzens, Maite, das schönste Mädchen in Bilbao.«

»So, so, Maite! Und jetzt wollen wir nur noch wissen, wie Maites Verehrer heißt.«

Ihm stockte der Atem, und zum ersten Mal an diesem Tag war er sich sicher, dass das nichts mit seiner Krankheit zu tun hatte.

»Ich bin Noé wie der mit der Flut.«

»Alles klar, also von Noé für Maite: ›Wouldn't It Be Good‹.«

Noah legte auf und stützte sich ein paar Sekunden lang an der Telefongabel ab. In Gedanken sah er vor sich, wie Maite Nik Kershaws Worten lauschte. Er sagte sich, dass er sich vielleicht doch besser ein spanisches Lied hätte wünschen sollen, aber niemand anderes konnte besser ausdrücken, wie er sich in diesem Moment fühlte.

Als er sich umdrehte, um die Telefonzelle zu verlassen, sah er Rafa und Euri. Der Junge trug einen gelben Regenmantel, hatte sich gerade die Kapuze heruntergezogen und lächelte ihn an. Der Hund ließ ihn nicht aus den Augen.

»Du hast dir ein Lied für Maite gewünscht«, sagte Rafa zur Begrüßung.

Noah nickte lächelnd.

»Ist sie deine Freundin?«

Noah beugte sich vor, um Euris weiches Fell zu streicheln und sich so ein paar Sekunden Zeit zu verschaffen, in denen er darüber nachdenken konnte, welche Folgen sein Handeln wohl haben würde. Die Frage des Jungen war durchaus berechtigt. Er hatte sich gerade in dem meistgehörten Radiosender dieser Stadt ein Lied für eine Frau gewünscht. Und er hatte zugegeben, dass sie ihm gefiel. Erst in diesem Moment wurde ihm wirklich bewusst, was er getan hatte und wozu das führen konnte.

»Nein.«

Nein, dachte Noah, Maite ist nicht meine Freundin und kann es niemals sein. Was, verdammt noch mal, hatte er sich gedacht, als er diese Telefonnummer gewählt hatte?

Er sah auf die Uhr. Bis zu seiner Verabredung mit Mikel blieben ihm noch ein paar Stunden Zeit. Und jetzt Maites Bar aufzusuchen schien ihm keine gute Idee zu sein.

»Warum nicht?«, fragte Rafa.

Noah richtete den Blick in den Himmel, der immer noch wolkenverhangen war, und streckte die Hand aus, um festzustellen, ob es noch regnete. »Ich erzähle es dir, wenn du mich ein Stück begleitest, da es gerade nicht regnet. Mir ist aufgefallen, dass dies schon der dritte Festtag ist und ich noch gar nichts davon mitgekriegt habe.«

»Dann solltest du jetzt in die Calle Luis B-Briñas gehen, ganz in der Nähe der Calle Bas-surto, neben der Calle San Mamés.«

»Ist das weit?«

»Für mich nicht, aber du … solltest ein Taxi nehmen.«

Erstaunt über die Beobachtungsgabe des Jungen, sah Noah ihn an. »Du hast recht. Glaubst du, wir finden ein Taxi, das auch Euri mitnimmt? Und vorher müssen wir noch beim Kiosk vorbeigehen und meine Zeitungen kaufen.«

Den Rest des Tages über fühlte sich Noah vergleichsweise gut. Im Widerspruch zur Wettervorhersage war der Himmel über der Stadt genauso wie Noahs Laune plötzlich aufgeklart. Es hatte seit einer Viertelstunde nicht mehr geregnet, und auch wenn ein feiner *smirr*, wie der Schotte sagte, dafür sorgte, dass es nicht wirklich trocken war, waren die vielen Stände gut besucht, und die Leute kauften fleißig Lose oder widmeten sich dem Bingospiel.

Noah schloss seinen Regenschirm und suchte in seinen Taschen nach ein paar Münzen, um sie einer jungen Frau zu geben, die um Geld bat, damit sie sich etwas zu essen kaufen konnte. Dabei entgingen ihm die tadelnden Blicke einiger Leute nicht. Sie sprang mit bloßen Füßen durch die Pfützen, obwohl sie in der Hand ein Paar alte Doc Martens trug. Ein Teil ihres Kopfes war rasiert, das strohige blonde Haar zu einem Kamm frisiert.

Als sie davonging, fiel Noah die kleine Stofftasche auf, die an ihrer Schulter hing, und die riesige Sicherheitsnadel, die darin steckte. Kurz blitzte ein Gedanke in seinem Bewusstsein auf, der jedoch sofort wieder verschwunden war. Eine Weile über versuchte er, die Verbindung zwischen beidem herzustellen, aber er sah nur Clarissa O'Hagans Foto vor sich, das er in der Brieftasche hatte.

Noah lächelte, als er Rafa in einem Fahrgeschäft entdeckte, wo er seine Runden drehte. Er fühlte sich viel besser als vorher und war sicher, dass dazu auch die Schlagzeilen in den schottischen Zeitungen beigetragen hatten. *The Scotsman* und der *Daily Record* hatten in großen Lettern von dem Fiasko der Polizei berichtet, die hatte feststellen müssen, dass der Halunke, der gestanden hatte, Bible John zu sein, nur einer der vielen Idioten war, die sich selbst eines furchtbaren Verbrechens bezichtigten, um im Mittelpunkt der Aufmerksamkeit zu stehen.

Noah seufzte erleichtert, er sah sich bestätigt und warf sich beinah vor, nach all den Jahren, die er Bible John nun schon verfolgte, nicht in der Lage gewesen zu sein, ein Profil dieser Trittbrettfahrer zu erstellen, von denen es mindestens schon ein halbes Dutzend gegeben hatte.

»*They are crazy*, Euri! Die Welt ist voller Verrückter!«, sagte er zu dem Hund, der ihn feierlich ansah und ihm recht zu geben schien.

In der Ferne sah er noch einmal das Punkmädchen. Inzwischen hatte sie sich die Schuhe angezogen, aber nicht zugeschnürt. Erneut fiel ihm die Tasche auf, und einem Impuls folgend, nahm er das Foto von Clarissa O'Hagan aus seiner Brieftasche und betrachtete es nachdenklich.

Als Rafas fröhliche Rufe ihn aus seinen Überlegungen rissen, hob er kurz die Hand, um ihm zurückzuwinken. Der Junge genoss die fröhliche Fahrt und war bereits auf dem Karussell, der Verrückten Raupe, der Achterbahn und dem Riesenrad gewesen.

Auf das Piratenschiff, das seine Passagiere durch die Luft wirbelte, hatte Rafa sich nicht getraut, obwohl er gut zehn Minuten fasziniert zugeschaut hatte, und auch nicht auf den Autoscooter, obwohl in Rafas glänzenden Augen seine Begeisterung zu sehen gewesen war. Doch er hatte sich an den rechten Arm gefasst und gesagt: »Ich kann nicht fahren.«

Als sie anschließend an der Schießbude vorbeigingen, hatte der Junge auf die vielen Stofftiere gestarrt, die an der Decke und den

Wänden hingen, und glücklich gelächelt, als Noah ihn fragte: »Welches willst du?«

Rafa zeigte auf einen riesigen Roboter.

Noah wandte sich an den Schausteller. »Wie oft muss ich für den Roboter treffen?«

Der Mann musterte ihn, vielleicht wegen der dicken Tränensäcke unter Noahs Augen. »35 Treffer.«

Noah bezahlte und ließ sich von dem Mann das Gewehr geben. »Möchtest du schießen?«, fragte er Rafa.

Der Junge sah ihn verwirrt an. »Das kann ich nicht«, flüsterte er.

Noah traf mit jedem Schuss, und Rafa feierte jeden davon derartig lautstark, dass sich beim zwanzigsten bereits einige Leute um sie versammelt hatten. Der Schausteller wirkte nicht gerade begeistert. Er blickte zwischen Noah und dem Roboter, den er bereits als verloren ansah, hin und her und schnaubte jedes Mal, wenn Noah traf und Rafa sich freute. Als der letzte Schuss traf, brachen die Leute um sie herum in Jubel aus, während der Schausteller Noah das Gewehr beinah aus den Händen riss und dann den Roboter herunterholte und ihn Rafa übergab.

Noah war glücklich, als sie langsam weitergingen, und genoss die bewundernden Blicke und die Glückwünsche, die Rafa erhielt, der stolz den Roboter trug, der fast so groß war wie er.

»Wann hast du Geburtstag, Rafa?«

»Am e-ersten Feb-bruar.«

»Und wie alt wirst du?«

Der Junge atmete tief durch, bevor er antwortete. »18 Jahre.«

»Du weißt, dass du dann den Führerschein machen kannst, oder?«

»Ich k-kann noch nicht mal Autoscooter fahren, w-wie soll ich dann ein richtiges Auto steuern?«

»Weiß du, was ein behindertengerechtes Fahrzeug ist?«

Rafa schüttelte den Kopf.

»Ich kenne einen Mann in Glasgow, der bei einem Unfall ein Bein und eine Hand verloren hat. Er hat sich ein Auto bauen lassen, bei dem man mit nur einer Hand lenken, kuppeln und die Gänge am Lenkrad einstellen kann. In seinem blauen Auto fährt er seine ganze Familie durch die Gegend.«

Rafa atmete erneut tief durch, bevor er etwas sagte, und sprach dann sehr langsam. »S-so etwas habe ich noch nie gesehen.«

»Aber das gibt es. Die Mechaniker passen das Auto den Bedürfnissen des Fahrers an.«

Rafa schwieg und schien über die Sache nachzudenken.

»Glaub mir, du wirst schneller Autofahren lernen, als ich brauche, um mich an den Rechtsverkehr zu gewöhnen. Gestern musste ich mit dem Auto meines Freundes Mikel fahren und hab zweimal beinah einen Unfall gebaut.«

»Wirklich?«, fragte Rafa amüsiert.

»Ich schwör's. Einmal auf einer Brücke und einmal in einem Kreisverkehr.«

Der Junge lachte, und Euri sprang, von seiner Freude angesteckt, an ihm hoch und leckte ihm übers Gesicht.

»Ich w-würde so gern Auto fahren, und ich würde es gut machen«, sagte Rafa begeistert.

»Rafa, ich habe gestern deine Mutter kennengelernt. Sie war ein wenig besorgt. Du hast ihr gesagt, dass du mein Assistent bist, obwohl du versprochen hast, es keinem zu sagen.«

»Ich habe es auch keinem gesagt, aber meine *ama* kann ich nicht anlügen.«

Noah lächelte. »Und ich bin nicht böse deswegen, aber deine Mutter hat mir erzählt, dass du nicht zur Physiotherapie und zum Unterricht ins Zentrum gehen willst.«

Rafa ließ den Kopf hängen und versuchte sich hinter dem Roboter zu verstecken.

Noah hielt inne und zwang auch den Jungen, stehen zu bleiben. »Rafa, sieh mich an. Warum willst du da nicht hingehen?«

»Die Leute sagen, dass das eine Schule für Doofe ist.« Und leiser fügte er hinzu: »Und ich bin kein Doofer.«

»Wir sind alle doof, Rafa. Vorhin hast du zugesehen, wie ich mir in der Telefonzelle ein Lied für eine Frau gewünscht habe, die mir gefällt. Du hast mich gefragt, warum sie nicht meine Freundin ist, und ich habe dir gesagt, dass ich es dir erklären werde. Weißt du, warum sie nicht meine Freundin ist? Weil ich mir dumm vorkomme. Ich fühle mich wie ein Idiot, weil ich glaube, dass ich nicht gut genug für sie bin, dass ich sie enttäuschen werde, weil ich weder ein guter Freund noch ein guter Ehemann sein kann und nicht tun kann, was sie von mir erwartet.«

Rafa starrte ihn mit großen Augen an. »Aber … das stimmt nicht. Du bist doch Polizist und nimmst Verbrecher fest, du bist wichtig.«

»Das mag sein, aber was bringt es, wenn ich mich so unnütz fühle, dass es mich lähmt?«

»Ich m-mag es nicht, wenn die Leute mich au-auslachen.«

»Und *das* ist wirklich dumm, Rafa. Jedes Mal, wenn du deswegen etwas *nicht* tust, gibst du ihnen recht.«

Rafa senkte den Kopf, und ihm war anzumerken, dass er verärgert war. Euri, die die Anspannung witterte, lief nervös auf und ab.

»Du hast doch gemerkt, dass ich krank bin«, sagte Noah. »Meine Krankheit lässt sich wie deine nicht heilen, aber der Unterschied ist, dass sich mein Zustand nicht mehr verbessern lässt. Und du kannst mir glauben, dass ich alles versuchen würde, wenn es einen

Ort gäbe, an den ich gehen könnte, wenn es etwas gäbe, das ich machen, oder jemanden, der mir helfen könnte.«

Rafa hob den Kopf und sah ihn an.

Noah legte ihm eine Hand auf die Schulter und konnte die Anspannung seiner Muskeln unter dem Shirt fühlen. »Du sagst immer wieder, dass du nicht dumm bist. Aber wenn du nichts tust, um deinen Zustand zu verbessern, verhältst du dich wie ein Dummkopf.«

»Gut«, sagte der Junge.

»Gut?«

»Ich gehe hin.«

»Und?«

»Zur Physiotherapie.«

»Gut. Kennst du die Fahrschule Kart?«

Rafa nickte.

»Ich habe gestern mit dem Eigentümer gesprochen. Er hat mir gesagt, dass man mit siebzehneinhalb schon die theoretische Prüfung machen kann. Und wenn du 18 bist, kannst du mit deinem eigenen umgebauten Auto die praktische Prüfung machen.«

Rafa sah ihn mit offenem Mund an. Dann hob er die Hand und wischte sich etwas Speichel vom Mund.

»Nächsten Montag, wenn das Fest vorbei ist, melden wir dich an«, erklärte Noah. »Dann geben sie dir die Unterlagen, und du kannst mit dem Lernen anfangen. Ich möchte, dass du beim ersten Versuch bestehst, denn man soll sein Geld nicht zum Fenster rauswerfen, verstanden?«

Rafa nickte lächelnd.

»Im Gegenzug möchte ich, dass du zur Physiotherapie gehst und im September mit dem Unterricht anfängst. Wir suchen uns ein Auto aus und einen Mechaniker, der es umbaut. Und wir müssen uns beeilen, denn ich habe nicht viel Zeit. Ich weiß nicht mal, ob ich dich noch fahren sehen werde, deshalb musst du mir dein Wort geben.«

Rafa streckte die Hand aus. »Ich gebe dir mein Wort.«

In dem Moment brach Noah die eiserne Regel der Schotten, die niemals jemanden umarmen. Und erneut begann es heftig zu regnen.

Trotz des Regens war die ganze Stadt in Feststimmung, aber in den Siete Calles war besonders viel los. Laut feiernde *comparseros* in ihren bunten Shirts standen in Gruppen an den Türen der Bars. Maites Bar war da keine Ausnahme. Sie war so voll, dass einige mit ihren Gläsern im strömenden Regen unter ihren Schirmen draußen vor der Tür standen.

Noah blieb vor dem Eingang abrupt stehen. Er bat Rafa, einen Moment zu warten, da er kurz in sein Zimmer gehen müsse. Dabei entging ihm der nachsichtige Blick des Jungen nicht, der wahrscheinlich schneller als er selbst begriffen hatte, wie viel ihm Maite bedeutete.

Noah betrat sein Zimmer in der Pension und zog unter einem Stapel Kleidung in dem Schrank, der wie ein doppelter Sarg aussah, einen Umschlag hervor, der das Hochzeitsfoto von Maggie Davidson enthielt, der jungen Frau von John Clyde. Er hatte es sich an dem Tag, an dem er es aus seinem Briefkasten in Glasgow genommen hatte, kurz angesehen, und ihm war nichts aufgefallen, was Gibson ihm nicht schon gesagt hatte. Eine reizlose, bleiche, übergewichtige junge Frau mit halblangem Haar, die sich in ein billiges Brautkleid gequetscht hatte. Warum John ausgerechnet sie als Braut ausgewählt hatte, war ihm nach wie vor ein Rätsel.

Noah legte das Foto aufs Bett, nahm das Bild von Clarissa O'Hagan aus seiner Brieftasche und verglich die beiden miteinander. Danach holte er zwischen seinen Socken das kleine schwarze Büchlein hervor, um darin nach den Namen von Bible Johns Opfern in den Jahren 1968 und 1969 zu suchen sowie nach der Liste der in den letzten 14 Jahren verschwundenen jungen Frauen, die ins Profil passten. Er hatte von jeder eine detaillierte Beschreibung notiert. Dabei hätte er sie gar nicht gebraucht, denn in den meisten Fällen reichte es für ihn aus, ihre Namen zu lesen, um die meist in Schwarz-Weiß gehaltenen Bilder ganz genau vor sich zu sehen.

Dementsprechend hatte er auch die Kleidung im Kopf, die sie am Tag ihres Verschwindens getragen hatten, ihre Taschen, ihre Schuhe, ihren Schmuck und ihr Make-up.

Er blätterte rasch durch die Seiten, bis er die fand, die er suchte: Myriam Joyce, eine der jungen Frauen, die vom Campus in Edinburgh verschwunden waren, hatte an jenem Tag eine schlichte, aber teure schwarze Tasche von Vivienne Westwood dabeigehabt. Noah las die Beschreibung: *mit einer riesigen Sicherheitsnadel.*

Im selben Moment war es, als wäre er in jenes kleine fensterlose Zimmer im Harmony Cottage katapultiert worden. Beinah konnte er den Stoff an seinen Händen spüren, als er den verrosteten Reißverschluss öffnete, um innen das Etikett der Marke mit dem großen V zu überprüfen, und die alten Programme der Pfarrgemeinde, die Johns Tante darin aufbewahrt hatte.

Noah blätterte weiter, bis er Clarissas Namen fand sowie die Beschreibung der kleinen Rubinohrringe, die ihrer verstorbenen Mutter gehört hatten und die an den Ohrläppchen von Johns Frau auf ihrem Hochzeitsfoto aussahen wie zwei Blutstropfen.

Vor Maites Bar wäre Noah beinah mit einer jungen Frau zusammengestoßen.

»Señor Scott Sherrington«, grüßte diese ihn.

In Festkleidung, mit von der Feuchtigkeit gelocktem Haar und unter dem Regenschirm hätte er Dr. Elizondo beinah nicht erkannt. Dabei fiel ihm auf, dass er ihren Vornamen gar nicht kannte.

Sie löste sich aus der Gruppe, mit der sie zusammengestanden hatte, und trat dicht an ihn heran. »Sie haben heute Ihren Termin verpasst.«

»Ich habe mich den ganzen Tag komisch gefühlt«, entschuldigte er sich.

»Komisch oder schlecht?«

»Beides, nehme ich an. Früher konnte ich das gut unterscheiden, aber wie sich herausgestellt hat«, sagte er scherzend, »habe ich jetzt sogar Schwierigkeiten, eine Eingebung von einem Herzinfarkt zu unterscheiden. Ich bin um fünf Uhr aufgestanden und habe mich angezogen, um zu Ihnen hinaufzugehen, aber ich konnte nicht. Ich könnte mir vorstellen, dass viele Leute Probleme mit dieser Treppe haben. Ich weiß gar nicht, wie Sie da rauf- und runterkommen. Haben Sie keine Angst zu fallen?«

Sie hörte ihm verblüfft zu und dachte ein paar Sekunden nach. Dann sagte sie: »Könnten Sie kurz mitkommen?«

Noah machte Rafa ein Zeichen, dass er auf ihn warten solle, und folgte der Ärztin zum Eingang des Gebäudes, in dem sich die Pensión Estrella befand.

Dr. Elizondo schloss die Tür auf, trat ein und machte das Licht an.

»Oh, es funktioniert wieder. Ich habe mich schon daran gewöhnt, im Dunkeln hochzugehen.«

Dr. Elizondo stellte sich im Erdgeschoss in das ovale Treppenhaus. »Bitte stellen Sie sich neben mich.« Als er gehorchte, fragte sie: »Sagen Sie, Noah, neigt die Treppe sich für Sie nach innen?«

Noah hob den Blick und sah, dass das Geländer in einer perfekten Ellipse zu den einzelnen Stockwerken nach oben führte, in denen genau wie im Erdgeschoss Licht brannte.

Ungläubig ging Noah mit der Ärztin hinauf in den ersten Stock und überprüfte dort noch einmal das Geländer. Die Stufen waren abgetreten, wie man es in einem alten Haus erwartete, aber das war es auch schon. Sie waren absolut eben und gerade.

Als sie zur Bar zurückkehrten, übertönten das Lachen und die Gespräche die im Hintergrund erklingende Musik. Von Euri und Rafa flankiert, blieb Noah einen Moment in der Tür stehen und versuchte unter den Menschen im Raum Maite auszumachen. Sie trug ein blaues Kleid, und ihr schulterlanges Haar war, wahrscheinlich wegen des Regens, stärker gewellt als sonst. Gerade lachte sie über etwas, was ein Gast gesagt hatte. Wieder fand er sie wunderschön.

Noah seufzte und atmete tief durch, während er das für ihn neue Gefühl von Schmetterlingen im Bauch registrierte. Er fragte sich, inwieweit das, was er sah, real war oder nur eine Illusion wie die nach innen geneigte Treppe.

Das Gespräch mit Dr. Elizondo hatte ihn tief getroffen. »Es gibt zwei Aspekte zu beachten, Noah«, hatte sie zu ihm gesagt. »Die Psychiatrie spricht hier von Überwindung – die Überwindung, die es für Sie bedeutet, nach der Antwort zu suchen, nach dem, was Sie zu mir geführt hat. Doch ich glaube, Sie sind sehr dicht dran. Ich denke sogar, dass Sie die Antwort bereits kennen und sie nur noch in Worte fassen müssen. Doch das, was Sie in sich verbergen, macht Ihnen so viel Angst wie dieser Abgrund, der Sie verschlucken würde, wenn Sie die Treppe hinunterfallen.«

Noah hatte zunächst sprachlos den Kopf geschüttelt, doch dann sagte er: »Ich habe es wirklich gesehen, Frau Doktor.«

»Das glaube ich Ihnen. Die Antwort ist in Ihnen, und Sie projizieren Ihre Angst auf die Sitzung bei mir, weil Sie wissen, dass Sie ganz dicht dran sind. Aus irgendeinem Grund war der Tag heute besonders, und es hat sich etwas bewegt, das Sie zwingen wollte, darüber zu reden. Doch je näher Sie dem, was Ihnen Angst macht, kommen, desto heftiger projiziert Ihr Gehirn dieses Gefühl, dass Sie in den Abgrund stürzen. Und heute ist es so weit gekommen, dass es Sie gelähmt hat. Morgen möchte ich Sie in meiner Praxis sehen. Wenn Sie um fünf noch nicht da waren, werde ich runtergehen und Sie in der Pension abholen. Ich möchte, dass Sie darüber nachdenken, Noah: Was geht in Ihnen vor? Was ist anders heute?«

Er wäre gern ehrlich zu ihr gewesen.

Heute werde ich sterben.

Doch er fragte sie nach einer anderen möglichen Erklärung. Und obwohl sie zugestand, dass es vielleicht auch an einem chemischen Ungleichgewicht liegen konnte, war Noah sicher, dass sie dies nur sagte, um ihn zu beruhigen, nachdem er festgestellt hatte, dass mit der Treppe alles in Ordnung war. Außerdem fühlte er sich ihr gegenüber schuldig, weil er ihr versprach, ins Krankenhaus zu gehen, obwohl er dies auf keinen Fall tun würde. Dafür hatte er keine Zeit, es gab zu vieles, an das er denken musste.

Als sie das Haus verließen, hielt er sie noch einmal kurz zurück. »Ich möchte Ihnen eine Frage über unseren Patienten X stellen.«

Sie nickte und wartete.

»Ich habe den Verdacht, dass er in einigen Fällen den Frauen in seiner Familie Teile seiner Beute geschenkt hat, dass er sie aufgefordert hat, sie zu tragen.«

»Glauben Sie, dass sie wussten, woher sie stammten?«

Noah dachte an das Foto der jungen Braut von Johnny Clyde, die am Tag ihrer Hochzeit die Ohrringe von Clarissas Mutter getragen hatte, oder an die Tasche, die seine Mutter oder eine seiner Tanten zum Gottesdienst mitgenommen hatte.

»Nein, ich glaube nicht.«

Dr. Elizondo sah ihn eindringlich an. »Haben Sie *Psycho* von Alfred Hitchcock gesehen?«

»Sicher.«

»Die Perücke von Norman Bates ist der Schlüssel. Er selbst war ein ausgeglichener Mensch, sogar ein guter Mensch, und wenn er seine Verbrechen beging, hat er Kleidungsstücke seiner Mutter angezogen. Das war seine Art zu zeigen, wie sehr sie ihn beherrscht und quält. Deshalb ist es wichtig zu wissen, ob diese Frauen wussten, woher die Dinge stammten. Wenn es so wäre, würde ich annehmen, dass unser Patient X für sie getötet hat, sodass die Dinge eine Art Opfer gewesen wären. Doch wenn unser Patient X im umgekehrten Sinne agiert und die Frauen in seiner Familie aufgefordert hat, Dinge zu tragen, über deren Herkunft sie keine Ahnung hatten, dann tat er das, um diese Morde auf sie zu projizieren. Eigentlich will er *sie* töten, und sie zu zwingen, die Sachen seiner Opfer zu tragen, ist seine Art und Weise, es in Szene zu setzen.«

Noah betrat die Bar und versuchte das Zittern seiner Hände unter Kontrolle zu bringen. Er sah die lärmenden, bereits gut angetrunkenen Iren an ihrem Stammplatz in der Nähe des Eingangs und

Mikel, der hinten im Raum die Hand hob, um sich bemerkbar zu machen.

In dem Moment blickte Maite zu ihm herüber. Als ihre Blicke sich trafen, wirkte sie zuerst sehr ernst, doch danach zeigte sich sehr langsam ein strahlendes Lächeln auf ihrem Gesicht. In diesem Moment fühlte sich Noah so glücklich wie noch nie zuvor in seinem Leben. Und während er durch die Bar nach hinten ging, sah er, dass die kleine Kerze zu Füßen der Virgen de Begoña wieder brannte.

Mikel wirkte euphorisch, es war klar, dass er etwas zu erzählen hatte. Noah merkte, dass er sich nur mühsam zurückhalten konnte, als Maite ihnen zwei Bier und einen *mosto* für Rafa servierte.

Mikel wartete ab, bis Maite außer Hörweite war, und beugte sich dann zu ihm vor. »Heute hat die Polizei auf eine Anzeige bei der Ertzaintza hin die Ermittlungen in dem Fall des Verschwindens des zweiten Mädchens aus dem Arizona eingeleitet. Damit gelten jetzt drei junge Frauen offiziell als vermisst.«

Noah atmete tief durch. Erneut eine Eingebung.

»Sie heißt Alicia Aguirre«, fuhr Mikel fort, »ist 28 und verheiratet. Ihr Mann war nicht bei ihr, es war ein Abend unter Freundinnen, sie haben einen Geburtstag gefeiert. Eine ihrer Freundinnen hat bestätigt, dass sie ihre Regel hatte, als sie verschwand. Sie hatte überlegt, nicht mitzugehen, weil es ihr nicht gut ging, aber dann hat sie eine Schmerztablette genommen, und es wurde besser.«

Noah hob den Kopf und sah Mikel in die Augen. Der winkte ihn mit einer Geste wieder näher zu sich heran.

»Die junge Frau, die Geburtstag hatte, hat eine Polaroid geschenkt bekommen, und sie hat in der Diskothek mehrere Fotos gemacht.« Er zog eines aus der Innentasche seiner Jacke.

Noah und Rafa betrachteten es. Das Foto war nicht gut belichtet und verwackelt. Es zeigte eine Gruppe von zehn Frauen zwischen Mitte 20 und Mitte 30, die in die Kamera lächelten. Es war im Bereich der Theke aufgenommen worden, und von der Perspektive her war es gut möglich, dass die Person, die fotografiert hatte, hinter dem Tresen gestanden hatte.

»Schau dir mal die Leute dort an.«

Die Köpfe von ein paar Gästen, die vorbeigingen, waren zu sehen und ein einzelner Mann, der zu den Mädchen hinüberschaute.

»Ich glaube, dass er das ist«, meinte Mikel.

Noah blickte ihn kurz an und konzentrierte sich dann wieder auf das Foto. »Könnte sein.«

»Es k-könnte auch der andere sein«, sagte Rafa. »Der, der ihm so ä-ähnlich sieht.«

Die beiden Männer wechselten einen Blick.

»Gut erkannt«, lobte Noah.

»Ja, gut erkannt«, musste auch Mikel zugeben. »Nur dass wir nicht wissen, ob Collin an dem Tag, an dem das Foto aufgenommen wurde, schon in Bilbao war. Ich habe dir ja gesagt, Noah, dass er einen Tag nach dir hier aufgetaucht ist, also eine Woche nach Murray. Natürlich ist es möglich, dass er schon früher hier war. Wir haben die Freundinnen der jungen Frau gefragt. Einige erinnern sich daran, dass sie mit einem Mann gesprochen hat, doch die Beschreibungen sind wie immer vage und zum Teil widersprüchlich. Als ich sie gefragt habe, ob es der Mann auf dem Foto gewesen sein könnte, meinten sie, dass sie sich nicht sicher seien. Aber schaut euch das Foto noch mal genau an.«

Noah besah sich noch einmal genau die Gesichter der Leute hinter den jungen Frauen. Einer der Männer kam ihm tatsächlich bekannt vor. »Ist das …?«

»Das ist Kintxo«, bestätigte Rafa.

Mikel nickte langsam.

»Und nicht nur das. Während ihr euch heute Nachmittag auf dem Fest amüsiert habt, habe ich deinen Freund, den Kioskbesitzer, aufgesucht, um ihn zu fragen, wer die schottischen Zeitungen kauft. Er hat mir drei Männer beschrieben, von denen einer du sein könntest und der zweite Murray, doch von dem dritten hat er mir den Namen genannt, weil er ihn aus den Siete Calles kennt: Joaquín Orueta alias Kintxo. Der Kioskbesitzer sagt, dass er ihm aufgefallen ist, weil er direkt nach dem anderen zu ihm gekommen ist und genau die gleichen Zeitungen kaufen wollte wie er.«

Noah lächelte überrascht. »Das, zusammen mit dem, was er zu Maite gesagt hat, bestätigt, dass Kintxo hinter Murray her ist.«

Mikel sah, dass Maite in der Nähe war, und schwieg, bis sie wieder zur anderen Seite der Theke ging.

»Ich weiß nicht, wer da hinter wem her ist. Jedenfalls habe ich mich darüber informiert, was Kintxos Eltern in Großbritannien gemacht haben. Sie haben eine Zeit lang in Aberdeen gelebt, bevor sie nach Edinburgh gezogen sind, und sein Vater hat auf einer Bohrinsel gearbeitet. Und jetzt rate mal, was …«

»Kintxo hat auf derselben Bohrinsel in Aberdeen gearbeitet, als er dort war.«

»Ja.«

»Jetzt fehlt nur noch, dass er an der Edinburgh University studiert hat.«

Mikel lächelte. »Nein, er hat die Aufnahmeprüfung nicht bestanden.«

Er stand auf, weil er sah, dass die Iren sich lautstark anschickten, die Bar zu verlassen.

»Ich glaube nicht, dass sie heute sehr lange unterwegs sein werden«, sagte er und wies mit dem Kinn auf die lärmende Gruppe. »Sie haben früh angefangen.«

Noah nahm einen Geldschein aus der Tasche und machte Maite ein Zeichen, dass sie zahlen wollten, doch sie ging erst noch an der Musikanlage vorbei und griff nach einer Kassette, um sie so auf die Theke zu legen, dass er sie sehen konnte. Auf dem Cover stand *Human Racing*, und darunter blickte Nik Kershaw mit seinen dunklen Augenbrauen leicht schräg in die Kamera.

Maite lächelte schüchtern. »Ich habe mich sehr über den Song gefreut. Und dass du ihn dir für mich gewünscht hast.«

Noah sagte nichts darauf, sondern sah sie nur schweigend an und merkte, dass er zu zittern begonnen hatte, was ihr hoffentlich nicht auffiel.

»Ich habe Nik Kershaw vorher nicht gekannt, aber nachdem ich den Song gehört hatte, habe ich Begoña gleich losgeschickt, um die Kassette für mich zu kaufen. Ich habe kein Wort verstanden, aber Bego kann Englisch, war auf einer guten Schule und hat, seit sie klein war, mit ihrem Vater Englisch gesprochen. Sie hat mir den Text übersetzt, und er ist ein wenig seltsam … Ich weiß nicht, ob er wirklich romantisch ist.«

Noah nickte, ohne zu wissen, was er sagen sollte. Er war nervös und schämte sich, weil Rafa und Mikel bei ihm waren und jedes Wort mithörten. Er spürte eine Leere im Magen, und es war ihm, als ob er jeden Moment ohnmächtig werden könnte.

»Ich denke, wir sollten miteinander reden«, meinte sie.

Wouldn't it be good, dachte er, sagte es jedoch nicht.

»Ich muss jetzt gehen«, brachte er mühsam hervor und kam sich dabei äußerst dumm vor.

Sie lächelte. »Ich meine nicht jetzt sofort, ich muss ja auch arbeiten. Aber später vielleicht …«

»Maite, ich kann nicht. Ich gebe dir mein Wort, dass ich alles andere dafür sausen lassen würde, aber das, was ich jetzt tun muss, ist sehr wichtig. Es geht um meinen Job.«

»Mikel hat es mir erklärt.«

Noah sah kurz zu Mikel hinüber und fragte sich, was der Maite wohl erzählt hatte. Doch sie klärte ihn auf.

»Dass du mit diesen jungen Fußballern reden musst, die sich heute Abend in den Diskotheken treffen. Das verstehe ich, kein Problem. Ich werde mit ein paar Freundinnen zum Feuerwerk gehen, und danach drehen wir eine Runde auf dem Fest. Bis drei werde ich im Café Brasil in der Nähe des Arenal sein.«

Noah gab sich geschlagen. »Maite … Ich weiß nicht, ob ich kommen kann …«

»Doch, er wird da sein«, fiel Mikel ihm ins Wort. »Er wird da sein. Pünktlich. Ich kann mich um diese andere Sache kümmern.«

Kaum hatten sie die Bar verlassen, fing Mikel herzlich an zu lachen, Rafa stimmte ein, und Euri sprang um sie herum.

»Alle Achtung, Romeo! Du hast dir für Maite ein Lied im Radio gewünscht?«

»Ich habe ihn dabei erwischt«, sagte Rafa. »in der T-Telefonzelle in der Calle Correo.«

Mikel sah Noah gespielt vorwurfsvoll an. »Um zu verhindern, dass der gute Mikel mithören kann, hm? Und wer, zum Geier, ist Nik Kershaw?«

»Na ja, wie es aussieht, war er genau der Richtige«, entgegnete Noah und spannte seinen Regenschirm auf. »Wobei ich dir wohl auch etwas schulde. Wann hast du mit ihr gesprochen?«

»Na ja, ich habe ihr Gesicht gesehen, als ich letztens das mit den Diskotheken zu dir gesagt habe. Daher habe ich ihr erklärt, dass es dein Job ist, junge Fußballspieler aufzuspüren, ohne dass ihr Club davon erfährt.«

»Ich hasse es, dass ich sie belügen muss«, sagte Noah düster.

»Dann sag ihr die Wahrheit.«

Noah schnaubte. »Das geht nicht.«

»Wenn du es ernst meinst, wirst du es ihr sagen müssen, und es sieht nicht so aus, dass sie dir eine Wahl lässt. So ist sie nun mal«, sagte Mikel lächelnd.

Noah jedoch lächelte nicht. Ihm wurde bewusst, was mit ihm vorging. Es war leicht, sich von der Illusion, dass alles gut gehen könnte, blenden zu lassen, von der Hoffnung. Aber für ihn gab es keine Hoffnung.

Von der Plaza Unamuno aus sahen sie, dass die Gruppe der Iren in den Elefantenpfad einbog.

Noah sah auf die Uhr. »Rafa, ich glaube, es ist Zeit für dich, nach Hause zu gehen, sonst macht deine Mutter sich Sorgen.«

Rafa gab Mikel die Hand, um sich zu verabschieden, doch als die Reihe an Noah war, legte er ungeschickt die Arme um ihn.

Sie befanden sich direkt unterhalb der Calzadas de Mallona. Während sie zusahen, wie der Junge und sein Hund die Treppen zwischen den Häusern hinaufgingen, meinte Mikel: »Nicht schlecht, Mr. Scott Sherrington. Wie es scheint, machen Sie deutliche Fortschritte, was zwischenmenschliche Beziehungen angeht.«

Das Lächeln, das daraufhin auf Noahs Gesicht erschien, verschwand gleich wieder, als er Euri bellen hörte und sah, dass die Gruppe der Jungen, die Rafa schon einmal belästigt hatte, auf ihn zusteuerte.

Mikel folgte seinem Blick und sah gerade noch, wie einer der Jungen Rafa den Roboter aus den Händen riss und sich darüber lustig machte. Euri bellte wie verrückt und ging neben Rafa vor und zurück, damit die anderen Jungen nicht näher kamen.

Noah lief bereits auf die Treppe zu, und Mikel folgte ihm. Doch als Noah die fünfte Stufe erreichte, fiel er zu Boden. Mikel, der ihn bereits überholt hatte, war für einen Moment hin- und hergerissen, wem er zuerst helfen sollte, Rafa oder seinem Freund. Keuchend hob Noah eine Hand und gab ihm ein Zeichen, weiterzulaufen.

Die Jungen, die vollauf damit beschäftigt waren, Rafa zu bedrängen, hörten ihn nicht kommen. Mikel schnitt ihnen mit ausgebreiteten Armen den Fluchtweg ab und forderte Rafa auf, die Treppe hinunterzugehen und nach Noah zu sehen.

Der war völlig außer Atem. Er spürte seinen Herzschlag, der zwar schnell war, aber gleichmäßig. Vorsichtig setzte er sich auf und atmete, in Schweiß gebadet, die frische, feuchte Luft ein, die in dieser Stadt immer ein wenig metallisch und rußig roch. Um das Schluchzen zurückzudrängen, das wie eine mächtige Flut in ihm aufstieg, legte er die Hände vors Gesicht. So verharrte er eine Minute und tat so, als konzentrierte er sich aufs Atmen, unfähig, Rafas Fragen zu beantworten, da er sicher war, dass er, wenn er auch nur ein Wort sagte, in Tränen ausbrechen würde, um nie wieder mit dem Weinen aufzuhören. Euri, die instinktiv spürte, wenn ein Mensch Hilfe brauchte, setzte sich zu ihm, um ihren schmalen, wolligen Körper an ihn zu schmiegen.

Noah keuchte, brauchte seine Kräfte jedoch nicht zum Atmen, sondern um die Angst zu beruhigen, die wie ein brennender Teerklumpen in seiner Brust heranwuchs. Todesangst. Und wie jeder Sterbende dachte er an zu Hause, an einen ruhigen Ort, an das Ende des Kampfes.

Der Gedanke daran war wie ein Balsam des Friedens. Es gelang ihm, seinen Atem zu beruhigen. Langsam nahm er die Hände vom

Gesicht. Das nutzte Euri aus, um ihm übers Gesicht zu lecken, während Rafa noch weiter die Treppe hinunterging, um den Schirm zu holen, der am Fuß der Treppe lag, und ihn dann schützend über Noah zu halten.

Gleich darauf stieß auch Mikel zu ihnen. Er hatte den Roboter unterm Arm und gab ihn Rafa zurück.

»Wie geht es dir?«, fragte er Noah besorgt.

»Alles in Ordnung, ich hatte nur einen Krampf in den Beinen. Das passiert mir dauernd, wenn ich nichts esse.«

Mikel sah ihn misstrauisch an, sagte aber nichts, um Rafa nicht noch mehr zu beunruhigen.

»Die werden dich von jetzt an in Ruhe lassen«, meinte er, an Rafa gewandt, um ihn von Noah abzulenken. »Als ich ihnen meine Marke gezeigt habe, haben sie sich fast in die Hosen gemacht.«

Rafa lächelte erfreut.

Noch immer heftig atmend, streckte Noah eine Hand aus, damit Mikel ihm auf die Beine half.

»Willst du nicht lieber noch einen Moment warten?«, fragte der, während er Noahs Hand ergriff.

Noah stand auf und schüttelte das Wasser aus den Aufschlägen seiner Hose. »Es geht mir gut. Aber ich muss noch mal zur Pension zurück, um mich umzuziehen.«

Rafa machte sich auf den Heimweg. Sie warteten, bis er verschwunden war.

»Das mit dem Jungen hast du gut gemacht.«

»War ja keine große Sache«, entgegnete Mikel und wandte sich der Calle de la Tendería zu.

»Auch wenn die Iren wahrscheinlich die gleiche Runde wie immer machen, solltest du ihnen folgen«, schlug Noah vor. »Ich komme dann nach.«

»Kommt gar nicht infrage«, widersprach Mikel entschieden. »Die Iren sind mir scheißegal. Du ziehst dich jetzt um, und dann gehen wir was essen.«

All der Optimismus, den Noah ausgestrahlt hatte, als sie die Bar verließen, war genauso in sich zusammengebrochen wie er selbst auf der Treppe. Er hatte kein einziges Wort dazu sagen müssen und war sicher, dass Mikels Beharren, ihn zu begleiten, ihn nicht allein zu lassen, damit zu tun hatte, dass auch er spürte, dass sich in dieser Nacht Noahs Schicksal erfüllen sollte.

Sie bestellten Kabeljau-Kroketten und gefüllten Tintenfisch und sogar einen guten Wein dazu. Noah schluckte die ersten Bissen mühsam, musste dann aber zugeben, dass er sich besser fühlte, als das warme Essen seinen Magen füllte. Sie stießen miteinander an, sprachen jedoch wenig.

Mit etwas mehr Farbe auf den Wangen trat Noah nach dem Essen wieder auf die Straße, kniff die Augen zusammen und spannte den Regenschirm auf, sobald er das Wasser auf dem Gesicht spürte. Sie fanden die Iren in der Bar Guria. An diesem Abend waren sie stärker angetrunken als sonst.

Michael und The Dark verabschiedeten sich schon vor Mitternacht, und Murray und Collin kehrten gegen ein Uhr in die Pension zurück.

Noah und Mikel warteten im Eingangsbereich der Pensión La Estrella. Eine Viertelstunde später trat Murray wieder aus dem Haus. Nachdem er ins Auto gestiegen war, schien er eine Weile ziellos durch den Regen zu fahren, wobei er an einigen Diskotheken vorbeikam, ohne anzuhalten. Mikel folgte ihm in einigem Abstand, an diesem Abend in einem gelben Renault 5, der alles andere als diskret war.

Als sie zum zweiten Mal am Holiday vorbeifuhren, hielt Mikel am Straßenrand an und machte den Motor aus.

»Ich bin mir sicher, dass er herkommen wird«, sagte er. »Er fährt nur zur Ablenkung ein wenig durch die Gegend. Vielleicht will er auch sichergehen, dass ihm niemand folgt.«

»Denkst du, er hat uns bemerkt?«

»Uns nicht, Collin auch nicht, aber Kintxo ist alles andere als unauffällig. Ich glaube nicht, dass er sich wirklich Sorgen macht, bestimmt ist es nur eine Vorsichtsmaßnahme.«

Fünf Minuten später fuhr John Murray wieder an ihnen vorbei und parkte in einer Lücke ein Stück vor ihnen ein. Vom Auto aus beobachteten sie, wie er die Eintrittskarte kaufte und hineinging.

In dieser Nacht verlor Murray nicht viel Zeit. Ziemlich schnell konzentrierte er sich auf zwei junge Frauen. Mikel und Noah wurden Zeuge, wie er ihnen in einiger Entfernung durch die Diskothek folgte und dabei so tat, als drehte er eine Runde oder sähe den Tanzenden zu. Die beiden jungen Frauen waren um die 30, allein gekommen und wirkten nicht sehr vertraut. Die eine trug High Heels, einen Minirock und ein Top, die andere Jeans, eine Bluse und eine leichte Strickjacke. Sie tanzten eine Weile, und die mit dem Minirock begann schon bald einen Flirt mit einem Mann in der Nähe, der sie beständig angestarrt hatte. Die andere wich immer weiter zur Seite und verließ schließlich die Tanzfläche.

Keine zwei Minuten später war John bei ihr, um sich mit ihr zu unterhalten. Noah beobachtete, wie er einen Schritt vortrat, um ihr etwas ins Ohr zu sagen, dann aber lächelnd wieder zurückwich. Er verhielt sich wie ein Kavalier.

Wenig später gingen sie zur Theke. John überließ der jungen Frau den einzig freien Barhocker, die sich lächelnd bedankte, bestellte dann etwas zu trinken und bezahlte mit einem großen Schein.

In der nächsten halben Stunde hörte er ihr aufmerksam zu, während sie zum großen Teil das Gespräch bestritt, was ihr zu gefallen schien. Irgendwann erschien ihre Freundin an der Hand des Mannes, den sie auf der Tanzfläche kennengelernt hatte, neben ihr. Sie sagte ihr etwas, und dann zogen sich die beiden in den Bereich mit den Sofas zurück.

John bestellte noch eine Runde Getränke und zahlte wieder mit einem großen Schein. Einige Minuten später entschuldigte er sich bei der jungen Frau und ging in Richtung Toilette.

»Ich folge ihm«, sagte Mikel. »Behalt du das Mädchen im Auge.«

Noah beobachtete, dass mehrere Männer zu ihr hinübersahen, während sie allein war, doch das zweite Glas neben ihr schien sie von Weiterem abzuhalten.

Mikel kehrte mit vom Regen nassem Haar und feuchter Kleidung zurück.

»Heute wird er zuschlagen«, sagte er überzeugt.

Noah atmete tief durch. Auch er war davon überzeugt. Den ganzen Tag über hatte er schon das Gefühl, dass etwas passieren würde.

»Er ist nicht zur Toilette gegangen, sondern nach draußen. Und weißt du, was er gemacht hat? Er hat den Wagen umgeparkt. Der steht jetzt nicht mehr direkt neben der Diskothek, sondern einige Straßen weiter hinten in einer ruhigen, dunklen Ecke. Er will nicht, dass jemand sich daran erinnert, wie das Mädchen ins Auto gestiegen ist. Jetzt ist er wirklich in der Toilette, wahrscheinlich um sich abzutrocknen. Er hatte keinen Schirm dabei.«

Als sie sich umdrehten, sahen sie Kintxo, der plötzlich aufgetaucht war und die junge Frau ansprach. Zuerst reagierte sie höflich, und sie unterhielten sich eine Weile, doch er ließ sie nicht in

Ruhe, was ihr gar nicht gefiel. Ihr Lächeln verschwand, und sie antwortete nur noch mit knappen Worten. Kintxo gestikulierte und wies irgendwo in den Raum, vielleicht in Richtung Toilette. Die junge Frau schüttelte entschieden den Kopf und blickte dann erleichtert über Kintxos Schulter, denn John Murray näherte sich der Theke.

In diesem Moment geschah etwas völlig Unerwartetes.

Kintxo ergriff die junge Frau am Arm und zog sie vom Barhocker. Sie riss sich los, stieß ihn zurück und schrie ihn an. Trotz der lauten Musik war zu hören, wie sie sagte: »Jetzt lass mich doch endlich in Ruhe!«

Ein paar Männer in der Nähe umringten ihn sofort, und Noah sah, dass ein Kellner von der Theke zu ihnen hinübereilte. Auch die beiden Türsteher kamen.

Noah blickte sich nach John um und entdeckte ihn auf halbem Weg, wo er seelenruhig die Ereignisse zwischen Kintxo und der jungen Frau beobachtete. Dann schien er etwas zu merken, denn er wandte sich in Noahs Richtung um, als hätte ihn jemand gerufen. Noah würde nie mit Sicherheit wissen, ob ihre Blicke sich gekreuzt hatten. Denn plötzlich wurde es dunkel um ihn, und er fiel zu Boden.

Kintxo

Kintxo war allein ins Holiday gekommen, aber nicht, um sich zu amüsieren. In den letzten Tagen hatte er nur einen Gedanken im Kopf: die Mädchen. Er hatte mehrere sorgsam zusammengefaltete Zeitungsartikel dabei, die in seiner hinteren Hosentasche steckten.

Er hatte den Mann und die Frau schon eine ganze Weile beobachtet. Und als er sah, wie der Typ ging, näherte er sich ihr. Er war sehr nervös, bemühte sich aber, sie anzulächeln.

»Hallo.«

»Hallo«, entgegnete sie.

»Ich habe dich mit diesem Mann gesehen.«

Sie lächelte. »Ja, ich bin nicht allein.«

»Ist er dein Freund?«

Sie lächelte noch immer. »Nein, ich hab ihn gerade erst kennengelernt.«

Kintxo blickte sich unruhig um. Er hoffte, dass die Sache erledigt sein würde, bevor der Typ zurückkam. »Ich habe gesehen, wie ihr euch unterhalten habt, und sein Gesicht kommt mir bekannt vor. Wie heißt er?«

»Er heißt John und ist Engländer.«

»John Murray?«

»Seinen Nachnamen hat er mir nicht gesagt. Aber du kannst ja hier warten und ihn fragen. Er muss jeden Moment wieder hier sein. Er ist nur kurz zur Toilette gegangen. Wahrscheinlich muss er wie üblich anstehen.«

»Hat er gefragt, ob du mit ihm gehst?«

Kintxo war weiterhin freundlich, lächelte aber nicht mehr.

»Entschuldige, aber das geht dich nichts an.«

Kintxo schnaubte ungeduldig und sah sich um. »Hör mir gut zu: Geh nicht mit diesem Mann mit, verlass nicht mit ihm zusammen die Diskothek!«

»Was soll das denn? Ich kenne dich doch gar nicht. Ich habe keine Ahnung, wer du bist. Was willst du von mir?«

»Ich will dir sagen, dass dieser Typ gefährlich ist.«

»Ja, sicher. Und du bist mein Retter, dem ich vertrauen kann, richtig? Verzieh dich!«

»Nein, ich will nicht, dass du mit mir kommst. Geh wieder zu deiner Freundin oder zu wem auch immer, nur nicht mit diesem Typen. Das ist eine Warnung, du bist in Gefahr.«

Die junge Frau hatte die Nase voll, und die Erwähnung ihrer Freundin beunruhigte sie. Wie lange hatte dieser Mann sie schon beobachtet? Sie sah sich suchend um und lächelte dann erleichtert. »Schau mal, du Idiot, da kommt John. Rede mit ihm, wenn du dich traust.«

Kintxo verlor die Geduld. Er ergriff sie am Arm, zog sie vom Barhocker und näherte sich ihr, um ihr direkt ins Ohr zu sagen: »Er wird dich töten, das hat er schon mit anderen gemacht. Halt dich, um Himmels willen, von ihm fern!«

Die Leute, die in ihrer Nähe standen, hatten sich bereits zu ihnen umgedreht, als er die Frau von dem Barhocker gezerrt hatte, und als sie ihn nun anschrie, umringten sie ihn.

»Jetzt lass mich doch endlich in Ruhe!«

Mehr konnte er nicht tun. Mehrere Hände hielten ihn an Schultern und Armen fest. Zwei der muskelbepackten Türsteher drängten ihn gegen die Theke und drehten ihm die Arme auf den Rücken. Die junge Frau schrie noch immer herum und behauptete, Kintxo sei ein Verrückter, und immer mehr Leute versammelten sich um sie. Aber Kintxo war trotzdem zufrieden, denn als seine Bewacher ihn umdrehten, sah er, dass sich John, der ihn von Weitem beobachtete, zur Flucht entschied und allein zum Ausgang ging.

Kintxo lächelte. Der falsche John hatte aufgegeben, da er es nicht wagen konnte, zu der jungen Frau zurückzukehren, während sie jedem, der es hören wollte, erzählte, dass dieser Idiot sie warnen wollte, weil ihr Begleiter angeblich vorhatte, sie umzubringen.

Dabei fiel ihm auf, dass er nicht mal ihren Namen wusste. Einen Namen, der nicht als der des nächsten Opfers in der Zeitung stehen würde. Eins zu null für mich, falscher John. Ich kriege dich, dachte Kintxo, als er, nachdem sie ihn rausgeworfen hatten, auf der Straße im Regen stand.

Bible John

John saß bei ausgeschaltetem Motor im Dunkeln in seinem Wagen und analysierte, was in der Diskothek gerade geschehen war. Seit Tagen hatte er schon über die Möglichkeit nachgedacht aufzuhören. Er hatte zu viele Zeichen erhalten, und vielleicht hatte er sich nicht ausreichend Zeit genommen, sie zu interpretieren.

Er hätte schwören können, dass alles mit dem weinenden Mädchen begonnen hatte. Dabei ging es nicht mal darum, dass sie die Vergewaltigung und die Strangulierung überlebt hatte, sondern dass er danach nicht mehr in der Lage gewesen war, sie zu töten. Natürlich war er kein Monster, einer dieser verdorbenen Mörder, die Körper verunstalteten. Er verlor nie die Kontrolle. Das war ihm nur einmal passiert, bei Lucy Cross, doch seit er an dem Tag, an dem er 13 Jahre alt wurde, das Zeichen erhalten hatte, hatte er den Dämon im Zaum gehalten. Er tötete diese Schlampen, ja, aber das war ein überwältigender Trieb, der ihn in einem Moment extremen Ekels überfiel. Seinem gerechten Zorn auf diese lasziven Flittchen freien Lauf zu lassen, die ganz genau wussten, dass man sich in diesen Tagen keinem Mann nähern durfte, war nicht das Gleiche wie kaltblütig eine verletzte, sterbende junge Frau zu ermorden.

So war er nicht. Es lag eine ihn beherrschende Emotion in diesem strafenden Akt, aber er war nicht unbarmherzig.

Ja, unbarmherzig wäre gewesen, das Weinen zu überhören. Diese schluchzende, sterbende Kreatur hinten in seinem Wagen hatte ein Gespenst der Vergangenheit geweckt. Und das Echo dieses Geräuschs war danach noch stundenlang in seinem Bewusstsein zu hören gewesen. Und dann hatte es plötzlich aufgehört. Zwei Nächte später hatte er es dann wieder gehört. Er hatte es in dem kleinen Bootshaus ganz genau wahrgenommen. Und wäre er ein anderer Mensch gewesen, einer, der solche Zeichen nicht zu deuten gewusst hätte, hätte er ernsthafte Zweifel an seiner geistigen Gesundheit gehabt.

Und heute Abend Kintxo. Er war der Exmann von der Frau, der die Bar gehörte. Schon mehrfach hatte er gesehen, wie er dort Bier getrunken und seine Ex um Geld angepumpt hatte.

Kintxos Verhalten erschien ihm beschämend. Doch so, wie er John angesehen hatte, als er mit der Freundin seiner Tochter geredet hatte, musste er davon ausgehen, dass sich Kintxo von einigen kalten Blicken nicht abschrecken ließ.

Dabei war es in diesem Fall gar nicht John gewesen, der den ersten Schritt gemacht hatte. Das Mädchen war bildhübsch, sehr auffällig, mit langem rotem Haar wie das einer schottischen Prinzessin. Seit er sie zum ersten Mal in der Bar gesehen hatte, konnte er gar nicht aufhören, ihre Schönheit zu bewundern.

Obwohl Lucy viel jünger gewesen war, als er sie verloren hatte, erinnerte ihn das Mädchen an sie. Und eines Tages hatte sie sich plötzlich umgedreht und ihn angelächelt. Danach waren sie sich mehrmals auf der Straße wiederbegegnet, und sie hatte ihn jedes Mal freundlich gegrüßt. Eines Nachmittags, während das Mädchen am Eingang der Bar auf ihre Freundin gewartet hatte, war er stehen geblieben und hatte sich eine Weile mit ihr unterhalten. Es waren noch keine fünf Minuten vergangen, als Kintxo aufgetaucht war. John hatte sich einfach ganz normal verabschiedet, aber wenn Männer wie Kintxo erst mal ihren väterlichen Instinkt entdeckt hatten, weiteten sie ihn auf die ganze Menschheit aus.

Vor ein paar Tagen war ihm dann aufgefallen, dass ihm Kintxo nachts verdächtig häufig begegnete. Zunächst hatte er dem keine große Bedeutung beigemessen, denn obwohl er erst seit zwei Wochen in Bilbao war, kannte er bereits einige Leute vom Sehen aus den Bars, den Diskotheken und den Pubs. Und Kintxo schien auch gern auszugehen. Deshalb hatte er das, was vorhin passiert war, nicht erwartet. Der Typ nahm seine Beschützerrolle offensichtlich sehr ernst, und John versuchte nachzuvollziehen, wie oft er ihn gesehen hatte und wann er sonst in seiner Nähe gewesen sein konnte. Er stellte im Kopf eine Liste zusammen und entschied, dass er noch einiges überprüfen musste, bevor er in die Pension zurückkehrte.

Aber einer Sache war er sich sicher: Er musste aufhören, auch wenn er noch nicht wusste, für wie lange. Es war dumm von ihm gewesen, das bisher deutlichste Zeichen zu ignorieren und das Meer zu überqueren. Die Last zu unterschätzen, der er sich erst jetzt in Bilbao bewusst geworden war, nachdem er sich zum ersten Mal in seinem Leben von ihnen getrennt hatte.

John blickte auf das himmelblaue Papierknäuel im Fußraum auf der Beifahrerseite. Er hatte es sofort nach dem Lesen weggeworfen, doch er konnte sich noch Wort für Wort an den Inhalt des Telegramms erinnern: *John, dringend anrufen. Die Lage ist hoffnungslos.*

Er konnte sich gut vorstellen, dass sie verzweifelt waren, aber er wusste genau, dass die Worte etwas anderes bedeuteten: *Kleiner Johnny, du kannst uns nicht entkommen. Wir werden dich nicht in Ruhe lassen. Geh nach draußen und tu deine Arbeit, Junge, sonst gibt es eine Tracht Prügel.*

Seine Augen füllten sich mit Tränen, und in dem Bemühen, sie zurückzuhalten, begann er aufs Lenkrad zu schlagen und schrie, so laut er konnte.

Zuerst fuhr er im Regen zum Hafen hinter der Campa de los Ingleses. Wie üblich lag das Gebäude der Zollwache im Dunkeln, und man konnte nicht wissen, ob jemand darin war.

John fuhr zu dem Container, den er üblicherweise benutzte, und überprüfte vom Auto aus mithilfe einer Taschenlampe den falschen Zollverschluss, um sicher zu sein, dass niemand versucht hatte, ihn zu öffnen. Er war intakt. Danach fuhr er zu dem Parkplatz hinter dem Rathaus, wo der Lieferwagen stand. Er zog die dünne Jacke an, die er für diesen Abend ausgewählt hatte, für den seine Pläne sich geändert hatten, steckte die Taschenlampe in die Innentasche, zog den Reißverschluss hoch und stellte den Kragen auf, um sich vor dem Regen zu schützen.

Schon nachdem er gerade mal zehn Meter gegangen war, war er vollkommen durchnässt. Für den strömenden Regen war er eindeutig nicht richtig angezogen, aber als echtem Schotten machte ihm das nichts aus, und er vertraute darauf, dass das Wetter und die Dunkelheit am Steg, für die er selbst gesorgt hatte, neugierige Beobachter, Liebespaare und Junkies fernhalten würde.

Er ging auf die Avenida mit den prächtigen Fassaden zu, durchquerte das Waldstück und die Gärten und verschwand in der Dunkelheit.

Am Ufer des Flusses hielt er sich dicht am Geländer, bis er zu der Treppe an dem alten Steg kam, von dem aus damals die Fährboote vom Campo de Volantín zum Paseo de Uribitarte abgefahren waren. Erfreut stellte er fest, dass sich die Dunkelheit auch auf das aufgewühlte Wasser des Flusses und das andere Ufer ausstreckte. Er konnte kaum seine eigenen Füße sehen. Der Himmel war wolkenverhangen, sodass auch von dort kein Licht nach unten drang. Dennoch wagte er erst, die Taschenlampe einzuschalten, als er die Treppe erreicht hatte.

Im Regen war die mit Flechten und Schlamm bedeckte Treppe extrem gefährlich. John leuchtete mit der Taschenlampe auf die Stufen und stieg vorsichtig nach unten. Auf die Gefahr hin, seine Hose zu ruinieren, ging er auf die Knie, hielt sich am Vorsprung über der Treppe fest und beugte sich weit nach unten, was höchst gefährlich war. Aus dieser Position heraus konnte er zwar die vordere Tür des Bootshauses nicht sehen, aber immerhin die Kette am hinteren Zugang.

Doch als er den Lichtstrahl darauf richtete, stellte er verärgert fest, dass der Vorsprung, über den der Weg verlief, das Bootshaus komplett verdeckte. Daraufhin leuchtete er auf das reißende Flusswasser, das schmutzig und schäumend dahinfloss. Die Flut würde um vier Uhr morgens ihren Höchststand erreichen, und erst dann konnte er vom Wasser aus überprüfen, ob das Vorhängeschloss noch intakt war.

Als er meinte, ein leises Weinen zu hören, gefror ihm vor Schreck das Blut in den Adern.

»Ich glaube, du schuldest mir eine Erklärung.«

Die Stimme hinter John versetzte ihm einen derartigen Schrecken, dass er das Gleichgewicht verlor. Er spürte, wie er nach vorn kippte, und griff auf der Suche nach einem Halt verzweifelt ins Leere.

Für einen Moment war er sicher, ins kalte Wasser zu fallen, doch dann fand seine linke Hand den Metallring, an dem der Fährmann in früheren Zeiten sein Boot festgemacht hatte. Keuchend zog er sich hoch, setzte sich auf die Treppe, wobei er seine Kleidung komplett ruinierte, und dachte fieberhaft nach.

Er hörte die Schritte des Mannes, der ihn oben angesprochen hatte und nun zu ihm herunterkam. John wandte sich um, zitterte jedoch so sehr, dass er auf der rutschigen Treppe nicht aufstehen konnte. Er richtete den Strahl der Taschenlampe in die Richtung, woher die Stimme gekommen war.

Es war Kintxo.

Er konnte ihm unmöglich gefolgt sein, denn das wäre ihm spätestens an der Campa de los Ingleses, aber wahrscheinlich schon im Auto, nachdem er das Holiday verlassen hatte, aufgefallen. Nein, Kintxo musste gezielt an diesen Ort gekommen sein, und das sicher nicht zum ersten Mal.

Fassungslos fragte sich John, wie ihn der Fluch dieser Hexen über den Ozean hinweg erreicht hatte.

Kintxo hob eine Hand, um seine Augen vor dem intensiven Lichtstrahl zu schützen, wich aber nicht zurück. Dann sprach er mit lauter Stimme, um das Geräusch des Regens zu übertönen, und kam weiter die Treppe herunter. »Als Erstes will ich wissen, wer du bist!«

John dachte angestrengt nach. »Ich bin John Murray.«

Kintxo ging eine weitere Stufe hinunter. »Ich weiß nicht, wer du bist, aber du bist ganz bestimmt nicht John Murray. Denn den habe ich kennengelernt, als ich auf den Bohrinseln vor der Küste von Aberdeen gearbeitet habe, und ich kann dir versichern, dass du ihm nicht mal ähnlich siehst.«

John verharrte regungslos und sagte kein Wort. Zitternd überlegte er, was er tun sollte.

Kintxo ging noch eine Stufe tiefer, sodass er nur noch zwei Meter von Johns Kopf entfernt war.

»Murray ist ein sehr häufiger Name, du verwechselst mich sicher mit jemand anderem«, sagte John, um Zeit zu gewinnen.

»Das mag sein, aber es ist so, dass der John Murray, den ich kenne, hier in Bilbao eine Stelle bei MacAndrews hätte antreten sollen, und jetzt nimmst du seinen Platz ein. Also sag mir endlich, wer du bist!«

John wusste nicht, was er machen sollte. Sich körperlich mit dem Mann anzulegen, war keine Alternative, denn er war noch nie ein guter Kämpfer gewesen, und außerdem war Kintxo groß und kräftig. Er verharrte schweigend, während er spürte, dass das ganze Lügengebäude, das er um sich herum errichtet hatte, in sich zusammenfiel.

»Du hast recht«, gab er schließlich zu. »Murray hat mir von diesem Job erzählt. Ich war lange arbeitslos, und ihm hat sich eine andere Gelegenheit geboten, sodass er in La Rochelle von Bord gegangen ist. Er war damit einverstanden, dass ich seinen Platz einnehme. Du kannst Käpt'n Finnegan fragen. Er arbeitet auch für MacAndrews, und wir waren beide auf seinem Schiff.«

Kintxo nahm die nächste Stufe, kam auf der Moosschicht leicht ins Rutschen, vielleicht weil er angetrunken war oder weil John ihn verunsichert hatte, fing sich aber wieder. »Eigentlich ist mir egal, wer du bist. Entscheidend ist, dass ich dich für einen miesen Kerl halte. Ich hab gesehen, wie du mit meiner Tochter und ihrer Freundin gesprochen hast, und das hat mir gar nicht gefallen.«

Kintxo suchte etwas in seinen Taschen. Für einen Moment fürchtete John, es könnte eine Waffe sein, doch es war ein zusammengefaltetes Blatt Papier. Als Kintxo es im Licht der Taschenlampe auseinanderfaltete, erkannte John sofort, dass es eines der Phantombilder aus einer der schottischen Zeitungen war.

»Ich finde, dass dieser Typ dir sehr ähnlich sieht«, sagte Kintxo und warf John das bereits völlig durchnässte Papier zu.

John überlegte, was er tun sollte. Er richtete den Lichtstrahl der Taschenlampe auf die Zeichnung und tat so, als betrachtete er das Bild, während er und Kintxo sich im Dunkeln befanden.

»Ich weiß nicht, wer das ist«, log er, »aber ganz bestimmt nicht ich.«

Kintxo sagte nichts darauf. Er stand neben dem Stück Papier, das sich im Regen immer weiter auflöste. Wie eine Fledermaus nahm John wahr, dass Kintxo leicht schwankte. Ja, vielleicht war er betrunken, aber nicht so sehr, dass er sich nicht mehr unter Kontrolle hatte.

Dann beugte sich Kintxo vor und sagte: »Ich warne dich, wenn ich dich noch einmal …«

John umfasste Kintxos Fußknöchel und zog mit aller Kraft daran. Der fiel zuerst nach hinten, sodass er auf der Treppe saß, doch er war längst nicht so betrunken, wie John gehofft hatte, sodass er sofort vorstürzte, um John am Hals zu packen, der seinem Gegner mit aller Kraft mit der Taschenlampe auf den Kopf schlug.

Kintxo stöhnte und sank noch ein Stück nach vorn, was John ausnutzte, um erneut zuzuschlagen. Er konnte nichts sehen, hörte aber das Geräusch des Aufpralls. Also schlug er weiter zu, bis er merkte, dass die Hand an seinem Hals erschlaffte.

Kintxos Körper sackte gegen ihn. Sein Kopf lag an Johns Schulter, sodass sie wie ein seltsames tanzendes Paar aussahen, bis sie Übergewicht bekamen und John auf der Treppe nach hinten fiel.

Er ließ die Taschenlampe fallen und versuchte verzweifelt, sich irgendwo festzuhalten, wobei er sich zwei Fingernägel abriss. Kintxo wog mindestens 20 Kilo mehr als er. Sein Körper glitt zur Seite, sodass er quer auf den unteren Stufen der Treppe zu liegen kam. Dadurch bremste er Johns Sturz, der heftig strampelte, als er das eiskalte Wasser an seinen Füßen spürte.

Schließlich hielt John keuchend inne und lauschte. Unter seinen Füßen spürte er den weichen, glitschigen Algenteppich auf den untersten Stufen. Außer dem Regen und seinem eigenen Herzschlag, der laut in seinen Ohren klang, war nichts zu hören.

Mit äußerster Vorsicht drehte er sich um und richtete den Strahl seiner noch brennenden Taschenlampe auf ein paar Stufen weiter oben. Am ganzen Körper zitternd, kroch er vorwärts, bis er sie erreichte. Dann stellte er fest, dass sie voller Blut waren.

John kam der Gedanke, dass er die Taschenlampe ausschalten musste, um vom anderen Ufer aus nicht gesehen zu werden. Er legte den Finger auf den Schalter, wagte aber nicht, ihn zu betätigen, weil es dann um ihn herum vollkommen dunkel gewesen wäre.

Er musste nachdenken und das schnell. Er zog sich die Jacke aus und blieb dabei mit dem Ärmel an den halb abgerissenen Fingernägeln hängen. Er zog einen davon ab und fluchte vor Schmerz. Mit zusammengebissenen Zähnen wickelte er die Jacke um die Taschenlampe, um damit das Licht zu dämpfen und zu verhindern, dass sie davonrollte, wenn er sie ablegte, um sich um Kintxo zu kümmern.

Der lag halb auf den untersten Treppenstufen, während sein Oberkörper und der Kopf in dem nach dem Regen der letzten Tage stark angeschwollenen Wasser hing.

Vorsichtig rutschte John auf dem Hintern zu ihm hinunter, bis seine Füße erneut das Wasser berührten. Er hatte keinen Zweifel, dass Kintxo tot war.

Er wollte den Toten ins Wasser schieben, trat mit der Fußspitze gegen ihn, aber der schlaffe Körper rührte sich nicht. Der Kopf jedoch drehte sich etwas zur Seite.

In diesem Moment durchfuhr John ein Gedanke, der ihn nach Luft schnappen ließ. Er starrte auf den leblosen Körper, während er den Mann vor sich sah, der wenige Stunden zuvor in der Diskothek vor seinen Augen zusammengebrochen war. Wie in Zeitlupe kehrte John zu jener Nacht am Loch Katrine zurück, in der der Mann, der ihn verfolgt hatte, vom Blitz getroffen worden war. Und das Gleiche war auch heute passiert. Erneut hatte der Himmel ihm ein Zeichen gesandt.

Angesichts dieser Erkenntnis spürte John, wie er vor Erleichterung zu zittern begann. Erneut hatte sich gezeigt, dass er der Erwählte war. Davon ermutigt, stützte er sich auf der Treppe ab, zog mit einer Mischung aus Ekel und Wut die Beine an, um sie gleich wieder auszustrecken und die Sohlen seiner Schuhe gegen Kintxos Körper zu rammen.

Die Leiche rutschte über die untersten Treppenstufen in den Fluss, wo die Strömung sie erfasste und flussabwärts mit sich riss.

John kroch mühsam die Stufen hinauf, da er so sehr zitterte, dass er sich nicht aufrichten konnte. Er griff nach der Taschenlampe und der Jacke und krabbelte bis zum obersten Treppenabsatz. Bevor er das Licht ausmachte, sah er kurz an sich herunter. Seine Schuhe und seine Hose waren nass und mit einem dunkelgrünen Schleim aus Algen und Moos beschmiert, doch das war nicht das Schlimmste, denn die Jacke und sein Hemd waren voller Blut. Es war so viel, dass er befürchtete, bis auf die Unterwäsche beschmutzt zu sein.

Er sah auf die Uhr. Es war kurz nach drei Uhr morgens, und in der Stadt wurde noch gefeiert. Sicher hatte der heftige Regen dafür gesorgt, dass einige zu Hause geblieben waren, aber die Einwohner von Bilbao hatten wie die Schotten eine natürliche Resistenz gegen Regen entwickelt, die, gemischt mit Alkohol, zur Superkraft wurde. Deshalb musste er damit rechnen, dass in den Straßen trotz des schlechten Wetters noch einiges los war, und konnte so, wie er aussah, auf keinen Fall in die Pension zurückkehren.

Frustriert traf John eine Entscheidung. Er zog bis auf die Hose und die Schuhe seine gesamte Kleidung aus. Wie er gedacht hatte, war er bis auf die Haut voller Blut. Er benutzte sein Hemd, um es sich im strömenden Regen vom Leib zu wischen. Dann knüllte er die Kleidung zu einem Bündel zusammen und schaltete die Taschenlampe aus.

Wie in einem kindlichen Albtraum hatte er in der Dunkelheit das Gefühl, eine Gegenwart zu spüren. Ein Geräusch. Ein Seufzen. Ein ganz leises Weinen, das, wie John wusste, aus dem Bootshaus kam.

Er zögerte einen Moment und überlegte, zur Treppe zurückzugehen, um das Kleiderbündel wegzuwerfen, doch gleichzeitig wusste er, dass er um nichts in der Welt im Dunkeln zu diesem Ort zurückkehren würde.

Auf dem Weg zur Avenida unterdrückte er den Drang zu rennen. Kurz bevor die dunkle Zone endete, entdeckte er einen Kanaldeckel. Erneut sein Schicksal verfluchend und vor Schmerz und Selbstmitleid keuchend, versuchte er ihn zu öffnen. Es war keiner dieser schweren Kanaldeckel, wie er sie aus schottischen Städten kannte. Die in Spanien waren kleiner und nicht so schwer, und so gelang es ihm, den Deckel ein Stück zu verschieben. Er stopfte die schmutzige Kleidung durch die entstandene Lücke und ließ die Taschenlampe folgen, damit sie für immer verschwand. Danach richtete er sich auf und schob den Kanaldeckel mit den Füßen wieder zurück.

Er seufzte erleichtert, obwohl ihm klar war, dass er noch längst nicht alle Schwierigkeiten überwunden hatte. Er war halb nackt, vollkommen durchnässt und fühlte sich so schwach und abgekämpft, als wäre er gerade der Hölle entronnen. Dabei war die Nacht für ihn noch lange nicht zu Ende.

Er musste in die Pension zurückkehren, denn dort gab es Dinge, die er unter keinen Umständen zurücklassen durfte. Und danach musste er verschwinden, bis er das nächste Zeichen erhielt.

John überquerte gerade die Straße, als ihm eine Gruppe junger Leute entgegenkam, die alle die gleiche Festkleidung trugen. Er überlegte, ob er weitergehen oder sich umdrehen sollte, doch da zeigte eines der Mädchen bereits auf ihn.

John erreichte mit gesenktem Blick den Gehsteig und stolperte mit seinen nassen, schmutzigen Schuhen über den Bordstein. Er bemühte sich, das Gleichgewicht zu halten, woraufhin die jungen Leute in schallendes Gelächter ausbrachen.

»Na, du hast aber ganz schön gebechert, mein Freund! Jetzt aber schnell nach Hause!«

John hob nicht mal den Kopf und wankte einfach weiter. Er war ein sturzbetrunkener Ire, der halb nackt durch den strömenden Regen taumelte, ein Anblick, mit dem man in diesen Tagen in Bilbao rechnen musste.

Collin

In einen dunklen Regenmantel gehüllt, war er, an eine der Säulen gelehnt, an denen die Blumenkästen am Paseo hingen, unentdeckt geblieben. Dem Gespräch der beiden Männer hatte er im rauschenden Regen allerdings nicht folgen können.

Als er gesehen hatte, dass Kintxo die Treppe hinunterging, hatte er sich etwas weiter vorgewagt, aber noch immer nicht verstehen können, was sie sagten. Doch Collin war sicher, dass der Lichtstrahl der Taschenlampe während des Kampfs sogar vom Mond aus noch zu sehen war. Eine unverzeihliche Nachlässigkeit von John Murray. Beinah hätte er applaudiert, als der die Taschenlampe schließlich in seine Jacke einwickelte.

Alles, was nach Kintxos Tod kam, war vorauszusehen. Er selbst hätte den Körper beschwert, doch dann musste er zugeben, dass Murray die Natur des Flusses besser kannte als er. Von der Stelle aus, wo er sich befand, hatte er die Leiche gesehen. Nur für einen kurzen Moment, bevor die Strömung des Flusses sie nach unten gezogen hatte. Bei der Geschwindigkeit würde sie schon in wenigen Minuten die Kantabrische See erreichen.

Er sah, wie John fortging und wie ein Betrunkener davonschwankte. Was durchaus witzig war.

Collin kehrte zu dem Steg zurück, um ihn zu inspizieren. Auf halber Höhe lag etwas. Vorsichtig ging er die obersten Stufen hinunter, doch als er es vom Boden aufhob, zerfiel es zwischen seinen Fingern. Collin aber hatte genügend Suchanzeigen und Fahndungsaufrufe gesehen, um zu wissen, was er da vor sich hatte. Er warf die Überreste ins Wasser.

Er ging zurück zur Straße und zu jener Stelle, an der sich Murray ausgezogen hatte. Dort fiel ihm der Schachtdeckel im Straßenbelag auf. Im Licht der Taschenlampe inspizierte er die aufgeprägten Symbole, dann hob er den Deckel an und schob ihn zur Seite. Es handelte sich um die Abdeckung eines Hydranten.

Darunter befand sich ein Hohlraum, der etwa 70 Zentimeter tief war und in dem der Anschluss für das Standrohr lag. Er betrachtete ein paar Sekunden lang die blutigen Kleidungsstücke und schüttelte enttäuscht den Kopf.

Der Junge

Es war der Tag seines 13. Geburtstags. Der Junge betrachtete sein Gesicht in dem kleinen Spiegel im Badezimmer, während seine Mutter und seine Tanten an der Haustür auf ihn warteten, um zum sonntäglichen Gottesdienst zu gehen.

Ein gut aussehender Junge, der bald ein Jugendlicher sein würde, blickte ihm aus dem Spiegel entgegen. Er hatte ein paar krumme Zähne, weshalb er nie lächelte, doch sein unerschütterlicher Gesichtsausdruck strahlte eine Ruhe aus, die er von klein auf zur Schau zu stellen gelernt hatte. Der Junge erlaubte sich, seinem Abbild traurig zuzulächeln.

Er konnte nicht mehr. Vor einem Monat war Lucy Cross verschwunden, und vor zwei Wochen war die Suche eingestellt worden. John hatte nicht einen Moment aufgehört, an sie zu denken. Wenn er die Augen schloss, sah er sie, wie sie mit dem Gesicht nach unten zwischen den Felsen am Bach tot zu seinen Füßen lag. Das Wasser nässte ihr Haar, als ob sie beschlossen hätte, es dort zu waschen.

Die Angst und die Last der Schuld machten ihn krank. Er hatte abgenommen, und jeden Sonntag benutzte er sein schwächliches Aussehen als Vorwand, um nicht zum Gottesdienst zu gehen. Doch heute hatte es nicht funktioniert. Seine Mutter und seine

Tanten hatten so lange darauf bestanden, bis er nachgegeben hatte.

Er trug seinen guten Sonntagsanzug, der an den Schultern aussah, als steckte ein Kleiderbügel darin. Er hatte so viel Gewicht verloren, dass die Hose, als er den Gürtel auszog, über seine Hüften rutschte.

John sah sich um.

Das Waschbecken hatte Risse, die Tür war nicht dicht, und das kondensierte Wasser unter der Zisterne, das all die Jahre über auf den hölzernen Toilettendeckel getropft war, hatte ihn mit der Zeit deformiert und dunkle Ringe aus Schimmel darauf gezeichnet.

John wusste nicht, ob der Deckel sein Gewicht zumindest kurzzeitig aushalten würde. Er schlang sich den Gürtel um den Hals und befestigte das andere Ende am Kupferrohr der alten Zisterne.

In dem Moment gab der angefaulte Toilettendeckel nach. Sogar Johns leichtes Gewicht reichte aus, dass er aus den Scharnieren brach. Er landete mit einem Fuß in der Toilette, der andere strampelte in der Luft.

Es tat weh. Er bekam keine Luft mehr, aber die größten Schmerzen hatte er im Rücken. Seine Wirbelsäule bog sich unter unkontrollierbaren Zuckungen, und er hätte geschrien, wenn er gekonnt hätte.

Genau in dem Moment, in dem er meinte, es nicht mehr länger ertragen zu können, verlor er nach einem kräftigen Röcheln das Bewusstsein. Gleichzeitig brachen die abgenutzten Bolzen der Zisterne mit ihren 15 Litern Wasser aus der Wand. Die Zisterne, der Junge und die verdrehten Leitungsrohre krachten zu Boden.

John konnte den Lärm nicht hören, aber er war ohrenbetäubend.

Als er aufwachte, war sein Haar noch nass, und er befand sich im Schlafzimmer seiner Mutter. Dr. Baker saß am Bettrand, und der Junge dachte, dass sie ihn sicher dort hingelegt hatten, weil es ihnen unangenehm war, dem Arzt zu erklären, warum ein 13-jähriger Junge bei seinen Tanten schlief.

Baker war ein netter Mann. Er schickte die Frauen nach draußen und redete länger als eine Stunde mit dem Jungen, der jedoch nichts sagte. Seine Kehle tat höllisch weh. Baker sprach, und John hörte aufmerksam zu, denn vom ersten Satz an war der Arzt voller Verständnis. Er wusste, dass John mit Lucy Cross befreundet war, und konnte sich vorstellen, dass er litt. Es war das erste Mal im Leben des Jungen, dass jemand Mitgefühl mit ihm hatte.

Danach erzählte Baker von den Kindern, die er auf die Welt geholt hatte, und von den Patienten, deren Augen er hatte schließen müssen. Er begriff die Unvermeidlichkeit von Leben und Tod und warum es so war. Und dann sagte der Arzt etwas, das alles veränderte.

»Man kann sich entscheiden zu sterben, aber niemand bleibt am Leben, nur weil er es sich vornimmt. Dass du jetzt noch am Leben bist, hat jemand beschlossen, der über dir steht. Es ist ein Wunder, dass du noch lebst.«

Der Junge blieb den ganzen Tag im Bett seiner Mutter. Er dachte an Gott und dessen Willen. Der Arzt hatte den Frauen gesagt, dass sie ihn in Ruhe lassen sollten, dass er sich erholen müsse. Der Junge hörte sie im Wohnzimmer flüstern und verließ das Zimmer erst, als er das Klappern der Teller beim Abendessen hörte.

Die Frauen unterbrachen ihr Gespräch, als er auftauchte. Er trug nur eine Unterhose, und seinem Körper waren die ersten Anzeichen der Männlichkeit anzusehen. Er war sich bewusst, dass er sich noch einen Tag zuvor so nicht vor ihnen gezeigt hätte. Seine Haut war weiß und makellos wie die eines kleinen Kindes, doch in seinen Augen lag etwas, was sie noch nie gesehen hatten und was sie beunruhigte.

Den Hals mit dem violetten Abdruck gezeichnet, den der Gürtel auf seiner Haut hinterlassen hat, trat der Junge wie ein fürstlicher Herrscher auf sie zu. Er berührte die Schulter seiner Mutter, die ihn fragend ansah. Der Junge sprach nicht, zeigte aber auf einen Stuhl neben einer seiner Tanten. Seine Mutter zuckte mit den Schultern, sie verstand nicht, was er damit sagen wollte. Da ballte der Junge eine Faust und schlug damit so fest auf den Tisch, dass die Löffel auf den Tellern hüpften und die drei Frauen zusammenschraken.

Seine Mutter legte sich eine Hand auf die Brust, stand leise auf und überließ ihm den Platz am Kopf des Tisches.

Der Junge setzte sich hin, nahm den Löffel und aß mit schmerzverzerrtem Gesicht etwas Suppe. Danach sah er die Frauen eine nach der anderen an. Sie senkten die Köpfe. Der Junge ballte erneut eine Faust und zeigte mit dem Daumen hinter sich. Dann sprach er, und seine Stimme war nicht mehr die eines Kindes, sondern klang barsch und rau.

»Hol deine Sachen aus meinem Zimmer«, sagte er zu seiner Mutter.

John verstand, dass der Junge an diesem Morgen gestorben war, und es war ihm egal. Von nun an würde ihn niemand mehr als ein Kind betrachten, nicht mal er selbst. Er nahm noch einen Löffel Suppe und lächelte trotz der Schmerzen.

Bilbao. Mittwoch, 24. August 1983

»Maite.«

Lächelnd beugte sie sich über ihn. Er konnte nichts anderes sagen als ihren Namen, aber das reichte völlig aus. Er spürte ihre Haarspitzen auf seiner Brust und war glücklich.

»Maite«, wiederholte er.

»Hallo, Noah, öffnen Sie die Augen.«

Das Zimmer war groß, und es gab eine große Glasscheibe, durch die man den Raum nebenan sehen konnte. Dort befanden sich mehrere Männer in weißen Kitteln, vier zählte er, und einer stand vor ihm. Der, der mit ihm redete.

»Hallo, Noah, ich bin Dr. Sánchez. Wissen Sie, wo Sie sich befinden?« Der Mann sprach mit einem seltsamen Akzent, vielleicht aus Andalusien.

Noah seufzte. »In einem Krankenhaus, nehme ich an.«

»Im Hospital de Cruces in Bilbao. Wissen Sie, warum Sie hier sind?«

Er zögerte. »Na ja, ich dachte, dass …«

»Dass Sie sterben, richtig?«

»Mir ging es den ganzen Tag sehr schlecht«, sagte er leise. »Es schien …«

»Es schien das Ende zu sein?«

Noah antwortete mit einer Gegenfrage. »Wie lange war ich …?«

»Bewusstlos? Nicht lange, aber danach haben wir Sie narkotisiert, damit Sie sich ausruhen und wir ein paar Untersuchungen vornehmen konnten, die recht unangenehm gewesen wären, wären sie bei Bewusstsein erfolgt. Es ist Mittwoch, der 24. August, kurz vor Mittag, und es regnet immer noch. Übrigens, wer ist Maite? Sie haben immer wieder ihren Namen gesagt.«

Noah lächelte. »Welche Untersuchungen haben Sie vorgenommen? Mir tut alles weh.«

»Das werden wir Ihnen später genau erklären, aber zunächst habe ich gute Nachrichten für Sie, aber leider nicht nur gute.«

Noah fragte sich, ob alle Kardiologen in der Ausbildung die gleichen Sätze lernten, um schlechte Nachrichten zu verkünden. Denn die Worte des Arztes kamen ihm bekannt vor.

»Das sind Dr. Martín, Dr. Trujillo, Dr. Ferraz und Dr. Punset, allesamt erfahrene Kardiologen auf dem Gebiet fortgeschrittener Herzschwäche.« Die Ärzte hinter der Scheibe hoben zum Gruß kurz je eine Hand. »Sie befinden sich gerade in Bilbao, um an einem Kongress teilzunehmen, der nächsten Montag beginnt, und in diesen Tagen lehren sie hier im Krankenhaus ihre Fertigkeiten, und Ihr Fall interessiert sie. Es ist zwar offensichtlich, dass Sie nicht gestorben sind, denn Sie sind ja am Leben. Aber das wäre nicht der Fall, wenn Ihr Freund Sie nicht gleich ins Krankenhaus gebracht hätte. Und das nicht wegen der Kardiomyopathie, unter der Sie leiden, sondern wegen der Art und Weise, wie Sie Ihre Medikamente genommen haben. Kein Wunder, dass es Ihnen schlecht geht.«

Das Logo auf der Mappe, die der Arzt in den Händen hielt, kam Noah bekannt vor.

»Zum Glück hat Ihr Freund sich daran erinnert, in Ihrem Zimmer Ihre medizinischen Unterlagen gesehen zu haben. Als Sie hier ankamen, wussten wir nicht sofort, was mit Ihnen los ist. Und ich muss sagen, dass es ein ganz schönes Risiko war, in Ihrem Zustand zu reisen, vor allem ohne jegliche medizinische Kontrolle.«

Der Arzt machte eine Pause und sprach dann weiter. »Die Medikamente, die man Ihnen verschrieben hat, sind nicht ungefährlich. Die Literatur ist voller Verbrechen, die mit Digitalin begangen wurden. Aber, glauben Sie mir, auch mit Diuretika kann man jemanden umbringen. Ich bin mir sicher, dass Ihr Kardiologe Sie darüber informiert hat. Diese Medikation muss ständig kontrolliert und an die Bedürfnisse jedes Patienten angepasst werden, die jeden Tag variieren können.«

»Dafür bin nur ich verantwortlich«, erklärte Noah.

Der Arzt wappnete sich mit Geduld, bevor er weitersprach. »Señor, mir ist bewusst, dass eine Krankheit wie die Ihre und die damit verbundenen Umstände eine große emotionale Belastung darstellen. Aber Sie können diese Medikamente nicht einnehmen, als wären es Süßigkeiten. Das Diuretikum hat Ihren Kalium- und Magnesiumspiegel auf ein sehr gefährliches Maß herabgesenkt. Der Schwindel, die Muskelkrämpfe, die Verwirrung und die Depression, unter denen Sie mit Sicherheit gelitten haben, wurden durch den Kaliummangel und nicht durch die Kardiomyopathie ausgelöst. Digitalin-Vergiftungen führen stets zu Vorhof- und Kammertachykardien. Der Anstieg des Vagustonos kann zu Blockaden im Atrioventrikularknoten führen. Und die Summe dieser beiden Wirkungen löst die typischen Herzrhythmusstörungen einer Digitalis-Intoxikation aus, die Vorhoftachykardie aufgrund eines AV-Blocks.«

Noah hob eine Hand, um den Wortschwall zu stoppen. »Etwas langsamer bitte. Ich verstehe kein Wort.«

Dr. Sánchez räusperte sich. »Mit Sicherheit haben Sie unter Übelkeit, Erbrechen, Durchfall und Sehstörungen gelitten, neben

Verwirrung und Niedergeschlagenheit. Das liegt an der Vergiftung. Sie haben von allen Medikamenten Überdosen genommen und sich damit beinah umgebracht. Verstehen Sie jetzt?«

Noah nickte.

»Wir werden Ihnen ein anderes Diuretikum verschreiben«, sagte der Arzt. »Ich möchte, dass Sie von jetzt an Furosemid nehmen, eine Tablette am Tag. Und anstatt des flüssigen Digitalins bekommen Sie eines in Tablettenform. Wir haben gesehen, dass Sie einen Flachmann dabeihaben. Wenn Sie das Digitalin tatsächlich schluckweise eingenommen haben, ist es weiß Gott ein Wunder, dass Sie noch leben. Eine einzige Tablette am Tag. Nur eine. Uns ist auch aufgefallen, dass etwas von dem Nitroglycerin fehlt. Auch das werden wir gegen ein sichereres Medikament austauschen. Sie bekommen Cafinitrina. Das wirkt gegen die Kurzatmigkeit, wenn Sie erschöpft sind.«

Der Arzt klopfte Noah ermunternd auf die Schulter, weil er offensichtlich bedauerte, mit ihm schimpfen zu müssen. »Sie hätten sich umbringen können, Noah, aber ich habe auch eine gute Nachricht.«

»Ich habe schon nicht mehr dran geglaubt«, scherzte Noah.

»Wir haben Sie umfassend untersucht, und ein paar Ergebnisse haben wir schon. Einige Untersuchungen mussten wiederholt, andere präzisiert werden, und deren Ergebnisse erwarten wir in den nächsten Stunden. Bis dahin sollten Sie unter Beobachtung bleiben. Unter anderem haben wir eine Herzkatheterisierung vorgenommen. Die ist riskanter als eine Echokardiografie, aber genauer. Dabei wird über periphere Arterien oder Venen ein Katheter in die Herzkammern, die Pulmonalarterie und die Koronararterien und -venen eingeführt, um die Druckverhältnisse zu überprüfen, die in Ihrem Fall sehr wichtig sind. Ich werde Sie jetzt nicht mit weiteren technischen Informationen verwirren, aber so konnten wir den Pulmonalarteriendruck ermitteln. Wir haben die beiden Herzkranzarterien sondiert und ein Kontrastmittel injiziert, um zu sehen, wie das Blut zirkuliert, und konnten keine Verstopfung feststellen. Im Vergleich zu den Ergebnissen der M-Mode-Echokardiografie, die in Edinburgh durchgeführt wurde, ist ein sogenannter Linksschenkelblock festzustellen. Der Durchmesser der linken Herzkammer hat sich vergrößert, und die Kraft, mit der der Herzmuskel das Blut pumpt, hat abgenommen.«

»Das klingt nicht gut«, meinte Noah.

»Das *ist* nicht gut«, fuhr der Kardiologe fort. »Aber wir haben auch festgestellt, und das ist die gute Nachricht, dass keine Koronarläsionen vorliegen. Die Klappen sind normal, der pulmonale Kapillardruck ist es auch, und die pulmonalen Gefäßwiderstände betragen drei Wood-Einheiten. Merken Sie sich das, es ist wichtig.«

Noah sah ihn verständnislos an.

»Bei einer Herzinsuffizienz kann die Koronararterie das Blut nicht mehr richtig in die Aorta pumpen, sodass es einen Rückstau bis in die Blutgefäße der Lunge gibt. Dort baut sich ein Druck auf, der die flüssigen Bestandteile des Blutes ins Lungengewebe presst. Einfach gesagt bilden sich Wassereinlagerungen in der Lunge, und das führt zu Atemnot.«

»Und das ist die gute Nachricht?«

Der Arzt sah zu seinen Kollegen hinüber, dann bat er Noah mit einer Geste, am Bettrand Platz nehmen zu dürfen. »Noah, haben Sie schon mal von Herztransplantationen gehört?«

»Sicher. Mein Arzt in Edinburgh hat mir gesagt, dass das noch in den Bereich der Science-Fiction gehört.«

»Ich gebe zu, dass es so scheinen mag. Die Geschichte der modernen Herztransplantation hat in den Sechzigerjahren mit dem

Arzt Christiaan Barnard in Kapstadt begonnen. Andere Ärzte haben in Frankreich und den Vereinigten Staaten Experimente mit tierischen Herzen vorgenommen, aber Barnard war der Erste, der sich an ein menschliches Herz gewagt hat. Und er hat seine Technik in Spanien seinem Kollegen Martínez-Bordiú gezeigt. Der führte dann die erste Transplantation in Spanien durch, an einem Patienten, der wie Sie unter dilatativer Kardiomyopathie litt. Die chirurgische Technik hat sich seitdem kaum verändert, doch damals starben die Patienten an einer Abstoßreaktion des Immunsystems.«

»Das hat Dr. Handley auch gesagt.«

»Aber die Zeiten ändern sich, Señor Scott Sherrington, denn es wurden Medikamente entwickelt, die das Immunsystem nach einer Transplantation bremsen. Diesen Vorgang nennt man Immunsuppression, und dadurch wird die Abstoßreaktion gemildert. Wir gehen davon aus, dass das dafür sorgen wird, dass die Patienten noch Jahre, wenn nicht sogar Jahrzehnte unter durchaus akzeptablen Umständen weiterleben können.«

Noah konnte es nicht fassen. »Ist das wahr?«

»Ja, das ist es, Noah. Die erste Herztransplantation unter Verwendung von Immunsuppressiva wurde im Mai dieses Jahres in Barcelona durchgeführt und wenige Wochen später eine zweite in Madrid, an einem elfjährigen Mädchen aus Granada. Beide Patienten leben noch und haben gute Aussichten hinsichtlich ihrer Lebenserwartung.«

Noah richtete sich ein wenig auf.

»Nach der Transplantation wird das Immunsystem der Patienten mit drei Medikamenten supprimiert«, fuhr der Arzt fort. »Prednisolon, Ciclosporin und Azathioprin, deren Dosis im Laufe des ersten Jahres immer weiter heruntergefahren wird.«

»Das verstehe ich, aber warum erzählen Sie mir das?«

»Wie ich Ihnen vorhin erklärt habe, hat das wichtigste Ergebnis der Herzkatheterisierung mit den pulmonalen Gefäßwiderständen zu tun. Bei Ihnen belaufen sich diese auf drei Wood-Einheiten. Die Ergebnisse der anderen Untersuchungen, des Bluttests, der Nieren und der Leber, sind in Ordnung. Auch wenn sich das jetzt abwegig anhört: Sie befinden sich in einem guten Gesundheitszustand, wobei unbestreitbar ist, dass Sie unter einer unheilbaren Krankheit leiden. Ihr Zustand wird sich nicht verbessern. Und Ihre Lebenserwartung ist sehr kurz. Das heißt, dass Sie, in Anbetracht all dieser Aspekte, der perfekte Patient für eine Herztransplantation sind.«

Noah versuchte zu verarbeiten, was ihm gerade erklärt worden war. »Eine … Transplantation.«

»Ein Kardiologe entnimmt das Organ eines hirntoten Spenders, dann müssen jede Menge technische Fragen in Bezug auf den Organtransport geklärt werden, und ein anderer Chirurg pflanzt es dann dem Empfänger ein. In diesem Fall Ihnen.«

Noah schluckte.

»Das Erste und das Wichtigste, was wir wissen müssen, ist, ob Sie Einwände haben.«

Noah sah ihn niedergeschlagen an. Dann schüttelte er den Kopf. »Nein. Wie Sie eben gesagt haben, steht mein Tod kurz bevor.« Er zuckte mit den Schultern. »Ich habe nichts mehr zu verlieren.«

Der Arzt nickte zufrieden.

Noah hob eine Hand. »Und … wie würde das ablaufen? Was müsste ich tun? Welche Schritte müssten unternommen werden?«

»Na ja«, ergriff Dr. Sánchez wieder das Wort. »Es liegt viel Arbeit vor uns. Als Erstes die sogenannte Überprüfung der Transplantationsindikation, was bedeutet, dass Sie noch einmal umfassend untersucht werden müssen, damit wir so weit wie möglich sicher sein können, dass alles gut ausgeht. Besonders wichtig sind dabei die Untersuchungen des Anästhesisten und eines auf Infektiologie spezialisierten Internisten. Unsere Hauptaufgabe wird jedoch sein, Ihnen alle Informationen zukommen zu lassen, damit Sie wissen, worauf Sie sich einlassen, denn in den Monaten nach der Operation und das ganze folgende Jahr über werden Sie im Krankenhaus ein und aus gehen müssen. Neben der Behandlung mit Immunsuppressiva muss in den ersten Wochen alle paar Tage eine Herzbiopsie vorgenommen werden. Dabei werden über einen Katheter, der über die Drosselvene eingeführt wird, mit einer Biopsiezange Herzmuskelproben entnommen, die dann histologisch untersucht werden, um festzustellen, ob es Abwehrreaktionen gibt oder nicht. In Abhängigkeit von den Ergebnissen wird die Dosis der Immunsuppressiva erhöht oder gesenkt, aber in jedem Fall wird Ihr Immunsystem nur eingeschränkt funktionieren. Das erhöht das Risiko einer heftigen Infektion, weshalb auf eine strenge Asepsis zu achten ist, vor allem in den ersten drei Monaten nach der Transplantation.«

»Ich glaube, das wird möglich sein.«

»Es reicht nicht aus, das zu glauben, Sie müssen sicher sein. Denn genau dieser Aspekt beunruhigt uns ein wenig, da Sie, seit die Krankheit diagnostiziert wurde, nicht gerade gut auf sich geachtet haben. Zum Beispiel waren Sie nicht regelmäßig beim Arzt, um die Medikation einstellen zu lassen. Mit Sicherheit sind Sie für einen Teil des Schadens, den Sie erlitten haben, selbst verantwortlich. Wir müssen sicher sein können, dass Sie nicht nur die Risiken verstehen und auf sich nehmen, sondern auch die Verantwortung, die all das mit sich bringt.«

Noah atmete tief durch, während er nachdachte. Der Arzt hatte recht. »Es stimmt, dass ich nicht darauf geachtet habe, möglichst gesund zu leben. Allerdings war ich auch davon überzeugt, dass ich damit nur mein Leiden verlängern würde. Es ist etwas ganz anderes, wenn man Hoffnung auf Besserung haben kann.«

»Das verstehen wir vollkommen«, erklärte Dr. Martín. »Sagen wir also, dass wir, wenn Sie bereit sind, den Eingriff auf sich zu nehmen, mit der Arbeit anfangen. Wir müssen jederzeit bereit sein, denn auch wenn einige Zeit vergehen kann, bis ein passender Spender gefunden ist, kann es auch jeden Moment so weit sein.«

»Ich bin bereit und werde alles tun, was nötig ist.«

»Das bedeutet als Erstes, dass Sie in ein anderes Krankenhaus verlegt werden müssen. In diesem Krankenhaus ist noch nie ein Patient auf einen solchen Eingriff vorbereitet worden, deshalb haben wir an die Clínica Universitaria de Navarra gedacht, die sich in Pamplona befindet. Das wäre nicht so weit weg, sodass sie mit dem Krankenwagen in drei Stunden dort sein könnten, wo dann ein Team auf Sie wartet, das die nötigen Untersuchungen vornehmen wird.«

»Heute?«

»Ja, gleich heute. Wie ich Ihnen bereits gesagt habe, sollten Sie so schnell wie möglich bereit sein, falls ein passendes Spenderorgan zur Verfügung steht.«

»Das ist heute nicht möglich«, sagte Noah und blickte sich um, als ob in irgendeiner Ecke des Zimmers der Grund für seine Weigerung versteckt wäre. »Können wir nicht noch ein paar Tage warten?«

»Noah, wir haben Ihnen doch gerade erklärt, wie kompliziert das alles ist und in welcher Lage Sie sich befinden. Ich werde Ihre Medikation den derzeitigen Umständen anpassen, aber Ihre Krankheit schreitet jeden Tag voran, und Ihr pulmonaler Gefäßwiderstand, über den wir eben gesprochen haben und der so wichtig für uns ist, steigt weiter an. Er liegt im Moment bei drei Wood-Einheiten, und wenn er auf vier oder fünf steigt, wird die Transplantation unmöglich.«

»Ich werde nicht lange brauchen, nur ein paar Tage.«

Der Arzt wirkte besorgt. Als er weitersprach, war seiner Stimme die Enttäuschung anzuhören. »Ich weiß nicht, woran Sie denken, Noah, aber Sie müssen sich unbedingt an die vorgeschriebenen Dosen der Medikamente halten. Denn wenn Sie so weitermachen wie bisher, kann ich Ihnen nicht garantieren, dass Sie die Tage, um die Sie bitten, wirklich noch haben. Zeit ist das Einzige, worüber Sie nicht verfügen.«

»Nur ein paar Tage. Bitte! Wenn Sie möchten, kann ich auf der Stelle die nötigen Papiere unterschreiben oder tun, was sonst nötig ist.«

Mikel betrat das Zimmer und sah ihn an.

»Verdammt, du hast mir einen ganz schönen Schrecken eingejagt!«

Obwohl das Neonlicht im Raum den jungen Ertzaina sicher noch bleicher erscheinen ließ, als er war, musste Noah lächeln.

»Und jetzt lachst du auch noch«, beschwerte sich Mikel und trat näher. »Ich dachte, du stirbst, du Mistkerl! Das ist überhaupt nicht witzig!«

Noah reichte ihm die Hand, und Mikel schüttelte sie.

»Ich lache nicht«, entgegnete Noah, »mir ist nur gerade klar geworden, dass du mich magst, und darüber freue ich mich.«

»Du hättest dir die Nummer sparen und mich einfach fragen können, denn ich habe mir vor Angst fast in die Hose gemacht.« Mikel zog die Hand zurück und sah ihn streng an. »Im Ernst, Noah, ich dachte, du stirbst.«

»Ja, ich auch.«

»Ich hoffe, es ist in Ordnung, dass ich in deinem Pensionszimmer war. Ich habe dort letztens die medizinischen Unterlagen gesehen, und als ich das den Ärzten gesagt habe, meinten sie, die seien sehr wichtig.«

»Schon gut. Was ist passiert, nachdem ich das Bewusstsein verloren habe? Wie ist das mit Kintxo ausgegangen? Das Letzte, woran ich mich erinnere, ist, dass Murray von der Toilette gekommen ist. Er hat alles gesehen, ich glaube, sogar ich bin ihm aufgefallen.«

»Ich bin mir nicht sicher, ob es angebracht ist, jetzt darüber zu reden.«

»Um Himmels willen!«, rief Noah. »Ich sterbe sowieso, egal ob du mir das jetzt erzählst oder nicht!« Dann forderte er Mikel mit einer Geste auf, sich auf den Bettrand zu setzen.

Mikel schnaubte. Ihm war anzusehen, dass er sehr erschöpft war. Dankbar nahm er Platz. »Ehrlich gesagt, habe ich, nachdem du das Bewusstsein verloren hast, nicht mehr wirklich darauf geachtet. Ich habe gesehen, dass die Türsteher Kintxo nach draußen befördert haben. Was Murray dann gemacht hat, weiß ich nicht. Ich nehme mal an, dass er abgehauen ist. Das Mädchen war unter den Schaulustigen, die um uns herumstanden, als du zum Krankenwagen gebracht worden bist. Ich habe sie gefragt, ob alles in Ordnung ist und was Kintxo zu ihr gesagt hat. Daraufhin meinte sie, er sei ein Idiot, der sie anmachen wollte und ihr gesagt habe, dass sie nicht mit dem anderen weggehen soll, weil er sie umbringen würde.«

»Dann steht jetzt fest, dass Kintxo etwas gesehen haben muss, was ihm verdächtig vorkam. Vielleicht hat es nicht ausgereicht, um deswegen zur Polizei zu gehen, aber es hat gereicht, um das Mädchen zu warnen.«

»Und was ist damit, dass du glaubst, dass Murray dich gesehen hat?«

»Ich bin mir nicht sicher. Das ist nur wieder so eine Eingebung. Er hat aus der Ferne beobachtet, was zwischen Kintxo und dem Mädchen vorgefallen ist, das habe ich gesehen. Eine Sekunde bevor ich das Bewusstsein verloren habe, wurde es dunkel um mich, als ob die Welt verschwinden würde, doch ich könnte schwören, dass er in diesem Moment den Blick auf mich gerichtet hat, so als ob er sich beobachtet fühlte, als ob er mich erkannt hätte.«

»Glaubst du, dass er dich wiedererkannt hat?«

»Ich war die ganze Zeit davon überzeugt, dass das wegen der Umstände nicht sein kann, schließlich war das mitten im Unwetter in der Dunkelheit, und wir waren nass und voller Schlamm. Aber er war dabei, als ich den Herzinfarkt hatte. Und als ich jetzt wieder vor seinen Augen umgekippt bin, kam ihm daran vielleicht etwas vertraut vor. Und es gibt noch etwas, das ich dir gestern Abend nicht sagen konnte. Zuerst weil Rafa dabei war, und dann ging alles so schnell … Ich habe entdeckt, dass John den Frauen in seiner Familie Dinge geschenkt hat, die seinen Opfern gehörten. Mir ist eine ganz besondere Tasche aufgefallen, die jetzt seine Mutter oder eine seiner Tanten hat. Ich glaube auch, dass er seiner jungen Ehefrau Ohrringe geschenkt hat, die er einem seiner Opfer abgenommen hat. Sie hat sie am Tag ihrer Hochzeit getragen, wie auf einem Foto zu sehen ist.«

»Verdammt!«

»Und das ist noch nicht alles. Dr. Elizondo meint, dass möglicherweise seine Familienangehörigen das Objekt seines Hasses sind, wenn er sie auffordert, Dinge seiner Opfer zu tragen. Es könnte sein, dass er die anderen Frauen stellvertretend für sie getötet hat.«

»Verdammt!«, wiederholte Mikel. »Und wer ist Dr. Elizondo?«

Noah lächelte. »Meine Psychiaterin.«

»Du gehst zum Psychiater?«, fragte Mikel verwundert.

»Na ja, ich sterbe, verfolge einen Serienmörder und habe mich zum ersten Mal in meinem Leben verliebt. Du musst zugeben, dass das ziemlich verrückt ist.«

Mikel nickte.

»Aber sie hilft mir auch bei dem Fall, Sie macht eine Art Ferndiagnose auf der Basis von dem, was wir über Bible John wissen. Sie nennt es ›probable Persönlichkeitsstudie‹, und sie ist der Ansicht, dass es sich um eine seltsame familiäre Beziehung handelt, in der Abhängigkeit und Hörigkeit in beide Richtungen gehen. Dr. Elizondo meint, dass die Tatsache, dass John zum ersten Mal in seinem Leben die Verbindung zu seiner Mutter und seinen Tanten abgebrochen hat, ihm eine ganz neue Perspektive bietet. Die Sekretärin bei MacAndrews hat mir gesagt, dass Murray gestern ein Telegramm aus den Vereinigten Staaten erhalten hat. Wir wissen nicht, was darin stand, aber es waren offenbar keine guten Nachrichten. Ich glaube, dass sie, obwohl John es ihnen verboten hat, wieder Kontakt mit ihm aufgenommen haben. Das Telegramm muss ihm das Gefühl gegeben haben, dass sie ihn nie in Ruhe lassen werden, dass sie immer einen Weg finden werden, die Verbindung zu halten. Ich glaube, dass ihm das ziemlich zusetzt.«

»Es wäre gut zu wissen, was in diesem Telegramm stand.«

»Ich glaube, dass sie zu einer Last für John geworden sind. Es ist das erste Mal, dass er dem Einfluss dieser Frauen entkommen ist, und es scheint ihm zu gefallen. Dr. Elizondo hat sicher recht. John ist nun ein freier Mann. Er ist dabei, sich weiterzuentwickeln, und man kann nicht wissen, ob er verschwinden oder von nun an in kürzeren Abschnitten töten wird. Ich tippe auf Ersteres. Der Mann, den ich gestern dabei beobachtet habe, wie er aus der Ferne den Ereignissen zugesehen hat, war die Ruhe selbst. Ich habe immer gewusst, dass das, was Bible John von anderen unterscheidet, sein Ziel ist, und ich glaube, dass er sich jetzt zum Ziel gesetzt hat, ein anderer zu werden.«

»Wie geht es jetzt weiter?«, fragte Mikel und machte mit einer Geste deutlich, dass er Noah und das Krankenhaus meinte.

»Ich werde mich ein paar Stunden ausruhen, bis die Untersuchungsergebnisse vorliegen, und dann werde ich entlassen.«

»Das ist alles?«

»Ich habe dir ja schon gesagt, dass mehr nicht zu machen ist«, sagte Noah, ohne das Gespräch mit den Kardiologen zu erwähnen. »Sie haben meine Medikation neu eingestellt, sodass es mir sicher besser gehen wird.«

Mikel sagte nichts darauf, weil in diesem Moment ein Arzt und eine Krankenschwester in den Raum traten.

»In Ordnung, Noah. Jetzt liegen sämtliche Untersuchungsergebnisse vor, und alles weist in die Richtung, über die wir heute Morgen gesprochen haben. Aber es ist Ihre Entscheidung, daher werden wir Sie jetzt entlassen. Die Schwester wird Ihnen die Rezepte für die neuen Medikamente geben. Nehmen Sie sie bitte wie vorgeschrieben ein.« Dann wandte sich der Arzt an Mikel und fügte hinzu: »Wenn Ihnen etwas an Ihrem Freund liegt, sollten Sie versuchen, ihn zu überzeugen. Es ist eine Frage von Leben und Tod, und das ist in diesem Fall wörtlich gemeint.«

Maite

Maite ließ von innen den Rollladen vor dem Eingang zur Bar bis etwa zwei Handbreit oberhalb des Bodens hinunter. Draußen regnete es heftig. Sie seufzte. Eigentlich mochte sie Regen, aber jetzt regnete es schon seit … wie vielen Tagen – fünf, sechs? … ohne Unterlass.

Sie kehrte zur Theke zurück und stellte die Musik lauter. Den Bereich hinter der Theke räumte sie immer schon auf, wenn die letzten Gäste noch da waren, und wenn sie schließlich allein war, machte sie den Rest. Sie liebte dieses Lokal, das sie ganz allein eröffnet und das ihr erlaubt hatte, ihre Tochter zu ernähren, ohne von irgendjemandem abhängig zu sein. Die Räumlichkeiten waren etwas in die Jahre gekommen. Früher hatte sich darin der von der Stadt betriebene Club für die Einwohner des Viertels befunden, und das obere Stockwerk war inzwischen ziemlich baufällig. Die Bar im Erdgeschoss aber hatte sie für einen guten Preis mieten können.

Dies war für sie immer ein angenehmer Moment in der täglichen Routine. Die Müdigkeit am Ende des Arbeitstages war wie weggeblasen, wenn sie wieder allein war, die Musik laut stellte und den Boden wischte oder die tägliche Abrechnung machte. Wenn sie fertig war, setzte sie sich bei gedämmtem Licht manchmal mitten in den Raum und überlegte, in welcher Farbe sie in der nächsten Saison die Wände streichen würde oder was sie sonst noch verbessern könnte, wenn sie etwas Geld gespart hatte.

Während sie den Putzeimer mit Wasser füllte, blickte sie traurig auf die brennende Kerze zu Füßen der Virgen de Begoña.

»Ach, Amatxu!«, sagte sie leise.

In dem Moment wurde ihr klar, dass der Grund für ihre Traurigkeit nicht der Regen war. Sie war Baskin und hatte schon andere verregnete Stadtfeste überstanden. Es hatte am Tag ihrer Hochzeit mit Kintxo geregnet und an dem Tag, an dem ihre Tochter Begoña geboren worden war. Genauso wie bei der Eröffnung der Bar. Nein, es lag nicht am Regen.

Sie schob den Eimer aus dem Thekenbereich, um den Boden zu putzen. Und die Traurigkeit wurde zu Wut, je länger sie darüber nachdachte, wie dumm sie gewesen war. Sie hatte sich wie ein naives Mädchen in einen Wildfremden verliebt, dabei war sie inzwischen 33 Jahre alt.

Nachdem sie den Aufnehmer ausgewrungen hatte, wischte sie so kräftig über den Boden, bis alle Flecke verschwunden waren. Ihre Wut wurde immer stärker. Und je länger sie darüber nachdachte, desto dümmer fühlte sie sich. Es war eindeutig, dass er nicht an ihr interessiert war, doch wie hatte sie so blind sein können, das nicht zu merken! Er hatte sie zum zweiten Mal versetzt, nur dass er an diesem Tag nicht mal mehr aufgetaucht war, um irgendeine absurde Entschuldigung vorzubringen.

Unbewusst wandte sie sich Noahs Stammplatz zu. Sie seufzte, als sie an ihn dachte. In seinem Blick lag eine stille Melancholie, die sie sich nicht erklären konnte. Sie hatte darin eine aufrichtige, zurückhaltende Schüchternheit gesehen. Maite fragte sich, wieso er so ehrlich, so authentisch wirkte. Und dann dieser Kuss … Wenn er ein Schwindler war, dann war seine Methode ausgesprochen raffiniert. In all den Jahren hinter der Theke hatte sie jede Menge Avancen von allen möglichen Schuften, Idioten und auch von guten Männern abgelehnt, und in diesem Moment wurde ihr bewusst, wie hirnlos das Ganze war. Hätte eine ihrer Freundinnen ihr die Geschichte erzählt, hätte sie gesagt: »Mädchen, du bist völlig verrückt! Wie kann es sein, dass du dich so verknallt hast? Wie kann es sein, dass du an nichts anderes mehr denken kannst? Wie kann es sein, dass du meinst, ihn zu lieben? Wie kann das sein?«

Maite tauchte den Aufnehmer in den Eimer und wrang ihn dann noch mal sorgfältig aus. Nach einem letzten Blick auf die Kerze zu Füßen der Virgen de Begoña wischte sie mit Tränen in den Augen weiter.

Wouldn't it be good if we could live without a care?
Wenn man doch nur einmal
sorgenfrei leben könnte!

Nach dem kurzen Weg vom Ausgang des Krankenhauses bis zu dem nicht weit entfernt geparkten Auto waren sie vollkommen durchnässt. Noah hatte nicht warten wollen, obwohl Mikel mehrfach gesagt hatte, dass er einen Schirm im Kofferraum hatte.

Nachdem sie im Auto saßen, fragte er: »Was hat der Arzt damit gemeint, dass ich versuchen soll, dich zu überzeugen? Wovon soll ich dich überzeugen, Noah?«

Noah atmete tief durch, bevor er sprach. Mikel war aufrichtig zu ihm gewesen, er war sein Freund, und er schuldete es ihm. »Ich werde operiert.«

»Ist es eine Operation, die dich gesund macht?«

»Na ja, sie kann mich gesund machen oder mich umbringen, aber Letzteres wäre in meinem Fall nicht so schlimm, weil ich ansonsten eh bald sterben werde.«

»Aber das ist doch großartig!«, rief Mikel mit aufrichtiger Freude. »Du hast mir doch gesagt, dass da nichts zu machen ist.«

»Mikel, sie haben mir diese Möglichkeit angeboten, weil ich mich im Endstadium befinde. Ich bin der ideale Patient, mit meinem Gefäßwiderstand, meinem Alter, meiner körperlichen Verfassung und weil mir nur noch sehr wenig Zeit bleibt. Aber es ist eine sehr komplizierte, gefährliche Operation, die bisher nur an wenigen Patienten durchgeführt wurde. Ich weiß nicht, ob du schon mal von Herztransplantationen gehört hast.«

»Ja, vor einigen Monaten stand etwas darüber in der Zeitung. Das ist unglaublich, Noah! Natürlich ist das gefährlich und sicher auch sehr kompliziert, aber besser als die Alternative, oder?«

Noah schwieg.

»Und wovon soll ich dich überzeugen? Du *bist* doch überzeugt, oder?«

»Sie wollten mich gleich heute in ein Krankenhaus in Pamplona verlegen. Wenn ich zugestimmt hätte, wäre ich jetzt schon da.«

Mikel sah ihn schweigend an. Das einzige Geräusch, das zu hören war, war das heftige Trommeln des Regens auf dem Autodach. Das Wasser lief in Strömen über die Windschutzscheibe, sodass man kaum hindurchsehen konnte.

»Ich weiß, worum es dir geht«, sagte Mikel schließlich, »und ich verstehe dich. Aber gestern, als du in der Diskothek das Bewusstsein verloren hast, habe ich gedacht, du wärest tot, weil ich keinen Pulsschlag mehr feststellen konnte. Dieser Arzt übertreibt nicht, wenn er sagt, dass es um Leben oder Tod geht.«

»Er wird eine weitere junge Frau töten oder fliehen oder beides …«

»Du wirst ihn nicht erwischen, wenn du tot bist.«

Noah schloss die Augen und presste die Lippen zusammen. »Es wird jeden Moment etwas passieren, ich habe eine Eingebung.«

Mikel startete den Wagen und sah Noah besorgt an. »Ich hoffe nur, dass du dich diesmal nicht irrst, mein Freund.«

Sie parkten in der Nähe der Iglesia de San Nicolás. Mikel nahm den Schirm aus dem Kofferraum, und Noah wandte nichts dagegen ein, dass er ihn bis zum Eingang der Pension begleitete. Als sie dort ankamen, nahmen sie einen schmalen Streifen Licht unterhalb des Rollladens von Maites Bar wahr, und auch die kleinen Fenster oberhalb der Tür waren erleuchtet.

Die beiden Männer blieben stehen. Mikel sah, dass Noah den Lichtstreifen betrachtete.

»Glaubst du, du kriegst den Rollladen allein hoch?«

Noah lächelte. »Hau ab!«

»Soll ich den Schirm mitnehmen oder hierlassen? Ich glaube, du wirst da drin ganz schön im Regen stehen.«

»Du sollst abhauen!«

Mikel grinste breit. Er ließ Noah vor der Bar zurück und machte sich auf den Weg, drehte sich allerdings noch einmal lächelnd um.

You must be joking, you don't know a thing about it
Du willst mich wohl auf den Arm nehmen, du hast doch überhaupt keine Ahnung

Noah bückte sich, schob den Rollladen ein wenig nach oben. Maite wischte gerade mit dem Rücken zur Tür den Boden. Im Radio wurde soeben wieder »Amor de hombre« gespielt.

»Es ist geschlossen«, sagte sie, während sie sich umwandte. Als sie ihn sah, war ihr die Überraschung anzusehen, doch sie sagte nichts.

Noah redete als Erster. »Maite, ich habe dir einiges zu erklären, und wenn du mir die Gelegenheit dazu gibst, würde ich das heute Abend gern tun.«

Sie senkte bekümmert den Blick. »Du schuldest mir keine Erklärung. Komm morgen wieder, es ist geschlossen.«

Noah drehte sich um, verließ die Bar jedoch nicht, sondern schob den Rollladen ganz nach unten und wandte sich wieder Maite zu. »Ich bin gerade aus dem Hospital de Cruces entlassen worden.« Er hob die Tüte mit dem Logo des Krankenhauses an, in der sich die Mappe mit seinen medizinischen Unterlagen, die Rezepte und die Jacke mit dem Revolver befanden, und legte sie auf einen der Barhocker.

»Ich wurde gestern Abend eingeliefert und habe den ganzen heutigen Tag dort verbracht. Ich bin gekommen, um dir einiges zu sagen, und das werde ich jetzt tun. Und danach gehe ich, wenn du das willst.«

Sie sah ihn an und spürte, dass sich ihr Herzschlag beschleunigt hatte. Er fand, dass sie wunderschön aussah in ihrer dunklen Hose und der weißen Bluse, deren Ärmel sie bis zu den Ellbogen aufgekrempelt hatte.

Sie nickte, ohne zu lächeln, und erteilte ihm damit das Wort. Wobei sie sich in einer Million Jahre nicht hätte vorstellen können, was er ihr zu sagen hatte.

Noah trat auf sie zu, schloss für ein paar Sekunden die Augen, als müsse er all seinen Mut zusammennehmen oder nach Worten suchen. Dann sagte er: »Maite, ich liebe dich.«

Überrascht legte sie sich eine Hand aufs Herz. »Oh, *amatxu maitia*!«

»Das ist die Wahrheit«, fuhr er fort. »Ich glaube, ich liebe dich, seit ich zum ersten Mal hier in deiner Bar war. Ich muss die ganze Zeit an dich denken und bin nur glücklich, wenn ich in deiner Nähe bin. Ich weiß, dass man so etwas nicht einfach so sagt, dass du es verdient hast, dass ich dich zum Essen einlade, mit dir tanzen gehe und dir Blumen kaufe, dass ich dich umwerbe und dir eine anständige Liebeserklärung mache. All das hast du absolut verdient, aber dazu fehlt mir die Zeit, Maite.«

Sie senkte den Blick auf seine Hände und sah das Pflaster, das an der Stelle klebte, wo ihm im Krankenhaus der Zugang gelegt worden war. Besorgt griff sie nach seiner Hand, wobei sie merkte, dass er zitterte. Maite hatte noch nie einen Mann zittern sehen.

Als sie noch näher an ihn herantrat, nahm sie wahr, wie gut er roch und wie groß er war. Sie stellte sich auf die Zehenspitzen, und er beugte sich zu ihr herunter und küsste sie. Danach lächelte sie, er jedoch nicht. Er seufzte bekümmert.

Sie sah ihn an, ohne zu verstehen, was los war. »Ich liebe dich auch …«

Noah legte ihr zwei Finger auf den Mund, um sie zu unterbrechen. »Vor allem anderen musst du eine Sache wissen. Ich bin krank, Maite, und das ist der Grund, warum ich den ganzen Tag im Hospital verbracht habe und gestern Abend nicht zu unserer Verabredung gekommen bin. Ich bin krank und würde sterben, wenn ich mit dir Liebe machen würde.«

Maite lächelte. »Ich auch.«

Noah musste lachen, und sie sah ihn irritiert an. Doch sein Lachen erstarb, und er lächelte traurig, während sich seine Augen mit Tränen füllten. »Nein, Maite, ich habe es wörtlich gemeint. Ich werde wirklich sterben.«

»Aber was sagst du denn da?«, fragte sie alarmiert.

»Deshalb kann ich dich nicht lieben, Maite. Das ist der Grund, warum ich nicht mit dir zusammen sein kann.«

Daraufhin küsste sie ihn wieder und tat es erneut, als Noah versuchte, etwas zu sagen, wieder und wieder.

Und so erfuhr Noah, dass Dr. Elizondo auch hinsichtlich Maite recht hatte. Sie war nicht die Art Frau, die zuließ, dass jemand anderes für sie eine Entscheidung traf.

Bilbao. Donnerstag, 25. August 1983

Der Morgen dämmerte, und es regnete noch immer, als würde es nie wieder aufhören. Wie an jedem Morgen in den letzten Tagen fragte sich Noah, wie viel Zeit ihm wohl noch blieb. Er hatte keine Ahnung, aber eines wusste er nun, und zwar dass die letzte Nacht die schönste seines Lebens gewesen war.

Nie hätte er gedacht, dass sich zwei Liebende derart intensiv küssen konnten. Noch nie hatte er jemanden so geküsst und war so geküsst worden. Er meinte, Maites Lippen an jeder Stelle seines Körpers zu spüren. An den Händen, den Füßen, im Haar, auf den Augen, den Fingerspitzen, im Nacken und am Hinterkopf. Sie hatte ihr Aroma, ihren Speichel und ihre Wärme auf jedem Zentimeter seiner Haut hinterlassen, und er wusste, dass er in seinem ganzen Leben noch nie so geliebt worden war.

Er betrachtete sie schlummernd an seiner Seite und lächelte angesichts der Stärke dieser Frau, die, wie er sofort gewusst hatte, als er sie zum ersten Mal sah, niemals aufgeben würde und der er nichts mehr abschlagen würde.

Solange er lebte.

Irgendwann hatte sie nach ihrem Schlüsselbund und seiner Hand gegriffen. »Begoña übernachtet heute bei Edurne. Deshalb möchte ich, dass du bei mir schläfst. Das geht doch, oder?«

Noah nickte.

Sie hatten sich geküsst und miteinander geredet, und zwischen ihren Küssen hatte Noah ihr alles über sich erzählt, alles, die ganze Wahrheit: über seine Eltern und den absurden Unfall, bei dem sie ums Leben gekommen waren, über seinen drängenden Wunsch, Polizist zu werden, und über Bible John, über all die Zeit, die er schon hinter ihm her war, und die Nacht, in der er ihn fast gehabt hätte, über das gespenstische Weinen, das sie beide gehört hatten, und über das, was er empfunden hatte, als er starb.

»Wie war es, Noah? Was gibt es dort?«

Und das, was er Dr. Handley nicht hatte sagen können, was er Gibson nicht hatte erzählen wollen und auch Dr. Elizondo noch nicht erklärt hatte, das, was ihn jede Nacht voller Angst erwachen ließ, den Teil des realen Traums, den er nicht noch einmal erleben wollte, das, von dem er gedacht hatte, es niemals jemandem erzählen zu können, vertraute er Maite an, mit Worten, mit denen er seine Angst noch nie ausgedrückt hatte und schon gar nicht in einer Sprache, die nicht seine Muttersprache war.

»Zuerst war es wie ein warmer Windstoß. Dann war es kalt. Ich habe keinen Schmerz gespürt, gar nichts. Plötzlich war es dunkel, und die Dunkelheit hat mich wie kalte Gelatine komplett eingehüllt und ist in jede Pore meiner Haut eingedrungen, um mich zu vereinnahmen. Und je weiter dies fortschritt, desto weniger war ich noch ich selbst, wurde ich zu nichts. Es war zutiefst erschreckend, weil ich bis zuletzt darum gekämpft habe, nicht zu verschwinden, um nicht zu sterben, denn ich wollte nicht, ich wollte mich dem Tod nicht ausliefern. Dann haben sie mich zurückgeholt. Und seitdem wache ich jedes Mal, wenn ich geschlafen habe, auf, ohne zu wissen, ob ich tot bin oder nicht. Ich hatte nie Angst vor dem Tod, Maite. Ich war mein ganzes Leben über Polizist und habe in Kauf genommen, wie so viele andere Polizisten, dass mich irgendwann eine Kugel trifft und ich auf irgendeiner Straße sterbe. Aber jetzt erschreckt mich der Gedanke, jetzt, da meine Zeit abläuft, bin ich mir bewusst, dass mein Leben fast bedeutungslos ist. Wenn sterben wenigstens so wäre wie einzuschlafen, die ewige Ruhe zu finden, aber so ist es nicht, Maite. Dort ist nichts. Nur die Dunkelheit, die in meine Poren eindringen will, um mich zu verschlingen.«

Maite umarmte ihn und sagte mit fester Stimme: »Wenn der Zeitpunkt gekommen ist, wird es anders sein. Denn jetzt bist du jemand Wichtiges in einem Leben, in meinem Leben, du bist meine Liebe, Noah, und das muss zu irgendetwas gut sein.« Danach hatte sie mit kalten Fingern und heißen Küssen seinen Körper gestreichelt. »Ich werde alle deine Poren mit meiner Liebe versiegeln, werde dich mit einem Schild aus Küssen schützen, und der Tod wird dich nicht verschlingen. Das verspreche ich dir, mein Liebster. Du wirst mir gehören, und ich werde dich als einen Teil von mir einfordern, in dieser Welt und der anderen.«

Noah lächelte. »Es war diesmal schon anders. Gestern, als ich im Krankenhaus wieder zu mir gekommen bin, warst du das Erste, was ich gesehen habe. Und das Erste, was ich gehört habe, war deine Stimme. Der Arzt hat gesagt, dass ich immer wieder deinen Namen gesagt habe, während ich sediert war.«

Irgendwo im Haus klingelte das Telefon, und Maite verließ das Bett, um ranzugehen. »Das ist sicher Begoña. Sie ruft mich immer an, nachdem sie aufgewacht ist.«

Er hörte Maites Stimme in dem zärtlichen mütterlichen Tonfall, mit dem sie immer mit ihrer Tochter sprach.

Lächelnd wie ein Kind beugte er sich über die Stelle im Bett, wo noch die Spur ihres Aromas wahrzunehmen war, und atmete tief ein, in dem Wunsch, dass sie möglichst bald zurückkäme.

Maite war gleich wieder da, legte sich aber nicht sofort wieder ins Bett, sondern ging nackt durchs Zimmer, um das Radio einzuschalten, wobei sie leicht verstimmt wirkte.

Die Stimme des Moderators erfüllte den Raum und übertönte das Geräusch des Regens, der an die Fensterscheibe trommelte. »Der anhaltende Regen setzt der Feststimmung ganz schön zu, dennoch war viel los am Arenal, als am Mittag die *sokamuturra* stattfand und der Stier am Seil durch die Menge lief, und auch am Abend wurde heftig gefeiert. Nachdem sich vorgestern der Torero Manolo Vázquez unter großem Jubel mit dem ersten abgeschnittenen Stierohr verabschiedet hat, begeisterte gestern Ruiz Miguel das Publikum. Doch nicht einmal die ältesten Stadtbewohner erinnern sich an eine Aste Nagusia, bei der es dermaßen geregnet hat.«

Noah fiel auf, dass Maite deutlich ernster war als vorher. »Ist alles in Ordnung?«

»Das war Begoña, und sie war ein wenig besorgt wegen ihres Vaters. Erinnerst du dich daran, dass ich dir erzählt habe, dass er in letzter Zeit so pingelig ist, wenn es um die Mädchen geht, dass er darauf besteht, sie nach Hause zu begleiten? Sie sind jeden Abend am Arenal, wo er sie abholt und hierher oder zu Edurne bringt. Aber gestern ist er nicht aufgetaucht. Und jetzt hat Begoña mir erzählt, dass sie bei ihm angerufen hat und er nicht ans Telefon gegangen ist.«

Noah sah für einen Moment Kintxo vor sich, der versuchte, die junge Frau in der Diskothek davon abzubringen, Murray zu begleiten. Er stützte sich auf den Ellbogen und sah Maite an. »Kommt das bei ihm öfter vor?«

»Früher schon, als Begoña noch kleiner war. Manchmal war er ganze Wochen weg, ohne dass wir etwas von ihm gehört haben. Aber nachdem er auf den Bohrinseln gearbeitet hat, hat er sich verändert. Möglicherweise ist ihm, als er gesehen hat, dass seine Tochter älter wird, bewusst geworden, dass er sie verlieren könnte oder dass er selbst nicht mehr der Jüngste ist. Tatsächlich hat er sich in den letzten Jahren sehr um sie gekümmert, wobei er nie so streng war wie in letzter Zeit. Aber du siehst ja, erst macht er sie verrückt, und dann taucht er plötzlich nicht mehr auf.«

»Und du machst dir keine Sorgen?«

»Ich kenne Kintxo, er hat schon immer viel gefeiert, und die Katze lässt das Mausen nicht. Natürlich werde ich das so nicht meiner Tochter sagen, aber es ist gut möglich, dass er bei irgendeiner Frau im Bett gelandet oder beim Bingo versackt ist, wo er sein Geld verprasst hat. Ich tippe eher auf Letzteres, denn ich habe mich schon gewundert, dass er gestern nicht in der Bar aufgekreuzt ist, um mich anzuschnorren. Wie meine Mutter immer sagt: ›Der wird schon wieder auftauchen, wenn er Hunger hat.‹«

Noah hatte Maite ja bereits erklärt, dass er in Bilbao war, weil er einen gefährlichen Verbrecher verfolgte. Daher überlegte er nun, ob er ihr sagen sollte, dass es sich mit ziemlicher Sicherheit um John Murray handelte und dass Kintxo auch davon überzeugt war, weil er die junge Frau in der Diskothek davon hatte abhalten wollen, Murray zu begleiten. Schließlich war es seltsam, dass er, nachdem er erreicht hatte, was er wollte, nun auf einmal verschwunden war.

Doch Mikel hatte ihm ja erzählt, dass die Türsteher ihn rausgeschmissen hatten, und vielleicht hatte Maite ja recht, und er hatte bei einer Freundin übernachtet oder sein Glück im Spiel versucht. Er wollte sie nicht erschrecken.

Daher beugte er sich nur über sie und küsste sie, während im Radio schon wieder »Amor de hombre« erklang. Maite sang mit: *»Ay, amor de hombre, que estás haciéndome llorar una vez más.«*

»Ich verstehe nicht, warum dir das Lied so gut gefällt. Die Liebe sollte niemanden zum Weinen bringen.« Noah streichelte ihr Gesicht. »Ich werde das bei dir nie tun, Maite.«

»Gut, dann sorg dafür, dass du nicht stirbst, denn wenn du das tust, kannst du dir sicher sein, dass ich um dich weinen werde, wie es noch kein Mensch auf der Welt getan hat.«

Bible John

John hatte bereits sehr früh im Büro angerufen, zu einer Zeit, als noch niemand dort war. Er hatte eine Nachricht auf dem Anrufbeantworter hinterlassen, da er nicht zur Arbeit gehen würde. Er war krank. Und das war nicht gelogen.

Nachdem er irgendwann tief in der Nacht bei der Pension angekommen war, hatte er, bis auf die Knochen durchnässt und halb nackt, wie er war, in der Dunkelheit gewartet, bis er sicher sein konnte, dass niemand mehr wach war. Nachdem er heiß geduscht hatte, hatte er sich die beiden verletzten Finger verbunden. Allerdings war er nicht in der Lage gewesen, den halb abgerissenen Nagel, der nur noch an der Unterseite festhing, zu entfernen. Anschließend hatte er das gemachte Bett zerwühlt und Kleidung zum Wechseln, sein ganzes Geld und die Papiere, die er dem toten John Murray abgenommen hatte, in seinen Seesack gepackt.

Nun kniete er sich wie ein Kind, das das Abendgebet sprechen wollte, vors Bett, schob die Hand in einen Schlitz in der Matratze und holte einen Umschlag heraus, der weitere vier Umschläge enthielt, von denen jeder mit dem Wort Bilbao beschriftet war.

John steckte sich den Umschlag in den Gürtel und versicherte sich, dass die leichte Jacke, die er sich gleich darauf anzog, ihn verdeckte. Dann ließ er den Blick durchs Zimmer schweifen, in dem er John Murray gewesen war, und während er das Licht ausmachte und den Raum verließ, dachte er darüber nach, dass er sich in der Haut dieses Pechvogels besser gefühlt hatte als je zuvor in seinem Leben.

Als er sich gerade auf den Weg machen wollte, fiel ihm ein Umschlag auf, der auf dem Boden lag. Sicher hatte die Pensionswirtin ihn unter der Tür durchgeschoben, und er hatte ihn bisher übersehen. Besorgt hob er ihn auf und ging zurück ins Zimmer, um die Nachricht zu lesen.

Wie mochten sie ihn gefunden haben? Er war sicher, dass er ihnen nicht gesagt hatte, in welcher Pension er wohnte. Bis wohin reichten die schlangenartigen Glieder dieser Hydra?

Er nahm an, dass diese klatschsüchtige Telefonistin bei MacAndrews die Sache vermasselt hatte. Ja, so musste es sein. Die ganze Woche über hatte sie ihm Nachrichten weitergeleitet und sogar ein Telegramm. Und wenn eine Mutter bei der Arbeitsstelle ihres Sohnes anrief und behauptete, sich wegen eines Notfalls mit ihm in Verbindung setzen zu müssen, wer würde dann nicht mit der Adresse der Pension rausrücken, in der er wohnte?

Von Panik ergriffen, saß er im Dunkeln auf dem Bett. So hatte er es schon als sehr kleiner Junge gemacht. Damals hatte er neben dem Waschbecken draußen am Haus im Dunkeln gestanden, um zur Ruhe zu kommen und seine Gedanken fließen zu lassen.

Das Papier in seinen Händen schien seine Finger zu verbrennen. Trotz der Dunkelheit konnte er die Kleidung ausmachen, die an dem Haken an der Tür hing, das halb gelesene Buch auf dem Nachttisch und das Logo von MacAndrews auf der Weste, die auf dem Stuhl unter dem Fenster lag. Er wurde von tiefer Melancholie erfasst und dachte daran, wie gern er bleiben würde, um weiterhin John Murray zu sein, am Abend mit seinen Freunden trinken zu gehen, weiterhin Container zu überprüfen, mit Stauern und Vorarbeitern zu plaudern und mit seinem kleinen Boot den Fluss rauf- und runterzufahren. Es war das erste Mal in seinem Leben, dass er das Gefühl genoss, außerhalb des Spinnennetzes zu leben, in dem sie den kleinen Johnny gefangen hatten.

Inzwischen hatte er vieles verstanden. Zunächst hatte er geglaubt, dass das Schicksal sich gegen ihn gewandt hatte, als er dieses Mädchen nicht hatte töten können. Wenn er die Augen schloss, sah er sie sofort wieder vor sich, wie sie tot dalag, in Embryohaltung, wie ein kleines Kind, das weinend eingeschlafen war. Um seine Zweifel auszuräumen, hatte er ein weiteres Opfer getötet. Es war alles perfekt gelaufen. Aber etwas in ihm war dabei, sich zu verändern. Dieses Weinen hatte sich fest in sein Gedächtnis eingebrannt, die Ähnlichkeit des wie ein Kind zusammengekauerten Leichnams, die angezogenen Knie, die zu Fäusten geballten Hände vor dem Gesicht.

Dieses Bild verschmolz in seinen Träumen mit dem des anderen Kindes, des kleinen Jungen, den er an einen tief verborgenen Ort seines Bewusstseins verbannt hatte. Das Kind, das lautlos weinte, um sie nicht wütend zu machen, und das, in eine verschlissene Wolldecke eingewickelt, in der Kälte schlief.

Er begriff, dass er seine Aufgabe erfüllt hatte. Der Genuss, der Drang, all das war nicht mehr vorhanden. Er hatte den Schmerz des Jungen gelindert, der das Blut aus den Binden hatte waschen müssen oder gezwungen gewesen war, das Opferblut zu trinken.

John verfluchte sie, machte die Nachttischlampe an und öffnete den Umschlag. Die Nachricht war kurz:

Edurne hat zweimal angerufen und ihre Telefonnummer hinterlassen.

Überrascht atmete John laut ein. Edurne, die schottische Prinzessin mit dem roten Haar. Ihr hatte er verraten, wo er wohnte.

Er steckte sich die Nachricht in die Jackentasche, und nachdem er nach Geräuschen im Haus gelauscht und sich vergewissert hatte, dass außer ihm niemand wach war, verließ er das Zimmer.

Draußen regnete es heftig, und es hatte noch nicht zu dämmern begonnen. Er wandte sich in die Richtung der Plaza Unamuno, und als er um die Ecke bog, ging er auf die dort aufgestapelten vollen Müllsäcke zu, zog den Umschlag unter seiner Kleidung hervor und steckte ihn in einen Sack, der noch offen war.

Euri

Rafa wachte auf, als Euri ihm durchs Gesicht leckte. Er schob sie ein paarmal von sich, doch angesichts ihrer Hartnäckigkeit rappelte er sich schließlich auf.

»Was ist denn los, meine Hübsche?«

Euri jaulte und lief zur Tür.

»Willst du raus?«

Aufgeregt drehte sich der Hund mehrmals um sich selbst.

Rafa setzte sich im Bett auf und sah nach draußen. Es war noch vollkommen dunkel.

»Es ist noch sehr früh, Euri, bist du sicher?«

Verschlafen zog sich Rafa an und griff nach Schlüssel, Regenmantel und Hundeleine.

Aus dem Schlafzimmer war die Stimme seiner Mutter zu hören. »Wohin gehst du, Schatz? Es ist sehr früh.«

»Euri muss raus. Ich bin gleich wieder da.«

»Es regnet in Strömen.«

»Das macht Euri nichts aus und mir auch nicht.«

»Zieh den Regenmantel über und sorg dafür, dass sie sich kräftig schüttelt, bevor sie wieder reinkommt.«

Euri hob draußen gleich das Bein, doch Rafa zog sie ein Stück vom Hauseingang weg.

Als er zur Treppe kam, sah er Murray, der aus der Calle de la Tendería kam. Abgesehen von ihnen beiden war die Straße menschenleer. Es war nicht das erste Mal, dass Murray ihm beim Gassigehen im Morgengrauen über den Weg lief. Er dachte an den Tag, an dem er gesehen hatte, wie Murray am Flussufer die Straßenlaternen kaputtgemacht hatte.

Rafa trat einen Schritt zurück in die Dunkelheit der Hausportale. Er sah zu, wie Murray zu einem Haufen Müllsäcke ging, die der Müllwagen, der früh am Morgen durch die Altstadt fuhr, noch nicht mitgenommen hatte. Der Mann sah sich um, als fürchte er, gesehen zu werden, zog etwas unter seiner Kleidung hervor und steckte es in einen offenen Sack, den er daraufhin zuknotete. Dann eilte er im strömenden Regen davon.

You've got no problem
Du hast keinerlei Probleme

Noah schaltete das Radio aus, um Maite hören zu können. Er wollte die Ruhe des Hauses am frühen Morgen genießen, die Gegenwart der Frau spüren, die, auch wenn sie gerade nicht zu sehen war, an diesem Ort wohnte. Er wollte testen, wie es sich anfühlte, ein Teil ihres Lebens zu sein.

Im Morgenlicht im Bett sitzend, blickte er sich um und sah für einen Moment vor sich, wie das Leben an ihrer Seite sein könnte, und es gefiel ihm. Er trank einen Schluck von dem Kaffee, den sie ihm gebracht hatte, bevor sie duschen gegangen war, und lauschte ihr, wie sie unter dem warmen Wasser sang, während der Regen nach wie vor gegen die Fensterscheibe trommelte. Er war glücklich.

Als er auf die Uhr sah, stellte er überrascht fest, dass es schon nach neun war.

Er stand auf, zog sich die Unterwäsche an und fragte durch die Badezimmertür: »Maite, darf ich mal dein Telefon benutzen?«

»Sicher. Du darfst alles benutzen, du bist jetzt hier zu Hause.«

Noah lächelte.

Er wählte die Nummer von MacAndrews.

»Hallo, ich bin's. Wenn Sie nicht reden können, tun Sie so, als ob der Anrufer sich verwählt hätte, und ich rufe in einer Viertelstunde noch mal an.«

»Keine Sorge, ich bin allein im Büro, meine Kolleginnen haben sich den Tag freigenommen, und Señor Goñi ist nebenan. Und unser Heiratsschwindler ist heute nicht zur Arbeit gekommen. Er hat angerufen, bevor ich hier war, und eine Nachricht auf dem Anrufbeantworter hinterlassen. Angeblich ist er krank, wird heute nicht kommen und morgen möglicherweise auch nicht.«

»Haben diese Frauen noch mal für ihn angerufen?«

»Nein, aber er hat noch ein Telegramm bekommen. Soll ich rausfinden, was drinsteht?«

»Nein, Olga, Sie haben schon genug getan und könnten Schwierigkeiten bekommen, wenn das herauskommt. Das Briefgeheimnis zu verletzen, ist ein Vergehen.«

»In diesem Fall nicht. Murray hat angeordnet, dass wir keine Telegramme auf seinen Namen mehr annehmen sollen. Gestern hat er eins zurückgehen lassen. Wahrscheinlich ist das Telegramm von heute Morgen deshalb nicht an seinen Namen adressiert, sondern an die Firma. Und ich bin autorisiert, sämtliche dienstliche Post zu öffnen.«

»Und was steht drin?«

»Das liest sich wie ein Gebet: ›Lass uns nicht im Stich.‹«

Nachdem Noah den Hörer aufgelegt hatte, wählte er gleich Mikels Nummer.

»Johns Familie ahnt, dass er verschwinden wird«, sagte er und erzählte von dem Telegramm. »Er ist heute nicht zur Arbeit gegangen, sondern hat sich telefonisch krankgemeldet. Und noch etwas: Kintxo ist letzte Nacht nicht aufgetaucht, um seine Tochter abzuholen. Maite meint, dass das kein Grund sei, sich Sorgen zu machen.«

»Und was meinst du?«

»Ehrlich gesagt, weiß ich nicht, was ich davon halten soll.«

»Ich habe in deiner Pension angerufen, und die Hexe des Westens hat mir gesagt, dass du nicht da bist.«

»Ich bin bei Maite.«

Noah konnte Mikels Lächeln am anderen Ende der Leitung praktisch vor sich sehen. »Du kannst dir nicht vorstellen, wie sehr ich mich freue.«

Noah wurde leicht verlegen. Zum Glück sprach Mikel gleich weiter. »Ich wollte mit dir über Rafa sprechen. Ich mache mir Sorgen um ihn. Er hat mich heute sehr früh am Morgen angerufen und war so nervös, dass ich ihn dreimal habe wiederholen lassen, was er zu sagen hatte, um ihn zu verstehen. Er meinte, er habe Beweise, dass Murray Bible John ist. Ich habe ihm gesagt, dass er zu Hause bleiben soll, und werde jetzt zu ihm gehen. Noah, ich weiß nicht, was da los ist, aber vielleicht war es doch keine so gute Idee, ihn zu ermuntern. Rafa ist nicht wie andere. Er ist …«

»Sag es bloß nicht«, warnte Noah.

»Er ist nicht so belastbar, Noah.«

»Ich weiß. Wir sehen uns bei ihm.«

Noah legte auf und ging ins Schlafzimmer zurück.

Maite hatte gerade das Badezimmer verlassen. Als sie ihn hereinkommen sah, ließ sie das Handtuch fallen, in das sie sich eingewickelt hatte.

In diesem Moment klingelte das Telefon erneut.

»Verdammt noch mal …«, protestierte sie und schlang das Handtuch wieder um ihren Körper, während sie ans Telefon ging. Das Gespräch dauerte nur wenige Minuten. Als sie zurück ins Zimmer kam, wirkte sie völlig verstört.

Noah war sofort höchst beunruhigt.

»Das war die Guardia Civil aus Santurce. Sie haben gesagt, dass das Rote Kreuz eine Leiche aus dem Wasser gezogen hat, einen

Mann um die 40. Er hat Kintxos Ausweis dabei. Er ist tot. Sie haben mich gebeten, ihn zu identifizieren.«

Maite wollte, dass Noah sie begleitete, woraufhin er erneut mit Mikel telefonierte, um ihm zu sagen, dass er nicht zu Rafa kommen konnte.

Sie bestellten ein Taxi und holten Begoña ab, die den ganzen Weg über weinte. Noah, der neben dem Fahrer saß, wandte sich um und sah, dass Maite ihre Tochter in den Armen hielt. Sie wirkte gefasst und streichelte Begoña über den Kopf.

Die Dienststelle der Guardia Civil befand sich im Gebäude der Hafenbehörde, und von dort aus fuhren sie in einem Geländewagen zu dem kleinen Posten des Roten Kreuzes am Hafen. Dort zeigte man ihnen Kintxos Ausweis, seine Brieftasche, einen Siegelring mit seinen Initialen und eine Goldkette, die der Tote um den Hals getragen hatte.

Begoña begann noch heftiger zu weinen, als sie die Sachen sah. »Das gehört *aita, ama.*«

Maite nickte und sah den Polizisten, der sie begleitete, fragend an.

»Wenn Sie die Sachen wiedererkennen, wäre der nächste Schritt, dass jemand von Ihnen die Leiche identifiziert, um vollkommen sicher zu sein.«

Maite löste sich aus den Armen ihrer Tochter. »Ich mache das.«

»Ich muss Sie warnen«, sagte der Mann. »Er hat einen heftigen Schlag auf den Kopf bekommen, und es ist kein schöner Anblick.«

Begoña weinte noch verzweifelter, als sie die Worte des Polizisten hörte, der daraufhin einen wütenden Blick von Maite erntete.

»Warum wurde er geschlagen? Wer hat ihn geschlagen?«, fragte Begoña.

»Möglicherweise ist es beim Sturz in den Fluss passiert. Der führt sehr viel Wasser, und die Strömung ist heftig. Die Ufer sind rutschig, und er hatte ziemlich viel getrunken.«

»Wie können Sie das wissen?«, fragte Maite.

»Das muss noch ärztlich bestätigt werden, aber die ersten Befragungen haben ergeben, dass er letzte Nacht in einen Streit in einer Diskothek verwickelt war. Die Türsteher haben ihn des Lokals verwiesen, weil er eine junge Frau belästigt hat. Kurz darauf muss er ins Wasser gefallen sein.«

»Das stimmt nicht«, sagte Noah, trat zwischen den Mann und Begoña und wandte sich an das Mädchen. »Ich war auch in der Diskothek und habe alles mitangesehen. Dein Vater hat versucht, die junge Frau zu warnen, aber sie hat ihn falsch verstanden.«

»Also wer von Ihnen wird die Identifizierung vornehmen?«, fragte der Polizist ungeduldig.

»Ich«, antwortete Maite.

»Ich könnte es auch tun«, bot Noah an.

Aber Maite ließ nicht mit sich reden. »Nein, du hast ihn nur ein paarmal gesehen. Wir müssen sicher sein.« Mit einem weiteren wütenden Blick auf den Polizisten folgte sie dem Mann vom Roten Kreuz.

»Es tut mir leid«, entschuldigte sich der Polizist, an Noah und Begoña gewandt. »Es ist meine Pflicht, Sie vorzuwarnen.«

Noah verabschiedete sich von Maite mit einer festen Umarmung neben dem Taxi, das sie und Begoña zurück nach Hause bringen würde. Noah wäre gern an ihrer Seite geblieben, aber Maite wirkte relativ gefasst, und er sagte sich, dass die beiden erst einmal Zeit für sich brauchten.

Und Noah wusste bereits, wie er die Zeit nutzen würde: Während der Polizist Maites Personalien aufgenommen hatte, hatte er durchs Fenster gesehen, dass ein Schlepper einen Frachter in den Hafen zog, der ihm sehr bekannt vorkam. Er sah auf den Kalender, um sicher zu sein.

Ja, es war Donnerstag, und sie befanden sich in Bilbao: Das war die *Lucky Man*.

Finnegan erlaubte ihm mit einem Nicken einzutreten, als er am Eingang zur Brücke erschien. Der wortkarge Kapitän trug gerade etwas in sein Logbuch ein, und wenn es ihn überraschte, Noah zu sehen, ließ er sich dies nicht anmerken.

»Scott Sherrington«, sagte er zur Begrüßung, fuhr dann aber erst mal in aller Ruhe mit seinen Eintragungen fort.

Noah wartete geduldig und ließ den Blick über die Campa de los Ingleses schweifen. »Angeblich heißt dieser Ort so, weil hier früher ein Friedhof war, auf dem die britischen Seeleute begraben wurden, die in Bilbao gestorben sind.«

»Ich dachte, das hätte mit dem Fußball zu tun.«

»Das auch«, bestätigte Noah, dann fragte er Finnegan geradeheraus: »Sind Sie Mitglied der IRA, Käpt'n?«

»Nein«, entgegnete der.

»Ein Sympathisant vielleicht?«

»Nein«, antwortete Finnegan mit der gleichen Ruhe, als würde er einen Kaffee ablehnen.

»Die Polizei hier in Bilbao glaubt, dass Sie schon mehrfach IRA-Mitglieder nach Bilbao gebracht haben.«

»Könnte sein«, gestand Finnegan ein, »denn danach frage ich nicht, wenn ich jemanden mitnehme.«

»Die Polizei glaubt auch, dass der ein oder andere dieser Männer eine Ladung Waffen mitgenommen haben könnte.«

»Nicht auf meinem Schiff.«

»Vielleicht …«

»Ich habe die Ladung meines Schiffs absolut unter Kontrolle. Wenn eine Kiste Waffen darunter gewesen wäre, wüsste ich davon.«

Noah seufzte. Es war wirklich schwierig, mit diesem Mann zu reden. »Wie ich vermutet habe, hat sich herausgestellt, dass es sich bei dem Mann, dem ich bis hierher gefolgt bin, nicht um John Murray handelt.«

Finnegan sah ihn schweigend an.

»Ich gehe davon aus, dass sich der wahre John Murray noch immer gut gekühlt bei der Feuerwehr in La Rochelle befindet. Murray hat auf den Bohrinseln gearbeitet und wurde dann bei MacAndrews eingestellt und nach Bilbao geschickt. Von dem Unternehmen, dem dieses Schiff gehört.«

Kapitän Finnegan atmete hörbar ein, und Noah wusste, dass er ins Schwarze getroffen hatte.

»Ich vermute des Weiteren, dass MacAndrews Sie neben den üblichen Containern und dem Personal, das von einem Hafen in einen anderen gebracht werden muss, auch schon mal aufgefordert hat, andere Dinge mitzunehmen: Ersatzteile, Feuerlöscher, Büromaterial, persönliche Gegenstände, Buchhaltungsunterlagen und vielleicht sogar Post.«

Finnegan nickte. »Das wird dann in Kisten oder Koffern transportiert, und wenn wir am Zielhafen ankommen, werden sie von jemandem aus der Firma abgeholt. Das ist billiger als der übliche Postweg und in jedem Fall sicherer.«

»Und sagen Sie mir, Käpt'n, als dieser John Murray, der ja für MacAndrews gearbeitet hat, an Bord der *Lucky Man* gekommen ist … hatte er da Firmengepäck bei sich, das nach Bilbao gebracht werden sollte?«

Die Überraschung auf dem Gesicht des Kapitäns war echt. Er nickte wortlos.

»Also würde ich sagen, Käpt'n, dass, wenn der Mann, der hier in Bilbao Ihr Schiff verlassen hat, nicht John Murray war, er sicher nicht gewusst hat, dass es da etwas gibt, das er mit von Bord nehmen sollte?«

Bible John

Die ersten ungemütlichen Morgenstunden über war er ziellos umhergegangen. Erneut völlig durchnässt hatte er schließlich in einer Bar, die sich in sicherer Entfernung zur Altstadt befand, Schutz gesucht. Hauptsache, er war im Trocknen und konnte einen Kaffee trinken, um sich aufzuwärmen.

Da er sich nirgendwo allzu lange aufhalten durfte, hatte er die Bar nach einer Weile wieder verlassen. Kurz nach Mittag hatte er dann das Gran Hotel Carlton betreten, das ziemlich luxuriös war und mit der Pensión Toki-Ona so gar nichts gemein hatte. Bis er die Entscheidung traf, was er als Nächstes tun würde, brauchte er einen Ort, an dem er sich sicher fühlte, und in dem prächtigen Hotel würden sie wahrscheinlich als Letztes nach ihm suchen.

Als John sah, wie voll es an der Rezeption war, zögerte er kurz. Es handelte sich um eine Gruppe Männer unterschiedlicher Nationalitäten, die etwa in seinem Alter waren. Der Rezeptionist erklärte ihm, dass sie zu den zahlreichen Ärzten gehörten, die wegen eines Kongresses in der Stadt waren.

»Sie sind sicher auch Arzt, oder?«, fragte ihn der Mann in schlechtem Englisch.

John nickte nur und sagte nichts.

Nachdem er die Suite betreten hatte, verabschiedete er den Gepäckträger, schloss die Tür ab, lehnte sich mit dem Rücken dagegen und glitt daran nach unten, bis er auf dem Boden saß. Er war völlig erschöpft.

Noch einmal ging er im Kopf durch, was geschehen war. Er hatte diesen Polizisten gesehen, obwohl er doch tot gewesen war. Er selbst hatte es überprüft. Und dennoch hatte er ihn gesehen. Es war ein Zeichen Gottes gewesen, was er erst verstanden hatte, nachdem er Kintxo getötet hatte. John glaubte an die Zeichen. Er war fest davon überzeugt. So war es auch in der Nacht gewesen, als sich die Frauen aus ihren Gräbern erhoben hatten und dieser Polizist vom Blitz getroffen worden war. Und erneut hatte Gott selbst diesen Mann unschädlich gemacht, als der wieder hinter ihm her gewesen war.

John wusste, dass er sich erholen musste, um wieder klar denken zu können. Mühsam schleppte er sich zu dem riesigen Bett, ließ sich darauf fallen und war wenige Sekunden später eingeschlafen.

I'd stay right there if I were you
An deiner Stelle würde ich den Ball schön flach halten

Noah ging mit Kapitän Finnegan in den Frachtraum des Schiffs hinunter. Der Obermaat konnte sich noch daran erinnern, dass Murray selbst die Stelle ausgewählt hatte, wo die beiden schweren Kisten untergebracht werden sollten. Eine abgelegene, trockene dunkle Ecke. Danach war der Obermaat einfach davon ausgegangen, dass irgendwann jemand von MacAndrews kommen würde, um die Kisten abzuholen. Doch sie waren noch da.

Nachdem Noah gemeinsam mit dem Kapitän entschieden hatte, was zu tun war, traf er sich mit seinen Freunden.

Er aß mit Rafa und Mikel in einem Restaurant mit dem Namen Guria zu Mittag, einem altbekannten Lokal, das gerade von der Calle Barrencalle zur Gran Vía umgezogen war. Noah musste zugeben, dass er noch nie einen besseren Kabeljau gegessen hatte.

Nach dem Essen brauchten sie eine Weile, um die nächsten Schritte zu planen. Noah war erschöpft.

Nachdem er berichtet hatte, unter welchen Umständen Kintxos Leiche gefunden worden war, hörte er besorgt zu, was Rafa zu erzählen hatte. Der Junge hatte John tatsächlich dabei beobachtet, wie er sich seiner Trophäen entledigt hatte. Rafa bedauerte, dass er ihm nicht hatte folgen können, um zu erfahren, wohin er gewollt hatte, und Noah dankte dem Himmel dafür und fragte sich, ob Mikel möglicherweise doch recht damit hatte, dass es ein Fehler gewesen war, den Jungen zu ermutigen. Obwohl er den allgemeinen Enthusiasmus nicht zerstören wollte, sah er sich gezwungen, die beiden davon zu überzeugen, dass ein paar blutige Tampons und Binden in Umschlägen nur ihnen bewiesen, dass John Murray tatsächlich Bible John war. Der Polizei würde das nicht reichen. Die Theorie, dass sie von den verschwundenen jungen Frauen stammten, war eben nur das: eine Theorie. Und wenn es ihnen nicht gelang, die Leichen zu finden, würde es keine Möglichkeit geben, diese Theorie zu bestätigen.

Danach hatte er Mikel über das aufgeklärt, was sie auf der *Lucky Man* gefunden hatten, und versucht, ihn davon zu überzeugen, erst einmal gar nichts zu unternehmen, was sich als schwieriger erwies, als er gedacht hatte. 40 Pistolen vom Typ Colt M 1911 einschließlich Munition, ein Geschenk der IRA an die ETA, das mit Geld aus New York finanziert worden war. Nachdem er Mikel darüber informiert hatte, musste er ihn mühsam davon abhalten, nicht gleich zum nächsten Telefon zu rennen.

Es war klar, dass Kapitän Finnegan keine Probleme wollte und deswegen den Mund halten würde. Und auch Noah hatte keine Lust, Stunden damit zu verbringen, der Polizei zu erklären, wer John Murray war, wieso er ihn für tot hielt und wer der Verbrecher war, der seinen Namen angenommen hatte. Denn das Letzte, was er wollte, war, dass die gesamte Polizei des Baskenlandes Bible John Murray wegen Terrorismus verfolgte.

Das Argument, das Mikel schließlich überzeugte, war, dass die Waffen nur mit dem echten John Murray in Verbindung stehen konnten, dessen Leiche bei der Feuerwehr in La Rochelle gut untergebracht war. Den Waffenfund jetzt publik zu machen, konnte die Antiterrormaßnahmen der baskischen Regierung gefährden. Denn wenn sich herausstellte, dass der echte John Murray tot war, würde es schwer sein, seine Verbindung zu Michael, The Dark und Collin zu beweisen, die sicher so schnell wie möglich verschwinden würden.

Falls die Information stimmte, dass in Frankreich ein Treffen der beiden Terrororganisationen stattfinden würde, war es besser, erst einmal stillzuhalten. Die Waffen würden vorerst bleiben, wo sie waren, denn wegen des Fests in der Stadt würde die *Lucky Man* erst in einer Woche wieder ablegen.

Wenn die Dinge so lagen, wie Noah glaubte, würde sich Bible John sicher sehr bald aus dem Staub machen wollen. Er hatte Kintxo getötet, seine Mutter und ihre Schwestern würden ihn nicht mehr belästigen, er hatte sich bei der Arbeit krankgemeldet und sich seiner Trophäen entledigt.

Noah glaubte, dass das Entsorgen seiner Trophäen für Bible John das Gleiche bedeutete wie für den römischen Kaiser Constantius das Verbrennen seiner Flotte. Es war eine Absichtserklärung, die deutlich machte, dass es keinen Weg zurück gab. Und die Menschen, die ihn am besten kannten, seine Mutter und seine Tanten, wussten es, und deshalb hatten sie ihm das Telegramm geschickt: *Lass uns nicht im Stich!* Doch genau das würde Bible John tun.

Noah war sehr müde, weshalb er drauf bestand, ein Taxi zu rufen, das sie an der Tür des Restaurants abholte. Denn er wollte seinen Freunden etwas zeigen, das er gesehen hatte, als er von seiner Begegnung mit Finnegan zurückgekommen war, und ihm fehlte die Kraft, um durch den Regen zu laufen. Obwohl es gerade erst fünf Uhr am Nachmittag war, war es so dunkel, als hätte die Dämmerung bereits eingesetzt, und es regnete heftig.

»Angeblich regnet es in Guipúzcoa noch stärker«, sagte Mikel. »In Deba und Orio gibt es schon erste Überflutungen.«

Noah bat den Taxifahrer, zu einer bestimmten Stelle am Fluss zu fahren. Als sie dort ankamen, forderte Noah ihn auf, die Geschwindigkeit zu verringern, während er durchs Fenster nach etwas Ausschau hielt.

»Da ist es«, sagte er schließlich. »Bitte halten Sie an.«

Er ging im Regen zu dem Weg, der oberhalb des Flusses verlief, wobei Mikel vergeblich versuchte, den Schirm über ihn zu halten. Schließlich blickten er und Rafa verblüfft in die Richtung, in die Noah zeigte.

»Als Rafa uns erzählt hat, dass er gesehen hat, wie John in dieser Gegend die Straßenlaternen kaputtgemacht hat, habe ich den Grund dafür zunächst nicht verstanden. Vom anderen Ufer aus habe ich festgestellt, dass die Lampen auf beiden Seiten des Flusses nicht funktionieren. Von dort ist mir auch aufgefallen, dass sich genau gegenüber ein Steg befindet, aber sonst nichts. In der ganzen Zeit, die ich in der Stadt verbracht habe, bin ich nie an diesem Teil des Paseo gewesen. Aber heute habe ich mir die Stelle genau angesehen. Unterhalb des Weges befindet sich ein kleines Bootshaus, das von oben nicht zu sehen ist. Obwohl die Treppe am Steg ganz in der Nähe hinunterführt, ist der Zugang zu dem Bootshaus nur bei Flut vom Wasser aus möglich.«

»Das ist das B-Bootshaus des *gasolino*«, sagte Rafa. »So haben die Leute die kleine Fähre genannt, die früher von hier zum Paseo Campo de Volantín gefahren ist.«

Mikel sah Noah fragend an.

»Als Olga mir bestätigt hat, dass Murray zwischen dem Hafen und der Campa de los Ingleses mit dem Boot unterwegs ist, war ich mir sicher, dass er das ausnutzen würde, um die Leichen bei Ebbe irgendwo am schlammigen Ufer zu begraben, so wie er es bei sich zu Hause getan hat. Es gefällt ihm, seinen persönlichen Friedhof in der Nähe zu haben und jeden Tag dort hingehen zu können. Aber nachdem ich jetzt dieses Bootshaus gesehen habe …«

»Glaubst du, dass sie hier sind?«, fragte Mikel.

»Ich bin mir nicht vollkommen sicher, aber warum sollte er sonst dafür sorgen, dass der ganze Bereich im Dunkeln liegt? Das ist eine gute Stelle, wo nicht jeder hinkommt. Außerdem stinkt der Fluss. Bei all den Abwässern hier würde der Verwesungsgeruch gar nicht auffallen. Allerdings kann er sie nicht ewig hierlassen, er muss also noch einmal zurückkommen.«

Sie stiegen am Arenal aus dem Taxi. Als sie am Teatro Arriaga über die Brücke gingen, stellten sie fest, dass trotz des Regens bei den *txosnas* – den Getränkeständen – jede Menge los war.

In der Altstadt war es auch nicht trockener. Nach 50 Metern hatte Noah schon klatschnasse Füße. Das Wasser lief von den Vordächern und platschte auf den nassen Boden.

Schließlich erreichten sie die Gegend um die Kathedrale. Beim Anblick des heruntergelassenen Rollladens an Maites Bar verspürte Noah ein enormes Verlangen. Er sehnte sich danach, bei ihr zu sein.

Als sie das Gebäude, in dem sich die Pensión La Estrella befand, betraten, war Noah sehr erschöpft, musste aber zugeben, dass die Umstellung der Medikamente etwas gebracht hatte. Seine Fußknöchel waren kaum angeschwollen, obwohl er schon seit dem frühen Morgen auf den Beinen war. Allerdings war es höchste Zeit, die Medizin wieder einzunehmen.

Noah ging in Begleitung von Rafa, der ihn keine Sekunde allein lassen wollte, die Treppe hinauf. Dabei sah ihn Mikel die ganze Zeit über so an, als fürchte er, dass er jeden Moment wieder zusammenbrechen könnte.

Im ersten Stock saß auf der Treppe nach oben eine Frau, die sofort aufstand, als sie die drei sah.

»Dr. Elizondo«, sagte Noah leicht atemlos.

Bevor sie etwas sagte, warf sie einen Blick auf Mikel und Rafa.

»Oh, keine Sorge, Sie können unbesorgt sprechen«, beruhigte er sie. »Das sind meine Freund Mikel Lizarso und Rafa. Ich habe Ihnen ja von ihnen erzählt.«

Nach der kurzen Vorstellung konzentrierte sich die Ärztin ganz auf Noah. »Ich freue mich sehr, Sie zu sehen.« Ihre Worte klangen aufrichtig. »Da Sie nicht zu mir gekommen sind, bin ich hier, wie ich versprochen habe. Ich habe an mehreren Hypothesen zum Verhalten unseres Patienten X gearbeitet und bin auf einen ausgesprochen aufschlussreichen Aspekt gekommen, der entscheidend sein könnte. Ihre Wirtin sagte mir, Sie seien im Krankenhaus, doch als ich dort angerufen habe, waren Sie schon nicht mehr da.«

»Es ist so viel passiert, Frau Doktor, dass ich gar nicht weiß, womit ich anfangen soll. Aber wir sollten uns besser drinnen unterhalten.«

Noah holte bereits den Schlüssel aus der Tasche, doch in diesem Moment wurde die Tür von innen geöffnet, als hätte die Pensionswirtin auf der anderen Seite ihr Gespräch belauscht.

Die Frau begrüßte sie mit ihrem typischen seltsamen Lächeln. »Herzlich willkommen, Señor Scott. Ich freue mich, dass Sie wieder hier sind.« Beim Anblick seiner Begleitung verzog sie allerdings das Gesicht.

Doch bevor die Frau etwas sagen konnte, nahm Noah seine Brieftasche heraus. »Bei all der Aufregung ist mir gar nicht aufgefallen, wie schnell die Zeit vergangen ist. Daher zahle ich für die nächste Woche schon mal im Voraus.« Er drückte der Wirtin das Geld in die Hand. Danach nahm er noch ein paar Scheine heraus und fügte hinzu: »Und das ist wegen der Unannehmlichkeiten.«

»Übrigens«, flötete die Frau daraufhin, »Sie haben mich ja gebeten, dass ich Ihnen Bescheid sage, wenn das Zimmer zur Straße frei wird, und der Gast ist heute abgereist.«

Noah zögerte.

»Sie können es sich nachher mal anschauen, wenn Sie möchten. Die Tür ist offen. Wenn Sie erst noch darüber nachdenken wollen, ist das kein Problem. Ich denke nicht, dass ich es gleich wieder vermieten werde. Während der Festlichkeiten bin ich vorsichtig. Sie wissen ja, dass dies ein anständiges Haus ist.«

Noah murmelte ein paar höfliche Worte, um sich für die Großzügigkeit zu bedanken, und ließ die Frau im Flur stehen.

Doctora Elizondo

Das spärliche Licht, das vom Innenhof ins Zimmer fiel, war nicht hell genug. Noah schaltete die Deckenlampe ein, deren schwache Glühbirne jedoch auch nur einen matten Schein abgab. Er legte sich aufs Bett und machte auch noch die Nachttischlampe an. Erst da wurde ihm so richtig bewusst, wie schäbig das Zimmer war.

Mikel lehnte sich gegen das Waschbecken, Rafa ans Fenster, und Dr. Elizondo bat mit einer Geste, die Noah bereits von anderen Ärzten kannte, am Bettrand Platz nehmen zu dürfen.

»Bitte erzählen Sie uns alles, Frau Doktor.«

»Es geht um die Sache, die Sie mir bei unserem letzten Gespräch erzählt haben, darum, dass unser Patient X Dinge, die seinen Opfern gehört haben, den Frauen in seiner Familie gegeben hat. In der Fachliteratur findet sich nur sehr wenig über die möglichen Gründe eines Mörders, Trophäen zu sammeln. Dass wir es so nennen, hat mit der Ähnlichkeit zur Jagd zu tun, aber es kann sich auch um eine Belohnung handeln oder um eine Erinnerung, um sich den Moment des Todes ins Gedächtnis zu rufen. Die Dinge werden gesammelt, wenn es Kleidungsstücke sind, getragen und dienen in einigen Fällen zur sexuellen Erregung. Dass Ihr Täter wünscht, dass die Frauen in seiner Familie diese Dinge tragen, hat mich sofort an eine Projektion wie in dem Film *Psycho* denken lassen. Ich glaube, ich habe das schon erwähnt: Bates zieht die Perücke und die Kleidung seiner Mutter an, um zu zeigen, wie sehr sie ihn beherrscht und ihn selbst nach ihrem Tod noch quält. Wenn unser Patient X seine Familienangehörigen die Kleidung und den Schmuck seiner Opfer tragen lässt, sagt er uns damit, dass sie das wahre Objekt seines Zorns sind.«

»In den zwei Wochen, die er inzwischen in Bilbao ist, hat sich die Beziehung zu seiner Familie jedoch sehr verändert«, erklärte Noah. »Offenbar hat er noch vom Hafen in Liverpool aus Kontakt zu ihnen aufgenommen, und als er in Bilbao angekommen ist und die Stelle bei MacAndrews angetreten hat, hat er ihnen seinen neuen Namen und die Telefonnummer des Unternehmens mitgeteilt. Sie haben fast jeden Tag eine Nachricht hinterlassen, dass er sie anrufen soll. Aber er hat sein Verhalten geändert. Den Nachrichten der Frauen nach hat er sie seltener angerufen, weshalb sie noch öfter um Rückruf gebeten haben. Daraufhin hat Mikel ein Telefonat mitgehört, in dem er ihnen wütend untersagt hat, bei seiner Arbeitsstelle anzurufen. Deswegen haben sie angefangen, Telegramme zu schicken. Und die Person, die ihm das erste Telegramm übergeben hat, hat gesagt, dass er sehr ungehalten war. So sehr, dass er es nicht verbergen konnte. In Reaktion darauf hat er seine Kollegen angewiesen, keine Telegramme an seinen Namen mehr anzunehmen. Aber die Familie hat nicht aufgegeben und von da an Telegramme an die Firma geschickt.«

Dr. Elizondo nickte auf diese Information hin und wandte sich dann Mikel zu, der eine Frage stellte. »Was ich nicht verstehe, ist, warum er sie nicht längst umgebracht hat, wenn er ihren Tod will.«

»Auch was das angeht, ist Norman Bates das beste Beispiel«, entgegnete die Ärztin. »Ein in vielen Jahren durch Missbrauch, Unterwerfung und Misshandlung zementiertes Abhängigkeitsverhältnis.

Bates hat seine Mutter getötet, aber das hat nicht ausgereicht, um sich von ihr zu befreien. Ich glaube, dass unser Patient X seiner Familie nur deshalb entkam, weil er sich zur Flucht gezwungen sah. Ja, er war gezwungen, die Nabelschnur, die sie verbunden hat, zu durchtrennen, und obwohl dies keine freiwillige Entscheidung war, soll es nun so bleiben. Vielleicht hat er so Facetten von sich selbst entdeckt, von deren Vorhandensein er gar nicht gewusst hat.«

»Das heißt, dass er jedes Mal, wenn er eine junge Frau tötet, eigentlich seine Familie bestrafen will«, sagte Mikel.

»Ja, aber nicht nur das«, erklärte die Ärztin. »Und das ist der entscheidende Punkt, der Schlüssel, von dem ich eben gesprochen habe. Sie sind nicht nur das Objekt seines Zorns. Norman Bates tötet die Frauen, die er attraktiv findet, um die Unterwerfung und die Kontrolle in Szene zu setzen, die seine Mutter noch immer über ihn hat. Unser Patient X tötet nach der anfänglichen Vergewaltigung auf eine eher langsame Art, weil er Nähe und Zeit braucht. Es ist wahrscheinlich, dass seine Opfer, lange bevor sie sterben, das Bewusstsein verlieren, sodass er in Ruhe zusehen kann, wie sie ihr Leben aushauchen.«

Noah nickte. »Wie bei einem Racheakt.«

»Genau«, bestätigte sie. »Aber wir dürfen nicht vergessen, dass er sie auch vergewaltigt. Das setzt eine sexuelle Aggression voraus, die bei Norman Bates nicht gegeben war, weil die Unterwerfung durch seine Mutter nicht sexueller Art war.«

»Also wurde John sexuell missbraucht?«, fragte Mikel.

»Ich ziehe es vor, ihn weiterhin Patient X zu nennen, und ja, er wurde sexuell missbraucht, und der Schlüssel seiner Abneigung liegt darin, dass alle seine Opfer gerade ihre Regel hatten.«

»Lieber Himmel«, brachte Mikel angewidert hervor und verzog das Gesicht. »Das heißt …«

»Der sexuelle Missbrauch, unter dem unser Patient X gelitten hat, steht direkt mit dem Menstruationsblut in Verbindung«, erklärte Dr. Elizondo bestätigend.

Noah nickte erneut. »Ich war immer davon überzeugt, dass die Menstruation der Grund ist, warum er sie ausgewählt hat. Aber mir ist immer noch nicht klar, wie er davon wissen kann.«

»Erinnern Sie sich an unser Gespräch über posttraumatischen Stress?«, fragte Dr. Elizondo. »Erst als die amerikanischen Soldaten aus Vietnam zurückkehrten, trat das Leiden so häufig auf, dass es genug Fälle gab, um es zu erforschen und zu dokumentieren. Menschen, die eine Situation erlebt haben, in der sie sich heftig bedroht gefühlt haben oder in Lebensgefahr gewesen sind, entwickeln manchmal eine Störung, durch die sie die Empfindungen und die Umstände, die das Trauma verursacht haben, wieder und wieder erleben. Das ist furchtbar, denn diese Patienten berichten, dass sie das Gleiche sehen, hören und fühlen wie in jenem Moment, weshalb sie oft ängstlich oder sogar, um sich zu verteidigen, gewaltsam reagieren. Und das Auffälligste bei alldem ist, dass der Auslöser oft ein ganz kleines Signal ist, das sonst niemandem auffällt, das der Betroffene aber mit dem Trauma in Verbindung bringt. Das kann ein Geräusch sein, ein Wort, der Tonfall einer Stimme, aber auch ein Geruch, ein Parfüm oder ein Gestank. Ihr Überlebensinstinkt lässt die Betroffenen dieses Signal unter Millionen herausfiltern. Die Fähigkeit, eine Gefahrensituation zu erkennen und der Gefahr zuvorzukommen, war ein Schlüssel in der menschlichen Entwicklung. Das Überleben der Arten hängt davon ab, ihre Feinde zu erkennen, und das Überleben des Feindes hängt von der Fähigkeit ab, seine Beute zu wittern.«

»Sie meinen, dass er es riecht?«, fragte Noah.

»Ja, aber nicht nur das. Sein Trauma ist mit dem Missbrauch unter diesen Umständen verbunden, mit der Art und Weise, wie die Frauen sich verhalten. Signale, die die meisten Menschen gar nicht wahrnehmen, die aber zweifellos vorhanden sind. Und ich bin sicher, dass wir in der Lage wären, sie zu erkennen, wenn unser Leben oder unsere Sicherheit davon abhängen würde.«

»Eingebungen existieren nicht, sondern werden von Information und Instinkt ausgelöst«, sagte Noah.

»Und was, glauben Sie, wird er nun tun, nachdem er auf Distanz zu seiner Familie gegangen ist und sich seiner Trophäen entledigt hat?«, fragte Mikel.

»Er wird versuchen, sich neu zu erfinden.«

»Sich neu zu erfinden?«, wiederholte Noah.

»Er glaubt, er hat das Recht auf ein neues Leben. In den letzten Tagen hat er entdeckt, dass das Leben auch anders sein kann. Er hat Brücken abgebrochen, und als Nächstes wird er verschwinden, um an einem anderen Ort mit einer neuen Identität wieder aufzutauchen und das Leben zu leben, auf das er ein Recht zu haben glaubt. Weit weg von ihnen, in Freiheit.«

Noah sah auf die Uhr und dann zu Mikel. »Die Iren müssten jetzt eigentlich zu ihrer üblichen Runde aufbrechen, daher sollten wir schon mal runtergehen.«

»Kommt gar nicht infrage«, widersprach Mikel. »Deine Entlassung aus dem Krankenhaus ist noch keine 24 Stunden her, und du bist kaum die Treppe raufgekommen. Du gehst nirgendwohin, sondern bleibst schön hier. Rafa und ich machen uns auf den Weg, und wenn ich etwas Ungewöhnliches bemerke, rufe ich dich an und hoffe, dass du dann hier bist, um ans Telefon zu gehen.«

Rafa umarmte Noah, bevor sie aufbrachen.

Als die beiden weg waren, wandte sich Dr. Elizondo an Noah. »Und jetzt reden wir über Sie.«

Maite

Maite strich ihrer Tochter sanft übers Haar. Begoña hatte schon vor einer ganzen Weile aufgehört zu schluchzen. Seit sie nach der Identifizierung zurück nach Hause gekommen waren, hatte sie abwechselnd geweint und sich in Erinnerungen an ihren Vater verloren. Maite hatte es nicht geschafft, ihre Tochter dazu zu überreden, etwas zu essen, aber immerhin hatte Begoña vor einer Weile einen Kakao getrunken.

Fest umarmt lagen sie auf Maites Bett, vor dem lautlos der Fernseher lief. Schließlich sagte ihre Tochter etwas, das sie überraschte.

»*Ama*, Noah scheint sehr nett zu sein.«

»Ist er«, entgegnete Maite vorsichtig.

»Er gefällt dir sehr, oder?«

Maite zögerte, und Begoña richtete sich auf, um sie anzusehen. »Ich weiß, dass es so ist, man merkt es dir an. Warum sagst du denn nichts? Du willst doch auch immer, dass ich dir alles erzähle.«

»Ich denke nur, dass heute nicht der richtige Tag ist, um darüber zu sprechen.«

»Warum? Ich bin doch kein kleines Mädchen mehr. *Aita* wird immer mein Vater sein, aber ich glaube, er war nie richtig dein Ehemann, und wenn er es mal war, dann ist das schon sehr lange her.«

»Bego, ich denke nicht, dass du dir darüber jetzt Gedanken machen solltest.«

»Natürlich muss ich mir darüber Gedanken machen. Ich muss mich so um dich sorgen, wie du dich um mich sorgst, denn nun gibt es nur noch uns beide«, sagte Begoña traurig.

»Du hast recht«, gab Maite seufzend zu.

»Komm, *ama*, Papa ist auch mit anderen Frauen zusammen gewesen.«

»Und du hast es gewusst?«

»Na klar, und zwei seiner Freundinnen hat er mir vorgestellt, die beiden, mit denen es etwas Ernsteres war.«

»Das wusste ich nicht.«

»Die eine war aus Indautxu und die andere aus Leioa. Die Letzte habe ich letztes Jahr Weihnachten kennengelernt.«

»Davon hast du mir gar nichts erzählt.«

»Das hat sich nicht gelohnt.«

Sie mussten beide lachen.

»Ich wollte dich vorwarnen«, sagte Begoña, »denn vielleicht kommen sie morgen alle zusammen zur Beerdigung.«

Sie lachten erneut, und Begoña nahm sich ein Taschentuch, um sich die Tränen abzuwischen, die diesmal Lachtränen waren. Dann fügte sie hinzu: »Stell dir das mal vor: alle in Trauerkleidung.«

Als sie sich wieder beruhigt hatten, umarmten sie einander wieder.

»Also, *ama*, Noah scheint sehr nett zu sein, und ich fand es super, dass er *aita* gegenüber der Polizei verteidigt hat. Denn er hätte nie eine Frau belästigt.«

»Natürlich nicht, *maitia*.«

»Er wollte alle beschützen, nicht nur mich. Du hättest mal sehen sollen, wie er sich aufgeführt hat, als dieser Ire mit Edurne geflirtet hat.«

Maite rutschte ein Stück zurück, um ihrer Tochter in die Augen zu sehen. »Welcher Ire?«

»Einer von Michaels Freunden, der jüngste von ihnen. Er spricht sehr gut Spanisch. Am Anfang hat er uns nur gegrüßt, aber Edurne hat er gefallen.«

»Der ist viel zu alt für euch, und du hast mir gar nichts davon gesagt.«

»Du meinst, er ist viel zu alt für Edurne, denn ich will nichts von ihm, und außerdem hatten wir uns da noch nicht vorgenommen, uns alles zu erzählen. Wenn du mir alles von dir erzählst, erzähle ich dir alles von mir.«

Maite seufzte und lächelte. »Okay. Noah gefällt mir sogar sehr.«

I got it harder
Ich hab es viel schwerer als du

Wie jedes Mal hatte ihn die Begegnung mit Dr. Elizondo ziemlich mitgenommen. In seinem Kopf vermischten sich die bekannten Fakten zu Bible John mit den Hypothesen der letzten 14 Jahre, die sich mit der Zeit gewandelt hatten oder die Noah inzwischen verworfen hatte, und der Theorie der Ärztin zu den Beweggründen, die John zum Mörder gemacht hatten. Und dann war da noch das Gespräch, das sie geführt hatten, nachdem Rafa und Mikel gegangen waren. Noah musste immer wieder an Dr. Elizondos Worte denken.

»Sie haben zu Rafa gesagt, dass Sie, wenn es eine Möglichkeit gäbe, wieder gesund zu werden oder auch nur Ihren Zustand zu verbessern, alles dafür tun würden. Und Ihre Worte sind erhört worden. Diese Ärzte haben Ihnen gesagt, was zu tun ist. Ich fürchte, Señor Scott Sherrington, dass Sie sich Ihren eigenen Regeln nach ziemlich dumm verhalten.«

Noah hatte darauf nichts zu sagen gewusst.

»Und jetzt ist da auch noch Maite. Das, was zwischen Ihnen ist, ist etwas ganz Besonderes, Noah.«

»Ich weiß.«

»Und darauf wollen Sie verzichten, um weiterhin einen Mörder zu jagen und dabei Ihr Leben zu riskieren?«

Noah sah sie überrascht an. »Ich dachte, Sie würden es verstehen.

Er bringt seit 14 Jahren Frauen um. In seinem Haus hat er 19 Umschläge aufbewahrt, und vier weitere hat Rafa im Müll gefunden. Das sind 23 Frauen, die brutal ermordet wurden. Ich kann das nicht einfach auf sich beruhen lassen. Könnten Sie das?«

»Meine Verwicklung im Fall des Patienten X spielt hier keine Rolle. Nicht er ist mein Patient, sondern Sie. Und ich verlange nicht, die Lösung des Falls komplett aufzugeben. Mikel kann die Ermittlungen übernehmen, und ich werde ihm helfen.«

Noah schloss die Augen und schüttelte schweigend den Kopf.

»Ich weiß, was los ist«, sagte sie. »Es geht um Ihr Ego, oder? Sie können nicht zulassen, dass nach all der Zeit, die Sie in Bible Johns Verfolgung investiert haben, ein anderer ihn festnimmt.«

»Nein, darum geht es nicht, Frau Doktor, sondern um die Sache mit dem Spenderherz. Wenn ich jetzt in die Klinik gehe, heißt das ja nicht, dass sofort ein passendes Herz zur Verfügung steht. Höchstwahrscheinlich werde ich als Invalide im Krankenbett sterben, während ich darauf warte, dass jemand den Löffel abgibt, damit ich weiterleben kann.«

Dr. Elizondo sah ihn eindringlich an. »Also das ist es. Sie glauben, dass jemand sterben muss, damit Sie weiterleben können.«

»Auf gewisse Weise ja.«

»Aber so ist es nicht. Der Spender hat sein Leben gelebt. Ein Leben, das ohne Ihr Dazutun zu Ende gegangen ist, ohne dass Ihr Wunsch oder Ihr Wille einen Einfluss darauf hatte. Eine Organspende wird erst zur Verfügung gestellt, wenn es garantiert keinen Weg mehr zurück gibt.«

»Danach gibt es nichts mehr, Frau Doktor.«

Sie sah ihn überrascht an, ohne zu verstehen, was er meinte.

»Das ist das, was ich gesehen habe, als ich tot war«, erklärte er ihr und vertraute auch ihr an, was er erst kürzlich Maite erzählt hatte. »Danach gibt es nichts mehr. Zuerst nur Dunkelheit und Kälte, und dann wird man von der Dunkelheit verschlungen und hört auf zu existieren, man wird ein Teil von ihr, und es tut unendlich weh, immer weniger zu werden, bis man ganz verschwunden ist.« Er machte eine Pause und flüsterte dann: »Und davor habe ich eine furchtbare Angst.«

Es war seltsam. Er hatte es so lange für sich behalten, nicht gewagt, darüber zu sprechen, und jetzt war Dr. Elizondo die zweite Frau, der er sein Geheimnis innerhalb kürzester Zeit anvertraute.

Die Ärztin sah ihn zutiefst erschüttert an. Nie hätte sie gedacht, dass sie gegenüber einem Patienten mal so reagieren würde.

»Oh, Noah. Das tut mir unendlich leid.«

Ein leises Klopfen holte Noah aus seinen Gedanken, und er sah vor seinem inneren Auge die Pensionswirtin wie ein an der Tür lauschendes viktorianisches Gespenst.

»Ja?«

»Señor Scott, Ihr Freund ist am Telefon.«

Noah verließ sein Zimmer und ging zu dem Apparat.

Mikel klang besorgt. »John ist nicht bei ihnen. Und die anderen drei wirken, als wäre nichts passiert. Sie sind so wie immer und schon halb betrunken. Wir sind auf dem Elefantenpfad unterwegs. Von der letzten Bar aus habe ich in der Pensión Toki-Ona angerufen und nach Murray gefragt. Die Wirtin hat gesagt, dass es ihm nicht gut gehe. Er habe den ganzen Tag im Bett verbracht und gebeten, von niemandem gestört zu werden. Was denkst du?«

Noah atmete tief durch. »Ich weiß es nicht.«

»Also entweder ist er so krank, dass er nicht rausgehen kann, oder Dr. Elizondo hat recht, und er hat sich schon aus dem Staub gemacht.«

Auf dem Weg zurück kam Noah an dem leeren Zimmer vorbei. Es hatte nicht nur ein Fenster zur Straße, es war auch größer und war mit einem geräumigeren Schrank und einem Doppelbett möbliert. Mikels Worte noch im Ohr, ging er hinein, ohne Licht zu machen, schob am Fenster die Gardine zur Seite und blickte nach draußen. Direkt gegenüber befand sich die Pensión Toki-Ona.

Erneut klingelte das Telefon.

Nach einer Weile wandte er sich um und sah die Pensionswirtin in der Tür des Zimmer stehen, sodass sie das vom Flur in den Raum fallende Licht verdeckte. Sie schaltete die Deckenlampe ein, und Noah stellte fest, dass das Licht genauso schwach war wie das in seinem Zimmer. Das Gesicht der Wirtin war angespannt.

»Eine Frau hat angerufen und nach Ihnen gefragt«, sagte sie mit rauer Stimme. Noah schickte sich an, das Zimmer zu verlassen, doch die Wirtin hielt ihn zurück. »Sie hat schon aufgelegt. Angeblich ist sie Ihre Freundin.«

Noah musste lächeln. »Hat sie eine Nachricht hinterlassen?«

»Ja, dass sie unten auf Sie wartet.«

Noah drängte sich an der Wirtin vorbei, die nicht zur Seite wich. »Ich nehme das Zimmer. Wenn ich zurück bin, ziehe ich um.«

»Vergessen Sie nicht, dass es teurer ist«, sagte die Frau verärgert. »Und das Verbot, Frauen mit aufs Zimmer zu nehmen, gilt noch immer.«

Er wandte sich noch mal zu ihr um und schenkte ihr ein strahlendes Lächeln. Dann eilte er, so schnell es ging, die Treppe hinunter.

Doch als er die Haustür öffnete, stand niemand davor. Er trat auf die Straße und sah unterhalb des Rollladens von Maites Bar einen Streifen Licht. Über der Tür hing ein Schild, auf dem stand, dass das Lokal wegen eines Trauerfalls geschlossen sei.

Noah schob den Rollladen nach oben und trat ein, woraufhin Maite in seine Arme stürzte und sie sich leidenschaftlich küssten.

»Ich habe den ganzen Tag an dich gedacht«, sagte Noah.

»Und ich an dich.«

»Ich liebe dich«, sagte er, und es kam von Herzen.

»Ich dich auch«, antwortete sie lachend und schmiegte sich so eng an ihn, dass er ein Stück zurückwich.

»Nicht so stürmisch, Maite. Das Sexverbot gilt noch immer.«

Sie lachte kokett.

Noah sah sie eindringlich an. »Wie geht es dir?«

»Na ja …«

»Und Begoña?«

»Entweder sie weint, oder sie kuschelt sich an mich wie ein kleines Mädchen. Sie hat den ganzen Tag nichts gegessen. Jetzt habe ich sie vor den Fernseher gesetzt. Ich bin nur hergekommen, um draußen das Schild anzubringen und weil es eine Hochwasserwarnung gab. In einigen Lokalen am Flussufer kommen die Abwässer hoch, aber hier ist alles in Ordnung.«

Noah zog sie erneut an sich, und so verblieben sie ein paar Minuten, küssten sich und lächelten sich an.

»Ich muss dir etwas sagen«, meinte Noah schließlich. »Natürlich verstehe ich, dass du jetzt für deine Tochter da sein musst, aber ich möchte, dass du weißt, dass ich alles dafür geben würde, noch einmal bei dir zu schlafen. Am liebsten für den Rest meines Lebens.«

»Den willst du doch nicht verschlafen!«, scherzte sie.

»Wie auch immer, Hauptsache, ich bin bei dir.«

»Es wird nicht mehr lange dauern. Warte mal ab, wenn morgen die Beerdigung vorbei ist. Das wird noch mal hart für Begoña, aber sie wird es wegstecken. Sie ist stark. Mir ist bewusst geworden, dass sie kein Kind mehr ist, und ihr entgeht nichts.«

»Maite, möchtest du, dass ich … morgen dabei bin?«

»Nein, Noah, die Beerdigung findet im kleinen Kreis statt. Außer uns wird nur Kintxos Familie dabei sein und ein paar seiner Freunde. Das wird schon gut gehen, keine Sorge. Aber vielen Dank für das Angebot und dass du Begoña gesagt hast, dass ihr Vater diese junge Frau nicht belästigt hat. Ich habe Kintxo eine ganze Menge zugetraut, aber das nicht. Noah, du hast mir zwar nicht gesagt, wer der Mann ist, hinter dem du her bist, aber heute hat mir Begoña etwas erzählt. Sie meinte, dass ihr Vater letztens so sauer war, weil er gesehen hat, wie dieser Ire, der jüngste in der Gruppe, mit den Mädchen geredet hat, vor allem mit Edurne.«

»Wahrscheinlich müsst ihr euch jetzt keine Sorgen mehr machen. Es ist gut möglich, dass er sich aus dem Staub gemacht hat.«

Maite sah ihn sehr ernst an. »Wirst du ihn weiterhin verfolgen? Nachdem du wegen ihm die lange Reise hierher gemacht hast?«

Noah dachte an das, was Dr. Elizondo zu ihm gesagt hatte, und an die Entscheidungen, die er treffen musste, bevor seine Zeit ablief.

»Maite, ich muss dir etwas sagen, aber nicht heute, nicht jetzt, denn du musst wieder zu deiner Tochter gehen. Aber ich gebe dir mein Wort, dass ich ihn, wenn er die Stadt verlassen hat, nicht mehr verfolgen werde. Ich werde bei dir bleiben, denn die Zeit, die ich noch habe, will ich mit dir verbringen. Und ich werde alles dafür tun, dass diese Zeit so lange wie möglich andauert.«

Aus dem Rohr unterhalb der Spüle erklang ein beunruhigendes Gurgeln.

»Hat es hier in der Bar schon mal eine Überschwemmung gegeben?«

»Nein, aber es hat auch noch nie so stark geregnet. Wenn das so weitergeht, bekommst du deine Flut, Noah. Ich hoffe, deine Arche ist startklar.«

Bilbao. Freitag, 26. August 1983

Das neue, größere Bett wirkte nicht unbedingt einladender. Vielleicht weil ihm nach einer Weile aufgefallen war, dass die geblümte Tagesdecke jener äußerst ähnlich sah, die er in Glasgow von seinem Vormieter geerbt hatte. Womöglich wäre er mit seinem kranken Herzen irgendwann unter dieser Tagesdecke gestorben, wäre er in Glasgow geblieben und nicht nach Bilbao gekommen. Als ihm dieser Gedanke kam, zog er sie vom Bett und ließ sie im Schrank verschwinden.

Er vermisste Maite, was sich anfühlte wie Heimweh. Er sehnte sich nach ihr, wie man sich nach zu Hause sehnte, nach Wärme, Sicherheit und Liebe. Das war wunderbar und gleichzeitig seltsam, denn schließlich hatten sie nur eine gemeinsame Nacht verbracht.

Die ersten Stunden der Nacht über blieb er am Fenster sitzen, um den Eingang der Pensión Toki-Ona und die erleuchteten Fenster im ersten und zweiten Stock zu überwachen. Er wusste nicht, welches davon zu Johns Zimmer gehörte, doch er betete, dass John noch dort war.

Misstrauisch sah er sich dann in seinem neuen Zimmer um. Irgendetwas störte ihn, und das hatte, wie er meinte, mit dem Geruch zu tun. Es roch wie in einem Mausoleum, in dem schon lange kein lebender Mensch mehr gewesen war. Noah sehnte sich nach dem Duft der sauberen Wäsche aus dem Innenhof und sogar nach dem kleinen Otus scops zurück, der mit seinem Ruf seinen Herzschlag überwacht zu haben schien.

Mit fortschreitender Nacht gingen die Lichter in den Zimmern der Pensión Toki-Ona eines nach dem anderen aus, doch Noah gönnte sich keine Ruhe. Dabei ging es ihm immer schlechter. Ihm war leicht schwindelig, und er hatte das Gefühl, jeden Moment ein unverdautes Essen erbrechen zu müssen, obwohl er seit dem leckeren Kabeljau am Mittag nichts mehr zu sich genommen hatte. Seine Füße taten nicht weh, aber er spürte ein anhaltendes Kribbeln in den Beinen, und sein Puls schlug unregelmäßig.

Als er auf die Uhr sah, stellte er fest, dass gerade erst drei Stunden vergangen waren, seitdem er die letzte Dosis Digitalin eingenommen hatte. Das lief gar nicht gut.

Das unangenehme Gefühl, etwas Wichtiges zu verpassen, hielt ihn davon ab, sich hinzulegen, und er zwang sich, tief und ruhig zu atmen. Dabei fragte er sich, wie viel von seinem Leiden dem posttraumatischen Stress zuzuschreiben war, von dem Dr. Elizondo gesprochen hatte.

Gab es irgendwelche Signale, die ihn an einen Moment erinnerten, in dem er große Angst ausgestanden hatte? Lag es an dem ununterbrochenen apokalyptischen Regen? Oder hatte die Erinnerung an die verdammte Tagesdecke ausgereicht, um ihn in diesen Zustand zu versetzen?

Er versuchte, seine Panik zu überwinden, indem er ganz rational an das dachte, was er in jener Nacht empfunden hatte, als John Clyde in seinem orangefarbenen Capri über den Bahnübergang gerast war. An die Ereignisse, die sich seit diesem Moment überschlagen hatten.

Zweifellos hatte er in den letzten zwei Wochen genug erlebt, was die Panik, die er empfand, begründen konnte, aber die Eingebung, die ihn an diesem Abend wach hielt, war so deutlich, dass er beinah danach greifen konnte. Immer wieder sah er die sich aus ihren Gräbern erhebenden Leichen am See vor sich, die Art und Weise, wie John im strömenden Regen die Arme ausgebreitet hatte, und das kleine Bootshaus, das nur bei Flut zugänglich war.

Die menschliche Einsamkeit war in den frühen Morgenstunden am deutlichsten zu spüren. Denn das war die Zeit, in der man für düstere Gedanken am empfänglichsten war. Das schwache Licht der Nachttischlampe schien kaum noch vorhanden zu sein, und die Angst zu sterben kehrte zurück. Die Wärme von Maites Küssen war vollständig verflogen, und der winzige Hoffnungsfunke in dem Versprechen, so lange wie möglich zu leben, schwand im selben Tempo wie seine Kräfte.

Während die Angst immer stärker wurde, wurde sein Atem immer schneller, und er spürte, wie ihm der kalte Schweiß ausbrach, der ihn schon bald einhüllte wie ein nasses Totenhemd. Vollkommen verzweifelt und sicher, dass der Moment des Todes gekommen war, hörte er seinen eigenen Herzschlag wie ein immer schneller werdendes, unregelmäßiges Trommeln in der Ferne.

Er hatte das Gefühl, der einzige Mensch auf der Welt zu sein, der in dieser Nacht nicht schlief, und verspürte eine derartige Einsamkeit, dass er am liebsten nach draußen in den Regen gelaufen wäre, obwohl er wusste, dass dies seinen sicheren Tod bedeutet hätte. Er kämpfte gegen den Drang an, durch die Straßen zu Maite zu rennen, um wie versprochen in ihren Armen zu sterben, um nicht allein zu sein, um nicht einfach zu verschwinden.

Ein immenser Druck in der Brust ließ ihn verzweifelt nach Luft ringen. Zitternd nahm er eine der kleinen Nitroglycerinperlen und legte sie sich unter die Zunge. Fast im selben Moment konnte er spüren, wie die Bitterkeit des Medikaments die Schleimhaut durchdrang und wie ein Bohrer in die dortige Blutbahn vorstieß.

Bible John

John erwachte in den warmen Laken der Satinbettwäsche im Gran Hotel Carlton. Er hatte vollkommen unbekleidet geschlafen und spürte den weichen Stoff überall auf der Haut. Zwischen den Vorhängen fiel das gräuliche Morgenlicht ins Zimmer.

Er sah auf die Uhr und lächelte, als ihm bewusst wurde, wie viel Zeit vergangen war. Nachdem er aufs Bett gefallen war, war er mitten in der Nacht noch einmal wach geworden und hatte sich im Halbschlaf der nassen Kleidung entledigt, um gleich darauf in die weiche weiße Bettwäsche zu kriechen. Nach wenigen Sekunden war er in dem Bewusstsein wieder eingeschlummert, dass sein Schlaf wie eine vierzigtägige Reise durch die Wüste war, aus der er als neuer Mensch hervorgehen würde.

Er strich mit den Händen unter dem Laken über seine Haut und fand sein hartes, angeschwollenes Geschlecht. Daraufhin streckte er sich und schaltete das Radio ein, das in das Kopfteil des Bettes eingelassen war. Dann stand er auf und schob die bis auf den Boden reichenden schweren Vorhänge zur Seite.

Die Fensterscheibe war voller Regentropfen, und John strich mit der Hand innen darüber. Der Radiomoderator berichtete, dass innerhalb der letzten 24 Stunden so viele Liter Wasser gefallen waren wie im ganzen Jahr zuvor, und es regnete immer noch.

John atmete tief die kühlere Luft an der Scheibe ein. Er lehnte die Stirn gegen das Glas und spürte die Feuchtigkeit, während er an den Mann dachte, der ihn, nachdem er vom Tod auferstanden war, vom Ufer des Loch Katrine bis nach Bilbao verfolgt hatte und der nun vielleicht an einem anderen Ort in dieser großen Stadt durch eine ganz ähnliche Scheibe auch in den Regen starrte, während er ebenso an John dachte.

John war sich sogar ziemlich sicher, dass es so war, doch diese Gewissheit setzte ihn weder unter Druck, noch fühlte er sich verfolgt oder bedrängt. Denn sich der Gegenwart dieses Mannes bewusst zu werden, hatte ihn dazu gebracht, sich eine Menge Fragen zu stellen, über die er besser schon vorher nachgedacht hätte. Er hatte übereilt gehandelt, ohne innezuhalten, um die Zeichen zu interpretieren, ohne abzuwägen. Er hatte sich von der Trägheit hinreißen lassen und seine Kräfte aufgebraucht wie früher als Kind und bis in die Morgenstunden geweint.

Als sich in jener Nacht die Frauen am See aus ihren Gräbern erhoben hatten, hätte er es erkennen müssen. Ein derart eindrucksvolles Zeichen war mehr als ein Hinweis, dass er den Ort wechseln sollte. Das Unwetter hatte sie befreit, sie aus ihren Gräbern geholt, um ihm zu verstehen zu geben, dass es vorbei war. Aber der arme John, der ungeschickte John, der dumme John hatte weiterhin das Einzige getan, wozu er in der Lage war, das, von dem er lange Zeit über gedacht hatte, dass es sein Auftrag sei.

Die Zeichen des Himmels waren nicht eindeutig, nicht leicht zu verstehen und nicht einfach zu befolgen. Weder beim ersten Mal, als er, 13 Jahre alt, mit der Schlinge um den Hals im Harmony Cottage an der Zisterne gehangen, noch als er zum ersten Mal ein Phantombild von sich in einer Zeitung gesehen hatte oder in der Nacht, als die Frauen aus ihren Gräbern auferstanden waren, bis zuletzt, als die arme Frau nicht gestorben war und er sie nicht hatte töten können. Der Himmel hatte ihm das Zeichen auf die grausamste Art schicken müssen, um ihm klarzumachen, dass er nicht das war, was er immer zu sein geglaubt hatte.

John war kein Monster, er war weder ein Vampir noch ein Albtraum noch eine Bestie oder ein Unmensch. Er hatte in die Hölle hinabsteigen, um sein Leben fürchten und vor Angst fast verrückt werden müssen, um sich, beinah 3000 Kilometer von zu Hause entfernt, bewusst zu werden, dass der Grund zu töten seine Bedeutung verloren hatte.

In den letzten Tagen hatte er sich gefragt, ob es diese Bedeutung jemals gegeben hatte oder ob der Schmerz und die Angst einfach ein Ventil gebraucht hatten, um zu vergehen. Und heute hatte er die Antwort.

Wahrscheinlich waren er und der Mann, der genau wie er in dieser dunklen Stadt gerade durch ein Fenster in den Regen starrte, die zwei Menschen, die am meisten auf der ganzen Welt über Triebe, Verlangen und Besessenheit wussten. Über die unbändige Kraft, die jemanden dazu bringt, etwas zu tun, um seine innere Anspannung zu lösen. Jahrelang hatte er versucht zu verstehen. Nicht um sich zu rechtfertigen, denn das, was er Lucy angetan hatte, war nicht zu rechtfertigen. Das einzige Ziel dieser Suche war es gewesen, ein Bedürfnis zu stillen, es für einen Moment, ein paar Stunden, Wochen oder Monate zu befriedigen.

John war nicht einer dieser Gestörten, über die in Büchern zu lesen war, ein sexuell pervertierter Leichensammler, ein verrückter Totenbeschwörer, ein armer Teufel, Abschaum. John war anders, weil John geliebt hatte, und jetzt wusste er es, er war nicht als Monster geboren. Sie hatten ihn dazu gemacht, sie hatten ihn mit

Blut genährt, mit dem Opfer, dem Toten und Geronnenen. Sie hatten ihn mit Blut getauft und vampirisiert.

John verstand und bewunderte den Mann, der wie er durchs Fenster in den Regen schaute, verstand seinen Wunsch, ihn aufzuhalten, weil er wusste, dass sie auf eine gewisse Weise das gleiche Ziel hatten, dass sie beide Bible John für immer stoppen wollten.

Er griff zum Telefon und bestellte Tee, Orangensaft, Toast, Butter, Marmelade, Spiegelei, Käse, Schinken und süßes Gebäck. Er musste stark sein. Heute würde er seine Frauen befreien.

You couldn't dream how hard I got it
Schwerer, als du es dir in deinen kühnsten Träumen ausmalen kannst

Noah stellte das Radio lauter. Seit Stunden wurden immer wieder Warnaufrufe wegen Überflutungen gesendet. Offiziell gingen die Festaktivitäten zwar weiter, aber die mittägliche *sokamuturra* am Arenal war bereits abgesagt worden, weil der Transporter mit den Stieren auf der Höhe von Deba nicht weiterkam.

Noah saß noch immer am Fenster und hielt Wache, nur dass es jetzt, am Tag, etwas wärmer und heller war. Er vermisste den Drachen, der im Innenhof atmete und ihm den Takt vorgab. Heute gab es keine Morgendämmerung und kein Erwachen, und vielleicht hatte er deshalb den morgendlichen Überblick über seine Leiden vergessen. Wie ein Pilot ohne Treibstoff, der den Höhenmesser ignoriert. Er spürte, dass seine Stunden gezählt waren und verlöschten wie die Schwefelhölzer im Märchen, während er auf seinem Wachtposten die Zeit vergehen ließ.

Das Morgenlicht und der Duft des frisch aufgebrühten Kaffees ließen ihn aufleben. Die Pensionswirtin hatte ihm gegen neun Uhr eine dampfende Tasse und die aktuelle Ausgabe des *El Correo Español – El Pueblo Vasco* gebracht. Hin und wieder warf er einen Blick aufs Titelblatt oder trank einen Schluck Kaffee, ohne den Eingang der Pensión Toki-Ona aus den Augen zu verlieren.

Gegen zehn Uhr hatte er kurz mit Mikel telefoniert, und gleich darauf, bevor sie zur Beerdigung ging, hatte Maite angerufen. Allerdings hatte er aus dem gleichen Grund, aus dem er nicht geschlafen hatte, so schnell wie möglich wieder aufgelegt, denn er war davon überzeugt, dass genau in dem Moment, wenn er die Augen schloss oder nicht an seinem Posten am Fenster war, etwas geschehen würde. Doch darauf musste er noch bis halb drei am Nachmittag warten.

Er sah, wie John aus der Tür der Pensión Toki-Ona trat. Er hatte die Kapuze der Regenjacke hochgezogen. Noah erkannte am Ärmel und auf dem Rücken das Logo von MacAndrews und sah, dass er eine nicht besonders große schwarze Mülltüte dabeihatte. Kurz entschlossen zog Noah seinen eigenen Regenmantel über und folgte ihm.

John ging schnellen Schrittes, aber Noah hatte keine Probleme, bis zum Arenal an ihm dranzubleiben. Dort hatten sich Dutzende Menschen versammelt, wobei Noah nicht wusste, ob sie irgendeinem Festakt beiwohnen oder nur den Fluss betrachten wollten, der donnernd dahinfloss und so trüb war, dass sein Wasser beinahe orangefarben wirkte. Die immense Kraft, mit der er auf die Brücke zufloss, war deutlich zu spüren.

Bible John schien es nicht eilig zu haben, wusste aber genau, wohin er wollte. Als sie die Plaza Circular erreichten, ging er über die Gran Vía weiter geradeaus. Die Straße führte leicht bergauf, was anderen wahrscheinlich kaum aufgefallen wäre, Noah aber kam sie wie ein Berg vor. Die Entfernung zu John steigerte sich im gleichen Maß wie seine Herzfrequenz, und er begann zu keuchen. Die Straße war zwar belebt, aber zum Glück nicht so voll wie die Gegend um die Siete Calles. Die Menschen wurden, wie es schien, von dem mächtigen Wasserstrom des Flusses magnetisch angezogen.

Als sie die Plaza Moyúa erreichten, musste Noah sich anstrengen. Wenn John in eine der Straßen einbog, die in den elliptischen Platz mündeten, würde er ihn verlieren.

Als Noah die nächste Ecke erreichte, war er völlig außer Atem. Er blieb an der Stelle stehen, wo die Esplanade in die Calle Ercilla überging, und sah zu, wie John die Nebenstraße überquerte. Als er schließlich am Zebrastreifen an der Alameda de Recalde stehen blieb, beeilte sich Noah, den Abstand aufzuholen, und beobachtete atemlos, wie John weiter um den Platz herumging, um dann zu Noahs großer Überraschung, bevor er die Calle Elcano erreichte, auf den Eingang des Gran Hotel Carlton zuzugehen.

Noah spürte eine derartige Hitze im Gesicht und einen solchen Druck im Magen, dass er sich die Kapuze vom Kopf riss, damit das Regenwasser ihn abkühlte. Der Platz schien sich plötzlich zu drehen, und um sich wieder unter Kontrolle zu bekommen, beugte sich Noah vor und stützte die Hände auf die Knie. Auf einmal fühlte er sich, als hätte jemand eine Glasglocke über ihn gestülpt. Zur Luftnot kam nun noch das Gefühl hinzu, unter Wasser zu sein, seine Ohren waren komplett zu, und alles vibrierte wie bei einem Tiefseebeben.

Schließlich erregte ein anhaltendes Hupen seine Aufmerksamkeit. Ein blauer Lieferwagen war am Gehsteig neben ihm stehen geblieben. Da die Scheiben beschlagen waren, erkannte er erst, dass es Mikel und Rafa waren, als der Junge die Tür öffnete und ihm ein Zeichen machte einzusteigen.

»Warum sagst du denn nicht Bescheid?«, schimpfte Mikel, als Noah im Wagen saß.

Er lehnte sich zurück und versuchte sich hinter Rafa und neben Euri so weit wie möglich auf dem breiten Rücksitz auszustrecken. Verzweifelt bemühte er sich, die Augen offen zu halten, als ihn heftige Übelkeit überkam. Nachdem er den Türgriff gefunden hatte, blieb ihm gerade noch genug Zeit, die Tür zu öffnen, bevor er sich in den Rinnstein übergab. Die Flüssigkeit, die er erbrach, hatte die Farbe von Kaffee, hinterließ aber einen metallischen Geschmack wie Blut in seinem Mund.

Sein jämmerlicher Zustand konnte Mikel jedoch nicht beschwichtigen, der ihn vorwurfsvoll ansah. »Sieh mal, wie schlecht es dir geht! Wieso bist du so unvorsichtig? Willst du dich umbringen?«

Mikel schien die Spannung, unter der er stand, auf den Hund zu übertragen, der sich, ohne dass wirklich der Platz dafür vorhanden war, ein paarmal um sich selbst drehte und nervös bellte.

»Jetzt schrei ihn doch nicht so an«, bat Rafa verstört. »D-du siehst doch, wie schlecht es ihm geht.«

»Ich soll nicht schreien?« Mikel versuchte, sich zusammenzureißen, als er sah, wie beunruhigt der Junge war.

»Alles … sehr schnell«, keuchte Noah mit Schweißperlen auf der Stirn, während er versuchte, den voluminösen Regenmantel auszuziehen.

»Zum Glück hat Rafa aufgepasst … Er hat euch beide losgehen sehen, ist euch zu Fuß gefolgt und hat mich am Punete de San Antón zufällig kommen sehen. Was ist jetzt wieder los?«

Noah hob die Hand und wies zitternd auf den Eingang des Gran Hotel Carlton. Rafa und Mikel blickten in die angezeigte Richtung und sahen Noah anschließend ungläubig an.

Maite

Traurig blickte sie auf das unberührte Essen, das auf dem Tisch stand. Sie hatte hauptsächlich gekocht, um etwas zu tun zu haben, denn sie hatte sich schon gedacht, dass sie beide keinen Hunger haben würden. Sie beugte sich vor, um nach Begoña zu sehen, die, in eine Decke gewickelt, beinah in Embryohaltung auf den Fernseher starrte. Maite war klar, dass sie nicht aufs Programm achtete, aber immerhin hatte sie aufgehört zu weinen.

Ihre Tochter so zu sehen, weckte in ihr Erinnerungen an die Samstagabende in Begoñas Kindheit, wenn sie geduldig darauf gewartet hatten, dass die Nachrichten zu Ende waren, weil dann die Zeichentrickserien begannen, die sie so geliebt hatte. Sorglose glückliche Tage. Maite dachte, dass ihre Tochter viel kleiner und zerbrechlicher schien, als sie war, aber an diesem Morgen hatte sie zweifellos eine schwere Prüfung durchgemacht.

Sie waren in einem Taxi dem Leichenwagen bis zum Cementerio de Vista Alegre gefolgt. Dort hatten die anderen Familienangehörigen und ein paar enge Freunde von Kintxo bereits gewartet. Der beständige Regen, der jede Minute stärker zu werden schien, hatte die Begrüßung und die Gespräche auf ein Minimum begrenzt und die Abstände zwischen den Anwesenden vergrößert, da jeder unter seinem Schirm so gut wie möglich vor dem herabfallenden Wasser

Schutz gesucht hatte. Die Kränze, die am Leichenwagen befestigt waren, waren klatschnass, und die Blumen hingen schlaff herunter. Und das laute Geräusch, mit dem der Regen auf die Schirme trommelte, erzeugte ein betäubendes Gefühl der Leere.

Kintxos Familie besaß eine kleine Grabstätte, die sich auf dem nördlichsten Teil des Friedhofs befand. Der Boden um die Gräber war mit weißem Kies bedeckt, der so nass war, dass die kleinen Steine glänzten. Vier Friedhofsangestellte hatten die schwere Platte abgenommen und auf einem Grab nebenan abgelegt. Während die Seile ausgebreitet wurden, an denen der Sarg ins Grab hinuntergelassen werden würde, wandten sich alle um, als der Kies unter dem Gewicht der sechs Sargträger knirschte. Begoña stieß ein jämmerliches Stöhnen aus, als sie sie kommen sah, und hörte nicht mehr auf zu weinen.

Am schlimmsten war es, als der Sarg ins Grab hinuntergelassen wurde. Maite hielt ihre Tochter fest, die wie eine nasse Stoffpuppe in ihren Armen hing und sich krümmte, während sie haltlos schluchzte. Mit ihrer unendlichen Trauer steckte sie die anderen Anwesenden an, denen bewusst war, dass keiner von ihnen so sehr litt wie sie.

Mit den Füßen in den Pfützen stehend, die sich zwischen dem Kies bildeten, stützte Maite ihre Tochter, während des Responsoriums und während die Friedhofsangestellten das Grab wieder mit der schweren Platte bedeckten, um dann die durchnässten Kränze daraufzulegen. Sie stützte sie auch, als der Regen so heftig wurde, dass er den Stoff der Schirme durchdrang und ihre Haare und ihre Gesichter mit winzigen Wassertropfen benetzte. Sie stützte sie, als sie mit ihrem Gefühl von Tod und Einsamkeit nur noch zu zweit waren. Und sie stützte sie, als Begoña schließlich bat, den Friedhof zu verlassen.

Maite stellte die Teller mit dem unberührten Essen in den Kühlschrank. Ja, das war zweifellos eine harte Prüfung gewesen, aber was sie in diesem Moment nicht wissen konnte, war, dass die härteste Prüfung an diesem Tag erst noch kommen würde.

Das Klingeln des Telefons riss sie aus ihren Gedanken. Später würde sie sich daran erinnern, dass sie in diesem Moment gewünscht hatte, es wäre Noah.

Maite hörte zu, was die Anruferin ihr sagte, und seufzte verärgert. Nachdem sie den Hörer aufgelegt hatte, ging sie in den Flur, um ihre Gummistiefel anzuziehen.

Noch immer in die Decke gehüllt, erschien Begoña in der Wohnzimmertür. »*Ama*, wer war das?«

»Das war Miren aus dem Geschäft neben der Bar. Sie meinte, dass das Wasser in der Straße schon knöchelhoch steht und in ihrem Laden in der Toilette und dem Waschbecken hochkommt. Sie hat geschlossen und ist nach Hause gegangen. Ich schaue mal nach, wie es in der Bar aussieht, und räume ein paar Sachen hoch, für den Fall, dass das Wasser noch weiter steigt.«

»Ich gehe mit.«

Maite blickte in das bleiche Gesicht ihrer Tochter. »Bist du sicher?«

»Ja, ich will nicht allein hierbleiben, und ein wenig Ablenkung wird mir guttun.«

Bible John

»Wouldn't it be good« erklang es im Radio, und John gab Nik Kershaw recht. Er stand nackt vor dem Spiegel in seinem Zimmer im Gran Hotel Carlton und betrachtete sich. Hin und wieder drehte er sich ein wenig, um einen Teil seines Rückens und die Schultern sehen zu können. Er hob eine Hand, um sein Gesicht zu berühren und über das dunkel gefärbte Haar zu streichen. Die Kleidung, die er sich am Vorabend vom Körper gerissen hatte wie eine falsche Haut, lag auf dem Boden.

Ihm wurde bewusst, dass er sich sehr lange nicht mehr angesehen hatte, vielleicht war dies sogar das erste Mal, seit er sich in dem halb blinden Spiegel im Harmony Cottage betrachtet hatte, bevor er versucht hatte, sich zu erhängen.

Auf seiner bleichen Haut waren noch immer die geröteten Stellen zu sehen, wo er sich Kintxos Blut weggeschrubbt hatte. Und dennoch meinte er, es noch immer zu spüren, dabei hasste er Blut doch so.

Hinter ihm schien das silbrige Licht, das sich im Regen spiegelte, durch die Balkontür ins Zimmer. Er trat an die Scheibe und legte erneut die Stirn daran. Unter den Füßen spürte er den weichen Teppich, und die Wärme der luxuriösen Suite, die einen krassen Gegensatz zu der Kälte des Regens bildete, umgab seine Haut. Im

Radio stellte sich der Moderator mit dem Namen Luis Bengoa Zubizarreta vor und versicherte, dass es inzwischen seit 120 Stunden ununterbrochen regnete.

Vom Balkon aus bot sich ihm ein wunderbarer Blick, allerdings bedauerte er, nicht in der Nähe des Flusses zu sein. Im Radio wurde empfohlen, die am Flussufer parkenden Autos wegzufahren. Dabei hatte John plötzlich das Bild des Bootshauses in der steigenden Flut vor Augen. Und dann sah er wieder Kintxos Leiche, wie sie von den Fluten verschluckt wurde. Und in seiner Vorstellung vermischten sich diese Bilder mit denen der Damen vom See, die sich aus ihren Gräbern erhoben hatten und in die Tiefe des Loch Katrine gezogen worden waren.

John seufzte dankbar, dass ihm diese Idee gekommen war. Er musste sie gehen lassen. Und er feierte den Moment, in dem er eine Möglichkeit gefunden hatte, wie er das bewerkstelligen konnte. Er musste nur die Türen des Bootshauses öffnen und zulassen, dass das Wasser sie mitnahm. Dann würde die Strömung des reißenden Flusses sie davontragen, und sie würden in den dunkelsten Tiefen des Golfs von Biskaya versinken.

Er blickte zögernd auf die Kleidung am Boden, als wäre es die eines Fremden, die er nun anziehen sollte. Aber er musste es tun, er musste ein letztes Mal zum Flussufer zurückkehren.

Als er an das Weinen dachte, das er aus dem Inneren des Bootshauses gehört zu haben glaubte, fröstelte er. Er strich mit den Fingern über seine Haut, auf der sich allein bei dem Gedanken daran die Härchen aufgestellt hatten. Erneut vor dem Spiegel stehend, streichelte er sie, zufrieden, dass er das Zeichen verstanden hatte. Zum ersten Mal in seinem Leben war ihm bewusst, wer er war und warum das, was er getan hatte, sein musste.

Er strich sich übers Gesicht, die Brust, die Hüften und die Lippen. Dann führte er die Hand zu seinen Genitalien, die nun keine Waffe mehr waren. John berührte sich und wurde sich bewusst, dass das Verlangen, das er stets zu spüren gewünscht hatte, nun von ihm selbst ausging.

Während John seinen nackten Körper im Spiegel betrachtete, masturbierte er, entzückt von der Sinnlichkeit seiner eigenen Haut, ohne dass Gewalt und Angst vonnöten waren. Als er fertig war, griff er zum Telefon und bestellte noch mehr Essen. Dabei fiel ihm Edurnes Nachricht neben dem Telefon auf. Er griff erneut zum Hörer und wartete auf das Freizeichen, und als er dann ihre Nummer wählte, überlegte er, wo er sich gefahrlos mit ihr treffen könnte. Es durfte nicht in der Nähe der Pensión Toki-Ona sein, und ihr Gespräch sollte sich auch nicht allzu lange hinziehen. Er wollte sie nur sehen.

John wählte die Nummer und war beinah erleichtert, als sich der Anrufbeantworter meldete. Die Nachricht, die er auf Band hinterließ, war kurz, er nannte nur den Ort und die Zeit. Danach beschloss er, duschen zu gehen, bis das Essen kam.

Er trocknete sich gerade ab, als es an der Tür klopfte. Er lächelte, schlang sich das Handtuch um die Hüften und öffnete dem Zimmerservice.

Doch das Lächeln gefror ihm auf den Lippen.

Komplett in die Regenkleidung von MacAndrews gehüllt, stand Collin vor ihm und öffnete die Plastiktüte, die er dabeihatte, um ihm die blutigen Kleidungsstücke zu zeigen, die zerknüllt darin lagen. »Ich denke, du schuldest mir eine Erklärung, John Murray.«

John erbleichte und wich zurück. Fast nackt, barfuß und nass fühlte er sich klein gegenüber Collins kräftiger Gestalt, der auf ihn zutrat und die Tür hinter sich schloss.

»Ich habe stundenlang herumtelefoniert, um dich zu finden.«

»Collin, ich … Nein …«

Collin wies anklagend mit dem Zeigefinger auf ihn und schüttelte den Kopf. »Ich weiß, was du getan hast, aber ich will es aus deinem Mund hören.«

John schloss die Augen.

»Ich bin ein Mörder«, sagte er.

Er spürte Collins kalte Hand, die sich auf seine Schulter legte. »Du bist kein Soldat so wie ich.«

John öffnete verwirrt die Augen.

Collin knüllte die Tüte zusammen und warf sie in eine Ecke des Zimmers. Dann knöpfte er sich die Jacke auf, ließ sie auf den Boden fallen und setzte sich aufs Fußende des Bettes. »Wer war dieser Kintxo, und woher kanntest du ihn?«

John dachte blitzschnell nach und versuchte sich zu erinnern, was Kintxo ihm über Murray gesagt hatte. »Ich habe ihn vor ein paar Jahren kennengelernt, als wir zusammen auf einer der Bohrinseln von Aberdeen gearbeitet haben. Damals schien er ganz in Ordnung zu sein, aber als ich ihn hier wiedergetroffen habe, hat er auf einmal seltsame Dinge gesagt. Dass ihm die Leute, mit denen ich unterwegs sei, verdächtig erschienen. Er hing immer in irgendwelchen Bars rum, hat nicht gearbeitet, und ich habe sogar Gerüchte gehört, dass er ein Informant gewesen sein soll.«

»Ja, das habe ich auch gehört.«

John seufzte erleichtert auf. »Ich habe versucht, ihn zur Vernunft zu bringen, aber er war ein Schwätzer, der den Mund nicht halten konnte.«

»Hast du mit ihm über die Waffen geredet?«

John antwortete nicht und sah Collin schweigend an, während er zu verstehen versuchte. Collin schien sein Zögern für Vorsicht zu halten.

»Ich bin der Kontaktmann, verdammt! Du hättest sie mir übergeben sollen. Wie sollte ich sonst davon wissen, Mensch? Hat dieser Typ etwas von den Waffen gewusst oder nicht?«

»Nein«, antwortete John.

»Wenn er nichts gewusst hat, warum ist er dann zu dem Versteck gegangen?«

John schloss aus Collins Worten, dass er den Mord an Kintxo beobachtet hatte, aber warum glaubte er, dass sich an dem Ort, an dem die Tat geschehen war, ein Waffenversteck befand? Es war offensichtlich, dass der ruhige, introvertierte John Murray, den er auf der Überfahrt mit der *Lucky Man* kennengelernt hatte, nicht der harmlose, einsame Mensch gewesen war, für den er ihn gehalten hatte. Als ihm aufgefallen war, wie er ihn angesehen hatte, als er sich in der Kabine, die sie sich auf dem Schiff geteilt hatten, auszog, hatte er die Introvertiertheit auf seine sexuelle Neigung geschoben. Irrtümlicherweise hatte er angenommen, dass ein schüchterner, wortkarger Mann wie Murray außer seiner Homosexualität keine anderen Geheimnisse haben konnte.

John war Experte darin, diese Art von Hunger in den Augen eines Menschen zu erkennen, egal welchem Geschlecht er angehörte. Wenn jemand glaubt, einem anderen zu gefallen, ist es leicht, ihn dazu zu bewegen, mit zu dir nach Hause zu kommen, in dein Auto zu steigen, dich zu einer dunklen Ecke zu begleiten (oder in einen Container) und sogar, seine Kleidung auszuziehen.

Als er in Bilbao angekommen war und die Iren ihn in der Pension abgeholt hatten, war ihm schnell klar geworden, dass Murray längst nicht so ein einsamer Mensch gewesen war, wie er zunächst angenommen hatte. Allerdings wäre er nie auf den Gedanken gekommen, dass er sich derart der Sache verschrieben hatte.

»Es war wegen etwas, das Kintxo gesagt hat. Ich hatte den Verdacht, dass er mir schon öfter gefolgt war und rumgeschnüffelt hat. Deshalb bin ich noch mal dorthin gegangen. Dummerweise ist er mir gefolgt, und es ist diese dumme Sache passiert.«

»Hast du deshalb die Pension verlassen?«

»Ich wollte euch nicht in die Sache mit reinziehen.«

Collin schien nachzudenken. Als er wieder sprach, klang sein Ton wesentlich freundlicher. »Die Leiche wurde gestern im Hafen von Santurce entdeckt, aber keine Sorge, ich glaube nicht, dass sie das irgendwie mit uns in Verbindung bringen können. Niemand hat dich gesehen. Ich muss zugeben, dass es eine gute Idee war, die Lampen kaputtzumachen, und zum Glück war ich da, um alle Spuren zu verwischen.« Er wies mit dem Kinn auf die Tüte.

Ohne zu wissen, was er tun sollte, schnaubte John und sagte: »Danke.«

»Keine Ursache. Und vergiss diesen Quatsch, dass du ein Mörder bist. Du bist kein Mörder, sondern Soldat, ein Kämpfer. Und du wirst daraus lernen. Im Kampf einen Menschen zu töten, ist nie leicht. Ich bin mir sicher, dass sich unsere Freunde Michael und Cillian mit all ihrer Demagogie in einer solchen Lage vor Angst in die Hose machen würden. In Anbetracht der Umstände hast du dich gar nicht schlecht geschlagen. Es war dein Auftrag, die Waffen herzubringen, und den hast du erfüllt.«

Collin stand vom Bett auf und inspizierte die Reste von Johns spätem Frühstück. Er nahm sich ein Stück gebratenen Speck und steckte es sich in den Mund.

»Als ich eben gekommen bin, hatte ich meine Zweifel, was dich angeht, das muss ich zugeben. Ich fand es ziemlich riskant, jemandem ohne Erfahrung den Waffenschmuggel anzuvertrauen. Es stimmt, dass deine Stelle im Unternehmen ein Vorteil ist, weil du dich im Hafen frei bewegen kannst, aber dennoch … Dann, als die Tage vergingen und du nichts gesagt hast, hast du bei mir gepunktet. Ich muss zugeben, dass das ein gutes Versteck ist, und es war richtig, nicht zu versuchen, sie über einen der Zugänge zum Hafen rauszubringen. Ich habe gehört, dass sie danach suchen. Sie wissen zwar nicht, welche und wie viele Waffen es sind, aber das Treffen mit der ETA in Frankreich ist längst kein Geheimnis mehr. Wir werden sie heute wegbringen.«

»Wir bringen sie weg?«

»Du und ich.«

»Und Michael und Cillian?«

»Michael ist nicht zu trauen. Er ist kein übler Kerl, aber wenn er getrunken hat, redet er zu viel. Das war auch der Grund, warum wir ihn hergeschickt haben. Und Cillian ist, wie du gesehen hast, die meiste Zeit besoffen. Ich würde die beiden aus der Sache raushalten. Morgen kommst du mit mir nach Frankreich, und wir bringen ihnen unser Geschenk.«

John schwieg, und Collin sah ihn lächelnd an, als hätte er es mit einem kleinen Kind zu tun.

»Die Pistolen, mein Freund. Mir ist eine AK-47 auch lieber, aber unsere baskischen Brüder ziehen diese Dinger vor.«

Collin griff sich mit der Hand in den Rücken, zog eine Waffe hervor und hielt sie John hin.

Der betrachtete sie, ohne danach zu greifen.

»Die ist für dich. Wenn du morgen mitkommst, solltest du bewaffnet sein.«

John nahm die Waffe, als wäre sie ein Insekt.

Collin sah ihn amüsiert an. »Los, steck sie ein, sie gehört dir.«

John senkte den Blick. Er war immer noch nur mit dem Handtuch bekleidet, mit dem er aus der Dusche gekommen war. Also wandte er sich zu den Kleidern auf dem Boden um, bückte sich, nahm die Jacke und steckte die Pistole hinein.

»Um Himmels willen, was tust du denn da? Haben sie dir nicht mal die einfachsten Dinge beigebracht?« Collin nahm ihm die Jacke ab und holte die Pistole wieder heraus. »Wie kannst du eine Waffe einstecken, ohne sie zu überprüfen? Du weißt ja nicht mal, ob sie geladen ist!«

»Tut mir leid«, entschuldigte sich John, »ich habe keine Erfahrung mit Waffen.«

Collin hielt die Pistole am Lauf und reichte sie ihm erneut.

»Nimm sie!«, befahl er und drückte sie John in die Hand.

Der gehorchte, wobei Collin sie ihm gleich wieder entriss.

»Du musst fester zupacken, verdammt, als ob sie dir jemand abnehmen wollte, und nimm beide Hände!«

Johns Hände zitterten leicht.

»Und jetzt überprüf, ob sie geladen ist.«

John drehte die Waffe auf die Seite, um sie zu betrachten, doch Collin ergriff sie erneut am Lauf und richtete sie wieder auf, sodass sie auf seinen eigenen Bauch zeigte. Dann drückte er auf einen kleinen Knopf am Griffstück. Das Magazin fiel unten aus der Pistole heraus in Collins Hand. Demonstrativ hielt er es John vor die Augen. »Jetzt musst du die Kugeln zählen. Acht Stück passen ins Magazin. Wie viele siehst du?«

»Sieben.«

»Genau, weil eine noch in der Waffe ist. Wenn du nicht aufpasst, kannst du dir diese Kugel in den eigenen Fuß jagen, wenn du die Pistole wegsteckst. Und jetzt schieß auf mich.«

Die Überraschung auf Johns Gesicht war echt.

»Angenommen, du müsstest auf mich schießen. Was würdest du tun?«

John legte den Daumen auf den Hahn und hielt die Waffe Collin an die Stirn.

Der Ire lächelte.

»Du hast Mumm«, sagte er und hob die Hand, um John die Waffe wieder wegzunehmen, der sie diesmal jedoch festhielt. »Nicht schlecht, aber du hast zwei Fehler gemacht«, sagte Collin und griff wieder nach der Waffe, um sie so zu drehen, dass sie zu Boden zeigte. »Wenn du schießt, gibt es einen Rückstoß. Das heißt, wenn du jemandem in den Kopf schießen willst, dann ziel lieber auf seine Eier. Und das Allerwichtigste«, sagte er und zeigte mit der Fingerspitze auf einen winzigen Hebel neben dem Hahn, »bevor du abdrückst, musst du überprüfen, ob die Waffe entsichert ist. Und einen Rat gebe ich dir noch gratis dazu: Lass niemals zu, dass jemand eine Waffe auf dich richtet, wenn du vorher nicht überprüft hast, dass sie gesichert ist.«

John entsicherte die Pistole und hob sie erneut an, als jemand an die Tür klopfte. Wie durch Zauberhand hatte Collin plötzlich eine weitere Waffe in der Hand, mit der er auf die Tür zielte. Das Ganze hatte gerade mal eine Zehntelsekunde gedauert.

»Das ist der Zimmerservice«, beruhigte ihn John, während er die Waffe wieder sicherte, da im Moment keine Gefahr drohte. Vorerst.

Collin steckte seine Pistole wieder weg und lächelte. »Etwas zu essen wird mir guttun, und du zieh dich endlich mal an, wir müssen bald los.«

John hielt inne. »Wir müssen los?«

»Klar, wir müssen die Waffen holen.«

»Lass uns lieber abwarten, bis es dunkel ist.«

»Bis es dunkel ist? Wo bist du gewesen? Der Fluss tritt jeden Moment über die Ufer. Die Polizei informiert gerade alle, dass sie sich vom Wasser fernhalten sollen. Wir müssen es jetzt tun.«

Auch Mikel dachte in diesem Moment an die Polizei und daran, dass diese, dank des strömenden Regens und weil sie damit beschäftigt war, alle vor den anstehenden Überflutungen zu warnen, ihnen nicht in die Quere kommen würde. Er stellte Radio Euskadi ein und hörte die aktuellen Nachrichten. Es war fest davon auszugehen, dass der Fluss bei der nächsten Flut über die Ufer treten würde.

An der Stelle, wo sie im Inneren des Ford Transit warteten, dort, wo die Calle Elcano in die Plaza Moyúa mündete, hatten sich inzwischen riesige Pfützen gebildet, die den Verkehr verlangsamten. Vom Fahrersitz aus ließ Mikel den Eingang des Gran Hotel Carlton nicht aus den Augen. Dabei konnte er auch Rafa sehen, der aus dem Auto gestiegen war und an der Ecke eines Geschäfts in der Avenida Recalde lehnte. Und über den Rückspiegel konnte er sich davon überzeugen, dass sich Noah auf dem Rücksitz mit geschlossenen Augen aufs Atmen konzentrierte.

»Ich kann dich echt nicht verstehen, Junge. In einem Moment kämpfst du um dein Leben, wie es sich gehört, und gleich darauf bringst du dich auf so dumme Art in Gefahr, als wäre dir alles und jeder egal, einschließlich dir selbst.«

»Ich gebe dir mein Wort«, flüsterte Noah, »dass ich einfach keine Zeit hatte. Ich habe selbst nicht damit gerechnet. Ich war davon überzeugt, dass er geflohen ist, war mir aber auch sicher, dass etwas passieren würde, als hätte ich es in den Sternen gesehen, etwas Schreckliches.«

»Ja, ich habe auch *Julius Cäsar* gelesen. Natürlich wird etwas Schreckliches passieren, wir sind schließlich hinter einem Serienkiller her. Ich rede von dir, verdammt! Heute Morgen hat Dr. Elizondo mir gesagt, dass du gestern bereit zu sein schienst, den Eingriff zu wagen.«

Noah öffnete die Augen und hob den Kopf.

»Du hast mit Dr. Elizondo gesprochen?«, fragte er überrascht.

»Ja, natürlich habe ich mit Dr. Elizondo gesprochen«, entgegnete Mikel. »Ich mache mir Sorgen um dich, wir alle tun das. Oder glaubst du, dass Rafa, weil er nicht mit dir darüber spricht, nicht besorgt ist? Als wir gestern die Pension verlassen haben, haben wir darüber geredet. Verdammt, Noah, du hast ja keine Ahnung, wie wichtig du für diesen Jungen bist. Ich habe mir schon gedacht, dass du irgendetwas in der Art anstellen würdest, deswegen habe ich ihn gebeten, den Eingang deiner Pension nicht aus den Augen zu lassen. Ich bin sicher, dass er die ganze Nacht wach geblieben ist, und wenn nicht er, dann …«

Noah streichelte Euri, die neben ihm saß und durchs Fenster zu ihrem Herrchen hinüberblickte. »Ich schwöre dir, dass ich letzte Nacht, während ich Wache gehalten habe, beschlossen habe, ins Krankenhaus zu gehen, falls sich herausstellen sollte, dass John nicht mehr da ist …«

»Sieh mal!«, fiel Mikel ihm ins Wort und zeigte auf den Eingang des Hotels.

John und Collin überquerten die Calle Ercilla und gingen zur Avenida hinunter. Rafa kam zum Wagen herüber.

John hatte einen Regenschirm mit dem Logo des Hotels in der Hand, und Noah ging auf, dass der Mann, den er vorher für John gehalten hatte, wahrscheinlich Collin in der Regenkleidung von MacAndrews gewesen war.

Mikel machte den Motor an und folgte ihnen in einiger Entfernung so langsam, dass es an jedem anderen Tag äußerst auffällig gewesen wäre, doch angesichts der riesigen Pfützen auf den Straßen fuhr fast jeder so. Sie sahen, wie die beiden Männer in die Calle Colón de Larreátegui einbogen und zum Puente del Ayuntamiento hinuntergingen, um den Fluss zu überqueren.

Der Nervión floss mächtig dahin. Noah sah, wie die *Consulado de Bilbao*, die vor dem Rathaus lag, in den Fluten hin und her schaukelte. Er hatte das Schiff schon öfter gesehen, aber erst jetzt fiel es ihm richtig auf, vielleicht weil es nun fast auf der Höhe des Ufers lag, sodass der Schiffskörper darüber hinausragte.

Die beiden Männer gingen am Rathaus vorbei.

»Wohin gehen sie?«, flüsterte Noah, als er sah, dass sie in die Straße einbogen, die in Richtung der Metrostation Matiko führte.

Trotz der frühen Stunde war die Diskothek Ovni in der Calle Uribarri bereits beleuchtet, und einen Moment lang glaubten sie, die beiden Männer würden dort hineingehen. Aber dann sahen sie, dass direkt an der Tür das Auto parkte, das MacAndrews Murray zur Verfügung gestellt hatte.

Nachdem die beiden eingestiegen waren, fuhren sie fast den gleichen Weg zurück, nur dass sie hinter der Brücke dem Paseo de Uribitarte bis zur Campa de los Ingleses folgten.

Als der Wagen in den Hafenbereich fuhr, mussten sie sich damit zufriedengeben, ihn aus der Ferne zu beobachten.

Noah zog sich den Regenmantel über, stieg aus dem Lieferwagen, spitzte die Ohren und versuchte im strömenden Regen etwas auszumachen. Als er schließlich das knatternde Geräusch des Motorboots hörte, erschien ein Lächeln auf seinem Gesicht.

»Ich kann nicht glauben, dass er ihn dorthin mitnimmt, aber ich weiß, wohin sie wollen«, sagte er, als er wieder in den Wagen gestiegen war. »Dreh um und fahr los.«

Maite

Dort, wo sie wohnten, stand das Wasser nicht auf der Straße, doch je näher sie der Kathedrale kamen, desto höher stieg es, bis es ihnen tatsächlich bis zum Knöchel reichte. Und als sie durch die Calle de la Tendería gingen, sahen sie, dass das Wasser die Eingangsstufe zur Bar bereits überschwemmt hatte.

Maite schob den Rollladen hoch und ließ ihn, als sie drinnen waren, hinter sich wieder herunter. Sie schalteten das Licht ein und machten sich eilig an die Arbeit.

Begoña kam auf die Idee, das Radio einzuschalten, doch Cadena Ser war nur verzerrt zu hören. Sie stellte Radio Nacional ein, aber nach ein paar Minuten war auch der Sender gestört.

Sie räumten alle Kartons auf die Theke, die Gläser mit den Oliven, die Kaffeepakete, die Servietten und alles andere aus dem unteren Bereich der Bar. Zu diesem Zeitpunkt lief das Wasser bereits in einem kleinen Rinnsal herein und erreichte schon bald den hinteren Teil des Lokals.

Maite und Begoña eilten in die Küche und räumten sämtliche Lebensmittel und die Küchengeräte aus dem unteren Bereich nach oben.

Begoña war bereits äußerst beunruhigt. »*Ama*, das Wasser dringt schon in meine Stiefel.«

Als sie in der Küche fertig waren, reichte ihnen das Wasser bis zu den Knien.

Maite beugte sich über die Theke und sah nach den elektrischen Geräten. »Ich glaube, wir sollten den Strom abschalten, das Wasser ist schon hinter die Theke gelaufen, und ich mache mir Sorgen, dass es einen Kurzschluss geben könnte.«

Begoña sah zum Stromkasten hinüber. »*Ama*, wir stehen mit den Beinen im Wasser. Wenn wir da etwas anfassen, werden wir gegrillt.«

Maite musste sich eingestehen, dass ihre Tochter recht hatte. Der Stromkasten stammte noch aus der Zeit, als sich in dem Gebäude der Club für die Einwohner des Viertels befunden hatte, und die Schalter waren uralt. Einige waren kaputt, und die Elektrik musste dringend erneuert werden, was eines ihrer Projekte für die nahe Zukunft war.

Sie nahm einen Besen und kippte damit die Lichtschalter, woraufhin die Bar, abgesehen von dem wenigen Licht, das durch die kleinen Fenster über der Tür hereinfiel, im Dunkeln lag. Maite blockierte die Schwingtür mit einem Bierkasten, damit es ein wenig heller wurde. Dabei stellte sie erschrocken fest, dass einige Kisten, die sie dort aufbewahrte, bereits unter Wasser standen.

Oberhalb des Lagerraums befand sich eine Art Dachboden, den Maite normalerweise nicht nutzte, weil die Treppe sehr steil und die Decke so niedrig war, dass man dort nicht aufrecht stehen konnte. Doch nun ließ sie sich, auf halber Höhe der Treppe balancierend, von Begoña die Flaschen anreichen, die sie aus den matschigen Kartons gerettet hatte.

Als sie damit fertig waren, gingen sie wieder in die Bar. Maite schob den Rollladen hoch und stellte mit Schrecken fest, mit welcher Kraft das Wasser durch die Straße strömte. Sie sah ihre Tochter an. »Es ist zu gefährlich rauszugehen, Begoña. Wir bleiben hier und warten ab, bis das Wasser wieder absinkt. Hier in der Altstadt hat es noch nie höher als 50 oder 60 Zentimeter gestanden. Uns wird nichts passieren.«

Sie ließ den Rollladen wieder herunter, machte die Tür gut zu und ging zum Telefon. Zuerst rief sie in der Pensión La Estrella an. Die Wirtin teilte ihr sehr knapp mit, dass Noah nicht da sei, und legte wieder auf.

Maite seufzte und dachte nach. Sie wusste nicht, wen sie sonst noch anrufen konnte. So, wie es auf der Straße aussah, war eh nicht viel zu machen, aber sie wollte jemanden informieren, dass sie in der Bar waren, falls die Lage schlimmer wurde.

Sie beschloss, ihrer Nachbarin Bescheid zu sagen, einer älteren Dame, mit der sie sich gut verstand und die ganz bestimmt zu Hause war.

Maite wählte die Nummer, und nach dem zweiten Klingeln ging sie ran. »Rosa, ich bin es, Maite.«

»Wer?«

»Rosa, ich bin es, Maite. Es regnet sehr stark, und das Wasser reicht mir bis zur Hüfte. Ich glaube nicht, dass es noch weiter steigt, aber wenn es schlimmer wird, musst du bei der Polizei anrufen, denn wir sind …«

»Wer ist da?«

»Rosa, ich bin es, Maite. Hörst du mich nicht? Begoña und ich sind in der Bar.«

Auf einmal war die Leitung tot.

Maite starrte entsetzt auf das Telefon und rief dann erneut an, aber es tat sich nichts.

Als sie die zitternde Stimme ihrer Tochter hörte, wurde ihr bewusst, dass diese in Panik auszubrechen drohte. »Was ist passiert? Was hat sie gesagt?«

»Das Gespräch ist abgebrochen, keine Ahnung, ob sie mich verstanden hat. Rosa ist ja ziemlich schwerhörig. Vielleicht sollten wir mal versuchen, Edurne zu erreichen.«

Begoña presste die Lippen zusammen und schüttelte den Kopf. »Ich denke nicht, dass sie zu Hause ist«, sagte sie mit einem Blick auf die Uhr. »Ihre Eltern sind nicht da, und sie hat mich vorhin angerufen, um mir zu sagen, dass sie sich mit diesem Iren trifft.«

»Ernsthaft? Hoffentlich konnte sie wegen des Regens das Haus nicht verlassen. Vielleicht hat das Wetter ja doch auch sein Gutes.«

Am Eingang drückte das Wasser den Rollladen gegen die Tür, und die Scheiben der kleinen Fenster zersprangen.

Instinktiv zogen sie sich ins Lager zurück und stiegen hinauf auf den Dachboden. Die Decke war so niedrig, dass sie mit den Köpfen daranstießen, aber wenigstens waren sie im Trockenen. Dort verharrten sie gekrümmt und leise, unterhielten sich nur flüsternd wie in der Kirche und lauschten auf die Geräusche in der Bar, wo die schwimmenden Gegenstände gegeneinanderstießen.

Auch der Bierkasten, den Maite in die Tür zum Lager gestellt hatte, hielt dem Druck des Wassers nicht stand, und die Tür schlug zu, sodass sie sich plötzlich in absoluter Dunkelheit befanden.

Edurne

Die meisten Menschen haben eine völlig falsche Vorstellung davon, was es bedeutet, Glück oder Pech zu haben. Oder zumindest eine sehr voreingenommene Ansicht. Wenn ein wiederholter Fehler zum Dogma wird, kann uns das davon überzeugen, Pech oder großes Glück zu haben, weil wir die anderen Optionen gar nicht kennen.

Die Tage, an denen es in Bilbao mal richtig geschneit hatte, konnte man an einer Hand abzählen. Da die Stadt sich auf einer Höhe mit der Kantabrischen See befand, regnete es häufig, was die wenigen Flocken, die liegen blieben, gleich wieder zum Schmelzen brachte. Doch an dem Tag, an dem Edurne geboren worden war, war alles anders gewesen. Damals hatte sich ein historischer Schneefall ereignet, der das Leben in der Stadt für ein paar Tage lahmgelegt hatte. Inzwischen erzählten ihre Eltern das, was damals passiert war, regelmäßig als Anekdote an ihren Geburtstagen und bei anderen Familienfeiern.

Die Stadtverwaltung verfügte weder über Räumfahrzeuge noch über Streusalz. Es gab keine Schneeketten für die Busse, und die wenigen Taxis, die fuhren, waren ständig besetzt. Zum Glück lag ihre damalige Wohnung keine zwei Kilometer von der Klinik entfernt, in der die Entbindung stattfinden sollte.

Als bei Edurnes Mutter am frühen Morgen, während es schneite, die Wehen einsetzten, fuhren sie mit dem Auto, bis die Reifen ins Rutschen gerieten und sie gegen eine Bushaltestelle krachten. Zum Glück war ihnen nichts passiert, doch sie mussten das Auto zurücklassen. Sie legten den letzten Kilometer zu Fuß zurück, und als sie in der Notaufnahme ankamen, war diese fast menschenleer. Es standen nur wenige Krankenschwestern und ein einziger Arzt zur Verfügung, deren Schicht längst zu Ende war und die nur geblieben waren, weil sonst niemand kommen konnte.

Sie benachrichtigten sofort den Gynäkologen, der jedoch sicher nicht rechtzeitig da sein würde. Die Geburt drohte schwierig zu werden, weil sich das Baby in Steißlage befand. Zu dieser Zeit stellte sich erst bei der Geburt heraus, welches Geschlecht das Kind hatte, und Edurnes Eltern hatten die heimliche Hoffnung, dass es ein Junge sein würde.

Edurnes Mutter, der die Nervosität der Krankenschwestern und das ernste Gesicht des Arztes nicht entgingen, weinte und rief nach ihrer Mutter, während ihr Mann im Wartezimmer saß und eine Zigarette nach der anderen rauchte. Es war eine furchtbare, lang andauernde und heikle Entbindung, doch zum Glück war das Baby gesund, ein hellhäutiges kleines Mädchen mit dem roten Haar einer schottischen Prinzessin, und die Mutter musste mit vielen Stichen genäht werden. Ihren Namen – das baskische Wort für Schnee – erhielt Edurne im Gedenken an diesen verschneiten Tag.

»Was sollten wir machen, du wurdest eben nicht unter einem guten Stern geboren, Kind.«

Edurne musste sich die Geschichte ihrer Geburt ihr ganzes Leben lang anhören, ohne zu wissen, welch großes Glück sie gehabt hatte. Denn die besorgten Gesichter der Krankenschwestern, als sie den Gynäkologen angerufen hatten, waren nicht nur dem schlechten Wetter geschuldet. Der Gynäkologe, der am Telefon völlig verwirrt wirkte, hatte sich zwar ins Auto gesetzt, war aber darin eingeschlafen und wurde erst im Morgengrauen von der intensiven Kälte im Wagen geweckt, als Edurne bereits das Licht der Welt erblickt hatte. Es war schon länger davon die Rede gewesen, dass der Arzt selbst mehr Medikamente nahm, als er seinen Patienten verschrieb. Drei Monate nach Edurnes Geburt wurde er nach zwei traurigen Todesfällen aus dem Dienst entlassen.

An jenem 26. August des Jahres 1983 stand Edurne unter dem Dach des Kinos, an dem sie sich mit John verabredet hatte, und wartete und wartete. Dabei sah sie besorgt zu, wie das Wasser, das durch die Calle Colón de Larreátegui lief, vom Rinnsal zum Bach und schließlich beinah zum Fluss wurde.

Etwas länger als eine halbe Stunde hoffte sie darauf, dass John noch kommen würde. Danach blieb sie nur noch dort stehen, weil es nicht möglich war, zur Brücke an der Calle Ripa zu gelangen.

Edurnes Eltern, die ein paar Tage an der kantabrischen Küste verbrachten, verbuchten diesen 26. August als einen weiteren Pechtag in ihrem Leben, da ihr Laden, eines der besten Schuhgeschäfte in der Altstadt, als einer der ersten komplett voll Wasser lief. Fast die ganze Ware im Laden und dem angrenzenden Lager war danach nicht mehr zu gebrauchen.

Und so kam es, dass Edurnes Familie absurderweise weiterhin davon überzeugt war, vom Pech verfolgt zu sein, ohne zu wissen, dass zum zweiten Mal ein Unwetter sie vor einem viel schlimmeren Schicksal bewahrt hatte.

Bible John

John blickte skeptisch auf die starke Strömung des Flusses. Der Stand des Wassers war extrem hoch, und der Höhepunkt der Flut war erst in ein paar Stunden zu erwarten. Aber er würde es schon schaffen, schließlich war er sein ganzes Leben lang mit dem Boot über den See gefahren. Er legte den Regenschirm weg, sprang ins Boot und zog sich die Regenkleidung über, die unter der Motorklappe bereitlag.

In diesem Moment bemerkte er die ersten Anzeichen des Zweifels auf Collins Gesicht.

Bevor John den Motor anwarf, mussten sie zuerst das Wasser aus dem Boot pumpen, was angesichts des anhaltend heftigen Regens etwas Absurdes hatte. John drehte den Schlüssel, um den Motor zu starten, und hoffte insgeheim, dass er nicht angehen würde, was jedoch nicht eintrat.

Sobald sie die Leine lösten, riss die Strömung das Boot mit sich, und obwohl John die Mitte des Flusses mied und in Ufernähe blieb, spürte er die kolossale Kraft, die unter Wasser noch zehnmal stärker war. Das Wasser war schlammig braun und vollkommen trübe. Ein großer Gegenstand, wahrscheinlich einer der vielen Baumstämme, die im Wasser trieben, krachte gegen das Boot und brachte es leicht ins Wanken.

Für einen Moment sah John Panik in Collins Gesicht, der sich im Sitzen an das Seil eines der Fender klammerte, die außen am Boot hingen. John dachte fieberhaft nach. Je weiter sie sich dem Bootshaus näherten, desto geringer wurde sein Handlungsspielraum, aber er hatte keine Angst. Im Gegenteil spürte er eine gewisse Erregung in sich aufsteigen.

Er zog sich die Kapuze der Regenjacke vom Kopf, und mit dem nassen Haar und den Händen fest am Steuer fühlte er sich so mächtig und berauscht wie in jener Nacht am Ufer des Loch Katrine, als er im Unwetter in einer siegreichen Geste die Arme ausgebreitet hatte.

Collins Gesichtsausdruck war für John sehr aufschlussreich. Ihm war deutlich anzusehen, dass er keine Erfahrung auf dem Wasser hatte, und seine Blässe verriet seine Furcht vor der heftigen Strömung. Es war sogar möglich, dass der irische Dummkopf nicht mal schwimmen konnte. John, der am Ufer eines großen, unberechenbaren Sees aufgewachsen war, kannte die Angst im Blick der Menschen, die plötzlich keinen festen Boden mehr unter den Füßen spürten, sehr gut.

Als das Bootshaus in Sichtweite kam, hielt er sich, so gut er konnte, am Rand, um der Strömung zu entgehen, die sie in die Mitte des Flusses zerren wollte. Sie umfuhren die Treppe am alten Steg, und John versuchte das Boot in den Bereich unterhalb des Weges zu steuern, in dem das Wasser schon ziemlich hoch stand.

Das Bootshaus war schon halb überschwemmt, und John konnte sich gut vorstellen, dass die Leichen im Inneren bereits im Wasser trieben.

Er machte das Boot fest, das trotzdem weiterhin heftig schwankte, nahm einen Haken, steckte ihn in einen der Metallringe am Bootshaus und zog das Motorboot mit aller Kraft heran. Dann nahm er mit der anderen Hand einen Schlüssel aus der Jackentasche und hielt ihn dem Iren hin.

»Du musst das machen, weil der Motor allein nicht gegen die Strömung ankommt. Wenn ich den Haken loslasse, wird sie uns mitreißen, was nicht unser größtes Problem wäre.«

Wie John vermutet hatte, war Collin anzusehen, dass die Möglichkeit, von der Strömung mitgerissen zu werden und vielleicht unterzugehen, ihn zu Tode erschreckte.

Der Ire nahm den Schlüssel und rückte in den Bug vor, den John nahe der Tür des Bootshauses gebracht hatte. Das Wasser stand so hoch, dass sich ihre Köpfe oberhalb der Tür befanden. Collin kniete sich am Bug hin. Das Wasser stieg so schnell, dass er sich beeilen musste, da ihre Köpfe ansonsten gegen die Decke stoßen würden.

Colin griff nach dem Vorhängeschloss, und John sah zu, wie er es öffnete. Danach warf Collin das offene Schloss ins Boot und zog an der Kette. Sobald die Tür nicht mehr gesichert war, drückte das Wasser im Inneren des Bootshauses sie nach außen, bis sie weit aufstand.

Der Gestank schlug ihnen mit seiner tödlichen Botschaft entgegen. John, der jede Bewegung des Iren genau verfolgte, sah, wie er zuerst zurückwich und sich dann langsam umdrehte. Mit vor Entsetzen, Überraschung und Ekel verzogenem Gesicht griff er instinktiv nach seiner Pistole, wurde jedoch von heftiger Übelkeit übermannt, beugte sich vor und erbrach im hohen Bogen das Festmahl, das ihnen der Zimmerservice in die Suite gebracht hatte.

In diesem Moment löste John den Haken, und das Boot wurde von der Strömung nach hinten gerissen. Collin fiel in den Fluss, seine Pistole blieb im Boot liegen, und er verschwand unter Wasser.

John löste das Seil, hielt das Steuer mit aller Kraft und ließ zu, dass die Strömung ihn unter dem Vorsprung hervortrieb. Dann gab er Gas und versuchte, die Treppe am alten Steg zu erreichen, doch die Kraft des Wassers war so groß, dass er sich kaum von der Stelle bewegte.

Er sicherte das Steuer und nahm wie zuvor wieder einen Haken zu Hilfe, denn er musste unbedingt den Metallring am alten Steg erreichen. Etwa anderthalb Meter trennten das Boot von der rutschigen Treppe, anderthalb Meter, die es trotz des mit voller Kraft laufenden Motors nicht überwinden konnte.

John blickte zum Bootshaus zurück und konnte sehen, wie eine mit einer grünen Plane umwickelte Leiche durch die offene Tür nach draußen geschwemmt wurde. Das Wasser des Nervión nahm sie sofort wie ein willkommenes Opfer auf und verschluckte sie.

John lächelte, nahm, von seinem Glück ermutigt, Schwung und sprang zur Treppe hinüber. Dabei knallte er heftig mit dem Schienbein auf die scharfe Kante der Treppe, wobei sein Hosenbein riss und wahrscheinlich auch die Haut darunter. Seine Finger stießen erneut gegen den rauen Beton, der ihn zuvor schon zwei Fingernägel gekostet hatte.

John keuchte vor Schmerz und war sich bewusst, dass er sich in diesem Moment keine falsche Bewegung erlauben durfte. Eines seiner Beine hing in der Luft, er konnte sich mit seinen verletzten Fingern kaum festhalten, und sein anderes Bein rutschte auf der Treppe weg.

John flehte zu Gott, der ihn als Kind nicht erhört hatte, und kroch mit letzter Kraft ein Stück weiter, sodass er das Knie weit genug anheben konnte, um es auf die scharfe Kante der Treppe zu stemmen. Der Schmerz war unerträglich, und er spürte, wie sein Fleisch aufriss, doch es gelang ihm, sich in Sicherheit zu bringen, während sich das Boot zur Seite neigte und dann mit dem Kiel nach oben wie eine Nussschale von der Strömung mitgerissen wurde.

Wäre John zu einer anderen Zeit an einem anderen Ort gewesen, hätte er sich einen Moment gegönnt, um wie ein Schiffbrüchiger den rettenden Boden unter den Füßen zu genießen. Doch die Angst vor der Gefahr, in der er immer noch schwebte, hielt ihn davon ab. Trotz der Schmerzen und der Nässe merkte er, dass das Wasser noch immer weiter anstieg. Es würde ihn in kurzer Zeit erreichen, wenn er sich nicht beeilte. Daher biss er die Zähne zusammen, kroch die Treppe zum Steg hinauf und schleppte sich wie in der Nacht von Kintxos Tod bis zum Weg.

Stay out of my shoes if you know what's good for you
Wenn du weißt, was gut für dich ist, tritt bloß nicht in meine Fußstapfen

Der Weg zurück zur Gegend um das Rathaus war deutlich beschwerlicher als der Hinweg. Denn zu den riesigen Pfützen kamen jetzt noch die heraussprudelnden Abwässer hinzu, die die Kanaldeckel nach oben drückten. In vielen Straßen stand der Verkehr still, die Ampeln funktionierten nicht.

Mikel versuchte, durch die beschlagene Windschutzscheibe etwas zu sehen, doch die Scheibenwischer waren der Regenmenge, die über Bilbao niederging, nicht gewachsen. Im Radio war von Hochwasser in den Orten weiter oben am Fluss die Rede, von durch Überschwemmungen abgeschnittenen Dörfern, von überfluteten Uferlandschaften und allgemeinem Chaos. Und der Empfang des Radios war immer wieder gestört. Mikel wechselte von Radio Euskadi zu Radio Nacional mit dem gleichen Ergebnis.

20 Minuten zuvor hatte ein Stromausfall in der ganzen Stadt die Lichter in den Häusern und in den Straßen zum Erlöschen gebracht. Die Leute riefen bei den Sendern an, bei denen sie sich Tage zuvor gut gelaunt Lieder gewünscht hatten, um sich nach vermissten Familienangehörigen zu erkundigen oder von ihren unter Wasser stehenden Geschäften zu erzählen, ohne dass sie etwas tun

konnten. Die Telefonzentralen beim Zivilschutz, der Polizei und der Feuerwehr waren hoffnungslos überlastet. Überall standen Polizeiautos und Krankenwagen mit laufendem Motor und Blaulicht. Die Fahrer hinter den beschlagenen Scheiben blickten, ohne zu wissen, was sie machen und wohin sie fahren sollten, mit erschreckten Gesichtern in den gleichgültigen Himmel, der bleischwer über der Stadt hing und diese Sintflut von sich gab.

Der Nervión trat genau in dem Moment über die Ufer, als sie den Paseo de Campo de Volantín erreichten, und das Wasser breitete sich so schnell in der Ebene aus wie Feuer auf Benzin. Sie waren noch ein gutes Stück von dem alten Fährsteg entfernt, und vor und hinter ihnen war alles voller Autos.

Noah wischte mit der Hand über die beschlagene Scheibe und sah in einiger Entfernung zwischen den Säulen, an denen die Blumenkästen hingen, einen Mann, der sich aufrichtete, als käme er direkt aus den Tiefen der Erde.

Noah öffnete die Tür des Transit und trat in den Regen hinaus, der so laut herniederprasselte, dass er Mikels und Rafas Stimmen erstickte.

»Pass auf, dass Rafa im Wagen bleibt!«, schrie er in der Hoffnung, dass sie ihn hören konnten.

Collin

Damit hatte er nicht gerechnet. In dem Moment, als er die Kette abnahm und die Tür aufging, sorgte der bestialische Gestank, der aus dem Bootshaus kam, dafür, dass er sich übergeben musste. Dabei war es nicht das erste Mal, dass er den Tod roch.

Sogar im fahlen Licht des Unwetters hatte er die länglichen Formen der Leichen erkannt, die sich offensichtlich im fortgeschrittenen Stadium der Verwesung befanden. Es waren mehrere, und der Gestank versetzte ihn sofort in Alarmbereitschaft.

Er wandte sich um, griff nach seiner Waffe, doch dann kam der Brechreiz. Im selben Moment wurde das Boot nach hinten gerissen, und er verlor das Gleichgewicht und fiel über Bord.

In einem hatte John recht: Collin war kein guter Schwimmer. Er war der Kraft des Wassers hilflos ausgesetzt und wusste schon bald nicht mehr, wo oben und unten war. Er spürte, dass er sofort mitgerissen wurde, und seine Arme und Beine wirbelten herum. Doch dann ließ die Kraft des Wassers auf einmal nach.

Collin streckte eine Hand aus dem Wasser, ertastete einen Gegenstand, bei dem es sich um den Haken handelte, der noch an dem Metallring hing, klammerte sich mit beiden Händen daran fest und zog sich hoch.

Nachdem er hustend aufgetaucht war, blickte er sich um und

stellte fest, dass die Strömung ihn zwar direkt verschluckt, aber dann zu dem ruhigeren Wasser in dem Bereich unterhalb des Weges getrieben hatte.

Collin hielt sich gut fest und sah sich nach Murray um. In diesem Moment geriet das Boot in die Strömung, kippte um und schwamm mit dem Kiel nach oben davon.

Er hatte keine Ahnung, was geschehen war und ob Murray vielleicht sogar ein schlimmeres Schicksal erlitten hatte als er, nahm aber an, dass er es bis zu der Treppe am Steg geschafft hatte.

Collin überlegte, was er tun sollte. Er war in dem kleinen Bereich unterhalb des Vorsprungs gefangen, in dem das Wasser schnell anstieg, und die einzige Möglichkeit, die ihm blieb, war, in das Bootshaus zu steigen. Gegen die Strömung zum Steg hinüberzuschwimmen konnte er vergessen. Er hatte gerade die Kraft des Wassers gespürt und würde wahrscheinlich in kürzester Zeit in der Kantabrischen See enden. Das Einzige, was ihm übrig blieb, war, zum Bootshaus zu gelangen und aufs Dach zu klettern, um dann den darüber liegenden Weg zu erreichen.

Also zog er sich hoch, überwand seinen Ekel und schwang sich ins Innere des Bootshauses.

Dort stand das Wasser bereits etwa 40 Zentimeter hoch. Die Leichen, die aussahen wie Mumien, trieben im Wasser und stießen gegeneinander, als stritten sie sich darum, wer zuerst hinausdurfte. Der Gestank war unerträglich.

Mit dem Rücken an der Wand versuchte Collin die Tür an der Rückseite aufzutreten, die beim dritten Stoß tatsächlich aus den morschen Angeln brach. Nur drang daraufhin noch mehr Wasser herein, und die Leichen drehten sich wie makabre Sardinenkutter. Schließlich trieb eine, die mit einer grünen Plane umwickelt und so aufgedunsen war, dass die Seile straff angespannt waren, nach draußen und wurde sofort von der Strömung mitgerissen. Die anderen beiden Leichen drehten sich so, dass sie die Tür versperrten.

Collin beugte sich nach draußen und zog sich hinauf aufs Dach, wobei er die Flut kommen sah, die das Bootshaus überspülen würde. Er versuchte verzweifelt, mit den Händen den unteren Bereich des Geländers am Wegrand zu erreichen, als die Flut ihn erfasste und wie in einem Aufzug nach oben drückte. Mit letzter Kraft klammerte er sich an das Geländer, um von dem Wasser nicht mitgerissen zu werden, das ihm in diesem Moment bis zur Taille reichte.

The heat is stifling, burning me up from the inside
Die Hitze ist erstickend. Ich verbrenne innerlich

Es fehlten nur der Donner und die Blitze, doch ansonsten war die Szenerie der in jener Nacht, in der Noah versucht hatte, Bible John festzunehmen, sehr ähnlich. Er ging im Schutz der Blumenkästen voran, während sein Herz immer schneller schlug. Er zog sich die Kapuze vom Kopf, um besser sehen zu können, und der Regen peitschte ihm mit einer solchen Kraft ins Gesicht, dass es wehtat.

Er hatte den Eindruck, dass sich der Mann am Ufer mühsam bewegte. Ob er sich das Vergnügen erlaubte, zuzusehen, wie sich die Damen von Bilbao aus ihren Gräbern erhoben?

Noah wusste, dass es John war, weil es nur John sein konnte. Eine intensive Vorahnung hatte ihn erfasst, und er wusste, dass für einen von ihnen der Moment gekommen war. Die Kraft dieser Eingebung war so groß, dass das Adrenalin seinen Puls beschleunigte, während ihm schwarz vor Augen wurde. Er wurde von einem heftigen Schwindel erfasst und musste sich an einem der Blumenkästen abstützen. Er schloss die Augen und konzentrierte sich darauf, tief durch die Nase zu atmen, um das Schwindelgefühl zu überwinden, das ihn für einige Sekunden ergriffen hatte.

Nicht eine der Damen vom Fluss hatte Bible Johns Aufmerksamkeit erregt. Für einen Moment hielt er es für eine Halluzination, doch die auffällige Regenkleidung sorgte dafür, dass er den

Mann, der sich an das Geländer am Weg klammerte, um nicht vom Wasser mitgerissen zu werden, sofort erkannte.

John sah ihn verärgert an und schüttelte sogar den Kopf, als hätte er es mit einem bockigen Kind zu tun. Er griff nach der Waffe, die er bei sich trug, zielte, senkte sie ein wenig, um den Rückstoß auszugleichen, wie er es von Collin gelernt hatte, und drückte ab.

Noah saß auf dem überfluteten Boden und beugte sich nach vorn, um etwas sehen zu können, während sein Herz raste und sich ein intensiver Druck in seiner Brust ausbreitete. Er war noch etwa 50 Meter von Bible John entfernt, als er sah, wie dieser einen Arm in Richtung Fluss hob, als wollte er jemandem ein Zeichen geben. Dann senkte er ihn wieder ein Stück und feuerte eine Waffe ab, die Noah vorher nicht hatte sehen können.

Noah hörte das unverkennbare Geräusch eines Pistolenschusses, das im Lärm des Regens und des brodelnden Flusses sonst garantiert niemand wahrnahm. Er konnte nicht sehen, auf wen Bible John schoss, ging aber davon aus, dass es Collin war.

Mit rasendem Herzen griff Noah hinter dem Blumenkasten nach seinem Revolver und hielt sich wie in jener anderen Nacht den kalten Stahl ans Gesicht, um sich Mut zu machen. Er hatte den Schwindel überwunden, und die kalte Luft, die das Wasser des Flusses mit sich brachte, sorgte dafür, dass er wieder einen klaren Kopf bekam.

Er richtete sich auf, hielt die Waffe mit beiden Händen und ging von der Seite auf Bible John zu. Das Wasser reichte ihm bis zu den Knien.

John war trunken vor Euphorie, denn sämtliche Zeichen des Himmels konzentrierten sich über ihm, als stünde die Geburt eines neuen Messias bevor. Noch immer hielt er die Waffe in der schmerzenden rechten Hand. Obwohl die Pistole ziemlich schwer war, genoss er den perfekten Schuss und Collins verblüfftes Gesicht.

Wie bei seiner Wiedergeburt am See breitete John die Arme aus und hob das Gesicht zum Himmel.

Und dann hörte er die Stimme.

»John Clyde, lassen Sie die Waffe fallen! Sie sind festgenommen!«

John schloss die Augen und schüttelte den Kopf. Er war aufrichtig verärgert.

Erneut erklang die Stimme: »John Clyde, lassen Sie die Waffe fallen!«

Doch John ließ die Waffe nicht fallen. Anstatt zu gehorchen, drehte er sich langsam um, bis er Noah Scott Sherrington gegenüberstand.

»Nein, Sie irren sich, ich bin nicht John Clyde«, sagte er.

»Wie wäre es mit Bible John?«

John verzog das Gesicht, als fühle er sich beleidigt. »Sie verstehen gar nichts.«

Dann blickte er auf die Waffe in seiner Hand, als überraschte es ihn, dass sie dort war, und richtete sie auf Noah.

Vollkommen durchnässt wirkte Bible John klein und viel jünger, als er war. Er sah tatsächlich aus wie das Phantombild, das Noah unzählige Male studiert hatte, und er verstand, warum die Frauen mit ihm gegangen waren. Denn trotz der schmutzigen, zerrissenen Kleidung und der Waffe in seiner Hand hatte er etwas Reines, beinah Jungfräuliches.

Doch Noah hatte kein Mitleid. Er spannte den Revolver und sprach langsam und entschieden. »Lassen Sie die Waffe fallen, John, oder ich schwöre bei Gott, dass ich Sie erschieße.«

Die Erwähnung Gottes schien etwas zu bewirken. Bible John senkte die Waffe zwar nicht, bewegte den Arm aber ein Stück nach rechts, sodass sich Noah außerhalb der Schusslinie befand.

Dann drückte er ab.

Diesmal hörte Noah den Schuss aus direkter Nähe. Instinktiv wandte er sich in die Richtung, in die John gezielt hatte.

Rafa stand noch aufrecht. Für einen Moment war Noah sicher, dass John nicht getroffen hatte, doch dann erschien ein Fleck auf Rafas Stirn, der aussah wie ein dunkelrotes Blütenblatt, und der Gesichtsausdruck des Jungen zeigte eine Mischung aus Schmerz und Überraschung. Er fiel nach hinten und klatschte in das immer noch steigende Wasser.

Noah lief auf ihn zu, während er spürte, dass die Welt um ihn herum dunkel wurde. Er sah Euri, die klatschnass um Rafa herumsprang, und Mikel, der seine Star in der Hand hielt.

Noah fiel neben dem Jungen auf die Knie und stützte seinen Kopf, um ihn über Wasser zu halten, während sein Herz endgültig brach. Er legte sich eine Hand auf die Brust, als er merkte, wie der Schmerz es zerriss, zermalmte, erstickte und zuletzt mit einer Kraft explodieren ließ, die der gleichkam, mit der der Nervión die Stadt zerstörte.

Seine letzten Gedanken waren, dass es richtig war, mit Schmerzen zu sterben, wenn unendliche Trauer der Grund dafür war.

Mikel Lizarso

Von dem Moment an, an dem Noah die Tür öffnete und aus dem Wagen sprang, wusste Mikel, dass alles schiefgehen würde. Im Nachhinein würde er es nicht erklären können, aber er hatte eine von diesen Eingebungen, von denen Noah immer sprach. Vielleicht weil der Fluss genau in dem Moment über die Ufer trat, vielleicht weil der Fahrer hinter ihnen, von dem Schauspiel des Wassers, das auf sie zukam, völlig fasziniert, nicht rechtzeitig bremste und ihnen hinten auffuhr. Vielleicht wegen der Art und Weise, wie Euri anfing zu bellen. Aber vor allem, weil noch immer Noahs Warnung in seinen Ohren klang: »Pass auf, dass Rafa im Wagen bleibt!«

Mikel sah im Seitenspiegel, wie der Fahrer des Wagens, der auf sie aufgefahren war, ausstieg und aufgeregt zu seiner Tür kam. Er konnte Noah nicht mehr sehen, und Euri bellte wie verrückt.

Mikel kurbelte das Fenster nach unten, um nach Noah Ausschau zu halten, aber der Mann stellte sich in den Weg, erging sich in Entschuldigungen und beteuerte, dass er versichert sei.

Mikel stieg aus, erklärte, dass er Ertzaina sei, und befahl dem Mann, sich wieder in sein Auto zu setzen, während das Wasser ihnen fast bis zu den Knien stand. Doch der Mann hörte nicht zu, redete weiter über seine Versicherung, und Mikel versuchte über seine Schulter hinweg etwas zu erkennen.

Und in dem Moment, als er den Mann zur Seite schob und sich umdrehte, um Rafa zu sagen, dass er im Wagen bleiben sollte, stellte er fest, dass der Junge, gefolgt von Euri, bereits ausgestiegen war.

Er eilte ihnen, von dem schlammigen Wasser gebremst, hinterher und rief mehrmals Rafas Namen, doch die Geräusche des herunterprasselnden Regens, der Autos und das monströse Brausen des Flusses verschluckten seine Stimme. Als er sah, wie Noah auf Bible John zielte, griff er nach seiner Waffe, und er war nur noch zwei Meter entfernt, als dieser Mistkerl die Pistole auf den Jungen richtete und schoss.

Er sah, wie Rafa umfiel, und hörte Noah auf eine Art schreien, die er niemals vergessen würde. Rafa war tot. Er wusste es mit absoluter Sicherheit.

Danach geschah alles sehr langsam, als hätte jemand die Geschwindigkeit reduziert, mit der sich die Erde drehte. Mikel sah, wie John, gegen die immer stärker werdende Strömung des Wassers ankämpfend, das ihm fast bis zur Hüfte reichte, mühsam zur Straße strebte. Er sah seine Pistole, die auf Bible John zielte, entsicherte sie und schätzte den Flugweg der Kugel. Dann drückte er ab.

Der Einschlag auf Brusthöhe warf John nicht um, sorgte aber dafür, dass er nach hinten taumelte. Die Waffe fiel aus seiner schlaffen Hand, und er legte schützend die Arme um sich. Und da war noch etwas, woran Mikel in den nächsten Jahren noch oft denken würde: John hob den Kopf, als habe er etwas gehört, was nur er hatte hören können. In seinem Gesicht zeichnete sich ein Entsetzen ab, wie Mikel es noch nie zuvor gesehen hatte.

John sah sich mit irrem Blick um und taumelte weiter zurück bis zu der Stelle, wo der Fluss das Geländer weggerissen hatte. Dann fiel er, und Mikel sah, wie das tobende Wasser des Nervión ihn verschluckte.

Erst da wandte Mikel sich wieder zu seinen Freunden um. Euri bellte wie verrückt und zog ihr Herrchen am Ärmel. Noah lag auf den Knien im Wasser. Mikel dachte, dass er Rafa weinend umarmte, doch als er näher herankam, stellte er fest, dass er bewusstlos auf dem Körper des Jungen lag. Er bückte sich, um Noahs Puls zu ertasten, fand ihn jedoch nicht.

Der Mann, der gegen den Lieferwagen gefahren war, kam mit ein paar anderen Männern zu Hilfe. Mikel sah, wie sie erbleichten, als sie Rafas Verletzung sahen. Es gab keine Austrittswunde. Wäre der ominöse dunkle Kreis auf seiner Stirn nicht gewesen, hätte man denken können, er schliefe.

Als die Männer ihn anhoben, sah Mikel kleine Blasen aus Speichel und Blut an seinem Mund. Er atmete noch. Ob Noah noch atmete, konnte er nicht sagen. Er hatte zwar sein Ohr auf seine Brust gelegt, hatte aber nichts gehört. Sie trugen die beiden bis zur Straße.

Die hinteren Türen des Lieferwagens waren bei dem Aufprall beschädigt worden und ließen sich nur mühsam öffnen. Sie legten die beiden in den Wagen, und der Fahrer des Wagens dahinter, der sich anscheinend irgendwie verantwortlich fühlte, benutzte seinen Gürtel, um die Türen zu befestigen.

»Ich glaube nicht, dass Sie zu einem Krankenhaus kommen, die Straßen sind wegen der Überflutungen von wartenden Autos verstopft, und außerdem hat die Polizei wegen des Hochwassers die Brücke gesperrt.«

»Ich komme durch, ich bin Ertzaina.«

Darauf sagte der Mann nichts mehr und blieb, bis zu den Knien im Wasser, im Regen stehen. Er sah zu, wie Mikel den Lieferwagen auf den überfluteten Weg lenkte und in entgegengesetzter Richtung davonfuhr.

Maite

Als sie auf einmal im Stockdunkeln waren, klammerte sich Begoña an ihre Mutter, aber sie blieben ruhig. Da sie sich bewusst waren, wie wichtig es war zu wissen, was passierte, spitzten sie die Ohren, um vielleicht ein Geräusch zu hören, das ihnen verriet, was vor sich ging.

Doch als das Wasser sie erreichte, begann Begoña zu weinen, und Maite fühlte die Tränen in den Augen brennen, riss sich aber zusammen. Denn wenn auch sie jetzt in Panik ausbrechen würde, würde ihre Tochter vor Angst sterben.

Das Wasser stieg schnell an und reichte ihnen zuerst bis zur Hüfte, dann bis zur Brust, zum Hals, und schließlich mussten sie, um atmen zu können, die Köpfe zurücklegen, damit das Wasser ihre Münder nicht bedeckte.

So verharrten sie unbeweglich in der Dunkelheit und hielten sich an den Händen, während Maite sich mit dem Gedanken quälte, wie dumm es gewesen war, ihre Tochter mitzunehmen. Sie hatte sie mit sich in den Tod gerissen.

Wenn das Wasser mehr als zwei Meter hoch in der Bar stand, was mochte dann draußen los sein?

Das, was sie bei dem Gedanken vor sich sah, war so erschreckend, dass sie aufstöhnte. Sie hörte ihre Tochter immer weiter weinen und konnte spüren, wie sehr sie zitterte. Dennoch war sie von Begoñas Mut gerührt, denn sie weinte leise wie ein ertrinkendes Mäuschen.

Maite streckte eine Hand dorthin aus, wo sie Begoñas Gesicht vermutete, und spürte heiße Tränen an den Fingerspitzen. »Nicht weinen, Liebling, das macht es nur schlimmer.«

Das Mäuschen hörte auf zu weinen.

»Du hast recht«, flüsterte sie.

In dem Moment stellten sie fest, dass das Wasser leicht gesunken war, dass sie, auch wenn es ihnen immer noch bis zum Hals stand, die Köpfe zum Atmen wieder senken konnten.

In den folgenden Minuten sank das Wasser weiter bis auf Brusthöhe.

»Alles wird gut«, wagte Maite zu sagen. »Das Wasser sinkt, und gleich wird uns jemand holen kommen.«

Kaum hatte sie diesen Satz ausgesprochen, geschah etwas Seltsames. Sie hob eine Hand, nachdem ihr ein Wassertropfen auf den Kopf gefallen war, um sich zu überzeugen, dass er wirklich von oben kam. Und als sich dies bestätigte, erschreckte sie dies beinah zu Tode. Denn wenn das Wasser über ihnen war, stand es um die Welt draußen schlimmer, als sie es sich bisher vorgestellt hatte.

Ein dumpfes Geräusch erklang und hallte durchs Wasser. Wenige Sekunden später war es erneut zu hören und wieder und wieder, als brächen sich in weiter Ferne Wellen an einem Deich. Das dumpfe Geräusch wurde immer lauter, und Maite drückte Begoña fest an sich und barg ihren Kopf an ihrer Brust.

Ihr blieb noch die Zeit für einen Gedanken und ein paar Worte. Der Gedanke galt Noah, und die Worte richtete sie an ihre Tochter.

»Ich liebe dich, mein Schatz.«

Das war das Letzte, was sie sagte, bevor die Wände des alten Clubs über ihnen zusammenbrachen.

Mikel Lizarso

Als Mikel zurückblickte, konnte er sich nicht mal daran erinnern, die Brücke überquert zu haben, was er aber mit Sicherheit getan hatte. Im Nachhinein fiel ihm sogar wieder ein, dass er die *Consulado de Bilbao* gesehen hatte, bevor das Schiff endgültig im Wasser versank, während die Flut, die die Häuser bis zum ersten Stock überschwemmte, den Arenal erreichte.

Er hörte, sah und spürte nichts, war bis auf die Knochen durchnässt und fuhr manchmal gegen die Strömung.

An andere Dinge erinnerte er sich dagegen ganz genau: dass er sich nicht einmal zu den beiden Verletzten hinten im Wagen umgedreht hatte, dass im Radio der Soundtrack von *Blade Runner* lief und dass er, als das Wasser bis zur Motorhaube reichte, betete: »Nicht stehen bleiben, bloß nicht stehen bleiben!« Und daran, dass Euri den ganzen Weg über jaulte.

Nein, an das Letzte erinnerte er sich nicht wirklich, sondern daran, dass sie, als sie den Eingang zur Notaufnahme des Hospital de Cruces erreichten, plötzlich verstummte. Als ob sie begriffen hätte, dass es keinen Sinn mehr hatte. Sie legte die Schnauze zwischen die Vorderpfoten und rollte sich zitternd auf dem Beifahrersitz zusammen. Die kleine, tapfere Euri, der Hund, der aus dem Regen kam und der mit dem nassen Fell noch kleiner wirkte.

Mikel hätte geschworen, dass zwischen diesem Moment und dem, in dem der Krankenpfleger die Tür öffnete und ihn befragte, Stunden vergangen waren.

Er erinnerte sich daran, dass er sich identifiziert und ungeschickt nach hinten gewiesen hatte, war sich aber nicht sicher, ob er sonst noch etwas gesagt hatte. Danach kamen die Krankenbahren, die Stethoskope, das medizinische Personal, das sich um die beiden reglosen Körper scharte, und alles erschien ihm irgendwie unwirklich.

Eine Krankenschwester wandte sich an ihn: »Sind Sie Blutspender?«

Er nickte.

»Welche Blutgruppe?«

»Null negativ.«

»Gut, dann brauchen wir Sie.«

Doch er blieb unbeweglich vor der Tür der Notaufnahme stehen, bis er, scheinbar viel später, Euris Schnauze an seiner Hand spürte. Zusammen gingen sie durch die Tür. Und was er nie vergessen würde, war, dass ihnen jemand in den Weg getreten war und gesagt hatte, dass der Hund nicht ins Gebäude dürfe.

Daraufhin hatte er seine Marke gezeigt und gesagt: »Er gehört zur Ertzaintza.«

Maite

Das Krachen, das den Einsturz begleitete, war ohrenbetäubend. Maite spürte den zitternden Körper ihrer Tochter dicht an ihrem und versuchte, die Augen zu öffnen. Sie hatte das Gefühl, unter Tonnen von Sand verschüttet zu sein. Das leichte Blinzeln schien Hunderte kleine Schnitte auf ihrer Hornhaut zu verursachen, weshalb sie die Augen wieder fest schloss. Sie holte Luft, und ihre Lunge brannte, als atmete sie Feuer ein.

»*Ama*«, hörte sie Begoñas raue Stimme.

Maite zog das nasse Shirt hoch, um damit Mund und Nase zu bedecken. »Bego, atme durch dein Shirt und halt die Augen geschlossen.«

Die wenigen Worte lösten ein heftiges Husten aus. Sie hatte den Geschmack von Gips im Mund, und ihre Gesichtshaut brannte und fühlte sich angespannt und stechend an.

Sie waren in einer Lücke zwischen den eingestürzten Wänden gefangen, und es war unmöglich zu sagen, wie viele Trümmer sich über ihnen befanden und wie stabil die Blase um sie herum war.

Maite versuchte ruhig zu bleiben und sich langsam zu bewegen. Sie saßen noch immer bis zu den Hüften im Wasser, das jedoch zu einer zähen Pampe aus Schutt, Staub und Gips geworden war.

The sweat is coming through each and every pore,
I don't wanna be here no more
Der Schweiß strömt mir aus allen Poren.
Ich will hier fort

Der physische Schmerz, der ihm einen Moment lang unerträglich erschienen war, ließ plötzlich nach, als sein Herz brach. Doch der andere, der furchtbare Schmerz, den er wegen Rafas Tod empfand, quälte ihn noch immer wie ein Fangeisen in seiner Brust.

Noah weinte bitterlich. Er legte sich die Hände vor die Augen, um die obszöne Wunde nicht zu sehen, die die Stirn des Jungen verunstaltete. Die Stirn seines Jungen, der ihn, wie er in diesem Moment wusste, im Tod begleitete. Doch ihn nicht anzusehen, brachte nicht viel, da sich seine großen dunklen Augen in seine Seele eingebrannt hatten.

In weiter Ferne hörte er Euri bellen. Er sah Mikel mit der Pistole in der Hand, die er auf John richtete. Sah, wie die Kugel gut gezielt in dessen Brust einschlug. Er sah John, der, von der Gewissheit seines Todes entsetzt, von der Flut mitgerissen wurde, während er das entsetzliche Weinen hörte, das tatsächlich nur für ihn erklang. Er sah Mikel, der sich über ihre Körper beugte, nach ihrem Puls tastete und die Tränen, die sich in seinem Gesicht mit den Regentropfen mischten, die Tränen dieses Mannes, der sein Freund war. Er sah die Männer, die von der Straße herüberliefen, ihre beiden

Leiber aus dem Wasser hoben und hinten in den blauen Lieferwagen mit den zerbeulten Türen legten, während Euri jaulte.

Und dann sah er Bilbao. Er sah die große Flut, die die Stadt mit sich riss. Sah, wie das Wasser stieg und die *txosnas* am Ufer zerstörte. Sah die Wogen schmutzigen Wassers, die die Fenster des glorreichen Teatro Arriaga sprengten und seine Räume mit Schlamm, Ästen, altem Plastik und anderem Bodensatz füllten, der Hunderte Jahre lang im Bett des Flusses geruht hatte. Er sah die Hänge einstürzen und wie die Altstadt unter Tonnen von Schlamm und Schutt begraben wurde. Er sah die davonschwimmenden Autos, die Menschen, die auf die Dächer stiegen, die traurigen Blicke der Tiere, die in den Tod gerissen wurden. Die Menschen, die in ihren Geschäften ertranken oder in ihren zerstörten Häusern von der Flut verschluckt wurden und niemals gefunden werden sollten.

1500 Tonnen Regen. Fünf Meter hoch an einigen Orten. In wenigen Stunden waren 600 Liter Wasser pro Quadratmeter gefallen. Noah sah die Flut. Und er weinte um diese Stadt, um die von Planen umwickelten Leichen, die im Fluss schwammen, um die ertrunkenen Hunde, um Rafa, um Mikel, um Dr. Elizondo, um sein vergeudetes Leben, um Maite, seine gerade gefundene Liebe.

Euri jaulte immer noch, und ihr Klagen wurde zu dem einzig Wichtigen, zum Anker, der sein zuckendes Herz am letzten Faden des Lebens festhielt.

Noah weinte, bis die Tränen seine Augen reinigten, und dann konnte er über all die Zerstörung hinwegblicken. Er sah Mikel, der mit seiner sterbenden Last gegen die Strömung fuhr. Und etwas weiter oben sah er Maite und Begoña, die durch ein Loch im Dach des alten Clubs den Trümmern entstiegen. Er lächelte, als er diese

Frau sah, die seine Frau war, und dieses Mädchen, das seine Tochter gewesen wäre, und schob seinen Schmerz von sich, denn ihm wurde bewusst, wie viel Liebe er in sich trug.

Er blickte noch einmal auf das Armageddon, das die Stadt zerstörte, und spürte sogar einen Anflug von Stolz und Hoffnung auf die Wiedergeburt, auf den *auzolan* in den Straßen, die Bürger, die die Stadt gemeinsam wieder aufbauen würden. Und dann entschied er, lieber die Sonne anzuschauen, die begann, seine Seele zu besänftigen. Die Wärme beruhigte seinen Geist und löschte nach und nach die Erinnerung an die Kälte.

Noch immer konnte er das Jaulen des Hundes hören, der aus dem Regen kam. Aber in der Sonne warteten so viele Menschen auf ihn. Er konnte seine Eltern ausmachen, die ihn anlächelten, und andere Leute, die er nur noch vage im Gedächtnis hatte, obwohl er sicher war, dass sie Teil seines Lebens gewesen waren. Er sah eine Gruppe Frauen, unter denen er Clarissa O'Hagan wiedererkannte, mit offenem Haar, das in der Sonne glänzte. Und das gefiel ihm, weil es ihr seiner Meinung nach sehr gut stand.

Ein letztes Mal blickte er auf die Stadt, die von der Flut zerstört wurde, und entschied, dass er keine Angst mehr hatte, dass er auf die Sonne zugehen würde.

»Noah«, hörte er da ganz deutlich Maites Stimme, die ihn rief, die nach ihm verlangte, wie sie es versprochen hatte, wie man sein Eigentum zurückforderte. Und trotz der Wärme der Sonne, die seine Seele besänftigte, obwohl er sich eigentlich schon entschieden hatte, dorthin zu gehen, wandte er sich um, um zu ihr zurückzukehren.

Dann sah er Rafa, der vor ihm stand. Von der obszönen Verletzung auf seiner Stirn war nichts mehr zu sehen. Sein Gesicht war viel weicher als sonst, und seine Gliedmaßen wirkten nicht mehr steif. Noah wollte mit ihm reden, aber er konnte nicht, weil ihm die Worte fehlten.

Rafa lächelte, als ob er etwas wisse, von dem Noah keine Ahnung hatte. Er war schon immer ein cleverer Junge gewesen. Er hob die Hand und berührte Noah an der Brust, und genau in dem Moment, als er dies tat, hörte Noah den Atem des Drachen.

Er wusste, dass er ihn die ganze Zeit über begleitet hatte, und nahm beinah das sanfte Rauschen einer Million Vorhänge wahr, die die Haut dieser Kreatur bildeten, die geschlafen hatte, seit Noah in Bilbao angekommen war. Er wusste, dass der Drache erwachte, dass dieses mythische, mächtige, ewige Wesen neben seiner riesigen Lunge ein starkes Herz hatte.

Euri verstummte, und einige Sekunden lang nahm Noah nur die Stille wahr, die vollkommene, absolute Stille des Todes, die Stille, die das Klagen der ertrinkenden Stadt verschluckte, und dann, als er glaubte, die Stille wäre für immer, setzte der Herzschlag des Drachen ein. Bumm, bumm. Bumm, bumm. Er ertönte mit einer solchen Kraft, dass die Luft vibrierte. Bumm, bumm. Bumm, bumm. Noah wollte es wissen, wollte es verstehen, weshalb er noch einmal zurückblickte, um das Wunder zu betrachten, das dafür sorgte, dass das Herz des Drachen in seiner Brust schlug.

Er hörte ganz deutlich die Stimme, die ihn rief, und glaubte sogar, sie wiederzuerkennen.

»Noah, sind Sie wach? Öffnen Sie die Augen.«

Er gehorchte.

»Hallo, Noah.«

Obwohl sein Gesicht halb von der medizinischen Maske verdeckt war, erkannte er Dr. Sánchez.

»Hallo, Doktor.«

Der Arzt lächelte zufrieden und wandte sich zu den drei Kollegen um, die hinter ihm standen.

»Mit Ihrer Begrüßung haben Sie bereits bewiesen, dass Sie wissen, wer ich bin. Wie fühlen Sie sich?«

»Und meine Freunde?« Seine Stimme war nur ein Flüstern.

»Sie dürfen sie gleich sehen, aber sagen Sie uns erst, wie Sie sich fühlen.«

Noah überlegte ein paar Sekunden.

Er war erschöpft, und die leichte Anstrengung, den Arzt zu begrüßen, hatte in seiner Brust einen stechenden Schmerz ausgelöst, der wie die Flut immer stärker wurde.

»Unglaublich müde, und ich habe Schmerzen in der Brust.«

»Das ist beides nicht verwunderlich«, sagte der Arzt, »aber wir werden nicht zulassen, dass Sie Schmerzen haben. Achten Sie darauf, sich nicht zu bewegen.« Er griff nach etwas, das sich oberhalb von Noahs Kopf befand, betätigte die Rollenklemme, und Noah sah, wie die Tropfen im Infusionsschlauch zu einem kleinen Rinnsal wurden.

Der Schmerz, der in Wellen stärker geworden war, zog sich zurück, um in der Dunkelheit zu verschwinden.

»Besser?«

Noah nickte und schloss erleichtert die Augen.

»Wir lassen Sie gleich schlafen, aber vorher sind hier noch ein paar Leute, die viele Stunden darauf gewartet haben, Sie zu sehen. Sie waren sehr besorgt um Sie. Auf der Intensivstation ist ein solcher Besuch eigentlich nicht erlaubt, aber wir glauben, dass es sie sehr beruhigen wird zu sehen, wie gut es Ihnen geht. Nur ein paar Minuten, und danach können Sie sich ausruhen.«

Noah nickte.

Maite, Mikel und Dr. Elizondo trugen grüne Kittel über der Kleidung. Maite hatte das Haar zusammengebunden, und eine Maske verdeckte einen Teil ihres Gesichts.

Noah lächelte, als er sie sah. Er streckte eine Hand nach ihr aus, und ihm entging nicht, dass sie die Ärzte fragend ansah, als wolle sie um Erlaubnis bitten.

Als sie nickten, umfasste sie Noahs Hand. Sie trug medizinische Handschuhe, doch er spürte trotzdem, wie kalt ihre Finger waren.

»Hallo, mein Liebling«, sagte sie.

»Hallo«, antwortete er lächelnd. »Ich bin noch hier.«

»Ich habe dir ja gesagt, dass ich dich nicht gehen lasse, dass ich dich zurückverlange. Du gehörst jetzt mir.«

»Ich habe gehört, dass du nach mir gerufen hast.«

Hinter der Maske konnte er ihr glückliches Lächeln erahnen.

»Sie können sich nicht vorstellen, wie sehr ich mich freue«, sagte Dr. Elizondo.

»Ich habe mich geirrt. Es gibt doch etwas dort«, sagte Noah.

»Und was ist dort?«, fragte die Ärztin.

»Sonne.«

»Das habe ich mir schon immer gedacht«, sagte sie überzeugt.

Die Ärzte traten zurück, um Mikel Platz zu machen. Er drückte vorsichtig die Hand seines Freundes. Noah sah ihm an, wie müde er war, und da war noch etwas. Er wirkte bedrückt, seine Haut war gräulich, Trauer stand in seinem Blick. Es schien, als wäre er um zehn Jahre gealtert.

Noah wusste, warum. Denn das Letzte, was er wahrgenommen hatte, war Rafa, der mit einer Kugel in der Stirn im Wasser lag. Noah brauchte nicht zu fragen, er kannte die Antwort. Dennoch flüsterte er seinen Namen.

»Rafa.«

Er hörte, wie Mikel tief durchatmete. »Er hat es nicht geschafft, Noah. Er war sehr stark und hat noch lange durchgehalten. Er hat noch geatmet, als wir am Krankenhaus ankamen. Sie haben alles versucht, aber …«

Noah schloss die Augen. Zwei Tränen quollen unter seinen Lidern hervor. »Ich habe Euri jaulen gehört«, flüsterte er, »die ganze Zeit über. Als habe sie es gewusst.«

»Das hat sie. Du hättest sie sehen sollen. Seitdem ist sie nicht mehr von meiner Seite gewichen. Ich habe sie nach Hause gebracht, aber sie war nicht durch die Tür zu kriegen. Sie wartet draußen auf mich.«

Noah riss sich zusammen, um zu fragen: »Und John?«

»Tot. Ich habe ihm eine Kugel in die Brust gejagt. Er ist ins Wasser gefallen, und die Strömung hat ihn mitgerissen.«

»Wurde er gefunden?«

»Ja, in der Kantabrischen See, ganz in der Nähe eines seiner Opfer. Diese Plastikplanen, in die er die Leichen eingewickelt hat, waren sogar im Schlamm gut zu sehen. In dem Bootshaus war noch eine weitere Leiche. Wir wissen noch nicht, wie viele es insgesamt waren, aber wir werden sie finden.«

Mikel schwieg einen Moment und blickte nacheinander die Ärzte, Maite und Dr. Elizondo an.

»Du musst wissen, dass die Flut ziemlich heftig war. Es gab eine große Überschwemmung, die an einigen Stellen eine Höhe von fünf Metern erreicht hat. Es gibt Dutzende Tote und viele Vermisste. Die Zahlen sind noch nicht endgültig, weil jeden Tag noch weitere Leichen gefunden werden.«

Noah runzelte verwirrt die Stirn. »Ich dachte, ich hätte es geträumt.«

»Es ist tatsächlich ein Albtraum«, sagte Dr. Elizondo. »Eine unglaubliche Zerstörung. Sie würden die Stadt nicht wiedererkennen. In den Straßen liegt tonnenweise Schutt und Schlamm. Sämtliche Geschäfte und Bars in der Altstadt sind betroffen. Viele Leute sind obdachlos, und Tausende haben ihre Arbeit verloren. Ich hätte Ihnen eine Zeitung mitgebracht, aber es konnte keine gedruckt werden.«

Noah sah entsetzt zu Maite hinüber. »Ist mit euch alles in Ordnung? Begoña?«

»Ja, es geht uns gut, mach dir darum jetzt keine Sorgen. Wenn es dir besser geht, werde ich dir von unserem Abenteuer erzählen. Von der Bar ist nichts mehr übrig, wir müssen ganz von vorn anfangen, aber uns beiden geht es gut, und wir warten zu Hause auf dich und werden uns um dich kümmern, wenn du aus dem Krankenhaus entlassen wirst.«

Noah sah die gemütliche Wohnung vor sich und dachte an den Moment zurück, an dem er sich gewünscht hatte, dort zu Hause zu sein. Er dachte an das Bett, das er mit Maite geteilt hatte, die Wärme am Morgen, Maites Stimme, während sie unter der Dusche sang, das Geräusch des Regens an den Fenstern und den Duft nach Kaffee. Er wusste noch, wie sehr er sich gewünscht hatte, dass dieser Moment so lange wie möglich andauern würde, dass dies seine Bettwäsche wäre, sein Bett, seine Wohnung. Es war wunderbar, einen Ort zu haben, an den man zurückkehren konnte. Er lächelte in dem Bewusstsein, wie sehr ein paar Worte alles verändern konnten.

»Wie fühlst du dich?«, fragte Mikel.

»Ich weiß nicht, irgendwie seltsam. Es geht mir nicht schlecht, aber ich habe Schmerzen hier.« Er zeigte auf seine Brust. »Es tut die ganze Zeit über weh, vor allem, wenn ich mich bewege, auf eine seltsame Art. So kenne ich es gar nicht.«

Erneut traten die Ärzte ans Bett. »Noah, wir wollten, dass Ihre Freunde bei Ihnen sind, während wir Ihnen einiges erklären. Der stechende Schmerz, den Sie spüren, ist absolut normal, es ist ein chirurgischer Schmerz, der in den ersten Tagen ziemlich heftig ist, dann aber immer mehr nachlassen wird, bis er ganz verschwindet. Das ist eine Folge der Operation.«

»Bin ich denn operiert worden?«

Die Ärzte nickten. »Sie wussten ja, wie ernst Ihr Zustand in den letzten Tagen war. Schon bei Ihrem letzten Krankenhausaufenthalt war die Lage sehr kritisch.«

»Plötzlicher Herztod«, flüsterte Noah.

»Nein, diesmal war es ein eher … nennen wir es ›klassischer‹ Herzinfarkt.«

»Aber ich war tot, das weiß ich, weil ich mich diesmal daran erinnere.«

Die Ärzte sahen sich an, und erneut ergriff Dr. Sánchez das Wort. »Der extreme Stress, unter dem Sie gestanden haben, hat eine Tachykardie ausgelöst, und der Herzmuskel begann zu flimmern. Es ist nicht zu einem kompletten Herzstillstand gekommen, aber das Flimmern ist eine sehr schwache, zuckende Betätigung, ähnlich wie ein Zittern, das heißt, der Druck lässt nach und die Durchblutung ist nicht mehr gewährleistet. Zum Glück hat Ihr Freund Sie gleich hergebracht. Und aufgrund Ihres Zustands haben wir beschlossen, Sie zu operieren.«

»Aber … was für eine Operation war das? Ich verstehe kein Wort. Sie haben doch gesagt, dass in diesem Krankenhaus keine Herzoperationen durchgeführt werden …«

»Erinnern Sie sich, dass Sie nach unserem letzten Gespräch die Einverständniserklärung unterzeichnet haben? Und wir als Ärzte waren dazu verpflichtet, alles zu tun, Ihr Leben zu retten. Und dazu kamen einige glückliche Zufälle, zum Beispiel, dass sich all diese hervorragenden Ärzte gerade in der Stadt befanden.«

»Aber Sie haben doch gesagt, dass die dilatative Kardiomyopathie nicht durch eine Operation geheilt werden kann. Sie alle haben das gesagt«, beharrte Noah.

»So ist es auch, Noah. Als Sie herkamen, befanden Sie sich in extrem schlechtem Zustand, die Kardiologen waren hier, und wir hatten bereits festgestellt, dass die Voraussetzungen für eine Transplantation erfüllt sind.« Der Arzt schwieg einen Moment und sah Maite, Mikel und Dr. Elizondo an, als wolle er sie um Hilfe bitten, bevor er weitersprach. »Und es stand ein geeigneter Spender zur Verfügung.«

Noah atmete hörbar aus und seufzte. Und als er wieder sprach, klang seine Stimme gepresst. Mehr zu sich selbst als zu den anderen sagte er: »Sie haben mir ein Herz eingepflanzt?«

Maite schob sich zwischen die Ärzte und Noahs Bett. »Das war die einzige Möglichkeit, Noah, ansonsten wärst du gestorben.«

Er sah Maite eindringlich an.

»Ich war bereits tot«, erinnerte er sie.

Und während Noah dies sagte, kamen ihm erneut die Bilder von der überfluteten Stadt in den Sinn, Euris verzweifeltes Jaulen, die Sonne, die wie das Versprechen eines ewigen Frühlings über den Bergen stand, die Menschen, die ihn erwartet hatten, eine Million geblähte Vorhänge, die wie die Haut eines Drachen waren, und dann, in absoluter Klarheit, Rafa.

Noah schloss die Augen, um die Erinnerung festzuhalten, die sich aufzulösen begann. Rafa lächelte, bevor er die Hand in seine Richtung ausstreckte und seine Brust berührte, dort, wo das Herz lag.

Als Noah die Augen wieder öffnete, sah er, dass Maite ihn besorgt ansah. Er machte ihr ein Zeichen, dass er gern mit den

Ärzten reden wollte. Als er sprach, klang seine Stimme trotz seiner Schwäche so ruhig und überzeugt, wie es bei Inspector Scott Sherrington üblich war. Im Tonfall eines Polizisten fragte er: »Wer war der Spender?«

Die Ärzte sahen sich an und schüttelten die Köpfe, bevor Dr. Sánchez antwortete: »Das können wir Ihnen nicht sagen. Noah, es tut uns leid, aber die Vorschriften sind eind…«

»Wer war der Spender?«, fiel er dem Arzt beharrlich ins Wort.

»Diese Information können wir Ihnen nicht geben«, sagte Dr. Sánchez entschieden. »Das ist Teil des vorgeschriebenen Ablaufs, und Sie haben die Einverständniserklärung unterschrieben.«

Dann war ein Seufzen zu hören, und Maite verlor die Fassung. Eine Träne tropfte von ihrer Wange auf Noahs Hand, die sie noch immer festhielt. Dr. Elizondo hatte die Augen geschlossen. Noah suchte mit dem Blick nach Mikel und fand in den Augen seines Freundes sämtliche Antworten. Inspector Scott Sherrington wandte sich erneut an die Ärzte.

»Wer war der Spender?«, wiederholte er, während sich seine Augen mit Tränen füllten.

»Noah, das ist eine Information, die wir Ihnen nicht geben dürfen«, sagte der Arzt erneut mit zitternder Stimme.

Noah begann bitterlich zu weinen.

»Wie konnten Sie?«

»Noah, wir haben getan, was wir konnten, um ihn zu retten, aber er ist gestorben, und er war der perfekte Spender.«

»Er war noch ein Kind.« Noahs Stimme zitterte vor Wut.

»Er war so groß und so stark wie Sie und hatte die gleiche Blutgruppe.«

»Ein Kind«, wiederholte er.

»Seine Mutter hat der Spende zugestimmt.«

Noah schloss die Augen und wiederholte immer wieder: »Nein, nein, nein.«

Das Piepen der Maschine, die seinen Puls überwachte, wurde immer schneller. Das Kontrollgerät über seinem Kopf gab ein Alarmsignal von sich.

Noah weinte bitterlich. Maite griff nach seiner Hand, doch er legte sie sich auf die Brust, dorthin, wo der Schmerz in diesem Moment unerträglich wurde.

»Ihr müsst es wieder entfernen«, stammelte er unter Tränen.

Mikel legte sich die Hände vors Gesicht und sah dann alarmiert zu Maite. Sie beugte sich über ihn.

»Tu das nicht, Noah, tu das nicht«, bat sie ihn. »Vergeude dieses Leben nicht. Nun ist es nicht mehr nur deins.«

Mehrere Krankenschwestern eilten mit einem Wagen heran. Das Alarmsignal auf dem Monitor wurde intensiver. Die Ärzte schoben Mikel und Maite zur Seite und beugten sich über Noah.

Der schloss vor Schmerzen die Augen, während der Arzt ihm ein Medikament injizierte, das sofort dafür sorgte, dass er das Bewusstsein verlor.

Sein letzter Gedanke galt dem Piepen des Herzmonitors und dem gräulichen Gesicht einer kleinen Eule, wobei er sich fragte, wie ein Otus scops an diesen Ort kommen konnte.

Noah öffnete die Augen und sah wie durch ein Prisma alle möglichen Gesichter, alle verschwommen. Er sah Rafa. Sein Gesicht war zum Teil hinter einer medizinischen Maske versteckt, er trug einen grünen Kittel und eine jener Hauben, unter der sein kräftiges dunkles Haar hervorschien. Er lächelte mit den Augen.

»Rafa«, flüsterte er.

»Hallo«, begrüßte ihn Icíar.

»Ich dachte, Sie wären …«

»Das bin ich auch. Ein Teil von ihm, genau wie Euri und jetzt auch Sie.«

Noah schwieg.

»Ich habe erfahren, dass Sie es nicht gut aufgenommen haben. Und deshalb bin ich hier.«

Noah seufzte.

»Rafa hat Sie geliebt«, sagte sie.

Noah begann zu weinen, und Icíar griff nach seiner Hand und legte ihre andere Hand ganz vorsichtig auf seine Brust. »In der kurzen Zeit, die er mit Ihnen verbracht hat, hatte er mehr Glück und Hoffnung im Herzen als sein ganzes vorheriges Leben über. Noah, es macht mich glücklich zu wissen, dass das Herz meines Sohnes weiterschlägt, aber vor allem, dass es in Ihnen schlägt, einem Freund, in der Brust von jemandem, den er aufrichtig geliebt hat.«

Noah schloss die Augen.

»Ich werde Bilbao verlassen«, sagte sie.

Er öffnete die Augen wieder. »Sie gehen?«

»Ich komme aus einem kleinen Ort in Guipúzcoa, Icíar, erinnern Sie sich? Dort leben meine Schwestern. Ich war nur wegen Rafa hier, weil eine Großstadt für einen Menschen wie ihn mehr Möglichkeiten bietet. Außerdem habe ich wegen der Flut keinen Job mehr. Das Geschäft, in dem ich gearbeitet habe, ist zerstört. Die Eigentümer wissen noch nicht, ob sie es wiedereröffnen können.«

»Geben Sie Maite Ihre Telefonnummer und lassen Sie von sich hören.«

Icíar machte eine vage Geste, und Noah wusste, dass sie es nicht tun würde. »Bevor ich gehe, möchte ich Sie um einen Gefallen bitten.«

»Sicher. Was Sie möchten.«

Sie legte erneut eine Hand auf seine Brust und beugte sich vor, um das schlagende Herz zu hören. »Bitte weisen Sie es nicht zurück, Noah. Lassen Sie zu, dass das Glück, die Hoffnung und die Güte meines Sohnes weiterschlagen. Versprechen Sie es mir.«

Mit geschlossenen Augen, während er das Herz in seiner Brust schlagen fühlte, gab Noah ihr dieses Versprechen.

DAS IST NICHT DAS ENDE

Wochen später

Einige Dinge, die der Arzt sagte und nach denen Maite fragte:

Arzt: »Wir sind sehr zufrieden, Maite. Alles verläuft sehr positiv, keine Abwehrreaktion, keine Infektionen … Er muss vorerst noch lange im Krankenhaus bleiben, fast zwei Monate, und nach der Entlassung muss er zumindest das erste Jahr über regelmäßig ins Krankenhaus, um durchgecheckt zu werden. Das ist lästig, aber wir glauben, dass er bald wieder ein fast normales Leben führen kann.«

Maite: »Doktor, ich habe eine Frage, die mir ein wenig peinlich ist.« Sie biss sich nervös auf die Lippe. »Nach der Entlassung … wann, glauben Sie, kann Noah wieder Liebe machen?«

Einige Dinge, die der Arzt sagte und nach denen Noah fragte:

Arzt: »Alles verläuft sehr positiv, Noah, keine Abwehrreaktion. Aber Sie wissen ja, dass Sie noch eine Weile hier im Krankenhaus bleiben müssen, und im ersten Jahr nach der Entlassung werden Sie immer wieder herkommen müssen, um durchgecheckt zu werden. Aber wir sind sehr zufrieden. Wir glauben, dass Sie ein gutes Leben werden führen können.«

Noah: »Doktor, ich habe eine Frage. Nach der Entlassung, wann, glauben Sie, kann ich wieder Sex haben?«

Anmerkung der Autorin

Als Romanautorin, während ich einen fiktionalen Text schreibe, überarbeite ich ihn später, schreibe ihn um und verändere die Geschichte, denn das ist mein Job. Aber aus Respekt vor den Profis, die die wahre Geschichte schmieden, solltet ihr wissen, dass die erste Herztransplantation unter Nutzung von Immunsuppressiva in Spanien im Mai 1984 von einem Team unter der Leitung von Doktor Josep Maria Caralps im Hospital Santa Creu i Sant Pau in Barcelona durchgeführt wurde. Wenige Wochen später wurde im Hospital Universitario Puerta de Hierro in Madrid von einem Team unter der Leitung der beiden Ärzte Diego Figueroa und Luis Alonso Pulpón ein zweites Herz transplantiert. Die Patientin, ein damals elfjähriges Mädchen aus Granada, lebt heute noch und führt ein normales Leben. Ich hatte das große Glück, bei der Entstehung dieses Romans von einem der Ärzte, die bei dieser Transplantation assistierten, beraten zu werden, den ich in meiner Danksagung nicht vergessen habe.

Im Baskenland gibt es kein Krankenhaus, in dem Herztransplantationen durchgeführt wurden oder werden. Baskische Patienten werden von dort aus entweder in das Hospital Universitario de Valdecilla in Santander oder in die Clínica Universitaria de Navarra in Pamplona überwiesen.

Ich habe mich an die historischen Daten gehalten, mir aber erlaubt, die Handlung ein Jahr vorzuverlegen, damit sie zeitgleich mit der großen Flut in Bilbao erfolgt.

Die Geschichte der modernen Herztransplantation begann in den 1960er-Jahren mit Dr. Christiaan Barnard in Kapstadt. Barnard war der Erste, der es wagte, eine Herztransplantation bei einem Menschen durchzuführen, und ist dafür in die Geschichte der Medizin eingegangen. Er lehrte seine Technik dem spanischen Arzt Cristóbal Martínez-Bordiú, der daraufhin an einem Patienten, der unter dilatativer Kardiomyopathie litt, die erste Herztransplantation in Spanien durchführte. Auch wenn sich die Technik der Herztransplantation seitdem nicht sehr verändert hat, starben früher die Patienten an den Abstoßungsreaktionen. Zur entscheidenden Revolution in der Herzchirurgie führte erst die Entwicklung von Substanzen, die diese verhindern, den sogenannten Immunsuppressiva.

Und mein geliebter Nik Kershaw veröffentlichte seinen Hit »Wouldn't It Be Good« auf seinem Album *Human Racing* im Jahr 1984, aber ich habe mir die »literarische Freiheit« erlaubt, ihn in den Soundtrack dieses Romans aufzunehmen, dessen Handlung sich ein Jahr vorher ereignet.

Nachwort

In den Jahren 1968 und 1969 ermordete der Mann, den die Presse später Bible John nennen sollte, drei Frauen in Glasgow. Sie waren jung, dunkelhaarig und zwischen 25 und 32 Jahre alt. Und er hatte alle drei im Barrowland Ballroom kennengelernt. Der Mörder wurde nie identifiziert, und der Fall ist noch immer ungelöst. Er führte zu einer der aufwendigsten Fahndungen in der Kriminalgeschichte Schottlands.

Bible John geriet nie in Vergessenheit, weder bei der schottischen Bevölkerung noch bei den Polizeiermittlern.

Im Jahr 1996 behauptete Donald Simpson in seinem Buch *Power in the Blood*, einen Mann kennengelernt zu haben, der ihm anvertraute, Bible John zu sein. Er behauptete auch, dass dieser Mann versucht habe, ihn zu töten, und dass es Beweise gebe, dass er nie aufgehört habe zu morden. Tatsächlich ereigneten sich im entsprechenden Zeitraum einige Verbrechen, die nie gelöst wurden und ihm zugeschrieben werden könnten. Mehrere an der schottischen Ostküste und, in den Jahren 1979 und 1980, zwei in Dundee. In allen Fällen wurden die Opfer erdrosselt und ihre Leichen nackt zurückgelassen. Zu jener Zeit erklärte die Polizei von Strathclyde, dass es bei der Suche nach Bible John neue Beweise gebe, und zwar aufgrund einer DNA-Analyse der Spermien, die man beim dritten

Opfer sichergestellt hatte (und die dank der Cleverness eines Beamten aufbewahrt worden waren, der in den 1960er-Jahren die Probe nahm, obwohl die DNA-Analyse damals noch in den Bereich der Science-Fiction fiel). Daraufhin verglich die Polizei die DNA mit der von allen bekannten Gewaltverbrechern. Einer von ihnen, John Irvine McInnes, hatte im Jahr 1980 Selbstmord begangen, weshalb für den Vergleich die Probe eines Verwandten herangezogen wurde. Das Ergebnis wies genügend Übereinstimmungen auf, um eine Exhumierung des Toten zu rechtfertigen. Allerdings war die Übereinstimmung nicht hundertprozentig (wobei nicht vergessen werden darf, dass im Jahr 1996 die Möglichkeiten der DNA-Analyse hinsichtlich der Präzision weit unter dem heutigen Niveau lagen). Zudem sorgte bereits damals das Profil des Täters für beachtliche Zweifel. Die Presse vermutete, dass die Ermittlungen Bible John abgeschreckt haben könnten, weitere Verbrechen zu begehen, aber in Anbetracht der heutigen kriminalistischen Erkenntnisse wissen wir, dass dies wenig wahrscheinlich ist, genauso wie die Tatsache, dass ein Serienmörder elf Jahre vor seinem Selbstmord nicht mehr tötet. Hinzu kommt, dass die Schwester von Helen Puttock, einem der Opfer, John Irvine McInnes bei einer ersten Gegenüberstellung nicht als Täter identifiziert hatte. Sie hatte einen beträchtlichen Teil des Abends gemeinsam mit ihrer Schwester und dem Mann verbracht, der Helen später ermorden sollte, und war auf dem Heimweg sogar ein Stück gemeinsam mit ihnen im selben Taxi gefahren. 1996 bekräftigte sie ihre vorherige Aussage, dass dieser Mann nicht Bible John sei. Daraufhin schloss die Polizei McInnes als Täter aus.

Gegen Ende des ersten Jahrzehnts der 2000er-Jahre gab es Vermutungen, dass es sich bei Bible John um den Serienmörder und -vergewaltiger Peter Tobin handeln könnte, was die Polizei nach entsprechenden Analysen und Persönlichkeitsstudien jedoch ebenfalls ausschloss. Im Januar 2022 sendete die BBC eine TV-Dokumentation mit dem Titel *The Hunt for Bible John*. Bis heute wurde der Fall Bible John nicht abgeschlossen, und es gibt keine Hinweise, dass er in der Zwischenzeit verstorben ist …

Im Sommer 1983 war ich 14 Jahre alt. Damals bin ich mit meinem Onkel und meiner Tante zum ersten Mal in meinem Leben nach Galicien gereist, und für mich stand dieser Sommer im Zeichen der Musik. Wie es oft bei Erinnerungen der Fall ist, bin ich nicht in der Lage – außerdem weigere ich mich –, die Ereignisse genauer zu datieren. Denn welche Rolle spielt es, ob das, was mich geprägt hat, einen Monat früher oder später geschah? Oder ob Nik Kershaw sein Album bereits veröffentlicht hatte oder nicht? Oder ob danach »Wouldn't It Be Good« zu meiner persönlichen Hymne wurde?

Es war der Beginn meiner Jugendzeit, der erste Sommer ohne meine Eltern, als mir bewusst wurde, dass es Jungen gab, die sich für mich interessierten … und die Musik. Bis dahin war Musik für mich das, was meine Eltern hörten, die Songs von der Musikkassettensammlung meines Großvaters und das Repertoire bei den Festen in Trincherpe. In jenem Sommer fragte mich jemand nach meinem Musikgeschmack, und ich habe einen beträchtlichen Teil meiner Ferien damit verbracht, über die Antwort nachzudenken. An dem Tag, als ich in den Zug stieg, um ins Baskenland zurückzukehren, hatte ich ein paar Schallplatten im Koffer, die ich bei Vázquez Lescaille in Pontevedra von dem Begrüßungsgeld eines Verwandten gekauft hatte. Von diesem Moment an wurde die Musik zu etwas Fundamentalem in meinem Leben.

Das andere in jenem August 1983, woran ich mich erinnere, war die Heimfahrt im Zug. Ich reiste allein, allerdings baten meine

Tante und mein Onkel Bekannte, die im selben Zug zur Arbeit im Hafen von Santurce fuhren, auf mich achtzugeben. Bis Burgos ging alles gut, aber als wir ins Baskenland kamen, wurde der Zug deutlich langsamer und blieb schließlich mehrfach stehen. Die Passagiere versammelten sich in den Gängen, um nachzuschauen, was es durchs Fenster zu sehen gab. Ich hatte einen günstigen Platz und wunderte mich über das, was ich sah: In der Gegend um Bilbao hingen immer mehr Dinge unterschiedlicher Art in den Kronen der riesigen Bäume am Ufer des Flusses Nervión. Dinge, die mir damals absurd erschienen: Bettlaken, Plastikkanister, Taschen, Handschuhe, Schuhe, Mäntel und überhaupt Kleidung jeder Art. Ich weiß nicht, warum mir ganz besonders ein Babyschlafanzug im Gedächtnis geblieben ist. Vielleicht weil meine Schwester damals erst zweieinhalb Jahre alt war. An den Gleisen waren viele Arbeiter beschäftigt, ich erinnere mich gut an ihre gelben Regenmäntel. Als der Zug in eine lange Kurve fuhr, konnte ich sehen, dass diese Männer eifrig dabei waren, Sandsäcke neben den Gleisen zu stapeln, wo das Wasser Teile der Befestigungen weggerissen hatte.

Je weiter wir fuhren, desto erschreckender wurde der Anblick. Die Leute sprachen leise über ein heftiges Hochwasser, das, wenn man bedachte, in welcher Höhe die Dinge in den Bäumen hingen, gewaltig gewesen sein musste. Ein gutes Stück bevor der Zug die Stadt erreichte, blieb er stehen, und die Gerüchte überschlugen sich. Es war von Toten und Vermissten die Rede, von großer Zerstörung und einer Flut biblischen Ausmaßes. Ich rührte mich nicht von der Stelle, klammerte mich an den Handlauf unter dem Fenster und betete, dass all das nicht wahr wäre. Dann fuhr der Zug langsam wieder an, und wir zuckelten in minimalem Tempo in die Stadt.

Wenn ich an den Anblick denke, der sich mir bot, ist es so, als hätte ich eine Fotografie aus dem Zweiten Weltkrieg vor mir, auf der alles in Grautönen zu sehen ist. Die Zerstörung war immens, und alles war von einer bräunlichen Patina aus Schlamm überzogen. Tonnenweise abgerissene Äste lagen herum, Plastik und noch mehr Kleidungsstücke, die die Wassermassen von Wäscheleinen, den Ständern vor den Geschäften oder von den Körpern der Flutopfer gerissen hatten. Und dann all die Dinge, die mir noch absurder erschienen: Spielzeuge, Schaufensterpuppen in eleganten Posen im Schlamm zwischen den Trümmern, Arbeitshandschuhe, kaputte Metallgegenstände, auf dem Kopf liegende Autos. Mehr war von der großen Stadt nicht übrig geblieben. Ich kannte Bilbao und erinnerte mich, dass ich die Stadt bei meinem ersten Besuch furchtbar fand, weil sie so groß, so düster, so erdrückend war, und nun war sie voller Schlamm, traurig und vollkommen verwüstet. Ich erinnere mich an die Kälte der Verzweiflung, obwohl es Hochsommer war. Die Angst, die mir diese riesige Stadt in jenem Zustand machte, war erdrückend. Ich begann zu weinen. Wenn das mächtige Bilbao nun so aussah, was war dann mit meinem Zuhause geschehen?

Im Jahr 1983 gab es noch keine Handys. Ich hatte einen Tag vor der Rückreise zuletzt mit meiner Mutter gesprochen. Damals rief man, wenn man auf Reisen war, höchstens einmal zu Hause an. Vielleicht sollten wir uns das jetzt auch wieder angewöhnen. Die anderen Passagiere im Zug schienen auch nichts gehört zu haben.

Einer Frau, die auf dem Weg nach Irún war, fiel auf, dass ich weinte, und sie versuchte mich zu trösten, während sie die anderen Passagiere gleichzeitig um Ruhe bat, um mich nicht noch mehr zu verängstigen. Sie sagte mir, dass sie am Vorabend noch mit ihrer Familie telefoniert habe und dass die Niederschläge dort nicht so viel Schaden verursacht hätten, wobei einige Gebiete in Guipúzcoa durchaus betroffen waren. »Deiner Familie geht es sicher gut, mach dir keine Sorgen.«

Wir saßen für einige Stunden am Stadtrand von Bilbao fest, wo die Passagiere, die nach Santurce wollten, ausstiegen, da der Bahnhof nicht erreichbar war. Die Männer, die im Hochwassergebiet halfen, sprachen von Dutzenden Toten, Vermissten, ertrunkenen Tieren, zerstörten Häusern und Bürogebäuden, die die Flut komplett weggerissen hatte. Als der Zug schließlich wieder losfuhr, kehrten wir auf dem Gleis zurück, auf dem wir gekommen waren, durch eine Landschaft von überschwemmten Feldern und tiefen Rissen in der Erde. Und überall lag das, was die Flut mitgerissen hatte.

Als ich zurück nach San Sebastián kam, war dort alles gut. Meine Familie war in Sicherheit, und sie hatten noch nicht einmal davon gehört, dass es Bilbao so schlimm erwischt hatte. Zur Mittagszeit sahen wir die Nachrichten im spanischen Fernsehen, wo zwar über die Katastrophe berichtet wurde, allerdings zeigten sie nur Archivbilder. Die Kommunikationsmöglichkeiten waren derart beeinträchtigt, dass es nicht möglich gewesen war, an aktuelle Aufnahmen heranzukommen.

Das war für mich der Sommer der Musik und der Sommer, in dem ich zu schreiben begann.

Um diesen Roman zu schreiben, habe ich 39 Jahre gebraucht. Ich weiß, dass mir erste Gedanken daran an jenem Tag im Zug kamen. Heute kehre ich nach Bilbao zurück, um diese Geschichte zu beenden. Ich habe mir einige Freiheiten erlaubt: Die Hälfte ist real und die andere ist das Ergebnis der Liebe zu meiner Heimat, des Bedürfnisses, Musik in meinem Leben zu haben, der Angst, die ich an jenem Tag verspürte, und der Freude, unbeschadet die Katastrophen zu überstehen, die meine Vorstellungskraft heraufbeschwört, um mir den Schlaf zu rauben.

Ich bin eine Autorin, die über Unwetter schreibt.

Dank

Bei jedem meiner Romane verbringe ich sehr viel Zeit mit Recherche, aber für keinen anderen Roman habe ich so viel recherchiert wie diesmal, und deshalb muss ich mich unbedingt bei all den Menschen bedanken, die mir ihr Wissen, ihre Erfahrungen, ihre Geständnisse und ihre Begeisterung zur Verfügung gestellt haben.

Ich danke der Ertzaintza, der autonomen Polizei des Baskenlandes, und besonders Josu Bujanda Zaldua, dem Direktor der Ertzaintza, und Jon Ziarsolo, dem Direktor der Oficina Central de Inteligencia. Danke für eure Unterstützung und eure Aufrichtigkeit. Dass ihr als professionelle Polizisten mir euren Erfahrungsschatz zur Verfügung gestellt habt, mit mir über den Idealismus und die Hoffnungen gesprochen habt, mit denen die Ertzaintza gegründet wurde, war für mich ein Privileg. Zumal ich feststellen konnte, dass dieser Geist, der Stolz des jungen Ertzaina in euch fortdauert. Bleibt, wie ihr seid.

Mein Dank gilt auch dem Ertzaina Pedro Gorbea, der mich an seinen Erinnerungen hat teilhaben lassen, weil er ein ehrlicher und guter Mensch ist, und vor allem weil er mir Euri ausgeliehen hat. Nun lebt sie auch in meinem Herzen fort, und ich glaube, bald auch in denen vieler meiner Leser.

Danke auch an den Ertzaina Rubén Anidos, auf dessen unverzichtbare Mitarbeit ich einmal mehr zählen konnte und der die Verbindung zu all den Kollegen hergestellt hat, die ich für den Roman befragt habe.

Mein Dank gilt auch der Asociación Apace und vor allem Mari Jose Pousada, die der erste Mensch mit Zerebralparese war, den ich kennengelernt habe. Als ich vier Jahre alt war, war Mari Jose oft bei uns zu Hause, denn meine Mutter hat sich um sie gekümmert, während Mari Joses Mutter bei der Arbeit war. Zu jener Zeit erhielten Kinder mit Zerebralparese keine Schulbildung. Eines Tages, als meine Mutter mit dem Schullesebuch mit mir Lesen geübt hat, stellten wir fest, dass Mari Jose mitlernte, indem sie einfach nur zuhörte. Ich erinnere mich noch gut an die Freudentränen ihrer Mutter Carmen, als meine Mutter ihr zeigte, dass ihre Tochter lesen konnte und jeden einzelnen Buchstaben kannte.

Ich danke auch Javier Pagaza, der ebenfalls unter Zerebralparese leidet und ein sehr interessantes Leben führt. Er ist ein wunderbarer Mensch und hat ein Charisma, das so groß ist wie Bilbao. Es war mir eine Ehre, dich kennenzulernen.

Und ich danke Andrés Izarra, einem der Gründer von Aspace Bizkaia, dafür, dass er mir erklärt hat, wie das Verhalten in der Gesellschaft und die wirtschaftliche Lage zu der Zeit waren, als sie beschlossen, diesen Verein zu gründen. Andrés ist der Vater eines fünfzigjährigen Sohnes mit Zerebralparese und inzwischen auch ein sehr guter Freund.

Danke auch an die Psychologin Lorena Benítez, die mit mir ihre Erfahrungen mit Menschen, die unter Zerebralparese leiden, geteilt hat, damit ich verstehen konnte, wie sie die Welt und die Gesellschaft sehen, in denen sie leben. Danke für deine Sensibilität, du bist eine wunderbare Gesprächspartnerin.

Vielen Dank auch an Dr. Marta Pascual, die als Rehabilitationsärztin auf 20 Jahre Erfahrung mit Patienten mit Zerebralparese zurückblicken kann. Du hast mir die therapeutischen Möglichkeiten der Zerebralparese nähergebracht und mir bewusst gemacht, wie wenig noch immer über dieses Thema bekannt ist. Danke für das, was du tust.

Meinen Dank auch an Esther Turrado Monedero, die bei Aspace Bizkaia für die Kommunikation zuständig ist und mich mit all den wunderbaren Menschen von Aspace in Kontakt gebracht hat, von denen ich so viel gelernt habe.

Danke auch an den Journalisten César Coca für die Mitarbeit an der Recherche in Bezug auf Bilbao in den Tagen vor der Flut von 1983. Er hat mir seine eigenen Erinnerungen zur Verfügung gestellt, ist mit mir durch die Stadt gegangen, hat mir ein perfektes Versteck gezeigt und das umfassende Archiv der Zeitung *El Correo*, früher *El Correo Español – El Pueblo Vasco*. Ohne deine Hilfe wäre alles viel schwieriger gewesen.

Vielen Dank auch an das Schiffstransportunternehmen MacAndrews in Person von Diego Ruigómez, General Director Containerships der CMA-CGM Group. Danke für deine Zuvorkommenheit und die Fachkenntnis, die du mir zur Verfügung gestellt hast. Ich hoffe, ihr könnt mir verzeihen, dass ich euer untadeliges Unternehmen als unverzichtbares Element in meinen Roman eingefügt habe. Aber die Art und Weise, wie ihr zur Geschichte Bilbaos gehört, hat euch irgendwie zu meinem »Alibi« gemacht.

Danke auch an Dr. Manuel Anguita, eine Eminenz im Bereich der Kardiologie und einer von den Ärzten, die an der legendären ersten erfolgreichen Herztransplantation in Spanien beteiligt waren. Er ist nicht nur der ehemalige Vorsitzende der Asociación Española de Cardiología und Kardiologe am Hospital Reina Sofía in Córdoba, sondern auch ein Heiliger, da er die außerordentliche Geduld aufgebracht hat, einer Unwissenden wie mir fortgeschrittene Kardiologie zu erklären. Danke für deine Hilfe und deine Freundschaft. Hut ab.

Meinen Dank auch an Ramón García, stellvertretend für alle Moderatoren, die in der Vergangenheit und auch heute noch für das Radio arbeiten, für all die Musik, die ihr mir in meiner Jugendzeit geschenkt habt. Und weil es, wenn nichts mehr klappt, immer noch das Radio gibt. Ihr könnt euch gar nicht vorstellen, wie wichtig das war.

Vielen Dank an Jabi Elortegi, den Regisseur des Dokumentarfilms *1983 Euskadi inundada*, für deine hervorragende, beeindruckende Arbeit, dafür, dass du Geschichten zusammengetragen hast wie die von Jon und Miren Elizondo, Betroffene und Überlebende des Zusammenbruchs des Casino de Bermeo, der sich genau so ereignet hat, wie Maite und Begoña es in diesem Roman erleben.

Danke auch an den Schriftsteller Ian Rankin, den ich kurioserweise zunächst nur als Mitglied der Band The Dancing Pigs kannte und dessen persönliche Bekanntschaft ich später während des Krimifestivals Quais du Polar in Lyon gemacht habe, für seinen Roman *Das Souvenir des Mörders*, der mich 1997 auf die Spur von Bible John gebracht hat. Du hast dich nicht geirrt, mein Freund: Ich glaube, dass er immer noch am Leben ist, und wie du sagtest, ist er nicht der Einzige.

Vielen Dank an Andrew O'Hagan für sein hervorragendes Buch *The Missing*, das entscheidend war, um zu verstehen, welche Spuren Bible John (und sein späteres Verschwinden) in der schottischen Gesellschaft hinterlassen hat.

Mein Dank gilt auch zum wiederholten Mal Patxi Salvador, Inspector der Policía Foral, der autonomen Polizei Navarras, die eine

Expertin für Ballistik und Waffen ist und mich auf dieser Reise in die Vergangenheit begleitet hat.

Danke an Pedro García Fernández, der Psychologe, auf Missbrauch spezialisiert, und Anthropologe ist, für seine unschätzbare Hilfe dabei, einige Aspekte des Verhaltens Bible Johns zu ergründen, die für das mögliche Profil dieses Menschen unverzichtbar waren. (Und nicht zu vergessen: Pedro ist auch ein exzellenter Comic-Scriptwriter.)

Vielen Dank an den Schriftsteller Santiago Posteguillo für seine Unterstützung bei den kriegerischen Heldentaten Kaiser Constantius'. Es ist immer eine Freude, dir zuzuhören. Danke, Maestro.

Anna Soler-Pont, die seit elf Jahren meine Agentin ist, gilt mein Dank aus vielen Gründen: Du hast mich auf meinem Weg zu jedem meiner Ziele begleitet, du hast mich gelehrt, dass die Möglichkeiten, seine Träume zu verwirklichen, unendlich sind, dass du niemals aufgeben wirst und dass du immer in meinem Team spielst. Wir haben gelacht, miteinander angestoßen, viel gearbeitet, aber in diesem Jahr haben wir auch zusammen geweint, und das hat mir deutlich gemacht, wie viel Liebe du deinen Autoren entgegenbringst und dass du immer auf meiner Seite bist, solange es noch Geschichten gibt, die ich erzählen, Träume, die ich verwirklichen, und ein Stück vom Leben, das ich leben kann.

Und ich danke natürlich der Göttin Mari. Denn ich bin ihre Chronistin.

Die spanische Originalausgabe erschien 2022 unter dem Titel
Esperando al diluvio bei Editorial Planeta, Barcelona.

MIX
Papier | Fördert gute Waldnutzung
FSC® C083411

Penguin Random House Verlagsgruppe FSC® N001967

1. Auflage
Deutsche Erstveröffentlichung März 2025

Neumarkter Straße 28, 81673 München
produktsicherheit@penguinrandomhouse.de
(Vorstehende Angaben sind zugleich
Pflichtinformationen nach GPSR)

Covergestaltung: semper smile, München
Covermotiv: © Shutterstock/Jon Chica, wandee007
Satz: GGP Media GmbH, Pößneck
Druck und Einband: CPI books GmbH, Leck
MA · Herstellung: KH
Printed in the EU
ISBN 978-3-442-77400-5

www.btb-verlag.de
www.facebook.com/penguinbuecher

Dolores Redondo

Alles was ich dir geben will

Kriminalroman

608 Seiten, btb 71619
Aus dem Spanischen von Lisa Grüneisen

»Ein Buch wie ein Hitchcock-Film.«
freundin

Als der Schriftsteller Manuel Ortigosa erfährt, dass sein Mann Álvaro bei einem Autounfall ums Leben gekommen ist, eilt er sofort nach Galicien. Dort ist das Unglück passiert. Dort ist die Polizei auffallend schnell dabei, die Akte zu schließen. Dort stellt sich heraus, dass Álvaro ihn seit Jahren getäuscht und ein Doppelleben geführt hat. Doch was suchte Álvaro in jener Nacht auf einer einsamen Landstraße?

»Spannend und klug gemacht.«
La Vanguardia

btb

Dolores Redondo

TODESSPIEL

Die Nordseite des Herzens

Thriller

640 Seiten, btb 77278
Aus dem Spanischen von Anja Rüdiger

Er schlägt zu, wenn die Natur tobt und die Menschen am schutzlosesten sind.

Die Suche nach einem Serienmörder bringt die beste Kommissarin, die das FBI je hatte, aus Spanien nach New Orleans. Die junge Amaia Salazar findet an den Tatorten immer das gleiche Bild vor: mehrere Tote, die Leichen stets nach Norden ausgerichtet. Schritt für Schritt nähert sie sich einem Mann, der raffiniert ist, aber nicht unbezwingbar.

Der Nr.-1-Bestseller aus Spanien – ausgezeichnet mit dem »Grand Prix des Lectrices de ELLE«.